파우스트 박사

Doktor Faustus
Das Leben des deutschen Tonsetzers
Adrian Leverkühn,
erzählt von einem Freunde

First published in 1947
by Thomas Mann

토마스 만

파우스트 박사

2

김해생 옮김

한 친구가 이야기하는 독일의 천재 작곡가 아드리안 레버륀의 생애

펄맥

27

바순 주자 그리펜케를이 옮겨 쓴 〈사랑의 헛수고〉의 총보는 매우 높이 평가할 만했다. 내가 아드리안과 다시 만났을 때 그는 내게 거의 첫 마디로 그리펜케를의 작업이 거의 완전무결하다며 기쁨을 나타냈다. 아드리안은 그리펜케를의 편지도 보여주었다. 꽤나 번거로운 그 일을 하며 느낀 점을 적은 편지였으며, 자신이 노력을 기울이고 있는 대상에 대한 일종의 심취를 상당히 지적으로 표현했다. 그는 자신의 심정을 작가에게 이렇게 표현했다. 이 작품의 대담하고 신선한 아이디어에 나는 숨이 막힐 것 같다, 악곡 구성의 섬세한 분류와 다양한 리듬이 놀랍기 그지없고, 종종 복잡해지는 음역구조를 확실하게 유지하는 편곡 기술도 뛰어나며, 무엇보다도 주어진 것에 대한 다양한 변주에서 작곡가의 상상력이 두드러진다, 이를테면 마지막 악장의 3부작 부레(옛 프랑스의 춤곡 – 옮긴이)의 2부에서 로절라인의 성격을 묘사하는 데 사용된 듣악이나 그녀에 대한 버론의 절망적인 감정을 표현하는 데 사용된 아름다우면서도 반쯤은 익살스러운 음악은 이 옛 프랑스의 춤곡 형식을 재미있게 각색한 부분인데, 진정 멋지고 극도로 유연하다고 말할 수 있다. 그는 덧붙였다. 이 부레는 이미 낡은 과거의 사회규범 요소를 적지 아니 나타내는데, 이 요소는 지극히 매력적일 뿐만 아니라 이 작품의 '현대적'인 부분 즉, 자유롭고 방종하고, 반항적이고, 조성의 규약도 무시하는 부분들과 도전적이라 할 만큼 뚜렷한 대조를 이룬다. 나는 다만 낯설고 수용을 거부하는 이단적인 분위기를 나타내는 이 부분들이 총보의 다른 부분, 경건하고 엄격한 부분보다 오히려 더 쉽게 접근할 수 있다는 점이 우려된다. 여기서 종종 경직된, 예술가적이기보다는 사상가적인 사변을 읽을 수 있는데, 음악적으로 작용을 거의 하지 않는 음의 모자이크라 할 수 있다. 이는 귀를 위한 음악이라기보다는 눈을 위한 것 같다.

우리는 웃었다.

"듣는다는 것이 무엇인지 누가 내게 좀 가르쳐주었으면 좋겠어!" 아드리안이 말했다. "내 생각으로는 한 번 들리면 그것으로 족해. 작곡가의 귀에 처음 구상할 때 들리는 것 말이야."

잠시 뜸을 들인 후 그가 말을 이었다.

"사람들은 들리는 것을 두고 듣는 것이라고 착각해. 작곡이란 천사의 합창을 차펜슈토스 오케스트라에게 보내 처형시키는 일이야. 그런데 나는 천사의 합창이 지극히 사색적이라고 생각해."

나는 그리펜케를이 그 작품에서 '과거의 요소'와 '현대적 요소'를 엄밀하게 구분한 것은 온당치 못하다고 지적했다. 나는 그 두 가지가 서로 병합되고 서로 침투한다고 말했다. 그는 내 말을 인정했지만 이미 완성된 것을 두고 길게 거론할 생각이 없는 듯했으며, 이미 끝난 일이므로 더는 흥미를 느끼지 못한 채 그냥 넘어가려 했다. 그것을 어떻게 해야 할지, 어디로 보내야 할지, 누구에게 보여야 할지 숙고하는 문제는 내게 미

루는 것 같았다. 벤델 크레치마에게 그 총보를 보여야 할 것이라는 의견
에는 그도 관심을 보였다. 아드리안은 뤼벡으로 악보를 보냈다. 말더듬
이 선생은 여전히 뤼벡에서 일하고 있었다. 실제로 일년 후, 이미 전쟁이
발발한 후에 크레치마는 그 오페라를 독일어로 무대에 올렸다. 그 일에는
나도 미력이나마 보탰다. 공연 도중 청중의 삼분의 이가 극장을 나갔다.
6년 전 뮌헨에서 드뷔시의 〈펠레아스와 멜리장드〉를 초연했을 때와 똑같
이. 오페라는 2회밖에 공연되지 않았고, 그 작품은 당분간 트라베 강변의
한제동맹 도시인 뤼벡의 울타리를 벗어나지 못했다. 지역 비평도 아마추
어 청중의 판단에 합세해 거의 한 목소리로 '치명적인 음악'이라고 조롱
했으며, 이러한 악평에 크레치마 선생은 분노했다. 단지 이머탈이라고 하
는 원로 음악교수만이—지금은 사망한 지 오래됐을 것이다—〈뤼벡 증권
신문〉에 일반의 비평에 반대하는 글을 발표했다. 이머탈 교수는 옛 프랑
켄 사투리가 많이 섞인 그 글에서 당대의 비평은 오판이며 시간이 흘러야
바로잡힐 것이라고 말하고, 그 오페라는 미래지향적이고 진정 심오한 작
품이라고 단언하면서, 작곡자는 분명 조롱하기 좋아하는 사람일 것이나
'하늘의 재능을 받은 사람'일 것이라고 했다. 내가 이전에 들어본 적도
읽어본 적도 없는, 이후에도 두 번 다시 접해본 적이 없는 이 멋진 역습에
나는 매우 깊은 감명을 받았다. 그는 안일하고 아둔한 당대 비평가들의
주장에 반기를 들면서, 후대 사람들은 자신을 지지할 것이라고 확신했는
데, 내가 그 기인(奇人)과 그의 말을 결코 잊지 않았듯이, 후대 사람들은
그의 평가를 인정하고 그의 명예를 회복시켜 줄 것이다.

　　내가 프라이징으로 갔을 즈음 아드리안은 가곡과 노래를 작곡하느
라 바빴으며, 독일 노래뿐만 아니라 외국어로 된 노래, 즉 영어 노래도 작
곡했다. 그는 맨 먼저 자신이 그토록 좋아하는 윌리엄 블레이크의 작품으

로 돌아가, 〈고요하고 고요한 밤〉이라는 매우 독특한 시에 곡을 붙였다. 이 시는 같은 음으로 운을 이루는 3행의 4연시인데, 그 마지막 연은 기괴하게도 다음과 같다.

거짓 없는 환희는 이내
스스로 와르르 무너지네.
요염한 매춘부 때문에.

이 비밀에 찬 도발적인 시구에 작곡자는 매우 단순한 화음을 부여했는데, 곡에 전반적으로 드러난 음악적 언어에 비해 삼화음이 주는 팽팽한 긴장감은 실제로 스산해지는 느낌보다 더 '잘못된' 듯한, 더 뒤숭숭하고 더 섬뜩한 느낌을 준다. 〈고요하고 고요한 밤〉은 피아노와 성악을 위한 곡이었다. 반면 키츠의 송가 두 편, 8연시 〈나이팅게일에 부치는 노래〉와 그보다 좀 짧은 〈슬픔을 기리는 시〉에는 현악사중주의 반주를 넣었는데, 이 반주는 전통적인 개념에는 한참 뒤지는 것이었지만 사실은 최고로 예술적인 변주 형식이었다. 구체적으로 말해, 성악가의 목소리와 네 악기의 소리 가운데 서로 연결되지 않은 음이 하나도 없다. 목소리와 악기 사이를 지배하는 그 밀접하고 지속적인 관계는 단순히 멜로디와 반주의 관계가 아니라, 주성부(主聲部)와 부성부(副聲部)가 매우 엄격하게 끊임없이 대체되는 관계다.

이 작품들은 대단히 멋진 작품들이나, 외국어로 된 탓에 오늘날까지 거의 연주되지 않고 있다. 나는 작곡자가 〈나이팅게일〉에서, '불사조'의 노래가 시인의 영혼 속에서 일깨운 남국의 달콤한 삶에 대한 갈망을 '피로, 열병 그리고 고민—이곳에 앉아 서로의 신음 소리를 듣네' 라는 심오한 표현으로 다룬 점이 너무도 특이해 미소를 지었다. 아드리안 자신이 이탈리아의 햇빛 찬란한 세상이 주는 위안에 그다지 심취한 것 같지 않았으며, 그래서 곧 잊어버렸으니까. 음악적으로 가장 미묘하고 예술적인 부분은 의심의 여지없이 꿈을 해석하고 날려버리는 마지막 부분이다.

그럼 안녕! 헛소문이었네
공상은 사기꾼 요정이라더니.
안녕! 안녕! 네 구슬픈 노래가 사라져가네.
……
그 음악은 사라졌다. 꿈인가? 생시인가?

나는 이 송가들을 아름답게 장식하기 위해 음악으로 흰 소라처럼 아름답게 빙 둘러 마무리 한 도전적인 시도를 충분히 이해할 수 있다. 그런 시도는 이 송가들을 더 완벽하게 만들고자 하는 의도에서 나온 것이 아니다. 그것은 이미 완벽하다. 단지 당당하지만 슬픔에 가득 찬 아름다움을 더욱 강하게 소리내기 위한 것이며, 각 디테일이 연주되는 소중한 순간 하나하나에 숨결에 실려 나오는 말보다 더 충만한 지속성을 주기 위한 것이며, 그 순간들을 조각으로 새기듯 쿵명히 각인시키기 위한 것이다. 〈슬픔〉 3연에 보면 쾌락의 포도알을 대담한 혀로 눌러 부드러운 입천장에 터뜨릴 줄 아는 자 말고는 아무도 본 적이 없지만 황홀경의 사원에조차 숨겨진 슬픔이 제 자전의 영묘를 가지고 있다는 묘사가 나오는데, 그처럼 풍부한 상상력이 발휘되는 순간들, 한마디도 멋진, 음악이 할 일이 별로 없는, 그 그림과도 같이 생생한 순간들을 기리기 위한 것이다. 음악은 점점 느리게, 리타르단도로 이야기를 풀어감으로써, 기껏해야 손상을 입히지 않는 정도로만 작용한다. 흔히 시가 너무 좋으면 좋은 노래가 나오지 않는다고들 한다. 범상한 것에 금(金)을 입히는 일은 음악이 더 잘 한다. 훌륭한 배우의 연기는 작품이 형편없을 때 가장 빛났다. 그러나 어둠 속에 빛이 되어 밝게 빛나는 데서 즐거움을 추구하기에 아드리안의 예술적 자존심은 너무 강했고, 그 자신 너무 비판적이었다. 그는 자신이 음악가로서 느끼는 소명에 정신적으로 극단의 주의를 기울여야 했고, 따라서 그가 창작에 사용한 독일시도 비록 키츠의 서정시와 같은 지적인 특징은 없을지언정 최고의 수준이었다. 이 작품의 문학적 우수성은 더 장중한 묘사에서, 뜨거운 격정과 환희가 흘러넘치는 종교적 찬미에서 나타난다. 신을 부르는 소리와 존엄과 자비를 묘사한 이 격정의 시는 그 어떤 영국 서정시보다 더 많은 것을 음악에 드러내며, 더 진솔하게 음악에 접근한다.

그 시는 클롭슈토크의 찬가 〈봄의 축제〉였다. 그 유명한 노래 〈동이의 물방울〉을 레버퀸이 분량을 약간 줄여 바리톤, 오르간, 현악 오케스트라를 위한 곡으로 작곡했다. 충격적인 작품이었다. 이 곡은 1차 세계대전 중에 그리고 그 후 몇 년간 독일의 여러 음악 중심지에서 그리고 스위스에서도 소수의 열광적인 찬사 속에, 물론 악의에 찬 저속한 반발도 동반하며, 새로운 음악을 수용하는 용기 있는 지휘자들의 협조 하에 공연되었고, 그 후 늦어도 20년대에는 내 친구의 이름 주위에 신비로운 후광이 번지게 하는 데 대단히 많은 기여를 했다. 나는 값싼 효과수단을 절제함으로써(가사에는 하프가 나오지만 실제로 하프를 사용하지 않았고, 천둥치는 신의 목소리를 표현할 때 팀파니를 사용하지 않았다) 더욱 더 순수하고 경건한 느낌을 준 이 종교적인 감정의 분출에 비록 놀라지는 않았지만 매우 깊은 감동을 받았다. 갑갑할 정도로 느리게 변하는 검은 구름, '안개가 피어오르는 숲에 울려 퍼지는' 두 번의 천둥소리, '야훼!' (웅장한 장면이다), 마지막에 날씨로서가 아니라 속살거리는 소리로 나타난 신의 모습과 그 아래 절하는 평화의 활, 그리고 이를 표현하는 오르간과 현악기의 지극히 새롭고 밝게 울리는 고음의 동시음(同時音) 등, 식상한 회화적 기법을 배제하고 확연하게 드러난 아름다움이, 또는 찬양의 노래에 담긴 소중한 진실들이 내 심장을 스치듯 가까이 지나갔다. 그러나 나는 그 당시에 이 작품에 담긴 진정한 정신적 의미, 그 가장 은밀한 필요성과 의도, 찬양으로 자비를 구하는 그 두려움을 제대로 이해하지 못했다. 내가 그 문서를, 이제 내 독자들도 알고 있는, 돌바닥 거실에서 나눈 '대화'를 기록한 그 문서를 미리 알았더라면! 그것을 알기 전이었으므로 나는 나 자신을 〈슬픔을 기리는 시〉에서 나온 것처럼 아드리안의 '불가사의한 슬픔을 나누는 자'라고 서슴없이 칭할 수 없었을 것이다. 그렇게 자청할 수 있었다면, 그것은 그의 영혼의 구원에 대해 진정으로 알아서가 아니라—사실은 그게 필요했지만—단지 어린 시절부터 남몰래 걱정해 온 사람이라는 자격만으로 허용한 일이었을 것이다. 나는 훗날에야 비로소 〈봄의 축제〉 작곡을 신에 대한 속죄의 제물로, 사실 그대로 이해하게 되었다. 내 소름 끼치는 추측대로, 자신의 존재를 고집스럽게 주장하는 방문자의 위협을 받으며, 진심에서 우러난 참회를 나타낸 작품으로서 창작한 곡이었다.

나는 또 다른 의미에서도 클롭슈토크의 시에 바탕을 둔 이 작품의 개인적, 정신적 배경을 그 당시에는 이해하지 못했다. 나는 그 작품을 내가 예전에 그와 나누었던 아니, 그가 ㄴ와 나누었던 대화의 내용과 즉, 그가 매우 열심히, 매우 활발하게 설명한 학문과 연구에 관한 내용과 연관시켜야 했다. 그것은 내 관심, 내가 중요시하는 학문과는 너무 동떨어진 분야였다. 그는 흥미진진해 하며 자연과 우주에 대한 폭넓은 지식을 추구했으며, 그 모습은 그의 아버지와 '근본적인 것에 대해 사색하는' 그 분의 신중한 태도를 매우 강하게 연상시켰었다.

〈봄의 축제〉 작곡자에게는 '세상의 모든 대양으로' 뛰어들지 않겠다는, 단지 '동이의 물방울'을 위해서만, 이 땅을 위해서만 떠다니고 기도하겠다는 시인의 메시지가 해당되지 않는다. 그는 무한한 것으로 뛰어들었다. 천체물리학에서 아무리 애써도 그 한계를 밝혀내지 못하는, 인간의 정신과는 아무 상관도 없는 양과 수와 척도밖에는 얻지 못하는 차원, 이론적이고 추상적인, 순수 관념의 세계 속에만 찾을 수 있는 그런 차원이었다. 나는 아드리안이 '물방울'을 위해 떠다니는 일을, 물방울과 그 알려지지 않은 어두운 면을 탐지하는 일을 시작했다는 사실을 잊지 않고 반드시 말하고 싶다. 물방울은 잘 어울리는 표현이다. 그것은 물로, 바다의 물들로 되어 있으니까. 그리고 조물주가 천지를 창조할 때 '그의 손에서 흘러' 나왔으니까. 아드리안이 내게 처음으로 해준 이야기가 바로 바다 깊은 곳의 기적, 그곳의 광란과도 같은 삶에 관한 이야기였으며, 그가 이야기하는 방식은 나를 즐겁게 해주는 동시에 당혹하게도 했는데, 그는 그 이야기를 자신의 가치관으로서, 그리고 직접 보고 겪었다는 식으로 이야기했다.

물론 그는 책에서 읽었을 뿐이었다. 이와 관련된 서적을 마련했고, 거기에 자신의 상상력을 가미했다. 그런데 아마도 그가 그 문제에 너무 매달렸기 때문에, 그 모습들을 완전히 제 것으로 만들었기 때문에 그러는 것 같았다. 또는, 어떤 기분에서든지, 그는 마치 버뮤다 제도 근처 성(聖) 게오르크에서 동쪽으로 몇 해리 떨어진 지점에서 바다 밑으로 직접 내려갔다 온 체 했다. 함께 간 미국인 학자 케이퍼케일지가 그 깊은 바다 속 환상의 세계로 안내해 주었는데, 자신은 그 때 잠수 신기록을 세웠다고 주장했다.

나는 그 대화를 매우 생생하게 기억하고 있다. 내가 파이퍼링에서 주말을 보낼 때, 클레멘티네 슈바이게슈틸이 피아노가 있는 큰 방에다 차려준 간단한 저녁식사를 마친 후 즐긴 대화였다. 보수적인 옷차림의 그 아가씨는 친절하게도 우리 각각에게 반 리터 조끼의 맥주를 원장실로 가져다주었고, 우리는 그곳에 앉아 술 마실 때 으레 그러 듯이 시가를 피우고 있었다. 약하고 질 좋은 시가였다. 그 시간은 주조가, 그 개, 그러니까 카시펠이 사슬에서 풀려 자유롭게 마당을 거닐고 있을 시간이었다.

아드리안은 케이퍼케일지 씨와 함께 내부 지름이 4피트밖에 안 되고 마치 성층권 비행기구처럼 무장된 공모양의 잠수정을 타고 호위선의 크레인에 이끌려 대단히 깊은 바다 속으로 들어갔다고 내 앞에서 무척이나 실감나게 이야기하며 좋아했다. 그 여행은 흥분되는 것 이상이었다, 적어도 자신에게는 그랬다, 가이드 노릇을 하는 그의 선생님은 별로 흥분하지 않았다, 케이퍼케일지 씨에게 탐사를 요청했는데 그는 잠수가 처음이 아니었으므로 침착했다, 2톤짜리 공의 빈 내부 공간이 결코 편할 수 없었지만, 그 대신 그 잠수정은 절대 신뢰할 수 있다는 생각으로 보상받으며 한정된 공간에서 겪는 불편을 감수했다, 그 잠수정은 방수 건조(建造)되었고 높은 압력에도 견딜 수 있으며, 산소가 충분히 비축되어 있었고, 전화와 고압전기 서치라이터도 있었다, 석영창문이 모든 방향으로 나 있어 밖을 볼 수 있었고, 그들이 해수면 아래를 여행하며 이것저것 보는 동안 모두 다 합해 3시간이 조금 넘는 시간이 흘러갔다, 그들이 본 고요하고도 익살맞은 광경들은 매우 낯설었으나, 원래부터 우리와는 접촉이 없었던 세상이므로 낯설어 보이는 것이 당연하다고 그가 말했다. 그는 이야기를 계속했다.

어느 날 아침 9시에 중량이 4백 파운드나 되는 잠수정의 문이 닫히고 배에서 점점 멀어지며 둥둥 떠가는 순간의 느낌, 그리고 해저로 잠수하던 순간의 느낌은 매우 기묘했으며 심장이 잠시 멎는 듯했다. 처음에는 햇빛이 비치는 수정처럼 맑은 물에 둘러싸였다. 그러나 위에서 내려오는 빛은 겨우 해저 57미터까지밖에 우리의 '동이의 물방울' 내부를 밝혀주지 못했다. 그 아래로는 빛이 끊어졌다. 여기서 새로운 세계가, 연고가 없는, 더는 고향처럼 느껴지지 않는 세계가 시작되었다. 그 속으로 나는 안내자와 함께 현재 깊이의 거의 40배까지, 약 2500피트까지 파고들었으며, 우리가 탄 잠수정은 거의 매 순간 50만 톤의 압력을 받고 있다는 사실을 의식하면서 그곳에서 반시간을 보냈다.

거기까지 내려가는 동안 물은 서서히 회색빛을 띠었다. 아직은 기세가 꺾이지 않은 몇 가닥 빛줄기가 섞여 있었지만, 일종의 어둠이었다. 빛은 쉽게 포기하지 않고 계속 앞으로 나아갔다. 주변을 밝히는 일이 빛의 본질이요 의지인 바, 자신의 본분을 다하느라 지치고 쳐져, 다음 단계에는 오히려 더 진한 색채를 띠었다. 이제 두 여행객은 석영 창을 통해 형언하기 어려운 검푸른 물속을 바라보았다. 그 빛은 열풍이 불 때 하늘 가 수평선에 번지는 어둠과 가장 흡사할 것이다. 그런 다음, 수심계기판이 75만 미터를 가리키기 훨씬 전에, 주변은 완벽한 칠흑으로 둘러싸였다. 태초부터 지금까지 그 어떤 희미한 햇살도 닿지 않은, 별과 별 사이 하늘이 띠는 어둠이었다. 이 영원히 고요한, 처녀성을 지켜온 밤은 물 밖 세계에서 온, 우주 출신이 아닌, 강한 인공의 빛이 자신을 밝게 비추고 들여다보아도 이를 묵인할 수밖에 없었다.

아드리안은 자신의 지식욕 때문에, 본 적도 없고 볼 수도 없는 것이, 보이도록 되어있지 않은 것이 시선에 포착된다고 말했다. 이와 관련해 느끼는 죄의식 즉, 천기를 누설하는 듯한 기분은 극한까지 밀고 나아간 학구적 격정으로도 진정되거나 평정되지 않았다. 그곳의 자연과 생명이 띠는 끔찍하기도 하고 가소롭기도 한 기발하고 신기한 모습들. 지상에서 그 친족을 찾기 힘들고 다른 별에 속하는 것 같은 형식과 외양들. 그것은 분명 숨어있었기에 생긴, 영원한 어둠의 산물이었다. 유인 우주선이 화성에 도착한다 해도, 아니 태양을 완전히 등진 수성의 반구에 도착한다 해도, 그곳에 사는 '유사한 모습의' 원주민들 사이에 일으킬 놀라운 반향도 케이퍼케일지의 잠수정이 이 깊은 곳에 나타난 사건보다는 약할 것이다. 놀란 심연의 생물체들이 대중적 호기심을 드러내며 손님이 타고 온 배로 몰려든 모습은 이루 형언할 수 없었다. 형언할 수 없기는 신기하고 우스꽝스러운 생명체들이 당황해서 질주하는 모습도 마찬가지였다. 약탈하는 주둥이들, 염치없이 물어뜯는 입들, 당원경 같은 눈, 앵무조개, 눈을 위로 부릅뜬 실버헤체트, 익족류, 용골족튜 등이 잠수정 창 앞 2미터까지 늘어서서 휙 스쳐지나갔다. 의지 없이 조수에 떠다니는 점액질의 기괴한 촉수류, 국가의 골칫거리인 두족류와 주발해파리들마저도 흥분에 사로잡힌 듯 버둥거리며 경련했다.

그런데 이 심연 출신인 생물들은 모두 이 손님을, 서치라이터로 자기들을 비추는 손님을 얼마든지 자기네들의 기괴한 변종으로 볼 수 있었다. 손님이 할 줄 아는 것을 그들도 대부분 할 수 있었으니까. 즉, 그들은 스스로 빛을 낼 수 있었다. 방문자들은 이 극도로 진기한 장관을 보기 위해 자신들의 다이너모 발전기를 꺼야 했다고 아드리안이 설명했다. 그 바다의 어둠은 순회하며 부딪히는 도깨비불들과 물고기들이 스스로 내는 빛으로 줄곧 환히 밝혀져 있었는데, 빛을 내는 능력을 지닌 물고기가 대단히 많았다. 어떤 것들은 몸 전체에서 인광을 발할 정도였고, 다른 것들도 적어도 몸에 조명기관이, 전자램프가 장착되어 있었다. 아마도 이들은 이 불빛으로 영원한 밤길을 밝힐 뿐만 아니라 먹이를 꾀고 사랑의 손짓도 할 것이다. 좀 큰 것들은 실제로 보는 사람의 눈을 멀게 할 만큼 광도가 높은 백광을 발했으며, 그들 중 몇몇은 파이프 모양의 눈이 앞에 부착되어 있었는데, 아마도 멀리서 비추는 극히 약한 빛일지언정 그것이 경계의 빛인지 유혹의 빛인지 인지하기 위한 것 같았다.

이 심연에 사는 도깨비 몇 마리를, 적어도 거의 알려지지 않은 것들만이라도, 잡아서 가지고 올라올 생각을 하지 못했다고 탐사 보고자는 매우 아쉬워했다. 그러기 위해서는 물 위로 올라올 때 그들에게 익숙한, 이미 적응된 엄청난 대기압을 유지시켜줄 도구가 필요했다. 잠수정 벽을 내리누르는 숨 막히는 기압과 똑같이 유지해야 했다. 그들은 몸의 구조와 몸통 내부의 압력도 마찬가지로 높게 유지하여 몸체 안팎의 압력을 일정하게 유지하고 있으므로 압력이 줄어들면 어쩔 수 없이 터져버린다. 유감스럽게 몇몇은 이 지상의 교통수단을 처음 보았을 때 그 사고를 당하고 말았다. 사람들이 본 적이 있는 거대한, 육고기 색깔을 띤 우아한 자태의 물의 요정이 잠수정과의 가벼운 접촉으로 수천 조각으로 터지다니!

아드리안은 시가를 피우며 이런 식으로 이야기했다. 정말 바다 밑으로 내려가서 모든 것을 보았다는 듯이. 옅은 미소를 띤 채 줄곧 사리에 맞게 이야기하는 익살스러운 형식에 나는 웃음과 감탄 속에 그를 한동안 놀라 쳐다볼 수밖에 없었다. 그의 미소 또한 그의 보고를 듣고 내 쪽에서 보이는 반발을 분명히 느끼고 즐기는 익살의 표현이었다. 그는 내가 자연의 현상과 비밀에 대해 '자연'이라면 아예 반감을 가질 정도로 무관심하다는 사실을, 그리고 언어인문학 분야에만 매달린다는 사실을 알고 있었다. 따라서 아드리안은 그날 저녁 나에게 자신이 한 탐사여행에 대해, 또는 그가 했다는 인문학 외 분야의 엄청난 경험에 대해 갈수록 많은 이야기를 하고 싶어 했으며, 그런 경험을 했음에도 불구하고 나까지 휩쓸고 가면서 '세상의 모든 대양으로' 뛰어들고 싶어 했다.

　아드리안은 앞서 이미 그 곳을 묘사했으므로 쉽게 그 이야기로 넘어 갔다. 심해 생물의 그 기괴한 모습, 우리 혹성의 생물이 아닌 것 같은 낯선 모습이 하나의 연결고리였다. 두 번째는 클롭슈토크가 쓴 '동이의 물방울' 이라는 표현이었는데 지구가, 지구뿐만 아니라 우리 태양계 전체가, 그러니까 은하계 안쪽, '우리의' 은하계에 속하는 태양과 그 일곱 혹성이 —수백만 개의 다른 은하계는 여기서 언급하지 않더라도—극도로 주변적이고 지엽적이며, 얼핏 보면 보이지도 않을 만큼 깊은 구석에 박혀 있다는 사실에 비추어 볼 때, 이 표현이 말하고자 하는 경탄에 찬 겸허한 마음가짐은 너무도 당연한 것이다, 어마어마하게 큰 대상이라도 그 말에 '우리의' 라는 말을 붙이면 모종의 친밀감이 생기고, 고향과도 같은 개념이 익살스럽다 하리만치 확대되어 '크다' 는 원래의 의미가 사라지므로, 그 속에서 우리는 하찮은 백성이지만 분명 안전하게 보호받는 백성이라 느끼게 된다, 자연은 이렇게 보호받는 상태로, 매우 깊숙이 숨겨져 보호받는 상태로 공모양이 되려는 경향을 관철시키는 것 같다고 아드리안은 말했다. 이것이 그가 자신의 우주론을 잇는 세 번째 연결고리였다. 부분적으로 그는 속이 빈 공 속에서 즉, 케이퍼케일지의 심해잠수정에서 그와 함께 보낸 몇 시간 동안의 이상한 경험을 통해 그 이론에 도달했다. 그가 배운 바에 의하면 우리는 모두 줄곧 속이 빈 공 속에서 살았다, 그 공은 언젠가 우리가 지정받은, 은하계 어딘가의 매우 작은 공간이다, 그 공간의 사정은 다음과 같다고 아드리안이 설명했다.

　그것은 대략 납작한 주머니시계와도 같이 둥글고, 부피가 있다고 하기에는 너무 얇은데, 무한하지는 않지만 별, 별무리, 별무덤, 쌍둥이별 등이 밀집된 거대한 소용돌이 판으로서 성운, 광운, 안개고리, 안개별 등으로 서로를 싸고도는 타원의 궤도를 그린다. 오렌지의 가운데를 가르면 나오는 면과도 같이 평평하고 둥근 이 판의 주위는 다른 별의 증기가 외투처럼 둘러싸고 있는데, 그것도 무한하다고 할 수 없지만 엄청난 잠재력을 지닌 거대한 것이다. 그 공간은 주로 비어 있고, 그 속에 있는 물체들은 전체적인 구조가 공이 되도록 배치된다. 온 세계를 모아 압축한 그 판 내부 깊은 곳에 즉, 이 쓸데없이 방이 많은, 속이 빈 공 속에 매우 지엽적이고 찾기 힘든 곳에, 언급할 가치도 거의 없는 곳에 항성이 하나 있는데, 그 주변을 크고 작은 동료들이 즉, 지구와 달들이 돌며 논다. 이 '태양'은 그 표면 온도가 6천 도나 되는 뜨거운 가스공인데, 지름이 150만 킬로미터 정도로 적당하며, 은하계 내부의 중심에서 그 길이만큼 즉, 3만 광년만큼 떨어져있다.

나는 상식적으로 이 '광년'이라는 용어에 대해 대략은 알고 있었다. 그것은 공간 개념으로 빛이 일년 동안 가는 거리를 나타낸다. 빛의 속도에 대해 그저 막연한 상상밖에 할 수 없는 나와는 달리 아드리안은 빛의 속도가 초당 30만 킬로미터라고 정확히 알고 있었다. 그러므로 1광년은 대략 9경 4600억 킬로미터이고, 우리 태양계의 중심에서 끝까지는 그보다 30배나 더 먼 구간이고, 은하계의 속이 빈 공의 총지름은 20만 광년에 달한다.

그것은 무한하지 않았다. 그러나 무한하다고 할 수 있었다. 인간 이성에 대한 이러한 도전을 무엇이라 해야 하나? 나는 실현 불가능한 초대형 규모에 대해서는 단념하는 뜻으로, 동시에 약간의 경멸을 담아 어깨를 들썩하는 것 말고는 할 일이 없는 사람임을 인정한다. 크기에 대한 경탄, 크기에 대한 열광, 크기에 압도당하는 기분, 이런 것은 의심의 여지없는 정신적 즐거움이지만, 오직 이해가 가능한 지상의 비례에서만 그리고 인간의 비례에서만 그렇다. 피라미드는 크다, 몽블랑 산은 크다, 페터스돔 성당의 내부는 크다. 이 '크다' 라는 형용사는 도덕적, 정신적 세계에 대해서만, 고귀한 마음과 사고에 대해서만 쓸 수 있는 말이 아니다. 우주에 관한 정보들은 마치 척도나 오성과 관계가 있는 듯한 0을 수십 개나 붙인, 혜성의 꼬리를 단 숫자폭탄과도 같아서 우리의 지능을 마취시킨다. 이 어마어마한 수치 속에 나 같은 사람이 선(善), 다름다움, 위대함이라고 부를 만한 것은 아무것도 없으며, 나는 어떤 사람들이 이른바 '신의 작품' 에서 느끼는 이 '호산나('도와주소서' 라는 뜻 - 옮긴이)—기분' 을 그 신의 작품이 천체물리학의 대상인 한 결코 이해하지 못할 것이다. '호산나' 라는 말 만큼이나 '그렇다면 할 수 없지' 라는 말드 똑같이 쓸 수 있는 그런 행사를 두고 신의 작품이라 할 수 있는가? 내가 보기에 1 다음에 또는 7 다음에—이 또한 아무래도 상관없지만—0이 수십 개 붙는 일에 대해서는 '호산나' 보다 '할 수 없지' 가 옳은 해답인 것 같고 억, 조, 경의 수 앞에 기도하며 먼지와 같이 작은 존재가 되어야 하는 이유는 없는 것 같다.

시인 클롭슈토크도 열렬한 경외심을 불러일으키고 표현하는 일을 지상의 것, '동이의 물방울' 에 한정시키지 않았는가! 그런데 그 송가의 작곡자인 내 친구 아드리안은, 말했듯이, 이를 넘어섰다. 하지만 내가 여기서, 그가 이 이야기를 하면서 감동하거나 내용을 강조했다는 인상을 불러일으켰다면 이는 내 잘못이다. 그가 우리와 가장 가까운 은하수에 대해, 내가 잘못 알고 있는 것이 아니라면 우리에게서 80만 광년 떨어져 있는 은하수에 대해 말하는 태도, 우리의 광학기계로 찾아낸 별 중에 가장 먼 별에서 출발한 빛줄기의 광채가 지금 이 순간 광활한 우주를 샅샅이 살피는 천문학자의 눈을 자극한다면 그 빛은 이미 1억 년 전에 우주공간을 통과하는 여행을 시작했다는 이야기를 하는 태도, 이러한 광란을 다루는 그의 태도는 냉담하고 별것 아니라는 듯하고, 내 노골적인 반감에 대한 조롱이 가득했다. 이 때 이러한 사실관계에 대한 능청으로 인해, 말하자면 자신의 지식은 우연히 책을 통해 얻은 것이 아니라 앞에서 말한 자신의 선생님 케이퍼케일지 교수 같은 사람들에게서 전수받고 배운 것이거나 직접 관찰한 것이라는 그런 있을 수 없는 얘기를 계속했다. 마치 그는 그 교수와 함께 심연의 밤으로만 갔던 것이 아니라 별나라에까지 다녀온 듯했다……. 그는 물리적 우주가—이 말은 그 가장 포괄적인 의미에서, 가장 먼 것도 다 포함한다는 의미에서 쓴 말이다—유한하다고도 무한하다고도 할 수 없다는 생각에서 하는 말 같기도 했는데, 유한하다는 말도 무한하다는 말도 어느 정도 정적인 상태를 나타내는 반면 실제 상황은 철저하게 역동적이고, 우주는 오래전부터, 정확히 말해 19억 년 전부터 급격한 팽창, 즉 폭발 상태에 있다고 말하면서 그것을 케이퍼케일지 교수에게서 배웠다는 듯한 애매한 입장을—어느 정도는 직접 관찰했을 것이고— 취했다. 그의 말에 따르면 수많은 은하계에서 우리에게 온 빛이—그 거리가 얼마나 떨어져 있는지는 이미 밝혀져 있다—붉은 빛을 띠는 데는 의심의 여지가 없다. 그 성운이 우리에게서 멀리 떨어져 있을수록 빛은 더욱 더 강하게 스펙트럼의 붉은 끝을 향한다. 아마도 그 성운들은 우리에게서 멀어지려 했을 것이다. 그중 가장 먼, 1억 5천만 광년 떨어진 무리에서는 그 멀어지는 속도가 방사능물질의 알파 입자가 내는 속도와 같은 속도, 즉 초당 2만5천 킬로미터에 달하는데, 이에 비하면 폭발하는 수류탄의 파편이 날아가는 속도는 달팽이의 속도와도 같다. 따라서 모든 은하계가 엄청난 시간 단위로 서로 밀어내면, 폭발이라는 말은 특정한 우주의 모습과 그 확장된 규모를 나타내기에는 아직 이르거나 이미 예전에 틀린 말이 된다. 과거 그 상태는 정적이었는지도 모르고, 그 지름이 단지 10억 광년쯤이었는지도 모른다. 따라서 확장에 대해서는 '유한하다' 또는 '무한하다' 고 말할 수 있지만, 이미 확장되어 정지된 어떤 상태에 대해서는 이런 말을 할 수 없다. 케이퍼케일지가 내 질문에 확실하게 대답해 준 것은 오직 기존 은하계의 총수는 1천억 개에 닿하고, 그 가운데 겨우 몇 백만 개만이 오늘날 우리의 망원경에 포착되었다는 사실이었다.

아드리안은 담배를 피우며, 미소를 지으켜 이렇게 말했다. 이제 나는 그의 양심에 묻고, 무(無)로 빠져나가는 이 모든 숫자놀이는 결코 신의 전능에 대한 감탄을 불러일으킬 수 없다는 사실을, 어떤 도덕적인 상승을 가능하게 할 수는 없다는 사실을 인정하라고 요구했다. 그 모든 것은 오히려 도깨비장난처럼 보인다는 사실을.

"물리적인 피조물이 어마어마하게 크다고 해서 결코 신앙심을 불러일으키지는 않는다는 사실을 인정해!' 내가 말했다. 어떤 경외심이, 경외심에서 우러나오는 어떤 도덕적인 감정이 폭발하는 우주와도 같은 엄청난 장난을 상상하는 데서 비롯된단 달인가? 그런 것은 절대 없다. 경건한 마음, 경외심, 정신적 도덕, 신앙심 등은 단지 인간에 의해, 그리고 인간을 통해, 지상의 인간적인 것들에 한해서만 발현될 수 있다. 인간의 두려움은 마땅히 종교적인 색채를 띤 인문주의 정신이어야 하고, 인문주의 정신이 될 수 있으며, 앞으로 그렇게 될 것이다. 인간만이 초월적 신비를 느낀다. 인간은 단순한 생물학적 존재가 아니라 그 본질의 대부분이 정신세계에 속한다. 인간에게는 진실, 자유, 정의와 같은 절대적인 가치가 있고, 완전한 것을 추구할 자랑스러운 의두가 있다. 이 격정에, 이 의무에, 인간이 자기 자신에게 갖는 외경심에 신이 있다. 나는 수억 개의 은하수에서는 신을 찾을 수 없다.

"그러니까 너는 그 작품에 반대하는 입장이군." 그가 대답했다. "그리고 물리적 자연에도. 인간은 거기서 발생했어. 인간이 물리적 자연에서 발생했으므로 인간의 정신도 거기서 발생한 거고. 인간의 정신은 결국 우주의 어느 다른 곳에서도 발견될 거야. 물리적 피조물, 그 너를 화나게 하는 거대 규모의 우주 행사는 이론의 여지없이 도덕적인 정신에 대한 전제조건이야. 그것 없이는 도덕이 기초를 세우지 못했을 거야. 그러면 인간은 아마도 선을 악의 꽃이라고 불러야 할 거야. 네가 말하는 '하느님의 형상을 띤 사람'은 결국, 결국이랄 건 없고, 미안, 어디까지나 그 끔찍한 자연의 한 조각이야. 정신적인 존재가 될 잠재력을 받았지만, 양(量)으로 따지면 딱히 후하다고 할 수 없는 정도지. 아무튼 네 인문주의가, 그리고 모든 인문주의가 중세의 지구 중심주의로 기우는 것을 보면 재미있어. 아마도 어쩔 수 없이 그쪽으로 기울겠지. 흔히 사람들은 인문주의가 학문을 사랑한다고 생각해. 하지만 그렇지 않아. 악마의 소행에 관한 학문을 존중하기 위해서는 인문학에도 그와 유사한 것이 있어야 해. 중세에는 그랬어. 중세는 지구 중심적이었고 인간 중심적이었어. 이것이 교회에는 아직 남아 있는데, 인문주의 정신에 포함된 천문학적 인식에 대항해 방어자세를 취한 탓이지. 교회는 스스로 악마의 낙인을 찍고, 인간 찬양을 금지하고, 인도주의로써 무지(無知)의 상태를 고집했어. 너 또한 네 인문주의가 철저히 중세적이라는 사실을 알고 있어. 그것이 하는 일은 카이저스아셔른의 우물 안 우주론이고, 이는 점성술 연구로, 별자리와 그것이 나타내는 길하고 흉한 징후에 대한 연구로 발전하지. 이는 아주 자연스럽고 당연한 현상이야. 우주의 한 귀퉁이에 자리 잡고 있는, 우리의 태양계와도 같은 집단 내에서는 그 구성원들이 서로 대단히 긴밀하고 상호 의존적이며, 서로 가족과도 같이 친하게 지낸다는 사실은 불을 보듯 훤하니까."

"점성술 운세에 관한 이야기는 우리 이미 한 번 했어." 나는 기억이 났다. "오래 되었어. 우리가 쿠물데 연못으로 산책 갔을 때. 그리고 그건 음악에 관한 이야기였고 당시 너는 별자리를 옹호했어."

"나는 지금도 옹호해." 그가 대답했다. "점성술의 시대에는 매우 많은 것을 알았어. 그들은 사태를 이미 알았거나 예감했고, 오늘날 광범위 학문에서는 이를 다시 다루고 있어. 질병, 역병, 돌림병 등이 별자리와 관계가 있다는 사실은 당시 직관과도 같이 확실했어. 오늘날은 병원균, 박테리아, 말하자면 지구에 인플루엔자 전염병을 불러일으키는 생물체가 다른 행성 즉, 화성, 목성 또는 금성에서 온 것은 아닌지 토론하는 정도야."

그러고는 어떤 캘리포니아의 학자가 수백만 년 된 운석 속에서 살아있는 박테리아를 발견했다고 주장한 이야기를 들려주었다. 사람들은 그 발견에 대해 좋다고도, 말도 안 된다고도 할 수 없었는데 병원균, 즉 살아있는 세포들은 분명 낮은 온도를 절대온도 0도인 섭씨 영하 273도를 견딜 수 있었다. 이는 행성 간 우주공간의 온도와 거의 비슷하다. 감염성 질병, 페스트, 흑사병 같은 역병은 아마도 이 별에서 생긴 것이 아닐 것이다. 생명조차도 지구에서 생긴 것이 아니라 밖에서 들어왔다는 사실이 거의 확실하니까. 헬름홀츠(19세기 독일의 과학자, 철학자 - 옮긴이)가 생명은 운석을 통해 다른 별에서 지구로 왔다고 가정했고 그때부터 생명의 근원이 진정 지구인지 의심하게 되었다는 것이다. 자신은 생명이 이웃별에서 왔다는 사실을 믿는데, 이를 뒷받침하는 근거는 충분하다고 아드리안은 말했다. 목성, 화성, 금성을 둘러싸고 있는 대기에는 메탄과 암모니아가 훨씬 더 많이 포함돼 있으므로 생명이 존재하기에 더 유리하다는 것이었다. 이 세 별에서 왔든 그 가운데 한 곳에서 왔든 한때 우주의 발사체가 생명을 옮겼는지, 아니면 단순히 빛의 압력에 의해 무균의 혹성인 순결한 지구에 도달했는지에 대한 판단은 내게 미루었다. 내가 믿는 하느님의 사람, 정신적인 것을 추구할 의무를 띤 만물의 영장은 아마도 이웃별의 풍부한 메탄 덕분에 생겨났을 것이라며……

"악의 꽃이야." 나는 머리를 끄덕이며 그의 말을 반복했다.

"그 꽃은 대부분 놀림에서 만발하지." 그가 덧붙였다.

이렇게 그는 내 선의의 세계관뿐만 아니라 이 대화가 진행되는 동안 줄곧 언짢은 기분을 갖게 만든 속임수, 즉 자신이 하늘과 땅에 대해 특별하고 개인적이고 직접적인 정보를 받았다는 이야기를 가지고도 나를 놀렸다. 이 모든 것이 어떤 작품을 위한 준비였다는 사실을 나는 알지 못했다. 눈치 챘어야 했는데……. 당시 그는 아홉 편의 에피소드 작곡 다음으로 우주적인 음악을 구상하고 있었는데, 그것은 놀랍게도 한 악장으로 된 교향곡 또는 오케스트라 환상곡이었으며, 1913년의 마지막 몇 달과 1914년의 처음 몇 달을 들여 완성하고 〈우주의 기적〉이라는 제목을 붙였다. 그는 내가 제안한 제목을 거부하고 이 제목을 붙였다. 나는 이 권위적인 표제에 거부감을 느끼고 〈우주 교향곡〉이라는 제목을 추천했지만 아드리안은 웃으며 다른 제목을, 작위적인 격정으로 비꼬는 제목을 고집했다. 물론 아는 사람들은 이 제목을 통해 이 음악이 철두철미 미묘하고 기괴한 특징으로 거대함을 묘사하고 있다는 사실을 더 잘 예측할 수 있다. 그러나 그 기괴한 특징도 수학적, 의례적인 방법에 의한 것이었으며, 종종 엄숙하고 경건했다. 〈봄의 축제〉도 어떤 의미에서는 이미 〈우주 교향곡〉에 대한 준비였다고 할 수 있겠으나, 이 곡은 〈봄의 축제〉의 정신과는, 그러니까 겸허한 찬미의 정신과는 상관이 없었다. 악보를 적은 육필에 나타난 공통된 특징이 아니었다면 이 두 작품을 한 작가가 작곡했다고 믿기 어려웠을 것이다. 약 30분에 걸쳐 오케스트라가 그리는 이 우주 초상화의 본질과 정수(精髓)는 조롱이었다. 내가 대화에서 주장한 의미의 조롱이었으며, 인간을 벗어난 측정 불가능한 세계를 다루는 일은 경건한 마음을 갖는 데 아무런 도움도 주지 않는다는 주장을 너무도 잘 증명했다. 악마와도 같은 냉소, 칭찬을 통한 교활한 조롱, 그것은 세계구조의 무시무시한 시계장치만을 노린 것이 아니라, 그 시계장치를 물들이는 수단에도, 다시 말해 음악에도, 음의 우주에도 해당되는 것 같았으며, 내 친구의 예술성은 예술에 반하는 신조를 교묘하게 나타냈다는 비난을, 이는 예술에 대한 비방이요 니힐리즘에 의한 불경이라는 비난을 불러일으켰다.

이에 대해서는 그 이야기가 나오는 곳에 가서 더 말하겠다. 다음 두 장(章)은 내가 1913년에서 1914년으로 넘어갈 즈음, 해가 바뀌면서 시대가 바뀌었을 때, 전쟁이 발발하기 전에 마지막으로 개최된 뮌헨의 파싱 축제 동안 아드리안 레버퀸과 나눈 몇 가지 사교상의 경험을 묘사하는 데 할애하겠다.

28

아드리안이 슈바이게슈틸 집에 세든 후에도 카시펠-주조가 지키는 수도원의 고독 속에 완전히 파묻히지는 않고 간헐적이나마, 또 절제도 하면서 도시의 사교모임에도 관심을 가졌다는 이야기는 이미 했다. 그러나 일찍 자리에서 일어나야 한다는, 11시 기차를 반드시 타야 한다는 엄연한 현실이 그는 가장 좋았고 이에 안심하는 듯했다. 우리는 람베르크슈트라세의 로데 집에서 모였는데 그 곳에 모이는 사람들, 즉 크뇌터리히 부부, 크라니히 박사, 칭크와 슈펭글러, 바이올리니스트이자 휘파람 주자 슈베르트페거 등과 나는 꽤 우호적인 관계를 유지했다. 나아가 슐락인하우펜의 집과 퓌르스텐슈트라세에 있는, 실트크납이 거래하는 출판사 사장 라트브루흐의 집, 그리고 실트크납을 따라 제지(製紙)업자 불링거(라인 지방 출신이었다)의 우아한 꼭대기 층에도 가 보았다. 마침내 카니발 축제 중 슈바빙 예술제에서 모든 모임의 회원들이, 어차피 서로 겹치기도 했지만, 다양하게 서로 섞이며 다시 만나게 되었다.

로데 집에서나 슐락인하우펜의 살롱에서나 사람들은 내 비올라다모레 연주를 즐겨 들었는데, 이는 조용한 성격에 대화를 하면서 한번도 열띤 강의나 설교를 한 적이 없는 내가 그나마 코임을 위해 할 수 있는 일이었다. 람베르거슈트라세의 모임에서 내게 계속 연주를 하게 한 사람은 천식을 앓는 크라니히 박사와 밥티스트 슈펭글러였다. 한 사람은 동전학적, 고전적 관심에서(그는 듣기 좋은 발음으로 그리고 분명한 어법으로 비올족 악기의 역사적 형태에 대해 나와 즐겨 이야기했다), 다른 사람은 일상적이지 않은 일, 일상에서 벗어난 일에 대한 단순한 호감에서 그랬지만, 나는 그 집에서 씩씩거리며 첼로 연주를 하고 싶어 하는 콘라트 크뇌터리히의 욕망과 슈베르트페거의 매혹적인 바이올린 연주에 대한 몇 안 되는 청중의 정당한 선호를 배려해야 했다. 사실은 명예욕이 강한 슐락인하우펜 부인이, 결혼 전 성이 플라우지허인 부인이 자신과 슈바벤 사투리의 남편—당시 청력이 매우 저하되어 있었다—주위에 끌어 모은 더 많은, 더 점잖은 청중들 사이에서 아마추어 수준을 벗어나지 못한 내 연주가 열렬한 호응을 얻었으므로 나는 더욱 우쭐했으며(조금도 부인하지 않겠다), 브리너슈트라세에 갈 때면 거의 매번 악기를 들고 갔다. 나는 17세기의 샤콘(세 박자의 느린 스페인 춤곡 - 옮긴이)이나 사라반데(스페인의 활발한 춤곡 또는 프랑스의 느린 궁중 춤곡 - 옮긴이), 또는 헨델의 친구인 아리오스티의 소나타나 하이든의 바리톤을 위한 곡을 연주했는데, 이 곡은 비올라다모레로 연주하기에도 손색이 없는 곡이었다.

　　이런 음악은 자넷 소이엘뿐만 아니라 궁정 극단의 총감독 리데젤 남작도 성원했다. 고악기(古樂器)와 고전음악에 대한 그의 후원은 크라니히의 경우처럼 고전 지식에 관한 관심에서 나온 것이 아니라 순전히 그의 보수적인 경향 때문이었다. 그것은 물론 커다란 차이였다. 한때 기병대장을 지낸 이 궁정관료는 오로지 피아노를 좀 칠 줄 안다는 이유에서 현재의 직위에 임명되었다(단지 귀족 출신에다 피아노 좀 친다고 궁정극단 총감독이 되다니! 도대체 지금이 몇 세기인가!). 리데젤 남작은 무조건 옛 것, 역사적인 것에서 근세적인 것, 혁신적인 것에 대항하는 공수의 요새를 찾았고, 일종의 극단적 중세주의를 표방했으며, 그의 후원도 이러한 신조에서 비롯되었을 뿐, 실제로는 자신이 후원하는 대상에 대해 제대로 이해하지도 못했다. 새로운 것, 젊은 것이 전통에서 나온 것이 아니라고 한다면 이는 새로운 것을 제대로 이해하지 못한 것이고, 새로운 것도 역사적 필요성에서 나온 것인데 이를 배척한다면 이러한 태도는 옛 것에 대한 진정한 사랑이 아니라 기형적인 사랑일 뿐이다. 이를테면 리데젤은 발레를 '우아하다'는 이유로 높이 평가했다. '우아하다'는 말은 그에게 현대적, 반동적인 것에 대항하는 보수적, 극단적 의미의 표지였다. 그는 차이코프스키, 라벨, 스트라빈스키로 대변되는 러시아와 프랑스 발레의 전통적인 예술세계에 대해 아는 것이라고는 없는 사람이었다. 한마디로, 스트라빈스키가 훗날 고전 발레에 대해 밝힌 이념, "이것은 방황하는 감정을 누른 절제된 계획의 승리다. 우연을 누른 질서의 승리다. 아폴론(문학과 음악의 신 - 옮긴이)의 정신을 의식한 행위의 표본이며 예술의 패러다임이다"라는 말로 표현한 이념과는 매우 동떨어진 사람이었다. 그의 눈 앞에 떠다니는 것은 오로지 짧은 스커트와 발끝으로 제자리걸음하는 다리, 그리고 '우아'하게 머리 위로 굽힌 팔 뿐이었다. '이상적인 것'을 주장하고 흉하고 문제가 되는 것을 조롱하는 특별석의 귀족과 일층 좌석의 교양 있는 시민계급의 눈에 비친 우아함이란 이런 것이었다.

슐락인하우펜의 집에서는 바그너의 곡들도 자주 들을 수 있었다. 소프라노 성악가인 타냐 오를란다와 헬덴테노르(바그너 가극의 영웅역으을 노래하는 테너가수 - 옮긴이) 하랄트 쾨엘룬트가 그 집에 자주 왔기 때문이었다. 쾨엘룬트는 코안경을 끼고 이미 돈이 났으나 목소리는 탄탄했다. 그런데 리데젤 공은 바그너의 작품을—그것이 없었다면 그의 궁정 극장도 존립하지 못했을 것이다—노골적으로 강력하게, 다소간 봉건적 '우아함'의 범주로 분류하고 이에 경의를 표했다. 이미 새로운 해석 즉, 그의 범주를 초월하는 연주가 있었으나 이에 대해서는 거부감을 표하고, 원작에 충실하게 연주할 때는 더욱 더 열렬히 환영했다. 심지어 이런 일도 있었다. 남작께서 가수들의 연주를 그랜드피아노로 직접 반주했는데, 비록 그의 피아노 실력은 피아노 반주를 하기에는 부족했고 실제로 한 번 이상 성악 연주에 해를 끼쳤지만, 그래도 가수들은 매우 만족했다. 나는 실내악 가수 쾨엘룬트가 불러 제치는 지그프리트의 끝없는 노래, 진짜 지루한 대장간 노래가 정말 싫었는데, 목소리가 어찌나 큰지 살롱에 있는 민감한 장식품들, 화병과 세공 유리잔 등이 공명현상을 일으켜 윙윙 소리를 낼 정도였다. 그렇지만, 고백하거니와 여자 주인공의 목소리에 의한 진동에는, 오를란다의 노래에는 저항하기 힙들었다. 그녀의 개성이 넘치는 매력과 풍부한 성량, 숙달된 무대 발음은 우리에게 여왕의 영혼을 접하는 듯한 환상을 강하게 불러일으켰다. 그녀가 이를테면 이졸데의 "미네를 모르시나요?"에서부터 환상적인 "그 횃불이 내 인생의 빛이라 할지언정 나는 웃으며 단번에 꺼버렸네"(그녀는 팔을 힘 있게 뻗으며 연기도 했다)까지 다 부른 후 갈채 속에 승리의 미소를 짓고 서 있을 때면, 내가 눈에 눈물이 고인 채 그 여인 앞에 무릎을 꿇는다 하더라도 아무도 이상하게 보지 않았을 것이다. 그런데 이번에는 아드리안이 그녀의 반주를 맡았으며, 피아노 의자에서 일어날 때, 눈물을 흘릴 정도로 감동 받은 내 눈을 훑으며 그도 미소 지었다.

이러한 벅찬 감동을 경험한 후에 이처럼 예술적인 사교모임에 약간의 기여를 할 수 있다는 것도 즐거운 일 중 하나일 것이다. 그래서 내가 최근에 7현으로 된 나의 비올라다모레로 연주했던 밀랑드르의 〈안단테와 미뉴엣〉을 다시 한 번 연주해 달라는 요청을 리데젤 남작에게서 받고 곧바로 하체가 길고 우아한 안주인에게서 재청까지 받았을 때 감격할 정도였다. 인간은 얼마나 약한 존재인가! 나는 그가 고마웠고, 그의 말쑥하지만 속이 빈, 떨어낼 수 없는 뻔뻔한 태도 때문에 확연히 눈에 띄는 외양에 대해 품었던 반감을, 면도한 둥근 뺨 앞에 틀어 꼰 금발 콧수염과 희다시피 한 눈썹 아래 번쩍이는 외눈 안경 등 귀족적인 외양에 대해 품었던 반감을 깡그리 잊었다. 잘 아는 사실이지만, 아드리안에게 그 기사의 모습은 이른바 평가 대상의 축에도 끼지 못했다. 증오와 멸시, 심지어 웃음의 저편에 속했다. 어깨를 으쓱해 보일 가치도 없었으며, 사실 나도 그렇게 생각했다. 그러나 어떤 단아한 것을 통해 혁명적인 맹공격을 받은 것 같은 파티의 분위기에 평온을 되찾기 위해 리데젤 남작이 내게 적극적인 참여를 유도했을 때는 나는 어쩔 수 없이 그를 좋게 보지 않을 수 없었다.

그런데 리데젤식 보수주의가 또 다른 종류의 보수주의와 맞닥뜨린 모습은 참으로 기묘한 광경이었다. 일면 당혹스럽기도 하고 일면 우습기도 했다. 그 보수주의는 '아직'이라는 말이 적합할 뿐만 아니라 '또 다시'라고 하는 편이 더 정확한, 즉 혁명 후 보수주의이며 동시에 반혁명적 보수주의였다. 그것은 시민적, 진보적 가치기준을 맹공격했으나, 시민사회 이전의 가치기준이 아니라 그 이후의 가치기준에 의거해서 반대하는 것이었다. 시대정신은 서서히 이 낡고 단순한 보수주의를 장려하기도 주눅 들게도 하는 만남의 기회를 만들었으며, 명예욕 때문에 가능하면 다양한 사람들로 구성한 슐락인하우펜 부인의 살롱에도 그 기회가 찾아왔다. 즉, 재야학자 카임 브라이자허라는 인물이 등장했는데, 대단히 훌륭한 풍채에 정신적으로 진보한, 정말 앞뒤 가리지 않는 유형으로서 매력 있는 흉물이었으며, 보아하니 모종의 심술궂은 쾌감을 느끼며 유별난 이방인 역을 했다. 안주인은 그의 언변을 칭찬했는데, 팔츠 지방 사투리가 강하게 드러난 말씨였으며, 그의 역설에 여자들은 환호하는 마음을 억누르지 못하고 손을 머리 위로 치켜들고 손에 손을 꼭 잡았다. 그 사람 자체에 대해 말하자면, 그가 이 모임에 들어오게 된 동기는 그의 속물근성 때문이었는데, 그는 우아하고 소박한 집단을 이념으로 놀라게 해주고 싶은 욕망이 있었다. 그러나 그의 이념이라는 것도 문학회합에서라면 그다지 큰 반향을 불러일으키지 못할 내용이었다. 나는 그를 조금도 좋아하지 않았다. 그는 언제나 삐딱하게 나가는 지식인의 전형이었으며, 나는 아드리안도 그에 대해 반감을 느낀다는 사실을 믿어 의심치 않았다. 비록 나 자신 그 반감의 이유가 명확하지 않았기에 한번도 우리 사이에 브라이자허에 대한 이야기를 나눈 적은 없지만, 그래도 분명히 알 수 있었다. 브라이자허가 시대의 정신 운동을 이해하는 감각, 최근의 시대적 의지를 감지하는 후각을 나는 한번도 부정하지 않았으나, 그의 인격과 살롱의 대화에서 나타난 그의 감각은 내게 그 무엇보다도 첨예하게 대립되는 것이었다.

그는 다방면으로 할 말이 많은 박식한 사람이었다. 이른바 문화철학자였는데, 문화의 전체 역사에서 붕괴과정만을 보는, 문화에 반대 입장을 취하고 있는 사람이었다. 그의 입에서 나오는 가장 경멸적인 말은 '진보'였다. 그가 그 단어를 말할 때는 압도하는 듯한 느낌을 주었으며, 사람들은 그가 그 보수적인 조롱을, 진보어 바친 그 조롱을 이 모임에 참가하기 위한 정식 자격증으로 여긴다는 사실을, 살롱에 올 수 있는 능력의 표시로 생각한다는 사실을 파악할 수 있었다. 그가 2차원적 평면기법에서 원근화법으로 회화가 발전하는 과정을 비웃을 때는 일종의 유머감각도 보여주었으나 그것은 그다지 공감이 가는 유머는 아니었다. 그는 이전의 미술에서 원근법적 눈속임을 거부한 일을 두고 사람들은 구제불능의 서투른 원시성이라 비난하고 애석한 일이라고 덧붙이기까지 했는데, 이는 유치한 근세 사상이 건방짐의 절정에 도달한 것이라고 단언했다. 거부, 단념, 과소평가는 무능한 것도 무식한 것도 아니며 빈약한 지성을 입증하는 것도 아니라는 것이다. 마치 원근법에 의한 착시효과가 매우 저급한 하층민에게나 어울리는 미술의 천박한 원리가 아니라는 듯이, 원근법이 무엇인지 알려고 조차 하지 않는 태도가 귀족적인 취향을 보여주는 것이 아니라는 듯이, 어떤 것을 알려고 하지 않는 것, 지혜라고도 할 수 있고 지혜의 일부라고도 할 수 있는 그 능력이 안타깝게도 지금은 사라졌다, 그리고 상스럽고 건방진 태도를 두고 진보라고 한다고 그는 주장했다.

플라우지히 부인의 살롱 구성원들은 브라이자허의 이러한 견해들을 별다른 이의없이 받아들였지만, 내가 보기에 그들은 브라이자허가 이런 견해들을 피력하기에 적합한 인물이 아니라고 생각하기보다는 자신들이 브라이자허의 견해에 박수를 보내기에 그다지 적합한 사람들이 아니라고 느끼는 것 같았다.

그는 음악도 이와 유사하다고 말했다. 단성 음악에서 다성 음악으로, 화음으로 변화된 것을 사람들은 흔히 문화적 진보라고 보지만 사실은 야만의 수용이었다는 것이다.

"그러니까 …… 죄송하지만 …… 야만이라고 했습니까?" 리데젤이 큰 소리로 말했다. 그는 야만에서 보수주의 원리를 발견하는 일에 익숙한 사람이었다.

"물론이죠, 대공. 다성 음악의 근원은, 다시 말해 5도나 4도를 동시에 노래하는 음악의 기원은 음악적 문명의 중심지인 로마에서 멀리 떨어진 곳에 있습니다. 로마는 아름다운 목소리와 그 숭배의 본고장이었죠. 그러나 다성 음악은 거친 흠이 난무하는 북부지방에서 발생했습니다. 다성 음악은 흠집에 대한 일종의 상쇄였던 것 같습니다. 그 곳은 영국과 프랑스, 그 사납기로 유명한 브리튼인데, 이들이 처음에 화음에 3도 음정을 받아들였지요. 그 이른바 청음의 발달, 복선화, 진보 등은 그러니까 때로 야만의 업적이죠. 그것을 찬양해야 할지는 각자의 판단에 맡길 일입니다만……."

그는 스스로 보수적인 사람으로 보임으로써 남작을 비롯한 그 살롱의 모든 사람에게 아첨하고 있는 것이 분명했다. 그는 누군가 다른 사람이 자신의 생각을 알아차렸다는 것 때문에 심기가 불편했던 것이 분명했다.

다성적 성악음악이라는 이 진보한 야만의 발명품은, 거기서부터 역사적으로 화성적 화음 원칙의 시대로 넘어간 이상, 그리고 이와 더불어 최근 두 세기에 걸쳐 기악음악 시대로 넘어간 이상 그가 보수적으로 비호해야 하는 대상이었다.

그것은 붕괴였다, 오직 하나뿐인 진정하고 위대한 예술, 즉 대위법의 붕괴였다, 이제껏 감정의 매춘이나 오만한 역동성과 전혀 상관하지 않고 신성하고 차분하게 수(數)를 가지고 하던 놀이가 붕괴된 것이다, 여기에는 아이제나흐 출신의 위대한 바흐가, 괴테가 화음의 대가라 칭할 만도 했던 그가 깊이 관여하고 있다, 그가 평균율 피아노의 창시자가 아니었다면, 즉 모든 음을 다의적으로 해석하고 이명동음으로 혼동할 가능성의 창시자가 아니었다면, 새로운 화성을 추구하는 조성의 낭만주의를 창시하지 않았더라면, 바이마르의 대문호가 그에게 그토록 막강한 이름을 붙여 주지도 않았을 것이다, 화성적 대위법? 그런 것은 없다, 그것은 죽도 밥도 아니다, 과거의 진정한 폴리포니 음악은 서로 다른 성부가 서로 섞이며 울리는 음악으로 이해되었다, 이를 호모포니 음악으로 그 해석을 달리 하려는 시도 즉, 유연화하기, 왜곡하기는 16세기에 이미 시작되었으며, 팔레스트리나나 두 명의 가브리엘리, 그리고 우리의 용감한 오를란도 디 라소 같은 사람들이 창피하게도 이 일에 즉각 가담했었다, 이 사람들은 우리에게 음성 폴리포니 예술의 개념을 '인간적으로' 친숙하게 만들었으므로 우리들 눈에 그들은 이 양식의 가장 위대한 거장으로 보였다, 이는 단지 그들이 이미 순수 화음 악장형식에 완전히 헌신하다시피 했고, 폴리포니 양식을 다룰 때 관대하게도 화성적 동시음을 고려해 협화음과 불협화음을 사용하는 정도로 누그러뜨린 데서 비롯된 현상이었다고 그는 말했다.

모든 사람이 놀라고 표정이 밝아지고 무릎을 친 반면, 나는 이 짜증나는 연설 동안 아드리안의 눈을 찾았다. 그러나 그는 내게 눈길을 주지 않았다. 리데젤은 온통 혼란의 도가니에 빠졌다.

"죄송하지만, 바흐와 팔레스트리나는 ……."

이 이름들은 그에게 보수적 권위의 광휘를 발하던 이름들이었는데 이제 가장 현대적인 붕괴의 범주로 옮겨졌다. 그는 동감했다. 동시에 외눈 안경을 눈에서 뺄 정도로 대단한 감동을 받았는데, 안경을 빼자 그의 얼굴에서 지성적인 분위기가 완전히 사라졌다. 브라이자허의 문화비평적 열변이 구약성서에 미쳤을 때도, 성서에 나오는 인물의 근본에 관한 문제에 즉, 유대종족 또는 유대민족과 그들의 정신사를 일별하고, 여기서도 극도로 애매한, 심지어 터무니없고 그래서 교활한 보수주의를 증명했을 때도 리데젤은 극도로 기분이 좋았다. 브라이자허의 말을 듣자면 과거의 것, 진정한 것의 붕괴, 우매화, 그리고 모든 관계의 상실이 아무도 상상하지 못했으리만치 일찍 적재적소에서 일어났다. 나는 이 모든 것이 미치도록 우스꽝스러웠다고 말할 수밖에 없다. 그는 기독교 신자들이 모두 존경하는 성서의 인물, 다비드 왕, 솔로몬 왕, 하늘에 계신 사랑하는 주님에 대해 선문답 하는 예언자들을 이미 낡은 후기신학을 대표하는 몰락한 인물들로 보았다. 후기신학은 야훼 엘로아(헤브라이의 신—옮긴이)를 믿는 옛 순수 히브리 족의 실체에 대해 아는 것도 없으면서, 당대에 민족의 신을 섬기거나 신의 현신을 강요했던 계식을 단순히 '원시 시대의 수수께끼'로 치부했다고 그는 주장했다. 그는 특히 '지혜로운' 솔로몬을 신랄하게 공격했으므로, 남자들은 휘파람을 불고 여자들은 놀라 환성을 질렀다.

"죄송합니다만, 저는, 부드럽게 말해서 …… 솔로몬 왕의 위대함을 비방해서는 안 될 것 ……." 리데젤이 말했다.

"그렇지요, 대공. 제가 그래서는 안 되겠지요." 브라이자허가 대꾸했다. "그 사람은 호색적인 쾌락으로 신경이 쇠약해진 심미주의자였습니다. 그리고 종교와 연관해서는 진보적인 바보였지요. 현존하는 민족 신에 대한 숭배를, 민족의 형이상학적인 힘의 총체에 대한 숭배를 하늘에 계신 추상적인, 사람들이 일반적으로 알고 있는 신의 설교로 퇴행시킨 전형적인 경우지요. 그러니까 민족종교에서 세계종교로 퇴행한 것입니다. 이 사실은 최초의 사원이 완공된 후 솔로몬이 한 연설을 읽어보면 알 수 있습니다. 거기서 그는 '하느님이 이 땅에서 인간들과 어울려 살 수 있는가?'라고 물었지요. 마치 이스라엘 민족 전체의 과제가 신에게 집을 마련해주고 천막을 쳐주고 모든 수단을 동원해 신이 지속적으로 머물도록 하는 일만은 아니라는 듯이. 그러나 솔로몬은 감히 '온 하늘도 당신이 살기에는 비좁으니 내가 지은 이 집은 훨씬 더 비좁다'고 선언하지는 않았습니다. 이런 말은 헛소리이고 종말의 시작입니다. 즉, 시편 작가들이 상상한 변종 신의 모습이지요. 그 시인들에게 신은 이미 하늘에 완전히 갇혀 있는 존재입니다. 그래서 그들은 끊임없이 하늘에 계신 하느님을 노래하지요. 하지만 모세오경 그 어디에도 하늘을 신성의 임지라고 말한 곳은 없습니다. 모세오경에 나오는 엘로아는 불기둥 사이에 있는 민족에게 다가갑니다. 거기 나오는 신은 민족 가운데 살고자 합니다. 민족 가운데 돌아다니고 자신의 도살대도 민족 속에 두고자 합니다. '제단'이라는 말은 훗날에 만든, 전 인류가 다 쓰는 말이고, 또 너무 얇지요. 한 시편 작가의 시에서는 하느님이 '내가 황소의 고기를 먹고 염소의 피를 마시느냐?'고 묻는데, 이래도 됩니까? 이런 것을 신의 입에 물리다니, 한마디로 들어본 적이 없는 말입니다. 이것은 모세오경에 주제넘게도 계몽의 일격을 가한 일입니다. 모세오경에는 제물이 분명하게 '빵'으로 즉, 야훼의 실제 음식으로 나타나 있습니다. 이 물음에서, 그리고 지혜로운 솔로몬의 어법에서 이른바 중세 최고의 라비 마이모니데스까지는 한 걸음밖에 되지 않습니다. 그는 아리스토텔레스 추종자이고, 제물은 신이 민족의 이교적 본능을 인가한 것이라고 '설명'하는 데 성공합니다. 하! 하! 맞아요, 피와 살의 제물. 소금치고, 자극적인 향으로 양념하고, 한때 신에게 대접했던, 그에게 몸통을 만들어 주고 현신하게 해준 이런 제물은 시편 작가들에게는 그저 '상징'일 뿐입니다." (나는 브라이자허가 이 말을 발음하면서 드러낸, 그 말로 묘사할 수 없는 멸시의 억양이 아직도 들리는 듯하다) "사람들은 더는 짐승을 도살하는 게 아니라, 믿을 수 없게도 감사와 겸허를 도살합니다. '감사를 도살하는 자', 이 말은 즉, '나를 숭배하는 자'입니다. 그리고 또 나옵니다. '하느님에게 바치는 제물은 참회하는 마음이어야 한다'. 간단히 말해, 민족과 피와 종교적 실존은 이미 없어진 지 오래고, 사랑이 담긴 맹물 수프만 바치는 것이지요……."

이상은 브라이자허가 토로한 극단적 보수주의의 맛보기다. 그것은 재미있기도 했고 거부감이 들기도 했다. 그는 진정한 제례(祭禮)는 결코 보편, 추상적이지 않다, 따라서 '전지 전능' 하지도 않고 '어디에나 계시지도' 않은, 실존적인 민족의 신을 숭배하는 일인데, 이는 어떤 역동적인 기운을 마술처럼, 육체적 위험을 감수하며 다루는 일이라고 줄기차게 역설했으며, 이때 실수와 이해부족으로 인해 불행한 일, 파국적인 속단을 불러올 수도 있다고 말했다. 아론의 아들들은 '이질(異質)의 불' 을 가져 왔기 때문에 죽었다, 그것은 기술상의 실수가 원인이 되어 일어난 불행한 사건이었다, 우사라고 하는 사람이 율법을 모셔놓은 함(函)을 운반하던 중, 함이 수레에서 미끄러지려 하자 경솔하게 함에 손을 댔는데, 그러자 그는 곧바로 떨어져 죽었다, 이것 역시 태만이 원인이 되어 초월적인 힘이 폭발한 사건인데, 구체적으로 말하면 하프 연주에 여념이 없는 다윗 왕의 태만으로 일어난 사건이었다, 즉, 율법함을 지게를 이용해 지고 가라고 한 모세오경의 규정에는 충분한 이유가 있었는데, 다윗 왕도 이를 전혀 이해하지 못한 채, 고루하게 수레를 이용해 옮기라고 시켰던 것이다, 다윗 왕 또한, 솔로몬 왕처럼 야만스러워지지는 않았지만, 이미 처음과는 달리 적지 아니 아둔해져 있었다, 그는 인구조사와 같은 행사에 잠재된 위험을 전혀 예상하지 못했으므로 결국 전염병으로 인한 인명의 손실을 초래했는데, 이는 그러한 행사에 대해 형이상학적인 민족의 힘이 보인 반응이었고, 충분히 예상할 수 있는 일이었다, 진정한 민족은 그와 같은 기계적인 기록을, 역동적인 전체를 여러 개의 동일한 개체로 해체시키는 일을 견디지 못하니까…….

　　한 여성이 끼어들어 인구조사가 그렇게 큰 죄인지 몰랐다고 하자, 브라이자허는 기분이 좋기만 했다.

　　"죄라고요?" 그가 과장된 의문문 억양으로 대꾸했다. 아니다, 진정한 민족의 진정한 종교에는 '죄', '벌' 같은 재미없는 신학적 개념이 윤리적 인과관계로 나타나지 않는다, 중요한 것은 실수와 운영상 사고의 인과관계다, 윤리는 종교의 붕괴를 나타낸다는 점 외에 이 두 개념은 서로 아무런 상관이 없다, 도덕은 모두 제의적(祭儀的)인 것을 '순전히 정신적인 것'으로 오해한 것이었다, '순전히 정신적인 것'보다 더 황량한 것이 있는가? 특성 없는 세계종교는 '기도' 할 때, 이런 표현을 써서 죄송하지만, 구걸하는 행위, 자비를 청원하는 행위를 금지했다, '오 신이시여, 자비를 베푸소서.', '도와주소서.' 라고 하면 안 된다, 이른바 기도에서…….

　　"죄송합니다만" 리데젤이 이번에는 대단히 힘주어 말했다. "다 옳은 말씀입니다만, 기도할 때 모자를 벗는 일은 내 생각에 언제나……."

　　"기도는 어떤 활력, 활기, 대단히 센 힘 즉, 주술의 위력을, 신의 힘을 합리적으로 희석시킨 야만적인 후기 형식입니다." 브라이자허 박사가 가차 없이 자신의 말을 마무리했다.

　　남작은 참으로 안쓰러워 보였다. 환원적 논리에 승부를 건 무섭도록 약은 수(手)에, 신사적인 특징은 찾아 볼 수 없고 오히려 혁명적인, 그 어떤 진보주의보다 더 파괴적이면서도 기특하게도 조롱하듯이 보수주의를 주장하는 급진적 수호주의 앞에 자신의 신사적 보수주의가 무릎을 꿇는 것을 보고 그의 정신은 뿌리째 흔들렸을 것이다. 나는 그가 그날 잠 못 드는 밤을 보내리라 상상했는데, 내가 너무 지나치게 그의 감정에 동조한 것 같았다.

브라이자허의 연설이 다 옳은 것은 아니었다. 제물의 의미를 정신적인 것으로만 제한한 일은 예언가들에게서 티롯된 것이 아니라 모세오경 자체에 즉, 모세 편에 이미 명시된 일이었다. 모세는 제물에 대해 거리낌 없이 부차적인 것이라 선언하고 신에 대한 복종만을, 기도만을 중요시했다는 사실만 지적하면 브라이자허에게 간단히 반론을 제기할 수 있었다. 그러나 민감한 사람들은 방해하기를 좋아하지 않는다. 논리적인 또는 역사적인 반론을 상기시켜 열심히 정리한 사그를 습격하는 일을 좋아하지 않는다. 그러므로 그냥 정신에 적대적인 행위 가운데서 정신적인 것을 존중하고 보호한다. 우리가 정신적인 것을, 반대 진영에서는 극히 뻔뻔스럽게, 대단히 엄격하게 다루었던 것을 지나치게 보호하고 숭배한 일이 우리 문명의 실수였다는 증거를 오늘날 보고 있지 않은가.

내가 이 전기 초반부에 유대인에 대한 호감을 고백하면서 그들 가운데 몇몇은 부정적인 인상을 준 불쾌한 족속이었다고 단서를 붙였을 때, 그러면서 재야학자 브라이자허의 이름이 너무 일찍 펜 끝에서 미끄러져 나왔을 때 나는 이미 이 모든 일에 대해 생각하고 있었다. 그런데 그가 앞으로 다가오는 것, 새로운 것에 민감한 자신의 감수성을 전위적인 태도와 보수적인 입장이 일치하는 비틀어진 상황에서도 유지하는 일을 유대정신 때문이라고 할 수 있을까? 아무튼 나는 내 선량한 마음이 전혀 알지 못했던, 인도주의에 반하는 새로운 세계를 그 당시 슐라인하우펜 집에서 브라이자허를 통해 처음으로 알았다.

29

1914년 뮌헨의 파싱 축제. 공현 축일(1월 6일 - 옮긴이)에서 성회(聖灰) 수요일(사순절의 제 1일 - 옮긴이)에 걸친 이 주간에는 여러 가지 공식, 비공식 행사들이 많이 열렸으며, 프라이징 김나지움의 젊은 교사였던 나는 독자적으로 또는 아드리안의 친구들과 함께 그 행사에 많이 참여했다. 축제 분위기로 들뜬 편하고 화기애애한 그 주간은 내 기억 속에 생생하게, 아니 비운으로 얼룩져 남아있다. 그 축제는 전쟁이 발발하기 전에 열린 마지막 축제였으며, 4년에 걸친 그 전쟁은 이제 역사적으로 우리가 겪은 나날에 대한 끔찍한 기억과 더불어 한 시대로, 이른바 1차 세계대전의 시대로 분류되는데, 그 전쟁은 이자르 강변 도시의 미학적이고 순결한 삶에, 이렇게 표현해도 될지 모르겠지만, 그 디오니스같이 편안한 도취감에 영원히 마침표를 찍었다. 그 시기는 또 내가 보기에 우리의 친구들 사이에서도 개개인의 운명이 변화할 조짐이 팽배했던 시기였는데, 물론 외부세계의 관심을 끄는 일은 아니었지만, 결국 파국으로 치닫게 될 운명이었다. 그 사건들은 부분적으로 이 이야기의 주인공인 아드리안 레버퀸의 삶과 운명 매우 가까이에서 일어났고, 그 가운데 하나와는—나는 그 사정을 속속들이 알고 있다—매우 은밀하고 치명적으로 연루되어 있었기에 여기 그 사건에 관해 몇 마디 적고자 한다.

이는 클라리사 로데의 운명을 시사한 말이 아니다. 그 자존심 강하고 비꼬기 잘 하는, 음산한 분위기를 사랑했던 키 큰 금발 아가씨는 당시 아직 우리와 어울렸고 여전히 어머니와 함께 살고 있었지만, 지방 연극무대에서 활동하기 위해 그 도시를 떠날 준비를 하고 있었다. 그녀의 스승인 궁정극장 원로배우가 젊은 아마추어 연극인에게 마련해준 기회였는데, 그것이 불행의 시작이었다. 그녀의 연극 스승은 이름이 자일러인데 노련한 사람이었고, 그 일에 대해서는 모든 책임에서 벗어날 수 있었다. 그는 어느 날 로데 의원 부인에게 다음과 같은 선언이 담긴 편지를 보냈다. 자신의 제자는 극도로 총명하고 연극에 대한 열정으로 가득 차 있기는 하나, 배우로서 성공적인 인생을 보장해 주기에는 타고난 소질이 부족하다, 모든 극예술 분야에서 기초가 부족하고, 코미디언적인 직관과 흔히 무대 체질이라고 부르는 것이 없다, 따라서 자신은 양심에 따라, 비록 그녀가 이 길에 발을 내디뎠지만 계속 간다면 말릴 수밖에 없다는 내용이었다. 이 편지는 클라리사에게는 눈물의 우기로, 어머니에게는 가슴을 찢는 절망의 분출로 변했고, 궁중배우 자일러는 편지 내용에 부합해 연기 지도를 그만두기로 했으며, 자신의 인맥을 통해 젊은 아가씨가 신인으로 출발할 수 있도록 주선해 주었다.

클라리사의 한 맺힌 운명이 다한 지도 이미 24년이 지났다. 클라리사의 죽음에 대해서는 차차 언급하게 될 것이다. 여기서는 그녀의 연약한 언니, 과거와 고통을 숭배하는, 고뇌하는 이네스의 운명과 가련한 루디 슈베르트페거의 운명에 초점을 고정시키고자 한다. 외로운 아드리안 레버퀸이 이 사건에 연루된 사실을 언급하지 않을 수 없는데, 나는 그 일을 생각하면 지금도 소름이 끼친다. 내 독자들은 이미 내가 이런 식으로 앞당겨 말하는 데 이제 익숙해졌을 것이다. 그러니 작가가 제멋대로라서, 정신이 없어서 그런 것이라고 생각하지 말기 바란다. 그 이유는 이렇다. 나는 그때그때 설명해야 하는 어떤 일들을 걱정과 공포로, 아니 두려움으로 멀리서 주시하고, 그 일을 미리 암시적으로, 물론 나 혼자만 아는 말로 이야기함으로써 그 무게를 분산시키려는 것이다. 조금씩 조금씩 자루에서 꺼내려는 것이다. 이렇게 하면 나중에 그 사건을 보고하기가 쉬워질 것 같다. 나는 그 이야기 속에 든 침(針)을 이런 식으로 미리 빼놓으면 충격을, 끔찍한 기분을 피할 수 있을 것 같다. '실수투성이'의 서술실력에 대한 용서와 내 고뇌에 대해 양해를 구하는 일은 이 정도로 그치겠다. 아드리안이 이러한 사건변화의 발단에서—여기서 그 이야기를 하고자 한다—아주 멀리 떨어져 있었다는 사실, 그 일에 별로 주의를 기울이지 않았고, 단지 나를 통해, 자신보다는 사교적인 호기심이 많았던, 인정(人情)이 더 많았다고도 말할 수 있는 나를 통해 어느 정도 관심을 갖게 되었다는 사실은 말할 필요조차 없다. 사건의 내막은 이렇다.

앞서 이미 시사했듯이 로데 자매는, 클라리사뿐만 아니라 이네스도, 어머니인 의원 부인과 그다지 마음이 잘 맞지 않았으므로, 어머니의 살롱에 드나드는 사람들이, 명문가 상류 문화의 흔적이라고는 가구뿐인 그곳에서 온건하고 경박하게 쾌락만 추구하는 중도 보헤미안들이 눈에 거슬린다는 뜻을 드물지 않게 표시했다. 두 사람은 서로 다른 방식으로 이 어중간한 상태를 벗어나고자 노력했다. 자존심 강한 클라리사는 뚜렷한 예술분야로 나가고자 했으나, 얼마 후 그녀의 스승이 인정했듯이 그 방면에 타고난 자질이 부족했다. 반면 섬세하고 우울하며 원래부터 삶이 두려운 이네스는 가정의 울타리 안으로, 안전한 시민계급의 정신적 보호 속으로 파고들었는데, 그리로 가는 길은 당당한, 아마도 사랑에서 비롯된, 아니라면 신의 이름으로 사랑 없이도 결정된 결혼이라는 길이었다. 이네스는 서운해 하는 어머니의 진심에서 우러난 동의 하에 이 길을 택했고, 그녀의 동생과 마찬가지로 좌절했다. 슬프게도 이 이상(理想)은 그녀 개인에게 아예 다가오지도 않았고, 모든 것을 변화시키고 전복시키는 시대가 그 실현을 더 길게 끌었다.

그즈음 이네스에게 헬무트 인슈티토리스 박사라는 사람이 접근해왔다. 그는 미학자이자 예술사학자로서 공과대학에서 계약강사로 활동했는데, 강의실에서 사진을 돌려보게 하며 미의 이론과 르네상스의 건축예술에 대해 강의했다. 그는 상당한 면적의 토지를 상속받은 뷔르츠부르크 재력가 출신의 총각인데다 언젠가는 종합대학의 정식 교수가 되고 학술원 위원이 될 전망도 밝았는데, 자기 집에 사람을 불러 모을 수 있는 당당한 신분을 갖추면 그 전망은 더욱 밝아질 터였다. 그는 아내를 구했고, 자신이 선택하는 아가씨의 경제사정은 걱정할 필요가 없었다. 오히려 그는 결혼생활에서 경제권을 혼자 장악하고 아내를 완전히 자신에게 종속시키기 바라는 남자였다.

그것이 강인한 느낌을 주지는 않았다. 인슈티토리스는 사실 강한 남자가 아니었다. 이런 면모는 그가 강하고 생동감 넘치는 것에는 무엇이든 무조건 감탄하는 데서도 알 수 있었다. 그는 금발에 얼굴이 길고 키는 작았는데, 상당히 우아한 자태에다 마끈하고 기름기가 약간 흐르는 머리칼에 가르마를 타고 있었다. 입 위로 금발 콧수염이 살짝 나 있고, 금테 안경 뒤에서 푸른 눈이 부드럽고 고귀한 인상으로 빛났다. 그런 눈빛을 한 사람이 어떻게 그렇게 야성적인 것을—물론 아름다운 것일 때만—숭배하는지 이해하기 어려웠으나, 어쩌면 그것이 바로 그 이유인지도 몰랐다. 그는 그 시절 수십 년 동안 전형으로 인식되던 점잖은 유형이었는데, 한때 밥티스트 슈펭글러가 적확하게 표현했듯이 "소모성 질환으로 광대뼈가 불거진 얼굴로 '생명은 어찌 이리 강하고 아름다운가!'를 줄곧 외쳐대는" 그런 유형이었다.

그러나 사실 인슈티토리스는 외쳐대기 보다는 오히려 조용히 속삭이듯 말하는 사람이었다. 심지어 이탈리아 르네상스를 '피비린내가 진동하고 우아한 체하는' 시대라고 선언할 때조차 그는 조용히 속삭이듯 말했다. 그는 소모성 질환을 앓지도 않았으며, 기껏해야 소년시절에 누구나 앓는 가벼운 폐결핵을 앓았을 뿐이었다. 그러나 그는 연약하고 신경이 예민했는데, 교감신경과 복강(腹腔)신경에 문제가 있었고, 그가 그토록 겁이 많고 일찌감치 죽음을 느낀 이유도 그 때문이었다. 그는 부유층을 대상으로 운영되는 메란 요양소를 드나드는 단골손님이었다. 건전하고 균형 잡힌 결혼생활이 그의 건강을 호전시켜 주리라고 그는 분명 스스로─그리고 그의 의사들도─그에게 장담했을 것이다.

1913년에서 1914년으로 이어진 겨울에 그는 우리의 이네스 로데에게 접근해서 곧바로 약혼까지 추진했다. 그래도 약혼을 하기까지는 꽤 긴 기간, 1차 세계대전이 발발한 이후까지 기다려야 했는데, 양쪽 모두 두려움과 양심의 가책으로 인해, 진정 서로가 서로를 위한 사람인가 하는 문제를 오래, 면밀히 검토하게 되었다. 그런데 바로 이 문제가 인슈티토리스가 정식으로 발을 들여놓은 의원 부인의 살롱에서든, 공공의 축제 장소에서 따로 한 구석에 모여 잡담을 나누는 패거리 사이에서든, 두 '예비 부부'가 함께 있는 모습을 본 사람들의 입에 오르내리는 것 같았고, 이해심 많은 사람들도 이 예비약혼 또는 시험약혼 이야기가 이리저리 나도는 것을 보고 자연스럽게 그 문제에 깊이 관여해야 할 것 같이 느꼈다.

헬무트가 다른 사람이 아닌 이네스를 점찍었다는 사실에 사람들은 처음엔 놀랐지만 나중에는 충분히 이해하게 되었다. 그녀는 르네상스 여인은 아니었다. 그저 뚜렷한 슬픔이 가득 한 시선을 내리 깔고 목은 뻐딱하게 앞으로 내민, 가벼운 농담에도 입을 뾰족하게 내미는, 정신적으로 연약한 여인일 뿐이었다. 그러나 이 구혼자는 자신의 이상형과는 도저히 살 수 없었을 것이다. 이상형 여인에게서는 남성으로서 우월감을 느끼기 힘들었을 것이다. 그 남자 옆에 오를란다같이 건장한 사람이 있다는 것을 상상만 해도 그 사실을 인정하게 될 것이다. 게다가 이네스가 여성적인 매력이 없는 것도 아니었다. 여자를 구하는 남자가 그녀의 숱 많은 머리칼과 작고 오목한 손, 우아하고 조심스러운 젊음에 반했다면 이는 충분히 이해가 가는 일이었다. 그녀는 그가 찾는 여자였을 것이다. 그녀의 처지가 그의 마음을 끌었다. 즉, 그녀가 강조했듯이 명문가 출신이지만 현 상황으로 인해, 근본 상실로 인해 약간 영락을 겪었으므로 그녀는 그에게 맞설 처지가 못 되었다. 오히려 그는 그녀를 자신의 여자로 만듦으로써 그녀의 지위를 끌어올려 준다고, 복권시켜 준다고 생각했다. 반쯤 몰락한, 약간은 쾌락 추구적인 과부 어머니, 연극에 뛰어든 여동생, 다소 집시 같은 사교모임 친구들, 이런 사정들이 그 자신의 품위를 손상시키지는 않았고, 이들과의 교류로 사회적으로 어떤 불이익을 받은 일도 없으며, 자신의 출세를 위협하지도 않았다. 오히려 이러한 사정들로 인해 이네스가 그에게 흠잡을 데 없는 훌륭한 주부가 되어줄 것이라 확신했다. 의원 부인은 법도에 맞게 그리고 애정을 담아 아마포 침구와 은식기를 혼수로 보냈다.

인슈티토리스 박사의 관점에서 본 사정은 이런 것 같았으나, 내가 여자 입장에서 그를 살피니 사정이 이처럼 잘 맞아 떨어지지만은 않았다. 나는 상상력을 총동원해도 꽤나 소심하고 이기적이며, 비록 섬세하고 교양이 출중하기는 하나 외모 상 결코 멋있다 할 수 없는 이 남자에게서(그는 게다가 종종 걸음을 쳤다) 이성(異性)에게 작용하는 매력을 전혀 찾을 수 없었다. 반면 이네스는 처녀답게 엄격하고 냉정한 태도에도 불구하고 사실 그런 매력이 필요했다. 게다가 철학적 소신도, 두 사람 사이의 인생관도 서로 달랐다. 극단적이고 표본적이라 할 만한 대립이었다. 아주 간단히 공식화해서 말하자면 미학과 도덕의 대립이었는데, 이는 상당부분 당대의 문화계를 지배한 이슈였고, 이 두 젊은 사람에게서 어느 정도 인격화되었다. 무난하고 자랑스럽게, 학교에서 배운 대로 영화롭게 가꾸는 '삶' 과 고뇌의 깊이와 조예에 대한 염세적 찬미 사이의 대립. 이 대립은 발생 당시 하나의 개체로 통합되었고, 시간이 흐르면서 비로소 서로 싸울 수 있도록 따로 떨어졌다고 말할 수 있다. 인슈티토리스 박사는—원, 세상에!—철두철미 르네상스 인간이었고, 이네스 로데는 아주 확고한 염세적 도덕주의의 신봉자였다. '피와 아름다움의 연기를 쐰' 세계의 가치를 그녀는 조금도 인정하지 않았고, '삶' 에 관해 말하자면 그녀는 엄격한 시민계급의 품격 있고 경제적으로 풍요로운, 어떤 공격 가능성도 배제한 결혼에서 삶에 대비한 안전을 찾았다. 그녀에게 이러한 도피처를 제공해 줄 것 같던 그 남자가, 그 소심한 인간이 잔인한 아름다움과 이탈리아 식 독살을 꿈꾸었던 것은 아이러니였다.

내가 보기에 그 두 사람이 단 둘이 있을 때 세계관 때문에 서로 대립했을 것 같지는 않았다. 둘이 있을 때는 더 직접적인 문제들을 다루었고, 그들이 약혼하면 어떻게 될지 이야기했다. 철학은 수준 높고 사교적인 대화 내용이었다. 그러나 나는 사람들이 좀 많이 모인 곳에서, 무도회 홀 한 구석의 와인 탁자 앞에서 두 사람이 대화하다가 서로 대립한 경우가 몇 번 있었던 사실을 기억한다. 인슈티토리스가 강하고 잔혹한 충동을 지닌 사람만이 위대한 작품을 만들어 낼 수 있다고 주장하자, 이네스는 위대한 예술은 극도로 기독교적인 시각, 양심에 따른 시각, 고통으로 세련된, 그리고 삶을 암울하게 바라보는 시각에서 탄생하는 일이 드물지 않았다는 주장으로 맞섰다. 이런 명제의 대립은 내 눈에 시류에 따르는 한가한 대립으로 보였는데, 활기와 허약함이 균형을 이루기 힘들고—아마도 그것이 천재성의 조건일 것이다— 따라서 늘 불안정한 현실에는 전혀 적합하지 않아 보였다. 한쪽에서는 삶의 병약함을 대변했고, 다른 쪽에서는 그가 기원했던 것 즉, 힘을 대변했다. 이 두 반명제는 이런 식으로밖에 존재할 수 없었다.

　　내 기억에 언젠가 우리가 함께 모였을 때였는데(크뇌터리히 부부와 칭크 그리고 슈펭글러, 실트크납과 그의 출판업자 라트브루흐가 있었다), 화기애애한 논쟁은 두 연인들—이렇게 불러도 될 즈음이었다—사이에서 벌어진 것이 아니라, 우습게도 인슈티토리스와 루디 슈베르트페거 사이에 불이 붙었다. 루디는 아주 귀여운 소년 사냥꾼 차림으로 우리와 함께 앉아 있었다. 무엇에 관한 논쟁이었는지는 전혀 기억나지 않는다. 아무튼 의견 차이는 슈베르트페거가 별 생각 없이 또는 아무 생각 없이 한 고의성 없는 발언에서 비롯되었다. '공로'에 관한 말이었던 것 같은데 투쟁, 노력, 의지, 극기를 통해 성취한 것, 루돌프는 이런 행위를 진심으로 찬양했고 그 결과를 두고 공로라 했다. 그런데 인슈티토리스가 그 말을 부정하고 땀을 흘리게 하는 일은 공로라고 인정할 수 없다고 하니, 슈베르트페거는 도대체 그가 어떤 점에서 자신에게 반대를 하는지 이해할 수 없었다. 미의 관점에서 보면 의지가 아니라 재능을 찬양해야 하며, 오직 재능만이 공적을 낳는다고 인슈티토리스는 말했다. 노력은 천한 것이다, 유일하게 고귀하고, 따라서 유일하게 공적을 낳을 수 있는 것은 본능적으로 되는 일, 쉽게 되는 일이라는 것이었다. 그러나 착한 루디는 영웅도 아니었고 정복자도 아니었으며, 그가 살아오는 동안 쉽게 된 일은 하나도 없었는데, 이를테면 특히 그의 훌륭한 바이올린 연주가 그랬다. 그러니 인슈티토리스가 한 말은 그의 기분을 상하게 했고, 이러는 데는 뭔가 '더 어려운' 것, 자신이 모르는 지식이 있을 것이라 어렴풋이 느끼기는 했으나 인슈티토리스의 말을 인정하려 들지는 않았다. 격분해서 입을 벌린 채 인슈티토리스의 얼굴을 빤히 들여다보며, 자신의 푸른 눈으로 그의 눈을 왼쪽, 오른쪽 번갈아 가며 뚫어져라 쳐다보았다.

"아니, 어떻게! 그건 말도 안돼!" 그는 조용히 그러나 힘주어 말했으나, 확실한 자신감은 없다는 표시가 묻어나왔다. "공은 공이야. 그리고 재능은 공이 아니야. 박사께서는 늘 아름다움에 대해 말하지만, 자기를 극복하고 타고난 것 이상을 성취하는 일이 얼마나 아름다운지 모르시는 군요. 안 그래, 이네스?" 그는 도움을 청하듯 그녀에게 물었는데, 이런 문제에서 이네스와 헬무트의 의견이 서로 대립한다는 사실을 전혀 알지 못한 채 순수한 의도에서 던진 질문이었다.

"네 말이 옳아." 그녀가 대답할 때 은은한 홍조가 그녀의 얼굴에 번졌다. "아무튼 나는 네 말에 동의해. 재능은 재미를 주지만, '공로'라는 말에는 재능이나 본능에는 전혀 해당되지 않는 감탄이 있어"

"맞아!" 슈베르트페거가 승리감에 차 소리쳤고, 인슈티토리스는 웃음으로 대응했다.

"그렇겠지. 사람을 제대로 골랐군."

그러자 갑자기 분위기가 이상해졌고 누구나 적어도 어렴풋이는 이

를 느꼈는데, 이네스의 뺨에 번진 홍조가 곧바로 다시 사라지지 않은 것
도 이를 입증했다. 그녀가 이 문제뿐만 아니타 이와 유사한 모든 문제에
서 자신의 구혼자에게 동의하지 않는다는 사실은 이미 누구나 다 알고 있
었다. 그러나 그녀가 어린 루돌프의 말을 인정한 일은 그녀답지 않았다.
루디는 반(反)도덕주의 같은 것이 있는 줄도 모르는 친구였고, 반대주장
을 전혀 이해하지 못하는 사람의 말을 인정하는 것은, 적어도 그에게 반
대주장에 대한 설명을 해주기도 전에 그의 말을 인정해주는 일은 있을 수
없는 일이다. 이네스의 판결은 물론 논리적으로 타당하고 매우 정당했지
만 그래도 왠지 어색한 느낌을 주었는데, 슈베르트페거의 그저 얻은 승리
에 뒤이은 클라리사의 웃음으로 나는 이를 더욱 확실하게 느꼈다. 이 자
존심 강하고 턱이 매우 짧은 인물은 우월하지 않은 사람이 우월하다고 인
정되는 순간을 절대 놓치지 않았으며, 따라서 우월한 사람이 그로 인해
손해를 입어서는 안 된다는 주장이었다.

　"자!" 그녀가 소리쳤다. "루돌프, 엇차! 고맙다고 해야지요? 일어나
서 허리 굽혀 절 해! 너를 구원해준 여인에게 아이스크림 갖다 주고 다음
왈츠곡 나오면 춤 신청해!"

　그녀는 늘 이런 식이었다. 그녀는 매우 우쭐하게 자기 언니 편에 서
서, 언니의 체면과 관계된 일이라면 언제나 "엇차!" 하고 말했다. 그녀는
인슈티토리스에게도 청혼자로서 여인에게 다가가는 태도가 어째 느리고
이해가 더디다고 판단되면 "자, 엇차!" 하고 말했었다. 그녀는 자존심 때
문에 아예 우월감과 동맹했다. 언제나 우월감을 확인하고자 했고, 우월감
이 제 때에 충족되지 못하면 극도로 놀란 표시를 했다. "상대방이 너한테
서 뭔가 바라는 것이 있으면, 그때 너는 그 일에 뛰어들어야 해." 그녀는
이렇게 말하려는 것 같았다. 나는 그녀가 아드리안의 일로 슈베르트페거

에게 "엇차!" 한 일을 기억하는데, 아드리안이 차펜슈토스 음악회와 관련해 어떤 부탁을 했을 때(자넷 소이엘을 위한 입장권이었던 것 같다) 슈베르트페거는 이런 저런 구실을 내세웠다.

"네? 루돌프, 엇차!" 그녀가 외쳤다. "도대체 뭐야? 얼마나 더 간청해야 해요?"

"아니요. 간청할 필요는 없어요." 그가 말했다. "나는 그러니까 ……다만 ……."

" '다만' 은 필요없어요." 그녀는 반은 익살스럽게, 반은 진지하게 처벌하듯이, 고압적으로 일을 마무리했다. 그러자 아드리안도 슈베르트페거도 웃었다. 슈베르트페거는 소년처럼 입 꼬리를 삐죽이는 특유의 표정으로 어깨를 잔뜩 치켜 올린 채, 그 일을 처리해주겠다고 약속했다.

클라리사는 루돌프를 마치 일종의 '뛰어들어야' 하는 구혼자로 취급하는 것 같았다. 실제로 그는 끊임없이, 지극히 순수하고 믿을 만하고 붙임성 있게 아드리안을 위해 노력했다. 그녀는 내게 진짜 구혼자, 그러니까 자기 언니에게 구혼한 사람 일로 자주 의견을 구했다. 그런데 그녀는 마치 곧 다시 취소할 듯이, 이네스 본인이 그랬던 것과 마찬가지로, 의견을 들으려 했다는 듯 하다가는 다시 아무것도 듣고 싶지도 알고 싶지도 않다는 듯 매우 수줍어하는 등 태도가 불분명했다. 두 자매는 나를 신뢰했다. 그들은 사람을 평가하는 능력과 자격을 내게 인정해 주는 것 같았는데, 완벽한 신뢰를 얻기 위해서는 게임에 끼어들지 않는 태도 즉, 명백한 중립이 필요했다. 신뢰받는 자 노릇은 언제나 좋기도 하고 괴롭기도 했는데, 그 노릇을 하는 데는 언제나 자기 자신은 고찰 대상에서 제외된다는 전제조건이 있었다. 나는 세상에 신뢰를 불어넣는 일이 열정을 자극하는 일보다 훨씬 더 좋은 일이라고 스스로 여러 번 말했다. 세상에 '아름답게' 보이는 일보다 '좋게' 보이는 일이 훨씬 더 좋지 않은가!

　이네스 로데의 눈에 비친 '좋은 사람'은 이 세상을 미학적으로 자극받은 상황이 아니라 오직 도덕적인 상황으로 보는 그런 사람이었다. 그래서 그녀는 나를 신뢰했다. 하지만 나는 그 구혼자에 대한 내 의견을 약간은 문의하는 사람의 성격에 맞추어 이야기함으로써 두 자매를 좀 다르게 대했다. 클라리사와 이야기할 때는 내 본분을 크게 벗어나, 그가 선택을 망설이는 동기에 대해(물론 일방적으로 망설인 것은 아니었다) 심리학자 입장에서 의견을 개진했고, '잔혹한 본능'을 숭배하는 그 악골을 그녀와 마음이 맞아 함께 흉보고 재미있어 하기를 서슴지 않았다. 이네스가 직접 물을 때는 달랐다. 그럴 때 나는 그녀의 기분을 짐작하고 배려했지만 그 감정들을 진짜로 믿지는 않았으며, 그 배려는 그러니까 오히려 그녀가 앞날을 충분히 예상한 끝에 그 남자와 결혼하고자 하는 이성(理性)적인 이유에 대한 것이었고, 따라서 남자의 지식, 깔끔한 인간미, 유망한 앞날 등 안정성을 중시하며 이야기했다. 내 달에 충분한 온기를 주는 동시에 온기가 너무 지나치지 않게 하기란 쉽지 않은 일이었다. 이 아가씨의 회의감을 강화시켜 그녀에게 제시된 장래의 보금자리를 망쳐놓는 일과 회의감을 극복하고 그 속으로 들어가라고 설득하는 일이 똑같이 책임감 있는 행동으로 보였으니까. 그런데, 그런 후 언제부턴가 어떤 특별한 이유에서, 승낙하라고 설득하는 일이 말리는 일보다 더 책임 있는 행위처럼 보였다.

　그녀는 대부분 헬무트 인슈티토리스에 대한 내 의견을 듣는 데 곧 싫증을 내고, 나에 대한 신뢰 속에 나이가 우리 모임의 다른 사람에 대한 내 판단도 구함으로써 자문을 어느 정도 일반화했는데, 이를테면 칭크와 슈펭글러에 대해, 또는 예를 한 사람 더 들자면 슈베르트페거에 대해 물었다. 내가 그의 바이올린 연주를 어떻게 생각하는지, 그의 성격에 대해, 내가 그를 존경하는지, 얼마나 존경하는지, 그런 존경심은 진지한 것인지 장난기가 섞인 것인지 그녀는 알고 싶어 했다. 나는 최대한 정확하게, 내가 이 글에서 루돌프에 대해 이야기할 때와 마찬가지로 최대한 공정하게 대답했고, 그녀는 내 이야기를 주의 깊게 들은 후 나의 호의적인 칭송에 직접 자신의 의견을 덧붙여 보충했는데, 나 또한 기꺼이 동의한 내용들이었지만 부분적으로는 그녀의 의견이 너무도 확고해 놀라기도 했다. 그 처절한 확고함이 그 아가씨의 성격이나 인생에 대한 불신으로 내리깐 시선에서 확인될 때는 놀라운 일도 아니었으나, 특정인에 대한 의견에서 나타나니 왠지 낯설었다.

그녀는 그 매력 있는 젊은 남자를 알고 지낸 지가 나보다 훨씬 더 오래되었고, 게다가 자기 여동생도 그랬듯이 자신도 그와는 남매처럼 지내 온 터였으므로, 그에 관한 상세한 이야기를 자신 있게 하더라도 사실 이상할 것이 없었다. 그는 악한 마음이 없는 사람이라고 그녀는 말했다(그녀는 이 단어를 쓰지 않았다. 이보다는 좀 약한 표현을 썼지만 분명 그런 뜻으로 한 말이었다). 그는 순수한 사람이다. 그래서 붙임성이 있다. 순수한 것은 붙임성이 있으니까(그녀의 입에서 나온 감동적인 말이었다. 왜냐하면 그녀는 붙임성이 없었으니까. 나한테만 빼고). 그는 술도 안 마신다. 언제나 차에 크림은 넣지 않고 설탕만 조금 타서 하루에 세 번 마신다. 그리고 담배도 피우지 않는다, 기껏해야 아주 가끔 피우고 절대 습관성은 아니다. 그런 모든 남성용 마취제(그녀가 이렇게 표현했다고 기억되지는 않는다) 대신, 이 모든 최면제 대신 그는 시시덕거리기를 좋아한다. 그는 시시덕거리느라 여념이 없다. 그는 사랑과 우정을 위해 태어난 사람이 아니라 시시덕거리기 위해 태어났다. 사랑과 우정도 그에게는 자기 성격대로, 그리고 마치 속임수처럼 시시덕거리기 그 자체일 것이다.

경박한 바보일까? 그렇기도 하고 안 그렇기도 하다. 평범하고 단순한 의미에서는 절대 그렇지 않다. 제조업자인 불링거와 비교해 보면 알 수 있다. 그 자는 자기 재산을 마음껏 자랑하고 걸핏하면 비꼬듯 이렇게 노래 부르지 않나.

    즐거운 마음, 건강한 피가
    훨씬 좋다네, 돈과 땅보다.

오직 더 많은 부러움을 사기 위한 목적으로 그는 늘 이렇게 노래한다. 이것이 그 차이다. 루돌프는 그의 가치를 항상 바로 알고 믿어주자니 붙임성이 너무 많다. 너무 다정다감하고 사교적인 모양새에 너무 신경 쓰고, 아무튼 사교에 너무 관심이 많다. 사교성은 사실 끔찍한 것이다. 이를테면 바로 이곳에서 최근에 우리가 같이 참석했던 코코첼로 클럽의 장식적인 비더마이어(19세기 초의 독일 예술사조 - 옮긴이) 축제에서 느낀 점인데, 이 유쾌한 장식미술은 삶이 지닌 슬픔이나 의문과 괴롭도록 극명하게 대조된다. 그렇게 생각하지 않느냐. 평균적인 '초대'의 분위기는 정신적 공허와 허무에 대한 공포가 지배적이다. 그런데 이러한 공포는 이와 연관된, 열병 같은 자극과는 뚜렷이 대조된다. 와인, 음악, 사람들 사이에 낮게 흐르는 기류 등으로 흥분된 기분 말이다. 종종 대화하며 사교 형식을 기계적으로 따르는 사람들 가운데 생각은 전혀 딴 곳에 즉, 자신이 관찰하는 다른 사람에게 가 있는 경우를 본다. 그러면 무대는 붕괴된다. 혼란은 점차 가중된다. '초대'가 끝난 후 풀어지고 어질러진 살롱의 모습이란……. 그녀는 모임이 끝난 후 자기 침대에서 한 시간이나 운 적이 자주 있었다고 고백했다.

그녀는 이야기를 계속했는데 주로 일반적인 걱정과 비관주의를 토로했으며, 루돌프는 잊은 것 같았다. 그러나 그녀가 다시 루돌프 이야기로 돌아왔을 때, 그 사이에도 그에 대한 생각이 그녀의 뇌리를 떠나지 않았다는 것에는 의심의 여지가 없었다. 그녀는 자신이 말한 사교적인 모양새란 아주 무난한 것이라고 말했다. 그 덕분에 사람들이 즐겁게 웃지만, 때로는 그로 인해 우울해지기도 한다고 했다. 그는 모임에 언제나 마지막에 온다. 다른 사람들로 하여금 자신을 기다리게 하고픈 욕망에서 그러는 것이다. 모임에 와서는 자신이 어제 어디어디에 갔었다느니, 랑게비셰 집에 갔었다느니, 롤바겐이라는 친구네 갔더니 그 집에 훌륭한 딸이 둘 있었다느니 하는 말로 경쟁을, 사교적 질투를 유발한다('나는 '훌륭한' 이라는 말을 듣기만 해도 벌써 겁나고 불안해요'). 그는 이 말을 사과하듯, 눙치듯, 대략 '한 번은 나도 그곳에 얼굴을 보여야 했다'는 의미로 말하는데, 분명 그곳에 가서도 똑같이 말할 것이다. 그는 모든 사람이 자기와 함께 있을 때 가장 행복하다고 착각하기를 바라니까. 마치 모든 사람이 거기에서 가장 큰 가치를 찾는다는 듯이. 그러나 자신이 모두에게 가슴 벅찬 기쁨이 된다는 그의 확신에는 좀 병적인 면이 있다. 그는 5시에 차를 마시러 와서 5시 반에서 6시 사이에 어디 딴 데, 랑게비셰 집이나 롤바겐 집에, 약속이 있다고 말한다. 그 말은 사실이 아니다. 그래 놓고 그는 6시 반까지 남아 있다. 여기 있는 편이 더 좋다는 표시로, 붙잡혔다는 표시로, 좀 늦게 가도 된다는 표시로, 그러면서 다른 사람들이 정말로 즐거워하는 일이라면 당연히 자신에게도 즐거운 일이라고 굳게 믿으면서.

우리는 웃었다. 그러나 나는 그녀가 미간을 찡그리는 모습을 보았으므로 자제했다. 그녀는 내가 슈베르트페거의 다정다감한 태도를 너무 과대평가하지 않도록—정말 그렇게 생각했을까—주의시킬 필요가 있다는 듯이 말을 이었다. 거기에는 별 뜻이 없다. 언젠가 우연히 슈베르트페거가 좀 떨어져 자리 잡은 어떤 사람에게 모임에 더 머물러 있으라고 요청하는 말을 직접 들은 적이 있다. 싹싹하고 붙임성 있게, 사투리로 "워디 가여? 쪼까 더 있으랑게?" 라고 했는게, 그 사람은 자신이 알기로도 슈베르트페거에게는 있어도 그만 없어도 그만인 사람이었다는 것이다. 그 일로 슈베르트페거 쪽에서 하는 그런 권유는, 그녀도 받아본 적이 있고, 모름지기 나도 받아본 적이 있을 테지만, 누구에게나 다 하는 말이라는 사실을 알았다고 그녀는 말했다.

간단히 말해 그녀는 이를테면 어떤 사람이 아플 때 슈베르트페거가 병문안을 가더라도, 그의 진지한 마음에, 타인의 호감을 불러일으키는 그의 성격과 타인에 대한 그의 관심에 불신을 품게 되었고, 그래서 괴롭다고 고백했다. 그는 매사에, 나도 직접 겪어봐서 알겠지만, 항상 '친절'한데, 그러는 것이 적당하고 사교적으로 바람직하다고 생각해서 그러는 것이지 가슴 깊이 우러난 마음에서 그러는 것은 아니다. 그러니 거기에 어떤 의미를 부여해서는 안 된다. 그가 "도처에 저기압이군!" 하는 끔찍한 소리를 하는 것을 보면 취향도 그다지 고상하지 않은 것 같다. 자신은 그가 그 말을 하는 소리를 두 귀로 직접 들었다, 누군가, 어떤 아가씨였는데, 아니면 결혼한 여자였을 수도 있다. 그에게 농담조로 성가시게 굴지 좀 말라고 경고하자 그가 정말로 방자하게 "아, 도처에 저기압이군!" 하고 대꾸했다. 그것을 보며 이네스는 "저럴 수가! 같이 어울리기 창피한 사람들이군!" 하는 생각이 들었다고 말했다.

그녀는 하지만 그에 대해 너무 인색하게 말할 생각은 없다고 말했다. 창피하다는 말을 한 것에 대해 자신을 오해하지 말아 달라고 부탁했다. 루돌프가 근본적으로 고귀한 심성을 지닌 사실은 의심의 여지가 없다고 했다. 때로 모임에서 부드러운 대답으로, 조용히 거리를 둔 시선만으로 늘 시끄러운 분위기에서 그를 빼내 좀 진지하게 만들 수도 있다. 아, 몇 번은 그가 정말로 진지해진 것 같았다. 그는 원래 그렇듯이 쉽게 영향을 받았다. 그럴 때 랑게비세 네나 롤바겐 네는 그의 뇌리에서 그림자나 환영처럼 사라진다. 잠시 다른 공기를 쐬기만 해도, 다른 영향에 노출되기만 해도 붙임성 있는 편한 태도가 서먹하고 어색한, 거리를 둔 태도로 변하는데, 그러면 그 자신도 그것을 느낀다. 그는 감수성이 예민하니까. 그리고 후회하면서 보상하려고 애쓴다. 그것은 우습고도 감동적이다. 그러나 관계를 회복하기 위해 좋은 말을, 사람들이 직접 했거나 책에 나오는, 흔히 인용되는 말을 반복한다. 그 말을 잊지 않았다는 표시로, 그리고 자신은 어려운 말이 편하다는 표시로. 사실 이런 행동은 눈물을 흘릴 일이다. 그리고 마침내 그 날의 모임이 끝날 때면 그는 후회와 개전의 정을 보인다. 그는 다가와 사투리로 바보 멍청이처럼 보이게 작별인사를 한다. 그러면 다른 사람은 얼굴을 찌푸리고, 피곤한 사람은 괴로운 반응을 보이기도 한다. 그러나 그가 두루 다른 사람과 악수를 한 후 다시 돌아와 간단하게 진심으로 아듀라고 말하면, 이에 대한 반응은 물론 좀 낫다. 이렇게 그는 잘 마무리 짓는다. 그렇게 해야 하니까. 그 이후 참가하는 다른 두 모임에서도 그는 분명 또 이렇게 할 것이다……

이 정도면 충분한가? 소설은 작가가 장면묘사를 통해 등장인물의 감정을 간접적으로 알려주는 구조를 띠지만, 이 글은 장편소설이 아니다. 내가 쓰는 글은 전기이므로 나는 사물을 직접 구체적으로 거론하고 그에 관련된 감정적인 사실들을, 내가 기술하는 어떤 사람의 인생에 영향을 끼친 사실들을 그저 분명하게 말하기만 하면 된다. 그러나 방금 내 기억력이 시키는 대로 쓴 이 특별한 말로—밀도 높은 말이라고 표현하고 싶다—

전달되는 사실이 무엇인지는 명백하다. 이네스 로데는 젊은 슈베르트페거를 사랑했다. 다만 두 가지 의문이 생기는데, 첫째 그녀 자신이 그 사실을 알고 있었는지, 둘째 언제, 어떤 시점에 원래 남매 같고 동료 같던 바이올리니스트와의 관계가 이처럼 뜨거운, 괴로운 성격을 취하게 되었는지이다.

첫 번째 질문에 대해 나는 그렇다고 대답했다. 그녀처럼 독서를 많이 하고 심리학적인 교양을 쌓고 자신의 경험을 시적인 관점에서 점검하는 아가씨라면 비록 처음에는 대단히 놀랍고, 그 변화가 진정 믿을 수 없어 보였다 하더라도 결국에는 당연히 자신의 감정변화를 깨달았을 것이다. 그녀가 자신의 속마음을 내 앞에 노출시킬 만큼 순진해 보였다고 해서 그녀 자신 그 사실을 몰랐다는 증거가 되지는 않는다. 갑자기 떠오른 생각인 양 한 이야기가 사실은 반드시 알리고 싶은 강렬한 욕망의 표시였고, 부분적으로는 나에 대한 신뢰의, 독특하게 위장된 신뢰의 문제였다. 왜냐하면 그녀는 나를 어느 정도 아무것도 눈치 채지 못할 만큼 단순한 사람으로 생각하는 척 했는데 이 또한 일종의 신뢰였으며, 사실은 내게서 소문이 퍼져 나가지 않기를 바랐고 또 소문이 나지 않으리라는 사실도 알고 있었으며, 내게는 비밀을 털어놓아도 안전하다고 믿고 있었다. 이는 내게 명예로운 일이었다. 그리고 사실 그랬다. 내가 그녀의 감정을 인도적으로, 신중하게 이해하리라는 사실을 그녀는 믿어도 되었다. 내가 남자이기 때문에 나와 동성인 사람으로 인해 속이 탄 여자의 감정과 사고에 이입되기가 아무리 어렵다 할지언정, 나는 믿을 만했다. 물론 우리는 여자에 대한 남자의 감정을 쫓는 편이―이 또한 아무런 도움도 되지 않지만―우리와 동성인 인물에게 마음을 빼앗긴 이성의 입장이 되는 일보다 훨씬 쉽다. 사람은 사실 그것을 '이해' 하는 것이 아니라 단지 배운 대로, 자연법칙을 객관적으로 존중하며 수용할 뿐이다. 그리고 그럴 때 남자들은 여자들에 비해 보통 마음이 너그러워지고 인내심이 커지는데, 여자들은 대부분 동성이 한 남자에게 마음을 빼앗겼다고 말하면, 자신은 그 남자에 대해 전혀 냉담하더라도 그 동성에게 질투에 찬 시선을 보낸다.

이해하려는 호의적인 선의야 있었지만 감정이입 의미에서의 이해는 나도 본질적으로 불가능할 것이었다. 세상에! 그 어린 슈베르트페거한테! 그의 얼굴은 불독같이 생겼고 그의 목소리는 둔탁했다. 그는 남자라기보다는 소년 같았다. 그의 아름다운 푸른 눈, 훌륭한 체격, 매혹적인 바이올린과 휘파람 연주, 누구에게나 부드럽게 대하는 태도는 기꺼이 인정하는 바이다. 그러니까 이네스 로데는 그를 사랑했다. 사랑에 눈이 멀지는 않았지만, 그 고통은 점점 깊어갔다. 나는 마음속으로 비꼬기 잘 하고 이성에게 대단히 거만하게 구는 그녀의 동생 클라리사처럼 행동하고 싶었다. 나도 슈베르트페거에게 "엇차!" 하고 싶었다. "엇차! 친구, 뭘 꾸물거려? 뛰어들어! 어서!"

다만 슈베르트페거가 그 의무를 깨닫는다 하더라도 뛰어들기가 그리 간단하지 않았다. 거기에는 신랑 또는 미래의 신랑, 구혼자 헬무트 인슈티토리스가 있었다. 이제 이네스의 루돌프에 대한 남매 같은 관계가 언제부터 열정적인 관계로 변했는가 하는 문제로 되돌아가 보자. 내가 인간적인 측면에서 추측해 보건대 그 변화는 헬무트 박사가 그녀에게, 남자가 여자에게 접근해서 구혼하기 시작했을 당시에 일어났다. 인슈티토리스라는 청혼자의 등장이 없었다면 이네스는 그녀 평생 결코 슈베르트페거에게 마음을 빼앗기지 않았을 것이라고 나는 확신했으며, 그 확신에는 변함이 없다. 인슈티토리스가 그녀에게 구혼한 일은 어느 정도 다른 사람 대신 한 셈이었다. 그 아담한 남자는 구혼을 통해 그리고 그와 연관된 일련의 생각을 통해 그녀의 여성성을 일깨울 수 있었다. 거기까지는 되었다. 그러나 그녀가 비록 이성적인 이유에서 그를 따르기로 마음먹기는 했지만, 그가 일깨운 그녀의 여성성을 자기 자신에게 돌리지는 못했다. 거기까지는 할 수 없었다. 잠에서 깬 그녀의 여성성은 곧장 다른 사람을 향했고, 그 사람에 대한 그녀의 의식은 그토록 오랜 세월 그저 편하고 반쯤 남매 같은 감정일 뿐이었지만, 이제 그는 그녀 마음속에 전혀 다른 성질의 감정을 풀어놓았다. 그녀가 그를 적임자로, 적격자로 생각했을 리는 없다. 단지 그녀의 불행을 쫓는 우울증이 자신을 그에게 붙들어 맸다. "도처에 저기압이군!" 이라고 하는 말을 들으면서 거부감을 느꼈던 그 사람에게.

그런데 이상했다! 그녀는 썩 마땅찮은 신랑감이 '삶'에 대해 생각 없이 본능적으로 내뱉는 감탄과도 같은 것을, 그것은 자신의 신조와는 너무도 상반된 것이었건만, 다른 사람에게 빠진 자신의 심리에 적용시켜, 그 사람이 원래 취하고 있던 방향으로 어느 정도 뒤따라갔다. 그녀의 사색적인 침울한 눈에 루돌프는 이미 행복한 삶 같은 것을 보여 주지 않았는가!

아름다움에 대해 강의를 할 뿐인 인슈티토리스에 비해 그는 예술 자체를 한다는 장점이 있었고, 이는 열정을 키워주고 그의 인간미를 빛내주는 것이었다. 사랑하는 사람의 인격은 자연스럽게 이를 통해 격상되었고, 그의 인격에서 받은 인상이 거의 언제나 마음을 사로잡는 예술에서 받은 인상과 결합되어 있었으므로, 그에 대한 감정이 여기서 계속해서 새로운 자양분을 얻은 일은 납득이 갔다. 이네스는 원래 자유로운 관습에 대한 어머니의 호기심 때문에 옮겨온, 이 관능으로 물든 도시가 추구하는 아름다움을 경멸했으나, 자신이 처한 시민계급의 환경 때문에 어떤 모임의 축제에 참가했다. 대규모 예술단체로는 유일한 모임이었는데, 그 일이 하필 그녀의 안정을 위협했다.

　　나는 우리들의 모습이 눈앞에 보인다. 로데 가족들, 크뇌터리히 부부가 끼어 있을 수도 있고, 그리고 차펜슈토스 홀에서 차이코프스키 교향곡이 대단히 멋지게 연주된 후, 내가 앞 줄 어딘가에 사람들 사이에 서서 박수를 친다. 지휘자는 오케스트라를 일으켜 세워, 아름다운 작업에 대한 청중의 감사를 그들과 나눈다. 슈베르트페거가 지휘자에게서 그다지 떨어지지 않은 곳에서(그는 머지않아 그 지위를 차지할 예정이었다) 자신의 악기를 팔에 끼고 서서, 상기되어, 환하게 웃으며, 홀을 향해, 금기시되어 있는 친근한 태도로, 사적으로, 우리를 향해 머리를 끄덕이며 인사하고, 그러는 동안 이네스는─나는 참지 못하고 그녀에게 시선을 던지고 말았다─뻐딱하게 앞으로 내민 머리로, 입은 까다롭고 심술궂게 오므린채, 눈은 집요하게 저 위의 다른 지점에, 지휘자에게 아니, 그보다 더 멀리어딘가에, 하프에 고정시키고 있다. 또, 정식으로 초청받은 어느 예술가의 연주에 넋을 잃은 루돌프가 이미 청중들이 거의 다 나가 비다시피 한홀의 앞쪽에 서서 연단을 향해 열심히 박수를 치고, 그 거장은 열 번째로허리를 굽혀 인사하는 모습이 보인다.

　　그에게서 두 발작 떨어진 곳에, 엉망으로 어질러진 의자들 사이에 이네스가 서 있다. 그 날 저녁 우리 다른 사람들과 마찬가지로 그녀도 그를가까이 할 기회가 거의 없었으므로 그녀는 그를 쳐다보며, 이제 박수는그만 치고 몸을 돌려 자신을 발견하고 인사하기를 기다린다. 그는 박수를멈추지 않고, 그녀를 쳐다보지도 않는다. 그냥 곁눈으로 본다. 이 말이 너무 노골적이라면, 그의 푸른 눈은 높은 연단의 영웅을 똑바로 향하지 않는다. 실제로 눈을 옆으로 돌리지는 않지만 그의 시선은 그녀가 서서 기다리는 곳으로 살짝 기울어 있다. 그러나 그는 자신의 열광적인 행동을 멈추지는 않는다.

몇 초가 더 흐르고 그녀는 몸을 돌린다. 창백하고 미간에 화가 나 주름이 잡힌 얼굴로 즉석에서 서둘러 나간다. 곧 이어 루돌프가 스타에게 박수치기를 그만두고 그녀를 따라간다. 문에서 그가 그녀를 따라잡는다. 그녀는 얼굴을 찌푸리고 그가 거기 오 있는 데 대해, 그가 이 세상에 있다는 데 대해 냉랭하게 놀란다. 그러고는 그의 손과 시선과 말을 뿌리치고 서둘러 그곳을 떠난다.

나는 내 관찰에서 나온 이 잡동사니와 너절한 이야기들을 여기다 실으면 안 된다는 사실을 안다. 이것은 책으로 쓸 이야깃거리가 아니다. 만약 그런다면 독자들은 나를 몰상식하다고 생각할 것이다. 그리고 그것은 간교한 추측이라며 나를 비난할 것이다. 하지만 독자들께서는 적어도 내가 관찰한 수백 가지의 비슷한 사건들을 그 가여운 친구에 대한 동정어린 기억 속에 묻어두고 아무에게도 말하지 못하고 있다는 사실을, 그리고 그러한 사건들이 야기한 불행한 사건 때문에 내 기억에서 결코 지울 수 없게 되었다는 사실을 참작해 주기 바란다. 사실 이런 파국적 결말은 일반적인 세상살이에서는 그다지 큰 의미를 갖고 있지 않지만 나는 그 문제가 여러 해 동안 점점 심각해지고 있는 것을 브았다. 그러나 나는 내가 본 것, 내가 우려하던 것에 대해 어느 누구에게도 숨기고 밝히지 않았다. 오직 아드리안에게만 그 당시 바로 파기퍼링에서 그 이야기를 한 번 했다. 비록 사랑에 대해서는 수도승처럼 살고 있는 그에게 이런 이야기를 하고 싶지가 않아 줄곧 망설였지만 결국 이네스 로데가 인슈티토리스와 곧 약혼할 예정인데도 내가 보기에 구제불능으로, 죽을 만큼 루디 슈베르트페거에게 마음을 빼앗겼다는 이야기를 그에게 들려줬다. 우리는 원장실에 앉아 체스를 두고 있었다.

"새로운 소식이군!" 그가 말했다. "너 내가 말을 잘못 움직여 루크를 잃기 바라는 거지?"

그는 웃으며 머리를 가로젓고는 말했다.

"불쌍한 사람."

그리고는 수를 오래 숙고하면서, 두 문장 사이에서 잠시 뜸을 들이고서 말했다.

"안 됐어. 곧 그 문제에서 완전히 벗어나게 될 거야."

30

1914년 8월 초. 태양이 이글거리던 그 여름날, 예비역 중사인 나는 초만원인 기차를 여러 번 갈아타며, 짐이 여러 줄로 늘어 선 승강장과 인파로 북적대는 대합실에서 기다리며 프라이징에서 튀링겐의 나움부르크로 향하는 성급한 여행길에 올랐다. 그곳에서 바르 내 연대와 합류하기로 되어 있었다.

전쟁이 발발했다. 그토록 오랫동안 유럽을 뒤덮고 있던 액운은, 마치 이미 예측한 일이 준비하고 훈련한 대로 '차질 없이 잘 진행되고' 있다는 듯이 이 나라의 여러 도시를 휩쓸었고, 사람들의 머릿속, 가슴속은 놀라움, 격분, 위기의 격정, 숙명론, 패기와 희생정신으로 미쳐 날뛰었다. 이 운명의 속단이 다른 나라에서는, 적국은 물론 연합국에서조차 어쩌면 훨씬 더 큰 파국이요 '대재앙'이었을지도 모른다. 나는 전장에서 프랑스 여인들이―그들도 물론 자기 나라에서, 집에서, 부엌에서 전쟁을 겪었다― "보세요, 전쟁처럼 끔찍한 재앙이 또 있을까!" 라고 하는 말을 너무도 자주 들었으므로, 충분히 그랬으리라 믿는다. 우리 독일에서는 전쟁이―이는 결코 부인할 수 없는 사실이었다—정신을 고양시키는 계기가 되어 역사의식을 고조시키고 궐기의 기쁨에 들뜨게 했으며, 일상에서의 해방으로, 더는 참을 수 없는 세계공황의 타개로, 미래에 대한 도취로, 의무감과 남자다움에 대한 호소로, 간단히 말해 영웅적 축제로 작용했다. 내가 재직하고 있던 프라이징 김나지움의 졸업반 학생들은 이 모든 일로 상기되어 눈이 빛났다. 청년들의 모험심과 패기가 우습게도 비상사태로 인한 졸업시험의 평가기준 완화라는 혜택과 맞물렸다. 그들은 지원병 사무소로 몰려갔고, 나 또한 그들에게 방구석만 지키고 앉은 노인이 아니라는 사실을 보여줄 수 있어 다행스러웠다.

나는 방금 묘사한 것과 같은 국민적 흥분상태에 완전히 사로잡혀 있었다는 사실을 부인할 생각이 전혀 없다. 그런 일에 휩쓸리는 행동은 내 성격과 거리가 먼 일이었지만, 그럼에도 불구하고 내 마음을 조용히 그러나 거세게 흔들어 놓았다. 내 양심은—여기서 이 단어는 초개인적인 의미로 쓴 것이다—깨끗하지만은 않았다. 이렇게 참전을 촉구하는 '동원'에는 언제나, 아무리 단호하고 가차 없이 진행되더라도, 모두에게 예외 없이 의무적으로 해당되는 일이라 하더라도 그물망을 빠져나갈 수 있는 틈새가 있게 마련이다. 따라서 의무를 저버리고 수업을 빼먹고 고삐를 거부한 채 멋대로 행동하는 분위기가 너무도 팽배해 나같이 분별 있는 사람도 얼마든지 휩쓸릴 수 있을 정도였다. 게다가 국가가 이 맹목적인 감격을 스스로 누려도 될 만큼 지금까지 잘해 왔느냐는 의구심이 이와 같은 각 개인의 감정적인 반발과 맞물렸다. 이때 죽음도 불사하는 희생정신이 부각되어 모든 장애를 극복하는 타개책이 되고, 이른바 더는 반발의 여지를 남기지 않는 최종 결론이 된다. 사람들은 전쟁을 꽤나 분명하게 일반적인 시련으로 받아들이고, 각 개인이, 각 민족이 자신의 힘을 발휘하고, 나약함과 자신의 죄를 포함한 시대의 죄에 대해 피로써 속죄할 태세를 갖추었다. 이런 심경에는 전쟁을 과거의 죄를 깨끗이 씻고 전혀 새로운 삶으로 거듭나기 위한, 고귀한 삶으로 거듭나기 위한 희생의 걸음이라 믿고자 하는 경향이 있었고, 일상의 사기는 지나치게 고양되어 사람들은 정상을 벗어난 일을 보고도 입을 다물었다. 나는 우리가 그 당시 비교적 순수한 마음으로 전쟁터로 향했고, 그 전에, 고국에 있을 때는 전 세계가 피를 흘리는 파국을 우리의 정신적 행동으로 말미암은 당연하고도 피할 수 없는 결과로 보아야 한다고는 생각하지 않았다. 나는 이 말을 반드시 덧붙이고 싶다. 세상에! 5년 전에는 그랬지만 30년 전에는 그렇지 않았다. 정의와 법, 인신보호영장, 자유와 인간의 존엄 등은 이 나라에서 웬만큼 존중되었었다. 물론 실상 조금도 군인답지 않고 오로지 전쟁을 위해 만들어진 그 춤꾼이자 코미디언이 황제의 자리에 앉아, 엄격한 통치의 칼을 휘두르는 모습은 배운 사람이 보기에 고통스러웠다. 문화에 대해 그가 취한 태도를 보면 마치 저능아 같았다. 그가 문화에 끼친 영향이라고 해봐야 공허한 통제의 몸짓에 불과했다. 당시 문화는 자유로웠고 상당 수준에 도달해 있었으며, 긴 세월에 걸쳐 국가권력과는 철저히 무관한 상황에 익숙해 있었던 반면, 오늘날 문화의 주인공인 젊은이들은 국가와 문화를 하나로 통합시키려 하고, 그러한 형식의 삶을 관철시키기 위한 수단을 지금과 같은 대규모 전쟁에서 찾으려 할 것이다. 여기서는 당연히—우리는 늘 그렇지만—독특한 자기집착이, 너무도 순진한 이기주의가 지배하므로 독일의 성장과정(우리는 언제나 성장하는 중이다)을 위해 전 세계가, 더 성숙하고 따라서 결코 파괴적인 힘을 탐하지 않는 세계가 우리와 함께 피를 흘렸다는 사실도 개의치 않는다. 아니, 당연한 일로 여긴다. 사람들이 이 때문에 우리를 비난한다 해도 우리의 태도는 결코 부당하지 않다. 도덕적으로 보아 공동체 생활의 수준향상을 관철시키기 위한 민족적 수단은, 그것이 반드시 유혈사태를 초래해야 하는 것이라면, 대외적 전쟁이 아니라 내전이어야 했다. 우리는 그것을 극도로 싫어하는 한편, 우리 민족의 단합으로—거기에 추가로 부분적, 타협적 단합도 있었다—세 차례의 큰 전쟁을 치룬 데 대해서는 전혀 불만이 없었다. 아니, 오히려 대단히 멋진 일로 생각했다. 우리는 이미 오래전부터 열강이었다. 상황은 익숙했지만 기대대로 되지 않았다. 우리가 승리하지 못했다는 느낌, 우리의 대외관계는 오히려 더 악화되었다는 느낌이, 인정하든 안 하든, 사람들 마음속 깊이 자리 잡았다. 세계를 지배하는 강대국이 되기 위한 새로운 타개책이 필요해 보였다. 이는 물론 도덕적인 가내공업으로는 구할 수 없었다. 그러니 필요하면 전쟁도 해야 했다. 모두를 설득시키고 모두를 얻기 위해 모두에 대항한 전쟁. 그리고 이것이 바로 '운명'의 결정이었고, 우리는 열광하며(오로지 열광하며) 성스러운 독일의 시간이 다가왔다는 확신에 싸여, 역사는 우리 편의 손을 들어주리라는 확신에 싸여, 스페인, 프랑스, 영국 다음으로 이제 우리가 세계를 지배하고 이끌 차례라는 확신에 싸여, 20세기는 우리 것이라는, 그리고 수백 년 전 시작된 시민시대가 끝났으니 세계를 독일의 모습으로, 그러니까 완전히 정의하지 못한 군사적 사회주의의 모습으로 개선해야 한다는 확신에 싸여 그 길을 향해 갔다.

이러한 생각이—이념이라고는 표현하지 않더라도—전쟁은 어쩔 수 없는 일이었다는, 우리는 신성한 위기에 처해 잘 준비하고 미리 연습한 무기를 잡을 수밖에 없었다는 생각과 사이좋게 일치단결해 우리의 머릿속을 지배했다. 무기의 우수성은 언제나 전면적으로 침수될 위기에 대한 두려움이 머리를 들 때마다 그것을 사용하라고 유혹했으며, 우리를 구해준 것은 오로지 우리의 막강한 힘, 즉 전쟁을 즉각 다른 나라로 옮긴 우리의 능력이었다. 우리의 경우 공격과 방어는 같은 것이었다. 그 두 행위가 함께 시련의 격정, 소명의 격정, 위대한 시간의, 신성한 위기의 격정이 되었다. 저 밖의 민족들이 우리를 정의와 평화를 해치는 민족이라고 생각해도, 참을 수 없는 철천지원수라고 생각해도 상관없었다. 우리는 세계를 뒤집을, 우리에 대한 생각을 바꾸게 만들, 우리를 보고 감탄할 뿐만 아니라 우리를 사랑하게 만들 수단이 있었다.

내가 자조한다고 생각한다면 그건 오해이다! 그럴 계제가 아니며, 다들 그러한 감격에 휩싸였을 때 나는 예외였다고 주장할 수 없기에 더더욱 그럴 수 없다. 나 또한 거기 가담했다. 다만 교양인답게 매사에 큰 소리로 환호하지 않고 침착했을 뿐이다. 그렇다. 잠재의식 속에서 조용히 비판적인 사고가 꿈틀거렸으며, 모든 사람이 생각하고 느낀 대로 나 또한 생각하고 느낀다는 데 대해 살짝 불편한 기분이 순간적으로 엄습했다. 우리 같은 사람은 모두의 생각이 과연 옳은 생각인가 하는 의구심이 생겼다. 그러나 한 번 일반 대중 속에 섞여보는 일도 고매하신 양반에게는 큰 즐거움이었다. 지금 이 순간이 아니면 그 한 번이 언제란 말인가.

나는 이틀간 뮌헨에 머물면서 여기저기 작별인사를 하고 필요한 장비를 마련했다. 그 도시는 진지한 축제 분위기가 들끓었는데, 경악과 공포가 덮칠 때도, 이를테면 수돗물에 독을 탔다거나 군중 속에서 세르비아의 스파이를 적발해냈다는 등 흉흉한 소문이 나돌 때도 마찬가지였다. 브라이자허 박사는 그런 오해를 받고 잘못 얻어맞는 일이 없도록—나는 그를 루드비히슈트라세 가(街)에서 만났다—자신의 가슴에 수많은 흑-백-홍의 제국 국기를 붙이고 다녔다. 전시 상황. 최고의 권력이 민간인에서 군으로, 성명을 포고하는 장군에게 이월된 상황을 사람들은 익숙한 공포감 속에 받아들였다. 사람들은 사령부로 떠난 왕족 출신 총사령관들은 능력 있는 지휘관들이 곁에서 보좌할 것이므로 귀하신 목숨을 잃는 일은 없을 것이라는 소식을 듣고 안심했다. 그들은 늘 대중들 사이에서 높은 인기를 누렸다. 나는 병사들이 총신에 꽃을 꽂고 부대를 나와 행진하는 모습을 보았다. 손수건으로 콧물을 훔치는 여자들이 병사들 뒤를 따라갔다. 순식간에 모여든 민간인 관중들이 부르는 소리를 들으며 의기양양해진 농부의 아들들은 자부심과 계면쩍음과 어리석음에 가득차 이들에게 미소로 화답했다. 나는 반대방향의 기차 승강장에서 어린 장교 하나가 야전행군에 어울릴 무장을 하고 서 있는 광경을 보았다. 그는 얼굴을 뒤로 향한 채, 아마도 자신의 젊은 나이를 생각하며 눈앞에 펼쳐진 광경과 자기 내부를 응시하고 있었다. 그는 잠시 후 정신을 차리고, 혹시 누가 자신을 지켜보았을까 봐 급히 얼굴에 미소를 띠고 주변을 둘러보았다.

나는 내 처지가 그와 같아서, 나라를 지키는 사람들 등 뒤로 물러나 앉아만 있지 않아도 되어서 새삼 다행스러웠다. 사실 나는, 적어도 당장은, 아는 사람들 사이에서 유일하게 참전하는 사람이었다. 우리는 강하고 인구가 많았으므로 문화적인 이해관계를 고려하고 여러 가지 불가피한 사정을 인정해 오직 젊고 남자다운, 확실하게 쓸만한 인재만 엄선해 전선으로 내보냈다. 우리 모임에서는 거의 모두가, 지금껏 잘 알지 못했던 무슨, 무슨 건강상의 문제를 내세워 군복무를 면제받았다. 수감비 족같이 생긴 크뇌터리히는 가벼운 결핵이었고, 화가 칭크는 백일기침 같은 천식 발작이 있었는데, 기침을 진정시키기 위해 모임에서 물러나곤 했었다. 그의 친구 밥티스트 슈펭글러는 알다시피 안 아픈 데 없이 여기저기 돌아가며 아팠다. 제조업자 불링거는 나이는 아직 젊지만 기업가로서 고국을 지켜야 했고, 차펜슈토스 오케스트라는 수도의 문화생활을 위해 너무도 중요하므로 그 단원들의 참전의무를, 그러니까 루디 슈베르트페거도, 면제

해주어야 한다는 주장이었다. 그리고 이번 기회에 알게 되어 잠시 놀랐는데, 루디는 과거에 신장 하나를 잘라내는 수술을 받았다고 했다. 그는, 새삼스레 안 사실이지만, 보다시피 신장 하나만으로 잘 살아왔고, 여자들은 그 사실을 곧 잊었다.

나는 이런 식으로 슐락인하우펜이나 소이엘 집의 정원에서 모이는 사람들이 내세우는 의욕결핍이나 보호, 세심한 배려에 의한 면제 등등의 경우를 더 열거할 수 있다. 그들에게는 과거의 전쟁과 마찬가지로 이번 전쟁에 대해서도 근본적인 거부감이 없지 않았다. 라인동맹에 대한 기억, 프랑스에 대한 호감, 프로이센에 대한 가톨릭교회의 반감 등과 같은 분위기가 지배했다. 자넷 소이엘은 가슴 깊이 타격이 컸고, 자주 눈물을 흘렸다. 프랑스와 독일이 모두 조국이었던 그녀로서는 두 나라가 서로 싸울 것이 아니라 협력해야 한다고 생각하는데 이 두 민족이 이토록 반목하니 그녀는 절망할 수밖에 없었다. 그녀는 프랑스어로 "진짜 진저리나 죽겠어!"라고 흐느끼며 분개했다. 내 기분은 그녀와 좀 달랐지만, 나는 배운 사람답게 그녀의 말에 동조하지 않을 수 없었다.

나는 아드리안에게 작별인사를 하러 파이퍼링으로 갔다. 그 집 아들 게레온은 입대식에 참가하기 위해 바로 전에 말을 여러 필 몰고 이미 출발했다. 아드리안이 이 모든 일에 대해 냉담했던 것은 내가 보기에 당연한 일이었다. 나는 거기서 뤼디거 실트크납을 만났다. 그는 당분간 일이 없었으므로 주말을 우리의 친구 집에서 보내고 있었다. 그는 해군에서 복무했었고 그 후 재소집되었다가 몇 달 뒤 제대했다. 내 경우도 크게 다르지 않았다. 말이 나온 김에 말하겠는데, 나도 딱 1년, 1915년의 아르곤(프랑스의 산맥 ─ 옮긴이) 전투 때까지만 전방에 있었고 그 후 적십자에 의해 후송되었는데, 불편을 참느라 가벼운 티푸스에 감염된 덕에 얻은 조치였다.

이 정도만 미리 말하겠다. 자넷이 전쟁을 바라보는 시각이 그녀의 프랑스 혈통에 의해 결정되었듯이, 뤼디거의 판단도 그와 영국과의 남다른 관계에 의한 것이었다. 영국의 참전 선포는 결정적으로 그의 골수에 사무쳤고 그의 기분을 언짢게 했다. 그의 견해에 따르면 조약을 위반하고 벨기에로 진군해 영국을 도발하는 일만은 결코 하지 말았어야 했다. 프랑스나 러시아라면 좋다. 그들과는 겨룰 만했다. 하지만 영국이라니! 이는 끔찍하도록 경솔한 일이었다. 그가 보기에 이 화나게 만드는 전쟁에는 현실적으로 오물, 악취, 신체가 잘려져나가는 비명소리, 섹스 면허, 들끓는 이뿐이었으며, 그는 이념적 저널리즘을 몹시도 비꼬았다. 아드리안은 그의 말에 반대하지 않았고, 나는 깊은 감동에 빠져, 그의 말에서 진실의 일부가 표출되었다는 사실을 기꺼이 인정했다.

우리는 셋이 함께 니케 조각상이 있는 큰 방에서 저녁식사를 했고, 클레멘티네 슈바이게슈틸이 왔다 갔다 하며 친절하게 우리를 접대하는 모습을 보고 나는 아드리안에게 랑겐잘차에 사는 그의 여동생 우르술라의 안부를 묻고 싶어졌다. 그녀의 결혼생활은 지극히 행복했고, 1911년과 1912년 2년 내리 출산을 하면서 얻은 폐질환도—가벼운 폐첨(肺尖) 카타르였다—다 나았다. 슈나이데바인 집안의 새싹들인 로사와 에체힐이 그 당시 세상의 빛을 보았다. 이 두 아이와 다음 두 아이의 터울은 꼬박 10년인데, 역시 연년생으로 1922년과 1923년에 태어났다. 셋째가 사내아이 라이문트였다. 매혹적인 네포묵이 태어날 때까지는 우리가 함께 앉아 있던 그때로부터 9년이 흘렀다.

식사를 하는 동안 그리고 식사 후 원장실에서 우리는 정치와 도덕에 관해 많은 이야기를 나누었다. 지금과 같은 역사적인 순간에 신화처럼 등장하는 민족적인 인물에 대해 이야기했고, 나는 전쟁에 대한 실트크납의 노골적이고 경험적인, 극히 배타적인 견해어 맞서 어느 정도 균형을 이루는 이야기, 즉 독일이 맡은 역할의 특징에 대해 좀 비장하게 말했다. 벨기에에 대한 범죄행위는 프리드리히 대제가 형식상 중립국인 작센에 가한 무력행위와 대단히 유사하다는 이야기, 거기에 대해 세계가 지르는 날카로운 외침, 우리의 철학자 같은 제국총리가 연설에서 우리의 잘못을 시인한 이야기, 그 연설에 나오는 토속적이고 번역 불가능한 '위기는 계명을 모른다' 는 말, 그리고 이는 절박한 현실에 직면해 낡은 법규를 무시하는 자신의 신조를 신 앞에 드러낸 행위라는 이야기 등등. 뢰디거는 우리를 웃겼다. 그는 정감이 담긴 잔혹행위, 고귀한 참회, 비행(卑行)마저도 감수하는 우직함 등 내가 약간 감격에 젖어 한 말로, 이미 확정된 전략에 도덕이라는 옷을 입힌 그 키 큰 사상가를 풍자했는데, 도저히 웃음을 참을 수 없을 만큼 익살스러웠으며, 이 메마른 출정계획을 이미 오래전부터 알고 있던 어떤 세계가 당황해서 덕을 부르짖는 일보다 더 웃겼다. 나는 그 원장실 주인이 너무도 좋아하는 모습을, 웃게 해주어 고마워하는 모습을 보았으므로 나도 기꺼이 그 명랑한 분위기에 동참했지만, 비극과 희극은 원래 같은 것이며, 어떻게 조명하느냐에 따라 비극도 되고 희극도 된다는 사실을 깨닫지 않을 수 없었다.

　나는 독일의 절박한 위기 즉, 도덕적 고립과 국제적 배척이 단지 독일의 힘과 참전 태세에 대한 일반적 두려움의 표현이라 해석했고, 이 힘과 참전은 배척당한 상태에서 다시금 굳은 위로가 된다는 사실도 인정했다. 나는 이러한 내 해석과 느낌이, 다른 사람들에 비해 너무도 묘사하기 힘든 내 비장한 애국심이 조롱으로 위축되는 사태를 조금도 용인하지 않고, 방 안을 왔다 갔다 하며 계속 내 의견을 피력했다. 그 동안 실트크납은 의자에 깊숙이 앉아 파이프로 살담배를 피웠으며, 아드리안은 가운데가 낮고 그 위에 필기 및 독서대가 놓인 독일 전통 책상 앞에 되는 대로 서 있었다. 특이하게도 그는 홀바인이 그린 에라스무스처럼 경사진 평면 위에서도 글을 썼다. 책상 위에는 책이 몇 권 있었다. 클라이스트 전집 중 한 권과—꼭두각시 인형에 관한 글에 읽음 표시가 되어 있었다—빠질 수 없는 셰익스피어의 소네트, 그리고 같은 시인의 작품집이 한 권 더 있었는데, 〈뜻대로 하세요〉와 〈헛소동〉, 그리고 내가 착각하지 않았다면 〈베로나의 두 사람〉이 수록되어 있는 책이었다. 필기대 위에는 그의 현재 작업, 낱장의 악보들이 있었는데 구상, 초반부, 기보(記譜), 스케치 등이 각기 다른 진전 상태를 보여주고 있었다. 종종 바이올린이나 목관악기 분보(分譜)의 맨 윗줄과 맨 아래 베이스의 진행만 채워져 있고 그 사이는 허옇게 비어 있기도 했으며, 또 다른 부분에서는 나머지 분보도 다 기재해 화음의 상관관계와 악기 편성이 벌써 확연해진 것도 있었다. 그는 입에 담배를 문 채, 마치 체스를 두는 사람이 사각의 전장에 나타난 정황을—이는 작곡과도 매우 흡사하다—살필 때와도 같이, 악보를 들여다보기 위해 몸을 앞으로 굽혔다. 그는 마치 혼자 있다는 듯이, 함께 있는 우리를 조금도 개의치 않고 펜을 들어 어딘가에 클라리넷 음형이나 호른 음형을 자기 생각대로 기입했다.

그때는 마인츠의 쇼츠죄네 출판사에서 우주를 다룬 그의 음악이 지난 번의 브렌타노 가곡집과 같은 조건으로 출판된 후였으므로 그가 지금 무슨 일에 몰두하고 있는지 우리는 잘 알지 못했다. 그것은 그로테스크한 가극 모음곡인데, 그 소재는 옛 소담집(笑談集)《게스타 로마노룸》(로마인들의 행적. 14세기 초에 출판된 듯한 라틴어로 된 일화, 설화집 - 옮긴이)에서 따왔으며, 실험음악인데, 다른 작품에 이용할지, 아니면 그것 자체로서 완성할지 아직 미정이라고 아드리안이 말했다. 아무튼 그 가극은 사람을 위한 것이 아니라 인형극으로 생각한 것이라고 했다(그래서 클라이스트의 책을 읽고 있었다!). 〈우주의 기적〉에 관해 말하자면, 그 웅장하고 경건한 작품은 외국 공연을 눈앞에 두고 있었으나 전쟁이 일어나는 바람에 수포로 돌아갔다. 우리는 식사 때 그 일에 관해 많은 이야기를 했다. 뤼벡에서 공연되었던 〈사랑의 헛수고〉는 간신히 명맥만 유지하고 있는 브렌타노 가곡과 마찬가지로 성공을 거두지 못했지만 조용히 그 효과를 발휘해, 예술계 내부에서는 아드리안의 이름이, 비록 시도적인 성격이지만, 밀교(密敎)와도 같은 신비를 띠기 시작했다. 그러나 독일에서는 아직 약했고, 뮌헨에서는 아예 그럴 조짐도 없었으며, 다른 곳, 더 민감한 곳의 이야기였다. 몇 주 전 그에게 파리의 러시아 발레단 단장이자 한때 콜롱 오케스트라 단원이었던 몬토 씨가 편지를 보냈다. 실험에 호의적인 지휘자 몬토는 〈우주의 기적〉을 〈사랑의 헛수고〉 중 오케스트라 곡 몇 편과 더불어 순수 콘서트로 공연하고 싶다는 의사를 밝혔다. 그는 이 행사를 샹젤리제 극장에서 개최할 예정이라며 아드리안을 파리로 초청했는데, 자신의 작품을 직접 연습하고 연주해달라는 의뢰도 했다. 우리는 아드리안이 상황이 허락했다면 그 초대에 응할 생각이었는지 묻지 않았다. 아무튼 그 문제는 더는 거론할 필요가 없는 상황이 되었다.

　나는 아직도 그 널빤지를 댄 낡은 방의 카펫 위에서, 넓게 휜 샹들리에 아래 붙박이 벽장과 납작한 가죽 쿠션이 놓인 코너 용 의자와 움푹 팬 창문 자리 사이를 배회하며 독일에 대해 열변을 토하는 내 모습이 보인다. 나는 그 연설을 나 자신을 위해 했고, 실트크납을 대상으로 한 것이었지만, 아드리안을 위한 연설은 아니었다. 그의 관심은 기대하지도 않았다. 가르치고 설명하는 데 익숙한 나는 감정이 좀 흥분하기만 하면 연설을 꽤 잘하는 편이었다. 심지어 말하기 좋아하는 편이었으며, 말을 뜻대로 사용하는 데서 모종의 희열을 느꼈다. 나는 활발한 제스처를 써 가며, 원래 다양했던 독일의 본질이 역사적인 순간에 하나의 특징으로 거듭났는데, 이 감격적인 특징형성에 대한 약간의 심리적 관심은 내 견해에 따르면 자연스러운 것이므로 허용되어야 하며, 최종 분석에서 중요한 것은 부상(浮上)의 심리학이라고 말했다. 그리고 이런 내 주장을 뤼디거가— 그토록 분개했던—전쟁 저널리즘으로 간주하든 말든 그의 재량에 맡겼다.

나는 말을 계속했다. "우리 같은 민족에게 우선적이고 근본적인 동기가 되는 것은 언제나 정신이야. 정치적 행위는 부차적인 거야. 반영이고 표현이고 도구야. 운명에 의해 우리가 세계적인 강대국으로 부상하는 일, 그 진정 깊은 뜻은 우리도 세계가 되는 것을 말해. 우리도 알고 있는 괴로운 고독에서, 제국 건설 이후 유지해온 세계경제와의 튼실한 관계로도 날려버리지 못한 그 고독에서 벗어나는 일이야. 출정의 경험적 현상이 원래는 동경이었다고, 통합을 향한 갈망이었다고 가정하는 일은 슬픈 일이야……."

"그대의 연구에 신의 축복을!" 이때 아드리안이 작은 소리로 짧게 웃으며 말하는 소리가 들렸다. 그의 눈은 여전히 자신의 오선지를 향하고 있었다.

나는 서서 그를 쳐다보았으나 그는 조금도 개의치 않았다.

"거기에 '그대는 아무 짝에도 쓸모가 없다, 할렐루야' 라고 덧붙이고 싶은 거지?"

"정확히 하자면 '그 말은 아무 쓸모가 없다' 라고 해야겠지." 그가 반박했다. "미안해. 네 연설을 들으니 그 시절 그 짚단 위에 누워 벌였던 토론이 생생히 떠올라 그만 대학생으로 돌아간 듯 했어. 그 친구들 이름이 뭐더라? 요즘 옛날에 들은 이름들이 점차 잊혀지는 것 같아." (그는 그때 스물아홉 살이었다) "도이치마이어? 둥거스레벤?"

"신체 건강했던 도이칠린 말이지?" 내가 말했다. "둥거스하임이라는 친구하고 후프마이어라는 친구와 토잇레벤이라는 친구도 있었어. 넌 도대체 이름을 제대로 기억하는 법이 없어. 그들은 성실하고 좋은 청년들이었어."

"맞아! '샤펠러'란 친구도 있지 않았어? 또 사회주의자 의사라는 친구도 있었지? 너는 원래 그들하고 전공이 달랐잖아. 하지만 지금 네 연설을 듣자니 짚단 위에서 그들이 하는 말을 듣는 것 같군. 내 말은, 한 번 학생은 영원한 학생이라는 거야. 학구적인 태드는 젊음과 활기를 유지해."

"넌 그들과 전공이 같았어." 내가 말했다. "그렇지만 사실 네가 나보다 더 청강생 같았어. 당연하지, 아드리. 나는 학생이었고, 지금도 여전히 학생이라는 네 말이 맞을지도 몰라. 게다가 학구적인 태도가 젊음을 유지시켜준다면 더욱 좋은 일이지. 즉 충성심을 정신으로 보존시키고 자유사상으로 발전시키고 조잡한 사건들에 대한 더욱 성숙한 해석으로 성숙시킨다면……."

"지금 충성심 얘기였어?" 그가 물었다. "나는 카이저스아셔른이 세계적인 도시가 되고 싶어 한다고 알아들었어. 그건 별로 충성스런 행동이 아니야."

"그런 식으로 말하지 마!" 나는 그에게 소리쳤다. "넌 그렇게 받아들이지 않았어. 독일이 세계가 되어야 한다는 내 말이 무슨 뜻인지 잘 알면서 그래."

"내가 잘 알아도 별 도움이 안 돼." 그가 대답했다. "우선 그 조잡한 사건이 적어도 우리의 고립과 소외를 완벽하게 만들 거야. 너희들 군대는 유럽군으로 확대되는 것을 꿈꿀지언정. 봐! 나는 파리에 못 가. 나대신 너희들이 가잖아. 그것도 나쁘지 않아. 우리끼리 하는 말인데, 안 그래도 안 갔을 거야. 너희가 나를 곤란한 입장에서 구해줬어⋯⋯."

　"전쟁은 곧 끝날 거야." 그의 말에 마음이 흔들린 나는 잠긴 목소리로 말했다. "전쟁은 오래 가지 못해. 우리는 앞으로 잘 해보겠다고 공언하면서 우리의 잘못을 인정함으로써 우리가 급격한 부상을 한 데 대한 대가를 치르게 될 거야. 우리는 그 책임을 져야 해⋯⋯."

　"그리고 그 책임을 존엄하게 이행할 거야." 그가 끼어들었다. "독일은 어깨가 무거워. 그리고 그런 정당한 부상이 온건한 세상에서는 범죄라고 부르는 것과 다르지 않다는 사실을 누가 부정하겠어? 네가 그때 그 짚단 위에서 심각히 고려했던 그 이념을 내가 과소평가한다고 생각하지 말아 줘. 사실 세상에 문제는 하나뿐이야. 어떻게 부상할 것인가? 어떻게 자유에 도달할 것인가? 어떻게 해야 고치를 찢고 나와 나비가 될 수 있는가? 모든 상황은 이 문제에 달렸어. 여기서도." 이렇게 말하며 그는 책상 위에 놓인 클라이스트(1777~1811 독자적 문학경향과 비극적 생애로 유명한 독일의 시인, 극작가, 소설가 - 옮긴이) 책 속의 책갈피꽂이를 살짝 잡아당겼다. "이 글은 부상을 다루고 있는데, 꼭두각시에 관해 쓴 훌륭한 글이야. 그리고 이 책에서도 '세계사의 마지막 장' 이라고 했어. 여기서는 오직 미학만이 중요해. 단아함, 자유로운 우아함. 그것은 애초에 인형 조종사에게, 신에게, 즉 무의식 또는 끊임없는 의식에 달렸지. 반면 영과 무한대 사이의 생각은 모두 그 우아한 아름다움을 죽여. 이 책 저자 말로는 의식은 우아함이 다시 적용할 수 있도록 영원을 지나온 것이 틀림없대. 그리고 아담이 순수의 상태로 되돌아가려면 인식의 나무 열매를 한 번 더 먹어야 한대."

"네가 그런 책을 다 읽다니 정말 반갑다!' 내가 외쳤다. "정말 훌륭한 생각이야. 네가 그걸 부상의 개념과 연관시킨 것은 훌륭해. 하지만 '오직 미학만 다룬다' 고는 말하지 마. '오직' 이라고 하면 곤란하지! 미학에서 인문주의의 협소하고 주변적인 일면을 찾고자 하는 태도는 옳지 않아! 그건 그 이상이야. 원래 무엇이든 적응하는 효과 또는 격리되는 효과를 내지. 그 글에서 저자가 '우아함' 이라는 말을 가장 넓은 의미로 썼듯이. 미학적으로 구원되었느냐 안 되었느냐, 그건 운명이야. 운명이 행, 불행을 결정해. 이 땅에서 행복한 보금자리를 찾든지, 아니면 비록 자랑스러울지언정 황량하게 고립되든지. 그리고 추한 것은 미움 받은 것이라는 사실을 꼭 문헌학자라야만 아는 것은 아니야. 내가 쓸데없는 말을 지껄이고 있다고 해도 좋지만, 나는 그걸 늘 느끼고, 느껴왔고, 천박한 겉모습에 반대해 이렇게 주장할 거야. 추한 모습 속에 갇히고 묶인 상태에서 부상하고 싶은 욕망, 이것이야말로 골수 독일적인 성격이며 독일문화를 정의한 것이며 엽기적인 사고에 몰입하는 경향이 있고, 고독에 중독될 위험이 있으며, 촌구석에 처박혀 있으려 하고, 신경조직에 이상이 생기기 쉽고, 조용히 악마숭배에 빠져들 위험이 있는 심리상태로서……."

나는 중단했다. 그는 나를 쳐다보았다. 그의 뺨에 핏기가 사라진 것 같았다. 그는 나를 향해 늘 나를 불편하게 만들곤 하던 그런 시선을 보냈다. 그가 나를 보는 것인지 다른 사람을 보는 것인지는 중요하지 않지만 조용하고 슬프고, 거의 모욕적이라 할 만큼 차갑게 거리를 둔 시선. 거기에 그 미소, 입을 다문 채 비웃듯 콧구멍을 벌렁거리며 짓는 그 미소가 따랐다. 그 다음에는 등을 돌렸다. 그는 책상에서 떨어져 실트크납 자리로 가지 않고 창문 쪽으로 가, 널빤지 벽에 걸린 성화(聖畵)를 반듯하게 고쳐 걸었다. 뤼디거는 대략, 네 신조가 그렇다면 네가 바로 전선으로 가게 된 일은, 그것도 말 타고 가게 된 일은 축하할 일이다, 전선에 갈 때는 반드시 말을 타고 갈 일이다, 아니면 아예 가지 말아야 한다고 말했다. 그러고는 말의 목을 두드리는 시늉을 했다. 우리는 웃었다. 내가 그만 역으로 향해야 할 시간이 되었을 때, 우리의 작별은 가볍고 밝았다. 그가 감상적인 태도를 보이지 않아서 좋았다. 그런 것은 적절치 못한 행동이었을 것이다. 그러나 나는 아드리안의 시선을 전장에도 가지고 갔다. 어쩌면 내가 머지 않아 다시 집으로, 그의 곁으로 오게 된 이유는, 겉으로는 이가 전염시킨 티푸스가 원인이었지만, 사실은 그 시선 때문이었을 것이다.

31

"나 대신 자네들이 가는 셈." 이라고 아드리안이 말했었다. 그러나 우리는 파리까지 가지 못했다! 그 사실에 대해 내가 매우 은밀히, 그리고 역사적 시각(視角) 밖에서 가슴 깊이, 내밀하게 개인적으로 느낀 부끄러움을 고백해야 하나? 몇 주에 걸쳐 우리는 승리는 당연한 일이라는 듯, 담담한 필치로 멋을 부려 간략하게 쓴 승전보를 연이어 고국에 보냈다. 리에주는 벌써 함락되었다. 우리는 로렌 전투에서 승리를 거두었는데, 장기간 검토한 대작전에 따라 5개 부대가 마스 강을 건너 우회해 브뤼셀과 나무르를 정복하고 샤를루아와 롱위에서도 승리를 거두었으며 2단계 전투에서 스당, 레텔, 생캉탱을 함락시키고 랭스를 정복했다. 그곳까지의 진군은 우리가 꿈꾼 대로 전쟁의 신이 호의를 베풀고 운명이 허락하여 마치 날개를 단 듯, 신의 날개라도 단 듯 진행되었다. 필수적으로 따르는 지속적인 살인방화를 우리는 남자답게 의연하게 견뎌냈다. 그것이 우리의 영웅심을 요구하는 주된 일이었다. 나는 우리 포대가 프위한 언덕에 서있던 깡마른 갈리아 여인의 모습을 지금도 분명하게 기억해낼 수 있다. 파괴된 그 마을의 잔해 위를 걷는 우리 포대의 발 아래 자욱한 연기가 피어오르는 가운데 그녀는 독일 여인에게서는 볼 수 없었을 슬픈 표정으로 우리를 향해 프랑스어로 소리쳤다. "내가 마지막이야!" 그러고는 주먹을 치켜들고 우리 머리에 저주를 퍼부으며 세 번 반복했다. "나쁜 놈들! 나쁜 놈들! 나쁜 놈들!"

우리는 시선을 돌렸다. 우리는 이겨야만 했고, 이는 승리를 위한 힘겨운 수작업이었다. 나는 비 오는 날 천막에서 잠을 자느라 인후염에 걸려 악성 기침과 관절통으로 고생하면서 비참한 느낌이 들었지만, 이렇게 해서 어느 정도 안정을 취했다.

신의 날개라도 단 듯 우리는 더 많은 마을을 공격했다. 그런데 이해할 수 없는 일이, 어처구니없어 보이는 일이 일어났다. 퇴각 명령이었다. 그것을 어찌 이해할 수 있었겠는가? 우리는 하우젠 부대 소속이었으므로 샬롱쉬르마른 남쪽에서 파리로 전면적인 돌격을 개시하려는 참이었고, 폰 클룩 부대는 다른 방향에서 진격해 오기로 되어 있었는데, 우리는 어디선가 프랑스 육군 총사령관이 닷새 만에 뷜로프 부대의 오른쪽 날개를 부러뜨린 사실을 모르고 있었다. 우리 군의 총사령관이—그는 삼촌 덕에 그 자리에 올랐다—겁을 먹고 전면적인 후퇴를 결심하기에 충분한 이유였다. 우리는 자욱한 연기 속에 버려두고 떠났던 마을들을 다시 지나갔다. 슬픈 여인이 서 있던 그 언덕도. 이제 그녀는 거기 없었다.

날개는 우리를 속였다. 그러지 말아야 했다. 전쟁은 신속한 돌진으로 이길 수 있는 것이 아니었다. 고국의 국민들과 마찬가지로 우리도 그것이 무엇을 뜻하는지 잘 알지 못했다. 우리는 마른(Marne) 강 전투의 결과에 왜 세계가 열렬히 환호하는지 이해할 수 없었고, 짧게 끝날 것 같던 전쟁이—그래야 우리의 안전이 보장될 수 있었다—그로 인해 우리가 견디지 못할 정도로 길어진 사태도 이해할 수 없었다. 우리의 패배는 오로지 시간의 문제였으며, 다른 사람들을 위한 희생의 문제였다. 우리가 그 사실을 파악했다면 우리는 무기를 내려놓고 대장들에게 즉각적인 종전을 강요했을 것이다. 그들 가운데서도 한두 사람은 은밀히 그런 생각을 했다. 그러나 국지전의 시간이 지나가고, 우리가 참전의 의무를 느꼈던 전투는 모두 세계적인 규모로 확대되는 사태를 그들 스스로 인식하기는 어려웠다. 이 상황에서 우리는 전쟁에 대한 신념, 충천한 사기, 그리고 확고하고 강력한 국가의 권위라는 장점이 있었고, 이들 장점은 순식간에 승리의 기회를 만들었다. 그러나 그 기회가 빗나갔으므로—빗나갈 수밖에 없는 상황이었다—우리 일은 원칙적으로 끝장이 났고, 몇 년 후에 일어날 일이 미리 일어난 것이었다. 이번에는 그랬다. 다음에도. 언제나.

우리는 그것을 몰랐다. 서서히 파고드는 진실로 우리의 마음은 괴로웠고, 이 전쟁은, 황폐하게 만들고 부수고 비참하게 만드는, 나도 곧 끝날 것이라고 말했던 이 전쟁은 비록 가끔 희망을 연장하는 절반의 승리 속에 빛났지만 결국 속임수일 뿐이라는 사실을 드러내면서 4년을 끌었다. 여기에 우리의 파멸에 대한 기억을 기록해야 할까? 실패에 대한 기억, 우리의 힘과 물자가 고갈되어 가고, 우리의 생활이 모자란 것투성이로 초라해지고, 영양이 결핍되고, 빈곤으로 인해 도덕이 붕괴되고, 절도가 횡행하고, 증가한 폭도들이 거칠게 흥청거리던 기억을 상세히 묘사해야 할까? 그러면 한 개인의 전기라고 못 박은 이 작업의 한계를 벗어나게 되므로 독자들이 내가 자제력을 잃었다고 꾸짖을 것이다. 언급한 사태를 나는 그 처음부터 비참한 마지막까지 후방에서, 처음에는 휴가병으로서, 그리고 의가사제대하여 프라이징의 교단에 복직해서 겪었다. 1915년 5월 초에서 7월 깊숙이 이어진, 아라스 요새 정복을 위한 2차 전투 기간 동안 아마도 이 구제(驅除) 작업이 불충분했던 모양이다. 티푸스에 감염된 나는 몇 주에 걸쳐 격리 수용되었고, 그 후 다시 한 달간 타우누스 산에 있는 부상 장병 요양소로 후송되었으며, 결국 내가 원래 속했던 곳에서 교육자의 본분을 다하는 것이 내 조국을 위한 의무를 다하는 일이고 더 잘 하는 일이라는 견해에 반발하지 않았다.

나는 그렇게 했고 다시 적당한 집에 살면서 남편이자 아버지로 돌아갈 수 있었는데, 그 집의 벽과 더불어 너무도 익숙한, 포격의 위험에 노출되어 있었을지도 모르는 물건들이 오늘도 여전히 내 삶의 틀을, 일선에서 은퇴한, 알맹이가 없는 삶의 틀을 형성하고 있다. 자랑하려는 의도는 결코 아니고 다만 단순히 확인하는 뜻에서 다시 한 번 말하겠는데, 나는 나 자신의 삶은, 결코 소홀히 하지는 않았지만, 언제나 그저 부업처럼, 절반의 주의만 쏟으며, 마치 왼손으로 끌 듯 그렇게 영위해왔고, 정작 중요한 일은 어린 시절의 친구에게 걱정과 주의를 기울이는 일이었는데, 그 친구 곁으로 되돌아오게 되어 너무도 기뻤다. 불안감에서, 나를 괴롭히는 그의 무반응 때문에, 그의 창조적인 고독이 심화하면서 내가 느끼기 시작한 조용하고 차가운 전율이 번지는 상황에서 '기뻤다'라는 말이 적절한지는 잘 모르겠다. 아무튼 '그를 늘 지켜보는 일', 그의 범상치 않고 수수께끼 같은 삶을 살피는 일이 내 삶에 있어 언제나 더 근본적이고 더 급한 과제인 것 같았다. 그것이 내 삶의 진정한 내용이었기에 현재의 삶을 알맹이가 없는 삶이라 한 것이다.

아드리안이 그 집을 자신의 보금자리로 고른 일은 비교적 행운이었다. 그것은 기이하게도 반복되는, 어쩐지 완전히 인정할 수 없는 의미의 '보금자리'였다. 다행이었다! 그는 패망과 점점 더 심화되는 궁핍의 기간 동안 슈바이게슈틸의 집에서 어지간히, 원하는 만큼만 제공받으며, 그 사실을 제대로 알지도, 고마운지도 모른 채, ㄴ라는 봉쇄되고 고립되어 잠식되어 가고 있을 때—그러나 군사적으로는 여전히 팽창하고 있었다— 이러한 변화를 거의 못 느끼며 지냈다.

그는 이러한 변화를 마치 자신에게서 비롯되고 자기 성격에 포함된 것을 받아들이듯 당연하게 아무런 언급 없ㅇ 받아들였으며, 그의 인내와 한결같은 태도는 외부의 상황을 극복하고 그 나름으로 유지되었다. 슈바이게슈틸의 살림은 그의 소박하고 섭생에 맞춘 습관을 언제든지 만족시켜 주었다. 그러나 나는 전장에서 돌아오자마자 그가 두 여성의 보살핌을 받고 있다는 사실을 알게 되었다. 그녀들은 그의 곁에서, 서로는 전혀 상관하지 않으며, 주제넘게 그의 보호자인 체했다. 두 사람은 메타 나케다이와 쿠니군데 로젠슈틸이었는데, 하나는 피아노 교사였고, 다른 하나는 창자사업체의 직원이자 공동소유주였는데, 말하자면 소시지 껍질을 만드는 회사였다. 이상한 일이었다. 레버퀸이 젊은 나이에 얻은 명성은 광범위한 대중에게는 전혀 알려지지 않고 전문분야에서, 정상의 전문가들 사이에서 밀교와도 같이 퍼져 있었으며, 지난 번 파리 초청도 그 증거라고 볼 수 있다. 동시에 그 명성이 훨씬 소박하고 가련한 영혼들의 외로운 마음에도 반사된 모양이었는데, 그들은 대부분의 보통사람들과는 달리 고독과 고뇌에 대한 민감한 감수성을 일종의 '더 고귀한 노력'으로 가장하고, 대중으로부터 분리되어 희귀한 것에 대한 숭배를 통해 행복을 추구했다. 그들이 여자였다는 사실, 그것도 처녀들이었다는 사실이 이상할 것은 없었다. 인간적인 욕망에 대한 절제는 분명 예언자적인 직관의 원천이며, 작고 약한 존재가 이를 추구한다고 해서 과소평가할 수는 없다. 거기에 직접적이고 개인적인 점이 괄목할만한 기능을, 정신적인 것을 가히 능가하는 기능을 발휘했다는 사실은 물을 필요도 없는 것이었지만, 그 개인적인 점은 두 경우 모두 아주 희미한 윤곽으로만 드러났고, 느낌으로만, 그리고 예감으로만 이해되고 평가될 수 있었다. 나는 남자인데도 불구하고 일찍이 머리와 가슴을 아드리안의 냉담하고 수수께끼 같은 삶에 쏟았는데, 그런 나한테 그의 고독 때문에, 그의 특별한 생활방식 때문에 그를 추종하는 이 여자들을 조롱할 권리가 조금이라도 있는가?

나케다이는 수줍고 늘 얼굴을 붉히며 곧잘 부끄러움을 타는 30대 초반의 여인이었다. 말을 할 때나 들을 때면 착용하고 있는 코안경 뒤로 경련과도 같이 다정하게 눈을 깜박거렸고, 동시에 머리를 끄덕이며 코를 찡그렸다. 그녀는 어느 날, 아드리안이 시내에 갔을 때, 전차를 타고 앞문쪽에 서 있었는데, 자기 옆에 아드리안이 서 있다는 사실을 발견하고는 차에 가득한 승객들을 뚫고 뒷문 쪽으로 달아났다. 그녀는 잠시 후 거기서 다시 냉정을 되찾고는 그에게 말을 걸고, 그의 이름을 부르고, 붉으락푸르락하는 얼굴로 자신의 이름을 밝히고, 자신에 대해 간략하게 몇 마디 덧붙이고, 자신은 그의 음악을 신성하게 생각한다고 말했고, 아드리안은 이 모든 말을 감사하며 들었다. 두 사람은 이렇게 해서 서로 알게 되었는데, 메타는 그 만남이 그것으로서 끝나도록 가만히 있지 않았다. 며칠이 지나지 않아 그녀는 꽃을 들고 파이퍼링으로 찾아왔으며, 숭배의 감정에서 우러난 이러한 방문은 그 후에도 로젠슈틸과의 자유경쟁 속에 계속되었는데, 서로에 대한 질투심으로 경쟁은 더욱 뜨겁게 달아올랐다. 로젠슈틸의 시작은 달랐다.

그녀는 나케다이와 비슷한 나이의 뼈대가 굵은 유대인이었는데, 묶기 힘든 양털 같은 머리칼에, 갈색 눈동자에는 시온 산의 딸이 끌려가고 그 종족은 길 잃은 양떼와도 같았던 태고의 슬픔이 서려 있었다. 거친 분야에서 일하는(소시지 창자 생산은 분명 거친 일이었다) 활발한 여성 사업가였지만 애수를 띤 습관이 있었는데, 말을 할 때마다 '아!'로 시작했다. 낮고 메마른 목소리로 "아! 네", "아! 아니요", "아! 정말이에요", "아! 왜 안 그러겠어요?", "아! 저 내일 뉘른베르크에 갈 거예요" 하고 탄식하듯 말했으며, 심지어 누가 "어떻게 지내세요?"라고 물을 때도 "아! 늘 잘 지내지요." 하고 대답했다. 그러나 글을 쓸 때는 전혀 달랐다. 그녀는 글쓰기를 대단히 좋아했다. 쿠니군데는, 유대인들이 거의 다 그렇지만, 음악을 대단히 좋아했고, 뿐만 아니라 방대한 분량의 독서를 한 것도 아니었지만 국민 평균보다 훨씬 아니, 대부분의 학자들보다도 더 독일어를 깨끗하고 조심스럽게 사용했다. 그녀 스스로 줄곧 '우정'이라고 칭했던 아드리안과의 관계도—시간이 흘러도 여전히 그런 관계가 아니었던가?—대단히 멋진 편지로 시작되었는데, 적절한, 내용적으로야 놀랄 것이 없지만 문체상으로는 전통적인 인문주의적 독일문화가 남긴 최상의 표본들을 본받아 쓴, 충정을 밝히는 장문의 편지였다. 수신인은 그 글을 읽으며 놀라지 않을 수 없었고, 그 문학적인 품격에 대해 아무 말 않고 넘어갈 수가 없었다. 그렇게 그녀는 직접 찾아오는 일도 많았지만 이와는 별도로 계속해서 파이퍼링으로 편지를 보냈다. 상세하나 지나치게 구체적이지는 않고, 내용적으로는 그다지 흥미롭지 않았지만 언어적으로는 명확하고, 깨끗하고, 읽기 편했고—육필이 아니라 그녀의 사무기기로 쳤는데, '그리고'는 업무용 문서에서처럼 '&' 표시로 대신했다—직관에 의한, 수년에 걸쳐 충실하게 간직한 존경심과 충정을 표한 글이었다. 그 마음만으로도, 다른 능력은 차치하더라도, 훌륭한 인물로 진지하게 존경받아 마땅했다. 나는 적어도 그렇게 했고, 수줍어하는 나케다이와 똑같이 인정하고자 노력했으며, 아드리안도 이 여성 추종자들의 숭배와 헌신을 자신의 성격과는 관계없이 수락할 수밖에 없었을 것이다. 그런데 내 운명이 그들의 운명과 많이 달랐던가? 내가 그들에게 호의를 베풀고 마음을 써 준 일을 나는 명예롭게 생각한다(그들은 유치하게도 만나면 서로 째려보며 못 견뎌 했다). 어떤 의미에서는 나도 그들과 같은 입장이었으므로, 아드리안과 나의 관계가 이 아가씨들이 서툴게 따라하는 바람에 그 격이 떨어지는 등 방해를 받았다고 생각할 수도 있는 일이었다.

이들은 그러니까 언제나 두 손 가득 무엇인가를 들고 왔다. 배고픈 시절에 기초 영양 공급에 관한 한 생각할 수 있는 모든 것을, 샛길로 가지고 올 수 있는 모든 것, 이를테면 설탕, 차, 커피, 초콜릿, 과자류, 절임, 그리고 말아 피울 수 있도록 절단된 담배를 가져다주었는데, 아드리안은 그러지 않아도 잘 보호받고 있었으므로 나와 실트크납, 그리고 루디 슈베르트페거에게도 나누어 주었고—루디의 붙임성은 변함이 없었다—우리끼리 그 여인들의 이름에 자주 축복을 빌었다. 담배에 관해 말하자면, 아드리안은 어쩔 수 없을 때만 빼고 즉, 한 달에 두세 번 심한 배멀미처럼 편두통이 발작해 어두운 방에서 자리를 보전해야 할 때만 빼고 그 맛있는 자극제를 결코 포기하지 않았다. 그는 상당히 늦게, 라이프치히에 살 때 비로소 담배를 배웠다. 특히 일을 할 때는 반드시 피웠는데, 그의 말에 따르면 담배를 말고 흡입하는 휴식이 없었다면 그토록 장시간 일에 매달리지 못했을 것이라고 했다. 그 시절, 그러니까 내가 다시 민간인 생활로 돌아왔을 때 그는 일에 몰두하느라 여념이 없었다. 내 느낌에 의하면 당시 하고 있던 작업 즉, 가극 〈게스타 로마노룸〉 때문이 아니었다. 적어도 그 때문만은 아니었다. 그는 그 일을 완성하고 그의 수호신이 새롭게 예고하는 요구에 응할 준비를 했다. 그 수호신은 이미 그 당시에, 아마도 전쟁이 발발했을 때부터—분명히 그랬을 것이다—자신의 예언을 보증하며 지평선에 모습을 드러냈다. 이는 명확하고 단호한 시대적 단절이었으며, 새롭고, 떠들썩하고, 전복적이고, 거친 모험과 고뇌로 가득한 시대가 열린다는 사실을 의미했다. 그의 창조적 삶의 지평선에 이미 그 〈묵시록〉이 모습을 드러내고 있었는데, 이 작품은 그의 삶에 어지러울 정도로 넘치는 활력을 주게 될 작품이었고, 아드리안은 그 작품이 나올 때까지의 대기시간을—적어도 나는 그 과정을 이렇게 본다—독창적이고 그로테스크한 인형극을 창작하는 데 이용했다.

《게스타 로마노룸》은 대단히 오랜 기독고 동화와 신화를 라틴어로 적은 이야기 모음집인데, 중세의 거의 모든 낭만적 신화의 출처라 할 수 있으며, 아드리안은 그 책의 번역본을 실트크납을 통해 알게 되었다. 나는 아드리안과 눈동자 색이 같은 이 우용한 친구의 공로를 기꺼이 증명하는 바이다. 그 두 사람은 함께 그 책을 읽으며 여러 날을 보냈는데, 실트크납은 무엇보다도 아드리안이 잘 웃어서 만족스러웠다. 그의 웃음을 향한 욕구, 눈물이 나도록 웃는 웃음. 너 성격은 좀 메마른 편이라 그의 이러한 욕구를 제대로 불러일으킬 줄 몰랐고, 걱정이 많은 내 심성으로 볼 때, 불안과 긴장 속에 사랑받은 그의 성격이 웃음으로 이행하는 데는 부적절한 면이 있었으며, 이러한 생각에 나는 더욱 그의 웃음을 유발하지 못했다. 아드리안과 눈동자 색이 같은 뤼디거는 결코 나의 이러한 견해에 동조하지 않았는데, 물론 나는 이 생각을 가슴 깊이 나 혼자만 간직했으며, 그런 생각 때문에 즐거운 분위기에서조차 환하게 웃지 못하고 주저하지는 않았다. 그 슐레지엔 출신 친구는 아드리안을 눈물이 나도록 웃기는 데 성공하면 마치 자신의 사명을, 임무를 수행했다는 듯이 흡족해하는 모습이 역력했으며, 고맙게도 그 일화와 설화 모음집으로 긍정적인 효과를 많이 거둘 수 있었다는 사실에는 논란의 여지가 없었다.

《게스타 로마노룸》의 이야기들은 역사적 사실과는 맞지 않지만 기독교적인 경건한 교훈과 도덕적 순수성을 담고 있는데, 부모살해, 간통, 복잡한 근친상간에 관한 이야기, 확인되지 않은 로마 황제들 이야기, 삼엄한 감시 속에 별난 조건으로 팔려고 내놓은 공주들에 관한 이야기, 성지 팔레스티나로 엄숙하게 걸어들어 온 기사들, 음란한 부인들, 꾀가 많은 포주 여자와 어둠의 마술에 헌신한 성직자들 이야기였으며, 라틴어 식으로 무게 있게, 대단히 우직하게 번역된 이 우화들을 읽고 아드리안은 대단히 즐거워했다. 그 이야기들은 아드리안의 해학적 감각을 불러일으키기에 안성맞춤이었는데, 그는 이 이야기를 접한 그날부터 그 가운데 몇 편을 압축해 가극 인형극으로 만들려는 생각에 빠졌다. 그 가운데는 철저하게 비도덕적인 이야기도 있다. 데카메론의 본보기가 되었던 우화 〈늙은 여자들의 사악한 간계〉에서는 금지된 열정을 추구하는 여인이 성녀로 가장하고, 고결하기로 칭송이 자자한 어느 부인을 사주하여, 아내를 믿어 의심치 않는 남편이 여행을 가고 없는 사이에 그녀에 대한 욕망으로 애가 타는 젊은이에게 몸을 허락하게 만든다. 이 마녀는 자신의 암캐를 이틀간 굶긴 후 겨자가 든 빵을 먹었고, 개는 심하게 눈물을 흘렸다. 마녀는 그 개를 데리고 정숙한 부인을 찾아갔다. 부인은 다른 사람들과 마찬가지로 마녀를 성녀라고 생각했으므로 정중히 맞이했다. 개가 우는 모습을 본 부인이 어리둥절해 하며 그 이유를 묻자 노파는 대답을 회피하는 척 하다가 부인의 재촉을 받고 대답했다. 그 개는 원래 행실 바른 내 딸이었다, 그녀 때문에 상사병에 걸린 젊은 남자가 있었는데 그녀가 꼿꼿하게 거절하자 결국 죽고 말았다, 딸은 그 벌로 현재의 모습으로 변했고 자신의 모습을 한탄하며 하염없이 눈물을 흘린다는 것이었다. 그리고 이 의도적인 거짓말을 하며 눈물까지 흘렸다. 그 이야기를 들은 부인은 벌을 받아 개로 변한 여인과 자신의 처지가 너무도 유사하다는 생각에 깜짝 놀라 그

노파에게 자신 때문에 상사병에 걸린 젊은이 이야기를 했는데, 노파가 부인마저도 개로 변한다면 이는 무엇으로도 보상받을 수 없는 큰 손실이라고 강조하자, 부인은 그 애타는 젊은이의 욕정을 신의 이름으로 달래주겠다며 실제로 그를 데려오라고 부탁했고, 결국 두 공범은 사악한 기지를 써서 달콤한 간통을 조장하는 데 성공했다.

　나는 뤼디거가 처음으로 원장실에서 이 이야기를 아드리안에게 읽어준 일이 아직도 부럽다. 물론 내가 읽었다면 그만큼 잘 읽지는 못했으리라는 사실은 인정한다. 그러나 앞으로 나올 작품을 위해 뤼디거가 한 일은 최초의 자극뿐이었다. 우화를 인형극 무대에 맞게 각색하고 대화체로 옮기는 작업을 그는 시간이 없다는 이유에서 또는 특유의 반항적 자유사상에서 거절했고, 그의 이런 점을 나쁘게 생각하지 않았던 아드리안은 내가 없는 동안 혼자서 대본의 뼈대를 세우고 대략적인 형태로 대사를 썼다. 이것을 산문과 운문이 섞인 최종판으로 마무리한 사람은 나였으며, 나는 이 작업을 틈날 때마다 부지런히 했다. 여기서 아드리안은 움직이는 인형들의 목소리를 연기하는 가수들 자리를 오케스트라에, 악기들 가운데 배치했고 오케스트라는 바이올린, 더블베이스, 클라리넷, 바순, 트럼펫, 트롬본과 일인용 드럼 그리고 종(鐘) 세트로 매우 단순하게 구성했고, 그들 가운데서 해설자가 오라토리오의 내레이터처럼 레치타티보와 낭송으로 줄거리를 요약하게 했다.

　이 파격적인 형식의 작품은 이 모음곡의 실제적인 핵심인 다섯 번째 이야기 즉, 〈구원받은 그레고르 교황의 출생〉이 가장 잘 되었다. 그 이야기는 주인공의 인생이 죄악으로 인한 별난 출생으로 인해 파멸하지 않고 예수의 직무대행이 되는 이야기인데, 그가 처한 충격적인 상황이 그가 부상(浮上)하는 데 방해가 되지 않을 뿐더러, 오히려 그로 인해 그가 특별한 소명을 받은 사람이고 그렇게 되도록 미리 예정되어 있었던 것처럼 보였다. 사건은 길고 복잡하게 얽히는데, 여기서 잠시 그 이야기를 소개할 필요가 있는 것 같다. 고아가 된 왕족 남매의 이야기인데, 여동생을 도에 넘치게 사랑한 오빠가 자제력을 잃는 바람에 여동생은 심각한 상황에 몰리게 된다. 그녀는 대단히 빼어난 사내아이를 낳는데, 이 아이, 나쁜 의미에서 조카가 모든 사건의 중심이 된다. 그의 아버지는 속죄하는 뜻에서 성지로 출정해 그곳에서 죽음을 맞이하고, 이 아이는 불확실한 운명과 마주하게 된다. 아이 엄마인 여왕은 그토록 기막힌 사연으로 태어난 그 아이가 제 손에 안겨 세례 받는 사태를 피하기 위해, 단호히 결심하고 아이를 왕족의 요람에 싼 후, 사정을 알리는 글을 적은 판과 양육에 필요한 금, 은과 함께 큰 통에 넣어 바다에 띄우는데, 그 후 그 통은 파도에 밀려 '여섯 번째 주일'에 근처 수도원의 신앙심 깊은 수도원장에게 오게 된다. 수도원장은 그 아이를 발견하고 자신의 이름을 따 그레고르라는 이름으로 세례하고 교육을 시키는데, 육체적, 정신적으로 워낙 재능이 뛰어난 아이였으므로 교육의 효과는 매우 컸다. 한편 죄인인 그의 어머니는 결혼을 하지 않겠다는 맹세를 했고, 온 나라가 이를 안타까워했다. 그녀는 스스로 신성을 모독한 사람, 기독교적 혼인을 할 자격이 없는 사람이라 생각했지만 분명 그 때문만은 아니었으며, 떠나간 오빠에게 정조를 지키려는 뜻이기도 했다. 외국의 막강한 공작이 그녀에게 구혼했으나, 그녀가 거부하자 공작은 격분해 그녀의 나라를 공격했고, 굳건한 도시 하나를 제외하고는 모두 정복했으며, 그녀는 그 도시로 밀려났다. 청년이 된 그레고르는 자신의 출생에 관한 이야기를 알게 되고, 크리스트의 묘로 순례를 하러 갈 생각이었으나 우연히 자신의 어머니가 사는 도시로 오게 되었다. 그는 그 공국을 다스리는 불행한 여인에 관한 이야기를 듣고 그녀 앞에 나타나게 되었는데, 그녀는 그를 그야말로 자세히 살폈으나 알아보지 못했고, 그는 여왕에게 봉사하겠다고 제안한다. 그가 난폭한 공작을 정복하고 그 나라를 해방시키자 여왕의 주위 사람들은 여왕에게 그와 결혼하라고 제안하는데, 그녀는 잠시 새침을 떨고 하루만—겨우 하루만—생각할 시간을 달라고 한 후 자신의 맹세를 깨고 혼인을 허락하니, 온 나라가 탁수치고 환호하는 가운데 결혼식이 거행되고, 아무것도 모른 채 아들과 어머니가 함께 신방에 드는 끔찍한 일이 벌어지고 만다. 상세한 이야기는 생략하고 격정이 담긴 이 인형 오페라의 절정만 짚고 넘어가겠다. 처음에 오빠가 눈을 흘기는 여동생에게 "검은 눈동자를 잃어 버렸느냐"고 묻고, 이에 그녀가 "이상할 것 없어요. 나는 임신했고, 이를 뉘우치고 있어요."라고 하는 장면, 함께 죄를 지은 오빠가 죽었다는 소식을 접하고 "이제 내 희망은 사라졌다. 내 힘, 내 유일한 오빠, 내 반쪽!" 하고 기이한 탄식을 터뜨리고는 그 시체의 발바닥에서 머리까지 키스를 하자, 지나친 애도에 심기가 불편해진 기사들이 고인으로부터 여왕을 떼어놓을 생각을 하는 장면, 여왕이 자신을 그토록 행복하게 해주는 남편이 누구인지 알게 되자 "오 내 사랑스러운 아들. 너는 내 하나밖에 없는 자식. 너는 내 남편이자 주인이며, 나와 내 오빠의 아들이구나! 오 사랑스러운 아가. 하느님, 왜 나를 태어나게 하셨나이까?" 하고 울부짖는 장면 등이 너무도 멋지게, 제대로 표현됐다. 그녀는 남편의 밀실에서 자신이 직접 쓴 판을 발견하고, 자신이 결혼한 사람이 누구인지, 잠자리를 같이 한 사람이 누구인지 알게 되었으며, 기구하게도 남편에게는 동생이요 오빠에게는 손자인 아이를 낳았다. 이제 그레고르가 속죄의 순례를 떠나게 되었고, 맨발로 그 길에 나섰다. 그는 한 어부를 만나는데, 그 어부는 그의 '섬세한 손발을 보고' 평범한 여행자가 아닐 것이라고 생각했고, 그는 어부에게 극단의 고독만이 자신에게 합당한 일이라고 말했다. 어부는 그를 배에 태우고 해안에서 16마일 떨어진, 파도가 몰아치는 바위섬으로 데려갔는데, 그레고르는 거기서 발에 차꼬를 채우게 하고 그 열쇠를 바다에 던진 후 17년을 속죄하며 보낸 끝에 압도하는 신의 자비를 맛보지만, 별로 놀라는 것 같지도 않다. 로마의 교황이 죽자 곧 하늘에서 "내 신하인 그레고리우스를 찾아 그를 내 대리인으로 삼아라!" 하는 목소리가 들렸다. 사방으로 사람을 파견해 그를 찾던 중 앞서 말한 그 어부에게도 사자가 찾아왔고, 어부는 그 일을 기억했다. 그는 고기를 잡았는데, 그 뱃속에서 옛날에 바다에 던진 열쇠가 나왔다. 어부가 사자를 속죄의 바위섬으로 데려가자 사자는 그곳에서 위를 향해 소리쳤다. "오, 그레고리우스. 하느님의 신하여! 바위에서 내려와 우리에게 오시오. 신의 뜻대로 이 땅에서 신의 대리인이 되어 주시오!" 그러자 그는 "하느님이 원하신다면 그 뜻대로 하리라" 하고 태연히 말했다. 그들이 로마에 오자 사람들이 종을 울리기도 전에 종들이 저절로 자유로이 울렸다. 이토록 경건하고 학식이 높은 교황은 처음 맞이한다는 사실을 알리는 종소리였다. 구원받은 그레고리우스의 명성은 그의 어머니도 듣게 되었고, 그녀는 자신의 인생을 이 선택된 자에게 맡기는 것이 가장 좋겠다고 판단하고 로마로 간다. 그녀의 고해를 들은 교황은 그녀를 알아보고 이렇게 외쳤다. "오 사랑스러운 내 어머니! 고모! 아내여! 내 친구여! 악마는 우리를 지옥으로 이끌고자 했지만, 전능하신 하느님께서 이를 막아 주셨나이다." 그리고 그녀에게 수녀원을 지어주고 그녀는 수녀원장이 되었는데, 머지않아 두 사람 다 자신의 영혼을 신에게 돌려주었다.

아드리안은 과도한 범죄를 다루지만 단순하고 자비에 찬 이 이야기에 음악적으로 묘사할 수 있는 모든 기지와 충격, 어린아이다운 호소력과 환상, 그리고 엄숙한 분위기를 모두 모았으며, 이 작품이야말로, 다름 아닌 바로 이 작품이야말로 뤼벡의 노고수가 말한 "하늘의 재능으로 만들어진 작품"이라는 놀라운 찬사를 받아 마땅했다. 〈게스타〉에서는 실제로 〈사랑의 헛수고〉의 음악적 양식이 재현되었고, 〈묵시록〉의 곡조에서는 〈우주의 기적〉의 곡조가 많이 발견되며, 심지어 〈파우스트〉에서도 나타나기 때문에 나는 그 말을 잘 기억하고 있다. 이와 같은 앞당김과 겹침은 창작을 하는 사람의 삶에서 흔한 일이다. 내 친구의 마음을 끈 이 소재의 예술적인 매력을 나는 여기에 가미된, 심술궂은 장난기와 더불어 편하게 즐길 수 있는 트라베스티(잘 알려진 시가를 풍자적으로 우스꽝스럽게 개작한 것 - 옮긴이)와, 기울어가는 예술시대의 과장된 비장미로 넘어감으로써 비판적인 반격을 원천봉쇄하는 정신적 자극에서 찾을 수 있다. 이 가극은 그 소재를 낭만주의 전설, 중세 신비의 세계에서 따왔는데, 오직 그런 내용만이 이 음악에 어울린다는 사실을, 그 본질에 적합하다는 사실을 보여주었다. 여기서는 묘한 방법으로, 특히 도덕적인 사제(司祭)의 특징을 나타내는 부분에서 외설적인 소극(笑劇)을 이용하는 등 대단히 해체적인 방법으로써, 과도하게 화려한 수단을 사용하지 않고 그 자체로서 이미 익살스러운 인형극의 행위를 전달한 시도가 그 효과를 발휘했다. 〈게스타〉 작곡을 하는 동안 레버퀸은 특수한 가능성을 연구하는 일에 몰두했는데, 일반 대중이—그는 그 속에서 은둔자처럼 살고 있었다—흥미를 느끼는 바로크 시대의 가톨릭 극에서 많은 가능성을 발견했다. 아드리안은 발츠후트 근방에서 인형을 깎고 옷을 입히는 약국 주인을 자주 방문했다. 또 그를 따라 미텐발트의 이자르탈 계곡 상단에 있는 가이겐도르프에도 갔는데, 약사는 그곳에서 자신의 취미를 즐겼다. 아내와 노련한 아들들의 도움으로 현장에서 포치 또는 크리스찬 빈터 작품의 인형극을 공연할 때면 사람들이 많이 모여들었다. 말했듯이 레버퀸은 그 인형극을 보았고, 그 외 대단히 예술적인 손인형극과 자바 섬의 그림자 연극도 서적을 보며 연구했다.

아드리안이 저녁에 창문 자리가 깊은 니케 홀에서 낡은 피아노로 우리에게, 나와 실트크납에게 그의 훌륭한 총보 가운데 새로 쓴 곡을 연주해주는 날은 분위기가 매우 화기애애했다. 한두 번은 루디 슈베르트페거도 그 자리에 함께 있었다. 그의 신곡에서는 위압적일 만큼 당당한 화음과 미로처럼 복잡한 리듬이 가장 단순한 내용에 사용된 반면, 일종의 어린이 나팔 양식이 가장 특별한 소재에 사용되었다. 여왕이 성직자가 된 사람과 다시 만나는 장면, 여왕이 오빠와의 사이에서 낳은 아들을 남편으로서 안는 장면은 웃음과 상상에 의한 감동이 멋지게 섞여 우리의 눈을 한없이 적셨다. 슈베르트페거는 "아주 잘 했어!"라고 말하며 아드리안을 포옹하고 자신의 머리로 그의 머리를 누르며 그 순간 허용된 붙임성을 마음껏 발휘했다. 나는 뤼디거가 안 그래도 일그러진 입을 못마땅하다는 듯 삐죽이는 모습을 보고 더는 참을 수 없어 "그만!" 하고 우물거리며, 거리감을 잊고 거침없이 다가가는 이 친구를 다시 내 앞으로 데려오려는 듯 손을 뻗었다.

슈베르트페거는 이 날의 친밀감 넘치는 연주회가 끝난 후 원장실에서 이어진 대화를 쫓아오기 힘들었을 것이다. 우리는 진보적인 것과 대중적인 것의 결합에 관해, 예술과 일상적인 것 사이의 괴리를 없애는 일에 관해, 품격과 통속성에 관해 이야기했는데, 한때 낭만주의 문학과 음악이 어떤 의미에서 이러한 결합에 성공했으나 그 후 다시, 좋은 것과 쉬운 것 사이에, 고귀한 것과 흥미로운 것, 앞 선 것과 누구나 즐길 수 있는 것 사이에 그 어느 때보다도 깊고 넓은 균열과 분리가 일어나, 이것이 예술의 운명이 되었다는 이야기를 했다. 이 운명이 점차 부각되어 음악에게—모든 예술을 대표해서―그 존경받는 외로운 지위에서 물러나 공동체를 찾으라고 요구한 행위가, 천박해지지는 말고 음악을 배우지 못한 사람도 이해할 수 있는 언어로, 이를테면 이리의 골짜기, 신부화관, 달구지 목수 등으로 말하라는 요구가 감상주의였나? 아무튼 이 목표를 이루기 위한 수단은 감상주의가 아니라 반어와 조롱인데, 조롱은 공기를 순화시키면서 음악의 환각효과와 문학을 객관적이고 기본적인 요소와 결합해, 다시 말해 음악 자체에서 재발견한 시간적 조직과 결합해 낭만적인 특징에, 격정과 예언에 극단적으로 대립했다. 대단히 까다로운 시작이다! 진정한 원시성 즉, 낭만적인 요소가 다시금 너무 가까이 있었다. 정신의 높이를 유지해야 하고, 유럽 음악사에서 엄선된 결과들을 당연한 것으로 해체시켜 누구나 새로운 것을 이해하도록 하고, 그 결과의 주인이 되어 거침없이 자유롭게 건축자재로 사용하게 하고, 아류에 반대해 전통과 대조를 이루도록 개조해야 하고, 수준 높은 수작업이 전혀 드러나지 않도록, 대위법과 기악편곡의 기교를 모두 사라지게 하여 단 하나의 효과 즉, 단순함으로 녹아들도록―단순함과는 거리가 먼 이야기지만― 탄력 있고 수수한 정신에 도달하도록 하는 일, 그것이 과제인 것 같았다. 예술이 요구하는 바인 것 같았다.

말은 주로 아드리안이 했고 우리는 가볍게 동조했다. 그는 앞서 슈베르트페거의 거침없는 행동에 흥분되어 붉어진 뺨과 벌겋게 된 눈으로 약간 열에 들떠, 단어를 툭 던지듯, 물 흐르듯 유창하지는 않게, 그러나 대단히 많이 움직이면서 말했는데, 나는 그가 내 앞에서, 그리고 뤼디거가 있는 자리에서도, 그런 달변으로 자기 속을 내보이는 모습을 본 적이 없는 것 같았다. 실트크납은 음악에서 낭만적인 특징이 제거된다는 말을 믿지 못하겠다고 했다. 음악은 낭만과 너무도 깊이, 본질적으로 결합되어 있으므로, 자연스러움을 심하게 희생시키지 않고는 이를 부정할 수 없다는 것이었다. 이에 아드리안은 다음과 같이 대꾸했다.

"당신이 말하는 낭만적인 특징이란 것이 감정의 온기를 의미한다면 나도 당신의 말에 동감합니다. 그러나 전문가들의 영역이 돼버린 오늘날의 음악은 이를 부정하지요. 그러니까 자기부정입니다. 그러나 우리가 복잡한 것을 단순하게 밝히는 것은 사실 생동감과 감각능력을 다시 얻은 것과 같은 일입니다. 그게 가능하다면 너는 이를 부상(浮上)이라고 하겠지?' 그는 나를 향해 묻고는 대답을 기다리지 않았다. "그 냉철한 정신의 세계에서 새로운 세계로, 대담한 감각의 세계로 부상하는 사람이 예술을 구원하는 사람일 겁니다." 그는 신경증처럼 어깨를 으쓱거리며 계속했다. "구원은 낭만적인 단어입니다. 화성악의 단어지요. 화성적 음악의 카덴차가 주는 황홀감을 나타내는 말입니다. 음악이 한동안은 구원의 수단으로 여겨졌어요. 하지만, 모든 예술이 그렇듯이, 음악 스스로 구원이 필요했다는 사실은 우습지 않나요? 즉, 엄격한 분리로부터의 구원이, 문화 해방의 결실로부터의 구원이, 문화가 종교의 대체물로 격상된 결과로부터의 구원이 필요했어요. '청중'이라고 하는 교양 있는 엘리트 집단만을 상대하던 지위로부터의 구원. 이제 더는 그런 청중이 존재하지 않으므로 '민중'에게로 가는 길을 찾지 못했을 때, 낭만적인 요소를 배제하고 말해서, 사람들에게로 가는 길을 찾지 못했을 때 철저히 혼자 남게 될, 멸종할 정도로 외로워질 상태에서의 구원이 필요했던 거죠."

그는 단숨에 이렇게 말하고는 목소리를 낮추어, 그러나 대화에 지장이 없는 강도로 말했는데, 나는 그 속에 숨겨진 떨림을 그가 말을 다 마쳤을 때야 비로소 알아차렸다.

"예술의 전체적인 생존 분위기는, 내 말이 맞을 거예요, 명랑하고 겸

허한 것으로 바뀔 겁니다. 이는 피할 수 없는 일이고 다행스러운 일이에
요. 예술에서 우울한 야심은 떨어져 나가고 새로운 순수성이, 그러니까
무해성이 그 부분을 차지할 거예요. 미래는 거기 있어요. 그 순수성은 공
동체를 섬기는 하녀가 될 것이며, 그 공동체는 '교양' 보다 훨씬 더 광범
위하고 문화가 없는, 어쩌면 그 자체가 하나의 문화인 집단일 것입니다.
우리는 그것을 상상하기가 쉽지 않지만 그래도 분명 그렇게 될 것이고,
그것은 자연스러운 현상이 될 것입니다. 고뇌 없는 예술이 될 것입니다.
정신이 건전한, 장엄하지 않고 슬프지 않으며 친숙한 예술이 될 것입니
다. 인류의 예술이, 너와 너와 너, 모두의 예술이……."

　　그는 중단했고 우리 셋은 충격 속에 침묵했다. 공동체의 고독, 근접
이 불가능한 친숙함에 관해 하는 말을 듣자니 고통스러운 동시에 마음이
고무되었다. 엄청난 감동 속에서도 내 마음 속 깊은 곳에는 그의 말에 대
한 불만이 있었다. 그에 대한 불만이었다. 그가 한 말은 그와, 내가 사랑
했던 그의 자존심과 맞지 않았다. 자만심이라 해도 좋다. 예술은 이를 요
구할 권리가 있었다. 예술은 정신이다. 그리고 정신은 사회에, 공동체에
어떤 의무를 느낄 필요가 없다. 정신은, 내 생각으로는, 그 자유, 그 기품
을 지키기 위해 그리 해서는 안 된다. '민중' 에게 다가가는 예술, 대중의,
소시민의 욕구, 속물근성을 자기 것으로 만드는 일, 이를테면 국가에 의
해 이것을 예술의 의무로 삼는다면 이는 불행한 일이다. 소시민이 이해하
는 한 가지 예술만을 허용하는 일, 이는 가장 나쁜 속물근성이고 정신의
살해다. 정신이, 확신하거니와, 대담하고 거칠 것 없이 군중에 맞지 않는
대립과 연구와 시도를 한다면, 이는 모종의 수준 높고 간접적인 방법으로
인간에게도 지속적인 도움을 주기 위한 일이라는 사실을 확고히 해야 한
다.

그것은 의심의 여지없이 아드리안의 자연스러운 신조이기도 했다. 그러나 그가 갑자기 그것을 부정했으며, 내게는 그의 행동이 자신의 자만심을 부정하는 행위로 보였으므로 대단히 혼란스러웠다. 추측컨대 그것은 다정다감한 태도의 시도였다. 극도의 자만심에서 비롯된 시도. 그가 예술의 구원 필요성에 대해 말할 때, 인류를 너라고 말할 때 그의 목소리에서 떨림만 감지되지 않았더라면! 나는 그 모든 것에도 불구하고 은밀히 그의 손을 잡고 싶은 유혹을 느낄 만큼 감동되었다. 그러나 나는 참았다. 오히려 루디 슈베르트페거에게, 그가 아드리안을 또 껴안을까 봐, 불안한 눈길을 보냈다.

32

이네스 로데와 헬무트 인슈티토리스 교수는 전쟁 초기인 1915년 봄에 결혼식을 올렸다. 그때까지만 해도 독일은 아직 희망에 부풀어 있었고, 나는 아직 전선에 있었다. 시민계급의 격식을 모두 갖추고, 교회예식과 일반예식을 다 치른 후 '사계절' 호텔에서 피로연을 했으며, 이어 신혼부부는 드레스덴과 작센의 스위스로 여행을 떠났다. 두 사람 모두 오래 검토한 끝에 결국 서로 잘 어울린다는 결론을 내린 결과였다. 독자들은 내가, 물론 악의는 없지만, '결국'이라는 말로 여운을 남긴 사실을 감지했을 것이다. 사실 그런 결론은 없었다. 아니, 아예 처음부터 나 있던 결론이었으며, 헬무트가 의원 딸에게 처음 접근한 이후로 두 사람의 관계는 조금도 발전하지 않았었다. 양측에서 결합하기로 합의를 본 시기는 약혼할 때였고 그 순간이 사실상 결혼의 순간이었으며, 그 후 달라진 일은 아무것도 없었다. 그러나 '결혼의 굴레에 영원히 속박되기 전에 충분히 숙고하라'는 격언은 형식상 충실히 따른 셈이고, 검토기간이 길어진 상황도 결국 긍정적인 해결로 이끄는 데 일조한 것 같았다. 게다가 전쟁으로 인해 함께 살아야 할 필요성도 절실해졌다. 전쟁은 수많은 유동적인 관계를 초기에 서둘러 성숙한 관계로 만들었다. 이네스의 승낙은 정신적, 아니 물질적 이유에서—이른바 이성적인 이유에서—이미 처음부터 어느 정도 준비되어 있었지만, 클라리사가 작년 말경 알러 강변의 첼레에서 첫 고용계약을 하고 뮌헨을 떠나게 되었으므로 보헤미안 기질의 어머니와 단 둘이 남게 되는 상황이 결정적인 작용을 했다. 이네스의 어머니가 가진 이러한 기질은 그다지 심각한 수준은 아니었지만 그래도 이네스는 그것을 늘 못마땅하게 생각했다.

의원 부인은 자기 딸이 시민계급의 일원이 된다는 사실에 감동하고 기뻐했는데, 사실 어머니는 이를 위한 노력의 일환으로 자신의 집에서 사교적인 살롱을 운영했다. 그녀 자신도 거기서 만족을 얻었고, 몇 가지 만회하고 싶었던 일, 자신의 '남부 기질'에 맞게 편하게 즐기는 인생의 쾌락을 보상받았으며, 스러져가는 아름다움에 대해서도 자신이 초대한 남자들, 이를테면 크뇌터리히, 크라니히, 칭크, 슈펭글러, 젊은 연극배우 수련생들 등등이 하는 입에 발린 소리를 즐겼다. 길게 말하지는 않겠다. 다만 그녀는 루디 슈베르트페거와도 대단히 진한 농을 주고받는, 어머니와 아들 관계가 음험하게 희화화된 관계였다는 사실과, 그녀의 개성이라 할 수 있는, 가식적으로 키득거리는 웃음소리가 특히 그와 함께 있을 때 자주 높아졌다는 사실만으로 충분하다. 내가 저 앞에서 이네스의 내면세계에 관해 시사한 것, 아니 명확히 밝힌 것을 모두 비추어 보면, 그녀가 이 남녀간 희롱을 보고 느꼈을 그 복잡한 분노와 부끄러움과 치욕이 어떠했을지 독자들 스스로 상상할 수 있으리라 믿는다. 내가 보는 앞에서 그런 일이 일어났을 때 그녀는 얼굴을 붉히며 어머니의 살롱을 빠져나와 자신의 방으로 들어갔다. 잠시 후 루돌프가 이네스의 방문을 두드리며—그녀는 아마도 그러기를 바라고 기대했을 것이다—그녀에게 사라진 이유를 물었는데, 사실 그는 그 이유를 분명히 알고 있었지만 말할 수는 없었다. 루돌프는 이네스에게 그녀가 없으니 재미없다고, 그러니 다시 나오라고 형제 같이 다정한 목소리를 포함한 모든 어즈를 다 동원해 설득했다. 그는 이네스가 지금 자신과 함께 되돌아갈 필요는 없지만 잠시 후에라도 꼭 다시 나와 사람들과 어울리라고 설득해 결국 승낙을 받아냈다.

이 사건을 차후에야 삽입한 데 대해 독자의 양해를 구하는 바이다. 이 일이 내 기억 속에는 확고히 뿌리 박혔지간 로데 의원 부인은 이네스의 약혼과 결혼이 기정사실이 되었으므로 즐거운 마음에 모두 잊었다. 그녀는 결혼식을 대단히 성대하게 준비했을 뿐 아니라—지참금으로 내놓을 만한 재력이 없었다—우아한 침구와 은식기 세트도 뒤떨어지지 않는 것으로 마련했다. 그녀는 조각을 새긴 서랍장과 격자세공 의자 등 자신이 지니고 있던 고가구 몇 점도 신혼부부에게 넘겨주었고, 그들은 프린츠레겐텐슈트라세 가에 있는 건물의 3층에 셋집을 마련하고 고가구로 아름답게 꾸몄다. 그랬다. 로데 의원 부인은 이제 사교계에서 뒤로 물러나겠다는 확고한 은퇴 소망을 밝히고 더는 살롱을 열지 않으므로 자신의 사교성이, 자신의 살롱에서 보낸 즐거운 저녁시간이 딸들의 장래를 위해 유리하게 작용했다고 자타가 공인했으며, 이네스가 결혼한 뒤 약 일년 후에는 여생을 지금까지와는 전혀 다르게 보낼 생각으로 람베르크슈트라세의 집을 떠나 시골로 갔다. 그녀는 파이퍼링으로 이사했다. 아드리안은 처음엔 그 사실을 몰랐다. 그녀의 새 거처는 슈바이게슈틸 농장 건너편 평지에 밤나무 숲 뒤에 있는, 예전에 어느 화가가 발츠후트 늪지의 암울한 풍경화와 함께 살았던 그 나지막한 집이었다.

이 소박하지만 멋진 오지(奧地)가 어떤 특별한 체념이나 상처받은 인간의 마음에 작용하는 매력은 특별했다. 그것은 아마도 농장 소유주의 성격에서, 특히 듬직한 안주인 엘제 슈바이게슈틸의 성격과 그녀의 '이해심'에서 비롯된 것이라 설명할 수 있을 것이며, 그녀는 그 이해심을 아드리안과 가끔씩 대화를 나눌 때도, 의원 부인이 건너편에 이사 올 것이라는 말을 할 때도 놀랄만한 형안과 함께 보여주었다. "그건 아조 간단하당께." 그녀가 말했다. "아조 간단하고 이해도 할 수 있어라, 레버퀸 선상. 나는 후딱 알아봤당께. 그 여자는 도시와 사람과 사교모임에, 신사, 숙녀들에 싫증이 난거요. 나이가 들면 의기소침해진당께. 물론 경우에 따라 다르기는 허겄제. 나이 들어도 아무렇지 않게 그런 생활을 계속하는 사람도 있제. 그러는 게 어울리는 사람도 있긴 있드마. 단지 엄청 사치스러워지고, 귀밑에 흰 곱슬머리가 늘어가듯 점차 장난기도 늘겄제. 안 그렁가? 그리고 자기가 옛날에 뭐 하는 사람이었는지 제대로 말도 안 하고, 우아하고 꽤나 노련하게 언질만 주면서 미루어 짐작만 하게 만든당께. 이러는 게 생각보다는 훨씬 더 남자들 마음을 사로잡제, 잉? 하지만 그러지 않는 사람들은, 그런 생활이 어울리지 않는 사람들은 볼에 살이 빠지고 목이 두꺼워지고 웃을 때 이도 다 빠지고 없어 창피해지면 거울 앞에서 슬퍼하고, 사람들 눈을 피하고, 고뇌하는 피조물처럼 자신에게 침잠하게 되겄제. 목과 이가 아무 문제없으면 머리칼 때문에 괴롭고 창피하제. 그 여자 경우는 머리칼이었제. 내가 금세 알아봤지 않은가. 그것만 빼고 나머지는 다 꽤 괜찮드마. 하지만 이마 위쪽에 머리칼이 빠지고 없대. 이마 끝이 벗겨졌고, 고대기로 아무리 애써도 앞부분은 어쩔 수가 없어. 그래서 그 여자는 절망적인 겨. 그건 큰 고통이제, 암만! 그래서 세상을 등지고 슈바이게슈틸네로 이사 오는 겨. 간단하당께, 아조."

이 어머니는 머리를 바싹 빗어 가리마 사이로 흰 두피가 드러나 보였다. 아드리안은, 이미 말했듯이, 건너편 방에 새로운 임대인이 이사 오는 사실이 별로 반갑지 않았다. 그녀는 그 농장에 온 초기에 안주인한테 잠시 아드리안에게 안내해달라고 청했을 뿐 차후 그의 일을 방해하지 않으려고 애썼는데, 그가 은둔생활을 하듯 자신도 그렇게 하면서 처음에 딱 한 번 차 마시러 오라고 불렀을 뿐이다. 밤나무 숲 뒤 평지의 수수하게 회칠한 낮은 방은 그녀가 지니고 있던 시민계급 생활의 우아한 유품들로 채웠는데, 팔이 여러 개 달린 촛대와 누비질한 의자, 두꺼운 액자 속의 '할르치'(이스탄불의 내항 - 옮긴이), 그리고 그랜드 피아노와 수놓은 비단 덮개는 충분히 놀랄만한 물건들이었다. 그 후로 마을에서 또는 들길에서 서로 마주치면 상냥하게 인사만 하거나 잠시 서서 좋지 않은 나라 사정에 대해, 여러 도시에서 증가하는 식량난에 대해 대화를 나누었다. 식량난과 관련해서는 이곳이 훨씬 지내기 수월했다. 의원 부인은 딸들과 과거 집으로 찾아오던 친구들, 이를테면 크뇌터리히 브부 같은 사람들에게 파이퍼링 산 달걀, 버터, 소시지, 밀가루 같은 생필품을 조달해주었으므로 그녀의 이사는 명분을 얻었으며, 마치 사려 깊은 의도적 행위처럼 보였다. 그 궁핍하던 시절에 그녀는 이렇게 챙기고 퍼주는 일로 소일했다.

로데 의원 부인의 살롱은 크뇌터리히 브부가 넘겨받았는데, 기존의 살롱 손님들 가운데 일부만으로, 이를테면 동전학자 크라니히 박사, 실트크납, 루디 슈베르트페거, 그리고 나까지 포함해 살롱 회원을 구성하고 칭크와 슈펭글러는 부르지 않았으며, 연극 관계자들, 클라리사의 동료들도 제외시켰다. 새로운 살롱은 이제 부자고 지위도 얻었고 풍요로운 삶이 보장되어 있는 이네스 로데와 그녀 남편의 사교를 위해 운영되었는데, 여기에 대학 관계자들, 두 대학의 젊고 늙은 강사들과 그 부인들이 추가로 들어왔다. 이네스는 스페인 풍 이국적 외모의 크뇌터리히 부인 나탈리아와 서로 신뢰하며 친하게 지내는 사이였는데, 이 귀부인께서는 모르핀에 중독되었다는 소문이 자자했다. 내가 관찰한 바로는 그녀가 모임 초반에는 대화에 관심을 보이며 매력적인 눈을 반짝이다가 때때로 사라지는데, 점차 사라지는 활기를 다시 회복하기 위해 그러는 것이 분명했다. 이네스가 극도로 보수적인 품격과 가부장적인 권위를 동경하고, 결혼도 단지 이러한 동경을 충족시키기 위해 했으면서도 남편 동료의 부인들, 분별 있는 전형적인 독일 교수부인들과 어울리기보다 나탈리아와 더 친하게 지내고 나탈리아를 개인적으로 방문해 함께 시간을 보내는 것을 보고 나는 그녀 인격상의 모순점을 눈치챘고 그녀가 부르주아적 삶에 대한 동경을 갖는 것이 타당한 일인지 의심하게 됐다.

이네스가 자신의 남편을, 체구가 아담하고 그 딴에는 미학적인 힘을 향한 야심에 심취하는 학자를 전혀 사랑하지 않았다는 사실에는 추호의 의심도 없었다. 그녀가 남편에게 바친 사랑은 의식적이고 의무적인 것이었으며, 그녀 특유의 짓궂은 태도를 가미하면서도 내조자의 역할을 완벽하게 해냈다. 그녀는 피곤할 정도로 주도면밀하게 살림을 이끌고 그의 귀가를 준비하는 일에 매달렸다. 해가 갈수록 상류사회의 격식을 지키기가 경제적으로 어려워지는 상황에서조차도 그런 생활을 포기하지 않았다. 번쩍이는 거실에 페르시아 카펫을 깐 값비싸고 아름다운 그 집을 관리하기 위해 그녀는 잘 교육받은 하녀 둘을 두었는데, 하녀들은 모자를 쓰고 앞치마 끈에 풀을 먹이는 등 모범적인 옷차림을 하고 있었다. 그 가운데 하나는 방 청소를 담당하고 그녀의 몸종 노릇을 하는 소피였는데, 이네스는 소피를 부르느라 열심히도 종을 울려댔다. 이네스는 완벽한 시중을 즐기기 위해, 그리고 결혼을 통해 얻은 안전과 편의를 지키기 위해 끊임없이 하녀를 불렀다. 소피도 마찬가지였다. 그녀는 안주인을 따라 시골로,

네게른제 호수나 베르히테스가덴으로 여행을 갈 때, 며칠 만에 돌아올 텐데도 크고 작은 가방을 대단히 많이 챙겼다. 아주 짧은 여행이라 하더라도 보금자리를 떠날 때마다 산더미 같은 가방을 힘겹게 끌고 가는 행위 역시 삶에 대한 두려움과 보호받고 싶은 욕구를 상징했다.

그녀의 집, 프린츠레겐텐슈트라세의 티끌 하나 없이 가꾼 방 여덟 개짜리 집에 대해 좀더 이야기하겠다. 그 집에는 살롱이 두 개 있었는데, 그중 하나를 좀더 아늑하게 꾸며 평소 거실로 썼고, 거대한 식당에는 문양을 새긴 떡갈나무 식탁이 있었으며, 흡연실을 겸한 사랑은 가죽으로 편안하게 꾸몄다. 부부의 침실에는 배나무를 잘 다듬어 만든 한 쌍의 황색 침대 위로 침대 천장의 휘장이 흔들렸고, 화장대에는 번쩍이는 향수병들과 은제(銀製) 도구들이 그 크기에 따라 줄맞춰 진열되어 있었다. 그 집은 몇 년 간 더 유지된 후 사라져버린, 교양 있는 독일 시민계급 가정의 전형적인 모습을 보여주고 있었는데, 여기에는 거실, 응접실, 사랑 등 도처에 진열해 놓은 '좋은 책들' 도 적지 않게 작용했을 것이다. 품위를 지키기 위해, 그리고 정신을 보호하기 위해 선정적이고 폭력적인 책은 피했다. 순수 교양서, 이를테면 레오폴트 폰 랑케의 사학 관련 서적, 그레고로비우스의 저서들, 예술사 서적들, 독일과 프랑스의 고전들, 간단히 말해 굳건하게 오래 읽히는 책들이었다. 시간이 흐르면서 그 집은 더 아름다워졌다 아니, 더 가득 차고 더 다채로워졌다 인슈티토리스 박사는 뮌헨의 몇몇 유리 건축물 방면의 예술가들과 친분이 있었으며(그는 이론적으로는 웅장하고 막강한 것을 추구했지만 그의 예술적 취향은 상당히 온순했다), 특히 노테봄이라는 사람과 가깝게 지냈다. 그는 함부르크 태생의 기혼자였는데, 움푹 들어간 뺨에 수염을 뾰족하게 길렀고, 매우 익살스러웠으며 배우, 동물, 악기, 교수들을 재미있게 흉내 낼 줄 알았다. 또한 이제는 사라져가는 카니발 축제의 조력자이자 사교적 기술이 뛰어난 초상화가였는데, 그의 작품은 예술적으로 수준이 낮은 사실적 그림이었다고 할 수 있다.

인슈티토리스는 학술적으로 걸작을 접할 일이 많았지만 걸작과 중간 수준의 작품을 구별하지 못했거나 자신이 지시하면 우정을 해칠 수 있다고 생각하고, 집을 꾸밀 때도 멋지지만 유별나지 않고 점잖고 차분한 것으로 하라는 요구 이상은 하지 않았으며, 이때 물론 자기 부인에게서, 취향에 관해서는 아니지만, 결정적으로 도움이 되는 의견을 구했다. 두 사람은 노테봄에게 많은 돈을 주고 초상화를 그리게 했는데, 그는 매우 흡사하게 그렸지만 아무런 느낌도 주지 않았다. 각자 따로따로 한 점씩, 그리고 둘이 함께 있는 작품도 한 점 그렸다. 훗날 아이들이 생기자 그 재미난 초상화가는 실물 크기의 인슈티토리스 가족 초상화를 그렸는데, 사람이 인형같이 묘사되었고, 그 상당한 면적에 엄청난 양의 바니시 유화물감을 사용했으며, 인슈티토리스는 이 그림에 두터운 액자를 씌우고 위, 아래에서 전기조명 장치를 해 응접실을 장식했다.

그렇다. 방금 말했듯이 아이들이 생겼다. 이네스는 화려한 부르주아적 삶이 점차 불가능해져 가던 상황을 지독히도 끈질기게, 거의 영웅과도 같이 용감하게 무시하면서 아이들을 극도로 깔끔하게 보호하고 양육했다. 현재는 무시한 채 과거 시대에 맞추어 아이들을 키웠다. 1915년 말 이네스는 남편에게 딸을 낳아 주었고, 딸의 이름은 루그레치아라고 지었다. 이네스는 잘 다듬은 황색 침대에서, 짧게 묶은 휘장 아래서, 화장대 위 유리 거울 앞에 대칭적으로 늘어선 은제 도구들 곁에서 아기를 낳은 후 곧바로 "완벽한 아가씨로 키우겠다"고 칼스루에 지방 억양이 섞인 프랑스어로 선언했다. 2년 후에는 쌍둥이 딸인 안과 릭이 태어났다. 두 아이를 위해 아네스는 집에서 격식을 제대로 갖추어 초콜릿, 포트와인, 비스킷으로 기념식을 했고, 꽃을 두른 은제 세례반에 성수를 담아 세례를 받게 해 주었다. 세 아이 모두 인물이 훤하고, 귀여운 아이들이었는데 리본 달린 원피스에 과도하게 신경을 쓰는 것에서도 알 수 있듯이 엄마의 병적인 완벽주의 육아법으로 고통 받는, 그러나 슬프게도 이를 받아들인 음지식물이자 인간사치품이었다. 그들은 어린 날을 슬크 커튼으로 멋을 부린 요람 속에서 보냈고, 시민 가정에 온 후로 과도하고 우스꽝스럽게 치장을 하는 서민 출신의 유모가(이네스는 의사의 만류에 따라 직접 수유하지 않았다) 아이들을 고무바퀴가 달린, 나지막하고 매우 우아한 유모차에 태워 프린츠레겐트슈트라세의 보리수 아래를 밀고 다녔다. 나중에는 아가씨가, 교육받은 유치원 보모가 그들을 돌봤다. 이네스는 살림을 하고 자기 자신을 꾸미는 틈틈이 그들이 자라는 밝은 방에 가 보았다. 그 방에는 침대가 있고, 동화에 나오는 장식이 벽을 두르고 있었으며, 마찬가지로 동화 같은 난쟁이 가구와 알록달록한 리놀륨 판, 그리고 잘 정돈된 장난감 세계가 있었는데, 이를테면 곰 인형, 바퀴달린 양, 꼭두각시, 케테 크루제(인형 사업가 - 옮긴이) 인형이 있었고, 벽 선반에는 철도 세트를 장식해 놓는 등 책에 나와 있는 가정의 어린이낙원 그대로였다.

이 모든 올바른 육아법은 결코 올바르지 않았다. 그 근본은, 거짓이라고까지는 하지 않더라도 아집이라 할 수 있었고, 외부로부터 점차 의심을 받았으며, 더 예리한 눈으로 보면 내적으로도 무너질 것 같았다. 이네스는 행복해지지도 않았고 마음으로 행복하다고 믿지도 않았으며, 단지 진정으로 원했던 것을 얻었을 뿐이었다는 말을 굳이 할 필요는, 아니 반복할 필요는 없을 것이다. 완벽하게 갖추어진 이 모든 행복조건들이 내게는 언제나 엄연한 문제를 부정하고 은폐하는 것으로밖에 보이지 않았다.

이 조건들은 이네스가 열정적으로 추구하는 일과 이상하게도 모순을 이루었다. 내가 보기에 이 여자는, 이상적인 시민계급의 울타리 안에서 자기 아이들의 존재를 철저하게 미화시켜 봤자 오히려 자신이 아이들을 사랑하지 않는다는 사실만 드러낼 뿐이라는 사실을, 부족한 사랑을 만회하려는 과장된 보상행위일 뿐이라는 사실을 모를 만큼 어리석지는 않았다. 그녀는 아이들을 단지 여자로서 양심의 가책을 받으며 단행한 결합의 결실로 보았고, 그렇게 결합한 상태에서 육체관계를 거부하는 결혼생활을 했다.

세상에! 물론 여자에게 헬무트 인슈티토리스와 자는 일이 황홀한 일은 아니다! 여자들의 꿈과 소원에 대해 나도 그 정도는 이해하는데, 이네스가 자신의 아이들을 순전히 의무적으로만 거두었을 뿐, 남편의 판박이 얼굴로 받아들인다는 상상을 막을 수 없었다. 아이들은 그의 아이들이었고, 세 아이 모두 그 점에서 의심의 여지가 없었으며, 엄마보다는 아빠를 훨씬 더 많이 닮았는데, 아마도 이네스가 2세를 낳는 일에 정신적으로 적극적이지 못했기 때문일 것이다. 그 키 작은 남편의 당연한 명예에 관해서는 조금도 상세히 다루고 싶지 않다. 그도 체구는 작았지만 성인 남자였다. 그리고 이네스는 그를 통해 쾌감을 경험했다. 행복 없는 쾌감. 그 곤궁한 토양에서 그녀의 욕망이 번성했다.

나는 이미 인슈티토리스가 이네스의 여성성을 일깨워주었지만 결국 다른 사람을 위한 일이 되었다고 말한 바 있다. 그 후 그는 남편이 되어서도 그녀에게 일탈의 욕망을 일깨워주었을 뿐이며, 이네스는 절반의 행복일지언정, 사실상 고통스러운 행복이었지만, 경험하고 싶어졌다. 이 행복 경험은 보상과 명분과 만족을 요구했고, 그녀는 루디 슈베르트페거 때문에 받는 고통을, 나와 이야기하면서 매우 교묘하게 노출시켰던 그 고통을 열정으로 불태웠다. 그것은 자명한 일이었다. 그녀는 청혼을 받은 상태에서 우수에 젖어 루디를 생각하기 시작했고, 지각 있는 여자로서 안 되는 줄 알면서도 그를 사랑하게 되었그 마음을 완전히 빼앗겼으며 그를 향한 욕망에 사로잡혔던 것이다. 그리고 그 젊은 친구는 보아하니 괴로워하며, 이성을 지키며, 자신의 생각과 반대로 ㅊ닫는 감정을 따를 수밖에 없었을 것이다. 나는 '그가 그 감정을 따르지 않았더라면 더 좋았을 텐데'라고 쓸 뻔 했다. "엇차! 이런, 뭐 하고 있어요? 얼른 뛰어들어요!" 하고 클라리사가 누나같이 하던 말이 지금도 내 귀에 쟁쟁하다. 다시 한 번 말하지만, 나는 지금 소설을 쓰는 것이 아니므로 전지적 작가시점에서 내밀한, 세상의 눈을 벗어난 변화의 극적인 국면을 조명할 수 없다. 그러나 루돌프가, 의도하지는 않았지만 궁지에 몰렸을 때, 뛰어들라는 당당한 명령에 "어떻게?"로 대응했다는 것까지는 분명하다. 시시덕거리기 좋아하는 그가 처음에 부담 없이 즐기다가 상황이 점차 긴장되고 뜨거워지면서 모험을 하고픈 유혹을 느끼는 모습을 상상하기는 조금도 어렵지 않다. 그러나 불장난으로 치닫지만 않았더라면 궁지에서 벗어날 수도 있었을 것이다.

다시 말해서 이네스 인슈티토리스는 흠잡을 데 없는 시민계급의 울타리 안에서, 향수병에 걸린 사람처럼 갈구하던 그 보호막 속에 살면서 정신연령도 행동도 어린아이 같은 남자와 불륜을 저질렀는데, 이 여자들의 귀염둥이 때문에, 흔히 경박한 여자를 진지하게 사랑하는 남자가 그여자 때문에 회의와 걱정에 싸이듯이, 그녀도 똑같이 회의하고 걱정했으며, 사랑 없는 결혼이 일깨워준 관능을 그의 품에서 만족시켰다. 그녀는, 내가 제대로 보았다면, 결혼 후 몇 달 지나지 않은 시점부터 몇 년간, 그러니까 1910년대 말경까지 이렇게 살았는데, 이런 생활을 더는 유지할 수 없었던 이유는 그녀가 온 힘을 다해 붙잡으려 애썼음에도 불구하고 루디가 그녀를 떠났기 때문이었다. 두 사람의 관계를 지휘하고 조정하고 은폐한 사람은 그녀였다. 동시에 모범적인 주부이자 어머니 노릇까지 하는 이중생활을 매일매일 곡예와도 같이 이끌어가느라 그녀의 신경은 날카로워졌고, 그로 인해 사랑스러운 모습이 불안감으로 위협을 받는 일을 그녀는 가장 두려워했다. 이를테면, 그녀의 금발 눈썹 사이 미간에 두 줄의 주름이 정신착란을 일으키는 듯이 깊게 패었다. 자신들의 탈선을 다른 사람들에게 감추기 위해 교활하고 노련하게 온갖 주의를 기울이면서도 양쪽 모두 그 의지가 확실하고 굳건했다고는 할 수 없었다. 남자는 자신에게 찾아온 행운을 남들이 짐작해 주면 분명 기분 좋은 일이었고, 여자 또한 여자로서의 자존심 때문에, 아무도 탐내지 않는 자기 남편의 애무만으로 만족하고 살지는 않는다는 사실을 남들이 알아주기를 은근히 바랐다. 그러므로 뮌헨의 주변 사람들 가운데 이네스 인슈티토리스의 탈선에 대해 모르는 사람은 거의 없었을 것이라는 내 추측이 별로 틀리지 않았다고 생각한다. 물론 아드리안 레버퀸을 제외하고는 이 문제에 대해 내가 한마디라도 나눈 사람은 아무도 없었다. 그리고 헬무트 조차도 진실을 알고 있었을 가능성이 농후했다. 배운 사람다운 너그러움, 절망과 슬픔 속에 인내하며 평화를 깨지 않으려는 마음이 혼합되어 그는 가정을 지켰으며, 헬무트는 자신을 제외하고는 아무도 이 사실을 모르리라 생각한 반면, 살롱에 모인 사람들은 이네스의 남편을 유일하게 눈 뜬 장님 취급한 적이 드물지 않았다. 이상 인생을 훑어 본 늙은이의 소견이었다.

　나는 이네스가 누구에게 자기 이야기를 털어놓고 싶어 한다는 느낌을 받지는 않았다. 그녀는 최선을 다해 억제했다. 그러나 겉치레를 유지하듯 쉬운 일은 아니었으므로 알려고 마음먹은 사람은 그녀를 성가시게 하지만 않으면 충분히 알 수 있었다. 사랑의 열정으로 그녀는 자만에 빠졌고 누군가 진지하게 반대할 수도 있다는 생각은 꿈에도 하지 않았다. 사실 애정문제에 있어서는 늘 그런 법이다. 사랑하는 감정은 세상이 뭐라 하든 자신의 정당함을 주장하게 되고, 금기를 깨는 행위를 하더라도 사람들이 응당 이해해 주리라 믿게 만든다. 만약 이네스가 아무도 자신의 이야기에 대해 들은 바가 없으리라 생각했다면 어떻게 내게 털어놓을 생각을 했겠는가? 그녀는 주저 없이 털어놓았다. 단지 특정인의 이름만 거론하지 않았을 뿐. 어느 날 저녁의 대화에서—1916년 가을이었다—그 이야기가 나왔지만, 그 이야기를 하기 위해 일부터 만든 자리가 분명했다. 그 당시 아드리안은 뮌헨에서 저녁을 보낼 때마다 파이퍼링 행 11시 기차를 타고 집으로 돌아간 반면, 나는 경우에 따라 수도에도 혼자 자유롭게 지낼 숙소가 있으면 좋을 것 같아서 슈타빙의 거선문 뒤 멀지 않은 곳에, 호엔촐러른슈트라세 가(街)에 작은 방을 하나 빌렸다. 인슈티토리스의 집에서 나를 좋은 친구 자격으로 저녁식사에 초대했을 때 나는 기꺼이 응했다. 식사 중 이네스는 헬무트가 알로트리아 클럽에 카드놀이를 하러 갈 계획이니 그가 나가더라도 나는 더 있다 가라고 부탁했고, 남편도 그러길 권했다. 그는 9시가 좀 넘자 예정대로 클럽으로 갔는데, 아마도 카드놀이보다는 수다가 주목적이었을 것이다. 그리고 안주인과 손님만이 집에 남아 평상시 거실로 쓰는 살롱에 앉았다. 그 거실은 쿠션을 댄 죽세공 가구로 꾸몄고 기둥 콘솔에는 설화석고로 빚은 이네스의 흉상이 있었는데, 친분 있는 조각가의 작품이었다. 실물 크기의 신체 일부분을 대단히 독특하게 나타냈는데 무거운 머리칼과 흐려진 눈, 뻐딱하게 앞으로 내민 부드러운 목, 까다롭고 심술궂게 뾰족 내민 입이 매우 사실적이면서도 범상치 않은 감동을 주었다.

나는 다시 한 번 신뢰받는 자의 역할을 맡았다. 유혹하는 사람들의 세계에 반대하는, 감정을 불러일으키지 않는 '좋은' 사람이었다. 이네스에게 그 젊은 친구는 유혹의 세계였으며, 그녀는 이에 대해 나와 이야기하고자 했다. 그녀는 그 문제, 즉 터져버린 일, 경험한 일, 행복, 사랑, 고뇌에 대해 아무 말도 하지 않은 채 그저 즐기기만 하고 시달리기만 한다면 이는 정당한 일이 아니라고까지 했다. 이런 일을 어둠 속에, 침묵 속에 간직하고만 있을 수는 없으며, 은밀하면 할수록 제3자와, 믿을 수 있는 좋은 사람과 그 문제에 대해 이야기하고 싶어진다고 말했다. 그 사람은 나였다. 나는 그 사실을 깨닫고 소임을 맡았다.

우리는 헬무트가 나가고 난 후에도 얼마 동안은, 마치 그가 아직 가청(可聽) 거리에 있다는 듯이, 하나마나한 이야기들을 나누었다. 그러다 그녀가 갑자기, 거의 기습하듯이 이렇게 말했다.

"세레누스, 나를 꾸짖고 멸시하고 비난하실 건가요?"

나는 못 알아들은 척 해 봐야 의미가 없을 것 같았다.

"그럴리가요, 이네스." 내가 대꾸했다. "하늘에 맹세해요. 나는 늘 '원수를 너희가 친히 갚지 마라. 내가 갚으리라' 라는 말을 가슴에 새기고 있어요. 신은 사람이 죄를 지을 때 그 속에 벌을 심어두고 죄를 그 안에 잠기게 하지요. 따라서 죄와 벌은 서로 구별할 수 없게 되는데, 행복과 벌도 마찬가지입니다. 당신은 대단히 고통스러울 겁니다. 내가 남의 품행이나 비판하려 했다면 여기 앉아 있겠습니까? 물론 당신을 염려하고는 있습니다. 하지만 당신이 나한테 꾸짖을 것이냐고 묻지 않았다 해도 나는 나 혼자 알고 있었을 겁니다."

"살면서 놓치고 싶지 않은, 포기할 수 없는 달콤한 승리에 비하면야 고통이랄 게 뭐 있나요? 두려움과 굴욕이 대순가요?" 그녀가 말했다. "경솔하고 세속적인 일탈이죠. 마음을 어지럽히는 믿지 못할 감언이설 같은 거지만, 거기에 진정 인간적인 가치가 있어요. 인간은 이런 일에서 자신의 진지한 가치를 유지하고자 해요. 겉멋에 진지한 의미를 부여하고자 하죠. 인간은 그런 운명을 타고 났어요. 그래서 마침내, 그냥 한번 그래보는 것으로 그치지 않고, 아무리 증명하고 확인해도 충분하지 않기에, 마침내 그 가치에 합당한 상황을 만들고자 하지요. 그 열정의 상황에 귀의해 깊은 안도의 한숨을 내쉬려는 거예요."

그녀가 정확히 이대로 말했다고는 할 수 없지만 이에 매우 근접하게 표현했다. 그녀는 박식하고, 자신의 정신세계를 침묵 속에 묻어두지 않고 말로 표현하는 데 익숙했다. 처녀 때 시를 쓰기도 하지 않았는가. 그녀의 말은 배운 사람답게 정확했고, 언어로써 감정과 인생을 진지하게 표현하고자 할 때는, 분명하게 표현하고자 할 때는 대담한 표현력을 발휘해 말이 정말 살아있는 듯한 느낌을 주기도 했다. 이런 바람은 일상적인 것이 아니라 감동의 산물이다. 그런 만큼 감동과 정신은 서로 연관되어 있고, 그런 만큼 정신 또한 감동적이다. 그녀는 말을 계속하면서 내가 끼어드는 말은 귓등으로만 들었는데, 그녀의 말은 솔직히 관능적인 환희에 푹 젖어 있었다. 그 때문에 여기에 직접화법으로 옮기기를 주저하게 되었는데, 그녀에 대한 연민과 예의와 인간적 경외심 때문에, 그리고 내 편협한 소시민적 경계심 때문에 차마 직접화법으로 옮겨놓고 독자들에게 민망함을 참으라고 할 수가 없다. 그녀는 방금 언급한 그런 욕구 때문에 표현이 그다지 정확하지 않다고 생각되는 부분은 여러 번 반복하며 적확한 표현을 찾고자 애썼다. 그러면서 특이하게도 가치와 관능적 열정을 일치시켰는데, 내면의 가치는 오직 욕망 속에서만 실현되고 완성되며 욕망은 분명 '가치' 만큼이나 진지한 것이라는 논리였다. 그리고 그를 욕망으로 유도

하는 일은 포기할 수 없는 지고(至高)의 행복이었다고 확신할 뿐만 아니라 그 생각에 묘하게 도취되어 있었다. 그녀가 가치와 욕망의 개념을 이렇게 혼합시키면서 그 불안한, 그 뜨겁고 우울한 만족을 얼마나 힘주어 말했는지는 도저히 묘사할 수가 없다. 그녀의 관점에서 본 욕망은 숨겨진 진지한 본심의 일부분이었으나, '사교'에 내포되어 있는 혐오스러운 요소와 무섭게 대립하고 있었다. 아양 떨고 노닥거리는 행위. 이는 그의 껍데기다, 즉 사랑스러운 행동이 지닌 배신자와 같은, 요마 같은 요소다, 그래서 그 사람만을 취하기 위해, 껍데기를 뺀, 말 그대로 오직 그 사람만을 취하기 위해 그에게서 사교적인 요소를 떨어내고 제거해야 했다는 이야기였다. 한마디로 사랑스러운 행동을 길들여 진정한 사랑으로 만드는 일, 동시에 좀더 추상적인 문제 즉, 사고에 의한 것과 감각에 의한 것을 하나로 융합시키는 문제가 이야기의 핵심이었는데, 그녀는 사교모임의 즐겁고 외설적인 분위기와 예상되는 슬픈 삶 사이의 모순은 그의 포옹으로 제거되었으며, 자신의 고통은 이로써 가장 달콤하게 보상받았다는 생각이었다.

내가 중간에 무슨 말을 던졌는지 상세히 기억할 수 없지만 그녀가 이 문제에서 연애감정을 과대평가하고 있다는 점을 지적했고, 그게 어떻게 가능한지 알아보기 위해 한 가지 질문을 한 일은 기억한다. 나는 그녀가 지금 열정을 쏟고 있는 상대가 가장 멋지거나 가장 완벽하거나 가장 바람직한 인물이 아니라고 조심스럽게 시사했다. 그리고 군복무 능력에 대한 판정을 계기로 그에게는 생리적인 기능결함이 있다는 것, 즉 장기절제 수술을 받은 적이 있다는 사실도 언급했다. 그녀의 대답은 그 결함으로 인해 자신의 고통 받는 영혼이 그의 사랑스러움과 가까워질 수 있게 되었다고 대답했다. 장기절제가 없었다면 그에게 아무런 기대도 할 수 없었을 것이다, 그것이야말로 경박한 성격을 고통의 부름에 다가갈 수 있게 만든 사건이다, 더욱이 그 결과 생명이 단축될 수도 있다는 사실이 기를 꺾기보다는 오히려 소유하고자 하는 갈망에 위안을 준다, 안심시켜주고 확인시켜주며, 충분히 의미 있는 사실이다……. 그 밖에 그녀가 처음으로 내게 자신의 심리상태를 폭로했던 대화 중에 나왔던 이상할 정도로 가슴을 옥죄던 내용 하나하나에 대해 다시 언급했지만 이제는 가히 비도덕적일 정도로 만족감에 젖어 있었다. 그녀는 그가 탕게비세나 롤바겐한테도 얼굴을 보여야 한다고 하는 말은, 그녀 자신은 그 사람들을 본 적도 없지만, 그가 거기서도 똑같이 그녀에게 얼굴을 보여야 한다고 말할 것이라는 사실을 시사한다고 말했다. 그녀의 말에는 승리감이 배 있었다. 롤바겐 네 '훌륭한' 딸들은 이제 그와 가까이에서 대화를 주고받더라도 그녀에게 두려움이나 고통을 주는 대상이 아니었다. 그리고 별 상관도 없는 사람들에게 가지 말라고 붙잡을 때도 더는 그의 다정한 태도 때문에 불안하지 않으며, 그 듣기 싫은 "도처에 저기압이군!" 이라는 말에는 한숨이 섞였으므로 더는 그 말로 수모를 느끼지 않는다는 식이었다. 보아하니 이 여자는 자신은 비록 고뇌와 사색의 인간이지만 동시에 여자이므로, 그 여성성을 수단으로 삶과 행복을 차지할 수 있다는 생각에, 자신의 가슴으로 오만을 굴복시킬 수 있다는 생각에 푹 빠져 있었다. 과거에도 물론 한 번의 시선으로, 진지한 말 한마디로 바보 같은 행동을 순간이나마 진지하게 바꿀 수 있었다. 일시적으로나마 그의 마음을 얻을 수 있었다. 그가 마음에도 없이 잘가라는 인사를 내뱉을 때 이를 꾸짖고 점잖고 진지하게 처음부터 다시 인사하도록 유도할 수 있었다. 이제 그 일시적이던 승리가 소유로, 결합으로 확고히 자리 잡았다. 두 사람 간의 소유와 결합이 가능한 만큼은. 그늘진 여성성으로 지킬 수 있는 만큼은. 이네스는 애인의 정조에 대한 불신을 밝히며 자신의 여성성만 믿고 안심할 수는 없다는 사실을 드러냈다. "세레누스, 피할 수가 없어요. 나는 알아요. 그는 나를 떠날 거예요." 그녀가 말했다. 그때 나는 그녀의 미간에 집요하게 드러나는 깊은 주름을 보았다. "그러면 그는 저주받을 거예요! 나도 저주받을 거예요!" 나는 아드리안에게 처음 이 문제를 이야기했을 때 그가 했던 말을 떠올리지 않을 수 없었다. "그는 그 문제에서 완전히 벗어날 거야!"

내게 그 대화는 진정한 희생이었다. 두 시간이 걸렸고, 참아내려면 자기희생, 인간적 호감, 친구 사이의 선의가 많이 필요했다. 이네스도 이 사실을 알고 있는 것 같았으나 어딘지 이상한 점이 있었다. 그녀는 자신을 위해 내가 인내심을 발휘하고 시간을 내 준 일에 대해, 자신의 일에 마음 써 준 일에 대해 감사를 표했으나 그 태도에는 음흉한 만족감이 미묘하게 섞여 있었고, 간간히 보이는 알 수 없는 미소 속에서 남의 불행을 고소해 하는 기분 같은 것을 분명히 느낄 수 있었다. 나는 오늘날까지도 내가 왜 그토록 오래 참았는지 의아해 하고 있다. 실제로 우리는 인슈티토리스가 '알로트리아'에서 남자들과 카드놀이를 하고 돌아왔을 때까지도 앉아 있었다. 우리가 여전히 함께 있는 모습을 보자 그의 얼굴에 당황한 빛이, 알아차렸다는 듯한 표정이 스쳤다. 그는 내게 자상하게도 자신을 대신해 주어서 고맙다고 인사했고, 나는 그와 다시 인사한 후 더는 앉아 있을 수 없었다. 나는 안주인의 손에 키스하고, 상당히 신경이 곤두서서, 반은 화도 나고 반은 동정심에 싸여, 아무도 없는 길을 지나 내 숙소로 갔다.

33

내가 서술하고 있는 시대는 우리 독일국민에게는 국가의 붕괴, 항복, 탈진에 의한 폭동, 어쩔 수 없이 남의 손에 넘어가는 희생의 시대였다. 지금 글을 쓰고 있는 이 시간은, 조용히 은거하며 그때의 기억들을 종이에 옮기고 있는 이 시간은 조국의 파멸을 딩태한 버가 흉하게 불러오는 시간이며, 여기에 비하면 그 당시의 패배는 썩 나쁘지 않은 사고(事故)처럼, 계획을 그르쳤기에 흐트러진, 이해할 만도 한 일 같아 보인다. 굴욕의 종말은 여전히, 지금 우리의 머리 위에 떨어질 단죄와는 다르게, 과거 소돔과 고모라에 내려 친 단죄와는 다르게, 그리고 우리가 그때 처음에는 야기하지 않았던 그 단죄와는 좀 다르게 남는다.

　종말이 가까이 다가오고 있다는 사실, 이미 오래전부터 더는 저지할 수 없었다는 사실, 나는 이를 조금이라도 의심하는 자가 있으리라고 생각하지 않는다. 이 끔찍한 사실을 은밀하게 인식하고 있는 사람이—신이여, 우리를 도우소서!—이제 몬시뇨레 힌터피르트너와 나만은 아니었다. 깨달은 사실이 침묵에 싸여 있는 현실은 그 자체만으로도 섬뜩하다. 수많은 눈먼 사람들 가운데 몇 안 되는 깨달은 사람들이 입을 봉하고 살아야 한다는 사실만으로도 섬뜩한 일 아닌가. 사실 다 아는 이야기를 모두가 꼼짝 없이 침묵하는 가운데 한 사람이 다른 사람에게서, 자신을 숨기는 눈에서 또는 두려움에 질려 응시하는 눈에서 진실을 읽어낼 때 공포의 전율이 극에 달했다. 그렇게 보였다.

내가 하루하루 충실하게, 조용히 유지되는 흥분 속에서 전기를 쓰는 동안은, 개인적이고 내밀한 이야기를 그에 어울리는 표현으로 묘사하고자 노력하는 동안은 밖에서 일어나는 일에, 내가 글을 쓰고 있는 이 시간에 속하는 그 일에 관여하지 않았다. 프랑스가 침공 당했다. 이미 오래전에 그 가능성을 인식하고 있었지만 기술적, 군사적으로 일등급의 아니, 아예 새로운 등급의 실력으로 완벽하고 용의주도하게 준비한 공격이었으며, 우리는 거기 말고 다른 곳에서도 상륙작전이 실시될지, 예상하지 못한 지점에서 추가 공격이 발생할지 잘 몰랐고, 따라서 우리의 방위력을 섣불리 그 상륙지점 한 곳에 집결시킬 수 없었으므로 적의 공격을 저지하기가 더욱 더 힘들었다. 의혹은 헛되이 빗나갔다. 상륙작전은 그곳뿐이었다. 그리고 곧 해안으로 침투한 부대, 탱크, 대포, 기타 모든 군수품들은 우리 군이 도저히 다시 바다에 침몰시킬 수 없을 만큼 막대했다. 믿을 수 있는 독일의 공학기술은 셰르부르 항을 철저히 못쓰게 만들었으나 총사령관과 해군제독은 지도자에게 이 항구도 함락되었다는 무선전보를 보냈고, 이미 며칠 전부터 노르망디의 캉 시(市)를 쟁취하려는 전투가 기승을 부리고 있었다. 사실 이 전투는, 우리의 우려가 맞는다면, 프랑스의 수도로, 파리로 가는 길을 여는 전투였다. 파리는 새로운 질서 속에서 유럽의 유원지로, 유곽으로 만들 계획이었으나, 이제 우리의 비밀경찰과 그들의 프랑스인 앞잡이들의 결속된 힘만으로는 더 억누를 수 없는, 감히 반란이 머리를 쳐드는 도시였다.

　그렇다! 말은 안 했지만 나 혼자만의 작업에까지 침투해 들어오는 일들이 수없이 일어났다. 놀라운 노르망디 상륙작전이 실시된 후 며칠 지나지 않아 우리의 새로운 보복병기가 서부전선 무대에 등장했다. 우리의 총통이 이미 여러 번 기쁨을 감추고 언급한 바 있는 로봇폭탄이었다. 거룩한 위기에 처했을 때에만 발명자에게 그 수호신이 영감을 불어넣어 줄 법한, 감탄할 만한 병기였다. 프랑스 해안에서 수없이 발사된 이 살상용 무인로켓은 영국 남부로 날아가 떨어지며 폭발했는데, 십중팔구 짧은 시간 안에 적군을 심한 곤경에 빠뜨렸다. 그것이 중요한 것을 보호할 수 있을까? 운명은 필수장비를 제때에 완성시켜주지 않았으므로 그 로켓폭탄으로 공격을 저지하고 억제할 수는 없었다. 그러는 가운데 신문에서는 페루자 점령에 관한 기사가 실렸는데 그곳은, 우리끼리 말해서, 로마와 플로렌스 사이의 걸림돌이었다. 사람들은 벌써 아펜니노 반도를 아예 소개(疏開)한다는 전략에 대해 소곤거리기까지 했다. 추측컨대 동부전선의 치열한 방어전에 대비해 부대를 쉬게 하기 위한 작전이었으며, 우리의 병사들은 어떤 경우에도 동부전선에 파견되기를 원하지 않았다. 그곳에서는 러시아 군이 물밀 듯 공격해 오고 있었는데, 그들은 이미 비텝스크를 지나왔고, 이제 백러시아의 수도인 민스크를 위협하고 있으며, 들려오는 소문에 의하면 민스크가 함락된 후에도 동부에서는 결코 전투를 중단하지 않을 것이라고 했다.

　중단은 없다! 정신이여, 그런 상상은 하지 마라! 우리가 처한 이 극단적인, 유래를 찾아볼 수 없는 끔찍한 상황에서 제방이 무너지면—곧 무너질 것이다—그리고 우리가 주변의 민족들에게 불러일으킨 우리 자신에 대한 끝없는 증오의 불길이 걷잡을 수 없이 타오르면, 그것이 무엇을 뜻하는지 알려고 하지 마라! 비록 공습에 의해 우리의 도시가 파괴되고 독일도 이미 전쟁의 무대가 된 지 오래이나, 원래 그럴 수도 있었다는 생각은, 우리로서는 이해할 수도, 용납할 수도 없는 생각이지만 그래도 그 생각은 남을 것이며, 우리네 정치적 선동은 우리 땅을, 신성한 독일인의 땅을 침범하는 적에게 마치 끔찍한 비행(非行)에 대해 경고할 때와 같은 어조로 경고하고 있다……. 신성한 독일인의 땅! 마치 거기 아직도 무엇인가 신성한 것이 남아 있다는 듯이. 그 신성은 이미 오래전에 헤아릴 수 없이 빈번히 자행된 권리유린으로 인해 철두철미 침해되지 않았던가! 그리고 도덕적으로나 현실적으로나 권력 앞에, 범죄 재판에 내놓지 않았던가! 오라! 희망하고 원하고 바랄 것이 아무것도 남아 있지 않다. 앵글로색슨 민족과는 휴전을 하고, 밀물 같은 러시아 군만을 상대로 전쟁을 계속하자는 제안, 무조건 항복 규정을 좀 방치해 달라는, 다시 말해 협상을 하자는 요구. 도대체 누구와 협상을 하겠다는 말인가? 사형선고가 내려졌다는 사실을 이해하려 들지 않는, 오늘날까지도 이해하지 못하는 정권의 요구는 눈알이 돌아갈 만한 바보짓일 뿐이다. 우리를, 독일을, 제국을, 내친 김에 말하는데, 독일문화를, 독일의 모든 것을 세계가 더는 참을 수 없는 존재로 만들어버린 이 정권은 사라져야 한다.

현재의 순간에 내가 전기를 쓰는 배경이 여기에 있다. 거기에 대한 대략적인 소개를 아직 독자에게 하지 않은 것 같다. 내 이야기의 배경 자체에 관해서는, 내가 끌고 온 이야기가 도달한 그 시점에 관해서는 이 장(章) 처음에 '남의 손에 넘어가는 희생'이라는 말로써 나타냈다. '남의 손에 넘어가는 것은 끔찍하다'라는 문장과 그 쓰디쓴 진실을 나는 그 붕괴와 항복의 시기에 골수에 맺히도록 느꼈고 또 겪었다. 독일 사람으로서 나는, 가톨릭 전통을 통해 세계에 대해 보편주의적인 입장을 취하고 있음에도 불구하고 민족적인 특징을, 내 나라의 고유한 삶의 특징을. 이른바 타 민족의 것을 인간적으로 굴절시킨, 변화도 었지만 의심의 여지없이 동등한 형식으로서 보존해온, 특유의 외양을 유지하고 반듯한 나라의 보호 속에 이어온 그 이념을 생생하게 느끼고 있었다. 낯설고 이질적인 점은 차치하고, 언어적으로도 제약을 받는 이데올로기를 통해 이러한 이념을 굴복시키고 육체적으로 거부하는 행위, 즉 이 이데올로기에 완전히 내맡겨진 상태는 군(軍)의 결정적인 패배가 안겨준 새로운 형태의 충격인데, 그 이데올로기에는 우리 고유의 본질에 도움이 될 만한 것이 아무것도 없었다. 낯선 것이니까 당연하다. 지난번에 패배한 프랑스는 그들의 대표가 승전국의 요구조건을 조금이라도 완화시켜 보고자 파리에 진군한 우리 군의 명성을, 라 글루아(la gloire, 영광)를 격찬했지만, 1870년에 프랑스에서 있었던 협상에서 우리의 정치가가 놀랄 만큼 냉담한 어조로 독일어에는 글루아나 그에 상응하는 말이 없다고 대꾸했을 때 이 소름끼치는 경험을 맛보았다. 사람들은 겁에 질려, 글루아라는 개념을 모르는 적에게 굴복당해 자비 또는 무자비 앞에 쓰러져 있는 것이 무엇을 뜻하는지 이해하려고 애썼다……

　나는 자코뱅주의의 청교도적 미덕을 가리키는 이 속어가 '합의한 사람들' 의 전쟁 선동에 4년간이나 맞서 투쟁해온 승리의 언어로서 효력을 발휘한다는 사실을 자주 생각했다. 또한 항복의 순간에서 완전한 퇴진의 순간까지는 멀지 않다는 사실도 분명히 알았으며, 머지않아 패전국은 승전국에게 제발 자국의 통치를 맡아달라고, 스스로는 뭘 어찌해야 할지 모르겠으니 승전국의 이념에 따라 통치해달라고 청원하게 된다는 사실도 확실히 깨달았다. 이런 노력을 프랑스는 48년 전에 했고, 이제 우리에게도 낯설지 않다. 그러나 이러한 청원은 거부된다. 패전국은 어떻게든 스스로 일어서야 하는 의무가 남아있고, 외부의 조종은 오로지 과거의 권위가 사망한 후 진공상태에서 난무하는 혁명이 극단으로 치닫지 않도록 방어하는 데만, 혁명으로 승전국의 시민질서도 같이 무너지지 않도록 막는 데만 그 목적이 있다. 따라서 서구열강은 1918년 강화조약 이후에도 봉쇄를 지속했고, 그 결과 독일의 혁명은 성공적으로 통제되어 시민적 민주주의 노선을 유지했으며, 러시아 프롤레타리아 혁명으로 변질되지 않도록 사전에 막을 수 있었다. 승리한 부르주아 제국주의는 '무정부상태'의 위험에 대해 지칠 줄 모르고 경고했고, 노동자위원회나 군사위원회, 또는 그와 유사한 단체들과는 어떤 협상도 하려들지 않았으며, 독일이 안정된 국가가 되어야만 평화를 이룰 수 있다, 그런 국가만이 국민을 먹여 살릴 수 있다고 줄기차게 강조했다. 우리 정부는 이와 같은 가부장적 지도를 따랐고, 국민의회와 더불어 프롤레타리아 독재에 맞섰으며, 식량원조에도 불구하고 소련의 제의를 얌전히 거부했다. 내 이야기를 하자면, 전적으로 만족스럽지만은 않았다. 교육받은 온건한 사람인 나는 극단적인 혁명이나 하류계급의 독재에 대해 당연히 당혹감을 느끼며, 그런 것을 상상할 때면 원래부터 무정부상태와 천민통치의 모습 말고는, 간단히 말해 문화파괴의 모습 말고는 떠오르지 않는다. 그러나 대규모 자본을 투자한 유럽문명의 구원자 두 사람, 즉 독일과 이탈리아의 구원자 두 사람이 어울리지도 않게 플로렌스의 우피치 미술관을 함께 거닐 때의 기괴한 일화를 상기하면, 한 사람이 다른 사람에게 하늘이 그 두 사람을 등귀시켜 볼셰비즘을 예방하지 않았더라면 이 모든 '훌륭한 예술적 보배'가 천민들 손에 넘어갔을 것이라고 장담했던 일을 상기하면 나는 천민통치의 개념을 새로이 바로잡게 되며, 하류계급의 지배가 내게도, 독일 시민에게도, 이제는 쓰레기의 지배와 제대로 비교할 수 있으므로, 이상적인 형태로 보이기조차 한다. 내가 알기로 볼셰비즘은 예술품을 파괴한 적이 없다. 이는 오히려 우리를 볼셰비즘으로부터 보호한다고 주장했던 자들이 일삼은 일이었다. 이른바 천민 지배는 정신적인 유산을 마구 짓밟고 싶은 욕구와는 거리가 멀다. 그런 욕구에 이 글의 주인공, 아드리안 레버퀸의 작품도 희생되었을 것이라고 한다면 지나친 가정일까? 그들의 승리와 그들의 끔찍한 판단에 따라 세상을 바꾸는 역사적 전권 때문에 그의 작품이 생명과 영원성을 빼앗기지 않았을까?

26년 전 부르주아 웅변가 '혁명의 아들' 이 미덕에 대해 늘어놓는 독선적인 장광설에 대해 내가 가슴에 품은 반감은 무질서에 대한 두려움보다 더 강했으므로, 나는 그가 바라지 않았던 일을 바라게 되었다. 쓰러진 내 나라가 고뇌하는 형님, 러시아에 기대기를 바랐던 것이다. 물론 그로인한 사회적인 변혁은 감수할 각오가 되어 있었으며, 그런 동무들이 이루어낼 변혁을 인정할 준비가 되어 있었다. 러시아 혁명은 나를 충격으로 뒤흔들었으며, 그 혁명의 원칙은 우리의 목을 조른 열강의 원칙보다 역사적으로 훨씬 더 우수하다는 사실을 내 눈으로 분명히 확인했다.

그때부터 나는 역사를 통해 당시 우리를 점령한 세력들을 다른 시각에서 보는 법을 배웠다. 그들은 그 다음에 동쪽의 혁명과 연합해 다시 점령국이 되었다. 시민 민주주의의 특정 층은 내가 쓰레기의 지배라고 일컫은 그것을 할 만큼 성숙해 보였고 오늘날도 여전히 그래 보인다. 자신들의 특권을 유지하기 위해 기꺼이 쓰레기와 동맹을 맺을 만큼. 그래도 시민 민주주의를 이끄는 지도자들이 생겼다. 그들은 나와 마찬가지로 인문주의를 신봉하는 사람들이었으며, 작금의 통치가 인류에게 결코 해서는 안 될 일을 하고 있다고 보고, 세상 사람들에게 목숨을 걸고 이에 맞서 투쟁하도록 고무했다. 이 점에 대해서는 그들에게 아무리 감사해도 지나치지 않다. 서구의 민주주의는 제도적으로 시대에 뒤처지기는 했지만, 그 자유의 개념이 너무도 완고해 필수적인 새 개념을 거부하기는 해도, 본질적으로 분명 인간적인 진보 노선을, 사회를 완성하고자 하는 선의의 노선을 밟는다. 그 본질에 의해 개선, 개혁, 쇄신이 가능하며, 삶을 더 합당한 상황으로 이끌 수도 있다.

내친 김에 말하다 보니 여기까지 왔다. 나는 여기서 전기(傳記)라는 형식을 빌어 패배가 임박할 무렵에는 군주제적 군사국가의 권위가 이미 상당히 실추됐고 패배가 확실해진 시기에는 그 권위가 완전히 땅에 떨어진 사실을 상기시키고자 한다. 국가 권위가 추락하고 붕괴되면서 통화가 항상 부족하고 화폐가치가 나날이 악화되었으며 전반적으로 사회기강이 해이해지고 투기가 기승을 부렸다. 이러한 상황 하에서 부르주아들이 과도하게 독립적인 힘을 발휘하게 되자 오랫동안 유지돼왔던 국가 기틀이 무너지고 국가가 주인 잃은 종들과 같은 신세로 전락했다. 이런 현상들은 딱히 보기 좋은 광경은 아니었다. 그 시절에 결성된 '지식노동자의 협회' 등등이 뮌헨 호텔 대회의장에서 개최한 총회를 나는 전적으로 소극적인 관찰자 입장에서 지켜보았는데, 이때 받은 인상을 표현하자면 '고통스럽다' 라는 말보다 부드러운 표현을 찾을 수가 없다. 내가 소설 작가라면 독자들에게 그런 회의를, 이 구제불능의 위원총회를 고통스러운 기억에서 꺼내 아주 유연하게 묘사했을 것이다. 이 회의에서는 대략 통속소설을 쓰는 한 작가가, 품위가 없지도 않았지만 향락에 빠지고 무덤을 파는 식으로 '혁명과 인류애' 라는 주제 하에 연설을 했고, 이를 바탕으로 자유로운, 너무 자유로운, 산만하고 혼란스러운 토론이 벌어졌으며, 토론을 이끈 사람들은 세상에서 가장 별난, 오직 그런 기회에만 나타나 잠시 조명받는 유형들, 어릿광대, 미치광이, 허깨비, 못된 훼방꾼, 개똥철학자들이었다. 그들은 거기서 인간애에 관한 찬반 연설을 했고, 장교들에 대해, 민족에 대해 찬반 연설을 했다. 어린 소녀가 시를 읊었다. 제복을 입은 한 군인도 '친애하는 시민 여러분!'으로 시작하는 원고를 읽으려고 했지만 그 날 밤새 걸릴게 뻔했으므로 사람들이 간신히 그를 말렸다. 못된 후보가 앞서 말한 연설자 모두를 통틀어 무자비하게 심판했고, 회의 중에 각자 발표한 나름대로 긍정적인 의견도 인정하지 않았다. 튀어나오는 야유 속에서 청중들의 태도는 동요했고, 유치해지고 거칠어졌으며, 집행부는 무능했고, 공기는 끔찍했고, 결과는 마이너스였다. 사람들은 주위를 둘러보며 고통을 당하는 사람이 어디 혼자뿐이냐고 반복해서 물었고, 이미 몇 시간 전부터 전차가 운행을 멈추고 인적이 끊어진 거리로 나오자 안도했으며, 의미 없는 총성이 겨울밤을 뚫고 울렸다.

나는 이 인상들을 레버퀸에게 보고했다. 그는 당시 극도로 심하게 아팠다. 굴욕적인 괴롭힘을 당하는 듯이, 불에 달군 집게로 꼬집히고 들볶이는 듯이 앓았다. 당장 목숨을 걱정해야 할 정도는 아니었지만 하루하루를 가까스로 연명해가며 간신히 버틸 정도로 그는 생명의 한계에 다다른 것처럼 보였다. 아무리 엄격한 식이요법으로도 제어할 수 없는 위병이 그를 덮쳤던 것이다. 여러 날에 걸쳐 격렬한 두통을 동반하고, 며칠 후 다시 발병하고, 게다가 빈속에 몇 시간씩 혹은 며칠씩 구토를 하는, 체면이 깎일 정도로 심술궂고 굴욕적인 엄청난 고통이 그를 엄습했다. 발작이 진정되면 빛에 대한 만성적이고 극심한 민감성과 극도의 쇠약한 신체상태가 이어졌다. 이 고통의 원인은 정신적인 요인, 고문과도 같은 시대적 경험, 즉 국가의 패배와 그에 수반되는 황폐한 상황과는 아무런 상관이 없었다. 그는 도시에서 멀리 떨어진 시골의 외딴 수도원 같은 곳에서 신문은 안 읽었지만, 그를 간호해주는 적극적이면서도 차분한 엘제 슈바이게슈틸 아주머니를 통해 최근의 사정을 알고 있었다. 분별 있는 사람들에게 그러한 사건들은 돌연한 쇼크가 아니라 이미 오래전에 예상했던 일이 실제로 일어났을 뿐이었으며, 그 또한 눈썹 하나 까딱하지 않았고, 그 해악 속에 숨겨져 있을지도 모를 선의를 찾아내고자 하는 내 노력에 대해서도 내가 전쟁 초기에 이와 관련해 토로했던 심정으로밖에는 받아들이지 않았으며, "그대의 연구에 신의 축복을!" 이라던 당시 내게 던진, 믿지 않는 차가운 대답을 생각나게 했다.

그래도! 그의 건강 악화를 조국의 불행과 심정적으로 연관시키기는 매우 어려웠지만 나는 이 두 가지를 객관적으로 연관시키려, 동일한 상징으로 보려 했다. 단지 두 사건의 동시성 때문에 그런 것 같았으나, 아드리안이 외부세계로부터 멀리 떨어져 있다는 사실로도 나의 이러한 경향을 막을 수 없었다. 따라서 이러한 생각을 조심스럽게 감추고, 그 앞에서는 이에 대해 암시적으로라도 말을 꺼내지 않도록 주의해야 했다.

아드리안은 자신의 병을 기본적으로 익숙한, 유전에 의한 편두통이 급성으로 심화된 것이라고 보고 의사를 부르지 않았다. 끝내 고집을 세워 발츠후트의 보건소에서 퀴르비스 박사를 부른 사람은 슈바이게슈틸 부인이었으며, 퀴르비스 박사는 바이로이트에서 왔던 아가씨의 출산을 도운 그 의사였다. 자상한 퀴르비스 박사는 빈번하게 과도해지는 그 두통이 편두통의 경우처럼 한쪽으로 치우쳐 있지 않았으므로 편두통과는 무관하다고 보았으며, 두 눈과 눈 윗부분을 파고드는 통증에 원인이 있다고 보았고, 두통은 이에 동반된 증세라고 판단했다. 그의 진단은 유보적이기는 했으나 위궤양 같다는 내용이었는데, 환자에게 간헐적인 출혈을 야기하지만 아직 나타나지는 않았다고 했으며, 질산은 용액을 복용하라고 처방했다. 이 처방이 듣지 않자 그는 다량의 키니네를 하루 두 번 복용하라고 처방하기에 이르렀으며, 실제로 일시적인 완화를 가져왔다. 그러나 2주간의 휴지기가 지나자 꼬박 이틀 동안, 심한 배멀미와 매우 유사한 새로운 발작을 일으켰으며, 퀴르비스 박사의 진단은 흔들리기 시작했으나 다른 의미로는 확정되었다고 볼 수도 있었다. 즉, 그는 내 친구의 고통은 분명 위(胃)의 우측 부위 확장을 동반한 심한 만성 위 카타르라고 보았으며, 이것이 울혈과 관계가 있어 혈액에 의한 두뇌의 영양공급을 방해한다는 것이었다. 그는 칼스바트(체코의 요양지 - 옮긴이)의 광염천에 가서 요양할 것과 식이요법을 처방했는데, 가능하면 소량을 취하라고 했으므로 식단은 거의 부드러운 살코기로만 되어 있고 음료, 수프, 채소, 밀가루 음식, 빵 등은 금했다. 이는 아드리안이 시달리던 절망스럽도록 극심한 위산과다를 막기 위한 처방이기도 했는데, 퀴르비스 박사는 그 원인을 적어도 부분적으로는 신경성으로, 즉 중앙의 활동, 뇌의 작용에 전가하려는 경향을 보이면서 질병 진단에 처음으로 뇌를 고려하기 시작했다. 통증의 원인을 뇌에서 찾으려는 그의 경향은 위 확장이 치유되었으므로, 그렇다고 두통과 심한 구토감은 사라지지 않았지만 환자가 다급하게 빛의 차단을 요구했으므로 점점 더 뚜렷해졌다. 아드리안은 잠자리에서 일어나 있을 때도 반나절을 방에서 매우 어둡게 보냈는데, 오전의 햇살만으로도 그의 신경은 금세 피곤해져 어둠을 갈망했고, 어둠을 몸에 좋은 요소처럼 즐겼다. 나 자신도 낮 동안 많은 시간을 그의 원장실에서 그와 수다를 떨며 보냈는데, 너무 어두워서 한참이 지난 후에야 가구의 윤곽과 벽면의 흐릿한 빛을 구분할 수 있었다.

이즈음에는 아침마다 찬 물을 더러에 끼얹고 냉찜질을 하라는 처방을 받았는데, 그 전의 처방보다 효험이 좋기는 했지만 증상을 완화시키는 일시적인 진정효과일 뿐 회복되고 있다고는 말할 수 없었다. 상태는 호전

되지 않았고, 발작이 간헐적으로 재발했으며, 병마에 시달리는 환자는 발작 사이에 지속적인 통증만 없다면, 머릿속과 눈 위를 짓누르는 만성적인 통증만 아니라면 발작을 견디겠노라고 선언했다. 그 통증은 묘사하기 힘든, 머리끝에서 발끝까지 전체적으로 마비시키는 듯한 인상을 주었으며, 발성기관에까지 지장을 주는 것 같았고, 환자는 말을, 그 자신 아는지 모르는지, 때때로 좀 끌 듯 했으며, 입술 움직임에 활기가 없었고 발음이 정확하지 않았다. 나는 그가 말을 하면서 이를 괘념치 않았으므로 그가 주의를 하지 않아서 그랬다고 믿었으며, 다른 한편으로는 오히려 그가 그 장애를 이용하고 있다는 듯한 느낌을 받았다. 자신을 거기 내맡긴 채, 어떤 미완의, 절반만 이해시키기 위한 방법으로, 마치 꿈에서 방금 깨어 말하듯이 해준 그 이야기에는 아마도 이런 전달방법이 적절해 보인 모양이었다. 그는 그런 식으로 내게 안데르센의 인어공주 이야기를 했는데, 그는 그 동화를 무척이나 감탄하며 좋아했다. 이상한 괴물들이 잡아 뜯는 소용돌이를 지나면 나타나는 바다마녀의 왕국에 대한 극도로 훌륭한 묘사에 대해서도 마찬가지였다. 그곳은 '깊은 바닷물과 같이 푸른' 색 눈동자의 어린 인어가 물고기 꼬리 대신 인간의 다리를 얻고, 검은 눈동자를 지닌 왕자님의 사랑을 통해 인간들과 같은, 영원히 죽지 않는 영혼을 얻고 싶어 용감하게 찾아간 곳이었다. 아드리안은 벙어리 미녀가 각오한 고통을, 걸을 때마다 흰 다리를 칼로 베는 듯한 그 고통을 자신이 끝없이 참아내야 하는 고통과 비교하며 장난했고, 인어공주를 비탄에 빠진 자신의 여동생이라고 했으며, 그녀의 행동을, 그녀의 고집과, 두 다리를 지닌 인간 세계에 대한 감상적인 동경을 가족과도 같은 입장에서 사실적으로 재미있게 비난했다.

"해저에 떨어진 대리석 조각이 문제였어. 아마도 토르발센

(1770~1844, 덴마크의 신고전주의 조각가 - 옮긴이)의 작품인 것 같은데, 그 소년상을 숭배한 데서 모든 일이 시작되었어." 그가 말했다. "그 애는 그 조각상을 너무 좋아했어. 할머니가 그 조각상을 아이에게서 빼앗았어야 했는데, 오히려 할머니는 그 애가 조각상 주변 푸른 모래에 장밋빛 붉은 수양버들을 심겠다고 했을 때 이를 허락하셨지. 어릴 때 너무 원하는 대로 다 해주며 키워서 나중에는 병적으로 과대평가한 지상의 세계와 '죽지 않는' 영혼에 대한 열망을 더는 억제할 수 없었어. 죽지 않는 영혼? 뭐 하러? 정말이지 바보 같은 소원이야! 죽은 후에는 그 애가 타고난 운명대로 바다 위 물거품이 되는 편이 훨씬 좋은데. 제대로 된 인어라면, 자신의 가치를 알아볼 줄도 모르고 자신의 눈앞에서 다른 여자와 결혼하는 그 멍청이 왕자를 궁전 대리석 계단으로 유혹하고 바다로 끌어들여 부드럽게 익사시켰을 거야. 그 애처럼 그 어리석은 녀석한테 자신의 운명을 걸지는 않았겠지. 그 애가 타고난 대로 물고기 꼬리를 하고 있었다면 왕자는 어쩌면 더 열정적으로 그 애를 사랑했을지도 몰라. 그 고통스러운 인간의 다리를 하고 있을 때보다……."

그는 오직 농담일 수밖에 없는 이야기를 사실적으로, 눈썹을 모으고, 하지만 겨우 움직이는 입술로 불분명하게 이야기했으며, 인어의 형상이 가운데가 갈라진 인간의 모습보다 미적으로 우수하다는 이야기와, 여체가 엉덩이에서 매끄러운 비늘로 덮인 물고기 꼬리로 변해가는 흐름에 대해, 강하고 부드럽고, 자유롭게 조정해서 앞으로 나아가기 위해 만들어진 꼬리로 변해가는 매력적인 선의 흐름에 대해 말했다. 그는 이때 신화에서 인간과 동물이 결합될 때 연상되는 기괴함을 전혀 인정하지 않았으며, 마치 신화적 허구라는 개념은 이 이야기와 아무 관련이 없다는 듯이 말했다. 인어는 완전한, 대단히 매력적인 유기적 실체이며, 미인이며, 반드시 있어야 하는 존재다, 이것은 어린 인어아가씨가 큰 대가를 치르고 다리를 얻은 후 불쌍한, 동정심을 유발하는 영락한 상황에 처한 것을 보면 잘 알 수 있다, 그녀가 다리를 얻었다고 좋아하는 사람은 아무도 없다, 자신은 다리가 인어에게 꼭 있어야 하는 자연의 일부라고는, 자연이 애초에 인어에게 주었어야 하는 부분이라고는 생각하지 않는다, 아니고 말고, 등등.

나는 지금도 그가 어두운 농담을 말하는 소리가, 우물거리는 소리가 들린다. 그의 농담에 나도 농담으로 대꾸했으나, 가슴속에는, 늘 그렇듯이, 그의 이러한 기분에 대한 조용한 감탄과 더불어 두려움이 생겼는데, 그는 이런 식으로 자신에게 가해지는 압박감을 떨쳐냈다. 그랬기에 나는 당시 의무에 충실한 퀴르비스 박사의 권유를 그가 거부해도 용인했다. 퀴르비스 박사는 더 권위 있는 의사에게 의뢰해 보라고 권했지만 아드리안은 이를 거부했다. 그는 그 말을 들은 척도 안 했다. 그는 첫째 퀴르비스 박사를 전적으로 신뢰하고 있으며, 그 외에도 다소나마 혼자서, 자신의 힘과 의지로 그 고통을 극복해야 할 것 같다고 말했다. 이는 내 생각과도 같았다. 나라면 환경을 바꿔 보거나 요양을 가는 것도 괜찮을 것 같았는데 퀴르비스 박사도 그런 제안을 했었지만 예상대로 환자를 설득하지는 못했다. 아드리안은 자신이 선택했던 것이며 이제는 제법 익숙해진 생활 환경인 집과 뜰과 교회 탑과 못과 언덕과 자신의 고풍스러운 작업실과 벨벳 의자에 너무도 매달렸으므로 이 모든 것을 단 4주간만이라도 온천에서 정식 요리를 먹고 산책을 하고 치유음악을 듣는 끔찍한 휴양과 바꾼다는 생각은 꿈에도 할 수 없었다. 무엇보다도 그는 슈바이게슈틸 부인을 구실로 내세우며 자신이 그녀의 간호를 마다하고 외부의 다른 곳에서 간호를 받으면 그녀가 모욕감을 느낄 테니 그러고 싶지 않다고 했다. 그녀의 간호를 받을 때, 그녀의 이해 속에서, 차분하고 인간적으로 정통한 어머니의 보살핌 속에서 두루 최상으로 보호받는 느낌이니까. 사실 지금 그녀가 해 주는 그런 간호를 달리 어디서 받을까 싶었다. 그녀는 최근의 권유에 따라 그에게 4시간 마다 식사를 대령했다. 8시에 달걀 하나와 코코아와 비스킷, 12시에 비프스테이크와 커틀릿 조금, 4시에 수프, 고기, 약간의 채소, 8시에 식은 구운 고기와 차. 이 식단은 몸에 좋았다. 한꺼번에 많이 먹었을 때 소화시키느라 발생하는 열을 방지할 수 있었다.

나케다이와 쿠니군데 로젠슈틸은 번갈아 가며 파이퍼링에 들렀다. 그들은 꽃과 절임과 페퍼민트 입힌 과자 등 아드리안에게 부족한 것은 무엇이든 가지고 왔다. 그들의 면회가 항상 허용되지는 않았다. 오히려 가끔씩만 허용되었으나 두 사람 모두 그 때문에 불안해하지 않았다. 면회를 거부당할 경우 쿠니군데는 매우 차분한, 지극히 순수하고 기품 있는 독일어로 편지를 써서 기분을 보상받았다. 물론 나케다이는 이런 위안을 누리지 못했다.

나는 뤼디거 실트크납이, 아드리안과 눈동자가 같은 사람이 그의 곁에 있어주기를 원했다. 그가 있으면 아드리안은 매우 안정되고 기분이 명랑해졌다. 좀더 자주 와 주었더라면! 그러나 아드리안의 병세는 매우 심각해서 뤼디거의 호의도 무색하게 만들 지경이었다. 뤼디거는 알다시피 누군가 자신을 간절히 원하면 오히려 뻗대며 자신을 아꼈다. 그 점에 대해서는 이해의 여지가 있었다. 말하자면 그 고집스러운 심리상태를 합리화할 구실이 없지 않았다. 글을 써서 밥벌이를 하느라, 번역에 매달리느라 그는 정말로 심하게 수척해졌고, 그 외에도 열악한 영양 상태로 인해 그 자신도 건강이 좋지 않았다. 장 カタ르가 자주 발생했고, 그가 파이퍼링에 올 때면, 그나마 한두 번 오기는 왔는데, 플라넬 복대나 구타페르카(고무질의 절연체 - 옮긴이)로 싼 습포를 차고 나타났다. 그것이 그 자신

에게는 씁쓸한 코미디와 앵글로색슨 식 조크의 원천이었고, 아드리안에게도 웃음을 주었는데, 아드리안은 그 누구보다도 뤼디거와 함께 있을 때 가장 쉽게 자신의 육체적 고통을 넘어 자유로운 농담의 경지에, 폭소의 경지에 이르렀다.

로데 의원 부인도 아드리안의 모습이 보이지 않을 때면 때때로 상류사회의 가구로 채운 도피처에서 나와 슈바이게슈틸 부인에게 그의 안부를 물었다. 아드리안이 의원 부인을 맞이하거나 두 사람이 야외에서 만나면 그녀는 자신의 딸들 이야기를 했는데, 웃을 때면 입술로 앞니가 빠진 부분을 눌러 막았다. 이곳에 와서도 그녀에게는 이마의 머리칼 외에도 걱정거리가 있었으며, 그 이야기를 하느라 사람들을 자신에게서 달아나게 만들었다. 그녀는 이렇게 보고했다. 클라리사는 자신의 예술적인 직업을 너무도 좋아했으므로 관중의 냉랭한 반응이나 비평가들의 트집, 또는 이런 저런 연출가들의 무례하고 무자비한 행동에도 위축되지 않고 즐겁게 연기했다. 연출가들은 그녀가 무대에 혼자 등장하는 장면을 즐기면서 연기하고자 할 때면 세트 뒤에서 "빨리! 빨리!" 하고 소리를 질러 분위기를 망쳐 놓았다. 그녀가 첼레에서 체결한 첫 계약은 만료되었고, 다음 계약도 그녀의 이름을 높여주지는 못했다. 그녀는 저 멀리 동프로이센의 엘빙으로 가서 어린 정부 역을 연기했는데, 서부 제국에서 즉, 포르츠하임에서 채용될 전망이 있었으며, 거기서 마침내 칼스루에나 슈투트가르트의 무대에 서기까지는 멀지 않았다. 이러한 인생여정에서 시골에 처박혀 살지 않고, 제때에 대형 주립 극장이나 정신적인 가치가 높은 주(州) 수도의 사설 극장에서 확고한 기반을 다지는 일은 중요했다. 클라리사는 이를 관철할 것이라 희망했다. 그러나 그녀의 편지에서, 적어도 그녀의 언니에게 쓴 편지에서는 그녀의 성공이 사적인 성격이었다는 사실이, 즉 예술가로서의 능력에 의한 것이 아니라 연애감정에 의한 것이었다는 사실이 밝혀졌다. 그녀는 수많은 구애에 노출되어 있었고, 이를 냉랭하게 조롱하며 물리치는 일도 에너지를 소모하는 일이었다. 이네스에게 쓴 편지에서, 비록 엄마에게 직접 쓴 것은 아니었지만, 그녀는 흰 수염을 잘 관리한 어느 부유한 상점 소유주가 자신을 정부로 삼고 싶어 했고, 정부가 되어주면 값비싼 집과 자동차와 옷 등을 제공하겠노라고 약속했다고 보고했다. 그렇게 되면 그녀는 무례하게 '빨리! 빨리!' 를 외치는 연출가의 입을 다물게 할 수 있었고 비평의 목소리도 바꿀 수 있었다. 그러나 그녀는 자신의 인생을 이러한 바탕에서 설계하기에는 자존심이 너무 강했다. 그녀는 자신의 인물이 아니라 인격이 중요했다. 그 대형 잡화상인은 퇴짜를 맞았고, 클라리사는 새로운 투쟁을 위해 엘빙으로 갔다.

의원 부인은 뮌헨에 사는 딸 인슈티토리스에 관해서는 별로 상세하게 이야기하지 않았다. 그녀의 생활은 활기나 변화가 없어 보였으나 정상적이고 안전했다. 얼핏 보아서는 그랬으며, 로데 부인은 딸의 삶을 얼핏 보는 것으로 그치고자 하는 것 같았다. 즉 그녀는 이네스의 결혼을 행복한 것으로 치부했으나, 이러한 피상성에서 오히려 대단히 풍부한 감수성을 느낄 수 있었다. 그 당시 마침 쌍둥이가 태어났는데, 의원 부인은 이 사건에 대해 소박한 감동으로 말했다. 그녀는 때때로 눈처럼 뽀얀 세 명의 재롱둥이를 보기 위해 이상적으로 꾸민 그들의 방을 찾았다. 그녀는 자기 딸이 불행한 상황에서도 살림을 흠잡을 데 없이 잘 해내고 있다며 딸의 완고함을 힘주어 자랑스럽게 칭찬했다. 그녀가 누구나 아는 비밀, 즉 슈베르트페거와의 이야기를 정말로 모르는지, 아니면 그저 모르는 척할 뿐인지 구별할 수 없었다. 아드리안은, 독자들도 알다시피, 나를 통해 이 일을 상세히 알고 있었다. 어느 날 그는 심지어 루돌프의 고해까지도 들었다. 매우 특이한 일이었다.

그 바이올리니스트는 우리 친구가 급성 질환을 앓고 있는 동안 대단히 적극적으로 의리 있고 충직한 모습을 보였는데, 자신의 호의, 자신의 호감이 아드리안에게 얼마나 중요한지 보여줄 기회를 잡으려는 것 같아 보이기까지 했다. 사실은 그 이상이었다. 내가 받은 인상으로는 이랬다. 그는 아드리안이 겪고 있는 약화된, 그의 말마따나 어느 정도 속수무책의 이 상황을 이용해 자신의 지칠 줄 모르는, 풍부한 매력이 뒷받침해주는 붙임성을 모두 발휘해서, 아드리안의 엄격함과 냉랭함, 그리고 비꼬며 거부하는 태도를 넘어서야 한다고 믿었다. 그는 아드리안의 이러한 태도로 인해 다소간 진지한 이유에서 마음의 상처를 받았거나, 고통을 얻었거나, 자신의 우쭐한 마음을 다쳤거나, 진실한 마음에 부상을 입었다. 그것이 어떤 것이었는지는 아무도 모른다! 루돌프의 시시덕거리는 성격에 대해 말하다 보면—그 이야기는 안 할 수가 없다—곧잘 너무 많은 말을 하게 되는데, 빠뜨려서는 안 될 말도 있다. 내게는, 내 경우에는 그의 이러한 성격이, 그 성격의 표현이 언제나 절대적으로 순진한, 아이 같은 아니, 요마(妖魔) 같은 매력으로 보였으며, 때때로 너무도 아름다운 그의 푸른 눈 속에서 웃고 있는 요마의 모습을 본 것 같았다.

말했듯이 슈베르트페거는 아드리안의 병세에 많은 관심을 보였다. 슈바이게슈틸 부인에게 자주 전화를 걸어 상태를 물었고, 자신이 찾아가도 지장이 없고 심심풀이라도 된다면 기꺼이 방문하겠노라고 제의했다. 그는 곧, 회복기에, 방문할 기회를 얻었는데, 재회의 기쁨을 마음껏 드러냈고, 아드리안을 만나자마자 두 번이나 이름을 부르며 말을 놓았으나, 세 번째에는 아드리안이 반응하지 않았으므로 이름 부르기를 그만두고 존칭으로 바로잡았다. 아드리안도 가끔 어느 정도 위로하는 뜻에서 그리고 시험적으로 그의 이름을 불렀지만 친근하게 애칭을 쓰지는 않았으며 슈베르트페거에게만 쓰는 식으로 루돌프라그 불렀으나 곧 다시 그만두었다. 그건 그렇고, 아드리안은 이 바이올리니스트가 최근에 거둔 성공을 축하해주었다. 슈베르트페거는 뉘른베르크에서 독주회를 열고 바흐의 바이올린을 위한 마장조의 모음곡을 그야말로 훌륭하게 연주해 청중과 언론의 주목을 받았다. 이 성공으로 그는 뮌헨 음악당에서 열린 아카데미 콘서트에서 솔로이스트로 부상하게 되었는데, 그의 연주는 깨끗하고 감미로웠으며, 타르티니에 대한 기교적 해석은 완벽했다. 그의 연주는 소리가 작았으나 사람들은 이를 감수했다. 그는 이 약점을 음악적으로 (그리고 인간적으로도) 보완했다. 차펜슈트스 오케스트라의 제1 바이올리니스트가 후학 양성에 전염하겠노라고 자리에서 물러났을 때 슈베르트페거가 젊은 나이에도 불구하고—그는 여전히 실제 나이보다 훨씬 젊어보였는데, 신기하게도 내가 그를 처음 알게 되었을 때보다도 더 젊어 보였다—그 후임이 된다는 사실은 이미 정해진 이치였다.

그 모든 일에도 불구하고 루디는 자신의 특수한 사생활로 인해, 이네스 인슈티토리스와의 정사로 인해 답답해하는 것 같았다. 그는 그 이야기를 아드리안과 단 둘이 눈을 마주하그 털어놓았다. 사실 '눈을 마주하고'는 엄밀히 말해서 정확하거나 충분한 표현은 아니다. 두 사람은 어두운 방에서 대화했으므로 서로 전혀 볼 수 없었거나 그림자처럼 희미하게만 보았으니까. 고백을 하려는 슈베르트페거에게는 분명 용기를 북돋아주고 마음을 가볍게 해주는 효과가 있었을 것이다. 그 날은 하늘이 푸르고 눈이 반짝반짝 빛나는 유난히 화창한 1919년 1월의 어느 날이었는데, 아드리안은 루돌프가 도착한 직후에, 야외에서 그를 맞이하여 인사한 후 매우 심한 두통이 생겨, 손님에게 자신의 건강에는 어둠이 좋으니 잠시만이라도 함께 어둠의 보호를 나누자고 요청했다. 그들은 처음에 니케 홀에 있었으나 원장실로 옮겼는데, 그곳은 덧문과 커튼으로 빛을 완벽하게 차단했으며, 그것이 어떤 상황인지를 나는 잘 알고 있었다. 처음에는 완전한 어둠이 두 눈을 덮고, 그 다음에는 외부의 빛이 점차 스며드는 것을 감지하게 되며, 벽이 흐릿하게 비친다. 아드리안은 벨벳 의자에 앉아서 어두운 곳으로 오자고 한 무리한 요구에 대해 거듭 양해를 구했고, 슈베르트페거는 책상 앞의 사보나롤라 의자에 앉아 이에 전적으로 동의했다. 그는 이러는 것이 아드리안에게 얼마나 좋은 일인지 쉽게 상상할 수 있다고 말하고, 누군가에게 좋은 일이라면 그것이야말로 자신이 가장 좋아하는 일이라고 했다. 두 사람은 차분하게 조용히 대화를 나누었다. 아드리안의 상태가 그러기를 요구하기도 했지만 어둠 속에서는 저절로 목소리가 가라앉는다. 그 어둠 속에서는 심지어 침묵으로 치닫는, 대화가 끝나려는 경향도 있었으나, 슈베르트페거는 문명도시 드레스덴 출신답게, 그리고 사교적인 예의를 갖춘 사람답게 침묵이 끼어드는 것을 용납하지 않고, 할 말이 없는 순간을 극복하며, 비록 어둠 속이라 상대방의 반응을 확실히 알 수는 없었지만 끊임없이 떠들어댔다. 그들은 모험적인 정치 상황과 제국 수도에서 벌어지는 싸움들을 훑고 음악 이야기에 도달했으며, 루돌프는 파야의 〈스페인 정원의 밤〉과 드뷔시의 플루트, 바이올린, 하프를 위한 소나타에서 일부를 휘파람으로 매우 깨끗하게 연주했다. 〈사랑의 헛수고〉에 나오는 부레도 정확한 조성으로 불었고, 그 다음에 이어서는 인형극 〈사악한 간계〉에 나오는 우는 강아지의 재미있는 테마도 불었으나, 아드리안이 이를 좋아했는지는 제대로 판단할 수 없었다. 이윽고 슈베르트페거는 한숨을 쉬고, 자신은 휘파람을 불 기분이 전혀 아니라고 말했다. 오히려 가슴이 무겁다. 무거운 것이 아니라면 화가 나고, 숨이 막히고 조바심이 나고 절망적으로 걱정이 가득하고. 그러니까 결국 무겁다. 왜? 그 대답은 물론 쉽지 않다. 사실 함부로 대답할 수도 없다. 비밀엄수의 법도가 절대적이지 않은 친구들 사이라면 모를까. 여인과의 관계를 혼자만 알고 있어야 하는 기사도 정신 말이다. 나는 기사도를 지키고자 노력한다. 나는 떠버리가 아니다. 그렇다고 단순히 기사 흉내를 내는 사람도 아니다. 나를 그런 식으로만 보는 사람은 잘못 본 것이다. 천박한 플레이보이 셀라돈(뒤르페의 소설 주인공 이름. 사랑에 고민하는 남자 - 옮긴이). 끔찍하다. 나는 인간이고 예술가이며, 지금 이 이야기를 듣는 사람이나 세상사람 모두 아는 일에 대해 기사도 따위는 무시할 수 있다. 간단히 말해 이네스 로데, 아니 정확히 하자면 이네스 인슈티토리스 이야기다. 자신과 그녀의 관계에 관한 이야기인데, 어떻게 해야 좋을지 모르겠다고 말했다. "어떻게 해야 좋을지 모르겠어요, 아드리안. 정말이야! 정말이에요! 내가 그녀를 유혹한 것이 아니라 그녀가 나를 유혹했어요. 키 작은 인슈티토리를 배신한 것은, 이렇게 표현해도 될지 모르지만, 순전히 그녀의 작품이지 내가 한 일이 아니에요. 어떤 여자가 마치 물에 빠진 사람처럼 당신에게 달라붙어서는 연인인 체한다면 어떻게 하시겠어요? 옷만 벗어놓고 도망치겠어요?" 아니다, 그렇게는 하지 않는다. 이럴 때 다시 기사도가 문제가 되고, 남자는 좀 불행하고 고통스럽더라도 여자가 예쁘면 거부하지 않는다. 그러나 나도 불행하고 고통스럽다. 괴롭고 걱정에 싸인 예술가다. 나는 사람들이 흔히 생각하는 것처럼 무모하게 불장난을 하는 철없는 아이가 아니다. 자신에 대한 이네스의 생각은 온통 잘못된 것뿐이다. 그 결과 빗나간 관계를 맺게 되었는데, 그런 관계는 애초부터 빗나가 있으며, 유치한 상황이 계속 이어지고, 모든 면에서 극도로 조심해야 한다. 이네스는 열정적으로 사랑하기 때문이라는 단순한 이유로 이 모든 상황을 쉽게 극복한다. 나는 그녀의 사랑이 잘못된 상상에서 비롯되었다고 믿는다. 이 점에 있어 나는 사랑하지 않으므로 불리하다고 슈베르트페거가 말했다. "나는 그녀를 사랑한 적이 없어요. 나는 공개적으로 고백할 수 있어요. 그녀에 대한 감정은 언제나 남매 같고 동지 같은 것이었어요. 내가 그녀와 함께 이런 어리석은 관계를, 그녀가 꼭 붙들고 놓지 않는 이 관계를 질질 끌고 있는 것은 내 쪽에서 보면 순전히 기사도를 발휘하는 일일 뿐이에요." 우리끼리니까 이에 덧붙여 몇 마디 하겠는데, 열정이, 그것도 절망적인 열정이 여자 쪽에 있고 남자는 단지 기사도를 다할 뿐인 경우, 이는 불쾌한 일이다. 심지어 품위를 떨어뜨리는 일이다. 왠지 소유 관계가 되어가는 듯하고, 여자가 우위를 차지하는, 연애에 있어 바람직하지 못한 상황으로 이끈다. 따라서 이네스는 루돌프라는 인물과, 내 육체와 교제하는 것이라고 말하지 않을 수 없는데, 이는 원래, 제대로라면 남자가 여자와 교제할 때 하는 식이다. 여기에 그녀의 병적인, 발작적인 질투까지 가세해 부당하게도 나를 독차지하려고 한다. 말했듯이 이는 정당하지 못한 일이다. 나는 이제 그녀가 싫증났다. 그리고 그녀에게 붙잡힌 상태도 지겹다. 지금 앞에 앉아 있는 분은, 보이지는 않지만, 내가 지금 이 상황에서, 고귀하신 분 곁에서, 내가 존경하는 분과 함께 있으면서 얼마나 속이 후련한지 상상하지 못할 것이다. 그런 분의 세계에 있는 일이, 그런 분과 대화를 나누는 일이 얼마나 좋은지, 사람들은 대부분 나를 잘못 알고 있다. 나는 진지한 대화를 훨씬 더 좋아한다. 여자들과 함께 시시덕거리기보다는 이런 분과 자신을 끌어올리고 발전시키는 대화를 나누기를 더 좋아한다. 내 성격을 스스로 규명하자면 면밀하게 검토해 본 결과 플라토닉한 성격이라고 하는 편이 가장 정확한 것 같다고 슈베르트페거는 말했다.

그러고는 갑자기, 방금 말한 것을 설명하려는 듯이, 바이올린 콘체르토 이야기를 했다. 나는 아드리안이 자신을 위해 바이올린 콘체르토를 작곡해주기를 열망한다. 그 일에는 아드리안이 적격이다. 경우에 따라 독점 공연권을 보장해 줄 수도 있다. 그것이 내 꿈이다! "나는 당신이 필요해요, 아드리안. 나를 끌어올리기 위해, 나를 완성하기 위해, 나를 개선하고, 다른 이야기들로부터 나를 순화하기 위해. 맹세코 그래요. 어떤 일이, 어떤 욕망이 이토록 진지하게 느껴진 적은 없었어요. 그리고 당신이 콘체르토를 써주었으면 좋겠다는 말은 단지 함축적인, 그러니까 이 욕망을 나타내는 상징적이 표현일 뿐이에요. 당신은 멋지게 해낼 테지요. 딜리어스(감각적인 음악을 많이 작곡한 영국의 음악가 - 옮긴이)나 프로코피예프보다 더 잘 할 거예요. 전혀 새로운, 단순하고 노래로 부를 수 있는 제1주선율을 주제부에 놓고 카덴차 다음에 반복하겠지요. 솔로의 곡예가 끝난 후 제1주선율이 다시 도입되는 슨간이 언제나 고전주의 바이올린 콘체르토에서 최상의 순간이지요. 하지만 꼭 그렇게 해야 하는 건 아니죠. 당신은 카덴차를 안 넣어도 좋아요. 그건 구습이에요. 당신은 모든 규약을 파기하고 악장 배분도 파기하고, 아예 악장이란 것이 없어도 되죠. 알레그로 몰토(매우 빠르게)가 중간에 나와도 나는 상관없어요. 진짜 악마 같은 트레몰로로 리듬의 곡예를 부려도 돼, 당신 멋대로. 그리고 아다지오를 마지막에 변용으로 써도 되죠. 이건 아마도 우리 사이에 난 아이 같을 거예요. 플라토닉한 아이. 네, 우리의 콘체르토. 그건 내가 플라토틱이라고 생각하는 것을 모두 완성시켜 줄 거예요."

당시 슈베르트페거는 이렇게 말했다. 나는 이 글에서 여러 번 그의 편에서 이야기했다. 그리고 오늘날도, 이 도든 일을 다시 머리에 떠올리며, 나는 그에게 온건한 태도를 취ㅎ고 있는데, 그의 비극적인 종말에 어느 정도 영향을 받았을 것이다. 하지만 독자들은 내가 그를 나타낼 때 사용하는 특정 표현들, 이를테면 '요마 같은 순진함'이나 '아이 같은 매력' 등 그의 본질을 나타낼 때 쓴 표현들을 좀더 잘 이해해야 할 것이다. 내가 아드리안의 입장이었다면—그의 입장이 되어보아도 물론 아무 소용이 없지만—나는 루돌프가 한 말 가운데 여러 가지를 용납하지 않았을 것이다. 그것은 분명 어둠을 이용한 행위였다. 그가 반복해서 이네스와의 관계를 너무 솔직히 밝힌 것도 그렇고—다른 방향으로도 그는 너무 심했다. 용서할 수 없을 만큼. 요마와 같이—이는 어둠의 유혹에 의한 일이었으며, 그 일이야말로 유혹이라는 개념이 제대로 쓰일 수 있는 일이었고, 이에 대해서는 고독에 대해 친밀감으로 가하는 뻔뻔스러운 음모라는 말보다 더 좋은 표현은 없을 것이다.

이것이 실상 루디 슈베르트페거의 아드리안 레버퀸에 대한 관계를 나타내는 이름이다. 그 음모는 수년의 시간이 걸렸고 모종의 암울한 성공을 인정하지 않을 수 없었다. 시간이 흐르면서 이러한 구애(求愛) 앞에 고독은 무방비 상태라는 사실이 밝혀졌으나, 사태는 결국 구애자의 불행으로 끝났다.

34

아드리안 레버퀸은 건강이 최악의 상태였을 때 자신의 고통을 '어린 인 어아가씨'의 칼로 베는 듯한 고통에간 비유한 것은 아니었다. 그는 몇 달 뒤인 1919년 봄 대화 중 자신의 고통을 좀 다르게, 내가 아직 기억할 정도 로 특이하고 명료하게 묘사했다. 그때 그는 질병의 압박이 기적처럼 그에 게서 떨어져 나가고 자신의 정신은 불사조처럼 극도로 자유롭게 작품을 쓸 수 있는 경지에 도달했다고 말했다. 거리낌 없이라고는 하지 않더라도 막힘없이, 아무튼 멈출 수 없이, 끌리듯이, 거의 숨을 죽인 채 작품을 쓸 수 있는, 힘이 넘치는 경지라는 것이었다. 하지만 그의 말에서 우울한 상 태와 기분 좋은 상태가 뚜렷이 구분되지 않았고, 두 가지 상태가 아무 상 관없이 따로 떨어져 있는 것이 아니라 하나가 다른 하나 속에서 준비되었 고 어느 정도 그 속에 포함되어 있었으며, 그렇게 해서 생기는 건강한 창 작의 시간은 쾌적한 시간일 뿐만 아니라 그 나름으로 불행의 시간, 고통 과도 같은 불안과 곤경의 시간이었다는 사실을 알 수 있었다. 아, 이렇게 밖에 못 쓰다니! 모든 것을 한꺼번에 말하고 싶은 욕구 때문에 내 문장은 너무 길어지고 기록하고자 의도했던 생각에서 자꾸 멀어져, 아예 그 생각이 무엇이었는지 잊어버리는 것 같다. 나는 독자의 비판을 기꺼이 받아들인다. 그러나 내 생각이 흐려지고 사라지는 이유는 지금 다루는 그 시대를 추억하느라 흥분한 탓이다. 그 시대는 독일의 국가권위가 붕괴하면서 논리적인 사고가 철저히 이완된 시절이었고, 내 생각까지도 그 소용돌이에 휘말렸으며, 내 안정된 세계관이 소화하기 어려운 수많은 새로운 사고의 영향을 받은 시절이었다. 한 시대가 끝났다는 느낌, 19세기에서 중세 말, 스콜라 철학의 속박을 타파하고 개인이 해방되고 자유가 탄생했을 때까지 거슬러 올라가는 시대가, 원래 내 머나먼 정신의 고향으로 생각했던 시대가 끝났다는 느낌, 간단히 말해 시민적 인문주의의 시대가, 인생의 돌연변이가 일어나고, 세계는 아직 이름도 없는 새 별자리로 들어가려고 하는 시대가 왔다는 느낌, 극도의 주의를 기울여야 될 것 같은 이러한 느낌은 전쟁이 끝난 후에야 비로소 빚어진 결과가 아니라 20세기로 들어와 14년이 지난 시점, 즉 전쟁이 발발했을 때 시작됐다. 당시 나 같은 사람이 겪어야 했던 충격, 운명에 사로잡혀 있다는 느낌은 여기서 비롯된 것이었다.

패배로 인한 해체가 이러한 느낌을 절실하게 느끼게 만든 것은 당연한 일이었다. 그 느낌이 전승국 국민들 사이에서보다 독일같이 몰락한 나라에서 훨씬 더 지배적이었던 것도 당연했다. 전승국 국민들의 평균적인 심리상태는 승리 덕분에 훨씬 더 보수적이었다. 그들은 전쟁을 결코 우리가 생각하듯이 역사에 깊이 칼을 넣어 베어 낸 단면이라고 생각하지 않았다. 그들은 전쟁으로 인해 다행히도 한 가지 방해가 사라졌다고 생각했으며, 따라서 전쟁 때문에 궤도에서 밀려난 삶을 다시 원래대로 복귀시킬 수 있으리라고 생각했다. 그래서 나는 그들이 부러웠다. 특히 시민적인 사고방식을 유지한 프랑스가, 적어도 겉보기에는, 승리를 통해 얻은 명분과 확증이 부러웠다. 고전적 합리주의 속에 보호받고 있다는 그 느낌을 프랑스는 승리를 통해 얻을 수 있었다. 분명 나는 그 당시 집에서보다, 앞서 말했듯이 새로운 것, 방해가 되는 것, 그리고 부담스러운 것들이 내 가치관 속으로 마구 파고든 내 나라에서보다—그래도 나는 양심상 이러한 것들과 대립했다—라인 강 건너편에서 더 편하게 느꼈을 것이다. 여기서 슈바빙에 사는 식스투스 크릿비스라고 하는 사람의 집에서 저녁에 모여 난상 토론을 벌였던 생각이 난다. 크릿비스는 슐락인하우펜의 살롱에서 알게 된 사람이다. 그 토론에 대해서는 곧 다시 이야기하겠지만 여기서는 그의 집에서 있었던 모임과 지적인 논의들 때문에—나는 순수한 양심에서 자주 참석했다—적지 않게 부담을 느꼈다는 말만 하고 넘어가겠다. 동시에 나는 온 마음으로, 크게 자극 받고 자주 놀란 마음으로 가까운 친구에게서 한 작품이 탄생하는 데 기여했는데, 그 작품은 슐락인하우펜 살롱에서 토론된 내용들을 예지적이고도 대담하게 다루었으며, 그 내용을 더 높은 경지, 창조적인 경지에서 증명하고 실현했다……. 이제 덧붙이거니와, 나는 그 모든 일을 하면서도 내 교사직을 이행하고 아버지로서의 의무를 다하는 데 소홀함이 없었는데, 내가 얼마나 과도한 업무에 시달렸는지 독자들도 이해할 것이며, 칼로리 섭취 부족으로 체중도 많이 줄었었다.

　이 또한 그 시대의 빠르고 위험한 흐름의 성격을 묘사하기 위한 목적으로 하는 말일 뿐, 독자의 관심을 나라는 보잘 것 없는 인물로 유도하기 위해서는 결코 아니다. 내 자리는 언제나 이 기록의 배경에 있을 뿐이다. 나의 전달 열의가 가끔씩 사고의 도끼 같은 인상을 줄 수밖에 없어 유감이라는 말을 나는 이미 했다. 그것은 그릇된 인상이다. 나는 내가 의도한 사고를 확고히 유지하고 있으며, 아드리안이 고통이 극에 달했을 때 했던 비유를, 어린 인어아가씨와의 비유 외에 두 번째로 했던 감동적이고 함축적인 비유를 인용하려 했던 사실을 나는 잊지 않았다.

"어떤 기분이냐고?" 당시 그가 내게 말했다. "대략 기름 냄비 속에 앉아있는 순교자 요한 같아. 상당히 흡사하다고 상상하면 돼. 나는 고통을 참으며 경건하게 큰 솥 안에 앉아 있고 밑에서는 나무가 탁탁 소리를 내며 흥겹게 타고 있어. 어떤 착한 사람이 황제 폐하가 보는 앞에서 성실하게 손 송풍기로 불을 살리고 있어. 황제께서는 이 일을 아주 가까이에서 지켜보셨어. 그 자는 네로 황제야. 너도 알지? 이탈리아 산 수놓은 비단을 등에 걸친 화려한 오스만 술탄. 치부 보호대를 하고 흐늘거리는 재킷을 입은 형리의 조수가 끓는 기름을 자루가 달린 국자로 퍼서 내 목덜미에 붓는데, 그 속에 나는 경건하게 앉아 있어. 고기 굽기 같은, 흉악한 인간 굽기 기술에 따라 내게 기름을 부어 주는데, 볼만 해. 너도 초대할 테니 호기심에 가득 차 횡목 뒤에 선 관중들 사이에 섞여서 봐도 돼. 고위 관리들, 격노한 청중들, 터번을 쓴 사람들도 있고 옛 독일 두건을 쓰고 그 위에 다시 중산모를 쓴 사람들도 있어. 성실한 도시민들, 그들은 도끼칼로 무장한 병사들의 보호 속에 즐겁게 구경하고 있어. 한 사람이 다른 사람에게 흉악한 인간의 신상이 어떤지 설명해주고 있어. 손으로 얼굴을 괸 사람도 있는데, 손가락 두 개는 뺨에, 두 개는 코 밑에 두고 있어. 뚱보가 마치 "신이여 모두를 보호하소서!"라고 말하려는 듯이 손을 올리자 여자들은 얼굴에 천진하게 기뻐하는 표정을 지었어. 알겠어? 우리는 모두 딱 붙어있어. 그 장면은 충실하게 인물들로 꽉 차있어. 네로의 개도 같이 왔어. 그래야 빈 공간이 한 치도 남아 있지 않을 테니까. 그 개는 화가 난 핀셔(사냥개의 일종 - 옮긴이)의 표정을 하고 있어. 뒤로는 탑과 뾰족한 돌출창과 카이저스아셔른의 합각머리 지붕이 보여……."

카이저스아셔른이 아니라 뉘른베르크라고 말했어야 했다. 그가 묘사한 것, 인어의 몸에서 물고기 꼬리로 넘어가는 형상을 설명할 때와 똑같이 대단히 생생하게 묘사한 것은, 그래서 나도 그의 묘사가 끝나기 훨씬 전에 알아차렸는데, 뒤러의 묵시록 목판화 시리즈 가운데 첫 장이었다. 훗날 아드리안의 계획이 실현되었을 때, 그가 고통으로 위축되어 있던 힘을 다 쏟아 부어 완성한 그 작품이 내 앞에 서서히 그 모습을 드러냈을 때, 처음 들을 당시 이상하게 생각되었지만 곧 어떤 예감을 주었던 그 비유가 어찌 다시 생각나지 않았겠는가! 예술가의 경우 의기소침한 상태와 창조적으로 상승된 상태, 즉 질병에 걸린 상태와 건강한 상태는 결코 분명하게 구분해 가를 수 없는 것 아닌가? 오히려 질병 속에서, 마치 병의 보호를 받는 듯이 건강의 요소들이 일을 하고, 질병의 요소들이 천재적으로 작용하며 건강 상태로 넘어가는 것 아닌가? 분명 그럴 것이다. 나는 그의 통찰력에 대한 근심과 놀라움을 안겨준, 그러나 나를 언제나 자랑으로 채워 준 우정에 감사한다. 천재성은 질병 속에서 심오한 경험을 하는, 질병 속에서 만들어지고 질병을 통해 창조성을 띠는 생명력의 한 형식이다.

묵시론 주제의 오라토리오에 관한 구상은, 그 은밀한 작업은 한참 뒤로 거슬러 올라간 때의 이야기이다. 아드리안의 생명력이 겉보기에 완전히 고갈된 시기에 구상되었으며, 몇 달이 지나지 않아 격렬하고 빠르게 종이에 옮기게 되었는데, 그 일은 내게 언제나 그의 곤경이 일종의 은신처이자 숨바꼭질이었다는 상상을 하게 만들었다. 그의 재능이 은신처에 파묻혀, 아무도 엿듣지 않고 아무도 의심하지 않는 곳에서, 외부와 차단된 곳에서, 우리의 건강한 생활로부터 확실하게 격리된 곳에서 구상을 하고 구상한 것을 발전시키는데, 평범하고 평온한 생활로는 그 구상에 모험적인 용기를 조금도 줄 수 없고, 그 구상들은 마치 지하세계에서 빼앗은 듯, 거기서 가져와 보여준 듯했다. 그가 계획했던 것이 내가 방문할 때마다 단지 단계적으로만 드러났다는 사실을 나는 이미 말했다. 그는 쓰고, 스케치하고, 모으고, 연구하고 결합시켰다. 그는 그것을 더는 내게 감출 수 없었다. 몇 주 동안은 내가 궁금해서 물어보기라도 하면 그는 무슨 무시무시한 비밀을 감추기라도 하는 듯 눈썹을 치켜올리며 미소를 지으며 때로는 화를 내는 듯도 하고 겁을 내는 듯도 한 방어자세를 취하며 이렇게 말했다. "남의 일에 참견말고 자네 영혼이나 깨끗이 하게!", "곧 알게 될 거야, 친구. 늘 그랬지 않은가." 혹은 좀더 자세하게, 조금 더 밝혀 줄 용의를 보이며 "그래, 성스러운 전율이 끓어오른다. 신학적인 바이러스는 쉽게 피에서 제거되지 않나 봐. 어느 순간 갑자기 폭풍과도 같이 재발해."라고 말했다.

그 암시는 내가 그의 독서를 관찰하면서 얻은 추측을 확인시켜 주었다. 나는 그의 책상 위에서 놀랄만한 낡은 고서 한 권을 보았던 것이다. 바울의 신비한 체험을 노래한 시를 13세기의 프랑스어로 번역한 것이었는데, 그리스어로 된 원문은 4세기에 쓴 것이었다. 이 책이 어떻게 그에게와 있는지 묻자 그는 이렇게 대답했다.

"로젠슈틸이 구해줬어. 그녀가 나를 위해 찾아내준 희귀서가 이것만은 아니야. 많이 애썼지. 그녀는 내가 '내려온' 사람들에게 호감을 갖고 있다는 사실을 알아차렸어. 지옥으로 내려온 사람들 말이야. 그래서 그토록 멀리 떨어진 바울과 베르길리우스(기원 전 1세기의 로마 시인 - 옮긴이)의 아이네이아스(베르길리우스 서사시의 주인공이자 로마의 전설적 창설자 - 옮긴이)가 서로 친근한 사람처럼 느껴져. 단테가 그 두 사람을 형제처럼 함께 부른 것, 저 아래 있었던 두 사람이라고 부른 것 기억해?"

나는 기억했다. "주인집 딸이 그 책을 읽어주지 못해 유감이군." 내가 말했다.

"그래. 고 프랑스어는 내 눈으로 직접 봐야 해." 그가 웃으며 말했다.

그즈음 그는 자신의 눈을 사용할 수 없었다. 눈 위 부위와 눈 속의 압통 때문에 글을 읽을 수 없었으므로 클레멘티네 슈바이게슈틸이 책을 읽어주는 일이 잦았으며, 싹싹한 시골 아가씨에게는 좀 이상한 내용이었지만 그렇다고 그녀의 입으로 읽기에 어색하지는 않았다. 나도 그 착한 아이가 원장실에서 사보나롤라 의자에 등을 반듯하게 펴고 앉아, 베른하이머에서 구입한 의자에서 쉬고 있는 아드리안에게 초등학생 억양의 서툴고 부자연스러운 표준어로 곰팡이로 얼룩진 판지 표지 속에 담긴 메히틸트 폰 막데부르크(중세 독일의 신비주의 여성작가 - 옮긴이)의 황홀한 체험을 읽어주는 감동적인 장면을 본 적이 있다. 이 책도 눈치빠른 로젠슈틸이 가져온 것이 분명했다. 나는 조용히 코너 의자에 앉아 잠시 이 경건하고 서투르고 기묘한 강독에 경탄하며 귀를 기울였다.

이런 일은 자주 있었다고 들었다. 그녀의 옷차림은 교회의 감시에서 비롯된 시골풍의 민속의상 즉, 올리브 빛 녹색 모직으로 만든 수수한 복장이었는데, 뾰족한 레이스가 달린 코르셋은 빽빽하게 늘어선 작은 금속 단추가 목덜미 높이 채워져 청소년기의 가슴을 누르고 있었으며, 그 아래로 폭이 넓은 스커트가 발에까지 내려왔고, 유일한 장신구로 옛 은전(銀錢)으로 만든 목걸이를 목 가장자리 주름장식 아래 걸고 있었다. 갈색 눈의 이 아가씨는 고통 받는 사람 곁에서 여학생 같은 억양으로 신부님 앞에서 기도하듯 글을 읽었으며, 이 글은 어느 신부님이라도 불만을 느끼지 않을 만한 내용으로, 주로 기독교 초기 또는 중세의 초자연적 체험을 다룬 문학과 저승에 대한 사변들이었다. 때때로 클레멘티네의 어머니가 집안일에 딸의 도움이 필요할 때 문 사이로 머리를 밀어 넣고 살폈지만, 곧 계속하라는 뜻으로 두 사람에게 머리를 끄덕여 보이고는 돌아갔다. 그녀 자신도 문 옆 의자에 앉아 10분 정도 귀를 기울이기도 했는데, 그런 다음에는 소리 없이 사라졌다. 메히틸트의 황홀경 이야기가 아니면 힐데가르트 폰 빙겐(중세 독일의 수녀이자 작가 - 옮긴이)의 이야기였고, 그것도 아니면 독일어로 옮긴 《영국 교회사》를 읽었는데, 수도자이며 역사학자였던 가경자 비드(672/673~735, 가경자는 훌륭한 성직자에게 사후에 붙여준 존칭 - 옮긴이)가 쓴 그 책에는 기독교 초기 켈트 족의 저승에 관한 상상, 아일랜드인과 앵글로색슨 족의 신비체험이 상당 부분 기록되어 있다. 황홀경을 묘사하고, 최후의 심판을 알리고, 영원한 징벌에 대한 두려움을 교훈적으로 불러일으키는 기독교 이전 또는 기독교 초기의 종말론에 관한 그 기록들과 같은 종류의 기록이—요한이 파트모스 섬에서 한 종말에 대한 계시는 그 기록들과 많은 부분이 일치하는 한 가지 예일 뿐이다—유럽 북부에서 이탈리아에 걸쳐 전해 내려오는데, 이를테면 교황의 악사(樂師) 그레고르의 대화와 몬테카시노의 수사 알베리히의 신비체험에 관한 기록이 있으며, 단테는 이들 기록에서 많은 영향을 받았다. 아무튼 이 문학의 전달영역을 가득 채우는 모티브는 대단히 농도 짙게 반복되는데, 아드리안은 한 작품을 쓰기 위해 그 속에 파고들었으며, 그 작품은 이 영역의 모든 요소를 한 군데 초점에 모으고, 그것을 훗날 예술적으로 종합해 위협하듯 아우르며, 인류의 무자비한 명령에 따라 계시의 거울을 들어 무엇이 다가와 있는지 눈앞에 똑똑히 비춰 준다.

"종말이 온다. 종말이 온다. 종말이 네 머리 위에서 깨어난다. 보라,

오고 있다. 벌써 떠올라 네 머리 위에서 동이 튼다. 이 땅의 주민인 네 머리 위에." 레버퀸은 이 말을 제삼자, 목격자, 즉 내레이터로 하여금 유령 같은 선율로, 깔려 있는 낯선 화음을 토대로 만든 순수 4도 음정과 축소 5도 음정의 간격으로 이은 선율로써 공표하게 하고, 그 다음에는 예의 대담하고 고풍스러운 응창(應唱)의 텍스트가 되며, 응창은 두 편의 4부 합창이 서로 맞물리며 반복되어 잊혀지지 않는다. 이 말은 요한 묵시록에 나오는 말이 아니다. 이는 다른 데서, 바빌론으로 추방된 예언자 에제키엘의 환영(幻影)과 애가(哀歌)에서 나온 말이며, 기이하게도 네로 시대에 파트모스 섬에서 쓴 신비한 서한이 이 환영과 애가에 매우 의존하고 있다. 이를테면 '책을 먹어치우는 일' 이 그런데, 알브레히트 뒤러는 이 장면을 말 그대로 받아들여 책을(애가와 애곡과 재앙의 말이 쓰여 있는 '두루마리' 를) 먹는 자의 입에는 꿀처럼 단 맛이 난다는 세세한 내용까지 거의 에제키엘에 나와 있는 말 그대로 대담하게 목판화의 소재로 삼았다. 그리고 괴물 등에 탄 탕녀 이야기도 그런데, 이 뉘른베르크 출신 화백은 초상화를 연구한 끝에 이 장면에 베니스 제후의 정부(情婦) 모습을 그려 넣어 밝은 분위기로 묘사했으며, 에제키엘은 매우 널리 알려진 익숙한 모습으로 그렸다. 실제로 종교적으로 열광하는 사람에게는 어느 정도 고정된 환영과 체험이 전달되는 계시문화가 있다. 한 사람이 먼저 열광하면 다른 사람이 따라서 열광하고, 결국 의존적으로, 획일적으로, 틀에 박힌 습성에 의해 열광하는 대단히 특이한 심리상태를 보여준다. 그래도 이것이 실상이며, 나는 레버퀸이 타의 추종을 불허하는 자신의 합창 작품의 소재를 앞서 말했듯이 요한 묵시록에서만 찾지 않고, 이른바 예언된 모든 일을 다 받아들여 새로운 고유의 묵시록을 창작했다는, 종말에 관한 모든 예언의 개괄이라 할 수 있는 결과를 낳았다는 사실을 확실히 증명하는 뜻에서 이러한 실상을 지적하는 것이다.

〈묵시록〉이라는 제목은 뒤러에 대한 경의의 표시이며, 특히 시각적 구현에 대한 찬양인데, 게다가 환상적이고 정확한 세부묘사로 가득 채운 공간을 강조하는 조형적 정밀성은 두 작품의 공통점이기도 하다. 그러나 아드리안의 어마어마한 프레스코 작품이 뉘른베르크 출신 화가의 열다섯 편으로 된 작품을 목표로 정하고 그것을 따라 한 것은 아니었다. 그의 놀라운 음악예술의 바탕에는 뒤러의 비밀스러운 기록에 담긴 메시지가 많이 깔려 있었고, 실제로 그 작품이 아드리안을 고무하기도 했다. 그러나 그는 시편의 암울한 부분에서 몇 가지를, 이를테면 예의 가슴을 파고드는 "내 영혼은 근심으로 가득하고 내 삶은 지옥에 가깝도다" 외에도 풍부한 표현력을 발휘한 끔찍한 장면들과 고발들, 나아가 오늘날 형언할 수 없이 외설적으로 작용하는 예레미아의 애가에서 발췌한 단편들, 그 밖에 통례에서 벗어난 것들을 작곡에 포함시켜 음악적인 가능성의 공간을, 즉 합창, 레치타티보, 서창의 가능성을 확장시켰다. 이 모든 것은 전체적으로 다른 세계가 열리는 모습을, 갑자기 들이닥치는 보복의 느낌을, 지옥여행을 하는 인상을 창조하는 데 기여했으며, 이때 과거의, 샤머니즘 단계에서부터 고대와 기독교, 그리고 단테의 시에 이르기까지 변화되어온 저승에 대한 상상들을 생생하게 다루었다. 레버퀸의 음악 그림은 단테의 시에서 많은 부분을 채택했지만 서로 몸이 밀리도록 많은 사람이 등장하는 벽화에서 더 많은 영감을 받았다. 그 그림 한켠에서는 천사가 심판의 나팔을 불고, 다른 데서는 카론(죽은 사람의 영혼을 배에 태워 아케론 강과 스틱스 강을 건네주는 죽음의 정령 - 옮긴이)이 나룻배에서 사람들을 내몰고, 죽은 사람들이 일어나고, 성인들이 경배하고, 악마의 얼굴을 한 자들이 뱀을 허리에 두른 미노스 왕의 판결을 기다리고, 늪의 아들들은 비웃으며 심판 받은 자의 큰 몸집을 휘감고, 몸이 휘감긴 자는 한 손으로 한 눈을 가리고 다른 눈으로는 영원한 재앙을 응시하며 놀란 표정을 짓고, 다른 자들은 업혀가고, 끌려가고, 무자비하게 지옥으로 내몰리며, 멀리 떨어지지 않은 곳에서 자비가 죄 지은 두 영혼을 추락에서 구원으로 끌어올린다. 간단히 말해, 최후의 심판에 등장하는 군상들과 장면 구성에서 많은 영감을 받았다.

　나는 일반교양 시대의 교육을 받은 사람이다 보니 탄생을 눈앞에 둔 작품에 대해 이야기하면서 기존의 잘 알려진 문화유물과 비교하게 되는데, 이 점 양해해주기 바란다. 그 작품에 대해 이야기를 할 때면 경악과 놀라움과 두려움과 자부심으로 탄생을 지켜보았던 그때와 마찬가지로 오늘날까지도 긴장하게 되는데, 이렇게 하면 긴장된 마음이 좀 가라앉는다. 그것은 작곡자에게 진심으로 헌신해온 사람이 응당 겪을 경험이었지만, 사실은 내 정신적 수용 한계를 벗어나는 일이었으므로 내게는 전율할 정도로 큰 충격이었다. 그는 처음에 감추고 숨겼던 작업을 어린 시절 친구인 내게 곧 공개했는데, 내가 파이퍼링에 갈 때마다 새로 쓴 부분을 볼 수 있었다. 나는 물론 가능하면 자주 그곳에 들렀으며, 토요일과 일요일은 거의 언제나 그곳에서 보냈다. 때때로 그가 작업한 분량은 믿기 어려울 만큼 많았으며 가끔은, 특히 엄격한 법칙을 준수한 정신적, 기교적으로 대단히 복잡한 악곡 구성을 감안할 때, 일을 조금씩 차근차근 진전시키는 데 익숙한 평범한 사람은 하얗게 질릴 정도였다. 그렇다. 고백하거니와 나는 그 작품 앞에서 피조물로서 느끼는 그런 경외심을 느끼는데, 그 가장 큰 원인은, 나더러 단순하다고 말하겠지만, 그 작품을 완성하기까지의 작업속도였다. 결론적으로 4개월 반이 걸렸는데, 그 작품을 단순히 베껴 쓰기만 하는 데도 그만큼 걸릴 일이었다.

분명 그리고 의심할 여지없이 이 친구는 그 당시 극도로 긴장한 채 영감(靈感)에 빠져 살았다. 그 영감으로 즐거워하기만 한 것이 아니라 재촉과 구속을 받았으며, 그가 전부터 골몰해온 작곡작업 중 갑자기 머리를 드는 문제는 계시와도 같이 해결되었고, 꼬리를 무는 아이디어를 펜으로 쫓아가느라 노예처럼 휴식도 없이 일했다. 그는 쇠약한 몸으로 하루 열 시간씩 일했으며, 점심식사를 할 때와 가끔 야외로, 연못이나 산으로 급히 산책을 다녀 올 때만 잠시 멈추었는데, 휴식이라기보다는 도피와도 같았다. 이때 그의 걸음은 대단히 빨리 움직이다가는 멈추어 서곤 했으며, 그것은 중단 없는 작업의 또 다른 형식이기도 했다. 나는 토요일 저녁을 여러 번 그와 함께 보내면서 그가 자기 몸을 마음대로 하지 못하는 상황을 확인했는데, 그는 나와 함께 일상적인 이야기, 시시한 이야기를 나누면서 의도적으로 피로를 풀고자 노력했다. 또한 그가 편히 쉬던 상황에서 갑자기 몸을 추스르고, 그의 눈빛이 한 곳을 응시하며, 입술이 벌어지고, 내게는 달갑지 않은, 발작 같은 홍조가 그의 뺨에 번지는 것을 보았다. 그것이 무엇이었을까? 그 멜로디의 계시였을까? 그 당시 그는 그 계시에—이렇게 말해도 과언이 아닐 것이다—노출되어 있지 않았을까? 어떤 힘의—나는 그것이 무엇인지 알고 싶지도 않다—약속이었을까? 그의 머릿속에 표현력 넘치는 주제 하나가 떠오르고, 계시와도 같은 그 작품은 이 주제에 의해 풍요로워지지만 언제나 금세 냉정하게 지배되고, 이른바 고삐를 잡혀 선율로 변환되고 작곡의 구성요소로 다루어지게 만든 것이 그 힘이었을까? 그는 작업책상에 다가가 "말을 계속해! 어서 계속해!" 라고 중얼거리며 오케스트라 스케치를 휘갈겼고, 낱장의 악보를 정말로 급히 아무 데나 던져 그 아래로 떨어졌으며, 찡그린 얼굴로—나는 그 복잡한 표정을 묘사할 엄두가 나지 않지만, 내 눈에는 명석함과 자부심이 서린 그의 아름다운 얼굴이 잠시 보였다—악보를 들여다보았는데, 네 명의 말 탄 기사 앞에서 도망가고 채어 비틀거리고 넘어지고 밟힌 인류가 부르는 경악의 합창 부분이나 '새의 고통'을 바순으로 나타낸, 비웃으며 종알거리는 소름끼치는 외침을 기록한 부분 또는 교창(交唱) 형식의 대창(對唱)이 들어가 있는 부분이었다. 이 대창은 예레미아의 말에 붙인 엄격한 합창 푸가였으며 처음 본 순간 내 마음을 사로잡았다.

사람들은 살면서 어찌 그리 투덜거리는가?
모두들 자신의 죄를 잊고 투덜거리는구나!
마음을 살피고 시험하여
신에게 귀의하라!
......
우리는, 우리는 죄를 지었다
신의 말씀을 따르지 않았다
신이 우리를 보호하지 않으시니 당연하도다.
오히려 무섭게 진노하시어
우리를 박해하고 자비를 베풀지 아니하시고 목 졸라 죽이셨다.
......
신은 우리를 다른 민족들 속에서
분뇨와 오물로 만드셨도다.

나는 이 작품을 푸가라고 보고 실제로도 푸가 분위기가 나지만, 주제를 반복하며 찬양하지는 않고 곡 전체가 발전함으로써 주제 자체도 발전하는데, 한 가지 양식이 해체되어 그 불합리함이 어느 정도 논증되고, 작가는 이에 굴복하는 것 같다. 여기서는 바흐 이전 시대의 특정 칸초네나 리체르카레(주제를 따라 흉내 내는 기악곡. 푸가의 전신 - 옮긴이)에 나타난 고대의 푸가 형식을 엿볼 수 있는데, 고대 푸가에서는 주제가 언제나 명료하게 정의되거나 확정되어 있지는 않다.

그는 여기저기 훑어보고, 악보용 펜을 집었다 다시 옆에 놓았다 하고는 "좋아, 내일 하지"라고 중얼거리며, 여전히 붉게 상기된 이마를 한 채 내게 몸을 돌렸다. 하지만 나는 그가 '내일 하지'라는 말을 지키지 않으리라는 사실을 알고 있었다. 아니, 지키지 않을까 봐 두려웠다. 그는 나와 헤어진 후 다시 책상 앞에 앉아 대화 중 그에게 불현듯 떠오른 생각들을 구체화 할 것이고, 그런 다음에는 루미날(최면 진정제) 두 알을 먹고 깊은 잠에 들 것이다. 이는 수면 시간을 줄이기 위한 조치였으며, 새벽이 오면 다시 일을 시작할 것이었다. 그는 다음과 같이 인용했다.

수금(竪琴)이여, 현금(玄琴)이여, 안녕히!
나는 일찍 일어나려 하노라.

그는 축복인지, 아니면 불행인지 모르게 자신에게 쏟아지는 영감이 너무 일찍 끝나버리지나 않을까 하는 두려움 속에 살았는데, 실제로 작품을 완성하기 직전에, 그 무시무시한, 젖 먹던 힘까지 내야 했던 결말에 도달하기 직전에, 낭만주의적 구원의 음악과는 동떨어진, 작품 전체에 흐르는, 신학을 부정하는 무자비한 성격을 가차 없이 증명하는 결말에 도달하기 직전에, 성부(聲部)가 지나치게 많은, 대단히 광범위하게 퍼져나가는 금관악기들의 음을, 한 없이 깊은 심연의 열린 아가리 같은 인상을 주는 그 음을 확정하기에 앞서, 강조하거니와 실제로, 그 전과 같이 통중과 어지럼증이 재발해 3주간에 걸쳐 끔찍하게 시달렸다. 그 자신 작곡이라는 것이 무엇이었는지, 그것을 어떻게 하는 것이었는지 기억이 나지 않는다고 말했을 정도로 심각한 상황이었다. 그 고비를 넘기고 1919년 8월초에 그는 다시 일에 착수했으며, 그 달이 유난히 태양이 뜨거운 날이 많았던 그 달이 끝나기 전에 모든 일을 끝냈다. 넉 달 반. 내가 그 작품의 탄생기간으로 계산한 이 기간은 그가 탈진하여 쓰러져 일이 중단되었을 때까지다. 휴지 기간과 마무리 작업 기간까지 포함하면 놀랍게도 6개월에 이르는데, 묵시록을 스케치로 기록하는 더 필요했던 기간과 같았다.

34 계속

그런데 내가 영면에 든 친구의 전기에서 그의 작품에 대해, 수많은 사람들의 증오와 반감의 대상이 된, 그러나 적은 사람들 사이에서나마 사랑과 칭송을 받은 그 작품에 대해 할 말이 이게 전부인가? 그렇지 않다. 나는 아직도 가슴속에 몇 가지 할 말이 있지만 곧 마음을 달리했다. 그 작품은 극도로 경이로운 방법으로 나를 압박하고 놀라게 했다. 좀더 정확히 말해, 공포를 불러일으킴으로써 흥미를 끌었다. 반복하지만 나는 곧 마음을 달리하여 이 작품의 모든 특징과 특성을 앞에서 잠시 언급했던 식스투스 크릿비스의 집에서 토론할 때 내가 맞닥뜨린 추상적인 요구사항과 연관시켜 나타내기로 결정했다. 그날 저녁에 나온 새로운 결론들은 내게 아드리안의 고독한 작품에 참여하는 일 외에 추가적인 정신적 부담이 되었으며, 나는 그 당시 늘 그런 정신적 과로 속에 지냈고, 실제로 체중이 거의 14파운드나 줄었다.

크릿비스는 그래픽 화가이자 도서장식가이고 동아시아의 채색 목조각과 도자기를 수집하기도 했는데, 이 분야에서는 독일 제국의 여러 도시는 물론 외국에서까지 여기저기 문화단체의 초대를 받아 꽤 괜찮은 강연을 했고, 강연을 통해 홍보도 했다. 그는 키가 작고 나이 든 징후가 보이지 않는, 좀 난쟁이 같은 인상의 작자였는데, 매우 심한 라인헤센 지방 사투리를 썼다. 그는 범상치 않은 정신적 활동이 활발했으나 신조라 할 만한 의무감은 없이 단지 호기심 때문에 시대의 여러 운동에 귀 기울이는 것 같았고, 귀에 들어오는 것에 대해서는 무엇이든 "겁나게 중요하당께"라고 했다. 그는 슈바빙의 마르티우스슈트라세 가에 있는 자신의 집을 정신적인 삶을 영위하는 지도급 인사나 신진들을 위한 만남의 장소로 제공했는데, 그 가운데 아주 많은 사람들이 훌륭한 도시 뮌헨의 울타리 안에서 보호받고 있었다. 응접실은 수묵화와 채색화 등 매혹적인 중국 회화(송 나라 시대의 작품이었다!)로 장식되어 있었고, 거기서 남자들만의 저녁모임이 열렸다. 여덟 명에서 열 명을 넘지 않는 사람들이 원탁에 가까이 모여 앉아 토론을 벌였고, 저녁식사 후 9시경부터 전적으로 자유롭게 모여 앉아 생각을 서로 나누었는데, 집주인은 그 때문에 접대비로 더 많은 비용을 지출하지는 않았다. 여기서 나눈 의견들이 언제나 지적으로 최고의 긴장상태를 요구하는 것만은 아니었다. 자주 화기애애하고 일상적인 수다급 대화로 미끄러졌는데, 이는 크릿비스의 사교적 취향과 태도 덕분에 지적 수준이 서로 다른 사람들이 같이 모인 탓이었다.

그 토론모임에는 뮌헨 대학 학생 두 사람이 있었는데 헤센-나사우의 대공(大公) 집안 자제들이었다. 그들은 예의바른 젊은이들이었고, 집주인은 그들을 모종의 감탄과 더불어 '멋진 왕자님들'이라 불렀으며, 사람들은 그들이 있을 때는, 다른 사람들에 비해 너무 젊었기 때문에, 대화할 때도 배려를 좀 했다. 그들이 방해가 되었다는 말이 아니다. 때때로 수준 높은 대화를 할 때면 그들은 겸허하게 미소 지으며 또는 진지하게 놀라며 경청했다. 나 개인적으로는 독자들도 잘 아는 그 역설가 카임 브라이자허 박사의 참여가 더 당혹스러웠다. 이미 고백했듯이 나는 그 작자를 참고 보아주기가 힘들었으나, 그런 장소에는 그와 같이 예리하고 감각적인 사고방식의 소유자가 반드시 있어야 하는 모양이었다. 공장주 불링거도 초대받은 자에 속했지만 그의 참여는 오직 그의 과세등급이 높다는 이유로 허용되었으며, 그 자가 대단히 중대한 문화적 주제에 대해 요란하게 같이 떠들고 거드는 일도 내게는 브라이자허의 역설 못지않게 화나는 일이었다.

내가 이 이야기를 계속하는 이유는 사실 그 원탁회의에서 내 마음을 끈 사람이, 내가 순수하게 신뢰를 쏟을 수 있는 사람이 아무도 없었다는 사실을 고백하기 위해서다. 헬무트 인슈티토리스 정도는 예외라 할 수 있었다. 그 친구가 이 모임에 참가하는 덕분에 나는 그의 부인과 좋은 관계를 유지할 수 있었는데, 그는 좀 다른 방향으로 연상하고는 다시금 걱정에 휩싸였다. 그런데, 내가 운루에 박사에 대해, 에곤 운루에 박사에 대해서는 왜 반감을 느끼는지 알 수 없었다. 그는 고동물철학자(古動物哲學者)였는데, 자신이 쓴 글에서 고대의 전설을 사실로 인정하고 학문적으로 증명하기 위해 심층이론과 화석이론을 대단히 기발한 방법으로 연관시켰다. 예술적 진화론이라고 할 수 있는 그의 이론에 의하면, 진화한 인류가 이미 오래전에 믿기를 그만둔 일들이 모두 진실이고 사실이었다. 그런데 학자이자 사상가이고 매우 성실한 그 사람에게 나는 왜 불신을 느꼈을까? 그리고 게오르크 포글러 교수에 대한 불신은 또 어디서 비롯되었을까? 그는 문예사학자로서, 널리 가치를 인정받은 독일 문예물의 역사를 종족의 관점에서 썼다. 그는 작가를 단순히 작가로, 전반적인 교양을 두루 갖춘 정신으로 다루지 않고 혈통과 지역의 영향을 받는 존재로 보았는데, 그의 이론에 의하면 작가의 출신지는 작가를 위해 만들어졌고 작가에 의해 증명되며, 작가는 그 구체적이고 특수한 출신지의 토종 산물이었다. 그 모든 이론은 대단히 진솔하고 단호하고 순수하며 호평을 받을 만했다. 미술학자이자 뒤러 연구가인 길겐 홀츠슈어 교수의 참석도 나는 편치 않았으며, 그 이유를 규명하기도 마찬가지로 어려웠다. 그리고 열심히 참석하는 시인 다니엘 추어 회에 대해서는 이런 기분이 확실했다. 그는 수사(修士)처럼 목이 높은 검은 옷을 입고 다니는 수척한 30대였는데, 옆얼굴이 맹수같이 생겼다. 그는 탕탕 치는 듯한 말투로 "맞아, 맞아! 그렇지. 오, 물론이지! 그렇고 말고!"라고 말하면서 계속해서 불안하게 그리고 절박하게 발 안쪽 면으로 바닥을 두드렸고, 가슴께에서 팔짱을 끼거나 나폴레옹처럼 손을 가슴에 넣기 좋아했다. 그가 시인으로서 꾸는 꿈은 잔혹한 성전을 통해 순수정신에 종속시킨 세계, 그 정신의 숭고한 훈육에 의해 공포 속에 보존된 세계를 지향하고 있었다. 그것은 이미 전쟁 전에 손으로 뜬 종이에 인쇄된, 아마도 그의 유일한 작품으로 보이는 《성명(聲明)들》에 묘사되어 있듯이 향락적 테러리즘의 서정적, 수사적 발현이었다. 그의 시에서는 상당한 언어의 힘을 인정하지 않을 수 없었다. 이 성명들에 조인한 세력은 대사령관 크리스투스라고 하는 인물이었는데 지휘권이 있었고, 죽음을 불사하는 부대를 세계 정복에 투입했으며, 일상의 지시와도 같은 성명을 반포했고, 무자비한 조건으로 체결한 협정을 즐겼으며, 빈곤과 순결을 외쳤고, 자신은 주먹으로 탕탕 치고 두드리면서 무조건적이고 무한한 복종을 요구하면서도 스스로 만족하지 못했다. 그 시는 이렇게 끝났다. "병사들이여! 나는 제군들에게 약탈하도록 허락하노라. 이 세상을!"

그 시는 매우 '아름다웠으며' 그 시 자체의 독특한 미적 감각을 지니고 있었다. 그것은 잔인하고 극도로 탐미주의적인 방식으로 시인들이 가지고 있는, 사실상 무의식 속에 가지고 있는 초연하고 희학적이고 무책임한 정신의 면에서 평가해 '아름다웠다' 고 할 수 있었다. 이는 내가 경험한 것 중에서 미학적 해악에 가장 가까운 것이었다. 헬무트 인슈티토리스는 당연히 그 시를 매우 높이 평가했고 다른 사람도 작가와 작품을 진지하게 호평했는데, 유독 나만 작가나 작품 모두에 대해 썩 확실하지도 않은 반감을 품은 원인은 내가 크릿비스 모임의 사람들과 그들의 부당하기 짝이 없는 문화비평 때문에 예민해진 상태에서 민감하게 반응했기 때문인지도 모른다. 그럼에도 불구하고 나는 일종의 정신적 의무감 때문에 그들의 주장에 귀를 기울이지 않을 수 없었다.

나는 이 토론의 결론들을 가능하면 짧은 분량으로 중요한 것만 요약해서 기술하도록 노력하겠다. 이 결론을 집주인이 '겁나게 중요하게' 생각하는 일은 너무도 당연했고, 다이엘 추어 회에는 그 결론들이 굳게 맹세한 대사령관 크리스투스를 통한 세상의 약탈로 귀결되지 않더라도 "맞아, 맞아! 그렇지. 물론이지! 그렇고 말고!" 하는 판에 박힌 소리를 덧붙였다. 그 시는 물론 단순히 상징이었으나 토론에서는 현실에 대한 사회학적 조망, 현존하는 것과 앞으로 다가올 것에 대한 확인 등이 관건이었는데, 이런 문제들도 물론 절제된 아름다움을 통해 나타난 다니엘의 경악스러운 상상과 이리저리 연관되어 있었다. 내가 한참 앞에서 한 말, 확고한 것 같았던 인생의 가치가 전쟁으로 인해 흔들리고 파괴되는 일은 특히 패전국 국민들이 더 선명하게 겪었고, 패전국은 이런 면에서 다른 나라에 비해 정신적으로 앞서 있으며, 전쟁의 발발로 개인이 겪어야 했던 끔찍한 가치상실이, 오늘날 개개인의 삶의 범위를 넘는 무관심과 그로 인해 다시금 고뇌와 파멸 앞에서도 냉담해지는 태도가 보편화 하는 현상이 객관적으로 확인되었다고 기술한 내용도 그의 몇몇 작품에서 보고 메모한 것이었다. 개인의 운명에 대한 이와 같은 무관심과 냉담함은 방금 끝난 4년에 걸친 유혈 축성식을 통해 단련된 태도로 보일 수도 있었다. 그러나 아무도 속지 않았다. 다른 여러 관점에서와 마찬가지로 여기서도 전쟁은 단지 이미 오래전에 기초를 다진 새로운 활력의 바탕을 완성하고, 확고히 하고, 사람들로 하여금 확실하게 경험하도록 했을 뿐이었다. 이러한 현상은 잘잘못을 따질 일이 아니라 현실로서 인지하고 확인할 일이었고, 식어버린 열정으로 하는 현실인식에는 언제나 무엇을 인식한다는 즐거운 마음에서 비롯된 모종의 시인(是認)이 들어있었다. 시민사회의 전통에 대한 비판, 말하자면 교양, 계몽, 인도주의적 가치에 대한, 학문적 수양을 통해 인류를 향상시키는 꿈에 대한 다각적이고 종합적인 비판이 어떻게 이러한 고찰들과 연관되지 않을 수 있었겠는가? 이러한 비판을 가하는 사람들이 교육 받은 사람들이었다는 사실, 교사, 학자들이었다는 사실은, 게다가 이러한 비판을 하면서 명랑한 분위기 손에, 정신적 만족을 나타내는 웃음을 터뜨리며 뽐내는 자가 드물지 않았다는 사실은 이 문제에 특별한 자극을, 뒤숭숭하고 불안하게 만드는, 어쩌면 좀 변태적인 자극을 더했다. 그들은 패전으로 우리 독일인에게 주어진 국가형태, 우리 무릎에 떨어진 자유, 한마디로 민주주의 공화국 체제를 한 순간도 새로운 목표를 위한 실제적인 틀로서 인정하지 않았으며, 일치단결하여 그저 일시적이고 실정에는 애초에 아무 도움이 되지 않는, 오히려 더 나쁜 농담으로 치부하며 무시했다는 말은 할 필요도 없다.

그들은 혁명의 결과는 한 원천에서 두 갈래 물줄기가 나오는 것과도 같다, 한 줄기는 사람들을 자유의 장치로 데려다 주고, 다른 줄기는 절대권력을 향해 달린다고 한 알렉시스 드 토크빌(19세기 프랑스 자유사상가

- 옮긴이)의 말을 인용했다. '자유의 장치' 를 믿는 사람은 크릿비스의 토론모임에는 아무도 없었으며, 게다가 자유가 자기주장을 하도록 강요받는 한, 자유는 자유를, 즉 그 적(敵)을 제한하는, 다시 말해 자신을 중지시키는 자기모순을 보이니 더욱 그러했다. 애초에 인권의 자유를 부르짖는 격정을 포기하지 않는다면 이것이 자유의 운명이다, 이 시대는 일단 변증법적 심리를 거치기보다는 격정을 포기하는 쪽으로 훨씬 더 강하게 기운다, 이 변증법적 심리는 자유의 독재를 낳는다, 어차피 모든 것이 독재로, 폭력으로 귀결된다, 이제 프랑스혁명을 통해 전통적인 국가형식과 사회형식이 파괴되고 이와 더불어 한 시대가 시작되었다, 이 시대는, 알고 있든 모르고 있든, 고백했든 안 했든, 평정되고 타파되고 단절되고 버려진 개인과 군중에 대하여 무자비한 전제정치를 지향하고 있다고들 말했다.

"그렇죠! 그래요! 그렇고 말고! 그렇게 말할 수 있죠." 추어 회에가 지지하며 발로 바닥을 몹시 두드렸다. 물론 그렇게 말할 수 있었다. 다만 내 기분으로는, 팽배해 가는 야만성에 대한 이야기인 만큼 그렇게 명랑한 분위기로 만족스럽게 말할 것이 아니라 불안감과 두려움으로 말했어야 할 것 같았으며, 만족에 관해서는 그것이 사태의 인식에 관한 것이지 사태 자체에 관한 것이 아니기를 바랄 수밖에 없었다. 이토록 나를 압박하는 이 명랑한 분위기가 어떤 것이었는지 구체적으로 묘사하겠다. 이 문화비평의 선구자들이 나누는 대화에서 전쟁이 나기 7년 전에 발표된 소렐의 《폭력론》이 중요한 기능을 발휘했다는 사실에 놀라는 사람은 아무도 없을 것이다. 전쟁과 무정부주의에 대한 냉철한 예언, 유럽을 전쟁으로 인한 지각분열의 경사면에 빗댄 표현, 이 지역에 사는 민족들은 언제나 한 가지 생각, 즉 전쟁을 일으킨다는 생각에만 단합한다는 이론, 이 모든 점을 근거로 사람들은 그 책을 시대의 책이라 불렀다. 뿐만 아니라 다중의 시대에는 의회의 논의가 결코 정치적 의지를 형성하는 데 적합한 수단이 아니라는 사실이 증명되리라는 예측과 선언도 거들었다. 그 대신 미래에는 허구적인 신화를 다중에게 제공해야 할 것이고, 그 신화들은 전투에 임하라는 원시적인 외침이 되어 정치적 에너지를 발산시키고 활성화할 것이라는 주장이었다. 실제로는 그 책에 나온, 대중적이고 대중의 입맛에 맞춘 신화가 앞으로 정치적 운동의 전달자가 될 것이라는 단호하고 자극적인 예언이 정치적 에너지를 활성화했는데, 이는 곧 진실, 이성, 학문 따위와는 전혀 무관한 우화, 망상, 환영 등이었으며, 그럼에도 불구하고 독창성을 띠기 위해 삶과 역사를 결정하고 그로 인해 역동적인 사실로서 증명 받을 필요는 있다는 것이었다. 사람들은 그 책의 제목이 무시무시한 이유를 이해했다. 진실을 거슬러 승리를 거둔 빛나는 폭력에 관한 글이었으니까. 사람들은 진실의 운명은 개인의 운명과 매우 유사하다는 사실을 아니, 같다는 사실을, 즉 둘 다 똑같이 가치를 상실했다는 사실을 깨달았다. 그 책은 진실과 힘 사이에서, 진실과 삶 사이에서, 진실과 공동체 사이에서 비웃고 있는 괴리를 보여주었다. 더불어 각 경우 후자에게 전자보다 훨씬 더 큰 우선권이 보장된다는 사실을, 후자는 전자의 목표라는 사실을, 그리고 공동체에 소속되고 싶은 사람은 진실과 학문을 단호히 지워버릴 태세를 갖추어야 한다는 사실을, 지성의 희생을 감수할 각오를 해야 한다는 사실을 암시했다.

상상해 보라(이제 약속한 대로 '구체적인 묘사' 를 하고자 한다)! 이 사람들은, 학자, 지식인, 대학교수들인 포글터, 운루에, 홀츠슈어, 인슈티토리스, 게다가 브라이자허까지도 내 눈에는 끔찍하기만 한 이 사태를 즐겼으며, 이미 완결된 상황으로 보았거나 앞으로 반드시 다가올 상황이라고 믿었다. 그들은 정치적 자극으로 기능하며 부르주아적 사회질서에 해를 끼치는 대중적 신화 중의 하나를 토론주제로 삼아 법정심리(法庭審理)를 상상하며 장난을 했는데, 핵심 인물들은 '거짓'과 '조작'이라는 비난에 맞서 자신을 방어했고, 양측, 즉 원고와 피고는 서로 부딪칠 뿐만 아니라 진짜 유치할 정도로 서로에게 함부로 대하며 핵심은 빼고 이야기했다. 학계의 증인들은 속임수임을 증명하기 위해, 진실에 대한 전대미문의 비방임을 증명하기 위해 기괴하고 막강한 도구를 동원했으나, 역동적이고 역사창조적인 허구에, 이른바 조작에, 즉 공동체를 형성하는 믿음에 도저히 필적할 수 없었으며, 생소한, 이와 무관한 차원에서, 즉 학문적 차원에서, 우직하고 객관적인 진실의 차원에서 반박을 지속하면 할수록 조작을 옹호하는 자들의 얼굴에는 비웃음과 우월감이 점점 더 짙어졌다. 신이여! 학문이여! 진실이여! 이 외침의 정신과 어조가 이들 수다집단에 대한 극적인 묘사를 대신한다. 그들은 절망적인 상태에서 이성적인 비판을 즐기는 일만으로 만족할 수 없었다. 대중의 신념은 그들의 비판과 이성으로는 조금도 건드릴 수 없었으므로, 결코 깰 수 없었으므로 단합된 힘으로 학문의 무기력한 면을 조명했고, 이에 대해서는 '멋진 왕자님들'도 아이들답게 밝은 표정으로 이야기했다. 그 즐거운 회합은 최종결론을 내려야 하는, 심판을 내려야 하는 사법부에 주저 없이 자기기만의 책임을 물었으나, 이는 자신들의 행위와 다르지 않았다. 법이 국민 정서에 기반을 두고 공동체로부터 격리되기를 원치 않는다면 이론적, 반사회적 관점을, 이른바 자유의 관점을 취해서는 안 되었다. 법은 성과가 풍부한 허위조작 행위를 존중함으로써 그 사도들에게 무죄를 선고하고, 학문은 실망하여 돌아가게 함으로써 현대적인 입장에서 뿐만 아니라 가장 현대적인 의미에서 애국적인 입장을 유지해야 했다.

오, 물론! 물론! 당연해요. 그렇게 말할 수 있지요. 톡! 톡!

나는 명치께가 답답했지만 분위기를 망칠 수는 없었으며, 혐오감 때문에 귀를 닫고 있을 수도 없었고, 전반적으로 명랑한 분위기에 할 수 있는 한 잘 맞춰야 했는데, 이는 단순한 동조가 아니라 적어도 일시적으로는 기존의 것과 앞으로 다가올 것을 그저 웃으며 인식하면서 정신적인 만족을 추구하는 행위를 의미했다. 나는 사상'는 공동체가 처한 곤경으로 인해 가슴이 아프더라도 공동체가 아니라 진실을 목표로 삼는 편이 더 좋지 않은지 "좀 진지하게" 숙고해 보자고 제안한 적이 있었는데, 진실은 아무리 씁쓸한 진실이라 하더라도 간접적으로 그리고 장기적으로 공동체에 도움을 줄 것이고, 이는 진실을 희생해서 얻을 수 있는 이득보다 더 큰 것이며, 실제로 진실을 부정하면 진정한 긍동체의 기반은 내면에서부터 걷잡을 수 없이 붕괴될 것이라고 주장했다. 그러나 내 주장이 그토록 완벽하게, 전혀 아무런 반향 없이 묵살된 적은 그때가 평생 처음이었다. 내 주장이 적절치 못했다는 점은 나도 인정한다. 그 주장은 분위기에 맞지 않았고, 당연한 것으로 알려진, 너무 잘 알려진, 싫증날 정도로 잘 알려진 이상주의에 의해 고취된 것이었으니까. 이상주의는 새로운 정신을 방해했다. 차라리 그 열띤 논쟁의 모임에서 새로운 이념에 성과도 없는, 사실 지루하기만 한 반대를 하느니 이를 고찰하고 탐색하고 내 생각을 논의의 흐름에 맡긴 채, 이미 은밀히 탄생의 준비를 완비한 다가오는 세계의 윤곽을 그려보는 편이 훨씬 더 나았다. 그럴 때에도 내 명치의 상태가 나아지지는 않았다.

　　그 세계는 이미 오래전부터 새로웠던, 혁명에 의해 악화되는 세계였다. 그 세계에서는 개인의 이념과 연관된 가치, 그러니까 진실, 자유, 권리, 이성이 완전히 힘을 잃고 버려졌거나 퇴색한 이론에서 뜯겨져 무자비하게 상대화되었고, 그보다 높은 폭력기관, 권위, 독선과 연루됨으로써 지난 세기와는 전혀 다른 의미를 얻는다. 그 방법은 어제 또는 그제 사용했던 보수적인 방법이 아니라, 인류를 신권정치가 지배했던 중세의 상황과 조건으로 되돌려 보내는 대단히 새로운 방법이다. 그 방법은 빙빙 도는 공의 길을, 즉 되돌아가는 길을 퇴보적이라고 표현하는 것만큼이나 비(非)보수적이다. 거기서는 퇴보와 진보가, 낡은 것과 새것, 과거와 미래가 하나가 되었고, 정치적 우익은 점차 좌익과 결합했다. 조건 없는 연구와 자유로운 사유(思惟), 나아가 진보를 대표하는 일은 오히려 지루하게 답보하는 세계에 속했다. 700년 전 신앙에 대해 논하기 위해, 교리를 증명하기 위해 이성이 자유로워졌듯이 폭력을 합리화하는 사상도 자유를 얻었다. 교리를 증명하기 위해 이성이 있었듯이 오늘날에는 폭력을 합리화하기 위해 사상이 있다. 없으면 내일이라도 생길 것이다. 연구에는 물론 전제조건이 있었다. 있고말고! 그것은 폭력, 공동체의 권위였고, 이런 것들이 학문의 전제조건이 된 일은 학문이 예컨대 부자유스러워질 생각을 전혀 하지 않는 일만큼이나 당연했다. 그 전제조건들은 주관적인 것이었고, 개관적인 구속 내에서 몸에 배고 자연스러워져 어떤 식으로도 구속으로 여겨지지 않았다. 눈앞의 현실을 분명히 인식하기 위해, 그리고 거기서 도주하려는 바보짓을 미연에 방지하기 위해, 사람들은 특정 전제조건과 신성불가침한 조건들의 절대성이 개인적인 상상과 대담한 사고를 결코 방해한 적이 없다는 사실을 상기해야 했다. 중세에는 교회에 의한 정신적인 일치성과 완결성을 애초부터 절대적으로 당연하게 여겼으므로 그 시절에는 오히려 개인주의 시대의 시민계급보다 상상이 더 자유로웠고, 개개인은 더 안심하고, 걱정 없이 세부적인 상상에 몸을 맡길 수 있었다.

그렇다! 폭력은 추상에 반대하는 확고한 발판을 다졌으며, 나는 크릿비스의 친구들 덕분에 '오래된 새 것'이 이 분야 저 분야에서 삶의 방식을 어떻게 바꿀지 안 봐도 훤했다. 예를 들어 교육자의 말을 들어보면, 오늘날은 저학년 수업에서 이미 철자와 소리를 우선적으로 익히는 방법을 지양하고 바로 낱말 익히기의 방법을 도입하며, 쓰기는 사물에 대한 정확한 견해와 연계시키려는 경향이 있다. 이는 분명 추상적이고 보편적인, 언어에 얽매이지 않는 철자문자를 포기하고, 원시 민족이 사용하던 표의문자로 회기하는 경향을 의미했다. 나는 속으로 낱말은 왜 배우는지, 쓰기는, 언어는 왜 배우는지 생각했다. 여기에는 엄격한 실용주의가 따라야 했다. 여기에만은. 나는 스위프트의 풍자가 생각났다. 개혁을 좋아하는 학자들이 폐를 보호하기로 결정하고, 이에 따라 문장을 피하고, 말과 단어를 아예 없애고, 대화는 사물을 가리키는 동작으로만 하기로 했으므로, 이해를 돕기 위해서는 가능하면 많은 사물을 등에 짊어지고 다녀야 한다는 이야기였다. 그 부분은 대단히 재미있었는데, 특히 혁신을 반대하고 말로 떠들기를 고집하는 사람들을 여자들, 천민들, 그리고 문맹자들로 나타내어 더욱 재미있었다. 그런데 토론모임 회원들은 스위프트의 학자들처럼 자신들의 제안을 독자적으로 그다지 진척시키지 못했다. 그들은 거리를 둔 관찰자의 태도를 취한 채, 시대적으로 필수적이라 판단된, 의도적인 원시회기(元始回期)라 표현해도 될 법한, 이미 뚜렷해진 일반적인 단순화 작업을 위해 이른바 문화적 업적을 단번에 무너뜨릴 준비태세가 '겁나게 중요하다'는 사실을 확실하게 이해했다. 내 귀를 의심해야 했을까? 사람들이 갑자기 이와 관련해 치과의학 이야기를, 대단히 구체적으로, 아드리안과 내가 음악을 비평할 때 쓰는 상징어인 '썩은 이'에 대해 이야기했으므로 나는 웃을 수밖에 없었고 글자 그대로 놀랐다! 그들은 명랑한 분위기 속에서 정신적 만족을 추구하며, 치과의사들 사이에서 치신경을 죽여 간단히 발치하는 경향이 점차 두드러지고 있다는 이야기를 했는데, 오랜 기간에 걸친 수많은 노력 끝에 도달한 19세기 치근치료의 정밀기술에 따라, 썩은 이는 염증이 난 이물질로 간주하기로 결정했다는 이야기였다. 이때 위생의 관점은 여기서 다소간 원초적으로 존재하는 경향을, 내버려두고 포기하고 단념하고 단순화하려는 경향을 합리화하는 입장에 해당된다고 예리하게 말한 사람은 브라이자허였고 그의 주장에 대부분의 사람들이 지지의 입장을 보였다. 위생적인 근거에 의하면 모든 이데올로기가 의심스러웠다. 사람들은 의심의 여지없이 대규모의 환자 방치도, 생명력이 약한 사람과 허약한 사람을, 어느 날 갑자기 그런 상태가 된다면, 죽이는 일도 민족과 종족의 위생 관점에서 규명하게 될 것이며, 현실에서는 더 심오한 결론이 관건이 될 것인데, 구체적으로 말해 시민시대가 낳은 결과 즉, 인간이 연약해지는 현상을 모두 거부하게 될 것이라고 브라이자허는 말했다. 토론에 참가한 사람들은 이 주장을 전혀 부인하려 하지 않고 오히려 강조했다. 인류는 힘들고 어두운 질주를 위해, 인도주의를 조롱하는 질주를 위해, 광범위한 전쟁과 혁명의 시대를 위해 본능적으로 자신의 몸을 추스르는 행위를 중시하게 될 것이다, 그 시대는 중세의 기독교 문명보다 훨씬 뒤로 멀리 돌아간 시간이 될 것이고, 기독교 문명이 발생하기 전, 고대 문화가 붕괴된 후의 암흑시대를 다시 부를 것이다…….

34 끝

이와 같은 해괴망측한 주장들을 들어주느라 체중이 14파운드나 줄었다면 사람들이 이를 이해할까? 내가 크릿비스 모임의 토론에서 나온 결론을 믿지 않고, 이 사람들이 하는 소리는 모두 헛소리라고 확신했다면 결코 이런 손해를 보지는 않았을 것이다. 그러나 내 생각은 그게 아니었다. 오히려 그들이 예민하기로 정평이 는 손가락으로 시대의 맥을 짚었으며, 진맥 결과를 있는 그대로 말했다는 사실을 나는 단 한 순간도 모르는 척하지 않았다. 단지 그들 스스로 진단결과에 조금만 더 놀라워했더라면, 그리고 이에 도덕적인 비판을 가했더라면 나는 한없이 고마웠을 것이고, 반복하거니와 14파운드가 아니라 7파운드만 빠졌을 것이다. 이를테면 이렇게 말할 수 있었을 것이다. "불행하게도 사태가 이러이러하게 흘러갈 조짐이 완연합니다. 그러니 앞으로 다가올 사태에 대해 경고하고, 이를 저지하기 위해 각자 최선을 다해야 합니다." 하지만 그들이 말하는 투는 이런 식이었다. "그렇게 됩니다. 그렇게 되지요. 그렇게 되는 순간 우리는 그 순간의 최고의 위치에 서 있을 겁니다. 다가올 것이 바로 그것이라는 사실은 흥미로운 일입니다. 좋은 일이라고 해도 과언이 아니지요. 그리고 우리는 그것을 인식하고 즐기기만 하면 됩니다. 그것을 막는 일은 우리가 할 일이 아니에요." 그 지식인들은 암암리에 이렇게 말했다. 그러나 그것은 인식의 즐거움을 내세운 속임수였다. 그들은 자신들이 인식한 상황에 호감을 느꼈다. 그런 호감이 없었더라면 그들은 결코 그 상황을 인식하지 못했을 것이며, 이것이 바로 분노와 흥분으로 내 체중이 줄어든 원인이었다.

그러나 내가 여기서 하는 말이 모두 맞지는 않다. 단지 의무감 때문에 크릿비스 토론모임에 참석한 일과 그곳에서 의식적으로 접한 부당한 요구만으로는 내가 그렇게 마르지는 않았을 것이다. 14파운드든 그 절반이든. 그들의 냉정하고 지적인 언급이 예술과 우정에 관한 내 뜨거운 경험과 관련이 없었더라면, 우정어린 예술작품의 탄생과 관련이 없었더라면 나는 그 원탁에 쏟아낸 이야기들을 결코 마음에 두지 않았을 것이다. ─그 우정은 작품의 창조자를 통해 생긴 것이지 작품 자체를 통해서가 아니다. 작품 자체를 통한 우정이라고 말하기에는 낯설고 두렵게 느껴지는 것이 너무 많다─고향을 너무도 닮은 그곳, 시골의 한 구석에서 열병과도 같이 순식간에 만들어진 그 작품은 특이하게도 크릿비스의 집에서 들은 내용과 상응했으며 동일한 정신을 나타냈다.

그곳 원탁에서는 전통에 대한 비판이 통상적인 일정 아니었던가? 전통에 대한 비판은 오랜 세월 깨지지 않을 것으로 믿어왔던 삶의 가치를 파괴한 결과였다. 그리고 어쩔 수 없이 전통적인 예술형식과 장르에, 이를테면 시민계층의 삶의 일부이고 교양의 기회였던 유미주의 연극에 반대해야 한다고 확실하게 말하지 않았던가?─이 말을 누가 했는지 모르겠다. 브라이자허였나? 운루에? 홀츠슈어였나?─이제 내 눈앞에서 극적인 형식이 서사적 형식으로 대체되었고. 가극은 오라토리오로, 오페라 극은 오페라 칸타타로 변환되었으며, 여기에 깔린 정신, 그 바탕이 되는 신조는 마르티우스슈트라세의 토론모임 회원들이 개인의 상황과 세상의 모든 개인주의에 가한 혹평과 매우 정확히 일치했다. 즉 심리적인 것에는 더는 관심이 없고, 대상을 추구하는 신조였다. 절대적인 것, 강제적인 것, 의무적인 것을 표현하기 위해 고전주의 이전과 같이 엄격한 형식으로 엄숙하게 구속하는 언어를 추구하는 신조였다. 나는 아드리안이 하는 일을 긴장하고 지켜보면서 일찍이 소년시절에 그 말하기 좋아하던 말더듬이 선생님이 각인시켜준 그 말, '화성적 주관성'과 '다성적 객관성'의 대비라는 말을 얼마나 자주 떠올렸는지 모른다. 크릿비스의 집에서 뒤틀린 영리함에 의해 이끌어가던 대화의 주제였던 원을 그리며 도는 길, 퇴보와 전진, 옛것과 새것, 과거와 미래가 하나가 되는 그 길. 나는 여기서 그 길의 실현을, 바흐와 헨델 시대에 화성적으로 변환된 예술을 거쳐 진정한 다성의 머나먼 과거를 향해 되돌아가는, 새로움이 가득한 길의 실현을 보았다.

나는 그 시절 아드리안이 파이퍼링에서 프라이징으로 보낸 편지를 보관하고 있다. 그 편지는 그가 "의자에 앉은 사람과 그 곁에 선 양(羊) 앞에 모인 모든 이도교와 언어가 다른 민족들의 무리, 아무도 셀 수 없었던 거대한 무리(뒤러의 일곱 번째 그림을 보라)"의 찬양의 노래를 작업할 때 일에서 벗어나 쓴 편지였다. 그는 너게 와닿라고 쓰고 "페로티누스 마그누스"라고 서명했다. 이는 심한 자조(自嘲)를 장난스럽게 인정한 함축적인 농담이었는데, 페로티누스는 12세기에 노트르담 사원의 교회음악 책임자이자 성가대 지휘자였으며, 작곡이론으로 초기 폴리포니 음악을 획기적으로 발전시켰다. 이 장난 서명은 리하르트 바그너를 매우 강하게 상기시켰다. 바그너는 〈파르지팔〉을 작업하던 시절에 편지 아래 자기 이름을 쓰고 '교회 최고 관리위원회 임원'이라는 직함을 첨가했다. 예술가는 과연 업무상 가장 진지한 문제 또는 가장 진지해 보이는 문제에 대해 얼마나 진지하게 생각하는지, 얼마만큼 진지한 태도로 임하고, 놀이나 장난처럼 여기고 즐기는 부분은 또 얼마만큼인지, 이 문제는 예술가가 아닌 사람에게는 매우 모략적인 질문이다. 이런 질문이 부당하다면 악극의 거장이 엄숙한 축성식 작품에 그런 장난스러운 별명을 쓰지는 않았을 것이다. 나는 아드리안의 서명에서도 이와 매우 흡사한 느낌을 받았다. 아니, 내 질문, 내 걱정, 내 불안은 그것을 넘어 가슴속 고요한 곳에서 그가 하는 일의 정당성에 쏠렸는데, 그는 한 영역의 재창조를 위해 그곳에 침잠해서 최첨단의 수단을 쓰며 노력했고, 나는 그 영역에 대한 권리 요구의 시기가 적절할지 불안했다. 간단히 말해 유미주의에서 나온, 사랑과 염려가 담긴 의혹이었는데, 이로 인해 시민문화를 대체할 반대개념은 야만성이 아니라 공동체라고 한 내 친구의 말에 극심한 회의가 생겼다.

여기서 유미주의와 야만성의 친밀감을 경험하지 않은 사람은, 내 경우처럼 유미주의가 자신의 정신적 야만성의 길잡이 노릇을 하는 사태를 경험하지 않은 사람은 아무도 내 말을 이해하지 못한다. 물론 나는 이와 같은 고난을 스스로 원해서가 아니라 매우 위태로워진, 귀한 예술가 정신을 향한 우정에 힘입어 경험했다. 기독교 이전 시대의 제식(祭式) 음악을 쇄신하는 일에는 위험이 따른다. 안 그런가? 그 음악은 교회의 목적에 이용되었으나 그 이전, 문명이 발달하기 전에는 의료용으로, 마술의 목적에도 이용되었다. 종교적인 임무를 수행하던 사람, 즉 제사장이 의사이자 마술사이던 시절이었으니까. 이것이 문명 이전의, 야만 상태의 제의(祭儀)였다는 사실을 부정할 수 있는가? 그리고 문화가 고도로 발달한 시대에 제의적인 것을 분쇄해 날려버리고 공동체를 목적으로 쇄신하기 위해 취한 수단 가운데는 교회에 의해 품행단정해진 것만 있는 것이 아니라 원시단계에 속하는 것도 있다는 사실은 이해가능한 일인가, 아닌가?

레버퀸의 묵시록을 연습하고 공연하는 게 따르는 그 엄청난 어려움은 따라서 이 문제와 직접 관련이 있다. 낭송 합창으로 시작해 단계적으로 서서히 풍부한 성악 음악으로 넘어가는 대단히 독특한 앙상블, 그러니까 여러 단계의 속삭임, 분할된 말, 노래와 말의 중간형태 등을 모두 용해시켜 폴리포니 성악으로 몰고 가는 합창인데, 여기에 단순한 소음으로, 신비하고 환상적인 아프리카 풍의 툭소리와 징소리로 시작해 최고의 음악에 도달하는 울림이 반주로 깔린다. 이 위협적인 작품은 그 극도로 미묘한 감동과 더불어 깊이깊이 감춰진 것을 독로하느라, 인간에게서 동물의 모습을 드러내느라 유혈의 야만주의뿐만 아니라 냉혈의 지성주의로부터도 얼마나 많은 비난의 화살을 맞았는가! 이 작품은 그야말로 뭇매를 맞았다. 음악의 역사를 음악 이전 시대 즉, 옛시시대의 주술적 리듬에서부터 극도로 복잡하게 완결된 수준까지 모두 아우르고 있으므로, 특정 부분이 아니라 작품 전체가 비난의 대상이었다.

한 예를 들겠는데, 내 인도적 두려움을 언제나 특별히 정제시킨 예이며, 언제나 적의에 찬 비평의 비웃음과 증오의 대상이 되었던 예이다. 비평 이야기는 나중에 자세히 하겠다. 음악예술이 남긴 최초의 유산, 첫 번째 업적은 음을 변성시키고 음높이를 다르게 하여 울부짖는 형식이었을 원시단계의 노래를 한 가지 음높이로 고정시키고 혼란상태에서 음 체계를 끌어내는 것이었다는 사실을 우리는 다 알고 있다. 규범적인 음의 척도에 맞춘 질서는 우리가 음악이라고 이해하는 대상의 전제조건이고 최초의 자기표명이었다는 사실은 확실하고도 당연하다. 이른바 자연주의적 원시성으로서, 음악 이전 시절의 흔적으로서 남아있는 요소가 바로 활주(滑奏), 즉 글리산도이다. 글리산도는 심층 문화의 관점에서 극도로 조심스럽게 다루어야 할 수단이며, 나는 글리산도를 들을 때마다 반(反)문화적, 심지어 반인륜적 악마의 소리를 듣는 느낌이었다. 내가 염두에 두고 있는 것은 레버퀸이 글리산도를 선호했다는 사실이다. 선호라는 말이 너무 심할 수도 있으나, 어쨌든 글리산도를 특별히 자주, 적어도 이 작품, 묵시록에서는 특히 자주 사용했으며, 그 끔찍한 장면들은 묘사하는 데는 이 거친 수단이 안성맞춤이었고, 이 방법을 사용할 극히 정당한 계기를 제공했다. 글리산도는 제단의 네 목소리가 말과 기사, 황제와 교황 그리고 인류의 3분의 1일을 잡아 묶는 죽음의 네 천사에게 출발을 지시하는 부분에서 극도로 놀라운 효과를 나타냈다. 여기서 테마를 대표하는 트롬본 글리산도는 얼마나 놀라운가! 음 조절간(杆) 또는 화음간(間) 위치를 일곱 가지로 하여 포효하는 파괴적인 질주! 그리고 반복적으로 지시된, 나사식 팀파니의 음높이를—여기서는 떨리고 있는 동안—여러 가지로 조절함으로써 낼 수 있는 팀파니 글리산도의 울림효과 또는 진동효과는 청각적으로 얼마나 큰 당혹감을 불러일으키는가? 그 효과는 극도로 섬뜩했다. 그러나 가장 큰 충격은 사람 목소리에 '글리산도'를 적용한 일이었다. 사람의 목소리는 최초로 규정된 음이고, 다단계를 훑는 원초적 울부짖음의 상태에서 최초로 해방된 대상이었다. 〈묵시록〉의 합창은 일곱 번째 봉인을 푸는 장면에서, 태양이 어두워지는 장면에서, 달이 피를 흘리는 장면에서, 배가 전복하며 소리 지르는 인간을 상징하는 장면에서 원초적 상태로의 회기를 소름끼치도록 완벽하게 완성했다.

여기서 잠시 내 친구가 작품에서 합창을 다룬 방법에 대해 한마디 끼워 넣고자 하니 양해해주기 바란다. 그것은 최초의 시도로서, 목소리 주체를 그룹 단위로 나뉜 파트와 교차적으로 대립하는 파트, 극적-대화적 연주와 독주로 해체시켰는데, 고전인 〈마태 수난곡〉에서 대답을 나타내며 '바라밤!' 하고 세게 치는 연주를 표본으로 삼은 것이었다. 〈묵시록〉은 오케스트라 간주를 포기했다. 그 대신 합창이 한 번 이상 오케스트라와도 같은 성격을 매우 멋지게, 훌륭하게 표현한다. 이를테면 하늘을 채우는 14만4천 명의 선택받은 사람들이 부르는 찬양의 합창 변주에서 합창의 성격은 오로지 4성부가 모두 줄곧 같은 리듬으로 흐른다는 점뿐인 반면, 오케스트라는 이와 대조적으로 대단히 풍부한 리듬으로 대응한다. 이 부분작품(이것만은 아니지만)에 뚜렷하게 나타난 폴리포니 음악의 특징은 많은 비웃음과 증오의 대상이 되었다. 그러나 사실은 작품 전체에 역설이 지배했는데(한 가지 역설이기는 하지만), 이 사실은 수용해야 하며, 적어도 나는 놀랍고도 반가운 마음으로 수용한다. 즉 작품 속에서 불협화음은 숭고하고 진지하고 경건하고 정신적인 모든 요소를 표현하는 반면, 협화음과 조성(調性)에 맞는 음은 지옥의 세계, 여기서는 그러니까 진부함과 상투성의 세계를 묘사하는 수단으로만 쓰였다.

　　원래 내가 말하려던 것은 좀 다른 것이다. 나는 〈묵시록〉의 음성 파트와 기악 파트에서 자주 등장하는 독특한 음교체에 대해 이야기하고자 했다. 이 작품에서는 합창은 사람의 소리, 오케스트라는 사물의 소리라는 대립이 모호해진다. 이 둘은 서로 융합된다. 합창은 기악 연주처럼, 오케스트라는 성악 연주처럼 되어, 종국에는 인간과 사물의 경계가 허물어진 것처럼 보이게 만들었고 그것이 확실히 예술적으로 통일성을 더욱 강하게 느끼게 만들었지만 거기에는 적어도 내가 느끼기에 압박하는 요소, 위험한 요소, 사악한 요소가 있었다. 세부사항 몇 가지를 지적하자면, 바빌론 탕녀의 목소리를―괴물 등에 앉은 여자. 땅의 왕들이 이 여자와 사랑놀음을 했다—소프라노의 지극히 우아한 콜로라투라(매우 경쾌하고 화려한 기교적 선율 - 옮긴이)로 나타내는 놀라운 독창성을 발휘했는데, 그 탁월한 선율은 때때로 플루트와도 같은 음색을 내며 오케스트라의 울림 속으로 스며든다. 반면 트럼펫의 다양한 저음이 기괴한 인간의 음성을 나타내고, 여러 개의 소규모 분할 오케스트라에서 색소폰도 이와 똑같은 기능을 하는데, 여기에 악마의 노래, 늪의 아들들이 부르는 야비한 윤무의 노래가 따른다. 아드리안의 암울한 성격 깊이 뿌리박고 있는 조롱조의 모방 능력이 여기에 창조적으로 작용하여, 매우 다양한 음악양식을 통해 어리석은 지옥의 오만함을 떠벌리는 풍자를 낳았다. 프랑스의 인상주의 음악, 익살스러움을 나타내기 위한 시민계급의 살롱 음악, 차이코프스키, 뮤직 홀, 재즈의 당김음과 리듬의 곡예, 이러한 요소들이 말을 타고 높은 곳에 달린 고리를 떼어오는 놀이를 하듯, 주(主) 오케스트라의 기본언어를 통해, 진지하고 어둡고 어려운, 이 작품의 정신적 수준을 대단히 엄격하게 고수하는 그 언어를 통해 여러 가지 빛을 내며 빙글빙글 돈다.

계속하자! 나는 아직도 이제 막 언급하기 시작한 내 친구의 유작에 대해 가슴에 품은 말이 많이 남아있다. 그리고 나는 앞으로도 계속 비난에 초점을 맞추어 이야기하는 것이 가장 좋을 듯한데, 그러한 비난이 납득할 만하다는 사실은 인정하지만, 그 정당성, 즉 야만적이라는 비난의 정당성을 인정하느니 차라리 혀를 깨물겠다. 이러한 비난은 태고의 것과 최신의 것의 결합을 두고 제기되었는데, 이는 바로 이 작품의 특징이며, 결코 멋대로 한 것이 아니라 사물의 본질을 따른 것이다. 나는 그것이 최후의 것이 최초의 것으로 돌아가게 되는 세상의 만곡에 기반을 둔 것이라고 말하고 싶다. 태고의 음악에는 훗날의 음악에 쓰이는 리듬이 없었다. 노래는 박자에 따라 주기적인 속도에 따르지 않고 말의 법칙에 따라 소절이 정해졌으므로 오히려 자유로운 낭송의 본질을 따랐다. 그런데 우리의 음악은, 최신 음악의 리듬은 어떠한가? 그 또한 언어의 강세에 근접하고 있지 않은가? 게다가 변화무쌍하게 해체되지 않았나? 리듬이 자유로운 악장은 이미 베토벤이 시도했으며, 거기서 사람들은 미래의 음악을 예감했다. 레버퀸의 작품은 박자 지정을 포기하지 않은 사실을 제외하고는 이 점에서 뒤지는 것이 없었다. 박자는 지정되었다. 반어적 의미에서 보수적이라 할 수 있다. 그러나 대칭을 무시하고 단지 언어 강세에만 맞추었으며, 실제로 리듬은 박자마다 바뀌었다. 나는 내게 각인된 특징들에 대해 말했다. 그 가운데는 오성으로는 인지되지 않으면서 어떤 식으로 나타나든 정신적으로 계속 작용하고 잠재적으로 결정적인 영향을 행사하는 그런 요소들도 있다. 바다 건너 예의 기인(奇人)과 그가 아는 것도 없이 고압적으로 기도(企圖)한 음악 또한, 요한 콘라트 바이셀의 이야기 또한 내게 각인되어 있었는데, 소년시절 또 다른 기인, 아드리안의 스승에게서 그 이야기를 듣고 집으로 돌아가던 길에 내 친구는 바이셀에게 대단히 교만한 지지를 표명했었다. 내가 오래전부터 바다 건너 에프라타 교단의 성악예술을 완성한 이 음악의 신예이자 엄격한 교육자에 대해 여러 번 생각했었다는 사실을 감출 필요는 없을 것이다. 그의 순수한 마음에서 우러난 교육 정신과, 음악에 관한 지식, 기교, 정신면에서 극에 달한 레버퀸의 작품 사이에는 하나의 세계가 형성된다. 그리고 음악에 관한 지식이 아마추어 수준인 내가 볼 때, '주인음과 종복음'을 고안한 사람의 정신과 음악적 낭송 찬양을 고안한 사람의 정신이 그 세계에서 귀신처럼 돌아다닌다.

내게 그토록 큰 아픔을 준 야만적이라는 비난에 대해 나는 그 정당성을 인정하지 않으면서 해명하고자 했는데, 이렇게 속속들이 파헤친 설명이 도움이 될까? 그런 비난은 어쩌면 신학적인 요소를 거의 심판하고 겹

주는 행위로만 나타낸 이 작품에, 모종의 종교적 신비체험이라 할 이 작품에 얼음이 닿는 듯한 느낌의 대중적 현대성을 가미한 사실에는, 감히 모욕적인 표현을 하자면, 신식(新式)을 가미한 사실에는 합당할 것이다. 그 끔찍한 사건의 증인, 해설자인 '나 요한'이 사자, 송아지, 사람, 독수리의 머리를 한 생물들을, 골짜기에 가득한 동물들을 묘사하는 장면은 전통을 따라 테너가 부르게 했지만 거의 카스트라토 같은 차가운 고음으로 보도하듯 담담하게 묘사했으므로, 그 전달하고자 하는 내용의 파국적인 분위기와 몸서리치도록 극단적인 대조를 이룬다. 1926년 프랑크푸르트 암마인에서 열린 '국제 신(新)음악 협회' 축제에서 〈묵시록〉이 초연되었을 때(클렘퍼러의 지휘로)—초연이자 잠정적으로는 마지막 공연이었다—그 극도로 어려운 부분을 내시같이 생긴 에르베라는 이름의 테너가 멋지게 소화했는데, 그가 부르는 가슴을 파고드는 예고는 실제로 '세계 멸망에 관한 최신 보고'처럼 들렸다. 그것이 바로 작품에 담긴 정신이었고, 그 가수는 이를 매우 정확하게 파악했다. 또 한 가지 놀라운 예를 들자면 기계의 편의를 사용했다는 점이다. 작곡자는 작품의 여러 곳에 확성기 효과 (오라토리오에서!)를 지시한 반면 그 외에는 사용을 전면 금지하여 공간적, 청각적인 등급화를 노렸는데, 증폭기를 통해 일부를 전면에 드러냄으로써 나머지는 멀리 사라져 가는 효과를 냈다. 그 외에도 재즈의 울림을 지옥을 표현하는 데만 사용한 점은 매우 적절했다. 정신적, 정서적 기본 분위기로 볼 때 날렵한 현대적 성향보다는 '카이저스아셔른'과 더 친밀한 이 작품을 두고 '신식'이라는 날카로운 표현을 쓴 내 의도를 참작하리라 믿는데, 나는 이 작품의 성격을, 과격하게 말하자면, 전통의 폭발이라고 표현하고 싶다.

영혼의 부재(不在)! 나는 아드리안의 작품에 '야만성'이라는 말을 거론하는 사람들이 말하고자 하는 것이 사실은 이것이라는 점을 잘 안다. 그들이 한 번이라도 〈묵시록〉의 서정적인 부분을 또는 순간들을 비판적인 태도로라도 주의 깊게 들은 적이 있는가? 실내악 오케스트라의 반주에 맞춘 그 노래들은 나보다 더 무뚝뚝한 사람도 눈물을 흘리게 만드는, 영혼을 구하는 절실한 요청이 아닌가! 다소 빗나간 주장이 될지 모르지만 나는 영혼에 대한 이러한 갈구를 두고, 어린 인어아가씨의 갈망을 두고 영혼의 부재라고 말하는 사람들이야말로 야만적이고 비인간적이라고 본다.

나는 지금 감동에 사로잡혀 감정을 자제하며 이 글을 쓴다. 그리고 또 다른 감동이 나를 사로잡는다. 〈묵시록〉 1부의 끝을 장식하는 짧지만 소름끼치는 온갖 마귀들의 웃음소리, 지옥의 웃음에 대한 기억이다. 나는 그것을 증오하고, 싫어하고, 두려워한다. 왜냐하면—이 너무도 개인적인 '왜냐하면!'을 양해하기 바란다—나는 언제나 아드리안의 웃기 좋아하는 성향이 두려웠다. 나는 뤼디거 실트크납과 달리 이에 잘 동조하지 못했다. 그리고 똑같은 두려움, 똑같은 어색함, 똑같이 걱정 어린 머뭇거리는 마음을 나는 이 작품에서 느낀다 50번의 소절로 휘몰아가며, 따로따로 키득거리는 목소리로 시작해 재빠르게 번져 합창과 오케스트라를 엄습하는, 리듬의 급격한 변화와 방해 속에 포르티시모의 총주(總奏)로 무시무시하게 확대되는, 도를 넘는 경련적인 지옥의 회열에서. 비명, 울부짖음, 새된 소리, 투덜거리는 소리, 흐흐, 깔깔 소리가 뒤섞여 터지는 소름끼치는 비웃음과 승리감에 찬 폭소의 축포! 이 삽입부, 휘돌아치는 지옥의 웃음 소리는 그것이 작품 전체에서 차지하는 자리 때문에 더 강조된다. 나는 이 부분이 너무도 혐오스러워 심장이 멎을 듯한데, 음악의 가장 깊은 비밀을, 동일성의 비밀을 내게 공개한 부분이 바로 이 부분이 아니었다면 여기에 말로 나타내지 못했을 것이다.

　1부 마지막을 장식하는 지옥의 웃음에 대응하는 부분은 놀랍게도 부분 오케스트라의 반주가 따르는 어린이 합창이다. 2부는 바로 이 어린이 합창소리와 함께 시작된다. 이 부분은 거칠게 불협화음을 쓰고도 얼음같이 맑고 투명하게 반짝이는, 아름다운 천상의 음악인데, 그 사랑스러운 울림은 속세를 멀리 벗어난 듯 낯설고, 가망 없는 동경으로 가슴을 채우게 한다. 그리고 이 부분작품에서—이 또한 반박하는 자들이 있었으나 결국 감동으로 사로잡았다—귀와 눈이 있는 사람이라면, 음악적 내용에 담긴 악마의 웃음을 다시 한 번 보고 들을 것이다! 같은 것을 같지 않게 표현하는 일을 아드리안 레버퀸은 어디서나 훌륭하게 해냈다. 푸가의 테마를 첫 번째 대답에서 변형된 리듬으로 나타내어, 테마를 엄격하게 유지하면서도 반복이라고 생각하지 않도록 하는 것이 그의 방법이다. 여기에도 그 방법을 썼다. 그 어디서도 여기처럼 깊고 비밀스럽고 위대하지는 않다. 모든 말, '저쪽'의 생각, 신비한 의미의 변환 즉, 변형, 변용을 나타내는 모든 말이 여기에서 적확하게 사용되었다. 1부에서 받은 놀라운 느낌은 말로 표현하기 힘든 아름다운 어린이 합창에서 전혀 다른 국면을 맞이하는데, 기악편곡을 완전히 달리하고 리듬도 달라졌지만, 붕붕거리며 속삭이는 우주와 천사의 계속적인 울림은 지옥의 웃음과 엄격하게 대응하므로, 지옥의 웃음에서는 쓰이지 않고 여기서만 쓰인 음표는 없다.

　이것이 아드리안 레버퀸의 모든 것이다. 그가 대변하는 것은 오직 음악이며, 그와 음악의 동일성은 심오한 의미로, 신비로 나타난다. 고통스럽도록 돈독한 우정이 내게 음악을 보는 법을 가르쳐 주었다. 소박한 성격을 타고난 내가 바란 것은 어쩌면 이런 것이 아니었는지도 모른다.

35

새로운 숫자로 시작하는 이 장(章)은 내 친구의 주변에서 일어난 비극에 대한 보고, 한 인간의 파멸에 대한 브고가 될 것이다. 하지만 내가 이 글에서 쓴 어떤 말, 어떤 문장인들 우리 모두의 삶을 지배하는 파국적인 공기로 둘러싸여 있지 않단 말인가? 이 글을 쓰는 손이 줄곧 떨리듯, 그 어떤 말이 파국의 진동으로 은밀히 떨고 있지 않은가? 이 글은 파국을 향하고 있으며, 오늘날의 세계는, 적어도 인도적인, 평범한 인간의 세계는 그 징후에 싸여 있지 않은가?

   이 이야기는 외부세계에는 거의 알려지 않은 개인의 파멸에 관한 이야기인데, 남자의 악행, 여성의 의함, 여성의 자존심과 직업상의 실패 등 많은 것이 연루되어 있다. 배우 클라리사 로데가, 이네스와 마찬가지로 눈에 띄게 위태로워진 그녀의 동생이, 거의 내 눈 앞에서 사망한 지 이제 22년이 된다. 1921년에서 1922년에 걸친 겨울 시즌 후 클라리사는 파이퍼링의 어머니 집에서, 어머니에 대한 배려도 없이, 자신의 자존심이 삶을 더는 견딜 수 없는 상황을 대비해 오래전부터 준비해 온 독극물로

서둘러 단호하게 생을 마감했다.

그녀가 우리 모두에게 충격을 안겨준, 그렇다고 비난할 수도 없는 그 끔찍한 행동을 하게 된 과정과 상황을 여기 간단히 서술하고자 한다. 뮌헨에서 클라리사를 지도했던 스승의 걱정과 예상이 적중했고, 앞에서도 이미 시사했듯이 그녀는 예술가로서 몇 해가 지난 후에도 여전히 시골의 무명 배우로 머무르며 선망의 대상으로 부상하지 못했다. 그녀는 동프로이센의 엘빙을 떠나 바덴의 포르츠하임으로 왔다. 그녀의 지위는 별로 나아지지 않았다. 제국의 대형 극장에서는 그녀를 원하지 않았다. 그녀는 타고난 재능이 명예욕을 따르지 못했고, 자신의 지식과 의지를 무대에서 발휘하는 데 필요한 진정한 배우의 기질이 부족했으며, 무대에서 많은 사람들의 반감을 불러일으켰다는 단순한, 그러나 당사자로서는 이해하기 힘든 이유로 이렇다 할 성과를 얻지 못했다. 그녀는 기본을 갖추지 못했다. 이는 모든 예술에서, 희극에서는 특히 결정적인 요소다. 이것이 예술의, 특히 희극의 명예일 수도 불명예일 수도 있다.

클라리사의 삶을 혼란스럽게 한 일은 이 뿐만이 아니었다. 그녀는, 내가 이미 오래전에 안타까운 마음으로 지적했듯이, 무대와 실생활을 구분하지 못했다. 그녀는 배우였고, 무대 밖에서도 배우라는 사실을 강조했다. 아마도 진정한 배우가 아니었기에 그랬으리라. 외모와 개성에 기반을 둔 이 예술분야의 특성을 그녀는 일반인으로서의 인격에까지 연장시켜, 화장을 하고 머리를 부풀리고 장식이 과도한 모자를 쓰고 다니는 등 이해부족에서 비롯된, 전혀 불필요한 자기연출을 했는데, 이를 지켜보는 친구들은 괴로웠고, 일반인들에게는 도발적으로 보였으며, 남자들은 쾌락추구를 감행할 용기가 생겼다. 이는 그녀의 의도와 상반된 착각이었다. 클라리사야말로 냉소적이고 거부적이며, 냉담하고 정숙하고 고상한 사람이었다. 이 비꼬기 잘하는 오만의 갑옷디 여성으로서의 욕구로부터 그녀를 지켜주는 수호신이었으나, 그래도 결국 그 욕구로 인해 언니의, 루디 슈베르트페거의 연인인 또는 니연의 여인인 이네스 인슈티토리스의 전철을 밟고 말았다.

아무튼 자기관리를 잘한 60대 남자가 클라리사를 정부(情婦)로 만들고자 했던 이후 의지가 별로 확고하지 않은 풋내기들이 여러 명 그녀에게서 퇴짜를 맞았고, 그 가운데는 공식적인 활동을 하는, 그녀에게 유용했을지도 모를 비평가도 한둘 있었는데, 이들은 그녀의 연기를 조롱하는 악평으로 패배에 복수했다. 그 후 그녀의 콧대가 비참하게 꺾이는 운명이 급습했다. 그녀의 처녀성을 빼앗은 자는 그 승리를 누리기에는 너무도 하찮은 인간이었고, 그녀 스스로도 그렇게 생각했으므로 진정 '비참한' 패배였다. 그는 악마 같은 인상의 뾰족 수염을 기른 플레이보이였고, 사기꾼에다 시골뜨기 난봉꾼이었는데, 정복 장비라고는 오로지 사람을 멸시하는 천박한 능변과 깨끗한 옷차림, 그리고 손등에 수북이 난 검은 털뿐이었다. 어느 날 저녁 공연이 끝난 후, 아마도 포도주에 취해, 그 가시 돋친, 그러나 사실은 미숙하고 힘없는 숙녀는 그의 뻔한 수작에 무너지고 말았다. 그녀는 극도로 화가 났고, 심한 자기모멸감에 빠졌다. 그녀를 유혹한 사람은 한 순간이나마 그녀의 관능을 만끽했던 반면, 그녀는 그에게 자신을 굴복시킨 데 대한 증오심 외에는 아무 감정이 없었는데, 그녀가 굴복한 데는 그가 자신을, 클라리사 로데를 함정에 빠트릴 수 있었다는 사실에 내심 놀라는 마음도 어느 정도 포함되어 있었다. 그 후 그녀는 그의 요구를 단호히, 게다가 비웃으며 거부했으나, 그 자가 사실을 공개하겠다고 협박했으므로 언제나 불안했다.

그러는 사이 굴욕과 실망으로 고통 받던 여인이 구제 받을 전망이 보였다. 그녀에게 이렇듯 인도적이고 고결한 가능성을 제공한 사람은 엘자스의 젊은 기업가였는데, 그는 사업차 스트라스부르와 포르츠하임을 오가며 제법 많은 사람들과 인사를 나누었고, 멋지고 냉소적인 금발의 여인을 죽도록 연모했다. 당시 클라리사는 활동이 전혀 없었던 것은 아니고, 다시 포르츠하임 시립 극장에 소속되어 별로 대단치 않은 조역이나마 맡고 있었다. 그 일은 직접 집필활동도 하는 어느 중견 희곡 전문가의 호의와 옹호 덕분이었는데, 그 또한 그녀를 타고난 배우라고는 생각하지 않았지만 광대들의 수준을 월등히 능가하는, 때로 오히려 방해가 될 정도로 능가하는 그녀의 인간성과 지적인 수준을 평가할 줄 알았다. 어쩌면 그가 그녀를 사랑했을지도 모르는 일이었으나, 그는 너무도 소심했던 탓에 남몰래 품은 동경을 조용히 묻고 말았다.

새로운 시즌이 시작될 즈음 클라리사는 예의 젊은 기업가를 알게 되었는데, 그는 그녀를 잘못 선택한 직업에서 해방시키고 자신의 아내로 맞이하여 평화롭고 안정된, 지금과는 다르지만 그녀에게도 원래 익숙한, 시민계급의 풍요로운 삶을 제공하겠노라고 약속했다. 그녀는 희망에 찬 기쁨과 고마움과 다정함(고마움의 결실이었다)을 감추지 못하고, 언니와 심지어 어머니에게도 앙리가 청혼한 사실과 더불어 그의 선택이 아직은 집안의 반대에 부딪혀 있는 상황을 편지로 알렸다. 자신이 택한 여인과 나이가 거의 비슷한 이 효자는 어머니가 아끼는 아들이었고—아마도 마마보이였을 것이다—아버지 사업을 돕는 직원이었는데, 자신의 소망을 가족에게 부드럽게 그러나 분명 확고하게 밝혔으나, 상류 시민계급인 자신의 일족이 떠돌이 여배우에게, 게다가 '독일 여자'에게 갖는 선입관을 극복하기 위해서는 더 많은 의지가 필요했다. 앙리는 가족들이 자신의 착하고 고운 성품을 걱정하는 마음을, 그가 행여 쓸데없는 짓을 하지나 않나 하는 염려를 너무도 잘 이해했다. 그가 그녀와 결혼하는 일이 결코 쓸데없는 짓이 아니라는 사실을 그들에게 분명히 이해시키기는 쉽지 않았다. 그녀를 집으로 데리고 가 사랑하는 부모님과 질투하는 누이들과 트집 잡는 고모들, 이모들 앞에 선보이고 심사를 받는 길이 최선의 방법이었으며, 그 회견의 승낙과 지시를 얻기 위해 몇 주 전부터 애를 썼다. 정기적으로 보내는 짧은 편지에서, 그리고 포르츠하임에 올 때마다 직접 만나서 그는 자신이 하는 일의 진척을 보고했다.

클라리사는 자신의 승리를 확신했다. 불안해하는 앙리의 일족을 직접 대면한 자리에서 그녀도 그들과 마찬가지로 시민계급 출신이고, 이를 무색하게 만든 직업은 그만둘 용의가 있다고 밝히면 그만이었다. 그녀는 편지에서, 그리고 뮌헨에 왔을 때 구두로, 자신의 정식 약혼과 그녀가 맞이할 미래를 미리 알렸다. 그 미래는, 근본을 잃고 정신적, 예술적 분야에 몸담은 이 도시귀족의 딸이 꿈꾸던 모습과는 전혀 다른 것이었지만, 항구였고 행복이었다. 그 행복은 이국적인 매력으로 인해, 그녀가 경험하게 될 외국생활이라는 새로운 사실로 인해 더 커 보였다. 그녀는 장래 자신의 아이들이 재잘대는 모습을 생생하게 그려 보았다.

이때 과거의 악령이, 무지하고 내세울 것 없고 보잘 것 없는, 뻔뻔하고 냉혹한 유령이 그녀의 희망을 가로막고 나서서 이를 비웃으며 꺾어 버렸고, 이 가련한 여인을 궁지로, 그리고 결국 죽음으로 몰았다. 그녀의 마음이 잠시 약해졌을 때 몸을 허락한 예의 그 법에 정통한 사기꾼이 과거의 승리를 무기로 다시 자신의 뜻에 따르라고 강요했으며, 안 그러면 앙리와 그의 식구들에게 자신과 그녀의 과거를 알리겠다고 협박했다. 우리가 차후 알게 된 모든 정황으로 보아, 그 살인자와 제물 사이에 절망적인 상황이 펼쳐진 것이 분명했다. 이 다가씨는 결국 무릎까지 꿇고 도와 달라고 간청했다. 자신을 놓아 달라고, 자신을 이용하지 말라고, 자신을 사랑하는 남자에게, 자신 또한 사랑하는 그 남자에게 사실을 폭로해 자기 인생의 평화를 깨지 말아 달라고. 그러나 소용없었다. 오히려 이러한 태도가 그 악한의 잔인한 성격을 자극했다. 그녀는 스트라스부르크로 가기 위해, 오직 잠시 약혼을 위한 평화를 얻기 위해 다시 그에게 몸을 바쳤으나, 그는 이 사실을 묻어두지 않았다. 그는 그녀를 결코 놓아주지 않을 심산이었다. 언제든 다시, 자기가 원할 때마다, 침묵을 지켜주는 데 대한 감사의 표시를 하라고 강요할 것이고, 이를 거부하는 즉시 침묵을 깰 작정이었다. 그녀는 혼인의 순결을 지킬 수 없을 운명이었다. 이것이 그녀의 속물근성에 대한, 이 작자의 말에 의하면 시민계급 문화 속에 숨으려는 비겁한 행동에 대한 공정한 처벌이라는 것이었다. 일이 안 풀리면 자기가 굳이 나서지 않더라도 남편이라는 작자가 뛰어들어 해결할 것이라고 위협했다. 이제 그녀에게는 모든 것을 해결하는 그 물건밖에는 남지 않았다. 오래전부터 사자(死者)의 머리를 그린 포장용 책 속에 보관해 온 물건. 그녀가 이 의약품을 소지하면서 스스로 확인했던 삶에 대한 우월감, 삶에 던졌던 음산한 냉소가 괜한 것은 아니었다. 그녀의 눈에는 자신이 기꺼이 체결하고자 했던 부르주아 계급과의 삶에 대한 평화조약보다 이 냉소가 더 잘 보였다.

내 생각에 이 비열한은 클라리사를 강요해 쾌락을 즐겼을 뿐만 아니라 그녀의 죽음까지 노렸던 것 같다. 자신의 더러운 명예욕을 충족시키기 위해 그는 여인의 죽음이 필요했다. 그는 한 인간이, 비록 자기를 위해서가 아니더라도, 죽어 파멸하기를 갈망했다. 아, 클라리사가 그 일을 해주다니! 그녀는 모든 정황으로 보아 그럴 수밖에 없었다. 나는, 우리 모두는 이를 이해했다. 그녀는 잠정적인 평화를 얻기 위해 다시 한 번 그를 위한 순례길에 올랐고, 이번에는 그 어느 때보다 단단히 그의 손아귀에 사로잡히고 만 것이다. 그녀도, 일단 앙리의 가족이 자신을 받아들이기만 하면, 그와 결혼만 하면(게다가 외국으로 숨어버릴 수도 있으니), 협박범에게 맞설 방도를 강구할 계산을 했을 것이다. 일은 그렇게 되지 않았다. 보아하니 그녀를 괴롭히는 악당은 그녀의 결혼을 봉쇄할 결심을 한 모양이었다. 클라리사의 정부(情夫) 이야기를 제3자의 입장에서 쓴 익명의 편지가 스트라스부르의 가족들 사이에서, 앙리에게서조차 그 효력을 발생했다. 앙리는 사실확인을 위해 그 문서를 클라리사에게 보냈다. 동봉한 앙리의 편지가 그 어떤 경우에도 흔들림 없는 확고한- 사랑을 증명해주지는 않았다.

클라리사는 포르츠하임의 공연시즌이 끝난 후 파이퍼링의 밤나무 숲 뒤 어머니 집에서 몇 주를 보내고 있을 때 등기우편물을 받았다. 이른 오후였다. 의원 부인은 점심식사 후 혼자 산책을 나갔던 딸이 급한 걸음으로 돌아오는 모습을 보았다. 집 앞 작은 정원에서 클라리사는 힐끗 혼란스럽고 초점이 없는 미소를 어머니께 보이고는 서둘러 자기 방으로 가 열쇠를 자물쇠에 넣어 짧고 힘차게 돌렸다. 잠시 후 어머니는 딸이 세면대에서 물로 목구멍을 헹구는 소리를 바로 옆 자신의 방에서 들었다.—지금 생각해 보니 그녀가 산(酸)을 들이킨 후 목구멍에 일어난 끔찍한 부식작용을 냉각시키기 위해 한 행동이었다—그러고는 잠잠했다. 그 고요는 의원 부인이 약 20분 후 클라리사의 방문을 두드리고 이름을 불렀을 때도 여전히 섬뜩하게 지속되었다. 그녀가 아무리 다급하게 여러 차례 문을 두드리고 이름을 불러도 대답이 없었다. 이미 이마 위로 더는 가지런히 할 수 없을 만큼 머리숱이 줄었고 이도 빠진 어머니는 겁에 질려 본채로 건너가 슈바이게슈틸 부인에게 다급하게 이 일을 알렸다. 경험이 많은 슈바이게슈틸 부인은 하인을 데리고 의원부인을 따라갔다. 두 여인이 반복해서 두드리고 불러도 소용이 없자 하인이 방문을 부쉈다. 클라리사는 눈을 뜬 채 침대 발치에 있던 긴 안락의자에 누워 있었다. 내가 람베르크슈트라세에서 처음 본, 1860년대 또는 1880년대에 만든 등받이와 팔걸이가 붙은 그 의자였다. 그녀는 목구멍을 헹굴 때 죽음이 급습하자 서둘러 이 의자로 몸을 옮긴 것이었다.

"이제 어쩔 도리가 없는 거 같네요, 로데 부인." 슈바이게슈틸 부인은 반쯤 몸을 세운 채 뻗어 있는 클라리사를 보며, 손가락으로 뺨을 받친 채 머리를 흔들며 말했다. 이 너무도 확연한 상황을 나는 저녁 늦게야 슈바이게슈틸 부인의 전화로 전해 듣고 서둘러 프라이징에서 그곳으로 가, 오래전부터 집에 드나들던 친구로서 슬피 우는 어머니를 두 팔로 안고 위로했으며, 어머니, 엘제 슈바이게슈틸, 건너와 있던 아드리안과 함께 주검을 지켰다. 클라리사의 예쁜 손과 얼굴에 핀, 울혈로 인한 짙푸른 멍이 질식에 의한 급사를, 일개 중대도 죽일 수 있는 치사량의 청산이 일으킨 중앙 호흡기관의 급작스러운 마비를 말해 주고 있었다. 책상 위에는 책이, 죽은 자의 머리가 쉬고 있던, 히포크라테스라는 이름을 그리스어로 새긴 청동의 용기가 아래 표지의 나사가 풀린 채 펼쳐져 있었다. 그 옆에 있던 쪽지에는 그녀의 약혼자에게 급하게 연필로 쓴 글이 프랑스어로 적혀 있었다.

"사랑해요. 한때 당신을 속였지만, 그래도 사랑해요."

장례식 준비는 내 몫이었고, 그 젊은 친구도 장례식에 참가했다. 그는 절망적이었다. 아니, '황폐' 했다고 하는 편이 낫겠는데, 착각이었겠지만 그다지 진지해 보이지는 않았으며, 왠지 상투적인 느낌이었다. 나는 그가 내뱉은 고통의 말을 의심하고 싶지는 않다.

"아, 저는 그녀를 용서할 만큼 충분히 사랑했습니다! 모든 것이 다 잘 되었을 것을! 그런데 지금 이렇게 되다니!"

그래, '이렇게 되다니'! 그가 그토록 질질 끌며 가족들 눈치만 살피지 않고 클라리사에게 좀더 든든한 의지가 되었더라면 모든 것이 정말 달라졌을 것이다.

그날 밤 우리는, 아드리안과 슈바이게슈틸 부인과 나는 의원 부인이 깊은 슬픔에 잠겨 딱딱하게 굳은 자식의 시신 옆에 앉아 있는 동안 클라리사의 친족이 서명해야 하는 공식 사망신고서를 작성했는데, 망자(亡者)를 보호하는 뜻을 분명히 해야 했다. 우리는 망자가 심한, 헤어날 수 없는 마음의 고통 끝에 죽음을 택했다고 작성하는 데 합의했다. 나는 절박하게 교회에서 장례를 치르기 원하는 의원 부인의 부탁으로 뮌헨 교구 감독을 찾아가 이 사망신고서를 내보였다. 나는 미숙하게도 처음부터, 너무 순진하게 믿는 마음에서, 클라리사가 불명예스러운 삶 대신 죽음을 택했다는 사실을 밝혔는데, 루터를 꼭 닮은 건강한 체구의 이 종교인께서는 내 말을 믿으려 하지 않았다. 교회 측에서는 소극적으로 보이기는 싫으면서도, 비록 그다지 명예로운 자살은 아닐지언정 그 죽음을 내가 밝힌 대로 믿고 적극적으로 고인의 명복을 빌어줄 의사도 없는 것 같았다. 고백하거니와, 내가 그 사실을 깨닫기까지는 시간이 좀 걸렸다. 간단히 말해 이 건장한 친구는 내 말을 거짓말 추급하려 했다. 그래서 나는 가소로울 정도로 즉각 태도를 바꿔, 모든 것이 미해결 상태라고, 독이 든 병을 향수 병으로 착각한 사고일 수 있다고, 아마도 그랬을 것이라고 말을 돌렸으며, 그 결과 이 완고한 교구 감독은 장례에서 자신이 소속된 성스러운 회사가 차지하는 비중에 우쭐해져, 장례예배를 집전하겠노라고 선언했다.

장례식은 로데 집안의 친구들이 모두 모인 가운데 뮌헨 숲 공동묘지에서 거행되었다. 루디 슈베르트페거도 왔고 칭크와 슈펭글러, 심지어 실트크납도 빠지지 않았다. 장례식은 엄숙했다. 다들 이 불쌍한, 톡톡 쏘기 잘하는 자존심 강한 클라리사를 좋아했었다. 사람들에게 모습을 보이고 싶어 하지 않는 어머니를 대신해 짙은 검은 색 복장의 이네스 인슈티토리스가 목을 삐딱하게 앞으로 뻗은 채 부드럽고 품위 있게 조문객을 맞이했다. 나는 그녀 동생의 운명이, 스스로 택한 삶의 유혹이 가져온 비극적인 결말이 이네스에게도 닥칠 것 같은 불길한 예감을 떨칠 수 없었다. 또한 그녀와 대화를 나누면서 그녀가 동생을 애도하기보다는 부러워한다는 인상을 받았다. 그녀 남편의 형편은 특정 무리들이 의도적으로 야기한 화폐가치 하락으로 갈수록 나빠지고 있었다. 그녀는 풍요의 방패, 삶에 대한 보호벽을 잃을 것만 같아 불안했으며, 이미 영국 공원 옆의 호화저택을 계속 소유할 수 있을지 의문이었다. 루디 슈베르트페거에 관해 말하자면, 그는 좋은 친구였던 클라리사에게 마지막 경의를 표하고는 유족과 가까운 친지들에게 조의를 표한 후 서둘러 묘지를 떠났다. 나는 그의 조의 표명이 대단히 짧았다고 아드리안에게 말했다.

이네스가 연인과의 관계가 끊어진 후 그를 다시 만난 것은 그때가 처음이었다. 그가 택한 절교의 방법은 걱정스럽게도 좀 잔인했으나, 그토록 절망적으로 달라붙는 그녀를 상대로 '부드럽게' 끝낼 수는 없었을 것이다. 동생의 무덤 앞에 난쟁이 같은 남편과 나란히 서있는 그녀는 고독해 보였고, 어느 모로 보나 끔찍이도 불행한 것이 틀림없었다. 그러나 소규모의 여성모임 회원들이 그녀 주변에 모여든 것은 그나마 위안과 보상이 되었는데, 그들은 이네스를 봐서 클라리사의 장례식에 참석한 것이었다. 이 작지만 견고한 모임, 동지회, 혈맹, 친우회, 또는 뭐라 해야 할지 잘 모르겠지만, 이 모임에서 이네스와 가장 친한 사람은 이국적인 나탈리 크뇌터리히였다. 그 외에 남편과 이혼한 루마니아의 아르데알 출신 작가도 있었는데, 그녀는 희극을 몇 작품 썼으며 슈바빙에서 보헤미안 살롱을 운영했다. 또한 궁정배우인 로사 츠비처도 있었는데, 그녀는 때로 대단한 정신력이 필요한 역할을 맡았다. 그 밖에도 몇 경이 더 있었으나, 여기서 그들에 관한 이야기를 할 필요는 없으며, 더욱이 나는 그 모임의 열성회원 각각에 대해 잘 알지 못했다.

이들을 묶는 끈은 모르핀이었다 독자들도 예상하고 있었을 것이다. 그것은 대단히 강한 접착제였다. 이들 동지들은 서로 매우 특별한 우정 속에 행복과 파멸을 주는 약물을 조달했을 뿐 아니라, 도덕적인 면에서 볼 때 같은 물질에 중독된 나약한 노예들 사이에는 서글프지만 온정이 깃든, 심지어 서로 존경해 마지않는 결속력이 있다. 우리의 경우 이 비행 여성들은 여기에 더해 어떤 철학이랄까 원칙으로 뭉쳤으며, 그것은 이네스 인슈티토리스의 가치관이었는데, 다섯 혹은 여섯 명의 친구들이 모두 그 정당성을 인정했다. 이네스는 고통은 인간의 존엄성을 해친다고, 고통을 참는 것은 치욕이라고 믿었다. 나도 그녀가 직접 하는 말을 들었다. 육체적 고통이나 마음의 병으로 인한 모든 구체적이고 특수한 굴욕을 제외하면, 삶 자체가 원래 단순히 존재하는 것만으로도, 본능적인 실존 자체로도 치욕적인 짐과 비천한 수고의 연속인데, 축복받은 물질을 몸에 조달하여 이러한 짐을 내려놓는 일, 거기서 해방되는 일, 자유와 가벼움과 마치 육체가 없는 듯한 편안함을 얻는 일은 고귀하고 자랑스러우며, 인권에 의한 행위이자 정신적 권리이고, 그 물질을 통해 고통으로부터 해방될 수 있다고 그녀는 믿었다.

이 철학이 도덕적, 육체적으로 방탕한 습관이 가져오는 파괴적인 결과를 감수해야 한다는 사실은 아마도 그녀의 고상한 귀족적 품성의 일부를 구성했던 것이 틀림없었다. 그들은 동지들끼리 서로 그토록 다정하게 대하고 심지어 사랑에 빠진 듯한 존경을 바쳤는데, 그런 태도는 아마 다 함께 일찌감치 타락했다는 공통점 때문이었을 것이다. 나는 그 여자들이 모임에서 만날 때 눈에서 기쁨의 빛이 번쩍 빛나고, 감동적으로 포옹하고 키스하는 모습을 반감을 느끼며 관찰했다. 그렇다. 고백하거니와 나는 이런 식의 자기표현에 대해 좀 역겨운 느낌을 갖는다. 나 자신도 고백하면서 사실 좀 놀랍다. 나는 원래 결코 도덕군자인 체하거나 남을 헐뜯는 사람이 아니다. 이러한 비행으로 이끈 것은 어쩌면 모종의 달콤한 거짓이었거나, 그 비행에는 그 거짓이 아예 처음부터 내재해 있었을 것이며, 나는 이에 대해 극복할 수 없는 혐오감을 느꼈다. 나는 자기 아이들에 대한 이네스의 무관심한 태도도 탐탁치 않았다. 그녀는 비행에 몰입함으로써 자식에 대한 무관심을 증명했고, 결국 하얀 피부의 귀한 자식들에 대한 맹목적 사랑도 거짓임이 드러나고 말았다. 간단히 말해, 나는 이 여자가 무슨 짓을 하는지 알게 되고 또 보고 난 이후 그녀를 싫어하게 되었고, 그녀 또한 내가 내 마음 속에서 그녀를 밀어내버린 사실을 알아 차렸으며, 자신도 알고 있다는 사실을 미소로써 확인해 주었다. 그 미소에 담긴 불쾌하고 교활한 악의는 과거 그녀가 두 시간에 걸쳐 자신이 겪는 사랑의 고통과 탐닉하는 쾌락에 나를 가담시키며 내 인도적인 호의를 착복한 후 지어 보인 그 미소를 상기시켰다.

아! 그녀는 나를 조롱할 처지가 아니었다. 그녀가 타락한 모습은 비참했다. 아마도 그녀는 모르핀을 과다하게 사용한 것 같았다. 그녀는 모르핀을 통해 편안한 생기를 얻은 것이 아니라 보아주기 힘든 상태에 빠졌다. 츠비처는 그 약물의 효과로 탁월한 연기를 했으며, 나탈리 크뇌터리히는 사교적인 매력이 더해 갔다. 그러나 불쌍한 이네스는 여전히 크리스

탈 식기로 번쩍이는 잘 차린 식탁에서 맏딸과 고통 받는 키 작은 남편 사이에 몽롱한 눈과 흔들거리는 머리를 하고 거의 의식이 없는 상태로 앉아 있곤 했다. 한 가지 밝히고자 한다. 이네스는 몇 년 후 중대한 죄를 저질러 사람들을 놀라게 했고 그녀의 상류시민 생활은 막을 내렸다. 하지만 몸서리 쳐지는 행위였다고 해도 나는 그녀가 그토록 맥이 풀린 무기력 상태에서 그런 행동을 하기 위해 힘을 냈다는 사실을 오랜 우정을 나눈 사람으로서 다소 자랑스럽게, 아니 진정 자랑스럽게 생각했다.

36

오, 독일이여, 몰락하는 독일이여! 너에 대해 품었던 희망을 나는 기억한다. 함께 나눌 수는 없었지만 네가 내게 품게 했던 그 희망. 지난번의 비교적 심하지 않았던 파멸 이후, 제국의 몰락 후, 세계가 네게 품었던, 그리고 너는 그 방종에도 불구하고, 완전히 잘못된, 사납도록 절망적이고 가히 표본적이라 할 만한 어떤 불행의 '팽배'에도 불구하고, 미친듯이 폭락하는 화폐 가치에도 불구하고 몇 년간 어느 정도는 정당해보였던 그 희망을!

맞다. 당시 환상적인, 세상을 비웃으며 세계를 경악하게 한 그 악행에는 우리에게 1933년부터 이미 생기기 시작한, 그리고 1939년부터는 분명히 있었던 믿기 힘든 괴물이, 기괴한 성질이, 누구도 상상하지 못한 극악한 상퀼로트주의가 다분히 내재되어 있었다. 그러나 어느 날, 수많은 사람을 도취시킨 호언장담은 비참하게 끝이 나고, 길 잃은 우리 경제의 얼굴은 이성적인 표정을 되찾았으며, 정신적인 회복의 시대가 열리는 것 같았다. 평화와 자유 속에 사회 발전을 기하는 시대. 성숙하고 미래지향적인, 문화적으로 노력하는 시대. 우리의 감각과 사고를 선의에서 국제수준에 맞추려 노력하는 시대가 우리 독일인에게도 문을 열어주는 것 같았다. 이는 분명, 타고난 모든 약점과 자신에 대한 반감에도 불구하고, 독일 공화국의 의미요 희망이었다. 반복하거니와 외세가 우리에게 일깨워준 희망이었다. 그것은 전망이 전혀 없지 않은, 독일을 유럽화 또는 '민주화'의 관점에서 정상화하려는, 정신적으로 국제사회에 동참시키려는 시도였다(비스마르크의 통일정책 실패 이후 다시 한 번 시도했던 일이었다). 세계 여러 나라에서 이러한 변화의 긍정적 가능성을 확고하게 믿어주었다는 사실을 누가 부정하겠는가?—또한 이를 향한 희망찬 움직임을 우리에게서, 독일에서, 완고한 농촌을 제외한 독일 전역에서 실제로 확인할 수 있었다는 주장을 누가 반박하겠는가?

　　나는 지금 1920년대에 대해, 특히 그 후반기에 대해 말하고 있는데, 이 시대의 가장 두드러진 특징은 문화의 중심이 프랑스에서 독일로 옮겨졌다는 사실이며, 이미 언급했듯이 이 시기에 아드리안 레버퀸의 오라토리오 〈묵시록〉의 초연이 있었다는 사실도, 정확히 말해 그 완주 초연이 있었다는 사실도 이 시대를 대표하는 확연한 특징이었다. 물론 그 사건에는, 비록 개최지인 프랑크푸르트가 제국에서 가장 호의적이고 자유분방한 도시이기는 했지만, 성난 반발이 없지 않았으며, 사람들은 예술 모독, 허무주의, 음악적 범죄, 그리고 당시 유행하던 욕설을 쓰자면 '문화의 볼셰비즘'이라는 비난들을 격분하여 득청 높여 쏟아 부었다. 그러나 지식층에서는, 말로써 영향력을 행사할 수 있는 사람들 사이에서는 이 작품과 그 대담한 공연을 옹호하는 목소리도 있었다. 이 훌륭한 용기는 1927년경 세상과 자유에 호의를 베풀며 뮌헨이 본고장이던 국수주의적 반응에, 바그너 식 낭만주의적 반응에 반발함으로써 그 절정에 달했는데, 이미 20년대 전반기부터 우리의 공공생활을 구성하고 있었다. 나는 지금 1920년에 바이마르에서 열린 음악가 축제나 이듬해에 처음 열린 도나우에싱겐 음악축제 같은 문화행사를 염두에 두고 있다. 두 경우 모두 결코 배타적이지 않은, 예술적으로 '공화적인' 이라고 말하고 싶은 그런 청중들 앞에서 레버퀸의 작품도 연주되었다.―유감스럽게도 그 작곡자는 참여하지 않았다―이 밖에도 정신적, 음악적으로 새로운 면모를 많이 발견할 수 있었다. 바이마르에서는 리듬감이 탁월한 브루노 발터의 지휘 하에 〈우주 교향곡〉이 연주되었고, 바덴의 축제 장소에서는 한스 플라트너의 유명한 인형극과 합작으로 〈게스타 로마노룸〉의 다섯 작품이 완주되었다. 경건한 감동과 폭소 사이의 기분이 그 어떤 때보다도 강하게 마음을 사로잡는 경험이었다.

　　나는 독일 예술가와 예술 애호가들이 22년의 '국제 신음악협회' 결성에 기여한 공로와 이 협회가 2년 후 프라하에서 개최한 행사도 기억하고 있다. 이때 이미 아드리안의 〈묵시록〉 중 합창과 기악 단편(斷片)이 전 회원국 귀빈들이 다수 참석한 가운데 울려 퍼졌다. 이 작품은 당시 이미 출판되어 있었는데, 레버퀸의 과거 작품을 출판한 마인츠의 쇼트 출판사가 빈의 '우니베르잘 에디치온' 에서 출판했다. 이 출판사 사장인 에델만 박사는 아직 젊은, 30세가 될까 말까한 청년이었지만 중앙 유럽의 음악시장에서 막강한 영향력을 과시했는데, 어느 날, 〈묵시록〉이 아직 완성도 되기 전에(병의 재발로 작업을 중단했던 때였다) 놀랍게도 파이퍼링에 나타나 아드리안에게 출판을 제의했다. 그의 방문은 아드리안의 창작을 다룬 기사와 연관시켜 생각하면 이해가 쉬웠다. 빈에서 발간되는 급진적 음악잡지 〈시작〉 최근호에 헝가리 출신 음악 전문가이자 문화 철학자 데지데리우스 페헤르의 글이 실렸는데, 페헤르는 이 음악의 지적인 수

준과 종교적 내용, 자부심과 절망, 죄를 범하고 영감에 의존하는 명석한 두뇌를 진심에서 우러난 글로 다루어 문화계의 주의를 집중시켰다. 게다가 지극히 재미있고 감동적인 이 작품을 필자 스스로 발견해낸 것이 아니라는 부끄러운 고백으로 진실성을 더욱 강조했는데, 자신의 내면이 이끄는 대로 따라가 찾은 것이 아니라 외브에서, 그가 말한 대로 하자면 위에서, 모든 지식보다 더 높은 차원에서, 사랑과 믿음의 차원에서, 한마디로 영원히 여성적인 차원에서 조종하는 대로 따라가 발견했다고 말했다. 간단히 말해 분석적인 것을 서정적인 것과 결합한, 논평 대상에 어울리는 이 비평에서 대단히 희미하게나마 감수성이 뛰어나고 박식하며 활발히 지식을 추구하는 어느 여인의 윤곽이 비쳤는데, 그 여인이 곧 필자에게 영감을 준 사람이었다. 에델만 박사의 방문은 이 빈의 잡지로부터 자극받은 것이었으므로 이 또한 그 은근한, 숨겨진 에너지와 사랑이 간접적으로 움직인 것이라 할 수 있었다.

단지 간접적이었을까? 나는 꼭 그렇다고 생각하지 않는다. 나는 이 젊은 음악사업가도 예의 '차원'으로부터 자극과 손짓과 지시를 받았으리라 생각하며, 그가 기사에 나타난 것보다, 신비스러움을 연출하며 은근히 내비친 것보다 더 많은 것을 알고 있다는 사실이 이러한 내 추측을 뒷받침했다. 즉, 그는 그 이름을 알고 있었는데, 처음부터 바로 말하지는 않았지만 대화가 진행되면서, 거의 끝날 무렵에 이름을 말했다. 에델만 박사는 처음에 접견을 거절당했지만 레버퀸의 현재 작업 중인 작품에 대한 정보를 집요하게 구했으며, 결국 오라토리오 이야기를 들었고—처음 듣는 이야기였을까? 나는 그렇게 생각하지 않는다!—아드리안은 쓰러질 듯 고통스러운 가운데도 니케 홀에서 작품 원고 가운데 상당 부분을 연주해주었는데, 에델만은 즉석에서 이 작품의 출판을 요구했다. 계약은 다음

날 뮌헨의 '바이에른 궁전' 호텔에서 성사되었다. 에델만은 돌아가기 전에 아드리안에게, 프랑스어에서 유래한 빈 식 호칭을 사용해 이렇게 물었다.

"마이스터께서는— '마이스터' 라는 경칭을 사용했던 것으로 기억한다—폰 톨노 부인을 아시는지요?"

나는 이 이야기에 소설에서는 결코 할 수 없는 일을, 즉 보이지 않는 인물을 등장시키고자 하는데, 보이지 않는다는 것은 예술적 조건에 명백히 위배되는 일이고, 따라서 소설에서는 불가능하다. 그러나 폰 톨노 부인은 보이지 않는 인물이다. 나는 이 여인을 독자들에게 보여줄 수 없고, 그녀의 모습에 대해 조금도 할 말이 없다. 나는 그녀를 한번도 본 적이 없고 그녀에 대한 묘사를 들은 적도 없으며, 내가 아는 사람들 중에도 그녀를 본 사람이 아무도 없다. 나는 에델만 박사나 폰 톨노 부인과 같은 나라 사람인 〈시작〉 기자조차 그녀를 안다고 확실히 말할 수 있을지 의문이다. 아드리안은 당시 이 빈 사람의 질문에 모른다고 대답했다. 그러면서 그녀가 대체 누구인지 묻지 않았으며, 에델만이 자세한 설명을 하지 않고 단지 "아무튼 선생님께서는"—또는 '마이스터서는' 이라고 했거나—"그분보다 더 열렬한 숭배자를 만나지는 못할 것입니다"라고만 대꾸한 데 대해서도 더 묻지 않았다.

보아하니 에델만은 '모르는 것'을 기본으로, 그리고 비밀에 싸인 진실로 생각하는 것 같았으며, 이는 사실이기도 했다. 아드리안은 그 헝가리 출신 귀부인과의 관계에서 개인적인 만남이 전혀 없었으므로, 그리고, 내가 덧붙이자면, 양측의 무언의 합의 하에 앞으로도 없을 것이었으므로 그렇게 대답해도 되었다. 그가 일년 넘게 그녀와 편지를 주고받았다는 사실, 그 편지를 통해 그녀가 아드리안의 작품을 가장 현명하게, 가장 정확하게 이해한 사람이며 그 숭배자이고, 게다가 자상한 친구이자 조언자라는 사실이, 그의 삶에 꼭 필요한 조력자라는 사실이 밝혀졌고, 아드리안 입장에서는, 고독한 사람이 그렇듯이, 극도로 많은 이야기를 하고 최대한의 신뢰를 보냈다는 사실, 이 사실은 그녀를 아는 것과는 다른 문제였다. 나는 이 남자의 불멸의 삶에서 사심 없는 헌신으로 작으나마 한 부분을 차지한 여자들 이야기를 했었다. 여기 또 한 여성이 있었는데, 앞서 말한 두 사람과는 전혀 다른, 사심 없기로는 앞의 그 두 여인에 못지않은 정도가 아니라 그들을 능가하는 여인이었다. 그녀는 은신의 계율, 나서지 않고 뒤로 물러나 드러내지 않는다는 계율을 철두철미 지켰는데, 그것은 결코 수줍음을 타는 성격 때문은 아니었다. 그녀는 세상을 아는 여자였고, 파이퍼링의 은둔자에게는 실제로 세상을 대표하는 여자였으니까. 아드리안이 사랑하고, 그에게 필요하고, 그가 견딜 수 있는 세상. 거리를 두고 떨어져 있는 세상. 사려 깊게 보호하는 마음에서 거리를 유지하는 세상…….

나는 이 특이한 인물에 대해 아는 대로 말하겠다. 마담 드 톨노는 부호 미망인이었는데, 남편은 방탕한 기사(騎士)였으나 방탕한 생활 때문이 아니라 경마 도중 목숨을 잃었으며, 페스트의 대저택과 수도에서 남쪽으로 몇 시간 떨어진, 세케시페헤르바르 근처 발라톤 호수와 도나우 강 사이에 걸친 어마어마한 규모의 영지와 그 호수 옆에 지은 성(城)과도 같은 별장을 아이도 없이 유산으로 남겼다. 영지에는 18세기 건물을 편리하게 개조한 화려한 저택이 있었고, 엄청나게 넓은 밀밭 외에 드넓은 사탕무 재배지도 있었는데, 영지 내에는 자체 정제공장이 있어 거기서 수확한 작물을 처리했다. 수도의 저택과 영지의 저택과 여름별장의 소유주는 이 가운데 어느 곳에서도 오래 머물지 않았다. 그녀는 주로, 거의 언제나라고 할 만큼 여행을 다녔고 집에 얽매이지 않았으며, 집에 대한 불안과 고통스러운 기억들은 내몰아 버리고 관리와 보존을 집사들에게 맡겼다. 그녀는 파리, 나폴리, 이집트, 엥가딘에서 살았는데, 여기서 저기로 옮길 때마다 처녀애 한 명과 여행과 주거 문제를 담당하는 남자 고용인 한 명, 그리고 세심하게 건강을 책임지는 주치의 한 명을 대동했다.

그녀의 건강이 잦은 여행에 지장을 주지는 않았고, 신비로운 감정이입과 유사감성의 본능, 예감, 예리한 지식에 기반을 둔 열정과 결합하여 놀랄만한 건강상태를 유지했다. 따라서 이 여인은 뤼벡(악평을 받았던 오페라 초연 때), 취리히, 바이마르, 프라하, 그 어디든 아드리안의 음악을 듣고자 하는 사람들 사이에 있었고, 눈에 띄지 않게 청중들 가운데 있었다는 사실을 알 수 있었다. 그녀가 얼마나 자주 뮌헨에, 즉 아드리안의 집과 아주 가까운 곳에 눈에 띄지 않고 나타났었는지는 알 수 없다. 그러나 그녀는 파이퍼링도 알고 있었고, 가끔 그녀가 조용히 아드리안이 사는 마을의 경치와 주변 환경을 살펴보았다는 사실도 은밀히 드러났으며, 내가 잘못 안 것이 아니라면 수도원 원장실 창문 아래까지 오기도 했다. 그리고 들키지 않고 다시 사라졌다. 이것만으로도 충분히 감동적이지만, 나를 더욱 감동시키는 것은—지금도 성지순례를 하는 그녀의 모습이 상상된다—그녀가, 이 또한 한참 후에 다소간 우연히 드러난 일인데, 카이저스아셔른에도 갔었다는 사실, 오버바일러의 마을과 부헬 농장에 대해서도 잘 알고 있었다는 사실이다. 따라서 그녀는 아드리안이 어린 시절을 보낸 곳과 훗날의 생활반경이 된 곳 사이에 존재하는, 언제나 나를 슬프게 하는 그 일치성에 대해서도 잘 알고 있었다는 이야기다.

나는 그녀가 사비느 산의 팔레스트리나도 빼놓지 않고 찾아갔었다는 이야기를 잊었다. 마나르디 집에서 몇 주간 머물면서 마나르디 아주머니와 금세 매우 친해진 것 같았다. 그녀는 독일어와 프랑스어를 섞어 쓴 자신의 편지에서 이 하숙집 아주머니를 '메레 마나르디' 즉, '마나르디 엄마'라고 불렀다. 그녀는 슈바이게슈틸 부인도 같은 식으로 불렀는데, 마찬가지로 그녀의 글에서 알 수 있듯이 그녀는 슈바이게슈틸을 보았지만 슈바이게슈틸은 그녀를 보지 못했다. 그런데 그녀 자신은? 자신을 이들 어머니 유형에 포함시켜 누나라고 칭한 것은 그녀 자신의 생각이었을까? 아드리안 레버퀸과의 관계를 고려할 때 그녀에게는 어떤 호칭이 합당할까? 어떤 이름을 원할까? 어떤 것을 요구할까? 수호신? 에게리아(로마 신화에 나오는 여신 - 옮긴이)? 신과도 같은 연인? 그녀는 처음 그에게 편지를 보내면서(브뤼셀에서 보냈다) 숭배의 선물로 반지를 동봉했는데, 나는 이전에 그런 반지를 본 적이 없었으며, 세속의 보물에 관해 전혀 조예가 없으므로 크게 중요시 하지는 않았다. 세공된 테 자체는 오래된, 르네상스 시대의 물건이었다. 큼직하게 깎은, 화려함을 과시하는 연녹색의 우랄 산(産) 에메랄드는 멋있어 보였다. 그 반지는 과거에 어느 고위 성직자의 손가락을 장식했던 것 같았는데, 거기 이교도의 말로 새겨진 문구가 이 짐작을 약화시키지는 않았다. 단단한 에메랄드 표면에 그리스 문자 두 줄이 대단히 정교하게 새겨져 있었는데, 우리말로 옮기면 대략 다음과 같았다.

아폴로의 월계수 숲에 이 어인 지진인가!
들보까지도 흔들린다! 성스럽지 못한 자들아, 도망가라! 피하라!

이 시구는 칼리마코스(기원 전 3세기의 그리스 시인 - 옮긴이)가 쓴 아폴로 찬가의 첫머리라는 사실을 알아보기는 어렵지 않았다. 이 시는 성전에 나타난 신의 현현(顯現)의 징후를 놀랍고 경건한 마음으로 그린 글이다. 글자는 워낙 세필(細筆)인 덕에 윤곽을 완전히 유지하고 있었다. 그 밑에 새긴 장식용 그림 같은 상징물은 이보다는 좀더 마모되어 있었는데, 확대경으로 보면 날개 달린 뱀이 확실히 보였으며, 밖으로 내민 혀는 날카로운 화살의 모양을 띠고 있었다. 나는 이 신화 속 상상의 동물을 보고 크리세이스의 필록테테스가 화살에 찔린, 또는 뱀에 물린 상처가 생각났으며, 나아가 아킬레스가 화살에 붙여준 이름, 즉 '쉭쉭대는 날개 돋친 뱀'도 생각났고, 아울러 포이보스(아폴로의 별명. 활의 신 - 옮긴이)가 쏜 화살과 태양빛의 관계도 생각했다.

나는 아드리안이 멀리 떨어져 있지만 관심의 끈을 놓지 않는 곳에서 보내온 의미심장한 선물을 받고 어린아이처럼 좋아하는 모습을 분명히 보았는데, 그는 반지를 거리낌없이 받아들였고, 다른 사람에게는 결코 보여주지 않았지만 작업을 하는 동안만은 착용하는 규칙을 지켰다. 아니, 의식을 치렀다. 즉, 그는 〈묵시록〉 작업을 하는 동안 줄곧, 내가 아는 한, 왼손에 그 패물을 끼고 있었다.

그는 반지가 결합의 상징이라는 사실을, 구속 아니, 소유의 상징이라는 사실을 생각했을까? 보아하니 그는 그 생각은 전혀 하지 않은 것 같았고, 작곡할 때 손가락에 낀 그 값진, 보이지 않는 사슬의 한 부분을 자신의 고독과 세상을 연결하는 고리 이상으로는 생각하지 않았다. 그 세상은 얼굴 없는, 구체적으로는 표현할 수 없는 세계였으며, 그 사적인 사항에 대해 아드리안은 나보다도 덜 궁금한 것 같았다. 그녀가 아드리안과의 관계에서 보이지 않기, 피하기, 절대 만나지 않기라는 기본원칙을 세운 이유가 이 여인의 겉모습과 관계가 있었을까? 어쩌면 못생기고, 마비되고, 기형에다 질병으로 피부가 일그러졌을지도 모른다. 하지만 그런 것 같지는 않았으며, 오히려 결함이 있었다면 정신적인 결함이었을 것 같은데, 그렇다면 그 결함이란 보호가 필요한 일이면 무엇이든 종류를 가리지 않고 다 이해해주는 성향이 아닐까 생각된다. 그녀의 파트너도 그 법칙을 깨려 한 적이 한번도 없었으며, 오히려 순수하게 정신적인 관계를 유지해야 한다는 사실을 무언으로 추가했다.

나는 이 '순수하게 정신적인 관계' 라는 상투적인 표현을 좋아하지 않는다. 그 표현은 색깔도 생기도 없고, 먼 곳에서 몸을 숨긴 채 숭고한 마음으로 보살피는 실제적인 활동에는 잘 맞지 않는 말이다. 음악과 유럽 일반에 대한 그 쪽의 매우 진지한 교양 덕분에 그 서신교환에는, 아드리안이 〈묵시록〉을 준비할 때와 기록하는 동안 받은 지원을 보더라도 알 수 있듯이, 물질적 후원이 따랐다. 내 친구가 그 작품의 텍스트 구성 작업을 할 때는 구하기 힘든 자료를 조달해주었는데, 훗날 밝혀진 일이지만 사도 바울의 신비체험에 대한 프랑스 고어(古語) 번역은 그 '세상' 에서 온 것이었다. 비록 중개인을 내세운 우회적인 방법이었지만 그녀는 그 작업에 적극적으로 가담하고 있었다. 〈시작〉에 그 훌륭한 기사를 쓰게 한 사람도 그녀였다. 당시 레버퀸의 음악을 찬탄한 평론은 그것이 유일한 것이었다. 우니베르잘 에디치온 출판사가 작곡 중인 오라토리오의 출판을 확보한 데도 그녀의 입김이 작용했다. 1921년에 그녀는 신분을 숨긴 채, 출처를 분명히 하지 않은 채, 〈게스타〉의 도나우에싱겐 공연을 멋지고 음악적으로 완벽하게 연출해 달라며 플라트너 인형극장에 괄목할 만한 금액의 지원금을 내놓았다.

나는 '내놓았다' 는 표현과 이 말이 연상시키는 포괄적인 제스처를 고수하고자 한다. 아드리안은 자신의 고독을 숭배하는 이 상류층 부인이 내놓을 수 있는 것이면 무엇이든 취할 수 있었다. 즉, 그녀의 재산이었는

데, 그녀에게 그 재산은, 부유하지 못한 생활을 해본 적이 없고 그렇게 살
수도 없었으면서도, 비판적인 양심 때문에 일종의 부담으로 작용한다는
사실을 분명히 느낄 수 있었다. 가능한 한 얼마든지, 그녀가 마음먹는 만
큼 천재의 제단에 갖다 바치는 일은 부인할 수 없는 소망이었으며, 아드
리안은 자신이 원하기만 하면 생활양식을 하루아침에 온통 바꿀 수도 있
었고, 원장실을 온통 그런 장신구로 가득 채울 수 있었다. 그는 이 사실을
나만큼이나 잘 알고 있었다. 그가 그 가능성과 한 순간도 진지하게 관계
하지 않았다고는 말할 수 없다. 하지만 손으로 쥐기만 하면 제왕처럼 살
수 있는 엄청난 재산이 눈앞에 떨어지는 상상에 곧잘 빠지기도 하는 나
는 달리 아드리안은 그런 생각을 단 한번도 하지 않았다. 그러나 한 번,
그가 예외적으로 파이퍼링을 벗어났을 때, 여행 중에, 거의 제왕 같은 생
활을 잠깐이나마 맛본 적이 있었으며, 나는 남몰래 그에게 그런 생활이
계속 유지되기를 비는 마음을 금할 수 없었다.

그 일은 20년 전에 있었던 일이고, 그가 단 한 번 있었던 마담 드 톨노
의 초청을 받아들인 일이었는데, 그녀의 집 여러 채 가운데 자신이 머물
지 않는 곳에 아드리안이 가서 원하는 만큼 살아도 좋다는 제안이었다.
그는 당시, 1924년 봄에 빈에 있었고, 그곳의 기념 홀에서 이른바 '시작의
밤' 행사의 일환으로, 드디어 완성된 루디 슈베르트페거를 위한 바이올
린 콘체르토를 초연했는데, 이로 인해 슈베르트페거가 거둔 성과가 작곡
자의 성과에 비해 작다 할 수 없었다. '작곡자의 성과에 비해 작다 할 수
없었다'는 말은 곧 '작곡자보다 더 큰 성과를 거두었다'는 말인데, 그 작
품의 의도는 바로 관심을 작품해석 능력에 모으는 것이었으므로, 악보의
필체로 보더라도 레버퀸의 작품임을 의심할 수 없었으나 최상의, 가장 자
랑스러운 작품이라 할 수는 없었다. 적어도 부분적으로는 의무적인 것이,

정확히 말해 수준을 낮추어준 흔적이 있었는데, 그것은 내가 그 사이 입을 다물었지만 일찍이 앞당겨 이야기했던 그 일을 상기시켰다. 아드리안은 작품 연주가 끝났을 때 우레와 같은 박수를 보내는 청중 앞에 모습을 보이지도 않았으며, 사람들이 그를 찾았을 떠는 이미 그곳을 떠나고 없었다. 우리, 즉 이 일을 도모한 사람, 나와 기쁨에 빛나는 루디 슈베르트페거는 아드리안을 나중에 헤렌가세 가의 작은 호텔 레스토랑에서 만났는데, 그는 거기 묵었던 반면, 슈베르트페거는 반드시 링 호텔에 묵으려는 것 같았다.

아드리안이 두통이 생겼으므로 뒤풀이는 짧았다. 그는 다음 날 곧바로 슈바이게슈틸 집으로 돌아가지 않고 톨노 부인의 헝가리 영지를 방문해 그녀를 즐겁게 해주기로 결정했는데, 나는 이 결정을 그가 잠시나마 생활의 긴장을 푼 데서 이해할 수 있었다. 그녀가 부재중이어야 한다는 조건은 충족되었다. 그녀는—보이지 않게—빈에 와 있었던 것이다. 그는 급하게 영지로 곧장 전보를 쳐 자신의 방문을 통보했고, 그 후 그곳과 빈의 호텔 사이에는 급한 전갈이 오고갔을 것이다. 그는 여행길에 올랐고, 이 여행을 동반한 사람은 유감스럽게도 내가 아니고—음악회 때문에 직무상 의무를 저버릴 수는 없었다—이번에는 눈 색이 같은 뤼디거 실트크납도 아니었다. 그는 아예 빈에 오려고도 하지 않았으며, 아마 여비도 없었을 것이다. 이번에는 루디 슈베르트페거였는데, 그는 예정 밖의 여행에 무리가 없었으며, 현장에 있었으므로 그가 동행하는 일은 매우 자연스러웠고, 게다가 그의 집요한 붙임성이 바로 그즈음에 승리를 거둔 상황이었다. 액운이 서린 승리를.

결국 루디 슈베르트페거와 함께 길을 떠난 아드리안은 마치 여행에서 돌아온 군주처럼 환영받았으며 12일 동안 우아하고 화려한 집에서 편하게 보냈는데, 톨노 성(城)의 수많은 홀과 방을 보았고, 마차를 타고 어마어마하게 넓은 영지를 둘러보기도 했으며, 활기찬 발라톤 호숫가에도 갔고, 대단히 정중한 하인들의 시중을 받으며—일부 터키인도 섞여 있었다—다섯 나라 언어로 쓴 책들을 소장한 서재를 즐기며, 음악 홀 연단에 놓인 두 대의 그랜드피아노와 가정용 오르간 한 대와 온갖 호화로움을 즐겼다. 그는 내게 그와 루디가 보기에 그곳 영지 관할의 마을은 지독히도 가난했으며, 아예 고대적인, 혁명 이전의 생활수준이었다고 말했다. 그들을 안내해준 영지 관리인조차도 동정어린 표정으로 머리를 가로저으며, 알아두어야 할 기이한 현상이라는 의미로 설명했는데, 그곳 주민들은 일 년에 고작 한 번, 크리스마스 때만 고기를 먹고, 저녁에는 초도 켤 수 없어 그야말로 해 지기 무섭게 잠자리에 든다고 말했다. 이 수치스러운 환경에 대해 사람들은 습관과 무지로 인해 무감각해졌고, 여기서 뭔가를, 예컨대 형언할 수 없이 더러운 마을길이나 위생관념이라고는 찾아볼 수 없는 오두막에서 뭔가를 좀 개선하는 일은 가히 혁명적인 일일 것이며, 그 가운데 어떤 일도 여자 영주가 꾀하기는 힘든 일이었다고 말했다. 그 마을의 모습이 아드리안의 숨은 친구가 자기 소유지에 머물기를 꺼리는 이유 가운데 하나였다는 사실을 미루어 짐작할 수 있었다.

그렇지만 나는 내 친구의 여행에, 엄격한 생활에서 좀 벗어난 이 에피소드에 스케치 이상의 묘사를 할 수는 없다. 나는 그의 곁에 있지 않았고, 그가 요청했다 하더라도 함께 갈 수 없었다. 슈베르트페거가 같이 갔으니 그가 이야기해줄 수 있었을 것이다. 그러나 그는 죽었다.

37

앞에서와 마찬가지로 이번 장에도 독립된 숫자를 붙이지 않고 앞 장의 연속으로, 그 일부로 표시하는 편이 더 나았을 것이다. 이번 장도 내 영면에 든 친구와 그 세상과의 관계 또는 무관계에 관한 장이 계속되는 것이니까, '세상'이라고 이름을 붙일 만한 장이니까, 리듬을 끊지 말고 계속 진행하는 편이 좋았을 것이다. 물론 여기서는 꼭꼭 숨은 수호신 또는 값비싼 상징물을 선사하는 사람으로 대변되는 세상이 아니라 신비한 비밀과는 아무 상관없는 세상이야기인데, 그 세상은 우직하게 들이닥치는, 고독을 피하지 않고 되는 대로 관여하는, 그리고 이 모든 사항에도 불구하고 내게는 심지어 매력적이기까지 한 사울 피텔베르크라는 인물이 구현하는 세상이다. 그는 국제 음악 사업자이자 음악회 기획자로서, 어느 멋진 늦여름 날에, 마침 나도 있었을 때, 그러니까 어느 토요일 오후에(일요일이 아내 생일이었으므로 아침에 집으로 돌아가려고 했다) 파이퍼링에 들러, 우리에게, 즉 아드리안과 내게 한 시간 가까이 신나게 떠들었는데, 비록 사업적인 목적을—그런 목적이 있었는지 확신할 수는 없지만—이루지는 못했지만 즐거운 마음으로 돌아갔다.

　때는 1923년이었다. 그 사람이 특별히 일찍 나타났다고 말할 수는 없다. 그래도 그는 프라하와 프랑크푸르트의 공연 때까지 기다리지 않았다. 그 일은 아직 멀었다고는 할 수 없지만 그래도 미래의 일이었다. 그러나 바이마르 공연이 있었고, 도아우에싱겐 공연이 있었으며—레버퀸의 청년기 작품을 공연했던 스위스는 제쳐 놓겠다—여기에 뭔가 평가할 만한 것, 선전할 만한 것이 있었다는 예감을 얻기 위해 특별히 예언자적 직관이 필요하지는 않았다. 〈묵시록〉도 이미 출간되어 있었으므로 나는 이 사울 선생이 그 작품을 면밀히 살펴보았으리라고 생각한다. 아무튼 이 남자는 직감적으로 무엇인가를 느꼈고 개입하기를 원했다. 명성을 쌓고 싶었다. 천재를 세상에 내놓고 싶었다. 아드리안의 매니저로서 자신이 몸담고 있는 상류사회의 호기심을 충족시키고 싶었다. 그런 시도가 그 방문의 목적, 창조적 고뇌의 피난처로 거침없이 들이닥친 목적이었는데, 그 자초지종은 이러했다.

　나는 이른 오후에 파이퍼링에 도착해서 차를 마신 후, 그러니까 4시 좀 지나서 아드리안과 들로 산책을 나갔는데, 돌아오는 길에 보니 놀랍게도 마당에, 느릅나무 옆에 자동차가 서 있었다. 보통의 택시가 아니라, 좀 더 개인 것처럼 보이는 차였는데, 운전기사를 포함해 대여점에서 시간이나 일수 단위로 빌리는 그런 차였다. 운전기사는 입고 있는 제복을 통해 주인이 지체 높은 사람임을 나타내며, 자기 차 옆에 서서 담배를 피우다 우리가 지나가자 환하게 미소를 지으며 챙이 달린 모자를 잠깐 들었다 놓았는데, 아마도 그가 모셔온 특이한 손님의 익살스러운 성격을 생각하고 있었던 모양이다. 대문에서 슈바이게슈틸 부인이 우리에게 다가왔는데 손에 명함을 들고 있었으며, 놀라서 낮게 깐 목소리로 '처세에 능한 사람' 이 와 있다고 전해 주었다. 그 표현은 내게, 속삭였기 때문에 더욱 더, 집에 들여놓은 어떤 사람을 재빠르게 판단한 결과 어떤 도깨비 같은 이미지, 불가사의한 느낌을 받았다는 뜻으로 들렸다. 어쩌면 (다음 이야기가) 슈바이게슈틸 부인이 그 기다리는 손님을 곧 '살짝 돈 올빼미' 라고 까다롭게 묘사한 데 대한 설명이 될 수도 있겠다. 그는 엘제 아주머니에게 '셰를 마담' 이라고 불렀고 클레멘티네에게는 '쁘띠 마담' 이라고 부르며 뺨을 꼬집었는데, 엘제 아주머니는 아이에게 잠시, 그 처세에 능한 사람이 돌아갈 때까지 자기 방에 있으라고는 했으나 그 사람을 돌려보낼 수는 없었는데, 그가 뮌헨에서 자동차를 타고 왔기 때문이었다. 그는 큰 거실에서 기다리고 있다고 엘제 아주머니가 일러 주었다.

우리는 심각한 얼굴로 소유인이 알리고 싶은 내용은 다 들어있는 그 명함을 돌려 보았다. '사울 피텔베르크. 음악 편집. 다방면 저명 예술가의 대리인' . 나는 아드리안 곁에서 그를 보호할 수 있어서 기뻤다. 그를 이 '대리인' 이 혼자 차지하는 것이 싫었다. 우리는 니케 홀로 갔다.

피텔베르크는 이미 문 가까이에 와 있었으며, 아드리안이 나를 먼저 들여보냈는데도 그는 곧바로 아드리안에게단 주의를 집중했다. 뿔테 안경 너머로 나를 흘끗 보고는 자신의 뚱뚱한 어깨를 옆으로 기울여 내 뒤에 선 사람을 살폈다. 두 시간 동안 자동차를 타고 올 만큼 경비를 들인 목적은 그 사람이었으니까. 물론 천계 소리를 듣는 사람과 평범한 김나지움 교사를 구분하는 일은 어려운 일이 아니다. 그러나 이 남자의 재빠른 상황판단, 내가 먼저 들어왔음에도 불구하고 주인공이 아님을 알아채고 맞는 사람을 향하는 그 기민성은 그럼에도 불구하고 뭔가 매우 인상적인 것이 있었다.

그는 "셰르 메트르(거장을 부르는 프랑스어 존칭 - 옮긴이)" 하며 미소 띤 입으로, 센 억양으로, 무척이나 빠르게 프랑스어로 떠들어대기 시작했다. "당신을 만나서 정말 기쁩니다. 정말 감격했어요! 저는 정말 운이 좋군요. 저같이 평범한 사람은 위대한 사람을 만나는 것만으로도 감동적인 경험이죠. 만나서 반갑습니다, 선생님"하고 덧붙이며 그는, 아드리안이 나를 소개시켰으므로, 귀찮다는 듯이 내게 손을 내밀고는 곧바로 다시 아드리안을 향했다.

"이렇게 불쑥 찾아와서 죄송합니다, 무슈 레버퀸"이라고 말하며 그는 레버퀸의 이름에서 셋째 음절에 강세를 두어 발음했다. "하지만 저로서는 뮌헨에서 왔으니 그냥 돌아갈 수야 없지요……." 그러고는 마찬가지로 듣기 꽤 좋은 강한 발음의 독일어로 바꾸어 말하기 시작했다. "오, 저는 독일어도 합니다. 잘하지는 않지만, 정확하지는 않지만, 대화하기에는 충분하지요. 하지만 선생께서 프랑스어를 완벽하게 하신다고 확신합니다. 베를렌의 시를 작곡하신 것이 가장 좋은 증거지요. 하지만 뭐니뭐니 해도 우리는 지금 독일 땅에 있어요. 독일다운, 고향 같은, 개성 있는 땅에! 저는 메트르께서 현명하시게도 숨어 사시는 이 전원의 풍경에 매료되었습니다……. 그럼요, 분명 그렇지요. 앉읍시다, 메르시! 메르시!"

그는 마흔은 되어 보이는 뚱뚱한 남자였는데, 배가 나오지는 않았지만 팔다리가 굵고 둥글둥글했으며, 손은 희고 통통하고, 매끈하게 면도한 얼굴은 크고, 턱이 두 겹이고, 매우 뚜렷한 활 모양의 눈썹에다 뿔테 안경 뒤로는 지중해의 윤기가 가득한 검은 눈이 귀여웠다. 성긴 머리숱에 이마는 희고, 그가 줄곧 웃었기 때문에 좋은 이가 드러났다. 옷은 여름옷으로 우아하게 입었는데, 허리에 꼭 맞는 푸르스름한 줄무늬의 플라넬 양복을 입었고, 거기에 마와 황색 가죽으로 만든 구두를 신었다. 슈바이게슈틸 아주머니가 이 남자를 두고 쓴 표현은 편하고 부담 없는 이 사람의 행동으로 인해 그 정당성이 기분 좋게 입증되었는데, 이 경박하지만 기분 좋은 행동은 약간 허스키한, 여전히 꽤 높고 때때로 최고음으로 올라가는 목소리로 빠르게 하는 말과 더불어 그의 행동 전체를 지배하는 특징이었고, 뚱뚱한 체격과는 왠지 좀 상반된 느낌이지만 그래도 조화롭게 어울렸다. 나는 그의 몸에 밴 경박함을 기분 좋다고 말하는데, 그 태도는 정말로 보는 사람에게 인생을 불필요하게 어렵게 만들지 말라는 듯, 유쾌하고 위안을 주는 느낌이었다. 그 경박한 태도는 이렇게 말하고 싶어 하는 것 같았다. "왜 안 돼? 또 뭐야? 중요하지 않아. 즐기자니까!" 그래서 자연스럽게 그의 이런 신조를 따르고자 애쓰게 되었다.

지금도 생생한 그의 말에 대한 기억은 그가 고집불통이었다는 사실에 대해 추호의 의심도 허락하지 않는다. 아드리안이나 내가 답하거나 끼어든 말이 아무 소용 없었으므로 그 사람 혼자 말하는 것으로 묘사하는 편이 최선이라 생각한다. 우리는 농부 홀의 주요 가구였던 길고 육중한 테이블 끝에 자리를 잡았다. 아드리안과 내가 나란히, 손님은 맞은편에. 그는 자신의 희망, 자신의 의도를 길게 숨기지 않고, 오래 돌리지 않고 본론을 꺼냈다.

그가 말했다. "메트르, 저는 확실히 이해합니다. 당신이 이 멋진 곳에 숨어 살아야 하는 이유를, 왜 이곳을 주거지로 선택했는지를. 오, 저는 다 보았습니다. 언덕, 못, 교회, 그리고 또 품격을 갖추고, 어머니 같고 듬직한 주인이 있는 이 집. 마담 슈바이게 슈틸! 이 모든 것은 '난 침묵해야 해. 조용! 조용!'을 뜻하지요. 얼마나 우아한지! 여기 사신 지 얼마나 되었습니까? 십년이요? 줄곧요? 거의 줄곧? 놀랍군요! 오, 그럴 만도 하지요! 하지만 그래도, 저는 당신을 유괴하러 왔습니다. 잠시 지켜온 집을 떠나서 제 외투를 타고 하늘을 날며, 이 세상의 풍요로움과 황홀경을 보여드리러 왔습니다. 아예 세상을 당신 발아래 놓아드리려고요……. 저의 야단스러운 표현을 용서하십시오! '황홀경'은 정말 유치한 과장이었습니다. 그렇게까지는 아니고요, '황홀경'이라고 한 것이 뭐 그렇게까지 흥미진진한 건 아닙니다만, 제가 워낙 소시민 출신이라서요. 저는 천박하다고까지는 하지 않더라도 아주 소박한 계층 출신입니다. 즉, 폴란드의 류블린 출신이죠. 부모님은 정말 평범한 유대인 소시민입니다. 예, 저는 유대인입니다. 피텔베르크라는 이름은 매우 비천한, 폴란드 계 독일 유대인 이름이죠. 단지 제가 그 이름을 존경받는 전위예술의 선구자 이름으로, 이렇게 말해도 되겠죠? 위대한 예술가들의 친구의 이름으로 만들었을 뿐이죠. 순수한 사실입니다. 간단명료한. 그 이유는 제가 어릴 때부터 높은 것, 정신적인 것, 즐거운 것을 추구했기 때문이죠. 무엇보다도 당장은 파격적이라 할 새로운 것이지만 내일이면 최고의 값이 나갈 것, 최고의 유행이, 최고의 예술이 될 것을 추구했지요. 이런 말을 누구에게 하겠습니까? 시작은 파격이었어요.

다행히도 그 비참한 류블린을 떠나온 지 한참 됐습니다! 이미 20년 전부터 파리에 살고 있지요. 못 믿으시겠지만 저는 거기 소르본 대학에서 일년간 철학을 공부했습니다. 하지만 사실 지루했어요. 마치 철학은 파격적일 수 없다는 듯이요. 아니죠. 철학도 그럴 수 있지요. 하지만 그것은 제게 너무 추상적이었어요. 그래서 저는 형이상학은 독일에서 공부해야 하겠다는 어두운 느낌을 받았지요. 거기에 대해 아마도 앞에 계시는 선생님께서 제 말을 인정하실 겁니다……. 그 다음에 저는 아주 작은, 예외적인 대중 극장을, 백 명 정도 수용하는 아주 작은 '테아트르 데 푸르브리 그리쇠즈(우아한 사기〈詐欺〉극장)'을 운영했습니다. 정말 멋진 이름이 잖습니까? 하지만 그 일은 재정적으로 더 유지할 수가 없었습니다. 몇 안

되는 좌석은 너무 비싸서 모두 다 선물하는 수밖에 없었지요. 우리는 충분히 도발적이었어요. 하지만 눈이 너무 높았지요. 제임스 조이스, 피카소, 에즈라 파운드, 그리고 클레르몽 토네르 공작부인이 청중으로 참석하는 일만으로는 지탱할 수 없었지요. 유감스럽게도 테아트르 푸르브리 그리쇠즈는 아주 짧은 기간 후 문을 닫아야 했어요. 하지만 제게 그 체험은 아무 소득이 없었던 것이 아니었어요. 왜냐면 그로 인해 저는 줄곧 파리 예술계의 최고봉들과, 화가, 음악가, 시인들과 알고 지내게 되었으니까요. 파리에서는, 지금 이 자리에서 말하겠는데, 지금 현 세계의 맥박이 활기차게 뛰고 있어요. 그리고 극장주의 신분으로 이들 예술가들이 회합하는 여러 귀족 살롱에 드나들 수 있게 되었지요…….

아마도 놀라실 겁니다. 아마도 '이 자가 그걸 어떻게 해냈지? 이 폴란드 시골 출신의 보잘 것 없는 유대인 청년이 그 까다로운 사람들, 최고 중에 최고들 사이에서 제대로 처신했을까?'라고 생각하실 겁니다. 아, 선생님들, 이보다 쉬운 일은 없어요! 나비넥타이를 매는 것만큼 빨리 배우죠. 태연히 살롱으로 들어가면 됩니다. 한두 계단 아래로 내려가면서 팔을 구부릴지 펼지 그 생각만 하면 되죠. 그 다음에는 그저 '마담'만 하면 됩니다. '아, 마담. 오, 마담. 어떻게 생각하세요, 마담? 마담께서는 음악에 대단히 조예가 깊다지요?' 그게 다예요. 이런 걸 많은 사람들이 너무 어렵게 생각해요.

푸르베리 덕분에 제 인간관계의 폭이 넓어졌고, 그래서 현대음악 공연기획사를 열었어요. 그 일에서 가장 좋은 것은 제가 직접 했다는 사실이죠. 왜냐면 저를 보셔서 아시겠지만, 저는 공연기획자입니다. 저는 기질이 그래요. 어쩔 수 없죠. 이건 제 즐거움이고 자랑입니다. 재능 있는 사람을, 천재를 밖에 내세우는 일, 팡파르를 울리는 일, 사람들을 그에게 열광하게 하는 일, 저는 그런 일에서 만족과 재미를 찾고 있습니다. 열광은 안 하더라도 적어도 자극은 시킬 수 있죠. 그들은 오직 그것만을 바라죠. 우리는 그 욕망을 추구하는 가운데 서로 만난 것이지요. 사람들이란 자극받고 도발당하고 싶어 하죠. 찬반으로 나뉘어 부딪치기를 원하죠. 그들이 즐거운 폭동보다 더 고마워하는 일은 없어요. 신문에, 만평과 끝없는 수다에 가장 감사하죠. 파리에서 명성을 얻는 길은 악평을 거쳐야 해요. 공연을 하는 동안에 모두가 여러 번 자리에서 박차고 일어나고 대다수가 '모욕이다! 파렴치한 짓이다! 굴욕적이다!' 라고 소리를 지를 때, 특별석에서는 예닐곱의 선구자들, 에릭 사티, 초현실주의자 몇 명, 버질 톰슨이 '멋지다! 훌륭하다! 완벽하다! 최고다! 브라보! 브라보!' 하고 내질러야 진정한 의미의 초연을 했다 할 수 있죠.

혹시 선생님께서는 놀라셨는지 모르겠습니다. 메트르 르 베르퀸은 안 그랬겠지만, 선생님은 말이죠. 하지만 제가 얼른 덧붙이죠. 첫째, 그런 음악회는 정말로 예정보다 일찍 중단된 적이 없었습니다. 그 이유는 사실 격분한 사람들한테 있는 게 아닙니다. 오히려 그들은 반복해서 격분하고 싶어 해요. 그걸 즐기는 거죠. 음악회가 그 즐거움을 주는 원천이고, 그리고 특기할 만하게도, 전문가들의 수가 얼마 안 되는데도 그들의 권위가 우월한 지위를 유지하죠. 둘째, 하지만 모든 진보적 성격의 행사가 제가 말씀드린 대로 진행되어야 한다고는 말씀드리지 않았습니다. 대중을 상대로 충분히 준비하고, 어리석은 짓은 미연에 방지하여 점잖은 진행을 얼마든지 보장할 수 있습니다. 그리고 오늘날 한때 적국이었던 나라에서 온 사람의 작품이, 독일 사람의 작품이 소개된다면 청중에게서 완벽하게 정중한 태도를 기대할 수 있습니다······.

이것이 바로 제 제안의, 제 초청의 바탕이 되는 건전한 생각입니다.

세계적으로 희귀한 천재 독일인이 가장 진보적인 음악을 추구한다! 이것은 오늘날 호기심에 대한 극도로 멋진 도전이지요. 이 예술가께서 자신의 민족적 특징을, 독일적 특징을 부정하지 않을수록, '아, 이건 독일 거야!'라는 감탄사를 발할 기회를 많이 주면 줄수록 더 멋지지요. 셰르 메테르께서는 그렇게 하십니다. 말할 필요도 없지요? 그럴 기회를 단계적으로 주셨지요. 처음에는 안 그랬지요. 〈해상의 인광〉 때와 그 이상한 오페라에는 안 그랬어요. 하지만 차후 작품이 나올 때마다 더 많이 그랬어요. 제가 당신의 지독한 규율을 분명히 이해했다는 사실을 아시겠지요. 당신의 예술은 엄격함과 네오클래식의 규칙체계에 갇혀 있어요. 당신이 이 쇠사슬 속에서 우아하지는 않지만 의식을 가지고 대범하게 움직이도록 강요하니까. 하지만 제가 이렇게 말씀을 드리는 것은 사실 그 이상이라는 뜻이지요. 제가 당신이 독일 사람이기에 갖는 장점에 대해 말한 것은, 제 말씀은 뭐랄까, 어떤 사각형 같은 것, 리듬 상 어려운 것, 진득한 것, 거친 것, 전통적인 독일의 성격들이죠. 우리끼리 말해서, 그런 특징은 바흐에게도 있었습니다. 제 비판을 나쁘게 여기실 겁니까? 아니죠? 분명히! 그러기에 당신은 너무 위대하십니다. 당신의 주제들, 그것들은 거의 짝수 값으로 되어 있지요. 이분음표, 사분음표, 팔분음표 그리고 당김음으로 이어지고, 다음 것과 연결되고, 머물러 있고, 동시에 종종 기계적으로 일하는, 때려 박는, 망치로 박는, 명민하지 않고 우아하지 않은 특징. 그것이 뇌쇄적인 '독일사람'의 수준입니다. 제가 비난을 한다고 생각지는 마십시오! 이것은 한마디로 대단히 독특합니다. 그리고 제가 준비 중인 국제 음악의 연주회 시리즈에 이 악보는 정말 필수적입니다.

보십시오. 제가 제 마술 외투를 펼칩니다. 저는 당신을 파리로 데리고 갈 겁니다. 브뤼셀로, 안트베르펜으로, 비니스로, 코펜하겐으로. 사람들은 대단한 관심을 보이며 당신을 환영할 것입니다. 저는 당신의 연주를 위해 최고의 오케스트라와 솔리스트를 제공하겠습니다. 당신은 〈해상의 인광〉을 지휘하실 겁니다. 〈사랑의 헛수고〉의 일부를 지휘합니다. 당신의 〈우주 교향곡〉도. 당신은 그랜드피아노로 당신의 노래들이 프랑스와 영국 시인들을 향해 갈 때 반주합니다. 그리고 전 세계가 놀랄 겁니다. 독일인이, 어제의 적이, 자기 텍스트 선택에서 무지하게 대범하다는 사실을 보여줍니다. 그 보편적이고 다양한 코스모폴리타니즘을! 제 친구 마담 마야 드 스트로치 페치치는 크로아티아 사람이죠. 오늘날 아마도 전 지구상에서 가장 아름다운 소프라노 목소리일 겁니다. 그녀에게 이 곡들을 부르라고 하면 영광으로 생각할 거예요. 키츠의 송가에서 기악 파트를 위해서는 제네바의 프로잘리 사중주단이나 브뤼셀의 '프로 아르트' 사중주단을 섭외하지요. 최고 중의 최고들로요. 만족하십니까?

뭐라고요? 지휘를 안 하신다고요? 이 일을 안 하신다고요? 피아노 연주도 안 하신다고요? 당신 노래를 반주하지 않겠다고요? 알겠습니다. 셰르 메테르, 그 말씀만으로도 충분히 이해할 수 있습니다. 완성된 것에 머무는 일은 당신의 방식이 아니지요. 당신에게는 한 작품을 완성하는 것이 곧 공연입니다. 악보를 쓰는 것으로 끝나지요. 당신은 연주를 하지 않습니다. 지휘도 하지 않습니다. 왜냐면 당신은 그러면 곧 고칠 테니까요. 작품을 다시 변형과 변주로 해체할 것입니다. 계속 발전시키고 어쩌면 파멸시킬 것입니다. 제가 잘 알지요? 하지만 유감스러운 일이군요, 정말로. 매혹적인 인물의 등장에서 이 연주회는 결국 결정적인 손실을 입는군요. 아, 하지만 우리는 상호 구제할 수 있습니다! 우리는 세계적으로 유명한 오케스트라 지휘자를 알아보겠습니다. 오래 걸리지 않을 겁니다! 마담 드 스트로치 페치치를 늘 반주하는 사람이 그 노래의 반주를 맡을 겁니다.

그리고 메트르께서는 그냥 오시기만 하면 됩니다, 단지 거기 참석만 하시고 청중에게 인사만 하시면 잃는 것은 아무것도 없고, 우리 모두가 이익을 얻을 것입니다.

물론 이것은 조건입니다. 아, 아니죠! 당신은 불참한 채 작품만 넘겨주시면 안 됩니다! 당신이 직접 나타나는 것은 필수사항입니다. 파리에서는, 거기서는 음악적인 명성이 서너 군데 살롱에서 결정됩니다. 당신이 '마담, 당신의 음악에 대한 판단이 정확하다는 사실은 모든 사람이 다 알고 있습니다' 라고 몇 번 말하는 데 얼마 듭니까? 당신은 돈 한 푼 안 듭니다. 그리고 당신은 거기서 많은 즐거움을 얻게 됩니다. 제 행사는 디아길레프의 러시아 발레단 초연에 버금가는 사회적인 사건이지요. 그 행사 다음으로 하게 되면 말입니다. 당신은 매일 밤 초대받을 겁니다. 일반적으로 우아한 파리의 사교계에 진출하기보다 어려운 일은 없습니다. 하지만 예술가에게는 그보다 쉬운 일은 없지요. 그러나 예술가 역시 그래야만 명성의 예비단계에 이릅니다. 그 스캔들 같은 수많은 비난의 전단계지요. 호기심은 모든 장벽을 무너뜨리고, 모든 배타성을 치워 버리지요…….

제가 우아한 사교계와 그 호기심에 대해 말을 너무 많이 했군요! 이런 말로 당신의 호기심에 불을 붙일 수는 없는 것 같군요, 셰르 메트르. 그럴 이유도 없지요! 진심으로 그럴 뜻은 아니었습니다. 우아한 사교계가 당신과 무슨 상관이겠습니까? 우리끼리 말해서, 그게 저하고는 또 무슨 상관이겠습니까? 사업상 여기저기 상관은 하죠. 하지만 진심으로는 별 관심이 없습니다. 이 환경, 이 파이퍼링, 그리고 당신과 함께 한 이 시간, 메트르, 이런 것들이 제가 그 외설과 겉모습의 세계에 보내는 무관심과 무가치를 깨닫게 하는 데 적지 아니 기여합니다. 그건 그렇고, 당신은 잘레 강변의 카이저스아셔른 출신 아닙니까? 참으로 출신지가 진중하고 고

상합니다! 저는 제 고향 류블린 역시 고상하고 고전적인 고장이라 생각합니다. 제 인생의 엄격함은 거기서 나온 것이지요. 엄숙하고 뒤틀린 감정의 상태지요……. 아, 당신에게 우아한 사교계를 선사하려 하는 사람은 저뿐입니다. 하지만 파리는 당신이 예술계의 많은 동료들을 알게 될 기회를, 재미있고 밀도 깊게 알게 될 기회를 줄 것입니다. 같은 예술가들 말이지요, 화가, 작가, 스타 발레리나, 특히 음악가들과. 유럽의 경험과 예술적 실험의 첨단들, 그들 모두 제 친구들입니다. 그리고 그들은 당신의 친구가 될 준비가 되어 있습니다. 시인 장 콕토, 안무가 마셴, 작곡가 마누엘 드 팔라, 최신 음악의 대가 여섯 명, 아주 높고 재미있는 모험과 비방의 영역, 그것이 당신을 기다립니다. 당신은 원하기만 하면 그 즉시 그 속에 들지요…….

당신의 안색을 살피니 어떤 거부반응을 보이시는 것 같은데, 그런가요? 하지만 셰르 메테르, 이 일은 정말이지 조금도 거리낄 필요가 없습니다. 어떤 걱정도 필요 없지요. 그런 감정에 물론 이유는 있겠지만 말입니다. 저는 그 이유를 연구하는 일과는 거리가 멉니다. 당신이 참석한다는 존경스러운, 가히 교양 있는 가정(假定)만으로 충분합니다. 이 파이퍼링, 숨겨진 야릇한 은신처, 거기에는 나름대로 흥미롭고 정신적인 사정이 있겠지요. 저는 묻지 않고 모든 가능성을 열어 둡니다. 아주 특별한 것이라 하더라도 모두 대범하게 이해합니다. 좋습니다. 뭐가 문젭니까? 그것이 선입견을 무한히 배제한, 그 자체 훌륭한 명분을 갖춘 정신 앞에서도 걱정할 이유인가요? 오, 라! 라! 취향을 결정하는 천재와 신비한 예술의 대가들은 온통 반쯤 미치고 괴상한, 병적인 사람들과 특이한, 알 수 없는 죄의 불구자들로 구성되어 있는 것이 보통이지요. 매니저는 그 간호사 역할에 해당합니다. 브왈라!

보십시오. 제가 일을 참 서툴게 하고 있네요. 이렇게 서툴 수가 있습니까! 고작 저를 위한다는 일이 이 사실을 깨닫는 것뿐이군요. 당신의 용기를 북돋아 준다는 것이 그만 당신의 자존심을 건드리고, 보는 앞에서 저 자신에게 해가 되게 일을 하는군요. 당신 같은 사람은, 당신 같은 사람이라고 하면 안 되겠지요. 오직 당신 이야기니까. 제가 보기에 당신은 그러니까 당신의 존재를, 당신의 운명을 너무 유별난 것으로 생각하고, 다른 사람과 섞이기에는 너무 신성시하는 것 같습니다. 당신은 다른 사람들의 운명에 대해서는 알고 싶어 하지 않지요. 오직 당신 자신의 운명, 뭔가 유일한 것으로서의 당신 운명에만 관심이 있어요. 알아요. 이해합니다. 당신은 모든 일반화, 획일화, 수렴을 통한 저질화를 싫어합니다. 당신은 개별 경우의 비교불가능성을 고집하지요. 당신은 개인주의적 고독의 오만을 숭배합니다. 그건 그럴 필요가 있겠지요. '다른 사람이 사니까 사는 거냐?' 이거죠? 저는 이 글을 어디선가 읽었습니다. 자신은 없지만, 아무튼 매우 유명한 글이었어요. '말없이 또는 소리 내어 너희는 모두 이렇게 묻는다. 단순한 예의에서, 그리고 사실은 내보이기 위해서 너희들은 서로서로 알고 지낸다. 너희들이 서로 알고 지낸다면 그래서다.'

볼프, 브람스, 브루크너는 수년간 한 곳에, 즉 빈에 살았지만 제가 아는 한 이들은 아무도 서로 만난 적이 없습니다. 서로에 대한 평판이 있었으니 힘들었을 거예요. 그것은 우정에서 나온 비판이 아니었습니다. 단순히 부정한 것이지요. 혼자만 있으려고 부정한 거예요. 브람스는 브루크너의 심포니들에 대해 가능하면 평가를 낮게 했습니다. 격식에 맞지 않는 거대한 뱀이라고 칭했지요. 반면 브루크너도 브람스를 정말 보잘 것 없이 생각했습니다. 그는 라장조 콘체르토의 첫 번째 주제는 꽤 좋게 생각했어요. 하지만, 브람스는 그에 필적하는 곡을 다시는 쓰지 못했다는 사실을 증명했지요. 그들은 서로에 대해 알려고 하지 않았어요. 볼프에게 있어 브람스는 극도의 권태였어요. 혹시 브루크너의 제7교향곡에 대해 빈의 〈살롱 블라트〉에 나온 비평을 읽은 적이 있나요? 브루크너에 대한 볼프의 의견을 알 수 있지요. 그는 '지능이 낮다'고 부르크너를 '비난했어요. 어느 정도 일리는 있는 말이죠. 왜냐면 브루크너는, 사람들이 단순하고 어린아이 같은 감정이라고 말했듯이, 자신의 웅장한 계속저음 음악에 침잠했고 유럽의 교양에 관한 문제에 있어서는 완벽한 바보였어요. 하지만 볼프가 도스토예프스키에 대해 편지에 쓴 말을 보면, 뭐 이런 멍청이가 있나? 하고 볼프의 정신세계를 의심하게 되지요. 그의 미완성 오페라 〈마누엘 베네가스〉의 대본은 회르네스 박사라는 사람이 쓴 것인데, 볼프는 그것을 기적의 작품이라고, 셰익스피어적이라고, 시의 정상이라고 했어요. 그리고 친구들이 이에 대해 회의적인 반응을 보이자 추하게 냉소적인 태도를 보였지요. 그뿐만 아니라, 그는 남성합창 송가 〈조국에게〉를 작곡했어요. 이 곡을 독일 황제에게 바치려 했지요. 어떻게 됐을까요? 이 청원은 거부당했어요. 간단한 일이죠. 안 그렇습니까? 슬프고 창피한 일이었어요.

슬픈 일이지요, 무슈. 저는 그렇게 생각합니다, 왜냐면 제 생각에 세상의 불행은 정신의 불일치에서, 어리석음에서, 이해부족에서 비롯된다고 생각합니다. 이러한 것들이 불행의 영역을 서로 가르지요. 바그너는 당시 화단의 인상파 작품을 값싼 그림이라고 비난했습니다. 그 사람답게 매우 보수적인 평가지요. 그런데 그 자신의 조화로운 작품들은 인상주의와 상당히 관계가 깊지요. 거기서 비롯되었어요. 그리고 불협화음으로서 인상주의를 능가했어요. 그는 파리의 싸구려 화가에 대비해 티치안을 내세웠어요. 그가 진정한 화가라고. 좋지요. 그러나 사실 그의 예술적 취향은 오히려 필로티와 마카르트의 중간쯤이죠. 마카르트는 그 장식적인 꽃무늬를 고안한 사람 말입니다. 그리고 티치안은, 이건 오히려 렌바흐의 문제인데, 렌바흐 쪽에서는 바그너에 대해 그의 〈파르지팔〉은 싸구려 음악이라고, 그것도 바그너의 면전에서 그렇게 말했지요. 아, 아, 어찌 이런 우울한 일이!

여러분, 저는 무지무지하게 멀리 와버렸습니다. 제 의도와는 너무 멀리 벗어났다고 말할 수밖에 없네요. 제가 떠벌린 이야기는 제가 여기까지 온 계획을 포기했다는 증거로 이해하십시오. 저는 제 계획이 실현 불가능하다는 사실을 확신합니다. 메트르, 당신은 제 마법의 외투에 올라타지 않으실 거지요? 저는 당신을 매니저로서 세상에 데리고 다닐 수 없습니다. 당신은 거부합니다. 그리고 그건 제게 실제로 보이는 것보다 더 큰 실망이 될 것입니다. 솔직히 저는 그것이 실망인지 잘 모르겠습니다. 사람들이 이곳 파이퍼링에 올 때는 실무적인 목적으로 오지만, 사실 그 중요성은 언제나 어차피 부차적이지요. 이곳에 오는 목적은, 공연기획자라 할지언정, 일차적으로 위대하신 분을 뵙는 일이지요. 사업적으로 어긋났다 해서 이 즐거움이 줄어드는 것은 아니지요. 특히 실망의 바탕에 충분히 긍정적인 만족이 있을 때는 더욱 그렇습니다. 네, 셰르 메트르, 당신의 접근불가능성이 제게는 만족이기도 합니다. 제가 자연스럽게 당신에게 보내는 이해와 호감 덕분으로 얻는. 이러는 것은 제 이득에는 반하는 일이지만, 그래도 저는 이해와 호감을 표하는 바입니다. 인간으로서, 보통 사람들 중에서는 저 자신 좀 특별한 사람이라 할 수 있지요.

메트르께서는 아마 전혀 모르실 겁니다. 당신의 반감이 얼마나 독일적인지. 제가 심리적으로 말해도 된다면, 오만과 열등감이 특징인, 멸시와 두려움으로 구성된 그것은, 이렇게 말하고 싶네요, 세상의 살롱에 반대하는 진지한 반감이라고. 저는 유대인입니다. 아시겠지요. 피텔베르크, 이것은 명백한 유대인 이름입니다. 저는 제 몸에 구약성서가 있습니다. 그리고 이것은 독일정신에 비해 그 진지함에서 결코 뒤지지 않지요. 그것은 사실 화려한 왈츠를 위한 기질은 별로 만들어주지 않습니다. 화려한 왈츠는 밖에만 있고 집안에는 진지함만 있다는 생각은 독일 미신이지만요. 하지만 유대인은 원래 세상에 반대해서 독일정신을 위해, 물론 위험을 감수하고, 독일의 경향을 위해 발을 옮기는 데 회의적입니다. 독일 기질은, 도이치라는 말은 원래 대중적이라는 뜻 아닙니까? 하지만 유대인에게서 누가 대중성을 생각합니까? 유대인은 대중적이지 않습니다. 대중성 속에 파고들려고 시도한다면 머리에 몇 대 맞지요. 우리 유대인들은 독일의 특성을 모두 두려워합니다. 그건 본질적으로 반유대주의지요. 우리로서는 즐거움을 주고 센세이션을 일으키는 세상 편에 설 이유가 충분합니다. 하지만 이 말이 우리가 허풍선이나 멍청이라는 뜻은 아니지요. 우리는, 비록 프랑스어를 하지만, 구노의 파우스트와 괴테의 파우스트를 구별할 줄 압니다…….

선생님들, 제가 이런 이야기를 하는 것은 사업적인 목적을 포기했기 때문입니다. 사업 얘기는 끝났어요. 저는 곧 갈 겁니다. 금방 일어설 거예요. 갈 준비 다 됐습니다. 단지 작별을 위해 조금 더 떠들 뿐이죠. 구노의 파우스트에 대해 누가 입을 삐죽인답니까? 저는 아닙니다. 보아하니 기쁘게도 메트르께서도 안 그러시는 것 같군요. 주옥같은 작품이죠. 대단히 훌륭한 음악입니다. 생각에 잠기도록 하지요. 멋져요! 마스네도 매력적이에요, 그 역시. 특히 교육자로서 말입니다. 그는 음악학교 선생님이었지요. 다 아시겠지만. 그의 제자들은 처음부터 자기 자신의 곡을 쓰도록 교육받았어요. 기능면에서 실력이 되든 안 되든, 결함 없는 악장을 쓰도록 가르쳤지요. 인간적이지요. 안 그렇습니까? 독일적이지는 않지만 인간적이에요.

한 학생이 방금 작곡한 노래를 가지고 그에게 갔습니다. 신선하고 어느 정도 재능이 보였지요. 마스네는 갈했어요. "이런, 참 좋구나. 너는 분명 예쁜 여자친구가 있겠지? 이 곡을 그녀 앞에서 연주해봐. 분명 마음에 들 거야. 그러면 그 다음에 어떻게 해야 할지는 저절로 알게 되지." '그 다음에 할 일'이 무엇인지는 분명히 밝혀지지 않았어요. 모든 것이 다 가능하지요. 사랑일 수도 있고, 예술일 수도 있고. 메트르께서는 제자가 있습니까? 당신의 제자 노릇을 하기는 쉽지 않을 겁니다. 하지만 없으시군요. 브루크너는 제자가 있었습니다. 그는 일찍부터 음악과 그 신성한 어려움과 씨름했어요. 야곱이 천사와 씨름했듯이. 그리고 자기 학생들에게도 그러기를 요구했지요. 학생들은 수년간 그 신성한 재주를, 화음과 엄격한 악장의 기본요소를 연습한 후에야 노래를 부르도록 허락 받았습니다. 이 음악교사는 예쁜 여자친구와는 아무 상관도 없었어요. 사람의 감정은 단순하고 유치하지만, 음악은 사람들에게 최상의 깨달음을 주는 신비에 찬 계시이고 신에 대한 예배지요. 그리고 음악교사라는 직업은 종교적인 직업이고요…….

존경할 만합니다! 반드시 인간적이라고는 할 수 없지만, 정말이지 존경할 만해요! 우리 유대인들이, 종교적인 민족이, 비록 파리의 살롱에 드나들지언정 독일정서에 친근함을 느끼지 말라는 법은 없지요. 그리고 아이러니컬하게도, 독일정신에 의해 세상과 예쁜 여자친구를 위한 예술에 반대할 수도 있지 않습니까? 대중성이란 우리에게는 박해를 요구하는 파렴치한 태도입니다. 우리는 국제적입니다. 하지만 친독일적이지요. 세계 다른 어떤 민족보다도 친독일적입니다. 우리는 이 땅에서 독일정신과 유대정신의 유사한 소임을 어쩔 수 없이 인지해야 하기 때문에 더욱 그렇습니다. 매우 유사하지요! 둘 다 똑같이 미움 받고, 멸시당하고, 두려움의 대상이 되었고, 부러움의 대상이 되었고, 마찬가지로 세상과 거리를 두고 낯설어졌습니다. 민족주의의 시대라고들 하지요. 하지만 사실은 두 가지 민족주의밖에 없습니다. 독일민족주의, 그리고 유대민족주의. 다른 모든 민족주의는 이 둘에 비하면 애들 장난이죠. 아나톨 프랑스(프랑스 작가 - 옮긴이)가 대표하는 골수 프랑스 기질은 독일의 고독에 비하면 순수 신비주의입니다. 유대인의 선민주의 사상에 비해서도 그렇고요……. 프랑스는 민족주의적인 전사입니다. 독일 작가는 자기 스스로 '독일'이라고 칭하지 못할 겁니다. 기껏해야 전함(戰艦)이나 그렇게 부르지요. 독일 작가는 '독일적'이라는 말로 만족할 겁니다. 그리고 유대인 이름을 쓸지도 모르고요. 오, 라, 라!

선생님들, 이제 정말 일어납니다. 가요! 한 가지만 더 말하고요. 독일 사람들은 유대인들이 친독일적인 입장을 취하도록 내버려둬야 합니다. 독일 사람들은 그 민족주의 때문에 불행하게 될 것입니다. 그 오만과 특출함으로 인해, 획일화와 동등화에 대한 혐오로, 세상에 도입되기를 거부함으로써, 사교적으로 어울리기를 거부함으로써, 독일 사람들은 그럼으로써 불행에 도달할 것입니다. 진정 유대적인 불행 말입니다. 장담합니다. 독일 사람들은 유대인이 그들과 세계의 중재자가 되도록, 매니저, 흥행기획자, 독일정신의 기획자가 되도록 허락해야 합니다. 유대인은 그에 적임자입니다. 유대인을 퇴짜 놓으면 안 됩니다. 유대인은 국제적이고 친독일적입니다……. 하지만 할 수 없지요. 그리고 정말 유감입니다! 이제 말 그만하고 가겠습니다. 셰르 메트르, 저는 즐거웠습니다. 제 목적은 이루지 못했지만 황홀한 시간이었습니다. 존경하옵는 선생님께도 실례가 많았습니다. 양해해주시기 바랍니다. 마담 슈바이-게-슈틸에게도 인사를 전해 주십시오. 아듀, 아듀……."

38

나는 독자들에게 이미 루디 슈베르트페거가 수년간 가슴에 품어온 소망을 아드리안에게 말했고, 아드리안은 그에게 꼭 맞는, 바이올리니스트 입장에서 감사해 마지않을, 그리고 개인적으로도 잘 어울리는 빛나는 작품을 써주어 그 소망을 이루어주었고 심지어 빈 초연에도 동행했다는 사실을 밝혔다. 나는 이와 관련해 아드리안이 몇 달 뒤, 즉 1924년 말경 베른과 취리히의 연주에도 참석했던 일에 대해 이야기하고자 한다. 그러기에 앞서 우선 내가 한참 앞에서 거론한 이 곡의 특징으로 돌아가고자 한다. 나는 아드리안이 이 곡을 모종의 의무감에서 썼다는 점에서, 음악가로서 거장들끼리의 협연에 순순히 따르는 태도로 썼다는 의미에서 이 곡은 그의 작품 전반에 나타나는 급진적이고 양보 없는 정신의 범주를 벗어난 작품이라고 말했었다. 진지하게 생각해 보면 좀 건방지고, 사실 나답지 않은 행동이었지만, 나는 후세 사람들이 이 작품에 대한 내 '심판'에—나는 이 말을 정말 싫어한다!—동조하리라는 예감을 떨칠 수 없다. 따라서 이 현상에 대해 정신적인 관점에서 설명을 하고자 할 따름이다. 설명이 없이는 이해하지 못 할 테니까.

　그 작품의 특징은 이렇다. 3악장으로 된 이 작품에는 조표가 없지만 거기에는, 이렇게 표현해도 될지 모르겠는데, 세 가지 조성(調聲) 즉, 내림 나단조, 다단조, 라단조가 포함되어 있다. 거기서, 음악가라면 알겠지만 라단조가 일종의 제5음 단삼화음을 형성하고, 내림 나단조가 하속음(下屬音)을 이루며, 다단조가 정확히 그 중간을 유지한다. 이들 세 조 가운데 그 어느 것도 작품 전반에 걸쳐 확연하게 드러나지 않고 다만 화음의 비례에 의해 암시됨으로써 극치의 예술성을 발휘한다. 이 세 음조는 광범위하고 복합적으로 공존하다 마지막에 다단조가 마치 승리자처럼 확연히 두드러지는데, 이에 모든 청중은 마치 전기가 통한 듯 흥분하게 된다. '안단테 아모로소(느리게, 사랑스럽게)'라는 표제가 붙은 1악장은 줄곧 사랑스럽고 부드러운 분위기가 거의 조롱 수준으로 유지되는데, 그 주요 화음인 도-솔-미-시-레-올림 파-라가 내 귀에는 왠지 프랑스풍으로 들렸다. 그 위에 바이올린의 높은 파 음을 추가함으로써 세 주요 조성 각각의 삼화음을 모두 담는다. 이 작품의 정신이라 할, 1악장 1주제의 정신이라 할 이 화음은 3악장에서 다양한 변주의 연속으로 다시 나타난다. 이 곡의 멜로디는 감탄할 만큼 황홀하다. 이음줄이 멀리 걸치는, 감각을 마비시킬 듯한 칸틸레나(가창 풍의 선율 - 옮긴이)는 확실히 진열장과도 같은 과시적인 특징이 있었고, 게다가 연주자의 감각에 따라 호감도 곁들인 멜랑콜리도 있었다. 이 창작에서 가장 매혹적인 부분은 절정에 달한 멜로디 선율이 청중의 기대를 넘어 거기서 한 단계 더 위로 올라가 가볍게 강세를 둔 극기를 보여주고 거기서 다시 극도로 멋지게, 어쩌면 너무 멋을 많이 부리며 다시 내려와 끝나는 부분이다. 이것은 이미 육체에 작용하는, 즉 머리와 어깨를 앞으로 기울게 만드는, '천상의 것'을 죽 훑는, 음악

외에는 어떤 예술로도 할 수 없는 아름다움의 표명이다. 바로 이 주제를 총주를 통해 찬미함으로써 명백한 다단조로의 분출로 이어진다. 이 돌발 사건에 앞서 극적인 팔란도(낭송조의 노래 - 옮긴이) 성격의 멜로디가 대담하게 돌진하는데, 이 부분은 베토벤의 가장조 사중주의 마지막 장에 나오는 제1바이올린의 레치타티보를 강하게 연상시킨다. 여기에 이어지는 멜로디는 단순히 대범한 악절에 뒤따르는 축제 분위기와는 좀 다른데, 황홀한 매력에 대한 풍자가 매우 진지한, 따라서 왠지 좀 창피한 열정이 된다.

  나는 레버퀸이 이 작품을 작곡하기 전에 베리오, 비외탕, 비나이브스키의 바이올린 이론을 면밀히 검토하고 이를 반은 존경하는 식으로, 반은 회화적인 방법으로 응용했다는 사실을 알고 있다. 특히 타르티니의 극도로 어려운 트레몰로 소나타를 인용한 대단히 탁월하고 우수한 중간 악장 스케르초에서는 연주자의 기교가 대단히 많이 요구되므로, 훌륭한 슈베르트페거도 이 요구에 부응하기 위해서는 아낌없이 최선을 다해야 했다. 그가 이 곡을 연주할 때마다 곱슬곱슬한 금발머리 아래로 땀이 구슬져 내렸으며, 푸른빛이 아름다운 그의 눈 흰자위에는 붉은 핏발이 섰다. 나는 아드리안이 이 작품에 대한 내 평가를 나쁘게 생각하지 않고 웃으며 수용하리라 확신하기에 그의 면전에 대고 '살롱 음악의 숭배'라고 했지만, 이 한 작품이 루디에게는 대단히 큰 보상을, 대단히 많은, 격상된 의미에서의 '시시덕거림'의 기회를 보장해 주는 것이었다.

  나는 이 대담한 창작물을 생각할 때마다 뮌헨의 비덴마이어슈트라세에 있는 공장주 불링거의 집에서 나누었던 대화가 떠오른다. 그가 지은 웅장한 임대주택의 꼭대기 층 창 아래로 강바닥이 잘 정돈된 이자르 강이 오염되지 않은 물소리를 내며 흘렀다. 이 부잣집에서는 일곱 시에 약 열

228

다섯 명이 앉아 저녁식사를 했다. 그는 손님들을 융숭하게 대접했는데, 결혼하기를 원하는 예절바른 가정부의 지휘 하에 교육받은 하인들이 시중을 들었다. 손님들은 대부분 경제와 상업에 종사하는 사람들이었다. 하지만 사람들은 그가 허풍을 떨며 지식세계에 끼어들기 좋아한다는 사실을 알고 있었으며, 따라서 그의 안락한 집에도 예술가와 학자들이 모이는 날이 있었는데, 아무도, 고백하거니와 나조차도, 맛난 음식과 우아한 공간을 비난할 이유가 없었으며, 그의 살롱에서는 활기찬 대화가 오고갔다.

그때는 자넷 소이엘, 크뇌터리히 부부, 실트크납, 루디 슈베르트페거, 칭크와 슈펭글러, 동전학자 크라니히, 출판업자 라트브루흐와 그 부인, 배우 츠비처, 이름이 빈데마요레스쿠인 부코비나 출신의 희극작가, 그리고 나와 내 아내가 있었다. 그리고 아드리안도 왔었다. 그를 설득시키기 위해 나뿐만 아니라 실트크납과 슈베르트페거도 애를 썼는데, 누구의 부탁이 결정적이었는지 알 수 없지만 결코 나 때문에 같이 갔으리라는 착각은 하지 않는다. 그는 식탁에서 자넷 옆에 앉았고, 그녀와 함께 있을 때는 늘 그렇듯이 편안해 보였다. 그 외에도 낯익은 얼굴들로 둘러싸여 있었으므로 그가 고집을 꺾고 따라온 일을 후회하는 것 같지는 않았으며, 그곳에서 보낸 세 시간 동안 기분이 좋아 보였다. 나는 이번에도 명랑한 가운데 조용히, 사람들이 이제 겨우 서른여덟 살의 이 친구를 대하면서 자신도 모르게 이성적으로는 규명하기 어려운 친절을 베풀고, 왠지 조심스러운 경의를 표하는 모습을 지켜보았다. 이러한 현상은 나를 기분 좋게 했다. 그리고 내 가슴은 또다시 걱정스러운 마음으로 가득 찼다. 사람들이 이런 태도를 보이는 이유는 그에게서 풍기는, 묘사하기 힘든 낯설고 고독한 분위기 때문이었는데, 그즈음 그의 이러한 분위기는 점점 더 뚜렷해졌고 따라서 더 큰 거리감을 느끼게 했으며, 자기 외에는 아무도 살지 않는 나라에서 온 사람 같은 느낌을 주기에 충분했다.

말했듯이 이날 저녁 그는 꽤 편해 보였고 대화도 많이 했는데, 거기에는 내가 보기에 불링거가 앙고스투라 리큐르를 넣어 만든 샴페인 칵테일과 훌륭한 팔츠 산(産) 포도주도 한몫 했다. 아드리안은 슈펭글러와 담소했고—그의 건강은 매우 악화되어 병이 심장에까지 미쳤다—다른 사람들과 마찬가지로 레오 칭크의 광대노름을 보고 웃었는데, 칭크는 커다란 능직물 냅킨을 마치 침대 커버인 양, 괴상하게 생긴 자신의 코에까지 끌어올리고 그 위에 얌전히 두 손을 펼쳤다. 이 노련한 익살꾼은 취미로 유화를 그리는 불링거가 정물화를 한 점 보여주자 다른 사람이 어떤 평을 하지 못하도록 '오메! 라는 감탄사를 수없이 반복했다. 이 말은 여러 가지로 해석될 수 있었으며, 우리 입장에서는 그 덕분에 굳이 평을 하지 않아도 되었고, 좋은 의도로 보여준 그 그림을 모든 방향에서 감상하고 심지어 뒤집어 보기까지 해서 아드리안을 더욱 즐겁게 해주었다. 이런 식으로 아무 부담 없는 감탄사를 터뜨리는 일은 원래 별로 대단치 않은 이 친구가 화가로서나 광대로서 자신의 한계를 넘는 대화에 끼어들 때 쓰는 수법이었는데, 그는 이 수법을 심지어 미학적, 도덕적 문제를 다룬 대화에서도 활용했다. 나는 그 대화를 기억하고 있다.

커피를 마신 후 집주인이 축음기로 음악을 들려주는 동안 사람들은 계속 담배를 피우거나 음료를 마셨다. 당시 축음기 음반이 괄목할 만한 발달을 하기 시작했으며, 불링거는 그 값비싼 기계를 이용해 여러 가지 음악을 들려주며 분위기를 즐겁게 했다. 내 기억에 첫 곡은 구노의 〈파우스트〉 가운데 왈츠였는데 연주가 꽤 훌륭했으며, 밥티스트 슈펭글러는 왈츠를 두고 들판에서 추는 민속춤의 멜로디로서 대단히 우아하고 사교적이라고 말했다. 사람들은 이 양식이 베를리오즈의 환상 교향곡에 나오는 매력적인 무도회 음악에 더 잘 어울린다는 데 의견일치를 보고 그 곡을 요구했다. 그 음반은 없었다. 그 대신 슈테르트페거가 훌륭한 휘파람 실력으로 멜로디를 연주했는데 바이올린 음색을 띤 깨끗하고 빼어난 연주였으며, 박수갈채가 터지자 늘 하던 식으로 옷 속의 어깨를 쫙 펴고 입꼬리를 아래로 일그러뜨리며 웃었다. 그 다음에는 사람들이 프랑스의 음악과 비교하고 싶다며 빈의 음악을, 라너와 요한 슈트라우스를 요청했고, 집주인은 기꺼이 자신의 소장품 중에서 찾아 들려주었다. 그때 한 여성이 —나는 지금도 정확히 기억하는데, 출판업자 부인인 라트브루흐였다— 이 경박한 기계 때문에 우리 가운데 계신 위대한 작곡가가 지루하지 않겠느냐고 우려를 표했고, 축음기를 통한 음악 감상은 중지되었다. 그녀의 의견에 다들 사려 깊게 동의했는데, 질문이 무엇이었는지 주의해 듣지 않았던 아드리안은 놀라서 물으며 확인했다. 사람들이 그 질문을 반복하자 그는 활기차게 부인했다. 천만에, 그럴 리가 있겠느냐, 오해다, 이 나름대로 훌륭한 물건으로 인해 나만큼 즐거운 사람은 없을 것이다, 라고 말했다.

"여러분은 제가 받은 음악교육을 과소평가하고 계십니다" 하고 그가 말했다. "저는 소년시절에 선생님이 한 분 계셨습니다(그는 이 말을 하면서 아름답고 순수하고 그윽한 미소로 나를 건너보았다). 세상의 모든 음악을 다 섭렵하시고 음악에 푹 빠진 분이셨는데, 그 분은 모든 소리를, 일부러 만든 소음조차도 사랑할 수 있는 분이었으며, 음악에 대한 어떤 거만함, 어떤 잘난 척 같은 것은 그 분에게서 배울 수 없었습니다. 숭고한 것과 엄격한 것을 대단히 잘 아는 분이셨지요. 그 분에게 음악은 있는 그대로의 음악이었으며, '예술은 어렵고 좋은 것과 관계한다' 고 말한 괴테에 반발해 쉬운 것도 좋은 것은 어렵고, 어려운 것만큼이나 쉬운 것도 좋을 수 있다고 했습니다. 그 말이 제 머리에서 떠나지 않았습니다. 저는 그 말을 간직하고 있습니다. 물론 저는 이 말을 쉬운 것과 겨루기 위해서는 어렵고 좋은 것에 능숙해야 한다는 정도로 이해하고 있지요.”

잠시 침묵이 흘렀다. 사실 그가 한 말은 단지 제공된 호의에 즐거워할 권리가 있다는 뜻이었다. 그러나 사람들은 그 말을 그렇게 이해하려 하지 않고 그의 뜻을 의심했다. 실트크납과 나는 서로를 쳐다보았다. 크라니히 박사는 “흠!” 했고, 자넷은 조용히 “관대하셔라!” 했고, 레오 칭크는 멍 하게 압도당해, 사실 심술궂게, “오메!”를 터뜨렸다. “역시 아드리안 레버퀸이야!” 슈베르트페거가 벌겋게 달아오른 얼굴로 외쳤는데, 포도주 때문에 그런 것만은 아니었다. 나는 그가 남몰래 마음이 상했다는 사실을 알고 있었다.

“혹시 소장품 중에 생상의 〈삼손〉 가운데 데릴라의 라단조 아리아 없습니까?” 아드리안이 말을 이었다. 그 질문은 불링거를 향한 것이었는데, 그는 다음과 같이 대답할 수 있었기에 극도로 만족했다.

“저요? 그 아리아가 없냐고요? 선생님, 저를 어떻게 보시고 하시는 말씀입니까? 여기 있습니다. 그리고 분명히 말씀드리건대, 이런 건 ‘혹시’ 소장하는 게 아니지요!”

이에 아드리안이 대꾸했다.

“아, 좋아요. 갑자기 그 작품이 생각났어요. 왜냐하면 크레치마 선생님이, 제 선생님 성함인데요, 오르간 주자였고 푸가 전문가였습니다. 크레치마 선생님이 이 작품에 매우 독특한 열정을 지니고 계셨거든요. 유달리 좋아하셨어요. 가끔 그 곡을 들으며 웃기도 하셨지만, 그렇다고 그것이 그의 감탄을 부정하는 것은 아니었죠. 그 분은 표본이 될 만한 것에만

232

감탄하셨어요. 쉿!'

바늘이 놓였다. 불링거가 그 위에 무거운 덮개를 씌웠다. 스피커를 통해 당당한 메조소프라노가 울려 퍼졌는데, 발음은 그다지 좋지 않았다. '네 목소리에 내 심장이 뛰네'는 알아들었으나 그 외에는 무슨 말이지 잘 알 수 없었지만 노래는, 안타깝게도 오케스트라 반주가 낑낑거렸으나, 온화하고 부드럽고 아련한 기쁨의 울림이 훌륭했으며, 멜로디도 좋았다. 중간 부분에서야 나오는 아리아에서 동일한 구성의 두 소절이 반복되면서 비로소 그 아름다운 진행이 완전히 발휘되고 우롱하듯 끝나는데, 특히 두 번째에서는 바이올린이 매우 힘차게 울리며 그 풍만한 음성의 선율을 멋지게 동반했고, 종결부에서 아프도록 부드러운 후렴으로 반복했다.

사람들은 감동했다. 한 여성은 수놓은 외출용 손수건으로 눈을 훔쳤다. "어리석도록 아름답군!" 불링거가 오래전부터 미학자들 사이에서 사랑받고 여전히 유행하는 말을 사용하며 말했는데, 이 말은 '아름답다'라는 꿈꾸는 듯한 평가를 짓궂은 전문가답게 냉철하게 만드는 말이었다. 그 말이 여기서는 아주 정확하고 의미상 제격이라고 할 수 있었다. 그리고 그 말은 아드리안의 기분을 유쾌하게 해주었을지도 모른다.

"자, 그럼!" 아드리안이 웃으며 외쳤다. "이제 여러분들은 재미없는 사람이 이 곡을 권할 수 있다는 것을 보셨습니다. 정신적인 아름다움은 아니었지만. 오히려 두드러지게 관능적이었지요. 하지만 관능적인 것에 대해 결국 두려워할 필요도 부끄러워할 필요도 없지요."

"아니, 필요할지도 몰라요." 주화 기념관 관장인 크라니히 박사가 말했다. 그는 비록 천식 때문에 말할 때 숨소리에 쇳소리가 섞이긴 했지만 여느 때와 같이 매우 분명하고 확실하게, 명료하게 발음하고 알아듣기 좋게 말했다. "예술에서는 필요할지도 모릅니다. 이 분야에서는 사실 관능적인 것만은 두려워하고 부끄러워해야 할 것입니다. 왜냐하면 천한 것은, 시인의 정의에 따르자면, '천한 것은 정신에 호소하지 않고 관능적인 관심만을 불러일으키는 모든 것'이니까요."

"고귀한 말이군요." 아드리안이 말했다. "그 말에 반대하는 말을 상기시키기 전에 그 말의 여운을 느껴보는 것이 좋겠습니다."

"그런데, 무슨 말을 상기시키시려는데요?" 동전학자가 물었다.

아드리안은 어깨를 으쓱해 보이고 마치 '할 말 없어요'라고 말하는 듯한 입 모양을 하고는 이렇게 말했다.

"이상주의는, 정신은 정신적인 것뿐만 아니라 관능미에 서린 동물적 우수(憂愁)가 말을 걸어올 때도 깊이 감동 받을 수 있다는 사실을 고려하지 않습니다. 심지어 우수는 외설도 숭배하지요. 필리네(괴테의 소설 〈빌헬름 마이스터의 수업시대〉에 나오는 인물 - 옮긴이)는 창녀일 뿐이지만 빌헬름 마이스터는, 작자와 매우 유사한 인물이지요, 필리네에게 존경을 바치지요. 그리하여 순수한 관능미가 비천하다는 생각을 명백히 부인합니다."

"모호한 것에 베푸는 관용이나 인내심을 우리는 결코 대가들에게서 본받을 만한 성격으로 간주하지 않았습니다. 그 밖에도 정신이 천하고 관능적인 것 앞에서 한눈을 팔거나 심지어 눈짓을 한다면 그것은 바로 문화를 위협하는 요소라 할 수 있을 것입니다."

"우리는 위협에 대한 생각이 서로 다른 것 같군요."

"아예 저더러 겁쟁이라고 하시지요!"

"이런! 두려움에서 꾸짖는 기사는 겁쟁이가 아니라 그냥 기사일 뿐입니다. 제가 단호히 방어하고자 하는 것은 예술적인 도덕 문제에 대한 대범한 태도입니다. 이 점은 제가 보기에 음악보다는 다른 예술에서 더 잘 보존하고 즐기지요. 이 사실이 음악에는 영광일 수 있겠으나 음악의 활동범위를 심각하게 축소시킵니다. 음악에 극도로 엄격한 정신적, 도덕적 잣대를 댄다면 무엇이 남습니까? 바흐 음악의 몇 가지 순수 분파가 남겠지요. 들을 만한 건 아마도 전혀 없을 겁니다."

하인이 엄청나게 큰 쟁반에 위스키와 맥주, 그리고 소다수를 들고 왔다.

"흥을 깨는 이야기는 그만 합시다." 크라니히가 말했고, 이에 대해 불링거가 우렁차게 브라보! 하며 그의 어깨를 쳤다. 내게, 그리고 좌중의 몇몇 사람들에게 그 대화는 엄격한 중도주의 정신과 고뇌하는 깊은 경험이 재빠르게 뛰어올라 벌이는 결투 같았다. 내가 이 살롱 장면을 여기 삽입한 이유는 당시 아드리안이 작업하고 있던 콘체르토 작품과 이 상황이 매우 깊은 관련이 있다고 생각할 뿐만 아니라, 바로 그 당시에 그 관계가 나로 하여금 집요한 노력 끝에 그 작품을 쓰게 만든 한 젊은 친구를 떠올리게 했기 때문이다. 그 친구에게 이 작품은 한 가지 이상의 의미에서 성공을 의미했다.

언젠가 아드리안이 내게 '나'와 '남'의 관계가 놀랍게, 그리고 늘 좀 부자연스럽게 변하는 과정이라고 설명한 현상에 대해 그저 뻣뻣하고 메마르게, 던지듯 일반적으로 말할 수밖에 없는 것이 아마도 내 운명인 모양이다. 그것은 사랑의 현상이었다. 그 비밀스러운 일에 대한 외경심에 개인적인 외경심이 합세해, 나는 결국 마술과도 같이 은밀하게 일어난 그 변화에 대해, 한 개인의 고독을 거슬러 일어난 거의 기적과도 같은 그 현상에 대해 할 말을 잃고 입을 다물고 말았다. 그 상황에서 그래도 내가 뭔가 보고 이해할 수 있었던 원인은 고전문학을 통해 얻은 기지 덕분이었다고 생각하는데, 평소에는 무더지기만 했던 기지가 그 상황에서는 예리하게 빛났다.

극도로 냉담한 고독 앞에서도 지치지 않는, 무엇으로도 막을 수 없는 붙임성이 결국 승리를 거두었다는 사실이 의심의 여지없이 확실했는데, 이는 인간적으로 이해할 수 있는 문제다. 두 사람 간의 양극적인, 반복하거니와 양극적인 상이성에도 불구하고, 두 사람 간의 정신적 격차에도 불구하고 오직 한 가지 특징만 있는 승리. 요마 같은 방법으로 언제나 그 한 가지 특징만으로 추구된 승리였다. 슈베르트페거의 시시덕거리기 좋아하는 성격으로 볼 때 고독을 상대로 붙임성을 통해 얻은 승리에는, 의식적이든 무의식적이든, 처음부터 그 특별한 의도와 특색이 있었다는 사실을 나는 분명히 알 수 있었다. 이 말은 거기에 고귀한 동기가 없었다는 뜻이 아니다. 오히려 그 반대다. 그것을 원한 사람은 아드리안과의 친분이 자신의 인격을 보강하는 데 얼마나 필수적인지에 대해 말할 때 대단히 진지했다. 그것이 자신을 얼마나 발전시키는지, 얼마나 끌어 올리는지, 얼마나 개선시키는지. 다만 그는 너무 비논리적이었으므로 그 우정을 얻기 위해 타고난 시시덕거림의 수단을 이용했는데, 그 결과 그가 품은 우수의 본질이 반어적으로 표현된 관능이라는 사실이 드러나자 자존심이 상했던 것이다.

이 모든 사실에서 내게 가장 기이하고도 감동적인 일은 정복당한 자가 마법에 홀렸다는 사실을 지각하지 못하고 오히려 결코 자신에게 어울리지 않는 일에 앞장서는 모습을 내 눈으로 보는 일이었다. 유혹이라는 이름으로 표현해야 마땅할 일에, 거침없이 개입하고 반응하는 태도에 그는 대단히 경탄하고 있었다. 그렇다. 그는 멜랑콜리와 감정으로도 흔들 수 없는 확고한 의지의 기적이라고 말했고, 나는 이 '경탄'이 지난 어느 날의 저녁으로, 슈베르트페거가 아드리안의 방에 나타나 그가 없으니 너무 재미없다고 같이 어울리기를 권유했던 그 저녁까지 거슬러 올라간다는 사실을 별로 의심하지 않는다. 그리고 이른바 그 기적에는 가련한, 고귀하고 예술적으로 자유롭고 도덕적인 루디의 성격이, 정말로 언제나 승리했던 그의 특징적 성격이 관련되어 있었다. 아드리안이 불링거 집에서 열렸던 저녁모임에 참석했던 즈음에 슈베르트페거에게 쓴 편지가 있는데, 슈베르트페거는 이 편지를 당연히 없애야 했으나 한편 존경심에서, 또 한편으로는 분명 전리품으로 생각하고 보관했다. 나는 그 내용을 인용하지 않겠다. 단지 그것을 인간적인 기록물로서, 상처를 드러내는 소임을 맡은 기록물로서, 그리고 그 고통스러운 행위가, 상처를 적나라하게 드러내는 행위가 편지를 쓴 사람으로서는 엄청난 일이었다는 사실을 말해주는 기록물로서 언급할 뿐이다. 그것은 아무것도 아니었다. 그러나 그것이 아무것도 아니라는 사실을 증명하는 방법은 아름다웠다. 당시 그 편지의 수신인은 즉각, 서둘러, 조금도 망설이지 않고 파이퍼링을 찾아왔다. 그것은 극도로 진지한 감사의 표시였다. 확인이었다. 단순하고 대담하고 언제나처럼 다정한 태도의 표시였고, 모든 부끄러움을 극복하기로 열심히 숙고한 태도였……. 나는 그 점을 칭찬한다. 나는 칭찬하지 않을 수 없다. 그 기회에 바이올린 콘체르토의 작업과 헌정이 결정되었을 것이다.

그 일을 계기로 아드리안은 빈으로 갔다. 그 일을 계기로 그는 그 후 루디 슈베르트페거와 함께 헝가리의 영주의 성으로 갔다. 그들이 거기서 돌아왔을 때 루돌프는 지금까지는 어린 시절의 우정 덕분에 오직 내게만 주어졌던 특권을 얻고 기뻐했다. 즉, 그와 아드리안은 서로 '너'라고 불렀다.

39

불쌍한 루디! 네 어린아이 같은, 요마 같은 매력의 승리는 짧았다. 왜냐하면 그 악마성은 더 깊고 더 무서운 힘에 얽혀 순식간에 깨지고 부서지고 없어졌으니까. 불운의 '너'! 그 승리를 거둔 푸른 눈의 천진함도, 그것을 마지못해 허락한 사람도 그 행복을 주는 패배에, 행복을 줄 수도 있었던 패배에 가해지는 복수를 피하지 못했다. 복수는 무의식적이었고, 순간적이었고, 차가웠고, 비밀에 싸여 있었다. 이제 이야기해야겠다. 모두 이야기하겠다.

1923년 말경 베른과 취리히에서 그 성공적인 바이올린 콘서트의 재공연이 있었다. 그 공연은 스위스 '실내악 오케스트라'가 주최하는 두 가지 행사의 일환이었고, 그 지휘자 파울 자허가 슈베르트페거를 대단히 기분 좋은 조건으로 초청하면서 작곡자가 공연에 참여해서 특별히 자리를 빛내 주면 좋겠다는 소망도 잊지 않고 밝혔다. 아드리안은 거부했다. 그러나 루돌프는 간청하는 법을 알고 있었고, 새롭게 시작한 '너'는 당시 다가올 일에 길을 터주기에 충분한 효력을 발휘했다.

독일 클래식 음악과 현대 러시아 음악을 포함하는 그 프로그램의 중심이었던 콘서트는 베른 음악학교 강당과 취리히 음악 홀에서 열렸는데, 모든 것을 다 쏟아 붓는 솔리스트 루디의 몰입 덕분에 그 특징이, 정신적이면서도 매혹적인 그 특징이 다시 한 번 발휘되었다. 비평가들은 모종의 양식의 차이, 아니 수준의 차이를 지적했고, 청중도 빈에서보다는 좀 서먹한 태도를 보였으나, 그래도 연주자에게 활기찬 기립박수를 보냈을 뿐만 아니라, 두 행사 때 모두 작곡자의 등장을 고집스럽게 기다렸고, 작곡자는 자신의 곡을 잘 해석한 연주자와 손에 손을 잡고 박수갈채에 거듭 감사하는 호의를 베풀었다. 이 두 번에 걸친, 둘도 없는 사건은 그러니까 고독이 대중 앞에 자신을 개인적으로 희생하는 일이었는데, 나는 그 순간을 놓쳤다. 나는 그 일에서 배제되었다. 두 번째 연주회 때 동행해서 내게 그 이야기를 들려준 사람은 자넷 소이엘이었다. 그때 마침 그녀는 취리히에 있었고, 아드리안과 슈베르트페거가 잠시 머물렀던 개인 저택에서도 아드리안을 만날 수 있었다.

그 집은 미텐슈트라세에 있던 라이프 부부의 호숫가 집이었다. 그들은 아이가 없고 부자고 예술을 좋아하는 노부부였으며, 예전부터 여행 중의 저명 예술가들에게 고급 숙식을 제공하고 사교적인 대화를 나누는 일을 낙으로 삼았다. 남편은 한때 비단 공장을 운영했으나 지금은 사업 일선에서 물러난, 민주주의적이고 성실하며 강직한 스위스 사람인데, 한쪽 눈이 의안이었다. 그 때문에 털이 많은 얼굴이 왠지 완고해 보였으나 이는 착각이었다. 그는 진보적이고 쾌활한 사람이었고, 여배우들과 함께, 프리마돈나든 수브레트(희극적인 여자 배역 - 옮긴이)든, 자기 살롱에서 은밀히 재미 보는 일보다 더 좋아하는 일은 없었다. 때때로 손님들 앞에서 첼로를 연주하기도 했는데 실력이 나쁘지 않았다. 부인은 피아노 반주를 했는데, 그녀는 부잣집 출신으로서 한때 성악에 전념하기도 했다. 그녀에게는 남편과 같은 유머감각이 없었으나 적극적으로 손님을 환대하는 시민계급 여성이었으며, 자기네 집에서 저명인사에게 숙소를 제공하고 거장이 걱정 없이 예술정신을 펼칠 수 있도록 돕는 데서 즐거움을 찾는 점에서는 남편과 전적으로 일치했다. 그녀의 규방에는 테이블 하나가 온통 유럽의 저명인사들이 헌정한 사진들로 덮여 있었는데, 그들은 라이프 부부의 고마운 대접에 은혜를 입었다고들 했다.

이 부부는 슈베르트페거의 이름이 신문에 나기도 전에 그를 자기네 집으로 청했는데, 통 큰 예술 후원자인 전직 사업가는 뛰어난 음악가에 관한 소식을 전 세계를 통틀어 가장 먼저 접했다. 또한 그들은 아드리안이 온다는 소식을 접하자마자 이 기회를 놓치지 않고 아드리안까지 초청했다. 집은 넓었고 손님방이 많았으며, 베른에서 도착한 사람들은 거기서 자넷 소이엘을 만났는데, 그녀는 일 년에 한 번 늘 그러듯이 그 집에서 몇 주간 친구처럼 지냈다. 그러나 연주회가 끝난 후 라이프의 식당에서 몇몇 관계자들에게 베푼 만찬에서 아드리안이 앉은 자리는 그녀 옆이 아니었다.

식탁 끝에는 집주인이 앉았다. 그는 멋지게 세공한 유리잔으로 무알콜 음료를 잔뜩 마시고 굳은 얼굴로 옆자리에 앉은 시립 극장의 소프라노와 농을 주고받았는데, 그녀는 활기 넘치는 여인으로서 그날 저녁 동안 주먹 쥔 손으로 여러 번 가슴을 두드렸다. 오페라 단원 중에 또 한 사람이 있었는데, 주인공 바리톤 발테 폰 게부르트였으며, 키가 크고 목소리는 우렁차지만 말하는 품이 지적인 사람이었다. 그리고 그 콘서트 기획자인 악단장 자허, 취리히 음악 홀의 전속 지휘자 안드레 박사, 그리고 〈취리히 신보〉의 탁월한 음악전문 기자 슈 박사도 당연히 참석했다. 이들은 모두

부인을 동반했다. 식탁의 다른 끝에는 라이프 부인이 아드리안과 슈베르트페거 사이에 정정하게 자리 잡았는데, 그들 외에도 그녀의 좌우로 젊은, 또는 아직은 젊은, 그리고 직업적으로 활동을 하는 프랑스 계 스위스 아가씨 마드무아젤 고도와 그녀의 친족 아주머니가 앉았다. 그녀는 매우 사람 좋아 보이는, 거의 러시아 풍 분위기가 나는, 코 밑에 털이 좀 난 할머니였는데, 마리(고도의 이름)는 그녀를 '마 탕트' 또는 '이자보 아주머니'라고 불렀으며, 어느 모로 보나 상류층 인사의 말상대로서, 가정부로서, 시녀로서 그 조카와 함께 사는 여자였다.

나는 그 조카에 대한 묘사를 할 수 있다. 얼마 지나지 않아, 충분한 이유로, 내 눈을 오래 그들에게 고정시켜 상세히 관찰할 기회가 있었던 것이다. 어떤 인물의 특징을 나타내는 데 '호감이 가는'이라는 말이 꼭 필요하다면 그것은 이 여자의 묘사에 해당되었는데, 그녀는 머리끝부터 발끝까지, 모든 표정, 모든 말, 모든 미소, 모든 성격의 노출에서 이 낱말의 차분하고 도를 넘지 않는, 미학적, 도덕적 의미를 충족시켰다. 나는 그녀가 세상에서 가장 아름다운 검은 눈을 가지고 있었다는 말부터 하겠는데, 숯 같고, 타르 같고, 잘 익은 나무딸기 같이 검은 눈은 별로 크지는 않지만 또렷했고, 그 어두운 색에서 맑고 순수한 빛이 났다. 눈썹은 가지런하고 섬세해서 화장으로 그런 모양을 연출하기는 어려웠고, 그녀의 부드러운 입술에 띤 적당히 생생한 홍조도 이와 마찬가지였다. 그 아가씨에게는 인위적인 것이 없었다. 화장으로 바르고 덧칠한 것이 없었다. 목덜미를 풍성하게 덮고 있는, 이마 위로 그리고 가느란 가리마로부터 귀를 드러낸 채 뒤로 넘긴 흑갈색의 머리칼은 있는 그대로의 자연스러운 아름다움을 지녔으며, 손도 마찬가지였다. 아름답고 결코 너무 작지 않으면서 날씬하고 뼈가 가는 손인데 지적인 분위기가 났으며, 팔목은 수수하게 흰 실크 블라우스의 소매가 감싸고 있었다. 마찬가지로 **빳빳한** 목깃이 목을 감싸고 있었고, 목은 날씬하고 기둥처럼 둥글게, 사실 마치 끌질한 듯 위로 뻗어 있었고, 그 위에 상아 색 피부의 뾰족한 타원형 얼굴이 귀엽게 얹혀있는데, 코는 작고 잘 생겼으며 콧구멍은 힘차게 열려 있었다. 그녀는 별로 미소를 띠지 않았고, 소리를 내어 웃는 일은 더 삼갔는데, 그녀가 웃을 때면 고르게 붙은 이가 드러나며 법랑질이 반짝였고, 바짝 빗어 넘겨 거울처럼 비치는 머리와 마찬가지로 절도 있는 모습이 모종의 감동을 불러일으켰다.

독자들은 내가 이 여인의 모습을 불러일으키기 위해 애정과 열의를 기울여 애쓰는 행위를 이해하게 될 것이다. 아드리안이 한때 결혼을 마음먹었던 이 여인의 모습을. 내가 마리를 처음 보았을 때도 그녀는 흰 실크 외출복 블라우스를 입고 있었는데, 그 옷으로 인해 그녀의 검은 색조가 어느 정도 강조되었다. 그 다음에는 주로 그녀에게 훨씬 더 잘 어울리는 단순한 일상복 또는 여행복을 입고 있었다. 짙은 스코틀랜드 직물에 에나멜 가죽 벨트와 자개로 만든 단추가 달려 있었고, 그녀가 제도판에 연필과 색연필로 그림을 그릴 때는 그 위에 무릎까지 내려오는 작업용 가운을 걸치기도 했다. 그녀는 디자이너였다. 아드리안은 라이프 부인을 통해 그 이야기를 들어 알고 있었다. 파리의 소형 오페라나 가극 무대, '가트리리크' 나 오래 된 '테아트르 뒤 트리아농' 을 위해 인물, 의상, 무대 배경 등을 고안했고 완성했으며, 그러면 재단사와 실내장식가가 본(本) 대로 만들었다. 그녀는 제네바 호수 근교 니옹 태생인데, 이렇게 일하면서 이자보 아주머니와 함께 일드파리 섬의 작은 집에서 살았다. 하지만 그녀의 재능, 창의력, 의복사에 관한 지식과 그녀의 뛰어난 감각에 대한 명성은 높아가고 있었다. 그녀의 직업적 활동 무대는 취리히뿐만이 아니었다.

그녀는 식탁 오른 쪽 옆자리에 앉은 사람에게 몇 주 후 뮌헨으로 가게 될 것이라고 말했는데, 뮌헨 극장에서 그녀에게 현대 희극의 무대장치를 의뢰하려 한다는 것이었다.

아드리안은 그녀와 안주인에게 관심을 나누어 표했고, 그의 맞은편에 앉은, 피곤하지만 행복한 루디는 '마 탕트'와 시시덕거렸다. 그녀는 웃을 때 아주 가볍게 선량한 눈물을 흘렸으며, 자신의 조카 앞으로 자주 몸을 굽혀, 젖은 눈과 훌쩍이는 목소리로 자기 옆자리 청년이 한 말을 반복해 들려주었다. 그녀는 조카가 그 이야기를 반드시 들어야 한다고 생각했다. 마리는 아주머리에게 상냥하게 머리를 끄덕여 보였고, 아마도 아주머니가 그토록 이야기를 잘 하는 모습에 기분이 좋은 것 같았다. 모종의 감사와 인정(認定)이 담긴 그녀의 눈은 명랑한 분위기를 만들어 준 사람에게 머물렀는데, 그러면 그는 이 할머니에게 또 다시, 반복해서 농담을 해줄 의무감을 느꼈다. 고도는 아드리안과 함께 그의 질문에 고분고분 대답하며 자신이 파리에서 하는 일에 대해, 아드리안이 잘 모르는 최신 프랑스 발레와 오페라의 작품에 대해, 플렝, 오릭, 리티의 작품에 대해 이야기했다. 그들 사이에 라벨의 〈다프니스와 클로에〉와 드뷔시의 〈유희〉, 골도니의 희곡 〈유쾌한 여인들〉에 대한 스카-클라티의 음악, 치마로사의 〈비밀 결혼〉, 그리고 샤브리에의 〈고양 부족〉에 대한 이야기가 오고갈 때는 열을 올렸다. 이들 작품 가운데 한두 푼에 마리는 새로운 무대장치를 고안했고, 완성된 각 장면을 그녀의 테이블 카드에 연필로 스케치해 보여주었다. 사울 피텔베르크를 그녀는 잘 알고 있었다. 당연하겠지! 그녀의 법랑질 이가 반짝인 것은 이때였고, 환한 웃음이 그녀의 머리를 너무도 귀엽게 움직였다. 그녀는 독일어를 어렵지 않게 했다. 외국인 티가 약간 나는 매력적인 억양이었다. 그녀의 목소리는 따뜻하고 호감을 주는 음색이었고, 노래 부르는 듯한 소리였고, 의심의 여지없는 좋은 '자질'이었다. 정확히 말해, 그녀는 목소리의 상태와 음색으로 보아 아드리안 어머니의 목소리와 유사할 뿐만 아니라, 때로 정말로 엘스베트 레버퀸의 목소리를 듣는 것으로 착각할 정도였다.

　　이때처럼 열다섯 사람이 모인 자리는 식탁을 물린 후에는 소규모로 나뉘곤 했는데, 그 구성원은 그때그때 달라졌다. 아드리안은 만찬 후 마리 고도와 거의 말을 나누지 않았다. 자허, 안드레, 슈, 그리고 자넷 소이엘이 취리히와 뮌헨의 음악행사에 대해 이야기를 나누느라 아드리안을 오래 붙잡고 있었고, 파리의 숙녀들과 오페라 가수들, 그리고 집주인 부부와 슈베르트페거가 상에 둘러앉아 값진 세브레 자기에 차를 따라 마시며 노인 라이프 씨가 진한 커피를 연신 마셔대는 모습을 보고 놀랐는데, 그는 스위스 억양으로 커피가 심장에 좋고 잠이 잘 들게 한다고 의사가 권했기 때문에 그런다고 설명했다. 세 투숙객은 나머지가 돌아간 후 곧바로 방으로 들어갔다. 마드무아젤 고도는 며칠간 그녀 아주머니와 함께 에덴 오 락 호텔에서 지낸다. 다음 날 아침 아드리안과 함께 뮌헨으로 돌아갈 예정이었던 슈베르트페거는 헤어질 때 매우 활기차게 뮌헨에서 다시 만나기 바란다고 말했고, 마리는 잠시 기다린 후 아드리안이 그 바람을 다시 한 번 반복하자 상냥하게 동의했다.

1925년 새해가 밝고 몇 주 지났을 때 나는 신문에서 내 친구가 취리히에 갔을 때 식탁 옆자리에 앉았던 매력적인 숙녀가 우리의 수도에 도착했고, 그녀가 자기 아주머니와 함께 아드리안이 이탈리아에서 돌아와 며칠 묵었던 슈바빙의 바로 그 '기젤라 호텔'에 투숙했다는 기사를 읽었다. 우연은 아니었다. 아드리안이 그 호텔을 추천해 주었다고 내게 말했다. 극장

측에서는 공연을 앞둔 초연에 대한 관중의 관심을 높이기 위해 그 소식을 널리 알렸고, 이어 그 소식은 슐락인하우펜의 초청으로 우리에게도 전해졌는데, 슐락인하우펜은 유명한 무대장치 예술가가 자기네 집에서 다음 토요일 저녁을 보낼 것이라고 했다.

이 모임에서 내가 느낀 긴장감을 나는 묘사할 수 없다. 기대, 호기심, 기쁨, 두려움이 섞여서 내 기분을 대단히 흥분시켰다. 왜? 아드리안이 스위스 공연 여행에서 돌아와서 무엇보다도 먼저 마리와 만난 이야기를 했고 그녀에 대해 묘사했기 때문에 그런 것은 아니었다. 아니, 그래서만은 아니었다. 그의 묘사는 자연스러운 사실 확인이었는데, 그녀의 목소리가 자기 엄마 목소리와 유사하다는 그의 말에 나는, 물론 다른 말에도 그랬지만, 즉각 주의를 기울였다. 그가 내게 그려준 모습은 분명 황홀한 초상화는 아니었다. 오히려 그의 말은 조용히 지나가는 듯했으며, 그의 표정은 변함이 없었고, 눈은 방의 저편을 응시하고 있었다. 하지만 그녀와의 만남이 그에게 강한 인상을 남겼다는 사실은 그가 그 아가씨의 이름과 성을 잘 알고 있었다는 사실로 증명되었다. 그는 사람이 여럿 모였을 때 자기와 대화를 나눈 사람의 이름을 잘 알지 못했다고 나는 이미 말했다. 그리고 그의 보고는 분명 단순한 언급 이상이었다.

그러나 내 심장을 그토록 이상하게, 기쁨과 의심으로 뛰게 한 데는 뭔가 다른 것이 있었다. 내가 다음에 파이퍼링에 갔을 때 아드리안은 자기가 그곳에 너무 오래 살았고, 이제 표면적 삶의 변화를 꾀할 때가 온 것 같다는 말을 했었다. 혼자 사는 생활을 곧 끝내고 싶다는 말이었다. 독신 생활을 끝낼 의도를 흉중에 갖고 있다는 둥, 간단히 말해 결혼할 생각이라는 뜻을 나타내는 말이었다. 나는 용기를 내어 그가 암시하는 내용이 취리히에 있을 때 우연히 일어난 만남과 관계가 있냐고 물었고, 그는 이

245

렇게 대답했다.

"네 추리를 누가 말리겠어? 아무튼 이 좁은 방은 그러기에 적당한 장소가 아니야. 내가 착각하지 않는다면, 네가 한때 유사한 고백을 했던 곳은 고향의 치온스베르크 산이었어. 우리는 이 이야기를 롬뷔엘 산에라도 가서 했어야 하는데."

내가 얼마나 놀랐겠는가!

"정말 놀랍고 감동적이야!"

그는 내게 흥분을 가라앉히라고 충고했다. 그는 곧 마흔이 되고, 결혼의 기회를 놓치지 말라는 충고도 많이 받았다고 말했다. 나는 더 묻지 않고 지켜보고 싶었다. 그의 계획은 내게 그가 슈베르트페거와의 요마 같은 결합에서 풀려난다는 뜻이었으므로, 나는 그 기쁨을 감추지 않았고, 그 계획은 그러기 위한 의식적인 수단이라고 이해하기를 주저하지 않았다. 그 바이올리니스트이자 휘파람 연주자가 자기 쪽에서 어떤 반응을 보일지, 그것은 부차적인 문제였고, 별로 불안하지 않았다. 왜냐하면 그는 소년다운 명예욕의 목표에 도달해 있었고 콘서트를 성공리에 마쳤으니까. 그의 승리 후 나는 그가 아드리안 레버퀸의 인생에서 다시 좀더 이성적인 자리를 차지하게 되리라고 생각했다. 내 머릿속을 맴도는 것은 단지 아드리안이 자신의 의도에 대해 이야기하는 태도가 매우 특이했다는 사실이다. 그는 마치 그 계획의 실현이 오직 자신의 의지에만 달렸다는 듯이, 그리고 그 아가씨의 동의는 전혀 걱정할 필요도 없다는 듯이 말했다. 단지 고르기만 하면 된다고 믿는, 단지 선택했다고 말만 하면 된다고 믿는 그의 자신감을 나는 기꺼이 긍정적으로 해석할 준비가 되어있었다! 그러나 내 가슴에는 그 순진한 믿음에 대한 걱정이 생겼고, 나조차도 그 순진함을 그의 후광을 형성하는 고독과 낯설음의 표현으로 보고자 했으며,

따라서 내 의지와는 상반되게 과연 이 남자가 여자의 사랑을 받아들일 수 있는지 다시금 의심하게 되었다. 솔직히 말하는 김에 모든 것을 터놓고 말하겠는데, 나는 심지어 그가 사실 자신도 그 가능성을 믿었는지 의심했고, 그가 단지 의도적으로 자신의 성공은 당연한 것이라고 믿는 척하는 것 같다는 느낌을 물리치기는 쉽지 않았다. 선택받은 여인은 아드리안이 자신과 결부하여 이런 생각과 의도를 품으리라고 일시적으로나마 예상했을까?

그 물음은 내가 브리너슈트라세 가의 사교모임에서 마리 고도를 만난 후에도 여전히 어둠에 싸여있었다. 그녀가 얼마나 내 마음에 들었는지, 그것은 내가 앞에서 묘사한 그녀의 모습에서 짐작할 수 있을 것이다. 내가 이미 알고 있던 검은 눈의 부드러운 빛뿐만 아니라, 아드리안이 매우 섬세하게 묘사했던 그녀의 매혹적인 미소와 음악적인 목소리만이 아니라 그녀의 상냥하고 지적인 교양, 여자들이 흔히 그러 듯이 키들거리지 않고 차분한 태도, 확고한 태도, 독립적인 직업여성의 통명스러운 태도도 내 마음을 사로잡았다. 나는 그녀가 아드리안의 일생의 동반자가 된다고 생각하니 행복했다. 그리고 나는 그녀가 아드리안에게 불어넣어준 그 느낌을 이해할 수 있을 것 같았다. 그녀를 통해 '세상' 이 아드리안에게 다가오는 것 아닌가? 그의 고독이 피했던 세계—예술적, 음악적 관점에서 '세상' 을, 독일 외적인 것, 또는 무엇이라고 칭하든지 간에—그 세상이 극도로 진지하고 친절한 모습으로, 신뢰성을 불러일으키며, 보완을 약속하며, 결합할 용기를 불러일으키며 다가오지 않았는가? 그는 자신의 수도원 세계에서 벗어날 만큼, 음악이론과 수학적 마술에서 벗어날 만큼 그녀를 사랑하지 않았는가? 그것은 내게 희망으로 가득한 흥분을 불러일으켰다. 비록 나는 그녀를 직접적으로는 잠시 스치듯이 보았을 뿐이지만,

그 두 사람이 같은 공간에 함께 있는 모습을 볼 수 있다는 희망으로 잔뜩 부풀었다. 언젠가 사교모임에 변동이 생겨 마리, 아드리안, 나, 그리고 제 4의 한 사람이 함께 모였을 때, 나는 그 제4자가 사태파악을 하고 제 갈 길로 가기를 바라며 거의 즉각 그들에게서 떨어져 나왔다.

슐락인하우펜 집에서의 모임은 만찬이 아니라 9시 모임이었는데, 살롱에 붙은 식당에 가벼운 음식으로 차린 뷔페였다. 그 사교모임은 전쟁 후 근본적으로 달라졌다. 리데젤 남작은 이미 오래전부터 '우아한 것'을 옹호하지 않았다. 이 피아노를 연주하는 기사는 이미 오래전에 역사의 몰락 속에 사라졌고, 실러의 증손 글라이헨 루스부름도 오지 않았다. 그는 어리석게도 기발한 사기행각을 벌이려다 실패한 후 세상사람들 눈에 띄지 않는 곳으로 사라졌고 반은 자의에 의해 자신의 니더바이에른 영지에 구금되었다. 정말 믿기지 않는 사건이었다. 그 남작은 보석의 세공을 바꾸기 위해 포장을 매우 잘 해서, 그리고 보석의 가치보다도 더 높게 보험에 든 후 외국의 보석상에게 보냈는데, 도착한 소포에서는 죽은 쥐 한 마리 외에 아무것도 나오지 않았다. 이 쥐는 무능하게도 발신자가 기대했던 임무를 완수하지 못했다. 보아하니 그는 이 설치류가 포장을 갉아서 도망갈 줄 알았다. 그 귀중품은 어떻게 해서 생겼는지 알 수 없는 구멍을 통해 빠져 분실된 것으로 인정될 것이고, 그러면 보험금을 탈 수 있으리라는 상상을 했던 것이다. 그러기는커녕 그 짐승은 도망갈 구멍을 만들지 못하고 죽었는데, 그 구멍이 있어야만 처음부터 넣지도 않은 보석의 분실을 주장할 수 있을 터였다. 그러나 그 괘씸한 연극을 고안한 사람은 간계가 탄로나 심한 웃음거리가 되었다. 그는 이 사건을 문화사 책에서 끌어낸 것 같았고, 스스로 독서의 희생물이 되었다. 또 어쩌면 그 시대의 일반적인 도덕의 혼란에 그 미친 상상에 대한 책임을 물어야 할런지도 모르겠다.

아무튼 우리의 여주인은, 결혼 전 성씨로 폰 플아우지히 부인은 많은 것을 포기했고, 그녀의 이상이었던 구족 태생과 예술과의 결합은 거의 사라졌다. 한때 궁녀였던 어떤 부인이 참석해서 과거의 시간을 상기시켰는데, 그녀는 자넷 소이엘과 프랑스어로 담소했다. 그 외에는 극장의 스타들과 더불어 이런 저런 가톨릭민주당 소속 의원들과 유명한 사회민주당 소속 의원도 한 명 있었고, 새 국가의 몇몇 고위급 또는 준고위급 관리들이 있었다. 그 가운데는 그래도 아직 평범한 사람들도 있었는데, 이를테면 슈텡겔 씨 같은 사람은 근본이 호탕하고 모든 일에 적극적이었던 반면, '자유주의' 공화국을 적극 싫어하는 구성원들도 있었다. 그들은 독일의 치욕을 복수하겠다는 의지와 다가올 세계를 대표하고자 하는 의식을 겁도 없이 이마에 붙이고 다녔다.

그 날도 마찬가지였다. 주의 깊게 살핀 사람이라면 내가 아드리안보다는—그녀 때문에 당연히 모임에 왔다. 아니라면 어떻게 그가 왔겠는가?—마리 고도와 그녀의 아주머니와 함께 더 많이 어울리는 모습을 보았을 것이다. 그는 그녀를 다시 만나자 처음에 눈에 보이게 좋아하며 인사를 하고는 그 다음에는 주로 편한 자넷과, 그리고 사회민주당 의원과 대화를 나누었다. 그 의원은 바흐 숭배자였고 바흐에 대한 조예가 진지하고 깊었다. 나는 마음에 드는 주제를 제외하고는 아드리안에게만 주의를 기울였는데, 사람들은 내가 그와 친하기 때문에 그러려니 했을 것이다. 루디 슈베르트페거도 우리와 함께 있었다. 디자보 아주머니는 그를 다시 만나 너무 좋아했다. 취리히에서와 마찬가지로 루디는 그녀를 여러 번 웃겼다. 마리도 미소를 띠었다. 하지만 루디는 파리와 뮌헨의 예술적인 발전에 대해, 뿐만 아니라 독일과 프랑스의 관계를 훑는 유럽의 정치에 대해 차분하게 대화를 나눌 때 이를 방해하지는 않았다. 그러다 맨 마지막에 작별인사를 하면서 다시 한 번 웃겼는데, 아드리안은 선 채 잠시 대화에 참여했다. 그는 언제나 발츠후트로 가는 열한 시 기차를 타야 했고, 그의 저녁파티 참석은 딱 한 시간 반 걸렸다. 다른 사람들은 좀더 오래 남아 있었다.

이 때가 앞에서 말했듯이 어느 토요일 저녁이었다. 며칠 후 목요일에 나는 그의 전화를 받았다.

40

그가 프라이징으로 전화를 해서 내게 부탁이 있다고 했다. (그의 목소리는 가라앉아 있었고 단조로웠는데, 두통 때문이었다) 그는 기젤라 호텔에 있는 여성들에게 뮌헨 구경을 좀 시켜줘야 할 것 같다고 말했다. 겨울이지만 날씨도 좋으니 근처로 소풍을 갈 계획이다, 이 계획은 원래 내 생각이 아니었다, 슈베르트페거의 생각이다, 하지만 내가 그 의견을 받아들였다, 퓌센과 노이슈반슈타인이 좋을 것 같다, 어쩌면 오버아머가우가 더 좋을지도 모르겠다, 거기서 썰매를 타고 에탈 수도원으로 갈 수도 있다, 에탈 수도원은 내가 좋아하는 곳이다, 린더호프의 성을 지나서, 그것도 특이한 곳이고 볼 만하다고 그가 말했다. 나도 같은 생각이었다.

나는 나 역시 그 생각을 환영한다, 소풍 행선지로 에탈이 좋겠다고 말했다.

"너희 부부도 와야 해. 토요일에 떠날까 싶어. 내 기억으로는 네가 이번 학기에는 토요일에 강의가 없는 걸로 알고 있는데. 그럼 날씨만 괜찮다면 다음 주 토요일에 가기로 하자. 실트크납에게도 알렸어. 그 친구

는 이런 걸 대단히 좋아해. 자기는 썰매에 스키를 묶어서 타겠대." 그가
말했다.

나는 이 모든 일을 매우 좋게 생각했다.

이제 그는 다음과 같은 사실을 이해해달라며 계속했다. 이 계획은 원
래 슈베르트페거의 생각이지만 손님들이 기젤라 호텔에만 틀어박혀 있
기를 원하지 않는 내 소망을 이해할 것이다, 루돌프에게 그곳으로 가라고
시키고 싶지 않다, 직접은 아니더라도 내가 하는 것이 의미가 있다고 본
다, 그러니 네가 나대신 그 일을 해주기 바란다, 다음에, 그러니까 모레 파
이퍼링에 오기 전에 시내에서 손님들을 찾아 가 은근하게라도 좋으니 내
심부름이라는 것을 비치고 그들에게 초대를 전해 달라는 것이었다.

"넌 우정을 생각해서 이 일을 완수할 책임이 있어." 하며 그는 특이
하게도 뻣뻣한 어조로 말을 마쳤다.

나는 몇 가지 되묻고 싶었지만 이를 억누르고 그가 원하는 대로 하겠
노라고 약속했으며, 이 계획에 대해 기쁘게 생각한다고 분명히 말했다.
물론 기뻤다. 이미 그가 내게 고백했던 의도를 추진하고 일을 순조롭게
진행시킬 방도에 대해 진지하게 생각했었다. 그가 자신이 선택한 아가씨
와 다시 만나게 될 기회를 그저 운명에 맡기기만 한다면 이는 별로 바람
직해 보이지 않았다. 그럴 가능성을 기대할 만한 상황도 아니었다. 계획
적인 후원, 앞장서 일을 도모할 필요가 있었고, 이번이 그 기회였다. 이
생각을 해낸 것이 정말 슈베르트페거였을까? 아니면 아드리안이 사랑에
빠진 것이 부끄러워 슈베르트페거에게 덮어씌우고, 자신의 성격과 생활
분위기와는 매우 상반되게도 갑자기 함께 썰매파티를 할 생각을 한 것일
까? 사실 그에게 사실을 밝히고 바이올리니스트에게 뒤집어 씌웠다고 고
백하라고 요구하는 일은 그의 체면을 너무 깎아내리는 일인 듯했다. 그러

자 또한 이 요마 같은 플라토닉 러버가 이 계획에 관심이나 있을까 하는 의문도 억누를 수 없었다.

몇 가지 되묻고 싶었다고? 사실은 한 가지 밖에 없었다. 아드리안이 마리에게, 그녀를 보고 싶어 한다는 마음을 전하고 싶었다면, 왜 직접 하지 않았을까? 전화를 걸거나, 아예 직접 뮌헨으로 가 자신의 계획을 알릴 수도 있었을 텐데. 나는 이것이 연인에게—나는 그 아가씨를 이렇게 부를 수밖에 없다—다른 사람을 보내 자신의 말을 전달하게 하는 그의 성향이었다는 사실을, 이보다 더 훗날에 다가올 일에 대한 모종의 예습이었다는 사실을 당시에는 몰랐다.

그가 우선적으로 믿고 자신의 말을 전달해줄 사람은 나였으며, 나는 기꺼이 내 임무를 완수했다. 당시 내가 마리를 만났을 때 그녀는 목깃이 없는 스코틀랜드 블라우스 위에 그녀에게 썩 잘 어울리는 작업가운을 걸치고 있었다. 그녀는 제도판 위로 몸을 굽히고 있었는데, 제도판은 경사지게 세운 두꺼운 나무판자였으며 옆에 전등이 나사로 고정되어 있었다. 그녀는 거기서 머리를 들고 나에게 인사했다. 우리는 그 여인들이 투숙하고 있는 작은 방에서 20분 가까이 앉아 있었다. 두 사람은 자신들에게 보여준 배려를 매우 고마워했고 소풍 계획을 기뻐하며 환영했는데, 그때 나는 지금 친구 레버퀸에게 가는 길이라고 말한 후에 다만 내 생각이 아니었다는 말만 했다. 그들은 이러한 기사도 정신의 안내가 없었다면 아마도 유명한 뮌헨 주변, 바이에른의 알프스 지방을 전혀 가보지 못했을 것이라고 말했다. 만나는 날짜와 시간이 정해졌고 출발이 확정되었다. 나는 아드리안에게 만족스러운 소식을 전했고, 마리는 작업가운을 입고 있으니 더 아름다웠다고 찬사를 섞으면서 상세히 브고했다. 그는—내가 들은 바로는—반어적인 뜻이 담기지 않은 달로 내게 이렇게 감사했다.

"믿을 만한 친구가 있다는 것은 좋은 일이지."

파시온스도르프로 가는 열차 노선은 상당부분 가르미시-파르텐키르헨으로 가는 길과 일치했고 그곳 바로 앞에서야 갈라졌으며, 발츠후트와 파이퍼링을 거쳐갔다. 아드리안은 목적지까지 가는 길 중간에 살았으므로 우리만, 슈베르트페거, 실트크납, 파리에서 온 손님들, 내 아내와 나만 정해진 날 열 시경에 뮌헨 중앙역 플랫폼에서 만났다. 우리는 일단 그 친구 없이 아직은 밋밋한, 언 땅을 지나 한 시간을 달렸다. 그 시간은 내 아네 헬레네가 준비해온 샌드위치와 티롤 산(産) 적포도주를 곁들인 아침식사를 하면서, 그리고 실트크납이 먹는 데 손해를 보지 않겠다고 익살스럽게 식욕을 과시했기 때문에 많이 웃느라 금방 지나갔다. 그는 "크나피(그는 자기 이름을 영어식으로 이렇게 불렀으며 일반적으로도 그렇게 불렀다) 조금 주면, 피이!"라고 했다. 그의 자연스럽고 노골적인, 장난기가 깔린 식욕에는 웃지 않을 수 없었다. "아, 너 정말 맛있구나!" 하며 그는 반짝이는 눈으로 빵을 한 입 물고 씹으며 신음소리를 냈다. 물론 그의 이러한 익살은 누구보다도 마드무아젤 고도를 위한 것이었는데, 그녀는 우리 모두에게와 마찬가지로 당연히 그의 마음에도 들었다. 그녀는 갈색 술장식이 달린 올리브 색 겨울정장을 하고 있었는데 대단히 멋져 보였으며, 나는 어느 정도 내 감정을 따르면서—지금 무슨 일이 벌어지고 있는지 알고 있었으므로—그녀의 짙은 속눈썹 속에서 칠흑같이 검은, 그러면서 맑게 빛나는 눈을 바라보고 경탄하고 또 경탄했다.

아드리안이 일을 벌이고 신이 나서 들뜬 일행들로부터 환영을 받으며 발츠후트에서 우리에게 합류했을 때 나는 기이한 경악을 느꼈다. 이 표현이 내 감정에 합당한지 모르겠다. 아무튼 경악스러운 일이 끼어 있었다. 나는 그제야 비로소 깨달았던 것이다. 즉, 우리가 차지한 그 칸에, 그러니까 좁은 공간에(칸막이 객석칸이 아니라 2등실의 열린 칸이었다) 검은 눈, 푸른 눈, 그리고 그와 같은 눈이, 유혹과 무관심, 흥분과 태연함이 그의 눈앞에 모여 있었다는 사실을, 그리고 그들은 소풍 내내 함께 있을 것이라는 사실을. 그 소풍은 이로써 어느 정도 이 구도의 영향 하에 있었으며, 어쩌면 내막을 아는 사람은 거기서 그 날의 원래 의도를 알아볼 수도 있을 만큼 그 구도의 영향은 컸다.

　마침 아드리안이 탄 후 바깥 경치는 자연스럽게 더 아름다워졌는데, 멀리서 눈 덮인 산봉우리가 눈에 들어오기도 했다. 실트크납이 이 산 저 산을 가리키며 산 이름을 대며 두각을 나타낸다. 바이에른의 알프스는 그 고봉들 가운데 어마어마하게 높고 큰 산은 없었지만 그래도 깨끗한 흰 눈에 덮여, 우리가 달리는, 협곡과 산마루가 서로 반복되는 아름다운 겨울 경치 속에 대담하고 진지하게 우뚝 솟아 있었다. 이때 날씨는 흐렸고 서리가 내릴 것 같았으며, 저녁녘에야 갤 예정이었다. 그래도 우리의 주의는 대부분, 대화 중에도, 창밖 경치에 쏠렸는데, 마리는 대화 중 취리히에서 함께 경험한, 음악 홀에서 바이올린 연주회가 열렸던 저녁으로 화제를 돌렸다. 나는 그녀와 대화를 하는 아드리안을 지켜보았다. 그는 그녀 맞은편에 앉았고 그녀는 실트크납과 슈베르트페거 사이에 앉았는데, 아주머니는 우리 부부와 함께 사심 없는 수다에 몰두했다. 나는 그가 그녀의 얼굴을, 그녀의 눈을 쳐다볼 때 속마음이 드러나지 않도록 얼마나 노력했는지 분명히 보았다. 루돌프는 자신의 푸른 눈으로 아드리안이 그녀 생각에 빠지고, 이를 자각하고, 다시 외면하는 모습을 지켜보았다. 아드리안이 이 바이올리니스트를 그 아가씨 앞에서 그토록 감탄하며 칭찬한 것이 조금은 위로와 보상이 되지 않았던가? 그녀는 겸손하게 음악에 대한 평가를 사양했으므로 단지 공연에 대해서만 이야기했고, 아드리안은 그 연주가 훌륭하고 완벽하고, 한마디로 타의 추종을 불허한다는 말을 솔리스트 면전에서도 얼마든지 할 수 있다고 힘주어 설명했다. 그리고 루디가 예술가로서 전반적으로 발전한 데 대해 몇 마디 더 따뜻한 칭송의 말을 덧붙이고 그의 성공적인 장래를 믿어 의심치 않는다는 말로 끝맺었다.

칭찬받은 사람은 그 말이 듣기 거북한 듯했다. 그는 "아니야, 아니야! 그만해!" 하고 소리치며 작곡자가 심하게 과장한다고 밝혔지만 기쁨으로 얼굴이 빨갛게 되었다. 마리 앞에서 그토록 칭찬을 받는 일이 그에게는 의심의 여지없이 좋은 일이었지만, 그 칭찬이 아드리안의 입에서 나왔다는 사실 때문에 더욱 기뻤고, 그 감사의 마음을 아드리안의 표현방법에 대한 감탄으로 표시했다. 고도는 프라하에서 있었던 〈묵시록〉 단편 연주에 대해 듣고 또 읽었다며 그 작품에 대해 물었다. 아드리안은 이에 대해 말하기를 거부했다.

"그 경건한 죄에 대해서는 이야기하지 맙시다!"

루디는 그 말에 감탄했다.

"경건한 죄!" 그는 환호하며 따라했다. "들었어요? 말을 어떻게 하는지? 말을 어떻게 써야 하는지 너무 잘 알아요! 그는 정말 위대해요. 우리 마이스터!"

그러면서 그는 버릇대로 아드리안의 무릎을 두드렸다. 그는 언제나 팔뚝, 팔꿈치, 어깨를 잡고, 건드리고 만져야 하는 사람이었다. 그는 내게도 그렇게 했으며 심지어 여자들한테도 그렇게 했는데, 여자들은 대체로 이런 행동을 좋아하지 않았다.

오버아머가우에서 우리는 용마루와 발코니가 풍성한 이상주의적인 농가들, 구세주와 성모와 예수의 제자들을 새겨 넣은 집들이 늘어선 잘 가꾼 그 지역을 이리저리 산책했다. 친구들이 근교의 칼바리엔베르크 산에 오르는 동안 나는 잠시 떨어져 나와, 내가 알고 있는 운송업체에 들러 썰매를 주문했다. 나는 나머지 여섯 명과 점심 때 어느 식당에서 다시 만났는데, 거기에는 테이블로 빙 둘러 싸인 가운데 아래에서 조명을 비추는 매끈한 댄스 플로어가 있었다. 성수기인 연극 시즌에는 분명 외지인들로 가득 차는 장소였을 것이나 지금은 거의 비어 있어 우리는 오히려 만족스러웠다. 우리 외에 두 팀이 있었는데, 플로어에서 멀리 떨어진 자리에서 쇠약해 보이는 노인과 간호사 복장의 보호자가 식사를 하고 있었고, 겨울 스포츠를 즐기는 한 무리가 다른 자리에 있었다. 낮은 단상에서 다섯 명으로 구성된 오케스트라가 살롱 음악을 연주했는데, 곡과 곡 사이에 연주자들이 오래 쉬어도 아무도 불평하지 않았다. 그들의 연주는 선곡도 신통치 않았고 연주도 형편없었으므로, 닭구이를 먹고 난 후 루디 슈베르트페거가 더 참지 못하고 자신의 실력을 보여주기로 결심했다. 이러는 것은 그의 전형적인 모습이다. 그는 바이올리니스트에게서 악기를 빼앗아 손으로 잡고 몇 번 돌려 어디서 제작된 물건인지 확인한 후, 대단히 관대하게도 '자신의' 바이올린 콘체르토 가운데 카덴차에서 몇 부분을 즉석에서 연주했으므로 우리는 웃음을 터뜨렸다. 오케스트라 단원들은 입을 다물지 못했다. 피아니스트는 지친 눈빛의 청년이었는데, 분명 지금 일하는 그 업소보다 더 높이 출세할 꿈을 꾸었을 것이고, 루디에게 드보르작의 〈유모레스크〉를 반주해줄 수 있느냐고 물었다. 그 청년은 부드러운 바이올린 선율에 맞춰 그 앞꾸밈음이 풍부하고 부드럽게 미끄러지는 멋진 중음주법(重音奏法)의 아름다운 작품을 대우 대담하고 훌륭하게 연주해 식당에 있던 모든 사람들, 우리, 옆 테이블, 놀라 멍한 연주자들 그리고 두 종업원들까지도 큰 박수를 보냈다.

그것은 사실 상투적인 재미였고, 실트크납도 질투심에서 내게 그렇게 속삭였다. 그러나 극적이고 매력적이었으며, 간단히 말해 '부드러운' 태도였고 아주 루디 슈베르트페거 식이었다. 우리는 커피와 술을 마시며 생각했던 것보다 더 오래 앉아 있었으며, 마루 위에서 춤도 추었다. 실트크납과 슈베르트페거가 번갈아가면서 마드무아젤 고도와 내 착한 아내 헬레네를 안고, 자제하는 세 사람이 호의의 눈길을 보내는 가운데 도무지 무슨 의식인지 모르게 이리저리 돌았다. 밖에서는 이미 썰매가 기다리고 있었는데, 모피 덮개로 잘 덮은 제법 큰 두 필 마차였다. 나는 마부 옆자리를 골랐고 실트크납은 스키를 매달아 타겠다는 자기 계획을 실천했으므로(스키는 마부가 가지고 왔다), 나머지 다섯 사람은 마차 안에서 불편 없이 앉을 수 있었다. 실트크납의 용감한 생각이 나중에 나쁜 결과를 가져온 사실을 제외하면 이 일은 그날 프로그램 중에 가장 잘 진행된 일이었다. 마차가 달릴 때 일으키는 얼음 같이 찬 바람 속에 서서 울퉁불퉁한 바닥에 비틀거리며 눈 세례를 맞느라 실트크납은 하반신에 냉기가 스몄고, 결국 장 카타르 발작을 일으켜 탈진했으며, 며칠 동안 침대에 붙어있어야 했다. 그러나 그 일은 나중에서야 나타난 재난이었다. 내가 몸을 따뜻하게 감싼 채 은은한 방울소리를 들으며 맑고 세찬 서리바람 속을 미끄러져 달리면서 매우 좋아했듯이 모두들 그 상황을 즐기는 것 같았다. 내 등 뒤에서 아드리안이 마리와 눈을 서로 마주하고 있다는 사실을 생각하니 호기심과 기쁨과 걱정과 간절한 소망으로 가슴이 뛰었다.

　　루드비히 2세가 지은 로코코 양식의 작은 성 린더호프는 산 중턱 숲 속에 외로이 매우 아름답게 자리 잡고 있다. 사람을 멀리했던 그 왕은 이곳보다 더 동화 같은 도피처를 찾지는 못했을 것이다. 세상을 멀리한 왕은 건축에 부단한 관심을 쏟았으나, 그곳의 마술이 불러일으킬 수도 있는 지극히 유쾌한 기분에도 불구하고―그의 왕국을 찬미하고 싶은 마음에서 나온 표현이다—건축에 드러난 그의 취향은 좀 혼란스러웠다. 우리는 그곳에 멈추고 성 관리자의 안내에 따라 장식이 과도한 화려한 집무실들을 둘러보았다. 그곳이 그 환상의 집의 '거실'이었고, 심약한 왕은 그곳에서 오직 자신의 생각대로 생활했으며, 빌로프의 연주를 듣고 카인츠의 아름다운 목소리를 들었다. 보통 영즈의 성에서 가장 큰 공간은 옥좌가 있는 홀인데 이곳에는 그런 홀이 없었다. 그 대신 침실이 있었는데, 그 규모는 낮에 사용하는 공간들에 비해 어마어마하게 컸으며, 그 방에 웅장하게 솟은 호화 침대는 너무 넓다보니 길이가 짧아 보였고, 황금 촛대가 좌우를 호위하는 안치소 같았다.

점잖은 관심으로, 하지만 눈에 띄지 않게 머리를 가로저으며 모든 것을 본 후, 우리는 구름이 걷히는 하늘 아래 에탈을 향해 여행을 계속했다. 그곳의 베네딕트 대수도원과 그에 딸린 바로크 교회는 높은 명성을 누리는 건축물이었다. 다시 썰매를 타고 달리는 동안, 그리고 그 다음에는 이 신성한 곳에서 비스듬히 맞은편에 자리 잡은 깨끗한 호텔에서 저녁식사를 하는 동안 줄곧, 흔히 일컫는 대로 그 '불행한' 왕(뭐가 불행한가?)에 대해, 우리가 방금 접하고 온 그 외딴 삶의 영역을 통치했던 왕에 대해 이어졌던 대화를 나는 기억한다. 논쟁은 오직 교회를 구경할 때만 중단되었는데, 사실은 주로 루디 슈베르트페거와 나 사이에 주고받은 이야기였다. 이른바 광기에 대해, 무능한 통치, 루드비히 왕의 왕위를 빼앗고 연금시킨 일에 대해 내가 부당하다고, 잔혹한 편협성이었다고, 그리고 정치적 농간이며 이와 연루된 이해관계였다고 선언하자 루디는 극도로 놀랐다.

루디는 그 왕이, 자신의 말대로 '단단히 미쳐서' 그를 어쩔 수 없이 수용소에 가두고 정신과 의사에게 넘긴 후 정신적으로 건강한 섭정을 앉힐 수밖에 없었다는, 일반 대중과 부르주와 계층이 믿는, 그리고 공식적으로 발표된 해석을 그대로 믿고 있었는데, 그런 상황에서 반발이 있을 수 있다는 사실을 조금도 이해하지 못했다. 이런 경우 그의 습관대로 즉, 어떤 입장이 그에게 너무도 새로운 것일 때 하듯이, 그는 자신의 푸른 눈으로, 입은 긴장을 풀고 삐죽 내민 채, 내 오른 눈과 왼 눈을 번갈아 가며 뚫어져라 처다보았다. 나는 그때까지는 별 관심도 없었던 그 주제에 관해 많은 말을 했다는 사실을 깨닫고 좀 놀랐다. 그러나 나 자신 남몰래 그 사건에 대해 단호한 견해를 품고 있었다는 사실을 발견했다. 나는 광기란 편협한 시민계급이 의심스러운 잣대에 따라 너무 멋대로 다루는 대단히 애매모호한 개념이라고 주장했다. 그런 사람들은 섣불리 이성적인 행동의 경계를 자기 자신과 그 비열한 정신에 매우 바짝 그어놓고, 그 금을 넘어가면 모두 미쳤다고 한다, 하지만 그 왕의 생존양식은 독립적이고 겸허하고, 비평과 의무에서 매우 폭넓게 면제되었으며, 아무리 부자라도 일반인에게는 허용되지 않았을 양식으로 그 품격을 펼치는 데서 인정받았는데, 이러한 그의 존재양식은 그 왕이 지니고 있던 환상적인 경향이, 신경과민적인 욕구와 회피성이, 낯설어지려고 하는 열정과 욕망이 활동할 영역을 제공했으며, 이러한 특징들을 자랑스럽고 완벽하게 이용한 일을 광기라고 보기는 너무도 쉽다고 설명했다. 하늘 아래 생물들 가운데 루드비히 왕이 그랬듯이 대단히 아름다운 경치 속에 한 지점을 골라, 황금의 고독을 마음대로 창조해낼 사람이 누가 있느냐? 이 성들은 당연히 사람을 멀리한 왕의 기념물들이다. 우리 인간들의 평균적인 성격을 두고 볼 때 사람을 회피하는 성향을 두고 일반적으로 정신병 증세라고 함부로 일컬을 수 없다면, 왜 왕에게서 나타난다고 해서 정신병이라고 불러야 하느냐?

하지만 정신병을 전공한 여섯 명의 의사들이 왕은 완전히 돌았다고 공식적으로 확인하고 그 진단을 수용하는 것이 필수적이라고 발표했다!

그것은 복종적인 식자들이 했다. 그들은 그렇게 할 의무가 있었으니까. 그리고 그들은 루드비히 왕을 안 보고도 그런 진단을 했을 것이다. 그들 방식대로 '검진' 하지 않고도, 그와 한마디 나누어 보지 않고도. 물론 그와 음악과 시에 대해 대화를 나누었다면 이 편협한 인간들은 미쳤다고 확신했을 것이다. 그의 말을 근거로 명백히 일반인과는 다른, 그렇다고 해서 결코 미치지는 않은 이 사람에게서 그들은 자율권을 빼앗고, 정신병 환자로 몰아붙이고, 호숫가 성에 문 손잡이 나사를 돌려 빼내고 창문이 창살로 막힌 곳에 감금시켰다. 그가 그것을 못 견디고 자유가 아니면 죽음을 추구했으며, 그때 그의 의사 간수도 함께 죽음으로 몰고 간 것을 나는 그의 품격이 반영된 감정이라고 말하지 광기의 증상이라고 하지는 않는다. 그가 정신병자라는 말은 그의 주변 사람과의 관계에 비추어도 맞지 않는다. 그들은 그를 위해 싸울 준비도 되어 있었다. 또한 그 왕에 대한 농부들의 몽환적인 사랑도 그 주장에 맞지 않는다. 이 농부들이 왕이 밤에 혼자 모피로 감싸고, 횃불을 비추고, 기수가 앞에서 끄는 황금 썰매를 타고 자기 산을 달리는 모습을 보았다면, 그들이 본 것은 미친 사람이 아니라 그들의 거칠지만 꿈꾸는 마음에 부합하는 왕의 모습을 본 것이다. 그리고 왕이 호수를 건너 헤엄쳐 가는 데 성공했다면, 아마도 그럴 생각도 있었을 텐데, 그랬다면 사람들은 그 쪽에서 쟁기와 도리깨로 왕을 의학과 정치로부터 지켰을 것이다.

하지만 그의 낭비벽은 확실히 병적이었고 더는 지탱할 수 없었으며, 그의 통치무능은 통치에 대한 의지결핍을 드러냈다. 그는 왕 노릇을 그저 꿈만 꾸었지 이성적인 규범에 따라 수행하기를 거부했고 따라서 국가는 존속할 수 없었다.

이런, 다 헛소리다, 루돌프. 왕이 아무리 사람들 얼굴을 바로 못 볼 만큼 예민하다 하더라도 평범한 총리 한 사람이면 현대의 연방국가를 다스릴 수 있다. 루드비히 왕이 고독하게 자신의 취미에만 계속 몰두했다 하더라도 바이에른 왕국은 망하지 않았을 거다. 그리고 왕이 낭비벽이 있다는 말은 아무 의미가 없다. 단순한 수사일 뿐이다. 사기이고 핑계다. 그 돈은 자기 나라에 그대로 있다. 그 동화 같은 성을 짓느라 석수장이와 도금장이는 부자가 됐다. 뿐만 아니라 그 성들은, 그 두 세계에 대한 낭만적 호기심으로부터 성을 관람하는 데 받는 입장료로 이미 몇 배로 갚았을 거다. 우리도 오늘 그 광기로 좋은 사업을 하는 데 일조했다…….

"나는 당신을 이해할 수 없군요, 루돌프." 내가 외쳤다. "당신은 내 변론에 놀라 어이없다는 표정을 짓지만 당신에 대해 놀라고 이해 못할 사람은 바로 나예요. 당신 같은 사람이……. 그러니까 예술가로서, 간단히 말해 바로 당신이……." 나는 내가 왜 그에 대해 놀라야 하는지 적절한 말을 생각해내려고 애썼으나 결국 찾지 못했다. 그리고 나는 늘 아드리안이 있는 데서 그런 말을 하는 행동이 적절치 않다는 생각이었으므로 내 장광설에도 당황했다. 하지만 그가 슈베르트페거 편을 들 수 있다는 걱정이 나를 괴롭혔으므로, 내가 그런 말을 한 것이 오히려 더 나았다. 나는 아드리안 대신 그의 올바른 정신을 인정하는 말을 함으로써, 또한 마리 고도가 내 입장을, 아드리안이 오늘을 위해 그녀에게 보낸 나를 그의 대변인으로 간주하는 것 같기도 했기 때문에 더욱 더 그런 말을 해서 아드리안이 슈베르트페거 편을 들지 않도록 막아야 했다. 그녀는 내가 열을 올리는 동안 나보다는 아드리안을 더 많이 건너다보았는데, 마치 내 말이 아니라 그의 말을 듣는다는 듯했다. 그러나 내가 열을 낸 데 대해 아드리안은 줄곧 수수께끼 같은 미소를 띤, 좀 놀리는 듯한 표정을 지었는데, 이는 나를 대리인으로 인정한다고 말할 때의 표정과는 거리가 먼 것이었다.

　"진실이 뭐야." 드디어 아드리안이 말했다. 그러자 얼른 뤼디거 실트크납이 그 말을 받아서, 진실은 여러 가지 관점이 있다, 이런 경우에는 의학적 자연과학적 관점이 가장 우월하다고 볼 수는 없겠지만 그래도 전혀 효력이 없다고도 할 수 없다고 정리했다. 자연주의적인 진실의 가치에서는 기이하게도 밋밋한 것이 우울한 것과 결합한다, 물론 이 말은 "우리 루돌프"에 대한 공격은 아니다, 그는 어떤 경우든 우울한 것과는 거리가 머니까, 하지만 이것이 한 시대 전체의 특징이 될 수 있다, 밋밋한 암울함으로 확실히 기우는 19세기의 특징이 된다고 그는 덧붙였다. 아드리안이 웃음을 터뜨렸다. 물론 놀라서 그런 것은 아니었다. 그가 있으면 언제나 사람들은 그의 주변에서 떠들어대는 모든 이상과 관점들이 그에게 모이는 듯한 기분을 느꼈으며, 그는, 비꼬는 듯이 경청하며, 그 생각을 발표하고 대표하는 일을 개개인의 해석에 맡긴다는 듯한 분위기를 풍겼다. 20세기의 젊은이들은 좀더 고상하고 더 정신적으로 명랑한 생활분위기를 발전시킬 것이라는 희망이 나왔다. 거기에 대한 징후가 있느냐 없느냐는 문제에 대한 토론이 중단되자 대화는 겉돌고 시들해졌다. 겨울의 산바람을 맞으며 하루를 보낸 탓에 피곤했다. 기차시간도 신경써야 했으므로 우리는 마차를 불렀다. 별이 빛나는 하늘 아래서 썰매는 우리를 작은 역으로 데리고 갔고, 그 승강장에서 우리는 뮌헨 행 기차를 기다렸다.

　집으로 돌아올 때는 잠이 든 아주머니를 배려해 조용히 했다. 그녀의 조카와 실트크납은 때때로 조용한 목소리로 대화를 나누었다. 나는 슈베르트페거와의 대화에서 그가 전혀 기분이 상하지 않았다는 사실을 확인했고, 아드리안은 헬레네에게 일상적인 문제에 대해 물었다. 모두의 예상에 어긋나게, 그리고 나를 즐겁고도 명랑하게 감동시키면서 그는 발츠후트에서 우리를 떠나지 않고 우리의 손님들을, 파리에서 온 여인들을 뮌헨의 숙소까지 동행하는 기회를 놓치지 않으려 했다. 중앙역에서 우리 나머지들은 모두 그녀들과 아드리안과 작별을 하고 각자의 길을 갔는데, 그는 아주머니와 조카를 택시 마차로 슈바빙의 호텔까지 모셨다. 내 해석에 의하면 그의 행동은 기사도 정신을 발휘한 것이었으며, 거기에는 그날의 마지막을 검은 눈의 아가씨와 단 둘이 보낼 수 있다는 의미가 담겨 있었다.

평소대로 11시에야 그는 기차를 타고 자신의 겸허한 고독 속으로 되돌아갔는데, 그곳 아주 멀리에서 주파수 높은 파이프로 카시펠-주조를 깨워 자신이 돌아온 사실을 알렸다.

41

이 글을 열심히 읽는 독자들을 위해 하던 이야기를 계속하겠다. 독일은 비운을 맞이했다. 도시마다 시체를 먹고 살찐 쥐들이 날뛰고 러시아 군대의 대포가 베를린을 향해 폭음을 퍼부었다. 영국군이 라인 강을 건너기는 식은 죽 먹기였다. 적(敵)의 의지는 우리의 의지와 같았고, 이를 초래한 것은 바로 우리의 의지였다. 종말이 온다. 종말이 온다. 종말이 네 머리 위에서 깨어난다. 보라! 오고 있다. 벌써 떠올라 네 머리 위에서 동이 튼다. 이 땅의 주민인 네 머리 위에. 하지만 나는 이야기를 계속하겠다. 앞에서 말한, 내가 의미 있게 생각했던 그 소풍을 다녀온 후 겨우 이틀 뒤에 아드리안과 루돌프 슈베르트페거 사이에 무슨 일이 일어났는지, 그리고 그 일이 어떻게 일어났는지. 나는 그 일을 알고 있다. 나는 그때 '함께 하지' 않았다. 그런데 어떻게 아느냐고 항의할 수도 있을 것이다. 그러나 나처럼 이와 같은 사건을 겪고 또 겪은 사람은 보지 않고도 본 것과 같고, 듣지 않고도 들은 것과 같을 만큼 그런 일에 대우 익숙하다.

아드리안은 자신과 함께 헝가리 여행을 했던 친구에게 전화를 걸어 파이퍼링으로 불렀다. 그는 매우 급하게 할 이야기가 있으니 가능하면 빨리 와 달라고 부탁했다. 루돌프는 언제나 즉시 왔다. 전화를 했을 때가 오전 열 시였는데—이는 아드리안의 작업시간 중이었으므로 이것만으로도 특별한 사건이었다—그 바이올리니스트는 오후 네 시에 벌써 도착했다. 게다가 저녁에는 차펜슈토스 오케스트라의 정기회원을 위한 콘서트에서 연주해야 할 상황이었는데, 아드리안은 그 생각을 전혀 못했다.

"불렀어? 무슨 일이야?" 루돌프가 물었다.

"오, 잠깐만." 아드리안이 대꾸했다. "일단 네가 왔다는 사실이 중요해. 만나서 반가워. 그것도 오늘은 특별히. 이 사실을 잘 기억해 둬!"

"네가 내게 한 모든 말에 금 휘장을 둘러둘게." 루돌프가 놀라우리만치 아름다운 표현으로 대꾸했다.

아드리안은 걸으면서 이야기하는 편이 더 좋겠다며 산책을 제의했다. 슈베르트페거는 기꺼이 응했으나, 다만 일을 놓치지 않으려면 여섯 시 기차를 타야하므로 시간이 많지 않아 아쉽다고 했다. 아드리안은 자신의 이마를 손으로 치며 생각 없이 한 행동에 대해 사과했다. 그리고 자신의 이야기를 듣고 나면 그의 이러한 행동이 좀더 이해하기 쉬울 것이라고 말했다.

날씨가 따듯해졌다. 길가에 치워놓은 눈더미들이 녹아내려 길은 질척해지기 시작했다. 두 친구는 덧신을 신었다. 루돌프는 입고 있던 짧은 모피 재킷을 아예 벗지도 않았고, 아드리안은 벨트가 달린 낙타 모(毛) 외투를 걸쳤다. 그들은 클라머바이어로 가 그 못가를 걸었다. 아드리안은 그날 저녁 음악회의 프로그램에 대해 물었다. 또 브람스의 교향곡 1번이 하이라이트야? 또 교향곡 10번이야? "넌 아다지오에서 멋지게 연주할 수 있으니 다행인 줄 알아!" 아드리안은 이렇게 말하고는 어린 시절에, 브람

스에 대해 아무것도 모를 때, 피아노 앞에서 이 작품 마지막 악장에 나오는 대단히 낭만적인 호른 테마와 ナ의 같은 모티브를 생각해 냈으며, 십육분음표 다음에 팔분음표에 부점을 찍는 리듬의 기교는 없었지만 멜로디의 정신은 같은 것이었다는 이야기를 했다.

"재미있군." 슈베르트페거가 말했다.

토요일에 갔던 소풍은? 그것도 재미있었나? 다른 사람들도 재미있었을 것이라 생각해?

"그보다 더 좋은 수는 없었을 거야." 루돌프가 말했다. 다른 사람들도 그 날을 분명 즐거운 추억으로 간직할 것이라고 그는 말했다. 무리해서 앓아누운 실트크납만 빼고. "그는 여자들 앞에서 언제나 욕심을 부려." 그러고는 뤼디거가 자신에게 너무 심하게 대했으므로 동정심도 안 생긴다고 말했다.

"그도 네가 농담을 이해할 거라 믿고 한 말이겠지."

"나도 농담 이해해. 하지만 세레누스가 이미 왕에 대한 자신의 충성심으로 나를 몰아붙인 판에 뤼디거까지 나를 조롱할 필요는 없었잖아."

"세레누스는 선생이야. 설명하고 고쳐 주는 게 자기 일이야."

"빨간 잉크로 말이지. 좋아. ナ금은 그 두 사람 다 아무래도 상관없어. 네가 내게 할 말이 있다고 해서 여기 왔으니까."

"맞아. 그리고 소풍 얘기를 했으니 사실은 이미 말을 꺼낸 거야. 네가 날 위해 맡아서 처리해줄 일이 있어. 너라면 잘 해낼 거야"

"처리? 그래?"

"너 마리 고도를 어떻게 생각해?"

"고도? 그녀라면 싫어할 사람이 없지! 너도 좋아하지?"

"좋아한다는 말은 별로 정확한 말이 아니야. 그녀에 대해 취리히에서 만났을 때부터 진지하게 생각하고 있다는 사실을 네게 고백하려는 거야. 나는 그녀와의 만남을 단순히 스쳐 지나가는 일로 받아들이기가 힘들어. 그녀가 곧 떠난다는 생각, 어쩌면 다시는 못 볼 것이라는 생각을 하면 정말 괴로워. 나는 그녀를 늘 가까이에서 보고 싶고, 그래야 할 것 같아."

슈베르트페거는 걸음을 멈추고 서서, 이렇게 말한 사람의 눈을 하나씩 번갈아 쳐다보았다.

"정말이야?" 이렇게 말하며 그는 다시 걷기 시작했다. 그리고 머리를 떨구었다.

"정말이야." 아드리안이 말했다. "나는 이런 말을 한다고 해서 네가 기분 나쁘게 생각하지 않으리라 믿어. 그러니까, 너를 믿는다는 말이야."

"믿어도 돼!" 루돌프가 우물거렸다.

아드리안이 말을 이었다. "모든 것을 인간적인 관점에서 봐 줘! 나는 이제 나이 들어가고 있어. 곧 마흔이야. 너는 친구로서 내가 여생을 이 승방에서 보내기를 바라지는 않겠지? 나도 인간이야. 나도 놓칠까 봐, 너무 늦었을까 봐 마음 졸이며 좀더 따뜻한 집과 마음이 맞는, 진정한 의미의 배우자를 원해. 간단히 말해 좀더 부드럽고 인간적인 삶의 공기를 원해. 쾌적한 생활을 위해서만은 아니야. 더 폭신한 잠자리를 원해서가 아니야. 무엇보다도 내 일의 기쁨과 활력을 위해서야. 앞으로는 인간적인 의미를 담은 좋고 위대한 작품을 반드시 쓰고 싶기 때문이야."

슈베르트페거는 몇 걸음을 떼는 동안 침묵했다. 그러고는 무겁게 말했다.

"넌 지금 '인간' 또는 '인간적'이라는 말을 네 번 했어. 내가 세어 봤어. 나도 터놓고 말할게. 네가 그 말을 할 때, 네가 그 말을 너 자신과 관련해 말할 때 내 마음이 왠지 오그라드는 것 같았어. 그 말은 네게 정말 어울리지 않아 보여. 내가 말하면 수치스러워 보이지만. 미안해, 이런 말을 해서! 그런데 네 음악이 지금까지는 비인간적이었어? 그렇다면 그 위대함은 결국 비인간성 때문이네. 단순하게 말해서 미안해. 나는 네가 인간적인 영감을 받아 작곡하기를 원하지 않아."

"원하지 않는다고? 정말 전혀 원하지 않아? 그런데 넌 그런 작품을 사람들 앞에서 세 번이나 연주했어? 널 위해 쓰게 했어? 네가 나한테 잔인한 말을 하려는 의도가 아니라는 것은 나도 알아. 하지만 내가, 나라는 사람은 오직 비인간적이기만 하다고, 인간적인 것은 내게 어울리지 않다고 말하는 것은 잔인하다고 생각하지 않아? 잔인하고 사려 깊지 못하다고 생각하지 않아? 물론 사려 깊지 못하니까 잔인한 행동을 하는 법이지만. 놀랍도록 끈질긴 인간미로 내 마음을 얻고, 내게 말을 놓게 만들고, 난생처음 내게 인간적인 온기를 느끼게 해준 사람이 나는 인간적인 것과 아무 상관이 없다는 말을 하다니. 상관하면 안 된다고 하다니!"

"꼭 필요한 일시적인 도움이었던 것 같아."

"그랬다고 치자. 인간적인 것을 연습시킨 것이었다고, 인간미 습득의 전단계라고 치자. 그랬다고 해드 고유의 가치는 훼손되지 않으니까. 내 인생에서 한 사람이 가히 죽음마저도 굴복시킬 고집스러운 온정으로 내게 잠재되어 있던 인간적인 본질을 일깨우고, 내게 행복을 가르쳐 주었다는 사실은 달라지지 않아. 사람들은 이 사실을 모를 거야. 전기(傳記)에 쓰지도 않을 거야. 하지만 그렇다고 해서 그의 공로가 축소되지는 않아. 그가 사람들 모르게 얻은 명예가 훼손되지는 않아."

"아부도 잘 하네."

"아부하는 게 아냐. 사실 그대로 말하는 거야!"

"사실 내가 중요한 게 아니야. 마리 고도 얘기를 하던 참이었어. 네 말대로 그녀를 늘 가까이에서 보기 위해 그녀를 아내로 삼을 거야?"

"그게 내 소원이야. 희망이야."

"오! 그녀도 네 마음을 알아?"

"모르는 것 같아. 나는 내 감정과 소망을 그녀에게 전달할 방도를 모르겠어. 특히 다른 사람들이 있는 데서는. 그들 앞에서 사랑에 빠진 표시를 내며 여인의 마음을 얻으려 애쓰는 일은 너무 쑥스러워."

"마리를 찾아가면 되잖아!"

"내가 직접 고백하고 청혼하면 그녀가 당황할 거야. 내가 숙맥같이 행동한 덕분에 아마도 그런 의도는 조금도 눈치 채지 못했을 테니까. 그녀의 눈에 나는 여전히 특이하고 외로운 사람일 뿐이야. 나는 그녀가 너무 당황한 나머지 서둘러 거절할까봐 두려워."

"편지를 쓰면 되잖아!"

"그러면 아마도 그녀는 더 당혹스러울 거야. 답장을 써야 할 텐데, 글쓰기를 꺼리는 사람인지도 모르잖아. 만약 거절할 경우, 그녀는 내 마음을 아프게 하지 않기 위해 얼마나 애쓰겠어? 그리고 그녀의 그런 마음이 내게는 얼마나 더 아프겠어? 그리고 그렇게 편지로 소통하면 의사전달도 불분명해져. 내 행복이 위협받을 수도 있어. 나는 마리가 혼자, 독자적으로, 직접 대면했을 때 받을 인상이,—직접 가하는 압력수단이라고 말하고 싶을 지경이야. 아무튼 직접 받을 인상이 배제된 상태에서, 글로 표현한 것에 글로 답하는 모습을 상상하기는 싫어. 나는 직접 돌진하는 것도, 우편을 이용하는 것도 싫어."

"그럼 또 어떤 방법이 있는데?"

"말했잖아. 너라면 이 어려운 일을 잘 처리할 거라고. 너를 마리에게 보내고 싶어."

"나를?"

"너를, 루디. 네가 나를 위한 네 임무를,—내 영혼을 구하기 위한 임무라고 말할 뻔 했어—잘 처리하리라 믿어. 이 임무는 훗날 사람들에게 알려지지 않을지도 몰라. 어쩌면 알려질지도 모르지. 이 임무를 수행하는 일이 너무 어처구니없는 일일까? 중개인 노릇이? 이 일은 나와 세상살이 사이에서 통역을 하는 일이야. 내 행복을 위해 대변인이 되어주는 일이야. 이건 내 생각이야. 작곡할 때 떠오르는 것과도 같은 착상이야. 착상이란 사실 애초부터 아주 새로운 것은 아니야. 악보에 아주 새로운 것이 뭐가 있어! 하지만 보다시피 이미 있던 것도 지금은 새로울 수 있어. 이 자리에서는, 이 문제와 관련해서는, 이 관점에서는 그럴 수 있어. 이른바 새롭게 탄생한 것이라 할 수 있지. 고유하고 독특하다고."

"새롭다는 점은 문제가 아니야. 네가 한 말은 나를 당황시키기에 충분히 새로워. 내가 네 말을 제대로 알아들었다면, 나더러 너 대신 마리에게 청혼하고 너 대신 승낙을 구하란 말이지?"

"제대로 알아들었어. 제대로 알아듣지 못할 게 뭐야? 자연스러운 문제니까 쉽게 알아듣는 게 당연해."

"그렇게 생각해? 네 친구 세레누스를 보니면 되잖아?"

"넌 내 친구 세레누스를 우습게 만들 생각이니? 세레누스가 사랑의 전령이 된다고 상상해 봐. 우습지 않니? 방금 그 아가씨의 결정에 영향을 줄 수 있는 직접적인 인상 이야기를 했잖아. 설마 내가 착각하고 있다며 놀라지는 않겠지? 그녀는 그토록 무뚝뚝한 사람이 전하는 청혼보다는 네 말을 더 잘 들을 거야."

"난 지금 조금도 그런 상상을 하그 좋아할 기분이 아니야, 아드리. 더구나 네가 내게 네 인생을 위한 소임을, 심지어 살아있는 동안 맡긴 데 대해 응당 가슴이 벅차고 왠지 엄숙한 기분까지 들어. 차이트블롬에 대해 말한 것은 단지 그가 네 오랜 친구이기 때문이야."

"그래, 오랜 친구야."

"좋아. 단지 오래되었을 뿐이란 말이지. 하지만 바로 이 '단지' 때문에 그가 이 일을 더 수월하게 처리할 것이라고, 그가 더 잘 해낼 것이라고 생각하지 않아?"

"잠깐. 우리 그는 이 일에서 빼놓는 게 어때? 내가 보기에 그는 애정 문제에 대해 아무것도 몰라. 내가 신뢰한 사람은 차이트블롬이 아니라 너야. 넌 이제 모든 것을 다 알게 되었어. 내가, 옛 시에 나오듯이, 내 가슴속의 책을 펼쳐 비밀스러운 책장을 보여준 사람은 너야. 그러니 네가 그녀에게 가서 그 책장에 쓰인 말을 보여 줘. 나에 대해 말해 줘. 나에 대해 잘 말해 줘. 내가 그녀에게서 느끼는 감정을 조심스럽게 보여 줘. 그 감정과 똑같은 내 평생의 소원을 일러 줘! 상냥하고 명랑하게, 네 그 부드러운 방식으로 그녀가……. 그녀가 나를 사랑할 수 있는지 알아봐 줘! 그래줄 수 있어? 완전한 승낙을 받아 오라는 말은 아니야. 맹세해. 네 임무를 완수하고 약간의 희망만 얻어 오면 돼. 나와 일생을 함께 한다는 생각에 그녀가 심하게 거부감을 느끼지 않는다는 정도면, 끔찍하게 생각하지는 않는다는 정도면 충분해. 그러면 그 다음엔 내 차례야. 그때 내가 직접 그녀와 그녀 아주머니에게 이야기하겠어."

그들은 롬뷔엘 산을 왼쪽으로 두고 그 뒤로 난 가문비나무 숲을 지나 걸었다. 나뭇가지에서 물방울이 떨어졌다. 그러고는 마을 옆으로 난 길로 들어섰다. 되돌아가는 길이었다. 그들은 소작인과 농부 한두 사람과 마주쳤고, 이들은 슈바이게슈틸 집에 사는 장기 하숙생에게 이름을 부르며 인사했다. 잠시 침묵이 흐른 후 루돌프가 다시 말을 꺼냈다.

"내가 거기서 너에 대해 좋게 말하는 일은 쉬워. 믿어도 돼. 네가 그녀 앞에서 나에 대해 좋게 말하는 것보다 더 쉬울 거야, 아드리. 하지만 난 네게 아주 솔직하고 싶어. 네가 내게 그랬듯이. 네가 마리에 대해 어떻게 생각하느냐고 물었을 때, 나는 즉각 그녀는 누구나 다 좋아할 거라고 대답했어. 솔직히 말해 그 대답에는 표면적인 의미보다는 더 많은 뜻이 담겨 있었어. 네가 내게, 옛 시를 빌려 표현했듯이, 네 가슴속의 책장을 펼쳐 보여주지 않았다면 나는 이 사실을 네게 결코 고백하지 않았을 거야."

"네 고백이 무엇일지 정말 긴장돼."

"사실 이미 고백했어. 그 색시는, 넌 이 표현 싫어하지. 그러니까 그 아가씨는, 마리는 내게도 아무 상관없는 사람이 아니야. 아무 상관없는 사람이 아니라고 했지만, 그 말도 사실 딱 맞는 말은 아니야. 그 색시는 내가 여태 본 여성들 가운데 가장 상냥하고 가장 사랑스러운 여자라고 생각해. 나는 취리히에서 이미 내 임무를 수행하기 시작했어. 너를 위한 임무를 수행했어. 그리고 그녀는 따뜻하고 민감하게 내 마음을 사로잡았어. 그리고 여기서 나는, 너도 알다시피 소풍을 제안했어. 그 외에도 짬짬이 그녀를 만났다는 사실은 너 모르지? 나는 기젤라 호텔에서 그녀와, 이자보 아주머니도 함께, 차를 마시며 정말 화기애애한 시간을 보냈어…… 다시 한 번 말하는데, 아드리, 나는 오로지 오늘의 대화로 인해, 현재의 솔직함을 위해 이 이야기를 할 뿐이야."

레버퀸은 잠시 쉬었다. 그러고는 이상하게 여러 가지 의미가 뒤섞인 목소리로 말했다.

"아니, 나 그 사실은 몰랐어. 네 감정도 몰랐고 차 마신 일도 몰랐어. 우습게도 너 또한 살과 피로 된 인간이라는 사실을, 우아함과 아름다움의 유혹을 물리치는 방화복으로 싸여있지는 않다는 사실을 잊었나 봐. 그러니까 네가 그녀를 사랑한다는 말이지? 또는 네가 그녀에게 반했다고 해 두자. 이제 한 가지 물어볼게. 우리의 의도가 서로 교차해서 너 또한 그녀에게 청혼할 생각이니?"

슈베르트페거는 깊이 생각하는 듯 하더니 말했다.

"아니, 거기에 대해서는 아직 생각해 보지 않았어."

"안 했다고? 그럼 단지 그녀를 유혹할 생각이야?"

"무슨 말을 그렇게 해, 아드리안! 그런 식으로 말하지 마! 아냐. 그런 생각도 한 적 없어."

"그렇다면 네 고백이, 네 솔직하고 고마운 고백이 내 부탁을 철회하게 만들기는커녕 오히려 더 집착하게 만든다고 말할 수밖에 없어."

"무슨 뜻이야?"

"여러 가지 뜻이야. 나는 네게 이 사랑의 임무를 맡기려고 했어. 네 자질이 세레누스 차이트블롬보다 그 점에서 훨씬 더 적합하니까. 그에게는 없는 것이 네게서는 우러나오니까. 나는 그 점이 내 소원과 희망을 위해서는 더 유익하다고 생각했어. 그건 사실이야. 그런데 너는 내 감정과 어느 정도 같은 감정을 느끼고 있으면서 의도도 나와 같다고 확언하지는 않았어. 그러니 너는 나와 내 의도를 위해 네 자신의 감정으로 이야기하게 될 거야. 이보다 더 적합한, 더 바람직한 구혼자가 어디 있겠어?"

"네가 그런 시각에서 본다면……."

"내가 오직 그 시각에서만 본다고 생각하지는 마! 나는 희생이라는 관점도 고려하고 있어. 그리고 넌 내게 그러라고 요구할 권리가 충분해. 어서 요구해봐! 강력하게 요구하라고! 희생을 희생으로서 인정할 수 있어야 너 역시 희생할 수 있으니까. 너는 내 인생에서 네가 맡은 소임을 다한다는 정신으로 희생할 거야. 너는 내게 인간미를 되찾게 해주기 위한 과정에서 명예를 얻었잖아. 그 명예에 딸린 의무를 다하기 위해 희생하는거야. 그리고 그 임무는 어쩌면 이 세상에 비밀로 남을 거야. 아닐지도 모르고. 내 말 수긍해?"

루돌프가 대답했다.

"그래. 내가 가서 최선을 다해 네 일을 처리할게."

"헤어질 때 네게 악수를 청할게." 아드리안이 말했다.

그들은 돌아왔고, 슈베르트페거는 아직 시간이 좀 남아 있었으므로 친구와 함께 니케 홀에서 간단한 식사를 했다. 게레온 슈바이게슈틸이 그를 위해 말을 맸고, 배웅할 필요 없다는 루돌프의 만류에도 불구하고 아드리안은 그를 역까지 바래다주기 위해 스프링이 딱딱한 마차에 자리를 잡았다.

"아냐. 당연히 가야지. 이번에는 정말 당연한 일이야." 그가 말했다.

파이퍼링에 서기에는 너무 크다 싶은 기차가 역으로 들어왔고, 아래로 내린 창문 사이로 그들은 악수를 나누었다.

"더는 아무 말도 하지 마. 수고해. 잘 해!" 아드리안이 말했다.

그는 돌아서기 전에 팔을 들었다. 거기서 미끄러져 간 친구를 아드리안은 다시는 보지 못했다. 다만 어떠한 답장도 거부하는 편지만 한 통 받았을 뿐.

42

열흘 또는 열하루 후 내가 다시 그를 찾아 갔을 때 그 편지는 이미 그의 수
중에 있었고, 그는 그 편지에 대해 아무 말도 하지 않겠다는 결심을 내게
알렸다. 그는 창백해 보였고 심한 타격을 받은 것 같았는데, 얼마 전부터
그에게서 나타난 버릇 즉, 걸을 때 머리와 상체를 약간 옆으로 기울이는
버릇이 더 심해졌으므로 더욱 더 그렇게 보였다. 그러나 그는 대단히 침
착했고, 심지어 냉담했다. 적어도 그런 척했다. 그러나 그는 자신의 태연
한 태도에 대해, 배신을 당하고도 그 일조차 어깨를 으쓱하며 위에서 내
려다보는 듯한 태도에 대해 내게 사죄하고 싶어 하는 것 같았다.

　"너는 내가 부도덕한 일로 인해 분노를 터뜨릴 거라고는 생각지 않
겠지." 그가 말했다. "진실하지 못한 친구였어. 그뿐이야. 나는 세상 돌아
가는 일에 대해 별로 분노하지 않아. 씁쓸하기는 하지만. 그리고 내 오른
손이 나를 배신하니 누구를 더 믿어야 할지 모르겠어. 너라면 어떻게 할
래? 오늘날 친구들은 이래. 내게 남은 것은 수치뿐이야. 내가 벌을 받아
마땅하다는 깨달음하고."

나는 그가 무엇을 수치스러워하는지 물었다.

"내 행동." 그가 대답했다. "정말 유치했어. 학교 다닐 때 어떤 아이가 새 둥지를 발견하고 매우 기뻐하며 친구에게 보여주었는데, 그 친구는 그 새 둥지를 훔쳤어. 그 기억이 생생하게 떠올랐어. 그럴 정도로 유치했어."

나는 더 할 말이 없었다. 다만 이렇게 말했을 뿐.

"친구를 믿은 일을 죄라고 생각하고 부끄러워할 필요 없어. 그건 도둑이 할 일이야."

내가 그의 자책에 좀더 확실하게 대응할 수 있었더라면! 나는 다만 마음속으로만 그의 잘못을 증명했다. 그의 행동, 대변, 구혼, 그것도 하필 루돌프를 시켜서 한 이 모든 일이 내게는 의도적이고, 작위적이고, 용서할 수 없는 일로 보였다. 내가 그런 일을 내 아내 헬레네에게 내 입으로 직접 말하지 않고 매력적인 친구를 보내 나 대신 그녀의 마음을 열게 한다고 상상하기만 하면 그 수수께끼 같은 사건 전체가 얼마나 황당한지 알 수 있다. 그런데 왜 후회는 하는지? 그의 말, 그의 표정이 나타내는 것이 후회였다면 말이다. 그 사건이 분명 잘못된 일이었다면, 무의식적인 실수이며 불행하게도 신중하지 못했던 탓에 일어난 일이 분명하다면, 그는 자기 잘못으로 친구와 연인을 한꺼번에 잃었다고 해야 했다! 내가 그 일이 실수였다고 확신할 수만 있었더라면! 무슨 일이 일어났든 그는 이를 다소간 예견하고 있었고, 따라서 그가 의도적으로 계획한 일이었다는 의심이 자꾸만 내 골똘한 생각을 훔쳤다. 그는 그 생각을, 루돌프에게서 '우러나오는 것', 그 부정할 수 없는 인간적이고 감성적인 매력을 이용해 자기 대신 구혼하라고 시킬 생각을 정말로 진지하게 한 것일까? 그가 루돌프를 믿었다는 말을 믿어도 될까? 그는 때때로 자기가 루돌프의 제물이 된 기분이 든다고 주장하지만, 사실은 스스로 가장 큰 제물이 되기를 자처했으리라는 추측이 머리를 들었다. 스스로 포기하고 물러나 자신의 고독 속으로 돌아가기 위해, 사랑스럽다는 점에서 서로 통하는 모든 상황을 의도적으로 짜 맞추었을지도 모르지 않은가. 그러나 이런 생각은 그다운 생각이라기보다는 나다운 생각이었다. 나를 위해, 그리고 그에 대한 내 숭배를 위해 그렇게 해석하고 싶었다. 실수로 보이는 그 일에는, 그가 범했다는 이른바 어리석음에는 그토록 순한, 그토록 고통스럽고도 착한 동기가 바탕이 되었을 것이라고! 나는 이 사건의 진실과, 내 너그러운 마음씨가 결코 필적하지 못할, 그리고 얼음처럼 차가운 기세로도 굳게 맞서지 못할 단호하고 냉담하고 잔인한 진실과 일대일로 마주하게 될 것이나, 증명되지 않은 진실은 말없이 침묵을 고집할 것이고, 따라서 나는 그 굳은 눈빛으로 알아보는 수밖에 없을 것이었다. 진실에게 발언권을 줄 사람은 내가 아니었으니까.

　　나는 슈베르트페거가 아드리안의 의도를 알고 있었던 만큼 최선의 의도로, 가장 정확한 의도로 마리 고도를 찾아 갔으리라고 확신한다. 그러나 이 의도는 처음부터 확고하지 않았고, 속에서 상처를 입어 풀어지고 해체되고 변형되기 쉬웠다는 사실도 마찬가지로 확실했다. 아드리안이 루돌프의 성격에 관해 한 말, 그 성격이 자신의 인생과 인간미에 주는 의미에 대해 한 말은 루디에게는 분명 기분 좋은 말이었고, 그의 우쭐한 마음에 부채질을 했다. 그리고 그 의미에서 지금과 같은 임무가 자신에게 주어졌다는 생각을 그는 우월한 지시자가 말하는 대로 받아들였다. 그러나 정복당한 자의 의미가 변화된 데 대한, 그리고 자신은 단지 그에게 도구와 수단으로서만 유용하다는 데 대한 질투어린 상처는 그에게 영향을 주었고, 속으로는 자유롭게, 즉 그 까다로운 불성실에 성실로 답할 의무가 없다고 느꼈으리라. 나는 이 점 상당히 확실하다고 생각한다. 또한 다른 사람을 위해 대신 가는 사랑의 길에는 마음을 흔드는 유혹 또한 확실한 법이다. 게다가 그토록 시시덕거리기 좋아하는 사람에게는 그 일이 시시덕거리기에 관한 일, 또는 그와 유사한 행위에 관한 일이라는 사실을 깨닫는 것 자체만으로도 그의 도덕을 이완시키는 그 무엇이 있었을 것이다.

내가 루돌프와 마리 고도 사이에 일어났던 일을 파이퍼링의 대화와 마찬가지로 대화체로 묘사할 수 있으리라고 생각하는 사람이 있는가? 내가 '그곳에 함께' 있었을 것이라고 의심하는 사람이 있는가? 그렇지 않다. 그리고 이제는 누구에게도 사건의 전모를 낱낱이 펼쳐놓을 필요가 없고, 또 더는 누구도 그러기를 기대할 수 없다고 생각한다. 그 불행한 결과, 처음에는 흥미로워 보였던—내게는 아니지만 다른 사람들에게는—그 일은 단지 어떤 담판의 결실만은 아니었다.—사람들은 이러한 내 가정을 지지할 것이다—첫 번째 담판 후 마리가 루돌프와 헤어지며 보인 태도 때문에 루돌프는 추가의 담판이 필요했다. 루돌프가 호텔 거실의 작은 현관을 들어섰을 때 그를 맞이한 사람은 이자보 아주머니였다. 그는 조카에 대해 묻고, 제3자의 이해관계를 위해 그녀와 단 둘이 몇 마디 나누겠다고 청했다. 아주머니는 미소를 띤 채 그를 거실 겸 작업실로 안내했는데, 그 예리한 미소는 제3자에 대한 그의 말을 믿지 않는다는 표시를 드러냈다. 그는 마리가 있는 방으로 들어갔고, 마리는 상냥하게, 그리고 놀라서 인사하고 자기 아주머니에게 알리려는 표정을 지었는데, 그는 그럴 필요 없다고 말했고 그녀는 점점 더, 어쨌든 더 반가움을 강조하며 놀랐다. 아주머니는 이미 그가 여기 와 있는 줄 알고 있다, 그리고 그가 그녀와 매우 중요한, 매우 진지하고 아름다운 일에 대해 말을 마치면 들어올 것이다. 그녀가 어떻게 대꾸했을까? 분명 농담 섞인 일상적인 말을 했을 것이다. "정말 궁금하군요." 또는 그와 비슷하게. 그리고 그녀는 그에게 편히 앉아서 말하라고 권했다.

　그는 그녀의 제도판 옆으로 끌어다 놓은 의자에 그녀를 마주하고 앉았다. 그가 약속을 어겼다고는 누구도 말할 수 없다. 그는 약속을 지켰다. 성실하게 이행했다. 그는 그녀에게 아드리안에 대해 이야기했다. 청중은 시간이 흐른 후에야 알게 될 그의 의미, 그의 위대함에 대해, 그 비범한 인물에 대한 루돌프의 감탄과 헌신에 대해. 그는 그녀에게 취리히 이야기를 했다. 슐라인하우펜 집에서 만난 이야기와 산으로 소풍 갔던 이야기를 했다. 그는 자기 친구가 그녀를 사랑한다고 고백했다. 이런 것은 어떻게 할까? 여자에게 다른 남자의 사랑을 고백할 때는 어떻게 할까? 그녀에게 몸을 기울이는가? 그녀의 눈을 바라보는가? 간청하며 그녀의 손을 잡는가? 기꺼이 제3자의 손에 넘겨주겠다고 선언한 손을? 모르겠다. 나는 소풍 초대만 전했을 뿐 청혼을 전하지는 않았으니까. 내가 아는 것이라고는 오직 그녀가 자신의 손을, 그가 잡았든, 자신의 무릎에 편하게 놓여 있었든, 급히 뒤로 뺐으리라는 사실이다. 남부 아가씨의 흰 뺨에 급히 홍조가 번지고 검은 눈에는 웃음이 사라졌다는 사실이다. 그녀는 이해하지 못했다. 정말로 이해할 수 없었다. 그녀는 자신이 제대로 알아들었는지 물었다. 루돌프가 레버퀸 박사 대신 그녀에게 들른 것이라는 사실을. 그렇다, 그는 그 일을 의무감에서 한다, 우정에서 한다고 그가 말했다. 그렇게 해 달라고 마음이 여린 아드리안이 그에게 부탁했다, 그리고 그의 부탁을 거절해서는 안 된다고 믿었다고 그가 말했다. 매우 착하시다는 그녀의 대단히 냉담한, 확연히 비웃는 대답은 그의 당혹감을 약화시키기에 적합하지 않았다. 그의 별난 상황과 역할을 그는 그제야 비로소 깨달았으며, 그 행위

280

는 그녀를 모욕할 수도 있다는 두려움이 섞이기 시작했다. 그녀의 태도, 이 전혀 예상하지 못한 태도는 그를 놀라게 한 동시에 속으로는 기뻤다. 자신의 행동을 정당화하기 위해 그는 말을 더듬으며 한동안 노력했다. 이런 사람에게서 무엇인가를 거절하는 일이 얼마나 어려운지 당신은 모른다, 아드리안이 그 감정으로 취한 삶의 변화에도 자기는 어느 정도 책임을 느꼈다, 왜냐하면 스위스로 여행가자고 설득한 사람은 자신이었고, 그를 그녀와, 마리와 만나게 한 사람도 자신이었으니까, 그 바이올린 콘체르토는 자신에게 바친 곡인데, 그것이 결국 작곡자가 그녀를 만나는 수단이었다는 사실은 참으로 묘하다고 했다. 그는 그녀에게 이러한 책임의식이 아드리안의 소망을 들어주도록 결심하는 데 강하게 기여했다는 사실을 이해해달라고 부탁했다.

여기서 다시, 그가 자신의 부탁을 하며 잡으려 했던 그녀의 손이 짧게 뒤로 빠졌다. 그녀는 다음과 같이 대답했다. 더는 애 쓰지 마라, 당신이 받아들인 그 소임에 대한 이해는 중요하지 않다, 당신의 우정어린 희망을 수포로 돌아가게 해서 미안하다, 하지만 나 또한 물론 구혼자의 인격에 감탄하지 않은 것은 아니나, 그렇다 하더라도 그 사람에게 보내는 내 존경심은 이렇게 달변으로 결합을 제의하 올 때 그 제의를 받아들이기 위해 기본적으로 갖추고 있어야 하는 감정과는 아무 상관이 없다, 레버퀸 박사를 알게 된 일은 내게 영광이고 기쁨이었다, 그러나 유감스럽게도 지금 내가 그에게 전달하고자 하는 결론은 앞으로는 만남이 고통스러울 테니 모든 만남을 배제한다는 것이다, 사태가 이렇게 변함으로써 이룰 수 없는 소망의 전달자이자 대변자께서도 타격을 입지 않았다고 할 수 없을 테니 진정으로 유감이다, 이 불의의 사태 이후 서로 다시는 안 만나는 것이 더 편하고 좋다는 사실에는 의심의 여지가 없다, 이 말을 끝으로 인사를 드리고자 한다. "아듀, 무슈!"

그는 애원했다. "마리!" 그러나 그녀는 단지 그가 자신의 이름을 함부로 부르는 사실이 놀랍다는 표현만 했다. 그리고 내 귀가 그토록 분명하게 기억하고 있던 목소리로 그 작별 인사만 반복했다. "아듀, 무슈!"

그는 돌아갔다. 곁에서 보면 물에 젖은 푸들이었다. 그러나 속으로는 즐겁다 못해 행복했다. 아드리안의 결혼계획은 터무니없는 짓으로 밝혀졌다. 사실 그랬다. 그리고 그가 그 일에 헌신해 그녀에게 제안한 일을 그녀는 매우 나쁘게 생각했다. 그녀는 그 일에 놀랍도록 민감했다. 방문 결과 어떻게 되었는지 아드리안에게 보고하는 일을 그는 서두르지 않았다. 그는 자신도 그녀의 매력에 냉담하지 않다고 진술하게 고백했으므로 아드리안의 의심을 살 일은 없었다. 이 얼마나 다행한 일인가! 그가 한 일은 앉아서 고도에게 편지를 쓰는 일이었다. 그는 그녀의 '아듀, 무슈!' 라는 인사로 인해 살지도 죽지도 못한다고 썼다. 그리고 죽기 살기로 그녀를 다시 만나야 한다고 썼다. 그녀에게 묻기 위해. 여기 온 마음으로 그녀에게 던지는 질문을 하기 위해. 그는 한 사람이 다른 사람에 대한 존경심에서 자신의 감정을 희생시키고, 그것을 극복하고 자신에게는 무익하게도 다른 사람의 소망을 대변하는 사람이 되는 일을 당신은 이해하지 못하느냐고 물었다. 그리고 나아가 억눌린, 충직하게 억제된 감정이, 그 다른 사람의 부탁을 더는 들어줄 전망이 없어지는 즉시 자유로워진 상황을, 환호하며 탈출하게 된 상황을 이해하지 못하느냐고 물었다. 그리고 그가 자기 자신에게 한 배신행위를 용서해 달라고 빌었다. 그는 배신을 후회할 수 없다, 하지만 이제 자신이 그녀에게 사랑한다고 말하더라도 그것이 다른 사람을 배신하는 행위가 아니라는 사실이 너무도 다행스럽다고 썼다.

이런 식이었다. 결코 서툴지 않았다. 시시덕거리기에 홀딱 빠져 신나게 그리고 내가 생각한 식으로 아드리안 대신 청혼을 한 후, 사랑 고백은 청혼과 여전히 결부되어 있다는 사실을 확실히 의식하지도 않은 채—이런 생각은 시시덕거릴 생각만 하는 머리에는 결코 떠오르지 않을 생각이었다—편지를 마무리했다. 이자보 아주머니는 마리가 그 편지를 받으려 하지 않자 조카 앞에서 자신이 읽었다. 루돌프는 답장을 받지 못했다. 그러나 그는 겨우 이틀 후에 기젤라 호텔의 종업원을 통해 아주머니에게 왔다는 말을 전했고, 그때 그는 거절당하지 않았다. 마리는 시내에 나가고 없었다. 아주머니는 지난번에 그가 찾아온 후 마리는 그녀 품에 안겨 눈물을 쏟았다고 밝히며 심술궂게 비난했지만, 내 생각에는 지어낸 말 같았다. 아주머니 또한 그녀 조카의 자존심을 강조했다. 그녀는 대단히 예민하고 자존심 강한 아가씨라고. 아주머니는 다리와 담판할 기회가 또 올 것이라는 언질은 해줄 수 없다고 말했다. 하지만 그가 마리 앞에서 존경할 만한 행동을 보인다면 자신은 이를 결코 불쾌하게 생각지 않는다는 사실만은 알아두라고 했다.

다시 이틀 후 그는 또 그곳으로 갔다. 마담 페르블랑티어가—아주머니의 이름이었다. 그녀는 과부였다—조카에게로 들어갔다. 그녀는 거기서 한참 있었으나 드디어 다시 와서, 그에게 눈을 껌뻑이면서 용기를 주며 들어가라고 했다. 물론 그는 꽃을 가지고 갔었다.

내가 무슨 말을 더 해야 하나? 나는 세세한 내용이 아무에게도 중요하지 않은 장면을 그리기에 너무 늙었고 너무 슬프다. 루돌프는 아드리안의 청혼을 제안했다. 그리고 이번에는 자신을 위해 청혼했다. 비록 이 바람둥이가 결혼생활을 하는 것은 내가 돈 환이 되는 것이나 같았지만. 그러나 미래에 대해 생각하는 일은, 어떤 미래도 정해져 있지 않았고, 난폭한 운명에 의해 후딱 취소될 결합의 행복전당을 점치는 일은 무의하다.

마리는 자기 가슴을 찢어놓은 사람을 '조심스럽게' 사랑하기를 감행했다. 그의 예술가로서의 가치와 안정된 출세가도는 매우 확실하게 보장되어 있었다. 그녀는 그를 잡을, 그를 묶어둘, 그의 바람기를 지배할 자신이 있었다. 그녀는 그에게 자기 손을 내 주고 그의 키스를 받았다. 그리고 우리 친구들 모두에게 루디가 잡혔다는 소식이, 연주의 대가 슈베르트페거와 마리 고도가 결혼할 것이라는 즐거운 소식이 퍼지는 데 하루도 채 걸리지 않았다. 이에 덧붙여 그는 차펜슈토스 오케스트라와의 계약을 해지하고 파리에서 결혼한 후, 거기서 새로 결성된 음악단체인 '심포니 오케스트라'에서 일하게 되었다고도 했다.

그가 파리에서 환영받은 일은 당연했고, 뮌헨에서도 마찬가지로 그를 놓치기 싫었으므로 당연히 해약이 오래 걸렸다. 그나마 그의 협연 일정이 다음 번 차펜슈토스 연주회로 잡혔다. 그가 파이퍼링에 갔다 연주회 때문에 급하게 돌아온 날 이후 처음으로 한 연주였다. 일종의 고별연주였다. 게다가 지휘자 에드슈미트 박사가 하필 그날 특별히 객석이 다 차도록 인기 있는 베를리오즈와 바그너의 곡으로 프로그램을 짰으므로, 흔히들 하는 말로 뮌헨 시(市)가 다 왔다. 객석에는 아는 얼굴들이 많이 보였으며, 나는 자리에서 일어섰을 때 여러 사람에게 인사했다. 슐락인하우펜 부부와 그들의 단골손님들, 실트크납과 함께 라트브루흐 부부, 자넷 소이엘, 츠비처, 빈더-마요레스쿠, 그리고 그 밖에 많은 사람들이 왔다. 그들 모두는 분명 무대 왼쪽 앞자리의 루디 슈베르트페거를 신랑 자격으로 보려는 목적도 있었다. 그런데 그의 약혼녀는 오지 않았다. 이미 파리로 돌아갔다고 들었다. 나는 이네스 인슈티토리스에게 인사했다. 그녀는 혼자였다, 즉 남편 없이 크뇌터리히 부부와 함께 왔다. 남편은 음악에 관심이 없었고, 그날 저녁을 '알로트리아'에서 보내고 싶었다. 그녀는 홀에서 꽤

284

뒤편에 앉았다. 그녀가 입고 있는 수수한 원피스는 궁핍과 관계가 없지 않았다. 목을 뻐딱하게 앞으로 내밀고 눈썹을 위로 치커든 채 입은 불행한 심술로 뽀족 내밀고, 그리고 나는 그녀가 그렇게 내 인사를 받았을 때 그 심술궂던 인상을, 그녀가 여전히 자신의 거실에서 오랜 대화로 내 인내와 연민을 착복했던 저녁의 못된 승리감에서 웃고 있다는 인상을 피할 수 없었다

슈베르트페거에 관해 말하자면, 그는 얼마나 많은 사람들의 호기심에 찬 시선을 받을지 미리 예상하고 저녁 내내 청중을 거의 보지 않았다. 그럴 수 있는 시간에 그는 자기 악기를 살피거나 악보를 뒤적였다. 공연 마지막은 성악가의 무대였다. 대중적이고 재미있는 연주였으며, 그와 관계없이도, 페르디난드 에드슈미트가 오케스트라 단원들을 일으켜 세우고 제1바이올리니스트에게 감사의 뜻으로 악수를 청할 때, 공연장이 떠나갈 듯한 박수갈채가 터져 나왔다. 이 악장이 끝났을 때 나는 이미 위층 중앙통로로 가, 사람들이 물품보관소로 밀려오기 전에 내 외투를 찾았다. 나는 적어도 집으로 가는 길 일부분을, 즉 슈바빙의 내 작업실로 가는 길을 걸어서 가고 싶었다. 연주회 건물 앞에서 나는 크릿비스 토론모임의 회원을 한 사람 만났다. 뒤러 전문가 길겐 홀츠슈어 교수였다. 그도 홀에 있었다. 그는 나를 대화에 끌어넣었는데, 그쪽에서 그날의 프로그램에 대한 비판으로 시작했다. 베를리오즈와 바그너를 같이 연주한 것, 프랑스와 독일 거장의 작품을 번갈아가며 연주한 것은 감각부재였다, 게다가 정치적인 경향을 노골적으로 드러냈다, 독일과 프랑스 간 화해와 평화주의처럼 보이는데, 알다시피 에드슈미트는 공화주의자이고 민족주의적으로 믿을 만하지 못하다, 저녁 내내 그 생각으로 괴로웠다, 유감스럽게도 오늘날은 모든 것이 정치다, 더는 순수한 정신은 없다, 그것을 부활시키기

위해 무엇보다도 대규모 오케스트라의 수장 자리에는 의심의 여지없이 독일적인 신념을 지신 사람이 앉아야 한다고 말했다.

나는 모든 것을 정치화하는 사람은 바로 당신이라고 말하지 않았다. 그리고 '독일적'이라는 말이 오늘날은 결코 순수한 정신과 같은 뜻이 아니라 정당 구호라고도 말하지 않았다. 나는 다만, 국제적으로도 잘 수용된 바그너의 예술에는 많은 거장의 예술이, 프랑스든 어디든, 포함되어 있다는 사실만 확인시켰다. 그러고는 호의적으로 그가 얼마 전 〈예술과 예술가〉에 발표한 고딕 건축의 비례 문제에 관한 기사를 언급함으로써 그의 관심을 돌렸다. 내가 그 이야기를 해 주는 친절을 베풀자 그는 기분이 매우 좋아졌고 부드러워졌고 비정치적으로 변하고 유쾌해졌다. 나는 그 호전된 상황을 이용해 그에게서 떨어져 오른쪽으로 돌아 내 길을 갔고, 그는 왼쪽으로 갔다.

곧 나는 뒤르켄슈트라세 가 상단에서부터 오데온스플라츠 광장과 루드비히슈트라세에 도달했고, 조용한 모누멘탈 쇼세 포장도로(수년 전부터 물론 아스팔트가 깔렸다)의 왼쪽을 따라 개선문을 향해 갔다. 그날 저녁은 구름이 끼었고 대단히 온화했으므로 내 겨울외투는 점점 부담스러워졌다. 나는 테레지엔슈트라세 가의 시가전차 정류장에 서서 슈바빙으로 가는 노선의 차를 기다리고 있었다. 왜 차 한 대 오기까지 그렇게 오래 걸렸는지 모르겠다. 길이 막히거나 교통방해는 늘 있는 일인데. 드디어 차 한 대가 가까이 왔고, 반갑게도 10번 노선의 차였다. 나는 지금도 그 차가 총사령관 홀에서부터 다가오는 소리가 들린다. 바이에른 주를 상징하는 푸른색의 뮌헨 시가전차는 매우 육중하게 만들어졌고, 무게 때문인지 아니면 도로의 특수성 때문인지 엄청난 소음을 냈다. 차바퀴 밑에서 끊임없이 전기에 의한 불이 번쩍였고 그 위 접촉 막대에서는 더 세게 빛났으며, 거기서부터 이 차가운 불길은 치직거리며 불꽃의 무리로 흩어졌다.

전차가 섰다. 나는 앞문으로 타서 안쪽으로 들어갔다. 내가 선 쪽에서 왼쪽으로 미닫이문 바로 옆에 빈자리가 있었는데, 보아하니 방금 내린 것 같았다. 전차는 가득 찼고, 뒷문 가에는 심지어 남자 둘이 통로에 서서 띠를 잡고 있었다. 승객 대부분은 연주회에서 집으로 돌아가는 사람들인 것 같았다. 그들 가운데, 내가 앉은 자리 맞은편에 슈베르트페거가 자신의 바이올린 케이스를 무릎 사이에 세운 채 앉아 있었다. 그는 분명 내가 다가오는 모습을 보았으나 내 시선을 피했다. 그는 외투 속에 흰 비단 머플러를 하고 있었으며, 이것이 연미복 나비넥타이를 덮었다. 그러나 그의 습관대로 모자는 안 썼다. 그는 빗어 올린 금발의 곱슬머리와 더불어 예쁘고 젊어 보였는데, 얼굴색은 일을 마치고 상기되어 그 대단한 열기 속에 푸른 눈이 심지어 약간 부어오른 듯 보였다. 하지만 그것조차 약간 위로 치켜 올린, 휘파람을 그토록 멋지게 불 줄 알던 그 입술과 마찬가지로 그에게 어울렸다. 나는 신중한 사람이라 빠르지 않다. 다른 아는 사람도 그 차에 탔다는 사실을 시간이 흐르고서야 알아차렸다. 나는 크라니히 박사와 인사를 나누었는데, 그는 슈베르트페거 쪽에 있었으나 슈베르트페거와는 멀리 떨어져 뒷문 쪽으로 자리 잡고 있었다. 가끔씩 인사를 하다가 뜻밖에 이네스 인슈티토리스를 보았다. 그녀는 나와 같은 쪽에, 여러 자리 앞 중간쯤에, 슈베르트페거와 비스듬히 맞은편에 앉아 있었다. 내가 '뜻밖에'라고 말한 이유는 그녀의 집은 이 방향이 아니었기 때문이다. 그러나 또 몇 자리 지나서 그녀의 친구 빈더-마요레스쿠를 발견했다. 그녀는 슈바빙 먼 외곽에, '그로서 비르트'도 지난 곳에 살고 있었으므로 나는 이네스가 그녀 집에서 저녁 차를 마실 생각인 모양이라고 추측했다.

이제 나는 슈베르트페거가 그의 아름다운 머리를 왜 줄곧 오른쪽을 향하고 있었는지, 그래서 그의 좀 뭉툭한 옆열굴만 보이게 했는지 이해하게 되었다. 그가 아드리안의 또 다른 자신이라고 생각했을지도 모를 그 남자만 못 본 척 한 것이 아니었다. 그리고 나는 왜 하필 이 차를 타야 했느냐고 조용히 그를 비난했는데, 아마도 정당하지 못한 비난이었을 것이다. 그가 이네스와 동시에 탔는지는 알 수 없었으니까. 그녀는, 나와 마찬가지로, 그가 탄 후에 탔을지도 모른다. 만약 그 반대였다면, 그가 그녀를 본 순간 바로 내릴 수는 없었다.

　　우리가 대학교를 지나자 바로 펠트 방한화를 신은 차장이 내 앞에 와서 10마르크를 받았다. 그가 내게 직행표를 내미는 순간, 믿을 수 없는, 모두가 전혀 예상하지 못한, 일단은 전혀 이해할 수 없는 일이 일어났다. 차 안에서 총소리가 들렸다. 낮고 예리하게 떨리는 폭음이 울렸다. 세 번, 네 번, 다섯 번, 정신을 잃을 만큼 사정없이 빠른 속도로. 그리고 건너편에서 슈베르트페거가 그의 바이올린 케이스를 두 손으로 잡은 채, 그 오른쪽 옆 자리에 앉은 여인의 어깨로, 그 다음에는 무릎으로 쓰러졌으며, 그녀는 그의 왼쪽에 앉은 여인과 마찬가지로 놀라 그에게서 떨어져 몸을 굽혔고, 그 사이 다른 소동으로, 정신을 잃지 않은 사람들이 당황해서 소리를 내지르며 도피하느라 차 안이 혼란스러워졌고, 앞의 운전기사는 왜 그랬는지 모르겠지만 미친 듯이 연달아 종을 울려댔다. 아마도 경찰을 부르려 했는지도 모르겠다. 물론 종소리 가청 거리에는 아무도 없었다. 어떤 승객들은 밖으로 나가려 했기 때문에, 그리고 또 다른 사람들은 호기심 또는 의협심에서 입구에서 안으로 들어오려 했기 때문에 멈춘 차 안에서는 거의 위험하다시피 사람들이 서로 밀쳤다. 통로에 서 있던 두 남자는 나와 함께 이네스에게 덮쳤으나 너무 늦었다. 우리는 그녀에게서 권총을 '빼앗을' 필요도 없었다. 그녀는 총을 떨어뜨렸다. 아니, 오히려 자기 희생물을 향해 던졌다. 그녀의 얼굴은 백짓장처럼 창백했고, 광대뼈에는 뚜렷이 둥근 테를 두른 매우 붉은 반점이 있었다. 그녀는 눈을 감고 바보처럼 미소 지었다. 뾰족하게 오므린 입으로.

사람들이 그녀의 팔을 잡았고, 나는 그 너머 루돌프에게 몸을 던졌는데, 사람들이 그를 완전히 비어버린 의자에 눕혀 놓았었다. 다른 쪽에는 그가 쓰러지며 기댔던 여인이 의식을 잃고 피를 흘리며 누워 있었는데, 그녀는 팔에 무해한 정도의 찰과탄을 맞은 것으로 밝혀졌다. 루돌프 주변에 선 여러 사람 가운데는 크라니히 박사도 있었으며, 그는 루돌프의 손을 잡고 있었다.

"이 무슨 경악할, 생각 없는, 비이성적인 행동인가!" 그는 창백한 얼굴로, 그의 분명하고 지적인, 발음이 좋으면서도 천식이 섞인 목소리로 말했는데, 그 '경악할'이라는 말을 흔히 배우들한테서도 듣듯이 '경악스럽게' 발음했다. 그는 의사가 아니라 동전학자인 사실을 지금처럼 개탄한 적이 없었다고 덧붙였고, 정말로 내게는 그 순간 동전학이 쓸모없는 학문처럼, 더는 유지될 수 없는 문헌학보다 더 무용한 학문처럼 보였다. 실제로 그 자리에는 의사가 없었다. 그토록 많은 음악회 청중들 중에도, 의사들은 보통 음악에 관심이 많은 편인데도 불구하고—왜냐하면 그들 중에는 유대인이 많기 때문에 그 이유만으로도—하나도 없었다. 나는 루돌프에게 몸을 굽혔다. 그는 살아있다는 표시를 했으나 끔찍하게 맞았다. 그의 한쪽 눈 밑에 총알이 박힌 자리에서 피가 흘렀다. 다른 탄환은 목과 가슴과 심장의 관상혈관에 박힌 것으로 밝혀졌다. 그는 머리를 들어 뭔가 말을 하려 애썼으나 곧바로 그의 입술 사이로 피거품이 쏟아져 나왔고, 그 부드럽고 도톰한 입술이 내게는 갑자기 감동적으로 아름답게 보였으며, 그는 눈을 뒤집더니 머리를 나무의자 위에 도로 세게 떨구었다.

이 친구에 대한, 나를 압도할 듯 밀려든 연민으로 내가 어떤 비탄에 휩싸였는지 나는 도저히 묘사할 수 없다. 나는 내가 그를 어떤 식으로든, 언제나 좋아했다는 사실을 깨달았고, 그 비운의 여인에 대한 연민보다, 몰락해 약간은 안쓰러운, 고통으로, 그리고 이를 마취시키는, 문란한 악습으로 이 끔찍한 범행을 저지른 그녀에 대한 연민보다 그에 대한 연민이 훨씬 더 애틋했다고 고백할 수밖에 없다. 나는 스스로 그 두 사람과 잘 아는 사람이라고 밝히고, 대학교 수위 사택에서 구급차와 경찰에 전화할 수 있다고, 대학교에 내가 알기로 작은 응급처치실도 있으니 중상자를 그리로 옮기라고 조언했다. 나는 범인도 같이 그곳으로 옮겨야 한다고 지시했다.

이 모든 일이 일어났다. 우리는, 열심히 거드는 안경을 낀 젊은 남자와 나는 불쌍한 루돌프를 차에서 내렸고, 차 뒤로 두세 대의 다른 전차가 막혀 멈춰 있었다. 그 차 가운데 한 대에서 왕진가방을 든 의사가 황급히 나와 우리에게 와서, 도움도 안 되게, 환자 옮기는 일을 지휘했다. 신문기자도 와서 취재를 했다. 일층 수위 사택의 초인종을 눌러 사람을 불러내느라 얼마나 힘들었는지 그 생각을 하면 괴롭다. 의사는 중년 남자였는데 모두에게 자신을 소개하고, 의식을 잃은 사람을 소파에 뉘었을 때 응급처치를 하려고 했다. 구급차는 놀랍게도 빨리 도착했다. 루돌프는, 의사가 검사를 한 후 곧바로 "유감스럽지만 아마도"라고 하며 말했듯이, 시립 병원으로 옮기는 도중 숨졌다.

내가 할 일은 나중에 도착한 경찰과 경련하듯 흐느끼는 체포된 여인에게 가서 형사에게 그녀의 상태를 알려주고 정신병원에 수용시키도록 변론하는 일이었다. 그러나 그날 밤에는 승인되지 않았다.

내가 경찰서를 나와 자동차가 오기를 고대하며 아직 남은 길을, 프린츠레겐텐슈트라세로 향한 내키지 않는 발길을 옮길 때 교회에서 자정을 알리는 종이 울렸다. 나는 그 키 작은 남편에게 할 수 있는 한 조심스럽게 이 사건을 알려야 할 것 같았다. 더는 의미가 없을 때가 되어서야 비로소 차가 나타났다. 문은 잠겨 있었으나 내가 초인종을 누르자 계단에 불이 들어왔고, 인슈티토리스가 직접 내려왔다. 그리고 자기 부인 대신 내가 문 앞에 선 광경을 보았다. 그는 아래 입술을 이에 바짝 붙인 채 공기를 빨아들이듯 입을 여는 버릇이 있었다.

"네, 무슨 일로?" 그는 더듬었다. "당신이군요? 무슨 일로 이곳에……. 저한테 무슨……."

나는 계단에서는 거의 아무 말도 안 했다. 그의 집으로 올라가, 내가 이네스의 엄청난 고백을 들었던 그곳에서 나는 그에게 준비한 몇 마디 말로 내가 목격한 일을 보고했다. 내가 말을 마쳤을 때 그는 일어났으나 곧 죽세공 의자에 도로 앉았고, 그 다음에는 이미 오래전부터 답답할 정도로 위태로운 분위기에서 살아온 남편의 침착성을 증명했다.

"그렇군. 올 것이 왔군." 그가 말했다. 그리고 그가 단지 두려워만 했을 뿐, 일어날 일이 일어나도록 방관만 했다는 사실도 명백히 드러났다.

"아내에게 가겠습니다." 그가 말하고 다시 일어났다. "거기(경찰서 유치장을 의미했다) 가면 이네스를 만날 수 있겠지요."

그날 밤 나는 그에게 별 희망을 줄 수 없었으나, 그는 약한 목소리로 그래도 가 보는 것이 자신의 의무라고 말하고, 서둘러 외투를 걸치고 급히 집을 나섰다.

받침대에서 불행하게 쳐다보는 이네스의 흉상이 두드러져 보이는 그곳에 나 혼자 남았을 때 내 생각은, 충분히 그러리라고 예상하겠지만,

지난 몇 시간 동안 이미 여러 번, 이미 지속적으로 향했던 곳으로 흘러갔다. 고통스러운 보고를 할 데가 또 한 군데 있었다. 그러나 내 팔다리와 심지어 얼굴근육까지도 온통 이상하게 뻣뻣해 져서, 수화기를 들어 파이 퍼링과 연결해 달라는 요구를 못하게 방해했다. 아니다. 사실은 그렇지 않다. 나는 수화기를 들었으나 손에 든 채 내렸다. 교환원이 전화 받는 소리가 낮게, 매우 낮게, 마치 물속에서처럼 들렸다. 그러나 피로가 이미 병처럼 발전한 상태에서도 생각이 작용해 내 의도를 좌절시켰다. 내가 전혀 불필요하게 밤에 슈바이게슈틸 집에 경보를 울리려 하고 있으며, 아드리안에게 내 경험을 이야기할 필요는 없다는 생각이 들었다. 만약 이야기를 하면 내가 어떻게든 우스워진다는 생각에 나는 수화기를 다시 내려놓았다.

43

내 이야기는 끝으로 치닫고 있다. 모든 것이 그렇다. 모든 것이 끝을 향해 내달리고, 세상은 종말의 징후에 싸여있다. 적어도 우리 독일인에게는 그 러하다. 그 수천 년의 역사는 부정되고, 반박되고, 불행한 것으로 치부되 고, 그 결과 그릇된 길로 판명되고, 허무에, 절망에, 유례가 없는 파산에 이르고, 요란하게 춤추는 불길에 싸여 지옥으로 가고 있다. 어떤 길이든 옳은 목적을 향한 길이라면 그 길의 모든 구간이 다 옳은 길이라는 말이 있다. 이 말이 맞는다면, 이 독일 격언이 맞는 말이 되려면, 현재의 재앙 으로 이끈 길은 온통, 어떤 지점, 어떤 분기점이든, 너무도 혼란스러워서 이 논리가 적용되지 않는다는 사실을 인정해야만 한다.—나는 '재앙'이 라는 말을 매우 엄격한, 매우 종교적인 의미에서 사용했다—이는 아무리 사랑할지언정, 그래서 한없이 비통할지언정 인정해야 할 사실이며, 어쩔 수 없이 혼란을 인정한다고 해서 사랑을 부정하는 것은 아니다. 나는 평 범한 독일인 학자이고 독일의 많은 부분을 사랑했다. 그렇다. 내 인생은 보잘 것 없지만 매혹적인 대상에 헌신할 줄 알았고, 나는 이런 내 인생을 어느 위대한 독일 사람과 그의 예술을 사랑하는 데 바쳤다. 때로는 놀라움츠러들고 늘 흔들렸지만, 그래도 언제나 충실한 사랑이었다. 그는 비밀에 싸인 죄를 짓고 끔찍하게 세상을 하직했지만 이 사실이 나의 사랑을 해치지는 못한다. 그 사랑은 어쩌면 단지 한 자락 자비일 뿐이었는지도 모르겠다.

나는 인간의 힘으로는 결코 피할 수 없는 불행을 예감하며 프라이징의 내 골방에 처박혀, 흉측하게 변해버린 뮌헨의 광경을 외면하고 있다. 조각상은 쓰러지고, 외벽에 난 구멍은 눈알이 빠진 눈 같고, 그 뒤로는 공허만이 숨어 하품하는데, 포장도로를 뒤덮은 잔해가 쌓여갈수록 공허는 더욱 극명해질 뿐이었다. 내 아들들은 어리석은 기분에 들떠 대다수 국민과 똑같이 믿고 환호하고 희생하고 투쟁한 후, 수백만의 그들 부류가 그랬듯이, 멍한 눈으로 미몽에서 깨어나 결국 당혹감과 철저한 절망감을 맛본 지 오래다. 아들들을 생각하면 연민으로 가슴이 죄어온다. 나는 번뇌하며 그들의 믿음을 믿지 않았고, 따라서 그들이 누리는 행복을 함께 누릴 수 없었으므로 그들은 내게 선뜻 다가오지 못할 것이다. 어쩌면 그들은 그 책임을 내게 물을지도 모른다. 마치 그들이 포기한 꿈을 내가 함께 꾸었더라면 사태가 달라졌을 것처럼. 신이여, 그들을 도우소서! 나는 내 몸을 돌보는 늙은 아내 헬레네와 단 둘이 살면서 종종 이 글 가운데 단순한 그녀가 이해할 수 있는 부분을 골라 읽어주고 있으나, 내 모든 감각은 파멸 한가운데서 이 작업을 끝내는 일에 집중되어 있다.

종말에 대한 예언, 이른바 〈묵시록〉이 1926년 2월에, 앞에서 보고했던 그 끔찍한 사건들이 일어난 후 약 일년 뒤에 프랑크푸르트 암 마인에서 가슴을 파고들며 장중하게 울려 퍼졌다. 비록 화가 나서 외치는 소리와 기가 막혀 나오는 웃음소리가 빈번하게 섞이기는 했으나 대단한 센세

이션을 불러일으켰던 그 공연을 아드리안이 직접 체험하지 못한 데에는 평소의 내성적인 성격을 극복하지 못한 탓도 있었으나, 앞에서 서술한 사건들로 얻은 상심도 부분적으로 관계가 있었다. 이 작품은 고통스럽고도 자랑스러운 그의 인생을 상징하는 두 가지 주요 작품 가운데 하나였으나, 아드리안은 이 곡을 한번도 듣지 않았다. 물론 그가 '듣기'에 대해 입버릇처럼 하던 말에 따르면 그다지 안타까워할 일도 아니었다. 여행을 위해 시간을 낼 수 있었던 나를 빼고는 우리 친구들 가운데서 자넷 소이엘만이 빠듯한 여비에도 불구하고 프랑크푸르트에 와서 공연을 보았다. 그 후 그녀는 파이퍼링에 있는 친구에게 프랑스어와 바이에른 방언이 섞인, 자신의 개성이 돋보이는 말투로 공연에 대한 보고를 했다. 그는 당시 이 우아한 농촌 여인을 자주 자기 집에 불렀다. 그녀는 일종의 보호 능력이 있어 그를 기분 좋게 안심시켰다. 실제로 나는 그가 원장실 한 구석에서 그녀의 손을 잡고 말없이 그리고 보호받는 듯한 모습으로 앉아 있는 광경을 보았다. 이렇게 손에 손을 잡는 일은 그다운 일이 아니었다. 그것은 변화였다. 나는 그것을 알아보고 감격하고 또 기뻤으나, 일말의 두려움을 지우지는 못했다.

아드리안은 자기와 눈 색이 같은 뤼디거 실트크납도 자기 곁에 두기를 그 어느 때보다 더 원했다. 이 남루한 젠틀맨은 늘 그랬듯이 순순히 응하지 않았으나 일단 찾아온 후에는 아드리안과 함께 먼 곳까지도 기꺼이 산책하곤 했다. 아드리안은 산책을 좋아했다. 일을 할 수 없을 때는 더더욱 산책을 즐겼고, 뤼디거는 씁쓸하고 그로테스크한 유머로 산책길을 장식해 주었다. 시골 쥐처럼 가난했던 뤼디거는 당시 관리를 소홀히 한 탓에 이가 나빠져 신경 쓸 일이 많았다. 그가 한 이야기도 온통 이와 관련된 이야기뿐이었다. 친구 사이니까 그냥 봐준다는 듯한 인상을 주고는 갑자기 조달할 수 없는 액수를 청구하는 믿을 수 없는 치과의사들, 의료비 지급 제도, 예약한 진료일을 놓쳐 어쩔 수 없이 다른 의사를 찾고 있지만 보나마나 마음에 안 들기는 다 마찬가지일 거라는 이야기 등등. 그는 아픈 이의 남은 치근에 최근에 대형 브리지를 씌웠는데 얼마 안 가 그 무게를 못 이겨 이뿌리가 흔들리기 시작했고, 따라서 브리지까지 허물어지게 생겼으니 그 덕분에 갚지 못할 빚만 추가로 지게 되었다고 말했다. "이게……. 붕괴되고 있어." 그가 끔찍하게 말했다. 그는 아드리안이 자신의 궁핍한 사정을 바탕으로 한 유머에 눈물까지 흘리며 웃어도 개의치 않았을 뿐만 아니라, 바로 그것을 노렸다는 듯이 자기 자신도 몸을 굽히며 소년처럼 웃었다.

언짢은 상황에서 부리는 그의 억지 유머야말로 그 당시 외로운 아드리안에게 꼭 필요한 것이었으나, 안타깝게도 나는 그를 웃기는 재주가 없었다. 내가 할 수 있는 일은 괜한 고집을 피우기 일쑤인 뤼디거를 파이퍼링에 가도록 종용해 그런 기회를 만드는 일이었다. 그 한 해 동안 아드리안은 일을 전혀 하지 않았다. 그는 착상이 떠오르지 않고 정신적 무기력 상태에 빠져, 극도로 괴로워하고 의기소침해졌으며 두려움에 휩싸이기까지 했는데, 내게 보낸 편지에서도 드러났듯이 이것이 바로 프랑크푸르트에 가지 않은 한 가지 주된 이유였다. 그는 적어도 내게만은 그 이유를 설명했다. 더 나은 작품을 쓸 수 없는 상태에서는 이미 완성된 작품에 관여할 수 없다. 현재의 무기력을 의식하면서 과거에 완성시킨 작품을 멍청히 바라볼 수 밖에 없는 상태는 견딜 수 없다. 과거는 현재의 내가 그보다 우월하다고 느낄 때만 견딜 수 있는 것이라고 했다. 내게 보낸 여러 편의 편지에서 그는 자신의 상태를 "황량해. 무의미할 만큼." 이라고도 하고, "개처럼 사는 삶", "참을 수 없는 목가적인 분위기 속의 아무 기억 없는 식물 같은 존재"라고도 했으며, 이에 대해 욕을 하는 것만이 유일하게 자존심을 지키는 길이고, 그러다 보면 오직 이 우둔한 상태에서 벗어나기 위해 또다시 전쟁이나 폭동 또는 그와 유사한 바깥세상의 요란한 사건이라도 터져주기를 바라게 될 것 같다고 했다. 작곡에 대해서는 말 그대로 아무런 생각도 나지 않는다, 그것이 어떻게 하는 것인지 털끝만큼도 기억나지 않는다, 분명코 더는 단 한 개의 음표도 쓰지 못하게 될 것이다라고 했다. "지옥이여, 나를 불쌍히 여기소서!", "가련한 내 영혼을 위해 기도해 줘!" 같은 표현이 그의 편지에서 반복되었고, 그 때문에 나는 비탄에 빠졌지만, 동시에 다시 기운이 났다. 이러한 고백은 이 세상 그 누구도 아닌 나만이, 어린 시절 함께 놀던 친구만이 들을 수 있는 것이었으니까.

  나는 답장에서 그가 지금 처한 상황이 얼마나 벗어나기 힘든 상황인지 시사하는 말로 그를 위로하려 애썼다. 그는 자신의 상황을 언제나 감정적으로 해석하려는 경향이 있었다. 그런 해석은 이성에 반하는 일임에도 불구하고 자신의 상황을 피할 수 없는 운명으로, 언제 다음 장(章)이 펼쳐질지 모르는, 그래서 행복해질지 오히려 더 불행해질지 모르는 운명으로 이해하려고 했다. 그리고 그의 권태 또한 오직 이미 오래전에 겪은 실망으로밖에는 설명할 수 없다고 말했다. 나는 너무도 구차하게 그의 정신적 와해를 '겨울잠을 자는 대지'에, 숨은 생명이 살아 꿈틀거리며 새싹을 준비하는 대지의 품에 비유했는데, 이러한 비유는 내가 느끼기에도 그의 극단적인 상황에 걸맞지 않았다. 창작을 위해 굴레를 벗어난 후 마비로써 그 죄 값을 치러야 하는 그의 상황은 내가 '시적으로' 표현한 평온한 풍경과는 거리가 멀었다. 게다가 그의 건강마저 다시 악화되었다. 그의 건강 악화는 단순히 창조적인 활력의 정체에 따른 증상이 아니라, 그 원인으로 작용했다. 심한 편두통의 발작은 그를 어둠 속에 가두었고 위염, 기관지염, 인두염이 1929년 겨울 동안 번갈아가며 덮쳤는데, 이것만으로도 그가 프랑크푸르트 여행을 거부하기에 충분했을 것이다. 다른, 인간적으로 더 절실한 여행도 의사는 금지시켰고, 그의 상황은 의사의 지시를 거스를 수 없을 만큼 명백했다.

그 해가 저물 즈음에, 기이하게도 날짜까지 거의 일치할 만큼 같은 시기에 막스 슈바이게슈틸과 요나탄 레버퀸이, 오버바이에른의 오랜 하숙생활에서 아드리안에게 아버지이자 보호자가 되어준 분과 저 위 부헬 농장의 친아버지가 영면에 들었다. 두 분 다 75세였다. '사색가'의 평온한 임종을 알려준 어머니의 전보를 받았을 때 아드리안은 다른 방언을 쓰지만 마찬가지로 파이프 담배를 피우며 조용히 사색에 잠기던 분의 관대(棺臺)를 지키고 있었다. 막스가 이미 오래전에 가업을 상속자인 게레온에게 맡겼듯이, 요나탄도 그의 아들 게오르크에게 넘기고 완전히 물러났을 것이다. 아드리안은 어머니가 고인의 죽음을 엘제 아주머니와 마찬가지로 조용히, 침착하게, 인간의 당연한 운명을 온순히 따르는 마음으로 받아들였으리라 확신할 수 있었다. 당시 아드리안의 건강상태에서 장례식에 참석하기 위해 튀링겐을 지나 작센까지 가는 일은 생각조차 할 수 없었다. 그러나 인접한 모든 마을에서 찾아온 많은 사람들로 붐비는 가운데 일요일에 파이퍼링의 시골교회에서 치룬 하숙집 주인의 장례식에는, 그날 열이 나고 기운도 없었지만, 의사의 만류에도 불구하고 참석하기를 고집했다. 나 또한 고인에게 조의를 표했으며, 또 다른 고인에게도 같은 마음을 보냈다. 우리는 함께 걸어서 슈바이게슈틸 집으로 돌아왔다. 노인은 가고 없어도 그가 피우던 파이프 담배의 고급스러운 향은 거실의 열린 문을 통해 풍겨 나와 여전히 공기 중에 떠다니고 있었다. 그 광경은 별로 놀라운 일도 아니었건만 우리는 묘한 감동에 젖었다.

"오래 갈 거야." 아드리안이 말했다. "한참 동안. 아마 이 집이 있는 한 계속될 거야. 부헬에도 그럴 거야 우리가 죽은 뒤에도 존속하는 기간, 좀 길든 좀 짧든, 그것을 불멸성이라고 해."

크리스마스가 지난 때였다. 두 분 아버지는 이미 반쯤은 세상을 등진 상태에서, 반쯤은 멀어진 상태에서 그래도 가족과 함께 보냈었다. 빛이 밝아지듯 새해 벽두부터 아드리안의 상태는 눈에 띄게 좋아졌다. 사람을 묶어두던 지속적인 질병의 고통이 그 사슬을 끊었고, 그는 자신이 세운 인생의 계획이 실패한 일과 그와 관련해 치러야 했던 충격적인 대가를 정신적으로 극복한 것 같았다. 그의 정신은 다시 일어섰다. 그는 착상이 밀물처럼 밀려드는 가운데 줄곧 신중하려고 애쓰는 것 같았는데, 그 해 1927년은 실내악에서 최고의, 기적과도 같은 소득을 얻은 해가 되었다. 첫 소득은 세 대의 현악기와 세 대의 목관악기, 그리고 한 대의 피아노를 위한 앙상블이었다. 나는 이 곡을 환상적인 주제들이 주유(周遊)하는 대장편이라 말하고 싶은데, 이 주제들은 한번도 그대로 반복되는 일 없이 다양하게 처리되어 이행된다. 나는 질풍처럼 앞으로 밀고 나아가는 동경이, 이 작품의 특징이, 그 낭만적인 울림이 어찌나 좋은지! 주제는 엄격하게 현대적으로 처리했지만 기존의 '재현부'를 없앨 만큼 획기적인 변화를 가한 작품이었다. 1악장은 제목 자체도 〈환상〉이었고, 2악장은 힘차게 상승하는 아다지오, 3악장 피날레는 가볍게, 유희하듯 시작해 대위법이 점차 밀도를 더하는 동시에 슬프고 진지한 분위기가 점점 뚜렷해지고, 마지막에는 장송곡과도 같은 암울한 에필로그로 끝난다. 피아노는 한번도 어울려 연주하지 않고 피아노 콘체르토처럼 독주로 처리되는데, 바이올린 콘체르토 양식과도 같은 효과를 냈다. 나를 가장 감탄하게 만든 것은 음 결합의 문제를 해결하는 데서 발휘된 대가의 능력이었다. 관악기와 현악기는 극히 간헐적으로만 협주할 뿐, 그 어디서도 관악기가 현악기를 누르는 일 없이 자유롭게 울릴 공간을 확보해주며, 두 파트가 서로 교대한다. 내 느낌을 간단히 말하자면, 확실하고 익숙한 출구에서 점점 더 멀리 떨어진 장소로 불러내는 듯했다. 모든 것이 예상과는 달리 진행되었다. "나는 소나타가 아니라 소설을 쓰려고 했어"라고 아드리안이 내게 말했다.

음악의 '산문'으로 기우는 그의 성향은 이 앙상블 음악에 바로 이어 완성된 현악 사중주에서 절정에 이르렀는데, 이 곡은 아마도 레버퀸 작품 가운데 가장 신비로운 작품일 것이다. 일반적으로 실내악이 주제와 동기에 의한 도취의 장(場)이었던 반면, 이 작품은 바로 그 점을 도발적으로 회피했다. 전개, 변용, 반복 같은 모티브의 상관관계가 전혀 없었다. 끊임없이, 겉보기에는 완전히 자유롭게 새로운 모티브가 이어졌으며, 음이나 울림의 유사성에 의해, 또는 오히려 대비에 의해 연결되었다. 전통적인 형식의 흔적은 전혀 없었다. 겉보기에는 마치 무정부 상태와도 같은 이 작품에서 작곡자는 파우스트 칸타타를 쓰기 위해 깊은 숨을 들이 쉬는 것 같았다. 파우스트 칸타타는 레버퀸 작품 가운데 가장 길게 이어진 작품으로서, 아드리안이 자신의 귀에만 의존해, 영감에 내재된 논리에만 의존해 쓴 사중주곡이다. 여기서는 폴리포니가 극도로 고조되어 모든 성부가 매 순간 완전히 독립적으로 작용한다. 각 부분이 중단 없이 이어 연주되면서도 전체적으로는 템포가 매우 뚜렷이 대조된다. 모데라토(보통 빠르게)라는 표제가 붙은 1악장은 네 개의 악기가 사변적인, 수준 높은 정신세계에 관해 나누는 대화에 비유된다. 서로 조언을 구하고, 동적인 변화가 거의 배제된 채 진지하고 차분한 활동을 나누는 것 같다. 그 다음에 마치 몽롱한 상태에서 소곤거리는 듯한 프레스토(매우 빠르고 격하게) 부분이 이어지는데, 네 개의 악기가 모두 약음기(弱音器)로 연주한다. 그 다음에 이어지는 좀더 짧은, 느린 악장에서는 비올라가 주로 이야기하고 다른 악기들이 말참견을 하는데, 여기서 사람들은 노래를 부르는 장면을 연상하게 된다. 이윽고 '알레그로 콘 푸오코(빠르고 격렬하게)'에서 폴리포니가 길게 펼쳐진다. 마치 사방에서 불길이 혀를 날름거리는 듯한 이 마무리보다 나를 더 흥분시키는 것은 없었다. 급한 연속음과 트레몰로의 결합은 마치 오케스트라 전체가 연주하는 듯한 인상을 불러일으킨다. 넓은 화음 간 위치와 각 악기의 특징적인 울림을 최대한 이용해 실제로 일반적인 실내악의 한계를 넘는 반향에 도달했는데, 비평가들은 분명 이 사중주에 대해 오케스트라 곡을 감쪽같이 변장시킨 작품이라고 무조건 악평을 할 것이 틀림없다. 이러한 비평은 잘못된 것이리라. 총보를 면밀히 살펴보면 현악 사중주 악장의 매우 세밀한 경험들이 재현되어 있다는 사실을 알 수 있다. 물론 아드리안은 내게 오래전부터 실내악과 오케스트라 음악 사이를 가르는 경계를 더는 지킬 수 없다는, 석조가 해방된 이래로 이 둘은 서로 겹친다는 견해를 거듭 밝혔다. 아무튼 아드리안은 모호성, 혼합, 교환을 추구하는 경향이 매우 강해지고 있었는데, 이러한 경향은 이미 〈묵시록〉에서 성악과 기악을 다룰 때 나타났다. "나는 철학 강의에서, 한계를 정하는 일은 곧 이를 뛰어 넘는 것을 의미한다고 배웠어. 나는 언제나 그 말대로 했어." 아드리안이 말했다. 이는 헤겔의 칸트 비판을 두고 한 말이었으며, 정신적인 것이, 그리고 지난날에 받은 인상이 그의 창작에 얼마나 깊은 영향을 끼쳤는지 나타내 주는 말이었다.

그리고 끝으로 바이올린, 비올라, 비올론첼로를 위한 트리오는 연주가 거의 불가능한 작품이었다. 실제로 세 사람의 거장만이 연주해낼 수 있었는데, 광란과도 같은 구성에서 나타난 정신적인 작업과 상상력이 낳은 비길 데 없이 아름다운 조화는 그 세 악기의 혼합으로 예상을 뛰어넘는 울림을 획득했으며, 새로운 것을 갈망하는 청중의 귀(耳)를 놀라게 만들기에 충분했다. "불가능하지만 생각은 할 수 있어"라고 아드리안은 그 작품에 대해 기분 좋게 말했다. 그는 그 작품을 앙상블 음악을 작곡할 때 이미 기록하기 시작했으며 사중주 작업으로 힘든 가운데도 늘 염두에 두고 완성했는데, 사실 사중주 한 곡만으로도 일찌감치 인간의 유기적인 힘을 최후의 한 방울까지 소진시키고도 남을 만했다. 영감, 요구, 충족 그리고 새로운 임무를 완수하기 위한 소환이 무진장 얽힌, 문제와 해답이 동시에 밀려드는 혼란의 연속이었다. "섬광 때문에 어두워지지 않는 밤이야." 하고 아드리안이 말했다.

"좀 사납고 안절부절 못하는 그런 빛이지"라며 그가 말을 이었다. "그러면 나까지 안절부절 못해. 그 빛이 나를 단단히 둘러싸는데, 그러면 내 시체가 온통 떨려. 착상이란 신성하지 못한 빛이야. 뺨을 뜨겁게 달아오르게 하지. 네 뺨도 그다지 유쾌하지 않은 방법으로 달아오르게 할 거야. 인문주의자의 죽마고우라면 행복과 고통을 언제라도 깨끗하게 구별할 줄 알아야 하는데……." 그러고 나서 그는, 근자에 경험한 무능한 평화가 고단한 현재와 비교할 때 더 바람직한 상태였는지도 모르겠다는 생각이 종종 든다고 말했다.

나는 그가 현재를 고마워할 줄 모른다고 지적해 주었다. 그가 깨끗하고 정확하게 종이에 적은 것을 나는 몇 주에 걸쳐 읽고 또 들으며 경탄하고, 기쁨의 눈물을 글썽이고, 은밀히 기분 좋게 깜짝 놀랐는데, 그의 표현대로 그의 '정신과 뇌조(腦鳥)'가 소곤거리며 요구한 대로 적은 그 악보는 가히 장식적이라 하리만치 급하게 쓴 흔적이라고는 찾아볼 수 없었다. 그는 단숨에 아니, 숨도 쉬지 않고 그 세 작품을 기록했는데, 그 가운데 한 곡만으로도 곡이 탄생한 해를 기억할 만한 수작이었다. 실제로 트리오 기록도 마지막으로 작곡한 사중주의 '렌토(느리게)'를 완성한 그 날 시작했다. 한번은 내가 2주에 걸쳐 가지 못했는데, 그때 그는 편지에 이렇게 써 보냈다. "돼. 내가 마치 크라카우에서 공부한 것 같아." 나는 그 말을 금방 이해하지 못하고, 나중에야 크라카우 대학에서 16세기에 최초로 마술을 공식적으로 가르쳤다는 사실이 생각났다.

나는 그의 표현이 이러한 양식을 띠는 경향에 매우 깊이 주의를 기울였다고 확실히 말할 수 있는데, 그가 언제나 즐겨 쓰는 표현 양식이기는 하나, 지금은 그 어느 때보다 두드러졌다. 그는 편지에서, 심지어 말로 할 때도 자주, 아니면 '여러 번' 이러한 표현을 썼다. 왜 그런지는 곧 밝혀질 것이다. 내게는 첫 번째 암시였다. 어느 날 그의 작업대 위에 있던 악보 한 장이 눈에 들어왔는데, 거기에 그는 굵은 펜으로 다음과 같이 써 놓았다.

"이 슬픔이 파우스트 박사를 움직여 그의 탄식을 기록하게 했다."

그는 내가 이것을 눈여겨보는 것을 보고, "선생님께서 쓸데없이 뭘 참견하시나?"라고 말하며 쪽지를 눈앞에서 빼앗았다. 그가 계획하고 혼자, 다른 사람의 도움 없이 완성하려고 생각했던 일을 그는 그 후에도 오래 내게 비밀로 했다. 하지만 그 순간부터 나는 내가 이미 알고 있던 사실을 확실히 알았다. 1927년 실내악이 탄생한 해가 〈파우스트 박사의 탄식〉을 구상한 해였다는 사실에는 추호의 의심도 없었다. 믿기 어려운 말이겠지만, 그는 극도의 집중, 절대적인 집중을 요구하는 대단히 복잡한 작업과 투쟁하는 가운데도 그의 정신은 이기 앞을 내다보고, 시도하고, 관계를 유지하면서 두 번째 오라토리오의 징후에 싸여 있었다. 그 짓눌러 부수는 탄식 작품의 작곡에 그가 본격적으로 착수하는 일은 인생의 한 사

건으로 인해 일단 중지되었는데, 너무도 애절한, 가슴을 찢는 사건이었
다.

44

랑겐잘차에 사는 아드리안의 여동생 우르술라 슈나이데바인은 1911년부터 1912년, 1913년에 연이어 세 아이를 출산한 후 폐에 이상이 생겨, 몇 달간 하르츠 산맥의 요양소에서 보냈다. 그 후 폐첨(肺尖) 카타르는 완치가 된 것 같았고, 그로부터 막내 네포묵이 생길 때까지 10년이 흐르는 동안 우르술라는 가족들에게 차분하고 부지런한 아내이자 어머니였다. 그러나 전시와 전후의 궁핍으로 그녀의 건강은 완전히 회복되지 않았고 자주 감기에 걸렸는데, 단순한 코감기도 시작해서는 반드시 기관지로 전이되어 고생했으며, 그녀의 모습은 쇠약한 정도는 아닐지언정(착한 마음에서 우러나온 밝고 사려 깊은 표정 때문에 한 착각일 수도 있었다) 너무 연약하고 불면 날아갈 듯했다.

1923년의 임신으로 그녀는 건강에 무리가 생기기는커녕 오히려 생기가 돌았다. 그러나 산후 회복은 쉽지 않았고, 10년 전 요양소에 갈 정도로 심했던 신열이 다시 불붙기 시작했다. 그 당시 이미 가사를 그만두고 전문치료를 받으라는 이야기가 있었으나, 내가 자신 있게 추측하거니와,

심리적인 영향으로, 즉 어린 아들을 키우며, 세상에서 가장 온순하고 착한, 가장 사랑스럽고 돌보기 쉬운 아들을 키우며 어머니로서 느끼는 행복 덕분에 증상이 다시 사라졌다. 우르술라는 그 후 몇 년간 씩씩하고 굳건하게 버텼으나, 1928년 5월 꽤나 활달한 네포묵이 다섯 살 되던 해에 홍역에 걸리자, 유난히 사랑하던 그 아이를 근심에 차 밤낮으로 간호하느라 심한 과로를 했다. 그녀 또한 병이 생겨 열이 오르락내리락 하고 기침이 멈추지 않자 담당 의사는 요양소 치료를 지시했고, 처음부터 분명히 장담하거니와 반년이면 족하다고 덧붙였다.

이리하여 네포묵 슈나이데바인이 파이퍼링으로 왔다. 그의 누나 로사는 열일곱 살이었는데, 한 살 아래인 에체힐과 함께 안경가게에서 일했다(라이문트는 열다섯 살이었으므로 아직 학교에 다녔다). 이제 어머니가 안 계신 동안 자연스럽게 로사가 살림도 도맡게 되었는데, 여기에 어린 동생까지 돌본다면 누가 봐도 너무 힘든 일이었다. 우르술라는 아드리안에게 편지를 써 사정이야기를 하고, 어린아이가 오버바이에른의 시골 공기 속에 회복기를 보낸다면 의사도 적극 찬성할 것이니, 집주인 아주머니에게 정해진 기간 동안 이 아이의 어머니 또는 할머니 노릇을 해주십사 청하라고 부탁했다. 엘제 슈바이게슈틸은 클레멘티네도 부추기는 가운데 기꺼이 응하겠다고 했고, 그리하여 그 해 유월 중순 요하네스 슈나이데바인이 아내를 하르츠 산맥에 있는 수데로데 온천 근처의 요양소로, 이미 한 번 효험을 보았던 그곳으로 데려다 주는 동안 로사는 어린 동생을 데리고 남쪽으로, 삼촌의 제2의 고향으로 향했다.

나는 그 남매가 슈바이게슈틸 농장에 도착할 때 보지 못했으나 아드리안이 그 광경을 이야기해 주었다. 온 식구가, 어머니, 딸, 아들 그리고 하인들이 흥분을 감추지 못한 채 기뻐 웃으며, 어린 아이를 에워싸고 그 귀여운 모습을 지칠 줄 모르고 바라보았다. 특히 여자들은 당연히 더 했으며, 그 가운데도 하녀들이 가장 서슴없었그, 다들 집에서 나와 그 어린 사내아이에게 몸을 굽히고 그 앞에 쪼그리고 앉아 손을 꼬며 귀여운 아이의 모습에 아유, 세상에, 어쩜을 연발했다. 누나는 미소를 띤 채 이를 지켜보았는데, 그 미소에는 예상했던 대로라는 듯한, 막내동생의 인기에 이미 익숙하다는 듯한 표정이 담겨 있었다.

　　네포묵의 가족들은 그를 '네포'라 불렀는데, 아이 스스로는 말을 배우기 시작할 때부터 특이하게도 자음을 등한시 한 채 '에효'라고 불렀다. 그는 매우 수수한, 도회적인 특징이 별로 없는 여름옷 차림이었는데, 반소매의 흰 색 면 셔츠재킷에 아주 짧은 마 바지를 입고 맨발에 닳은 가죽신을 신고 있었다. 그럼에도 불구하고 그의 모습은 마치 요정왕자를 보는 듯했다. 날씬하고 잘 생긴 다리가 그 어린아이의 귀여운 모습을 마무리했다. 자연스럽게 흐트러진 금발이 덮고 있는 갸름한 머리는 이루 말로 할 수 없는 사랑스러운 매력을 발했는데, 그 얼굴윤곽은 어린아이답기는 했으나 왠지 찍어서 만들어 통용되는 얼굴 같은 느낌을 주었으며, 긴 속눈썹으로 덮인 맑고 푸른 눈을 부릅뜨면, 거기에는 말할 수 없이 신성하고 순수하며 동시에 깊고도 장난기 어린 기운이 서려 있었다. 동화에 나오는 작고 귀여운 세상에서 손님이 왔다한들, 이 아이가 불러일으키는 인상에는 미치지 못했을 것이다. 게다가 많은 사람들이 그를 에워싸고 웃고 조용히 환호하고 감동의 한숨을 내뱉는 가운데 그 아이가 하는 거동은 스스로도 자신의 매력을 의식하는 듯했다. 그의 미소와 대답에는 애교가 섞여 있었고, 가르치고 전달하듯이 귀엽거 지시했으며, 조그마한 목구멍에서 나오는 은방울 같은 목소리로 하는 말에는 아직은 아이답게 '시여(싫어)', '빠이(빨리)' 같은 정확하지 못한 발음이 섞여 있었다. 그는 아버지한테서 물려받고 어머니한테서 일찌감치 배운, 신중한 듯 약간 엄숙하게 끄는 의미심장한 스위스 식 억양으로 말했고, 에르(r)를 혀끝을 굴려 발음했으며(지역에 따라 혀끝 또는 혀뿌리를 진동시켜 발음한다 - 옮긴이), '옷-장', '곧-장' 처럼 음절연결의 막힘이 재미있었다. 작고 귀여운 팔과 손으로 설명을 보충할 때는—나는 아이가 그러는 모습을 처음 보았다— 종종 제대로 맞지 않아 자기 말을 오히려 불분명하고 낯설게 만들었는데, 그래도 그 제스처는 극도로 우아하고 상징적이며 의미심장했다.

이상이 네포묵 슈나이데바인에 대한, 그가 스스로 부른 대로 다들 따라한 '에효'에 대한 간단한 소개인데, 아이를 직접 보지 못한 사람들을 위한 이 묘사는 그저 어설프게 근접할 뿐이다. 말을 어떤 인물의 모습을 진정 정확하게 불러내기에, 생생하게 전달하기에 너무 미흡하다고 나보다 앞서 한숨 쉰 작가가 얼마나 많았던가! 말은 그를 칭찬하고 찬양할 뿐이다. 그에게 놀라고, 감탄하고, 축복하고, 그 모습을 보고 얻은 느낌을 나타낼 뿐, 그 모습을 불러내고 재현할 수는 없다. 오늘, 꼬박 17년이 지난 지금 그를 생각하면 내 눈에 눈물이 고이는 동시에 도무지 이해할 수 없는, 속되지 않은 천상의 기쁨에 싸인다. 그 사랑스러운 아이를 설명하는 데는 그의 모습을 그리는 그 어떤 묘사보다 이 고백이 더 정확할 것이다.

엄마, 여행, 대도시 빈에 갔던 일 등을 묻는 물음에 그가 매혹적인 제스처를 써가며 한 대답에는 이미 말했듯이 스위스 억양이 섞어 있었고, 은방울이 구르는 듯한 그의 목소리로 방언도 많이 말했는데, 이를테면 '더워'를 '더버', '먹어'를 '묵어', '나중에'를 '후제'라고 했다. '그러니까'를 잘 쓰는 것도 특징이었는데, 이를테면 "그건 그러니까 정말 귀여웠어" 같은 말을 할 때, 그리고 그 외에도 많이 썼다. 또한 몇 가지 귀하게 남아있는 예스러운 표현도 그의 말에서 나타났는데, 예를 들어 그가 무엇을 더는 기억해내지 못 할 때면 "기억 밖이야"라고 하고 덧붙여 "작금에는 아니 알아"라고 말했다. 그런데 그는 이 말을 단지 그가 사람들의 접견을 끝내고 싶다는 뜻으로 말했으며, 그 말 다음에는 다음과 같은 말이 그의 꽃잎 같은 입술 사이에서 흘러나왔다.

"에효는 집밖에 오래 있는 게 아니 좋다고 생각해. 집안으로 들어가 삼촌을 뵈올 거야."

그러고는 작은 손을 누나에게 뻗었고, 누나는 그를 집안으로 데리고 들어갔다. 그때 마침 아드리안이 휴식을 취하고, 조카를 환영할 준비를 마치고 직접 농장으로 나왔다.

"이 애구나." 아드리안이 젊은 아가씨를 맞이해 어머니와 닮았다는 말을 한 후 말했다. "이 애가 우리 새 식구구나."

그는 네포묵의 손을 잡고 얼른 몸을 굽혀, 하늘빛으로 푸른 미소 속에 자신을 바라보는 귀여운 눈동자를 들여다보았다.

그는 에효의 누나에게 천천히 머리를 끄덕여 보이며 "그래! 그래!"라고만 말하고는 다시 아이를 보았다. 에효가 삼촌에게 처음으로 한 말은 단순한 확인이었다.

"삼촌도 내가 와서 좋아하는군."

다들 웃었다. 아드리안도. 그의 행동은, 어린애조차도 분명히 알아볼 수 있을 정도로, 엄격하게 대하기보다는 사려 깊게 덮어두려는 듯, 자애롭게 무마하려는 듯, 사태를 사소하고 친근한 일로 치부하려는 듯했다.

"그래, 맞아!" 아드리안이 대답했다. "너도 우리를 만나서 좋아야 할 텐데?"

"참으로 기쁨이 가득한 만남이야." 꼬마가 놀랍게도 이렇게 말했다.

둘러선 사람들은 또 웃음을 터뜨리려 했으나 아드리안은 그들을 향해 머리를 가로저으며 손가락을 입에 갖다댔다.

"큰 소리로 웃어서 아이를 당황시켜서는 안 돼요. 웃을 이유도 전혀 없어요. 안 그래요, 어머니?" 하며 그는 슈바이게슈틸 부인을 보았다.

"그라제!" 그녀는 과장되게 단호한 목소리로 대답하고는 앞치마의 끝자락을 눈으로 가져갔다.

"자 이제 들어갑시다." 아드리안이 결정하고는 다시 네포묵의 손을 잡고 이끌었다. "우리 손님들을 위해 간단한 다과를 준비했겠죠?"

그랬다. 니케 홀에서 로사 슈나이데바인은 커피를, 아이는 우유와 과자를 대접받았다. 그의 삼촌은 테이블에 앉아 조카가 먹는 모습을 지켜보았는데, 그는 대단히 귀엽게, 깨끗이 먹었다. 아드리안은 조카딸과는 몇 마디 나누었으나 그녀가 하는 말에는 별로 귀를 기울이지 않고 요정을 지켜보느라, 그리고 아이가 곤란해지지 않도록 감동을 감추느라 바빴다. 그것은 불필요한 걱정이었다. 에효는 말없는 감탄과 자신에게 고정된 시선을 이미 오래전부터 대단치 않게 생각하는 것 같았다. 과자 한 조각에, 절임을 좀 준 데 대해 감사하는 마음으로 바라보는 그의 눈빛은 너무도 신성해서, 그 모습을 놓치는 것만으로도 죄가 될 것 같았다.

이윽고 꼬마신사가 "다묫다"라고 했다. 배가 부를 때, 더는 먹고 싶지 않을 때 쓰는 "다 먹었다"란 말을 어릴 때 이렇게 줄여서 한 말이 습관이 되었다고 누나가 설명했다. 그는 "다묫다!"라고 하고는, 슈바이게슈틸 아주머니가 손님접대를 하는 마음으로 좀더 먹으라고 하자 모종의 우월한 이성으로 이렇게 선언했다.

"에효는 그만하는 게 좋다고 생각해."

그는 잠이 온다는 표시로 작은 주먹으로 눈을 비볐다. 아드리안은 그를 침대에 눕히고, 아이가 곤히 자는 동안 그의 누나 로사와 자신의 작업실에서 대화를 나누었다. 그녀는 집으로 가서 일을 해야 했으므로 셋째 날까지만 머물고 랑겐잘차로 돌아갔다. 그녀가 갈 때 네포묵은 잠시 울었으나 곧 그치고, 누나가 다시 데리러 올 때까지 언제나 '얌전히' 있겠다고 약속했다. 세상에! 마치 그가 약속을 안 지킨 적이라도 있다는 듯이! 마치 그가 약속을 안 지킬 능력이나 있었다는 듯이! 그는 슈바이게슈틸의 농장뿐만 아니라 온 마을과 발츠후트 시내까지 행복한 기분을, 늘 명랑하고 다정하게 가슴이 따뜻해지는 기분을 전파했다. 슈바이게슈틸 모녀는 열성으로 그를 데리고 다녔고, 그는 약국, 잡화상, 구둣방 등 가는 곳마다 같은 매력을 뿜으며 마술과도 같은 제스처를 써가며, 의미심장하게 끄는 듯한 억양으로 자신이 아는 이야기를 종알거렸다. 슈트루벨페터 이야기에 나오는 불타는 파울린헨 이야기나, 요헨이 놀다가 매우 더러워져 집으로 돌아오자 엄마 오리랑 압-바 오리랑 냄새를 맡고 놀라 이상하게 생각하고 돼지까지도 수상하게 여겼다는 이야기였다. 파이퍼링의 신부 앞에서 그는 두 손을 모아 자기 얼굴 높이로, 얼굴에서 좀 떨어지게 들고 기도를 외웠는데, '속세의 죽음을 막을 수는 없다'로 시작하는 매우 특이한 옛 기도였다. 신부는 감동해서 "아! 너는 하느님의 아이로다. 축복받은 아이로다!"라는 말만 하며 신부다운 흰 손으로 머리를 쓰다듬고, 곧바로 양을 그린 알록달록한 그림을 선물했다. 선생님도, 나중에 자신이 말했듯이, 네포묵과 대화를 나눌 때면 "완전히 달라졌다". 시장에서나 거리에서는 '클레멘티네 아가씨'나 슈바이게슈틸 아주머니에게 굴러들어온 복덩이를 모르는 사람이 거의 없었다. 사람들은 몽롱하게 "얘 좀 봐! 얘 좀 봐!"라고 말하거나 신부님이 하신 말과 별로 다르지 않은 말, 이를테면 "아, 귀여운 아이구나! 정말 축복받은 아이야!"라고 했고, 여자들은 대부분 네포묵 앞에서 무릎을 꿇으려는 경향도 보였다.

내가 다시 그 농장에 갔을 때는 네포묵이 온 지 벌써 2주가 지난 때였다. 그는 그곳에 적응하고, 그 주변에 두루 알려졌다. 나는 그를 처음에 멀리서 보았다. 집 모퉁이에서 아드리안이 그를 가리켰는데, 집 뒤에 있는 과수원에서 딸기밭과 채소밭 사이 풀밭에 한쪽 다리는 뻗고 다른 쪽은 반쯤 세운 자세로 앉아, 머리칼 몇 올이 이마 위로 흘러내린 채 삼촌이 선물한 그림책을 아끼듯 보고 있었다. 그는 책을 무릎에 놓고 오른손으로 가장자리를 잡고 있었다. 그러나 왼팔과 왼손은 책 옆에, 공중에 들고 있다가 그 손으로 책장을 넘겼는데, 무의식적이면서도 믿기 어려울 만큼 우아한 몸짓이었다. 나는 그토록 우아하게 앉아 있는 아이를 본 적이 없었으며(내 아이들에게서는 꿈에도 보지 못한 모습이다!) 저 위에서 어린 천사들이 저런 식으로 찬송가집의 책장을 넘길 것 같다는 생각이 들었다.

나는 그 멋진 꼬마와 인사하기 위해 아드리안과 함께 그쪽으로 건너갔다. 나는 교육적으로 생각해서, 지금 모든 것이 분명 잘못 돌아가고 있다는 사실을 확인할 용의로, 시치미를 떼고 비위를 맞추지 않기로 결심했다. 이러한 사명을 위해 나는 얼굴에 무뚝뚝한 주름을 만들고 목소리를 꽤나 깊이 내리깔고 불친절한 보호자 같은 어조로 말했다. "애야, 착하지! 여기서 뭐 하니?" 하지만 이렇게 점잔을 뺀 내 모습이 너무도 우습게 생각되었고, 게다가 그 아이도 눈치를 채고는 내가 느낀 기분을 똑같이 느꼈으며, 나대신 부끄러워하며 고개를 숙이고 입을 아래로 끌어내려 웃음을 참았는데, 그 때문에 나는 어쩔 줄 몰라 한동안 아무 말도 잇지 못했다.

그는 아직 어른 앞에서 일어나 예의를 갖출 나이가 아니었으며, 이 땅에 온지 얼마 안 된 사람에게는, 아직은 이 땅이 낯설고 경험이 없는 사람에게는 이 정도 가벼운 특권을 허용하는 편이, 어렵지도 않은 신성화(神聖化)를 해주는 편이 옳았다. 그가 우리에게 앉으라고 했으므로 우리는 그렇게 했고, 풀밭에서 요정을 가운데 두고 그림책을 보았는데, 그 책은 시중에서 판매하는 어린이문학 가운데 가장 좋은 것이었다. 영국 풍의 그림이 있는 케이트 그리너웨이(19세기 영국 그림책 작가 - 옮긴이) 양식이었으며 운(韻)도 매끄러웠는데, 니포묵은(나는 그를 언제나 이렇게 불렀으며 결코 '에효'라고 하지 않았다. 이 이름이 내게는 왠지 모르게 시적으로 유연화하는 느낌을 주었다) 이미 그 내용을 거의 다 외우고 있었으며, 조그만 손가락으로 전혀 엉뚱한 곳의 글줄을 따라가며 우리에게 '읽어' 주었다.

　이상하게도 나는 어린 그의 목소리로 읊는 그 '시'를 한 번 들었을 뿐인데—아니면 여러 번이었나?—아직 외우고 있다. 나는 서로 미워하는 세 오르간 연주자가 길모퉁이에서 만나 아무도 더 앞으로 나가지 못했다는 이야기를 아직도 잘 알고 있다. 나는 그 이야기를 어떤 아이에게라도 다시 해줄 수 있겠지만, 에효가 온 마을의 동물이 견디기 힘들어했던 음악회 이야기를 해줄 때만큼 잘 하려면 어림도 없다. 생쥐들은 단식을 했어요. 큰 쥐들은 이사를 갔어요! 마지막은 이랬다.

　음악회를 끝까지 들은 동물은
　어린 강아지였어요.
　그 강아지가 집으로 왔을 때
　그는 건강하지 않았어요.

　그 아이는 개의 불편한 상태를 말하면서 동정심에서 머리를 가로저었고, 그러면서 목소리를 슬프게 내리깔았다. 바닷가에서 만난 훌륭한 어린 임금님 두 분이 서로 인사하는 장면을 이야기할 때 취한 고귀한 태도는 너무 귀여웠다.

안녕하세요, 임금님!
오늘은 뭐 감기 좋지 않아요.

거기에는 몇 가지 이유가 있었다. 첫째, 오늘 물이 너무 차서 5도 밖에 안되고, 나아가 '스웨덴에서 세 손님이' 왔기 때문이다.

갈치, 톱상어, 상어
아주 가까이에서 그 셋이 수영하고 있어요.

그는 이 은밀한 경고를 너무도 귀엽게 했는데, 눈을 크게 뜨고 이 반갑지 않은 세 손님을 일컬으며, 그들이 아주 가까이에서 수영하고 있다는 소식을 전하면서 으스스하게 감정을 잡았으므로 우리 두 사람은 크게 웃음을 터뜨렸다. 그는 우리의 얼굴을 쳐다보며 우리가 즐거워하는 모습을 개구쟁이 같은 호기심으로 관찰했으며, 내가 좋아하는 모습은 특히 주의 깊게 보았는데, 나의 그 멋없는, 내 딴에는 최선이라고 생각했던 퉁명스럽고 메마른 교육학이 그 속에서 녹아버리는 것을 확인하려는 것 같아 보였다.
　세상에! 정말로 그랬다. 나는 그 어리석은 첫 시도 후 다시는 그렇게 하지 않았다. 하지만 그 어린이 요정나라에서 온 사신을 줄곧 '네포묵'이라고 굳은 목소리로 부르기만은 계속했으며 그의 삼촌과 그에 대해 이야기할 때만 '에효'라고 불렀는데, 삼촌은 여자들과 마찬가지로 이 이름을 택했다. 여기서 독자들은 내 속의 교육자, 선생님이 이 찬양해 마땅한 사랑스러운 아이를 접하고 약간 걱정되고 불안했으며, 심지어 좀 당황했었다는 사실을 이해하리라 믿는데, (그 걱정은 이런 것이었다) 그 사랑스러운 모습은 시간에 내맡겨진 것이어서 자라면서 세속에 적응하게 되어 있었다. 그 미소 짓는 하늘 빛 푸른 눈에 담긴, 이 땅의 것이 아닌 그 원초적 순수성은 얼마 안 가 희생될 것이다. 약간 나뉜 턱, 매력적인 입이 만들어 내는, 이 탁월한 아름다움이 연출하는 천사 같은 표정. 그 입은 가만히 있을 때보다 미소 지을 때, 반짝이는 유치를 드러내 보일 때 좀더 통통해졌고, 작고 예쁜 코에서부터 보면 입과 턱 부위를 뺨으로부터 가르는 선 두 줄이 입 꼬리를 따라 부드럽게 둥글어졌는데, 그 천사 같은 표정은 다소간 평범한 사내아이의 얼굴로 변할 것이고, 사람들은 덤덤하고 뻣뻣한 태도로 대할 것이며, 그러면 그 아이는 자신을 대하는 이러한 태도를 나의 교육자적인 태도에 반응할 때와 같이 조소할 이유가 더는 없어질 것이다. 그러나 여기에는 무엇인가 있었다. 이 요정의 조롱은 그 사실을 알고 있다는 표시 같았다. 그에게는 시간의 야비한 작업을, 이 성스러운 모습에 휘두를 그 힘의 위력을 믿지 못하게 만드는 것이 있었다. 그것은 바로 그 모습의 내적 완성, 응당 이 땅의 아이로 인정받을 수 있는 효용가치였으며, 이는 높은 곳에서 내려온 자에게서 받는 느낌이었다. 반복하거니와 그런 모습으로 나타난 사랑스러운 전령에게서 받는 느낌이었다. 이성을 흔들어 비논리적인 꿈을 꾸게 만드는, 우리의 기독교로 물든 꿈을 꾸게 만드는 느낌이었다.

잠꼬대 같은 소리! 사람들은 이렇게 말할 것이다. 하지만 나는 가볍게 떠다니는 그 아이의 실체 앞에서 언제나 서툴게 행동했던 경험을 고백하는 일 말고 달리 방도를 찾을 수 없다. 나는 아드리안의 행동을 본받았어야 했는데—사실 그러려고 노력은 했다—학교선생이 아니라 예술가인 그의 행동은 상황을 있는 그대로 받아들이고 그 변화 가능성에 대해서는 생각하지 않는 행동이었다. 다시 말해 그는 막을 수 없는 변화에 실존의 성격을 부여하고 그 현상을 믿었는데, 그것은 어떤 태연함에서 우러난, 안정된 감정에서 우러난 믿음이었으며(내게는 적어도 그렇게 보였다), 현상에 익숙했고, 가장 비현실적인 현상으로도 흔들리지 않았다. 요정왕자 에효가 왔다, 좋다, 그의 본질에 맞게 다루면 될 뿐 야단법석을 떨면 안 된다, 이것이 내 눈에 비친 아드리안의 입장이었다. 물론 그의 태도는 활짝 웃는 표정을 짓거나 '우리 아기, 참 착하지?' 같은 시시한 소리와는 아주 거리가 멀었다. 반면 밖에서 단순한 사람들이 '아, 사랑스러운 아기!'라고 하며 황홀해 할 때는 그대로 내버려두었다. 그는 아이를 대할 때 일부러 예쁘게 꾸며 말하지 않았고 다정한 태도로 대하지도 않았으며, 명상에 잠긴 듯 미소 짓거나 경우에 따라서는 은근히 진지하기도 했다. 실제로 나는 그가 어떤 아이를 어떤 식으로든 애무하는 모습을 본 적이 없었으며, 머리를 쓰다듬는 것도 별로 못 봤다. 그런 그가 조카와 손에 손을 잡고 들로 산책 나가기를 좋아했다. 정말 그랬다.

이런 그의 태도는 그가 첫날부터 조카를 깊이 사랑했다는 사실을 확인하기에, 또는 조카가 나타난 후 그의 생애에서 가장 밝은 시기가 찾아왔다는 사실을 확인하기에 충분했다. 아니, 사랑스럽고 가볍고 마치 흔적도 없이 다니는 듯한, 그러면서 위엄 있게 예스러운 표현으로 무장한 요정의 매력에 그가, 비록 몇 시간씩밖에는 돌보지 않았지만, 얼마나 깊이, 절절히 빠졌는지, 그리고 그의 나날을 얼마나 큰 행복으로 가득 채웠는지 누구나 다 알아볼 수 있었다. 그 아이를 돌보는 일은 응당 여자들의 몫이었고, 때로 어머니와 딸이 다른 일로 너무 바쁠 때면 안전한 곳에서 아이

혼자 놀기도 했다. 홍역의 후유증으로 그는 아주 어린 아기들처럼 잠을 많이 잤는데, 낮에도 낮잠시간으로 정해진 시간 외에도 어디서든 잠에 떨어지는 일이 많았다. 그는 잠이 올 때면 밤에 자러 갈 때 하듯이 "잘 자!"라고 말하곤 했는데, 그것은 그가 헤어질 때 늘 하는 인사였다. 그는 시간과 관계없이 어떤 장소를 떠날 때, 또는 다른 사람이 갈 때, '안녕' 또는 '빠이빠이' 대신 '잘 자!'라고 했으며, 이는 음식을 다 먹고 나서 하던 '다묏다'와 쌍을 이루는 말이었다. 그는 풀밭에서 또는 의자에서 잠들기 전에 '잘 자!'라고 말하며 악수를 청하기도 했으며, 나는 아드리안이 집 뒤로 난 과수원에서 합판 세 개만 놓고 못을 박아 만든 아주 좁은 벤치에 앉아 자기 발치에서 잠든 에효를 지키는 모습을 보았다. 그는 눈을 들어 나를 알아보고는 "잠들기 전에 내게 악수를 청했어." 하고 말했다. 그는 내가 다가오는 줄도 몰랐다.

　엘제 아주머니와 클레멘티네는 내게 네포묵은 자신들이 본 아이들 가운데 가장 얌전하고 가장 온순하고 가장 명랑한 아이라고 말했는데, 이는 네포묵이 어렸을 때 어땠는지 내가 들은 이야기와 일치했다. 실제로 나는 그가 아플 때 우는 모습은 보았지만 아이들이 떼를 쓸 때 하듯이 질질 짜고 빽빽 소리 지르고 울부짖는 모습은 보지 못했다. 그 아이에게서 이런 모습은 상상할 수도 없었다. 그는 거절이나 금지를 순순히 받아들였다. 이를테면 하인과 말을 구경하러 가려 하거나 발트푸르기스와 외양간에 소를 구경하러 가고 싶은데 그들이 시간이 없다고 하면, 네포묵은 그 상황을 확실히 받아들이고 거기에 "후제. 내일 쯤." 하는 위로의 말까지 덧붙였는데, 자기 자신보다는 자신의 소망을 본의 아니게 들어주지 못 하는 사람을 위로하는 말이었다. 그렇다. 그는 그럴 때 이런 말로 금지하는 사람의 마음을 어루만져 주고는 했다. "마음에 두지 마! 다음에는 허락해

줄 수 있을 거야.”

그는 삼촌이 일하는 원장실에 들어가지 못할 때도 그렇게 말했다. 그는 삼촌과 함께 있기를 좋아했고, 나는 그를 처음 보았을 때부터, 그러니까 그가 그곳에 온 지 2주밖에 지나지 않았을 때부터 그가 아드리안을 특별히 따르고 아드리안과 함께 있고 싶어 한다는 사실을 분명히 알았다. 아마도 다른 사람들과 함께 있을 때는 평범했지만 삼촌과 함께 있으면 특별하고 재미있었기 때문이기도 했을 것이다. 삼촌은, 자기 엄마의 오빠는 파이퍼링의 농부들이 존경하는, 바라보기도 조심스러운 특별한 사람이라는 사실을 그 아이라고 못 알아볼 리는 없었다! 사람들이 조심스럽게 행동했으므로 아이는 삼촌과 함께 있어도 된다는 사실에 우쭐했을 것이다. 그러나 아드리안이 이 아이의 시도를 한없이 받아주었다고 말할 수는 없다. 그는 며칠 동안 조카를 안 본 적도 있었는데, 가까이 오지 못하게 하고, 그를 피하고, 그 사랑스럽기 짝이 없는 모습을 보고 싶어도 참는 것 같았다. 그런 다음에는 물론 조카와 함께 많은 시간을 보냈다. 말했듯이 그의 손을 잡고, 어린 동행이 피로를 느끼지 않을 만큼의 거리를 산책했으며, 에효가 온 그 계절의 향기 속을, 길에 핀 서양갈매나무와 라일락 향, 자스민 향이 촉촉하게 묻어나는 대기 속을 둘 다 아무 말 없이 또는 몇 마디 나누며 소요했다. 밭에는 네포묵의 키 만한 호밀 줄기가 벌써 추수를 향해 노랗게 익어가는 이삭을 단 채 끄덕이며 서 있었고, 아드리안은 그 호밀 담장 사이 좁은 오솔길로 아이가 지나가게도 했다.

네포묵은 만족감을 표시하며 어젯밤에 ‘빔’이 땅을 ‘소세’ 시켰다고 말했다.

“빔?” 그의 삼촌이 ‘소세’는 ‘세수’로 이해하고 물었다

“응. 비님.” 그는 산책동무에게 좀 찬찬히 말하며 확인시키고 더는

말하려 하지 않았다.

"네포묵이 비님이 땅을 소세시킨대! 신통하지 않아?" 아드리안이 다음에 만났을 때 눈을 크게 뜨고 내게 이야기해 주었다.

나는 이 친구에게 옛날에는 '세수'라 하지 않고 '소세'라 했으며, '비님'도 예스러운 표현이기는 하나 지금도 종종 쓴다고 말했다.

"그래. 그렇기는 해." 아드리안이 좀 흐릿하게 인정했다.

그는 시내에 갈 때마다 오는 길에 아이에게 줄 선물을 사가지고 왔다. 온갖 동물, 상자에서 튀어 나오는 난쟁이, 타원형 기차 레일과 그 위를 깜빡이등으로 빛을 내며 빨리 달리는 기차, 마술 상자. 그 속에 든 것 중에 가장 기발한 것은 빨간 포도주가 든 유리병인데 거꾸로 들어도 쏟아지지 않았다. 에효는 이 모든 선물을 대단히 좋아했으나 잠시 가지고 논 후 금방 싫증을 냈으며, 삼촌이 자기가 쓰는 물건을 보여 주고 설명해 줄 때 훨씬 더 좋아했다. 아드리안은 언제나 같은 것을 다시 설명해야 했는데, 아이들은 대화에서 한 가지를 매우 고집하고 반복한다. 상아로 깎은 종이칼, 삐딱한 축을 중심으로 도는 지구의(地球儀)에는 찢어진 땅덩어리와 깊이 팬 만(灣), 특이한 모양의 호수와 푸르게 공간을 덮는 대양들이 있고, 상자 안에 든 시계는 종을 치며, 그 추들이 아래로 떨어지면 크랭크로 다시 끌어올렸다. 이런 것들이 그 아이에게는 더 신기한 물건들이었으며, 그는 가볍게 살짝 물건 주인에게 다가가 작은 목소리로 물었다.

"내가 와서 화났어?"

"아니, 별로. 하지만 시계추들이 이제 겨우 절반밖에 안 내려갔네."

이번에는 오르골을 원했다. 그것은 내 선물이었다. 내가 그에게 갖다 주었다. 작은 갈색 상자의 서랍을 빼서 열면 작동했는데, 작은 금속 태엽 아래 달린 굴대가 음을 맞춰 놓은 빗살 곁을 돌며 지나가면서 멜로디가 흘러 나왔다. 듣기 좋은 비더마이어 양식의 짧은 멜로디 세 개가 처음에는 빠르고 귀엽게, 그러다 점점 느리게 축축 늘어지며 연주되었는데, 에효는 그 멜로디를 언제나 똑같이 이어서 들었으며, 그때 즐거움과 놀라움에 젖어 꿈속으로 빠져 들던 그의 눈빛을 나는 잊을 수가 없다.

그는 삼촌이 오선지에 흩어놓은 것들, 작은 깃발과 깃털로 장식하고 활과 띠로 연결한 까만 동그라미와 하얀 동그라미들을 바라보는 일도 좋아했고 그 모든 표시가 다 무슨 말을 하느냐고 설명을 요구했는데, 삼촌의 설명을 들으면 이해할 수 있으리라고 짐작했었는지, 아니면 그의 눈에 읽을만한 것으로 보였는지 나는 궁금하다. 이 아이는 우리 가운데 그 누구보다 먼저 〈폭풍우〉에 나오는 아리엘의 노래 총보 스케치를 '구경'할 수 있었는데, 이 작품은 아드리안 레버퀸이 그 당시 몰래 쓴 곡이었다. 아드리안은 첫 곡을, 귀신처럼 흩어지는 자연의 소리로 채운 〈이 노란 모래로 떨어진다〉를 너무도 사랑스러운 둘째 곡 〈벌이 꿀을 빠는 곳〉과 하나로 합쳤는데, 소프라노, 첼레스타, 약음기로 연주하는 바이올린, 오보에, 낮은 트럼펫과 하프의 플래절렛 음을 위한 곡이었으며, 정말이지 '귀여운 도깨비 같은' 이 음악을 들은 사람이라면, 단지 영혼의 귀로라도, 악보를 읽기만 해서라도 들은 사람이라면 그 작품에 나오는 페르디난도와 함께 이렇게 물을 것이다. "음악은 어디 있지? 공기 중에? 땅에?" 작곡자는 거미줄처럼 가는, 소곤대는 직물에 수많은 아름다운 장면을 짜 넣었던 것이다. 아이 같고 신성하며 가냘픈 아리엘이 혼란스럽고 경박하게 떠다니는 모습, 언덕, 시내, 숲 속 요정의 세상, 프로스페로스의 묘사대로 하자면 힘이 약한 마녀와 반신(半身) 인형이 달빛에 잠시 머물 때 요정들이 양의 먹이를 뺏고 양은 요정을 피하는 장면, 그리고 요정들이 밤의 버섯을 키우는 장면까지.

에효는 그 악보에서 개가 '멍멍' 하고 닭이 '꼬끼오' 하는 자리를 거듭 보고 싶어 했다. 거기에 아드리안은 나쁜 마녀 시코락스와 그녀의 꼬마 하인 이야기를 해 주었다. 그 하인은 너무도 여린 영혼이었으므로 마녀의 비열한 지시를 따를 수 없었고, 그러자 마녀가 하인을 가문비나무 틈 속에 가두어버려 그는 그 속에 갇힌 채 슬프게 12년을 보낸 후, 착한 마술사가 와서 풀어주었다. 네포묵은 그 하인이 12년 후, 그러니까 해방이 되었을 때 몇 살이 되었는지 매우 궁금했다. 하지만 삼촌은 그 꼬마는 나이가 없다, 갇히기 전이나 후나 똑같이 귀엽게 공기 속을 떠다니는 아이였다고 설명했고, 에효는 만족하는 것 같았다.

원장실 주인은 이 아이에게 룸펠슈틸츠헨이나 팔라다, 라푼첼, 노래하며 뛰어오르는 뢰벤에커헨 등 다른 동화도 기억나는 대로 들려주었으며, 아이는 당연히 삼촌의 무릎에 앉고 싶어 했는데, 옆으로 앉아 가끔은 팔로 그의 목을 둘렀다. 에효는 한 이야기가 끝나면 "정말 재미있는 이야기야"라고 말했으나, 끝나기 전에 이야기하는 사람의 가슴에 머리를 파묻고 잠이 들 때가 많았으며, 그러면 아드리안은 턱으로 자고 있는 아이의 머리를 가볍게 누르고 여자들 중에 누가 와서 아이를 데려갈 때까지 움직이지 않고 앉아 있었다.

말했듯이 아드리안은 바빠서든, 편두통 때문에 조용히 어두운 곳에서 쉬기 위해서든, 또는 무슨 이유에서든 며칠씩 그 아이를 멀리했다. 그러나 에효를 안 본 채 하루가 저물면 그는 저녁에, 에효가 자러 갔을 때 조용히 눈치 채지 않게 그의 방에 들어가 보았으며, 에효가 바로 누워서 두 손을 펴 가슴 앞에 모으고 슈바이게슈틸 아주머니나 그 딸과 함께 밤의 기도를 올리는 소리를 들었다. 그는 매우 특이한 기도문을 하늘빛 푸른 눈을 감고 대단히 의미심장하게 낭송했다. 그리고 그런 기도들을 대단히 많이 외고 있었으므로 이틀 연속 같은 기도를 하지는 않았다. 또 특이하게도 그는 '하느님'을 '하늘님'이라 했다. 그의 기도는 다음과 같았다.

하늘님의 말씀 속에 사는 사람은
그 안에 하늘님이 계시고 그는 하늘님 안에 있나니.
하늘님께 기도합니다.
내가 편히 쉬도록 도와주소서. 아멘.

또는

아무리 큰 잘못을 한 사람도
하늘님은 크나큰 자비를 베푸시네.
내 죄를 말하지 않아도
하늘님은 충만한 자비 속에 미소 지으시네. 아멘.

또, 예정설을 두드러지게 나타낸 매우 특이한 기도도 있었다.

어느 누구도 죄를 짓도록 허락받을 수 없다.
그 안에 약간의 선이라도 담겨 있지 않는 한.
누구의 선행도 잊혀지지 않으리라.
지옥으로 갈 운명이 아니라면.
내가 사랑하는 모든 이들이
영원히 축복 받게 하소서! 아멘

그리고 가끔은 이런 기도도 했다.

> 태양이 악마를 비추고
> 순수한 열락을 베푼다.
> 그대여, 매일 이 땅 위에서 나를 순수하게 만들어주오.
> 내가 죽음으로 죄 값을 치를 때까지. 아멘.

또 이런 것도 있었다.

> 들어라. 남을 위해 기도하는 자는
> 그로써 스스로 구원되리라.
> 에효는 온 세상을 위해 기도하오니
> 하늘님은 에효를 품에 안으십니다. 아멘.

나는 그가 이렇게 기도하는 소리를 직접 듣고 크게 감동했는데, 그때 그는 내가 거기서 듣고 있는 줄 몰랐을 것이다.

"이 신학적 사변에 대해 어떻게 생각해?" 아드리안이 밖에서 물었다. "그는 모든 창조물을 위해 기도해. 자기 자신도 물론 포함해서. 다른 사람을 위해 기도함으로써 자기 자신을 위하는 일이 된다는 사실을 저 착한 아이가 알기나 할까? 득이 되지 않는 일이 유익하다고 깨닫는 순간, 그 일이 득이 되지 않는다는 생각은 의미를 잃어."

"네 말이 맞아. 그는 하지만 자기 자신만을 위해서가 아니라 우리 모두를 위해 기도함으로써 자기 자신에게는 득이 되지 않는 일로 생각했어." 내가 대답했다.

"그래, 모두를 위해 기도했어." 아드리안이 말했다.

"그런데 우리는 그 아이가 마치 그 일을 스스로 생각해냈다는 듯이 말하고 있어." 내가 말을 이었다. "그 애가 이 기도를 어디서 배웠는지 물어 봤어? 자기 아버지한테서? 아니면 다른 사람한테서?"

그의 대답은 이랬다.

"오, 아니. 나는 그 질문의 대답을 듣지 않는 편이 더 좋아. 그리고 그 애도 모를 거라 생각해."

슈바이게슈틸 모녀도 이와 똑같이 기도하는 것 같았다. 내가 알기로 그들도 그 아이가 이 밤의 기도를 어떻게 알았는지 아이에게 묻지 않았다. 나는 좀 떨어진 곳에서 그의 기도를 들었지만, 직접 듣지 않은 기도는 슈바이게슈틸 모녀를 통해 들었다. 네포묵 슈나이데바인이 우리 곁을 떠나고 없을 때 나는 그들에게 그 기도를 알려 달라고 했다.

45

그는 우리 곁을 떠났다. 그 흔치 않게 신성한 생명이 이 땅에서 사라졌다. 아, 세상에! 그 도저히 이해할 수 없는 끔찍한 일에 나는 무엇 때문에 부드러운 표현을 찾고 있는가? 나는 그 일을 직접 목격했는데, 그 일을 생각하면 지금도 내 심장이 슬픈 탄식으로 아니, 분노로 터질 것 같다. 그를 덮친 무섭고 거친 분노는 며칠 지나지 않아 그를 우리에게서 빼앗아 갔다. 그 분노는 질병이었다. 그 지역에서는 이미 오래전부터 더는 발병한 예가 없었으나, 아이들은 종종 홍역이나 백일기침 회복기에 감염될 수 있다고 퀴르비스 박사가 말했다. 박사 또한 너무도 맹렬한 병세에 충격을 받았다.

발병 초기에 격분하듯 나타난 몇 가지 증상을 포함해 이 모든 일은 단 두 주에 일어났는데, 첫째 주에는 그 다음 주가 그토록 끔찍하리라는 것을 아무도, 정말 아무도 예상할 수 없었다. 때는 8월 중순이었고 밖에서는 일손을 추가하며 추수가 한창 진행 중이었다. 네포묵이 이 집의 기쁨이 된 지 두 달이 지났다. 코감기 때문에 그의 사랑스럽고 맑은 눈이 흐려졌다. 그는 식욕을 잃고 기분이 불쾌해졌으며, 우리가 그를 처음 알았을 때부터 그는 자주 혼수상태에 빠졌지만 그 일이 점점 더 심해진 것 또한 분명 그 영향이었을 것이다. 그는 주는 음식마다 "다뭇다" 하며 거부했고, 놀이나 그림책, 동화도 금세 싫증냈으며, 고통으로 표정을 일그러뜨리며 "그만!" 하고는 등을 돌렸다. 곧 빛과 소리를 견디지 못하게 되었는데 지금까지 나타난 불편한 심기보다 더 불안하게 만들었다. 그는 농장을 달리는 자동차 소음, 사람들의 목소리에 지나치게 예민하게 반응했다. "조용히 해!" 그는 부탁하며 마치 본보기를 보여주듯이 스스로도 소곤거렸다. 심지어 귀엽게 딸랑딸랑하는 오르골조차 들으려 하지 않고 얼른 고통스럽게 "그만! 그만!" 하며 자기 손으로 작동을 멈추고는 슬프게 울었다. 한여름 농장과 정원의 햇빛을 피해 그는 방으로 들어가 거기 웅크리고 앉아서 눈을 비볐다. 그가 자기를 좋아하는 사람 사이를 옮겨 다니며 구원을 얻으려 하고, 목을 감싸고, 곧 다시 위로받지 못한 채 모두에게서 멀어지는 모습을 지켜보기란 쉽지 않았다. 이렇게 그는 슈바이게슈틸 아주머니, 클레멘티네, 하녀 발트푸르기스에게 매달렸고, 같은 이유로 여러 번 삼촌에게로 왔다. 그는 삼촌의 가슴으로 뛰어들어 그의 부드러운 위로의 말을 들으며 그의 얼굴을 쳐다보고, 약하게나마 미소 짓고, 그러나 그런 다음에는 작은 머리를 점점 아래로, 아래로 떨구고 "잘 자!" 하고 우물거렸는데, 그러면서 삼촌에게서 미끄러져 나와 약간 비틀거리며 그 방을 떠났다.

의사가 와서 그를 진찰했다. 그는 콧구멍에 떨어뜨리는 물약을 주고 강장제를 처방했으나, 더 심각한 병일 수도 있다는 의심을 감추지 않았다. 이미 오래전에 자신의 환자가 된 원장실 주인에게 그는 이 걱정스러운 가능성을 밝혔다.

"정말입니까?" 아드리안이 얼굴이 하얘지며 물었다.

"아무래도 수상쩍습니다." 의사가 말했다.

"수상쩍다고요?!"

그가 그 말을 너무도 놀라 거의 소름끼치는 어조로 반복하는 바람에 퀴르비스 박사는 자신이 오진을 했나 하고 자문했다.

"네. 말씀드린 바와 같이." 그가 대답했다. "선생께서도 몸을 살펴야 할 텐데요. 이 아이에게 매달려 있어야 해요?"

"네." 그가 말했다. "이건 의무입니다, 선생님. 그 아이는 건강을 회복하려고 이곳 시골에 온 것입니다……."

"질병의 양상은, 이렇게 말해도 될지 모르겠지만, 현재로서는 부정적인 진단에 대해 달리 방도가 없습니다. 내일 다시 오지요."

그는 말한 대로 했고, 진단을 내리는 티 대단히 신중했다. 네포묵은 분출하듯 돌발적인 구토를 했고 미열의 두통을 동반했는데, 몇 시간 후에는 견딜 수 없을 정도로 심해졌다. 의사가 왔을 때 아이는 이미 침대에 누워 있었다. 머리를 두 손으로 잡고 온 집안이 다 울리도록 내지르는 비명은 듣는 사람에게 고문이었으며, 그는 종종 숨이 넘어갈 듯했다. 그 사이 둘러 선 사람들에게 두 손을 뻗고 "도와 줘. 도와 줘! 오, 머리 아파! 머리 아파!" 하고 소리쳤으며, 그러면 재차 심한 구토를 한 후 경련하며 진정되었다.

사람 좋은 퀴르비스 박사는 아이의 눈을 검진했다. 동공이 아주 작게 오그라들어 있었고, 사시가 되려는 경향이 나타났다. 맥박이 빨라졌다. 근육수축과 경부강직(頸部强直)이 뚜렷이 진행되고 있었다. 뇌막염이었다. 의사는 불편하게 머리를 어깨 쪽으로 향한 후 그 병명을 말했는데, 그래도 완전한 의식불명이라고 확언할 수는 없다며 이 엄습한 운명 앞에 자신의 지식이 공언할 수 있는 한 희망을 주려 애썼다. 그리고 아이 부모에게 전보를 쳐 알리는 것이 좋겠다고 조언했다. 적어도 엄마가 곁에 있으면 어린 환자가 마음의 안정을 얻을 수 있다는 것이었다. 나아가 그는 수도에 가서 내과의를 불러오라고 하며, 안타깝게도 단순하지 않은 이 경우에 대해 혼자 책임질 수 없다고 했다. "나는 평범한 의사요. 지금은 더 실력 있는 권위자가 필요해요."라고 그가 말했다. 그의 말에는 슬픈 반어가 섞여 있었던 것 같다. 척수천자법(脊髓穿刺法)은 진단을 확인하기 위해 꼭 필요했을 뿐만 아니라 환자에게 고통을 줄이는 유일한 방법이었는데, 그는 직접 할 용기가 없었다. 창백해졌지만 씩씩하고, 늘 인간적인 일에 충실한 슈바이게슈틸 부인이 침대에서 무릎과 턱이 거의 닿도록 웅크리고 누워 신음하는 아이를 붙잡고, 추골 사이 틈에 바늘을 꽂아 도관까지 밀어 넣자 거기서 액체가 몇 방울 흘러 나왔다. 거의 즉시 사납던 두통이 약해졌다. 다시 발작하면—의사는 몇 시간 후 재발하리라는 사실을 알고 있었다. 뇌실액(腦室液)을 뽑아 통증을 완화하는 방법은 겨우 몇 시간밖에 유지되지 않았다.—얼음찜질을 하고 클로랄(수면제)을 주라고 처방하고 크라이스슈타트에서 약을 구해왔다.

천자법 후 지쳐 잠이 들었던 아이는 구토 때문에 깨어, 그 작은 몸에 경기를 일으키고 머리가 깨질 것 같은 통증으로 괴로워하며 다시 가슴을 찢는 절절한 울음과 째지는 절규를 시작했다. 전형적인 '뇌수종 절규'였다. 그 절규는 오직 의사만이, 질병의 전형적인 현상으로 보는 의사의 감정만이 견딜 수 있었다. 전형적인 것, 단지 한 사람만이 이해한 그것은 우리가 정신을 못 차리도록 냉담했다. 그것이 지식이 주는 평화다. 따라서 이 시골 의사는 일차 처방인 브롬 제제(製劑) 및 클로랄 제제에서 서슴없이 모르핀으로 넘어갔고, 모르핀이 좀더 잘 들었다. 그는 고통 받는 아이에 대한 동정심에서도 그렇지만 집안 식구들을 위해서도—그 가운데 특히 한 사람을 나는 지켜보고 있었다—이 처방을 결정했을 것이다. 뇌실액은 24시간마다 한 번씩만 뽑아야 했으나 두 시간 밖에는 효과가 유지되지 않았다. 아이는 22시간을 소리 지르며, 저항하며, 떨리는 손을 펼치고 "에효는 착한 아이가 될 거야, 에효는 착한 아이가 될 거야"라고 중얼거리며 고문을 견뎠다. 덧붙여 말하거니와 네도묵을 보는 사람들에게 가장 끔찍한 일은 수반된 증세 한 가지를 지켜보는 일이었을 텐데, 그는 사시가 된 하늘빛 눈을 점점 자주 감았으며, 이는 경부강직으로 인한 안근육마비가 원인이었다. 그것은 그 사랑스러운 얼굴을 흉측하고 낯설게 만들었고 특히 얼마 후 이를 갈게 되었는데, 그럴 때면 귀신들린 사람을 보는 듯했다.

다음 날 오후 뮌헨에서 온 고문역의 권위자 로텐부흐 교수를 게레온 슈바이게슈틸이 발츠후트로 마중 나갔다. 퀴르비스가 제안한 사람들 가운데 아드리안이 명성을 보고 고른 사람이었다. 그는 키가 크고, 실전에 노련하고, 왕조 때 개인적으로 귀족 작위를 받았고, 찾는 사람이 많았고, 반쯤 감은 눈으로 통상의 진단을 하는 데도 비용이 많이 드는 사람이었다. 그는 '생기지도 않은' 혼수상태로 착각할 수 있다며 모르핀 사용을 비판했고, 코데인(기침약)만을 허락했다. 보아하니 그는 무엇보다도 병의 진행 단계에서 방해받지 않은 정확한 증상을 중요시 했다. 그 외에는 검사 후, 자기를 잘 섬기는 그 시골 의사의 처방을 인정했다. 즉, 빛을 차단하고, 머리를 차게 해서 높게 두고, 어린 혼자를 조심스럽게 만지고, 알코올로 닦아주어야 하고, 농축 영양분을 콧구멍에 호스를 꽂아 주입시키는 일이 아마도 불가피할 것이라고 말했다. 그의 위로는 그곳이 아이의 부모 집에 아니었으므로 자발적이고 분명한 것이었다. 곧 의식이 혼미하게 될 것이고 급속도로 심화될 것인데 이는 당연하다, 모르핀 때문에 앞당겨진 것이 아니다, 그 후 아이는 고통이 줄어들 것이고 결국 사라질 것이다, 그러므로 두드러진 증상도 너무 섣불리 손을 쓰면 안 된다고 그는 말했다. 그는 손수 두 번째 천자를 해 주고, 점잖게 인사를 하고 떠난 후 다시 오지 않았다.

나는 슈바이게슈틸 아주머니를 통해 매일 전화로 그 애처로운 진행 상태에 대해 들었는데, 그 병의 발병이 완전히 확실해진 후 나흘 째 되던 날에야, 토요일에야 파이퍼링에 갔다. 이 때는 어린 몸뚱이가 고문의자에 묶이는 듯 격렬하게 발작하는 가운데 아이의 동공이 위로 넘어간 상태 즉, 이미 혼수상태가 발생했을 때였고, 아이는 절규를 멈추고 단지 이만 갈 때였다. 슈바이게슈틸 부인이 밤을 샌 듯한 모습으로, 울어서 퉁퉁 부은 눈으로 나를 현관에서 맞이했고, 급하게, 즉각 아드리안에게 가라고 권했다. 어젯밤부터 아이 부모가 와 있으니 그 불쌍한 아이는 좀 나중에 봐도 된다고 했다. 의사 선생님은 아드리안을 혼자 내버려 두는 것이 좋다고 했지만 자신이 볼 때 아드리안은 내 위로가 필요하며, 솔직히 우리끼리 말해서, 자신이 볼 때 의사가 종종 헛소리를 하는 것 같다고 말했다.

나는 불안한 마음으로 아드리안에게 갔다. 그는 자기 책상에 앉아 내가 들어오는 모습을 힐긋, 대수롭지 않다는 듯 쳐다보았다. 그는 기절할 만큼 창백한 얼굴에 그 집 식구 모두와 마찬가지로 눈이 붉게 충혈되어 있었으며, 입을 닫은 채 혀로 아랫입술 안쪽을 기계적으로 이리저리 옆으로 더듬었다.

"착한 친구 왔어?" 아드리안이 내가 그에게 다가가 그의 어깨에 손을 얹었을 때 말했다. "여기서 뭐 하려고? 네가 올 곳이 아니야. 적어도 성호라도 그어. 이마에서 어깨로, 어릴 때 보호받기 위해 배운 것처럼!"

나는 몇 마디 위로와 희망의 말을 해 주었다.

"그 허튼 박애주의 소리 그만 허." 그가 내 말을 끊었다. "그를 데려 갈 거야. 일찍 끝낼 거야! 아마도 고귀한 방법으로는 일찍 못 끝낼 거야."

그러더니 벌떡 일어나 벽에 기대서서, 뒷머리를 벽 널빤지에 눌렀다.

"그를 데려가! 이 잔인한 자야! 그는 내 골수에 사무치는 목소리로 소리쳤다. "데려 가, 악당아! 데려 갈 거면 빨리 서둘러! 어서! 나쁜 놈! 이럴 줄은 몰랐어." 그는 갑자기 약간 슬픈 얼굴로 나를 향하더니 앞으로 걸어와 멍청한 눈빛으로 나를 쳐다보았다. 나는 그 모습을 잊을 수 없을 것이다. "이것만은 허락할 줄 알았는데. 그런데 아니야. 자비가 어디 있어? 자비와 거리가 먼 자. 그리고 하필 이것을 짐승 같은 분노로 밟아야 했어. 그를 데려 가, 악질아!" 그는 소리 질렀다. 그러고는 내게서 다시 떨어져 십자가로 다가갔다. "그의 몸을 데려 가. 당신 마음대로 할 수 있는 그 몸을! 하지만 그의 사랑스러운 영혼은 내게 얌전히, 편히 가만 놔 둬야 할 걸? 당신은 무기력하고 가소로울 뿐이야. 나는 너를 영겁 동안 비웃을 거야. 내가 있는 곳과 그가 있는 곳 사이에 영원이 부풀어 있을지언정 나는 그가 어디 있는지 알게 될 거야. 그리고 너는 거기서 밖으로 내쳐질 거다, 이 쓰레기야! 그리고 이 말은 내 혀를 적시는 물이 되고 가장 저질의 저주를 담아 너를 비웃을 호산나(찬양의 노래)가 될 거야!"

그는 손으로 얼굴을 덮고 몸을 돌려 나무벽에 이마를 기댔다.

무슨 말을 할 수 있었을까? 어떻게 해야 했나? 그런 말에 어떻게 반응해야 하나? "무엇보다도 일단 진정해. 너는 제정신이 아니야. 고통 때문에 헛것이 보이는 모양이야." 나는 대략 이런 식으로 말하고 정신력에 대한 경외심에서, 특히 이 친구와 같은 사람 경우에는 더욱 더, 그 집에 있던 브로무랄(최면제)을 써서 육체적으로 진정시킬, 굴복시킬 생각은 하지는 않았다.

　내 슬픈 위로에 그는 다시 이렇게 대답했을 뿐이다.

　"그만 해. 그만하고 성호나 그어! 저 위에서는 진행되고 있어. 널 위해서만 말고 날 위해서도 해. 내 잘못에 대해서도! 그런 잘못을! 그런 악행! 그런 죄를 저지르다니!" 그리고는 다시 책상에 앉아 주먹 쥔 손으로 머리 양 옆을 받치고 말했다. "그 아이를 우리에게 오게 하다니! 내 곁에 두다니! 내 눈빛이 그를 적시도록 하다니! 넌 알았을 거야, 아이들은 연약해서 독성의 영향에 매우 민감해……."

　이번에는 내가 소리 지르면서 단호하게 말을 막았다.

　"그만 해, 아드리안! 뭐 하는 거야? 왜 자신을 괴롭혀? 왜 눈 먼 운명 때문에, 왜 터무니없이 네가 죄를 뒤집어쓰는 거야? 그 운명은 그 아이가 어디 있든 서둘러 다가갔을 거야. 어쩌면 이 땅에 있기에는 너무 사랑스러운 아이니까! 운명이 우리의 가슴을 찢을지언정 우리의 이성을 빼앗지는 못해. 너는 그 아이에게 사랑스럽고 좋은 일만 했어……."

　그는 손사래질만 했다. 나는 거기 앉아서 그에게 한 시간 가량 조용히 이런 저런 말을 했고, 거기에 그는 내가 거의 못 알아들을 정도로 우물거리며 대답했다. 그런 다음 나는 아픈 아이를 보고 싶다고 말했다.

　"그래." 그가 대답하며 비정하게 덧붙였다.

　"하지만 전처럼 그렇게 하지는 마. 얘야, 착하지, 뭐 그렇게. 첫째 그는 네 말을 못 들어. 그리고 그런 건 정말 인간미 없는 짓이야."

　내가 가려하자 그가 나를 불렀다. 이름이 아닌 성을. "차이트블롬!" 이 또한 얼마나 인간미 없는 호칭인가! 내가 돌아보자 그가 말했다.

　"이제 알았어. 그러면 안 돼."

　"뭐가 그러면 안 돼, 아드리안?"

"좋고 귀하면 안 돼. 좋고 귀한데도 사람들이 인간적이라고 일컫는 것, 얻으려고 아성으로 몰려가 투쟁하는 것. 성공한 자들이 환호하며 널리 알린 것, 그런 건 없어야 해. 그건 철회될 거야. 내가 취소할 거야."

"무슨 소린지 모르겠어, 아드리안. 뭘 취소한다는 거야?"

"9번 교향곡." 그가 대답했다. 그러고는 내가 기다렸지만 아무 말도 안 했다.

혼란스럽고 슬픈 마음으로 나는 위층으로, 그 숙명의 방으로 올라갔다. 그 방은 창문이 열려 있었는데도 병실의 공기 같은 답답하고 무미건조하기만 한 공기로 싸여 있었다. 그래도 덧문은 한 칸만 남기고 닫혀 있었다. 네포묵의 침대에는 여러 사람이 둘러섰고, 나는 그들과 악수를 나눴지만 눈은 죽어가는 아이를 향하고 있었다.

아이는 한쪽에, 몸을 웅크린 채, 팔꿈치와 무릎을 붙인 채 누워 있었다. 아주 빨개진 뺨으로 깊게 한 번 숨을 쉬고, 그 다음 호흡까지는 한참 기다리게 했다. 눈은 완전히 감기지는 않았지만 속눈썹 사이로 보이는 것은 홍채의 푸른빛이 아니라 검은색뿐이었다. 동공이 점점, 두 개가 서로 다르게 커져 공막을 거의 다 차지했다. 그래도 그 빛나는 검은 색을 볼 때는 나았다. 가끔 그것이 흰 색으로 갈라졌다. 그러면 팔로 턱을 측면에서 더 단단하게 누르고 이를 갈며 작은 팔다리를 뒤틀며 경련했는데, 보기에도 끔찍했다.

아이 어머니가 흐느꼈다. 나는 그녀의 손을 잡았다 그리고 꽉 눌렀다. 그랬다. 그녀가 거기 있었다. 우르젤. 갈색 눈을 한 부헬 농장의 딸. 아드리안의 여동생. 나는 이 서른여덟 살 여인의 비통한 표정에서 그 어느 때보다 더 뚜렷하게 자기 아버지의 모습을, 전형적인 독일인의 옛 모습을 지닌 요나탄 레버퀸을 보았다. 그녀와 함께 남편도 와 있었다. 그는 전보를 받고 아내를 수데로데에서 데리고 왔다. 요하네스 슈나이데바인. 키가 크고, 잘 생기고, 갈색 수염의 수수한 사람. 네포묵의 푸른 눈과 우직하고 진중한 어투를 지닌 남자. 우르술라가 일찍 배운 그 리듬을 우리는 그 요정의 목소리로 들어 알게 되었다. 에효를 통해 알게 되었다.

그 외에 그 방에는 왔다 갔다 하는 슈바이게슈틸 부인 말고도 너그러운 쿠니군데 로젠슈틸이 있었는데, 그녀는 방문이 허용되었을 때 이 아이를 알게 되어 자신의 (지금은 슬픈) 가슴에 열정적으로 받아들였었다. 당시 그녀는 아이에게서 받은 인상을 편지에 적어 아드리안에게 보냈었다. 자신의 탄탄한 회사 편지지에 타자로 친, 상업적으로 쓰는 '그리고' 표시(&)를 사용하며 모범적인 독일어로 쓴 장문의 편지였다. 이제 그녀는 나케다이를 밀어내면서 슈바이게슈틸이나 우르젤 슈나이데바인 대신 아이를 돌볼 권한을 획득했고, 얼음주머니를 갈고, 아이를 알코올로 닦아주고, 약과 음식물을 챙겨 흘려 넣어주었으며, 밤에는 아이 침대 곁을 다른 사람에게 양보하기 싫어했고 별로 양보하지도 않았다.

우리 즉, 슈바이게슈틸 식구들과 아드리안, 그의 친지, 쿠니군데 그리고 나는 니케 홀에서 말없이 저녁식사를 했고, 도중에 여자들은 자주 일어나 아이를 보러 갔다. 일요일 오전에 이미 나는, 너무 괴로웠지만, 파이퍼링을 떠나야 했다. 월요일을 위해 교정할 라틴어 과제가 산더미였다. 나는 아드리안과 작별했다. 부드러운 소망을 말하며 그가 나를 보낸 태도는 나를 맞이할 때보다 훨씬 나았다. 그는 모종의 미소를 띠고 영어로 말했다.

"자연으로 돌아 가. 자유롭게. 그럼, 안녕!"

그러고는 재빨리 내게서 몸을 돌렸다.

네포묵 슈나이데바인. 에효. 그 아이. 아드리안의 마지막 사랑은 이

후 열두 시간 뒤에 영면에 들었다. 아이의 부모는 작은 관을 고향으로 가져갔다.

46

  나는 앞 장의 내용에 대한 기억을 되살리느라 정신적으로 피곤했을 뿐 아니라 현재 서로 물어뜯는, 당연한 결과로 예견되었고 일견 바라기도 했지만 그래도 끔찍하게 무서운 일상의 사건들 때문에 거의 4주 동안 이 기록을 중단했다. 이러한 사태는 슬픔과 경악으로 넋이 나간 우리 불쌍한 민족이 도저히 이해할 수 없는, 그러면서 스스로 허락한 비정한 숙명이었으며, 오랜 슬픔으로, 과거의 충격으로 지친 내 감정도 이에 무방비로 노출되어 있었다.

    이미 3월 말부터—지금은 운명의 해인 1945년 4월 25일이다—이 땅의 서쪽에서 우리의 저항은 눈에 띄게 약화되고 완전히 사라졌다. 대중잡지들은 이미 반쯤 속박에서 풀려 진실을 보도하기 시작했다. 적군의 라디오 방송을 통해 도망자에 대한 소문이 번지자, 파국과 관련된 상세한 이야기가 아직은 파국에 휩싸이지 않은 곳을, 아직 해방되지 않은 제국의 여러 지역을 재빨리 돌아 거침없이 내 골방에까지 전달되었다. 걷잡을 수 없다. 모두 항복하고 달아난다. 파괴되고 지친 우리의 도시들은 익을대

대로 익은 열매들처럼 떨어졌다. 다름슈타트, 뷔르츠부르크, 프랑크푸르트가 함락되었고, 만하임과 카셀, 뮌스터도 그렇고, 라이프치히는 이미 외세의 손에 넘어갔다. 어느 날 영국인들이 브레멘에, 미국인들이 오버프랑켄 궁정에 섰다. 뉘른베르크. 어리석은 마음으로 국가적 잔치판을 벌렸던 이 도시가 항복했다. 권력과 부(富)와 부정이 넘쳤던 정부 고위 관리들 사이에서는 격렬한 자살의 물결이 몰아쳤다.

러시아 군대는 쾨니히스베르크와 빈을 장악함으로써 오더 강 진압이 자유로워지자, 군사 수백만에 달하는 육군이 국가기관이 모두 철수하고 폐허가 되어버린 제국의 수도를 향해 진군했고, 그들의 막강한 대포는 이미 오래전 공군이 시행했던 일을 완결하고 지금 시내 중심을 향해 다가가고 있다. 작년에 암살된 줄 알았던 그 잔혹한 인간은 최후의 정예들이, 장래를 생각한 애국자들이 생명을 구해줘 도주했으며, 이미 혼미하게 꺼져가며 불안하게 떨리는 생명으로 자기 병사들에게 베를린을 공격하는 자들을 피바다 속에 익사시키라고, 항복을 은운하는 장교는 누구나 총살하라고 명령했다. 그 명령은 여러모로 수행되었다. 동시에 이상한, 역시 온전한 정신이 아닌 독일 라디오 방송이 공중에 나돌았다. 승전국의 마음에 들기 위해 비방을 많이 한다는 이유로 국민은 물론 국가 비밀경찰의 앞잡이까지 추천하는 방송도 있고, '베어볼프' 라는 이름으로 세례 받은 자유운동에 대해 보도하는 방송도 있었다. 베어볼프는 과격 청소년 결사대로서 숲 속에 숨어 있다 밤에 숲에서 나와 침입자를 벌써 여러 명 살해하고 조국을 위해 공을 세웠다고 주장하는 아이들이다. 아! 이렇게 슬프고 기괴한 일이! 우리의 민족감정은 이렇게 최후까지 그 거친 동화를, 격노한 전설을 익숙한 반향과 함께 불러일으켰다.

그러는 가운데 대서양 건너편에서 온 한 장군이 바이마르의 시민들을 그곳 수용소 화장장 앞에 집결시켰다. 그리고 겉으로 보아서는 정직하게 생업에 종사했을 뿐 불에 타는 인육 냄새가 바람을 타고 날아와 코를 찌르든 말든 거기에 대해서는 아무것도 모른다고 주장하는 이 시민들에게 이곳의 만행을 보라고 강요하고, 그들은 공범이라고, 이제는 폭로된 그 잔혹행위의 공범이라고 선언했다. 부당한 선언일까? 그들은 보아야 한다. 나도 그들과 함께 보고 있다. 그들이 자행한 무딘 또는 소름끼치는 일련의 잔혹행위들이 상상 속에 밀려온다. 벽이 두터운 고문실—처음부터 아무것도 아닌 것을, 무의미한 것을 맹세한 통치가 독일을 그 고문실로 만들었다—그 고문실이 습격당했다. 그리고 우리의 수치가 세계인의 눈앞에 폭로되었다. 외국 위원회의 눈앞에. 이 믿을 수 없는 광경이 세계 도처에서 그들 눈앞에 펼쳐졌다. 그들은 고국으로 돌아가 그 광경에 대해 이야기한다. 그들이 본 것은 모두 끔찍한 정도를 넘어서는 것이라고. 인간의 상상력을 벗어나는 일이라고. 나는 우리의 수치라고 했다. 모든 독일 문화가, 독일 정신마저도, 독일 사상, 독일 말이 이 모멸적인 폭로로 함께 타격을 받았다. 스스로 깊은 의구심에 빠져들었다고 선언하는 행위가 단순한 우울증 증세일까? 장래의 '독일'이 인간적인 문제에 당면해 입을 열기 위해서는 어떤 모습을 취해야 하느냐고 묻는다면, 이는 병적인 회개인가?

사람들은 인간본질의 어두운 면이 여기서 드러난다고 할 것이다. 수만, 수십만의 독일 사람들, 인류가 끔찍하게 여기는 일을 한번 저지른 사람들과 독일에서만 일어났던 그 일은 이제 소름끼치는 악의 표본이 되었다. 역사에서 이토록 끔찍한 실수를 저지른 민족의 일원이 되는 일이 어떤 것일까? 자기 스스로 혼란에 빠진 민족, 정신력이 소진된 민족, 자기를 스스로 통치할 능력이 없다는 사실을 인정하고 외국의 식민지가 되는 길을 최선이라 여기는 민족이 되는 일, 유대인들이 게토에 살듯이 자기들끼리 모여 폐쇄적으로 살아가야 하는 민족이 되는 일이 무엇을 뜻하는가? 주변에서 두루 무섭게 들고 일어나는 증오 대문에 경계를 벗어날 수 없는 민족, 외부의 눈에 띄면 안 되는 그런 민족……

범죄자들아, 저주받아라! 우직하게 원칙과 정의를 사랑하는 종족을, 너무도 학구적이고 너무도 이론대로 살기 좋아하는 종족을, 악의 학교에 입학시킨 범죄자들아! 이런 저주를 기탄없이 자유롭게 외칠 수 있다면 얼마나 좋을까? 단말마의 고통에 신음하는 저 피의 국가는 루터 식으로 말해 '죄를 자기 목에 건' 국가는, 인권을 짓밟는 외침소리로 민중을 광란의 도가니로 몰아넣은 저 국가는, 화려한 휘장을 앞세우고 우리의 청소년들을 밝은 자부심과 확고한 신념으로 눈을 반짝이며 행진하게 만든 국가는, 그런 국가는 강요된 것이었다고, 그래서 뿌리가 없는 것이었다고 주장할 수 있는 애국심은 양심을 넘어선 대단히 고결한 정신일 것이다. 내게는 그렇게 보인다. 이 정권은 참다운 사람들이 지녔을 법한 신조와 세계관이 말뿐만 아니라 행동으로도 왜곡되고 천박해지고 저속하게 구현된 것이 아니었을까? 기독교적이고 인도주의적인 사람이 가장 독일인 다운 인물들, 위대한 인물들에게서 찾아냈을 법한 신조와 세계관이 말이다. 나는 그것이 알고 싶다. 너무 많이 알려고 하는 것일까? 그렇지 않다. 패배한 이 민족은 지금 자신에게 맞는 정치 형태를 찾기 위해 마지막으로 극단의 시도를 단행했으나, 그 시도는 너무도 흉측한 실패로 돌아갔다. 이제 혼란한 시선으로 허무를 마주하고 있거늘, 이 현실이 어찌 단순한 문제란 말인가!

★

내가 글을 쓰는 시대와 그 전기의 배경이 되는 시대가 어쩌면 이토록 신기하게도 일치하는지! 내 글의 주인공은 결혼계획 실패 후 친구를 잃고 그에게 왔던 경이로운 아이를 잃은 후, 1929년과 1930년 두 해에 걸쳐 마지막으로 정신활동을 했다. 이 시기에 머리를 들고 일어나 뻗치던 힘이 그 후 결국 이 나라를 장악하고는 피와 불로 끝을 맺었다.

그때 아드리안 레버퀸은 무시무시하게, 극도로, 괴물 같다고 말하고 싶을 정도로 흥분한 채, 옆에서 보는 사람조차도 일종의 도취에 빠뜨릴 정도로 창작활동에 몰두했다. 사람들은 그의 이런 모습에서 그가 마치 인생의 행복 앞에 굴복하고 자신에게 사랑을 허용한 데 대해 빚 갚음을 하는 것 같다는 인상을 피할 수 없었다. 나는 두 해라고 했지만 틀렸다. 그 작품이 완성되는 데는 그중 일부면 충분했다. 한 해의 후반부와 다음 해의 몇 달이면 되었다. 심포니 칸타타 〈파우스트 박사의 탄식〉은 이미 밝혔듯이 네포묵 슈나이데바인이 파이퍼링에 오기 전에 이미 준비하기 시작했으며, 그의 마지막 작품이자 사실 역사적으로도 좀 마지막이라 할 수 있는 극단적인 작품이다. 이제 그 작품에 내 볼품없는 해설을 몇 마디 붙이고자 한다.

우선 그 작품을 창작한 사람, 당시 마흔 넷이었던 한 남자의 개인적인 상황에 대해, 내가 늘 긴장하고 지켜본 그 모습과 생활방식에 대해 조명하는 일을 빠뜨릴 수는 없다. 맨 먼저 언급할 점은 얼굴이 달라졌다는 사실인데, 그 변화에 대해서는 내가 이 글에서 일찌감치 밝혔었다. 매끈하게 면도하고 있을 때 자기 어머니와 닮은 그의 얼굴에 얼마 전부터 회색이 섞인 어두운 수염이 자랐다. 윗입술 위로 가늘게 나서 위로 올라간

일종의 팔자수염이었는데, 뺨으로도 이어졌지만 턱에 훨씬 더 많이 났으
며, 턱에서도 옆이 가운데보다 숱이 더 많았으므로 뾰족 수염은 아니었
다. 얼굴을 부분적으로 덮은 변화된 모습은 그다지 역겹지 않았고, 점점
머리를 어깨 쪽으로 기우는 버릇과 더불어 정신적으로 고뇌하는 사람의
모습을, 그래, 예수 같은 모습을 띠었다. 나는 그 모습이 사랑스러웠다.
더구나 쇠약해서 그런 것이 아니라 극단적인 추진력과 양호한 건강상태
를 나타내 주는 모습이었으므로 더욱 호감을 느꼈으며, 아드리안은 그 사
실에 논란의 여지가 없다며 인정해 마지않았다. 그럴 때 그의 말은 좀 느
려지고, 때로 망설이는 듯, 때로 약간 지루한 어조로 말했는데, 그 어조는
최근에 그에게서 나타난 현상이었으며, 나는 이를 기꺼이 창조적인 활동
에서 우러나오는 신중한 태도의 표시라고, 황홀한 영감의 혼란 한가운데
서 자기 통제를 하는 표시라고 믿었다. 그를 그리도 오래 괴롭혔던 육체
적 전횡, 위염, 기관지 질환, 고통스러운 편두통 발작 등이 사라졌고, 그는
하루를 편히 일에 몰두할 수 있었으며, 그 자신 완전한 건강 상태라고, 승
리의 상태라고 선언할 만큼 환상적인 에너지로 매일 다시 일어나 일했다.
나는 자랑이 가득 찬 마음으로 그리고 역시 악화될까 두려워 불안한 마음
으로 그의 눈에 일어난 변화를 발견했다. 전에는 거의 눈꺼풀이 내려와
반쯤 감고 있었던 반면 지금은 크게, 거의 과장되게 뜨고 있어 홍채 위로
흰자 한 줄이 보일 정도였다. 그것은 왠지 위협적이었는데, 그렇게 확대
된 눈에서 일종의 경직된 빛을 느낄 때면—교착상태의 빛이라고 하는 게
나을 것 같다—더욱 더 무서웠다. 나는 그 교착상태의 본질이 무엇인지
알아내려고 이리저리 궁리한 끝에, 완전히 둥그렇지 않고 약간 불규칙적
으로 길게 늘어난 동공을 마치 조명의 변화에 영향을 받지 않는다는 듯이
언제나 같은 크기로 유지하려고 노력한 결과라는 결론을 내렸다.

나는 지금 다소 비밀스러운 내면의 부동성에 대해 말하고 있다. 그것은 매우 세심하게 지켜본 사람만 알아볼 수 있었다. 또 다른, 이와는 반대로 매우 두드러진 외적인 변화도 있었다. 자상한 자넷 소이엘도 아드리안을 만난 후 이 현상을 발견하고 내게 그 점을 지적해주었는데 사실 그럴 필요도 없이 나는 이미 알고 있었다. 그것은 최근에 생긴 습관이었는데, 특정 순간에, 이를테면 깊이 생각에 몰두할 때 안구를 이리저리, 그것도 양 옆으로 매우 멀리 움직였다. 흔히 하는 말로 눈을 '굴렸는데', 이를 보고 놀라는 사람도 있겠다는 생각이 들 정도였다. 나는 그 원인을 그가 작품 때문에 극도로 긴장한 탓으로 간단히 미루었음에도 불구하고—나는 쉽게 그렇게 생각했던 것 같다—그 모습을 보고 사람들이 놀랄까 봐 두려워, 나를 제외하고는 그를 보는 사람이 거의 없다는 사실에 남몰래 안도했다. 실제로 그는 사교 목적으로 시내에서 사람 만나는 일을 모두 끊었다. 초대를 받는 일이 생기면 그의 충실한 집주인 아주머니가 전화로 거절하거나 아예 회답을 하지 않았다. 특정 목적으로 잠시 뮌헨에 가는 일도 더 이상 없었으므로, 죽은 아이를 위해 장난감을 사러 갔던 일이 마지막이었다. 이전에 사람들을 만날 때, 저녁 파티나 공식 행사에 참여할 때 입었던 예복은 사용하지 않은 채 그대로 장롱에 걸려 있었다. 그는 집에서 입는 가장 편한 옷차림을 하고 있었는데, 실내용 가운은 워낙 좋아하지 않았으므로 밤에 침대에서 일어나 한두 시간 의자에 앉아 보낼 때를 빼고는 심지어 아침에도 입지 않았다. 목 아래까지 단추를 채우는 코트처럼 생긴 헐렁한 모직 재킷은 넥타이를 맬 필요가 없어 즐겨 입었고, 작은 체크무늬가 있는 품이 넓은 바지를 다림질을 하지 않은 채 입었다. 그 시절 그는 늘 이런 차림이었으며 습관적으로 하는, 가슴을 후련하게 하기 위해 꼭 필요한 산책을 할 때도 이런 차림으로 나갔다. 그의 이러한 모습은 정신에서 우러나온 자연스러운 품격으로 상쇄되었기에 망정이지, 겉모습을 소홀히 한다는 인상을 주기에 충분했다.

　　그가 누구 때문에 옷차림에 신경을 쓰겠는가? 그는 자넷 소이엘과는 만나서 그녀가 구해준 17세기 음악 총보를 면밀히 검토했다. 그 가운데 〈트리스탄과 이졸데〉의 한 장면을 미리 예고라도 하는 듯한 야코포 멜라니(17세기 오페라 작곡가 겸 가수 - 옮긴이)의 샤콘(스페인 옛 춤곡 - 옮긴이)이 있었던 것을 나는 기억한다. 또 가끔 뤼디거 실트크납을, 그 눈 색이 같은 사나이를 만나 함께 웃었다. 이제 그와 닮은 눈만 남고 검고 푸른 눈은 볼 수 없게 되었다는 사실이 나를 착잡하게 만든다. 그리고 주말에 찾아오는 나를 만났다. 그뿐이었다. 게다가 그가 사람을 만날 수 있는 시간도 매우 짧았다. 그는 일요일도 예외 없이(그는 일요일을 '거룩하게' 보내지 않았다) 하루에 여덟 시간씩 일했으며, 그 시간을 오후의 조용한 시간에, 저녁에 배정했으므로 내가 파이퍼링에 가더라도 주로 나 혼자 있는 시간이 많았다. 내가 서운했냐고?! 나는 그의 곁에 있었고, 고통과 전율 속에 사랑받은 작품의 탄생을 가까이에서 지켜보았다. 그 작품은 15년 동안이나 숨죽인 채, 금지된 채, 은폐된 처 그 극도로 중요한 가치만을 보존하고 있지만, 우리가 그 해방의 파괴적인 혼란을 견뎌낸다면 부활할 수 있을 것이다. 우리들 지하감옥에 갇힌 죄수들은 여러 해 동안 독일 해방을, 독일이 자신을 해방시킨 것을 환호하며 부를 노래를 꿈꾸어 왔다. 〈피델리오〉(베토벤의 오페라 - 옮긴이)를, 9번 교향곡을 꿈꾸어 왔다. 이제 우리 경건한 사람들이 들을 노래는, 영혼으로 불러주는 노래는 오직 이것뿐이리라. 지옥의 아들이 내뱉는 탄식. 이 땅에서 이제껏 연주된 것 가운데 가장 끔찍한 탄식. 자신에게서 시작되어 마치 우주를 사로잡는 듯한 탄식. 인간과 신의 탄식!

비탄! 고뇌! 내 사랑의 열정이 경험한 적 없는 이 깊은 심연이여! 그러나 작가의 관점에서 볼 때, 음악사적으로나 개인적인 성취면에서 볼 때, 대가를 치르고 얻은 이 끔찍한 재능에는 환희에 찬 무엇, 대단히 숭고한 성과가 있는 것은 아닌가. 이것은 '부상(浮上)'을 의미하는 것이 아닌가? 우리가 예술의 운명과 상황과 위기를 고민하고 토론할 때마다 그토록 자주 우리에게 문제로 제기되었고 우리에게 역설적 가능성으로 보였던 바로 그 주제가 아닌가? 그것은 회복을 의미하는 것이 아닌가? 이런 표현을 쓰고 싶지 않지만 정확성을 기하기 위해 쓰자면 표현의 재구성을 의미하는 것이 아닌가? 계산된 냉철함이 그윽한 영혼의 울림으로, 인간의 내밀한 마음의 표현으로 전환되는 사건이 일어나기 위해서는 높은 수준의 지성과 엄밀한 형식이 요구되는데 그런 지성과 형식에 반응하는 숭고하고 심오한 감정을 재구성하는 일이 아닌가?

나는 질문으로 표현하지만 사실에 대한 묘사일 뿐이며, 그 사실에 대한 설명은 내용적인 요소와 예술적, 형식적인 요소에서 찾을 수 있다. 이 탄식은 끊임없이 지속되고 지치지 않고 강조되며, 대단히 고통스러운 예수 수난상의 구조를 띠고 있다. 이 탄식은 표현 자체이고, 또 감히 말하건대 모든 표현은 원래 탄식이라고 말할 수 있다. 현대 음악사의 초창기에 음악이 스스로를 하나의 표현수단으로 인식하던 그 순간에 음악이 하나의 탄식이 되었듯이. 님프들의 호소하는 듯한 노래 속에 울려퍼지는 아리아드네의 탄식 〈나를 죽게 내버려 두오〉(몬테베르디의 바로크 성악곡 - 옮긴이)가 되듯이. 〈파우스트〉 칸타타가 양식에 있어 그토록 강하고 분명하게 몬테베르디와 17세기를 따른 데는 특별한 이유가 있었다. 17세기 음악은 에코(메아리) 효과를 때로 매너리즘이라 할 만큼 선호했는데, 여기에도 나름의 이유가 있었다. 에코는 인간의 소리를 자연의 소리로 되돌려주고 그것이 자연의 소리임을 폭로하며, 원래 탄식이고, 자연이 인간에게 "아, 그래!"라고 말하는 것이고, 인간이 자신의 고독을 알리려는 노력이다. 반대로 님프들의 탄식은 그들 쪽에서 에코와 유사하다. 그러나 레버퀸의 최후이자 최고의 창작에서는 이 바로크 시대의 인기물인 에코가 종종 말할 수 없이 침울한 효과를 낸다.

탄식의 괴물 같은 이 작품은 말하자면 어쩔 수 없이 풍부한 표현을 쓴 작품이 된다. 이는 표현의 작품이다. 따라서, 과거의 음악이 표현을 위한 해방으로 이해되듯이, 이 작품도 해방의 작품이다. 이 작품은 수백 년을 거쳐 과거와 연결되어 있다. 다만 이 작품이 도달한 발전단계에서는 극히 엄격한 구속에서 자유로운 감정의 언어로 이행되는 과정이, 구속으로부터 자유가 탄생하는 그 변증법적인 과정이 과거 마드리갈(16, 17세기의 성악곡 - 옮긴이) 시대에 비해 한없이 더 복잡하고 한없이 더 놀라우며, 더 감탄할 만한 논리로 나타난다. 나는 여기서 독자들에게 아주 오래전에 내가 아드리안과 함께 부헬에서 자기 여동생의 결혼식 날 쿠물데 못을 따라 거닐며 나눈 대화를 상기시키고자 한다. 그때 아드리안은 내게, 두통으로 괴로워하며, 가곡 〈오, 매정한 아가씨여!〉를 예로 들며 자신의 '엄격한 악장'에 대한 생각을 펼쳤었다. 이 곡의 멜로디와 화음은 다섯 음의 기본 동기 즉, 철자 상징 하-에-아-에-게스(h-e-a-e-es, 시-미-라-미-내림 미)의 교체에 의해 정해지는데, 그가 말하는 엄격한 악장은 이와 같은 형식으로 유도된다. 그는 내게 마방진을 한 가지 양식 또는 기교로 보라고 설명했다. 그 양식은 거기서 또는 동일하게 유지된 소재에서 극도의 다양성을 전개했는데, 주제에서 벗어난 것은 전혀 없었고, 무엇이든 한 가지의 변용으로 증명되지 않는 것이 없었다. 이런 양식, 이런 기교에서는 전체 구조에서 그 동기의 기능을 수행하지 않는 음은 없다고, 빈 음표는 없다고 그는 말했었다.

　내가 레버퀸의 오라토리오 〈묵시록〉에 대한 묘사를 할 때, 극히 황홀한 것과 극히 흉측한 것이 본질적으로는 같은 것이라는 사실을, 어린 천사의 합창과 지옥의 웃음소리가 본질적으로 한 가지라는 사실을 시사하지 않았던가! 합창과 웃음소리 안에서 엄청난 재능이 형식의 유토피아로 실현되어 이를 알아본 사람은 놀라 신비감에 휩싸였는데, 이러한 특징이 〈파우스트〉 칸타타에서는 도처에서 나와 작품 전체를 휘어잡고, 이른바 주제에 의해 남김없이 탕진된다. 75분간 이어지는 이 엄청난 〈라멘토(悲歌)〉는 마치 물에 던진 돌멩이가 만드는, 하나씩, 하나씩 재미없게 번지는 언제나 똑같은 동심원처럼 정말로 정적이고, 변화가 없고, 극적인 요소도 없다. 엄청난 탄식의 변주가 멈추지 않고 하나 다음에 또 하나 나오는 동그라미로 퍼져간다. 그런 면에서 9번 교향곡 피날레 및 그 환호의 변주와 역방향의 관계를 보여준다. 즉, 악장들은 대규모의 변주들로서 책의 텍스트 단위나 장(章)에 해당되고, 그 자체가 단지 변주의 연속일 뿐이며, 모든 것이 주제로, 텍스트의 특정 장소에 극도로 생생하게 드러난 기본 음형으로 돌아간다.

　무서운 마술사의 삶과 죽음을 이야기하는 옛 전설을 떠올려 보라! 레버퀸은 그 가운데 몇 단락을 자신의 악장에 맞게 약간, 그러나 단호하게 수정했다. 파우스트 박사는 자신의 모래시계가 다 내려갔을 때 친구이자 친한 동료들인 '마기스트로스, 바칼라우레오스, 그리고 다른 대학생들'을 비텐베르크 근교 림리히 마을로 불러, 거기서 그 날 하루 융숭하게 대접하고 밤에는 또 '요한의 음료'를 함께 마신 후, 그들에게 통한의 말로, 그러나 고귀한 말로 자신의 운명을 알려주고, 그 운명의 시간이 눈앞에 다가와 있다고 말한다. 이 〈파우스트의 학생들을 향한 기도문〉에서 그는 자기가 죽으면 불쌍히 여겨 땅에 묻어 달라고 부탁하는데, 자신은 사악하나 기독교도로서 죽는다고 했다. 자신은 참회하여 착한 사람이 되고 싶고 가슴으로는 언제나 자신의 영혼에 자비가 베풀어지기를 희망하지만, 이제 자신의 삶은 잔인하게 끝나고 악마가 자신의 육신을 거두어 갈 테니 자기는 나쁜 사람이라고 말한다. "나는 악하되 선한 신도로 죽는다"라는 말이 이 변주 작품의 일반 주제가 된다. 음절로 따지면 열두 음절인데, 반음계의 12음이 여기에 모두 사용되었고, 생각할 수 있는 모든 음정이 그 안에 이용되었다. 이 주제는 솔로를 대신한 합창단에 의해—〈파우스트〉에는 솔로가 없다—자기 자리에서 가사와 함께 전달되기 훨씬 전부터 이미 음악적으로 나타나고, 효력을 발생하고, 중간까지 상승한 후, 몬테베르디(르네상스 말기 이탈리아의 작곡가 - 옮긴이)의 〈라멘토〉의 정신과 음조로 잦아든다. 모든 기본음의 배후에서, 더 정확히 말해 거의 조성과도 같은 울림의 배후에서 다양한 형태가 동질성을, 〈묵시록〉에서 수정 같은 천사의 합창과 지옥의 외침 사이에 펼쳐진 것과도 같은 동질성을 띠고, 이제 그 동질성이 모든 것을 하나로 감싼다. 지극히 고귀한 위엄을 나타내는 이 형식에서 주제를 벗어난 것은 전혀 없고, 작품 전체에 소재가 배치되어 있으며, 그 속에 노는 음조가 하나도 없으므로 푸가의 이념은 무의미해진다. 푸가는 이제 더 높은 목적에 사용된다. 기적과 심오한 악마의 농담에! 형식의 완벽성 덕분에 이 음악은 언어로서 해방되었다. 이 작품은 좀 거친, 작곡이 시작되기 전 상태의 음의 재질로 완성되었다. 그리고 작곡은 완전한 자유를 얻었다. 즉, 구조를 뛰어넘은 곳에서 또는 그 가장 완벽한 엄격성에서 다시 찾은 표현에 자신을 맡겼다. 파우스트의 탄식을 창조한 사람은 이미 짜인 소재에서 거침없이, 기존의 구조와 상관없이 자신의 주관에 따를 수 있었고, 이렇게 해서 그의 가장 엄격한 작품은 극도로 복잡한 계산이 깔려있는 동시에 순수하게 표현적이다. 몬테베르디와 그 시대의 양식을 재현한 것은 바로 내가 '표현의 재구성'이라고 칭한 그것이다. 최초로 출현한 표현의 재구성. 탄식으로 나타난 표현의 재구성.

전반적으로 변화무쌍하면서도 어느 정도 일정함을 유지하는 이 작품에 특별히 맞추어 과거 해방의 시대에 사용된 모든 표현수단이, 이미 말한 에코 효과를 포함해, 총망라되는데, 여기서는 모든 변형 자체가 앞서 일어난 변형의 에코가 된다. 나타낸 주제의 마지막 악절을 메아리 같은 형식으로 이어나가는 일, 더 높은 음역에서 연장하며 반복하는 일도 빠뜨리지 않았다. 파우스트가 자신의 아들을 낳게 되는 헬레나를 향해 소리 지르는 예의 삽입부에서 오르페우스의 탄식의 어조를 조용히 상기시켜, 파우스트와 오르페우스를 어둠의 왕국에 속한 마술사 형제로 만든다. 마드리갈이 수백 가지 음과 정신으로 암시되고, 마지막 밤의 식사 때 친구들의 위로를 나타내는 악장 전체는 뚜렷한 마드리갈 형식으로 쓰였다.

생각할 수 있는 모든 음악적 표현의 순간들이 훑듯이 총망라된다. 단순히 기계적인 모방이나 회기가 아니라, 당연하지만, 마치 음악사에서 한 번이라도 기록된 적이 있는 모든 표현 수단들을 매우 의식적으로 사용하는 것과도 같은데, 그것들이 여기서 연금술적인 증류과정을 통해 감정표현의 기본유형으로 정화되어 결정(結晶)을 이룬다. 사람들은 이때 "아, 파우스트, 너 무모하고 무의미한 마음의 소유자여! 아! 아! 이성, 경솔, 오만, 자유의지……." 같은 말에서 깊은 한숨을 내쉬게 된다. 파우스트의 지옥 여행은 오케스트라가 연주하는데, 웅장한 발레음악과 환상적 리듬의 다양한 질주로 지옥의 쾌락을 표현했고, 여기에 삽입된 아카펠라의 슬프고도 힘찬 합창은 광란의 축제 뒤에 엄습하는 탄식의 터뜨림이다. 이 확연한 대조 속에 누차에 걸친 걸림음, 아직은 단지 리듬적인 수단이지만 선율적으로 도입된 반음계법, 악절 도입에 앞서 불안감을 조장하는 전체 휴식, 예의 〈죽게 내버려 두오〉에서와 같은 반복들, 음절의 연장, 소멸하는 음정들, 약해지는 낭송조 등이 대단히 뚜렷하게 나타난다.

춤의 푸리오조(열정적인 일악장곡 - 옮긴이)로서 나타난 파멸의 착상은 〈묵시록〉을 가장 많이 상기시키고, 더불어 살짝 흉측한—나는 냉소적이라고 말하기를 주저하지 않는다—합창의 스케르초(동적이고 유쾌한 악곡 - 옮긴이)도 생각나는데, 거기서 "악령이 슬픈 파우스트에게 이상하고 조롱적인 농담과 속담들로 조른다". "그러니 입 다물어. 피할 방도를 생각해. 그리고 계약해. 네 불행을 다른 사람에게 불평하지 마! 너무 늦었어. 하느님도 소용없어. 네 불행은 이제 시작되었어!"라는 공포의 말로. 그런데 레버퀸의 이 후기 작품은 그가 30대에 쓴 작품과 공통점이 별로 없다. 양식이 더 정화되고, 전체적인 분위기가 더 어둡고, 풍자가 없고, 과거지향이지만 더 보수적이지 않고, 그러나 더 부드럽고, 더 선율적이고, 폴리포니보다 대위법이 더 많다. 이 이야기를 하는 의도는 독자적인 종속 성부들이 주성부(主聲部)에 대한 배려를 아끼지 않는다는 점을 가리키기 위해서인데, 주성부는 종종 긴 활 모양의 선율로 진행되고, 그 핵에서 모든 것이 생성되며, 그 핵은 12음의 '나는 악하되 선한 신도로 죽는다'에 해당된다. 〈파우스트〉에서는 이 글 한참 앞에서 말한 철자 상징, 내가 제일 먼저 알아본 헤타에라 에스메랄다 음형 시-미-라-미-내림 미가 멜로디와 화성으로 대단히 자주 등장한다. 계약과 약속, 피의 협정 이야기가 나오는 곳이면 어디나.

〈파우스트〉 칸타타가 〈묵시록〉과 다른 점은 무엇보다도 그 대규모 오케스트라 간주라 할 수 있다. 이 간주는 때로는 그저 일반적으로 작품이 그 주제에 대해 유지하는 입장을 마치 "이렇다"고 말하듯이 나타내고, 때로는 지옥여행의 소름끼치는 발레음악 같은 부분들을 대변한다. 이 끔찍한 춤의 기악곡은 단지 취주악기와 고집스러운 반주체제 즉, 두 대의 하프, 쳄발로, 피아노, 첼레스타, 실로폰, 드럼으로 구성되어 있는데, 일종의 '계속저음'(콘티누오, 17~18세기에 관습적으로 부분적인 즉흥연주를 수반했던 반주체계 - 옮긴이)으로서 거듭 나타나며 작품 전체에 기본으로 깔린다. 개별 합창곡의 반주는 이것만으로 한다. 이 체계에 한 번은 취주악기가, 또 다른 데서는 현악기가 첨가된다. 또 다른 데서는 전체 오케스트라 반주가 된다. 마지막은 순수 오케스트라곡이다. 격렬한 지옥여행 후 강렬하게 삽입된 탄식 합창이 점차 교향곡 아다지오로 넘어가는 악장이다. 이는 마치 〈환희의 노래〉가 되돌아오는 길과 같다. 그 심포니가 성악의 환호로 넘어가는 것의 역방향 진행이다. 이것은 철회다.

　내 가련하고 위대한 친구! 나는 이 작품에서 그의 쇠퇴를, 파멸을 읽으면서, 파멸에 대해 예언자처럼 그리도 많은 말을 하는 이 작품에서, 아이가 죽을 때 그가 내게 한 그 고통스러운 말을 얼마나 자주 떠올렸던가? 이러면 안 된다는 그 말을! 좋은 것, 기쁨, 희망, 이런 것이 있어서는 안 된다는 말, 그것은 철회될 것이라는 말, 도로 빼앗아 갈 것이라는 말을! '아, 이러면 안 돼!' 라는 말이 거의 음악적 지시와 표제어처럼 〈파우스트 박사의 탄식〉의 합창 악장과 기악 악장 위에 적혀 있다! 이것이 그 〈슬픔의 노래〉의 모든 박자와 음의 억양 속에 포함되어 있다! 베토벤의 9번 작품을 보며 가장 침울한 의미에서 그 상대곡으로 쓴 작품이다. 그러나 이 작품이 한 번 이상 형식상 네거티브로 돈다는 것, 네거티브로 되돌아간다는 것뿐만 아니라, 거기에는 종교적인 세계의 부정적인 면도 있다. 이 말은 종교의 부정을 뜻하는 말이 아니다. 유혹자, 부산물, 저주를 다루는 이 작품. 이것이 종교적인 작품이 아니면 무엇이랴! 내가 말하고자 하는 것은 반전이다. 신랄하고 당당한 의미의 전도다. 이를테면 적어도 파우스트 박사가 마지막에, 잠자리에 누워 걱정하지 말고 평온하게 자라고 동료들에게 '자상한 청원'을 하는 것이다. 이 칸타타에서는 이 지시가 게세마네 동산에서 한 예수의 말 "나와 함께 깨어 있어라!"에 대한 의식적, 의도적인 반어라는 사실이 너무도 분명하게 나타나 있다. 또 파우스트가 친구들과 작별하며 마시는 '요한의 음료'는 의례적인 모든 요소들을 다 갖춘 것으로서 일종의 최후의 만찬으로 제시된다. 유혹 의도는 이런 식으로, 파우스트가 구원 가능성에 대한 생각을 유혹이라고 물리치는 식으로 반전된다. 협정을 충실하게 준수하기 위해서만이 아니라, 그리고 "너무 늦어서"가 아니라, 세상의 긍정적인 면을 멸시하기 때문이다. 사람들이 그를 구함으로써 보여주고 싶어 하는 것, 신의 축복을 받았다는 그 거짓말을 파우스트는 온 영혼으로 멸시한다. 이 점은 파우스트가 오랜 이웃인 착한 의사와 함께 있는 장면에서 훨씬 더 분명하게, 훨씬 더 강하게 처리되었다. 의사는 파우스트를 자기 집에 초대해 개종시키려고 경건하게 노력하지만 이 칸타타에서는 유혹자의 형상으로 묘사되었는데, 이는 분명 의도적이었다. 이 부분은 예수가 악마에게서 유혹받는 장면을 확실하게 연상시킨다. 잘못하고 유혹에 굴복한 후에도 여전히 신의 백성으로 남기를 원하지 않기에 절망 속에서도 당당하게 거부하는 외침, '사탄아 물러가라!'를 나타낸 것임을 분명히 알 수 있다.

그러나 또 다른 의미전도가, 최후의, 진정 최후의 의미전도가, 가슴에서 우러나온 의미전도가 이 끝없는 탄식의 작품 마지막에서 이성을 능가하며, 오직 음악에만 주어진 '말로 표현하지 않음'이라는 수단으로 조용히 가슴을 흔든다. 이 칸타타에서 오케스트라로 장식된 마지막 악장을 두고 하는 말인데, 여기서 합창이 사라지고, 자기 세상이 사라지는 데 대한 신의 탄식을, 창조한 사람이 슬픔에 싸여 "나는 이것을 원하지 않았어!"라고 터뜨리는 말을 듣는 것 같다. 나는 여기 끝부분에서 슬픔이 극에 달하고 최후의 절망이 표현되었다고 생각하지만, 그렇다고 해서 이 작품이 그 절망적인 고통에 한 치의 양보도 허용하지 않는다고는 말하고 싶지 않다. 이 작품에는 그 마지막 음표에 이르기까지 표현 자체에 담긴 것과는 다른 위안이 있다고, 명시된 것과는 다른 위안이 있다고 말할 수 있을 것이다. 다시 말해, 이 창작물에는 그 고통을 대변하는 목소리 자체가 주어져 있다는 데서 위안을 찾을 수 있다고 말할 수 있을 것이다. 그렇다. 이 어두운 음의 시는 마지막까지 어떤 위로도, 어떤 화해나 미화도 허용하지 않는다. 그러나 그 표현, 탄식으로서의 표현이 전체 구조에서 탄생했다는 예술적 역설이 극단의 절망에서 희망이 싹튼다는 종교적 역설과 일치한다면, 그것은 어째서 그럴까? 그 역설이 비록 지극히 조심스러운 물음의 형식을 띨지언정, 어떻게 일치가 가능할까? 그것은 희망이 고갈된 곳 저편의 희망, 절망의 승화일 것이다. 절망의 폭로가 아니라 믿음을 발판으로 일어나는 기적이다. 마지막 부분을 들어나 보라! 나와 같이 들어라! 악기 그룹이 하나씩 차례로 물러나고 첼로의 높은 솔이 마지막으로 남아 이 작품을 서서히 마감한다. 이것이 마지막 말이다. 마지막으로 둥둥 사라지는 소리다. 피아니시모(매우 여리게) 늘임표로 서서히 옮아가면서. 그리고 아무것도 남지 않는다. 침묵과 어둠. 남아 흔들리면서 침묵 속에 매달려있는 음, 더는 존재하지 않는 음, 오직 훗날 영혼으로만 들을 수 있는, 슬픔의 마지막 음. 이제 그 음은 없다. 그 의미를 바꾸었다. 어둠 속의 빛으로 남아 있다.

47

"나와 함께 깨어 있어라!" 신이며 인간이신 분이 한 이 요구를 아드리안은 이 작품에서 파우스트의 고독하고 인간적이며 자긍심 가득한 "걱정을 모두 잊고 평온하게 잠들라!"에 응용했을 것이다. 그러나 여기에는 도움까지는 바라지 않아도 최소한 곁에 있어주기를 열망하는 인간적이고 본능적인 소망이 들어있다. "나를 버리지 말게! 내 생애 마지막 순간에 내 곁을 지켜주게."

1930년이 거의 절반 정도 지나간 5월에 레버퀸은 여러 방도를 통해 사람들을 파이퍼링의 자기 집으로 불러 모았다. 모든 친구들과 지인들은 물론, 그가 잘 알지 못하거나 전혀 모르는 사람까지 포함해 약 서른 명에 이르는 꽤 많은 사람을 불렀다. 일부는 초대장을 써서 보냈고 일부는 나를 통해 초대했는데, 내게서 초대받은 각자에게 다른 사람에게 알려 달라고 부탁했다. 어떤 사람들은 단순한 호기심에서 초대받지 않고서도 참석했다. 그들은 나를 통해 또는 기타 아드리안과 가까운 사람들을 통해 허락을 요청했다. 아드리안은 자신의 초대장에 간편하게 친구들이 모인 자리에서 자신의 새 작품, 방금 완성한 합창 교향곡 작품에서 몇 가지 특징적인 부분을 발췌해 피아노 연주로 선보이고 싶다고 밝혔던 것이다. 그러므로 그가 초대할 생각이 없었던 사람들도 이에 꽤 관심을 보였다. 이를테면 프리마돈나 타냐 오를란다와 테너 쾨엘룬트는 슐락인하우펜과 함께 왔고, 출판업자 라트브루흐와 그의 부인은 실트크납을 앞세웠다. 아드리안은 밥티스트 슈펭글러가 이미 한 달 반 전에 우리 곁을 떠났다는 사실을 알고 있었을 텐데도 그에게도 손수 쓴 초대장을 보냈다. 이 기지 넘치는 친구는 겨우 사십대 중반에 안타깝게도 지병인 심장병으로 세상을 하직했다.

나는, 고백하거니와, 이 행사 자체가 별로 내키지 않았다. 왜 그랬는지는 말하기 어렵다. 자신의 은둔지에 그토록 많은 사람들을, 대부분 외적으로나 내적으로나 대단히 먼 사람들을 그의 가장 고독한 작품의 개막을 목적으로 부르는 일은 근본적으로 그와 어울리지 않는 일이었다. 그 일 자체도 내 기분을 언짢게 했지만 낯설어 보이는 그의 행동 때문에도 그랬다. 그리고 이런 일은 사실 내게도 맞지 않았다. 어떤 이유에서든—내가 그에게 이유를 밝혔다는 뜻이다—나는 그의 모습이 익숙하지 않은 수많은 시선에 노출되는 것보다, 세상과 동떨어진 그에게 온갖 사람들의 눈이 향하는 것보다 그가 혼자 있는 편이, 몇몇 인간적으로 좋아하는 사람들만, 그를 존경하고 섬기는 집주인 식구들과 우리 몇몇 친구들, 실트크납, 착한 자넷, 그를 흠모하는 로젠슈틸과 나케다이, 그리고 나 자신만 만나며 자신의 은신처에 있는 편이 나았다. 하지만 그가 혼자 이미 벌려놓은 일에 적극 개입해 그의 지시를 따라 전화를 거는 일 말고 내가 무슨 일을 하겠는가? 거절하는 사람은 한 명도 없었다. 오히려, 말했듯이, 참가 허락을 요청하는 사람만 추가로 늘었다.

나는 그 행사를 그저 탐탁지 않게 여기기만 한 것은 아니다. 기억을 되살리며 소상히 밝히고자 하는데, 나는 심지어 나만 거기서 빠질까 하는 유혹도 느꼈다. 그러나 나는 반드시 그 자리에 있어야 하고 좋든 싫든 모든 것을 감독해야 한다는 걱정 어린 의무감 때문에 그 유혹을 따를 수가 없었다. 그래서 나는 그 토요일에 헬레네와 함께 뮌헨으로 가 발츠후트-가르미시 구간 여객열차를 탔다. 우리는 실트크납, 자넷 소이엘, 쿠니군데 로젠슈틸과 같은 자리에 앉았다. 다른 여러 칸에 걸쳐 나머지 사람들이 흩어져 앉았고, 슐락인하우펜 부부, 즉 그 슈바벤 방언을 쓰는 연금생활자와 플라우지히 가문의 딸은 가수 친구들과 함께 자기네 차로 왔다. 이 차는 우리보다 먼저 도착해 파이퍼링에서 많은 수고를 했다. 그 작은 역과 슈바이게슈틸 농장 사이를 여러 번 왔다 갔다 하며, 걸어가기를 싫어하는 손님들을(비록 뇌우가 수평선에서 조용히 천둥치며 대기하고 있었지만 날씨는 나빠지지 않았다) 몇 명 씩 태워 데리고 왔다. 역에서 집까지 오는 길을 배려할 수는 없었다. 헬레네와 나는 부엌에서 일하는 슈바이게슈틸 부인을 보았다. 그녀는 클레멘티네의 도움을 받으며 매우 급하게 그 많은 사람들에게 대접할 간식과 커피를 준비하느라 바빴다. 갸름하게 자른 빵에 버터를 바르고 사과주스도 차게 준비하고 있었다. 그녀는 우리에게 다급하게 달려들면서 아드리안이 이 습격에 대해 미리 한마디도 안 해 주었다고 말했다.

그러는 사이 늙은 주조 또는 카시펠이 밖에서, 자기 집 앞에서 끊임없이 이리저리 날뛰며 화가 나서 짖어대느라 계속 사슬을 쩔거덩거렸다. 카시펠은 새로운 손님이 더 이상 찾아오지 않고 모두들 니케 홀에 모였을 때야 비로소 잠잠해졌다. 남녀 하인들이 홀어 의자를 추가로 놓느라 가족의 거실에 있는 것은 물론 위층 침실에 있는 것까지 끌어왔다. 이미 언급한 사람들 외에 참석한 사람들은 기억나는 정도만 열거하겠다. 부호 불링거, 화가 레오 칭크도, 사실 아드리안도 나도 좋아하지 않았지만, 아드리안은 고인이 된 슈펭글러와 함께 초대했고, 이제 일종의 홀아비가 된 헬무트 인슈티토리스, 발음이 정확한 크라니히 박사, 빈더-마요레스쿠, 크뇌터리히 부부, 뺨이 움푹 들어간 초상화 작가 노테봄과 그 부인은 인슈티토리스가 데리고 왔다. 거기다 식스투스 크릿비스와 그의 토론모임 회원들, 즉 지층학자 운루에 박사, 포글러 교수와 홀츠슈어 교수, 시인 다니엘 추어 회에는 검은 수사복을 입고 왔고, 심지어 억지설을 늘어놓는 카임 브라이자허까지 와서 나를 화나게 했다. 음악 방면에서는 오페라 가수와 더불어 차펜슈토스 오케스트라 지휘자인 페르디난트 에드슈미트가 참석했다. 나를 너무도 놀라게 한 일은, 그리고 나만 놀란 것은 아니었는데, 글라이헨-루스부름 남작이 와 있었다는 사실이었다. 그는 뚱뚱하지만 우아한 오스트리아 출신 부인과 함께 왔는데, 내가 알고 있는 한 앞서 말한 생쥐 사건 이후 처음으로 다시 사람들 앞에 나타난 것이었다. 알고 보니 아드리안이 이미 일주일 전에 그의 성으로 초대장을 보냈는데, 이 별나게 웃음거리가 되었던 실러 손자께서는 사교계에 다시 발을 붙일 수 있는 이 특별한 기회를 꽤나 반긴 모양이었다.

모든 사람들, 말했듯이 대략 서른 명이 일단 농부 홀 여기저기에 기대에 차 서 있었고, 서로 인사를 나누고 호기심을 밝혔다. 뤼디거 실트크납이 늘 입고 다니는 스포츠 복장을 한 채 상당히 많은 여자들로 둘러싸여 있는 보습도 보였다. 가극 가수들의 듣기 좋은, 압도하는 목소리와 크라니히 박사의 천식 섞인, 알아듣기 쉬운 말소리와 불링거의 허풍이 들리고, 이 모임은 "겁나게 중요하당께" 하는 크릿비스의 확인과 추어 회에가 발을 탁탁 구르며 "그럼요, 그럼요, 그렇고 말고!"를 광적으로 덧붙이며 지지하는 소리도 들렸다. 글라이헨 남작 부인은 이리저리 돌아다니며 그녀와 자기 남편이 당한 이해할 수 없는 사고에 대해 연민을 구했다. "아시다시피 우리는 정말 불쾌했어요"라고 그녀는 여기저기 말했다. 처음부터 나는 많은 사람들이 아드리안이 이미 오래전부터 그 방에 있는 줄 모르고 있었다는 사실을, 그래서 아직 그를 기다리고 있다는 듯이 말하고 있다는 사실을 알아차렸는데, 그것은 그들이 그를 알아보지 못했기 때문이었다. 그는 요즘 늘 입는 차림으로 홀 가운데 검은 타원형 식탁에, 한때 우리가 예의 사울 피텔베르크와 함께 앉았던 그 자리에 등을 창쪽으로 향하고 앉아 있었다. 하지만 손님 가운데 여러 사람이 내게 저기 앉은 남자분이 누구냐고 물었고, 처음에 내가 놀라서 말하자 "아, 그래요!" 하며 그제서야 알아보았다는 말을 하고는 서둘러 그에게 인사하러 갔다. 이런 일이 생길 정도니 그가 얼마나 달라져 보였겠는가! 그가 그토록 달라 보이도록 만든 데는 분명 그 팔자수염이 크게 작용을 했고, 나는 그 사람이 아드리안이라는 사실을 안 믿으려는 사람들에게 수염 이야기를 했다. 그의 의자 옆에는 충실한 로젠슈틸이 오랜 시간 똑바로, 가치 보초처럼 서 있었는데, 그 바람에 메타 나케다이는 가능하면 거기서 멀리 떨어져 그 방 한 구석에 박혀 있었다. 쿠니군데는 그러나 얼마 후 자신의 자리를 비워주는 충성심을 보였고, 그러자 그를 흠모하는 또 다른 사람이 재빨리 그 자리를 차지했다. 벽 옆에 있는 피아노는 뚜껑 열려 있었고, 악보대에 〈파우스트 박사의 탄식〉 총보가 펼쳐져 있었다.

　나는 이 사람 저 사람과 대화를 나누는 중에도 눈으로 아드리안을 지켜보고 있었으므로, 그가 내게 머리와 눈썹으로 모인 사람들을 착석시키라고 하는 신호를 보낼 때 이를 놓치지 않았다. 나는 지체 없이 지시를 따랐다. 가까이 있는 사람들에게는 앉으라고 청했고, 멀리 서 있는 사람들에게는 신호를 보내고, 심지어 하기 싫었지만 억지로 손뼉을 쳐서 말없이 그 의사를 전달하기까지 했다. 레버퀸 박사가 연설을 시작하고자 한다고. 그의 얼굴에 번진 창백한 기운을 사람들은 느꼈다. 그의 표정에서 나오는 왠지 넋이 나간 듯한 냉기도 느낄 수 있었고, 그의 이마에서 솟아나는 땀방울에도 그 냉기가 서려 있었다. 나는 가볍게 모은 손이 조심스럽게 떨렸다. 지금도 그 충격적인 기억을 적으려니 그때처럼 손이 떨린다.

청중은 제법 신속하게 요구에 응했다. 평온과 질서가 재빨리 자리 잡았다. 늙은 슐락인하우펜 부부가 아드리안과 함께 테이블에 앉았고 거기에 자넷 소이엘과 실트크납, 내 아내와 내가 앉았다. 나머지는 방 양쪽으로 놓인 여러 가지 가구에 되는 대로 흩어져 앉았다. 채색 나무 의자에, 말털 안락의자에, 소파에, 그리고 몇몇 남자들은 벽에 기대섰다. 아드리안은 여전히 나를 포함한 모두의 기대에 따라 피아노로 가서 연주할 기색을 보이지 않았다. 그는 손을 펼친 채, 머리를 옆으로 기울인 채, 눈은 앞을 향한 채 가끔씩만 위를 쳐다보았고, 최고의 격식을 차린 어투로, 약간 획일적이면서 좀 막히는 듯한 어투로—나는 그 어투를 그때 처음 발견했다—모인 사람에게 환영의 인사를 하기 시작했다. 처음에는 그렇게 보였다. 처음에는 아마 환영의 인사를 하려고 했을 것이다. 내키지는 않지만 그가 말을 하면서 자주 말실수를 했다는 말을 하지 않을 수 없다. 나는 바라보기가 괴로웠다. 그는 말실수를 바로잡으려 하면서 다른 실수를 했고, 그래서 나중에는 실수를 더는 괘념치 않고 무시했다. 그런데 그의 그 온갖 불규칙적인 표현법에 대해서는 불평할 것이 없었다. 왜냐하면 그가, 글을 쓸 때 즐겨 했듯이, 부분적으로 일종의 고어 독일어를 사용했으므로, 문장구조가 완벽하지 않아 어차피 불분명하고 불완전한 말을 사용하고 있었다. 우리 언어가 원시상태에서 발전해 문법적으로나 정서법적으로나 어지간히 질서가 잡힌 지 이토록 오래 되었건만!

그는 매우 조용히 우물거리며 시작했으므로 그의 말이 시작되었을 때 알아들은 사람은 극소수였고, 그 뜻을 이해한 사람도 별로 없었으며, 그 말을 익살스러운 농담으로 받아들인 사람도 있었으나 마찬가지로 적은 수였다. 그 말은 대략 이랬다.

"존경하고 대단히 친애하는 형제, 자매들이여."

그런 다음 그는 한동안 침묵했다. 숙고하듯이 팔꿈치를 세워 뺨을 손으로 받친 채. 다음 말도 마찬가지로 익살스럽게 명랑한 기분을 불러내는 말이었는데, 그의 표정이 움직이지 않았음에도 불구하고, 그의 피곤하고 창백한 시선이 그 말에 어울리지 않았음에도 불구하고 사람들은 여기에 상응하는 웃음을 코를 통해 가볍게 터뜨리거나, 여자들의 키들거리는 소리가 홀을 돌았다.

"일차로" 하고 그가 말을 이었다. "나는 여러분에게 과분하게도, 내가 이 외딴 은신처에서 여러분에게 편지로 또는 전화로 와 주십사고 청한 바, 또는 내 다정하고 충실한 조수이자 특별한 친구를 통해 오시라 전한 바, 이곳까지 걸어서 또는 차로 왕림하시어 보여주신 호의와 우정에 감사하고자 합니다. 이 친구와는 소년시절 같이 학교를 다녔고, 할레에서는 함께 대학에 다녔던 기억이 납니다. 나는 그 공부를 하면서 오만과 전율에 사로 잡혔었으니, 이제 내 이야기는 거기서 다시 내려옵니다."

여기서 많은 사람들이 싱긋 웃으며 나를 쳐다보았는데, 나는 감동 때문에 미소를 지을 수가 없었다. 그가 나를 그토록 부드러운 기억 속에 생각하고 있다는 사실은 그 훌륭한 친구에게는 조금도 어울려 보이지 않았으므로. 하지만 그들은 내 눈에 눈물이 맺히는 것을 보았으므로, 대부분 이를 보고 재미있어 했다. 그리고 나는 괴롭게도 레오 칭크가 스스로 많이 조롱한 그 큰 코에 휴지를 대고 큰 소리를 내며 코를 풀었던 일이 기억나는데, 그것은 눈에 보이는 감동을 희화화하기 위한 행위였고, 그래서 다시 몇 사람이 키득거리고 웃는 효과를 거두었다. 아드리안은 이를 못본 것 같았다.

그가 계속했다. "나는 제일 먼저 여러분께 서죄(그는 '사죄'라고 고치고는 다시 '서죄'라고 했다)드리고자 합니다. 그래서 여러분께 부탁드립니다. 우리 개 프레스티기아(독일 옛 파우스트 전설에 나오는 개 이름 - 옮긴이)가, 주조라고 부릅니다만 사실은 프레스티기아입니다. 프레스티기아가 그토록 사납게 날뛰고 그토록 끔찍하게 짖어 귀를 따갑게 한 일을 과히 불쾌히 생각지 말아 주시기를 부탁드립니다. 여러분은 저로 인해 그런 수고와 고충을 감내하셨으니까요. 우리는 여러분 모두에게 극도로 높은 음의 파이프를, 개만 들을 수 있는 파이프를 드렸어야 했습니다. 그러면 개가 멀리서도 누가 다가온다는 사실을 알았을 것이고, 단지 오시라고 청한 좋은 친구들만이 기꺼이 내 이야기를 듣고자 오고 있다는 사실도 알았을 텐데 말입니다. 나는 그 개가 지킬 때 그렇게 했으며 지금껏 줄곧 그렇게 해 왔습니다."

파이프에 대해서는 다시 몇몇 군데서 좀 의아해 하기는 했으나 정중하게 웃는 소리가 들렸다. 그는 계속했다.

"이제 나는 여러분에게 친구로서 그리고 기독교도로서 제 연설을 나쁘게 여기지 마시고 최선으로 이해해 주십사 청원합니다. 나는 진정으로 절실한 소원이 있습니다. 착하고 흠잡을 데 없는 여러분에게, 무죄하다고는 할 수 없을지언정 그래도 일반적이고 참을 만한 정도로만 죄를 지은 분들, 그래서 내가 진심으로 존경하는 여러분에게, 거의 열광적으로 존경하옵는 바, 똑같은 인간으로서의 고백을 하고자 합니다. 왜냐면 내 모래

시계가 눈앞에 있기 때문입니다. 시간이 다 되면, 마지막 모래알이 좁은 막대를 빠져 나오면 그가 나를 데려간다는 사실을 말씀드려야 합니다. 그 자와 함께 나는 내 피로 대단히 충실하게 계약을 했습니다. 내 육체와 영혼이 영원히 그의 것이 된다고. 그리고 그의 손과 권력의 손아귀에 떨어진다고. 모래가 다 떨어져 시간이, 이것이 그가 제공한 상품인데, 마지막에 도달하면."

여기서 다시 이곳저곳에서 코웃음을 웃었으나 몇몇은 머리를 가로저으며 서툰 행동을 볼 때와 같이 혀로 입천장을 찼고, 몇몇은 음험하게 살피듯 쳐다보기 시작했다.

"이걸 알아두십시오." 그가 테이블에서 말했다. "여러분 착하고 경건한 분들, 적당한 죄만 지은 분들, 하늘님의(그는 다시 '하느님'이라고 고쳤으나 또 원래대로 돌아갔다) 은혜와 보살핌 속에 보호받고 있는 여러분은 아셔야 합니다. 나는 이 사실을 그토록 오래 마음속에 누르고 있었습니다. 하지만 더는 오래 참지 아니하고 말하겠습니다. 나는 이미 오래 전부터, 스물한 살 때부터 악마와 혼인했습니다. 위험을 알면서도, 그리고 잘 계산한 배짱과 자존심과 무모함에서 그랬습니다. 나는 이 세상에서 명성을 얻고자 했으니까요. 그래서 그와 약조하고 계약을 맺었습니다. 내가 그 후 주어진 24년의 기간 동안 내놓은 것은 모두 사람들이 의심스럽게 생각해 마땅했듯이, 그의 힘으로 완성되었습니다. 악마의 작품입니다. 독의 천사가 불어넣어준 것입니다. 고기를 잡으려면 먼저 물가로 가야 하는 것처럼 오늘날 우리는 악마의 환심을 사는 일부터 하지 않을 수 없다고 저는 생각했습니다. 위대한 작품을 낳는 데 악마 이외에는 그 어느 누구의 도움도 받을 수 없으니까요."

이제 고통스럽게 긴장된 고요가 홀을 지배했다. 여전히 여유롭게 듣고 있던 사람은 몇 안 되었던 반면, 많은 사람들이 눈썹을 치켜 올리고 무슨 이야기를 하는 거냐고 묻는 얼굴로 쳐다보았다. 그가 예술적으로 신비한 표현을 썼다는 표시로 미소를 짓거나 눈을 깜박였다면 그나마 좀 다행이었을 것이다. 그러나 그는 그렇게 하지 않았다. 그는 창백하도록 진지한 시선으로 쳐다보았다. 몇몇 사람들은 의아한 표정으로 나를 쳐다보았다. 이게 무슨 뜻인지. 그리고 내가 이를 어떻게 책임지려 하는지. 어쩌면 내가 앞으로 나서서 그 모임을 해산시켰어야 했는지도 모르겠다. 하지만 무슨 명분으로? 체면을 깎고 희생을 감수하는 명분밖에 없었다. 그리고 나는 사태가 돌아가는 대로 내버려둬야 할 것 같았다. 그가 빨리 자기 작품을 연주하기 바라며. 말 대신 음악을 들려주기 바라며. 나는 명료한 언어에 비해 아무 말도 안 하면서 모든 것을 말하는 음악의 장점을, 전달할 수 없는 고백이 드러내는 그 조야함과 비교해 예술이 지닌 보호성의 자유로움 자체를 그때만큼 강하게 느낀 적이 없었다. 하지만 이 사태를 중지시키는 일은 경외심에 반할 뿐만 아니라 나는 정신을 바짝 차리고 들어야 할 것 같았으며, 나와 함께 듣는 사람들 가운데 아주 극소수만이 그의 말을 들을 가치가 있었다. 그냥 참고 들어! 내 속의 정령이 다른 사람들에게 말했다. 그가 너희들을 이제 처음으로 모두 그와 똑같은 인간의 자격으로 초대했잖아!

친구는 좀 생각하느라 쉰 후 말을 다시 이었다.

"친애하는 형제, 자매여! 내가 숲 속 갈라진 길에서 계약을 체결하는데 컴퍼스와 거친 주문이 많이 필요했다고는 생각하지 마십시오. 성 토마스가 이미 가르쳤지요. 타락에는 간청의 말이 필요 없고, 분명한 숭배가 없이도 어떤 행위면 충분하다고. 그것은 단지 나비였습니다. 화려한 나비, 헤타에라 에스메랄다였습니다. 그것이 저를 접촉했습니다. 그 애송이 마녀. 그래서 그녀를 따라 그녀의 비치는 알몸이 사랑하는 어스름의 활엽수 그늘로 들어갔습니다. 그리고 거기서 제가 그것을 잡았습니다. 바람에 흩날리는 꽃잎처럼 날아다니는 그 나비를 잡아, 나비의 경고에도 불구하고 그 맛을 즐겼습니다. 이렇게 일어난 일입니다. 그녀가 나를 얼마나 매혹시켰는지! 그녀는 나를 매혹시키고 나를 사랑으로 용서했습니다. 나는 그렇게 악마를 알게 되었고 계약이 체결되었습니다."

이때 청중 가운데 야유하는 사람이 있었으므로 나는 놀라 몸을 움찔했다. 시인 다니엘 추어 회에가 수사복을 입고 발로 바닥을 탁탁 치며 망치질하듯 선언했다.

"좋아요! 멋져요! 그럼요, 그럼요, 그렇고 말고!"

몇몇이 쉿! 했고, 나도 못마땅한 듯 그 말을 한 사람에게 몸을 돌렸지만, 사실 속으로 그가 한 말에 감사하고 있었다. 비록 유치할지언정 그의 말은 사람들은 안심시키고 인정한다는 점에서, 이른바 미학적인 시각에서는 대단히 부적합할지언정, 또 그가 나를 매우 화나게 했을지언정 그래도 나 자신에게는 어떤 안도감을 주었다. 나는 마치 모인 사람들 사이에 "아, 그렇구나!" 하고 위로받은 말이 퍼진 듯한 느낌이었고, 한 여성은, 출판업자 라트브루흐의 부인인데, 추어 회에의 말에 용기를 얻어 이렇게 말했다.

"시를 듣는 것 같군요."

아, 그런 생각은 오래가지 않았다! 가장 아름다운 해석, 가장 편하게 제공된 그 해석은 유지될 수 없었다. 그의 말은 시인 추어 회에의 세상에 대한 복종, 폭력, 피와 약탈에 관한 가파른 농담과는 아무 상관이 없었다. 그것은 조용하고 창백한 진지함이었다. 고백이고 진실이었다. 한 인간이 최후에 맞이한 영혼의 위기에서 자신과 같은 인간들에게 그 진실을 들려주기 위해 그들을 불러 모은 것이었다. 그러나 어리석은 신뢰에서 비롯된 행위일 뿐이었다. 동료 인간들은 이런 진실에 대단히 냉혹하게 반응할 뿐이었다. 그의 말이 더는 시라고 보기 어렵다고 판단될 때 내리는 분명하고 즉각적인 결정을 따를 뿐이었다.

중간에 끼어든 그 말이 우리의 주인공에게 들리기나 했을까? 그런 징후는 없었다. 그가 쉴 때는 생각에 잠겼으므로, 보아하니 그런 말이 귀에 들어올 수 없었다.

그는 하던 연설을 계속했다. "대단히 존경하고 사랑하는 친구 여러분, 당신들이 지금 신의 버림을 받고 절망한 사람과 함께 있다는 사실을 기억하십시오. 그의 시체는 신성한 곳에 묻힐 수 없고, 신성하게 죽은 기독교도들과 섞이지 못하고, 죽은 짐승의 가죽을 벗기는 곳에 던져질 것입니다. 미리 말하는데, 여러분은 그가 관 속에서 언제나 엎드려 있는 것을 발견할 것입니다. 다섯 번을 뒤집더라도 그는 다시 돌아누울 것입니다. 이미 오래전에 나는 독나방을 맛보았습니다. 내 영혼이 오만과 만용에서 악마에게로 가고 있었습니다. 그리하여 내 날짜가 정해졌습니다. 소년시절부터 나는 그에게 향하도록 정해졌습니다. 여러분도 잘 알듯이 인간은 천국으로 갈지 지옥으로 갈지 미리 정해져 있는데, 나는 지옥으로 가도록 되어 있었습니다. 그래서 나는 내 교만에 사탕을 발랐습니다. 할레 대학에서 신학을 공부하기로 했지요. 하느님 때문이 아니라 다른 놈 때문에. 그리고 내가 신의 학문에 발을 들여놓았을 때 이미 비밀리에 결속이 시작되었습니다. 그 길은 마치 하느님께로 가는 것처럼 변장한 속임수였고, 사실은 그에게 가는 길이었습니다. 나는 심하게 갈등했습니다. 악마는 내가 자기를 거부하자 더는 두고 보지 않았습니다. 신학부에서 라이프치히로, 그리고 음악으로의 길은 작은 한 발짝이었습니다. 나 혼자 오로지 상징과 징후와 징조와 관계하게 되기까지는 말입니다. 그 주문과 마술의 이름이야 무엇이든 상관없지요.

어쨌든 나는 절망한 마음 때문에, 경솔하고 부주의한 탓에 내 명석하고 민활한 머리와 재능을 상실했습니다. 높은 곳에서 은혜롭게도 내게 주신 그것을 나는 경외심을 가지고 겸허하게 이용했었어야 합니다. 그러나 아마도 이렇게 느낀 것 같습니다. 경건하고 이성적인 방도로는, 제대로 된 방도로는, 악마의 도움이 없이는, 솥 아래 지옥 불을 지피지 않고는 더는 작품을 쓸 수 없고, 예술을 하는 일이 불가능한 순간이 도래했다고……. 네, 네. 친애하는 동료 여러분, 예술이 멈추고, 너무 어려워졌고, 나는 자조했고, 모든 것이 너무 어려워져 불쌍한 하느님의 사람은 더는 자신이 처한 곤경에서 어찌해야 할지 모르는 지경, 그것은 시간의 책임이었습니다. 그 자는 악마를 불렀습니다. 거기서 벗어나 부상하기 위해. 악마는 그의 영혼을 꾸짖고 시간의 책임을 자기 목에 걸어 자신이 책임졌습니다. '깨어 있어라!' 고 했지요. 그러나 그러지 못하고, 무엇이 이 땅에 유익한지 현명하게 살펴서 다 좋아지도록 하는 대신, 그리고 사람들 사이에 그런 질서가 잡히도록, 아름다운 작품에 다시 삶의 기초와 성실한 적응을 마련하는 질서가 잡히도록 신중하게 그 일을 추진하는 대신, 그 인간은 학교를 도망쳐 지옥의 도취로 돌진했습니다. 이렇게 그는 자신의 영혼을 거기 두고 죽은 짐승의 가죽을 벗기는 곳으로 옵니다.

자, 친애하는 착한 형제, 자매여. 나는 그렇게 했고 마법, 마술, 주술, 요술, 그 이름이 무엇이든, 그것이 내 일이요 내 욕망이 되게 했습니다. 나는 곧 그 작자와도 이야기하게 돼었습니다. 이탈리아에 있을 때 그 악마, 그 악귀와도 홀에서 만나 많은 대화를 했습니다. 그는 자질, 기초, 본질에 대해 많이도 일러 주었습니다. 내게 시간도 팔았습니다. 24년이라는 짧지 않은 시간을 내게 약조하고 이 기간 동안 약혼하고, 내게 위대한 작품을 보장하고, 솥 아래 불도 많이 피워 주기로 했습니다. 내가 작품을 쓸 수 있도록. 비록 너무 어려워졌고, 내 머리는 너무 똑똑해 조소하고 무시했지만, 그래도 쓸 수 있도록. 다만 나는 그 시기에 칼로 찌르는 고통을 겪어야 했습니다. 어린 인어아가씨가 자기 다리에 느꼈던 고통과도 같은 고통이었습니다. 그녀는 내 여동생이자 사랑스런 신부였습니다. 이름이 히피알타지요. 그가 그녀를 내 침실로, 내 동침 상대로 데려 왔습니다. 나는 그녀를 안고 사랑놀음을 하고, 그녀가 물고기 꼬리를 하고 있든 다리를 하고 있든 점점 더 사랑했습니다. 그녀는 꼬리를 단 모습으로 자주 왔습니다. 꼬리가, 칼로 베듯 다리가 된 그 꼬리가 그녀에게 더 많은 쾌감을 주었으니까요. 그리고 나는 그녀의 연약한 육체가 비늘로 덮인 꼬리로 그토록 멋지게 넘어가는 모습을 매우 좋아했습니다. 그러나 내 황홀감은 그녀가 순수 인간의 형상일 때 더 높았고, 그녀가 다리로 내게 왔을 때 나는 더 많은 쾌감을 누렸습니다."

이 말이 끝나자 청중 속에 소요가 일었다. 그리고 동요했다. 늙은 슐락인하우펜 부부는 자리에서 일어나 좌우도 살피지 않고 사뿐사뿐 걸어 문 밖으로 나갔다. 2분도 채 지나지 않아서 그의 자동차 엔진이 큰 소음을 내고 떨며 시동하는 소리가 들렸고, 사람들은 그들이 떠난 것을 알았다.

그것은 여러 사람에게 아쉬운 일이었다. 다시 역으로 데려다줄 줄 알았던 자동차가 없어졌으므로. 하지만 손님들 사이에서 그들을 따라 일어서려는 움직임은 보이지 않았다. 사람들은 붙들린 듯 앉아 있었고, 자동차 엔진소리가 멀어지고 밖이 다시 조용해지자 추어 회에는 다시 마무리하듯 "좋아요! 오, 물론! 좋아요!" 하고 말했다.

    마침 나도 입을 열고 친구에게 연설은 그만하고 작품을 연주해 달라고 청할 참이었다. 그러나 그는 중간어 일어난 사고에도 아랑곳하지 않고 자신의 말을 계속 했다.

    "그리하여 히피알타가 임신을 했고 내게 아들을 낳아 주었습니다. 나는 내 모든 영혼을 그 아이에게 쏟았습니다. 온갖 범상함을 벗어난 신성한 아이, 오랜 옛날의 영웅과도 같은 아이. 그러나 그 아이가 피와 살로 되어 있었고, 나는 인간을 사랑하면 안 된다는 조건이 있었으므로 그는 냉정하게 아이를 데려가면서 그것도 내 눈을 이용했습니다. 여러분도 아실 겁니다. 영혼이 격렬하게 사악해지면 그 눈빛은 독을 띠고 뱀처럼 뭅니다. 특히 아이들에게는 큰 상처를 입힙니다. 그래서 너무도 귀엽게 종알거리던 그 아들은 팔월에 내 곁을 떠났습니다. 나는 그런 종류의 애정은 허락된 줄 알았건만. 그 이전에 이미, 나는 악마의 수도승이지만 여자가 아니라면 피와 살로 된 인간을 사랑해도 된다고 생각했었습니다. 그는 나와 말을 놓는 사이가 되기 위해 한없는 붙임성을 보여 내 허락을 받아 냈습니다. 그래서 나는 그를 죽여야 했습니다. 그리고 그를 강제와 지시에 따라 죽음으로 보냈습니다. 악마는 내가 결혼하고자 한다는 사실을 알아챘습니다. 그리고 대단히 화가 났습니다. 그는 내가 결혼하면 그에게서 떨어져나가 속죄할 틈이 생긴다고 보았습니다. 그래서 그는 내게 바로 이 계략을 쓰도록 강요하고, 나는 그 붙임성 있는 친구를 냉정하게 살해했습니다. 그리고 오늘 여러분 모두 앞에 살인자의 신분으로 앉아 있다는 사실을 고백합니다."

    이 부분에서 손님 중 또 몇 사람이 그 방을 떠났다. 키 작은 헬무트 인슈티티토리스는 말 없는 반발로 창백해져 아랫입술을 이에 딱 붙인 채 일어났고, 그의 친구 초상화가 노테봄이 자신의 아내와, 구 부인 인상이 매우 뚜렷하고 가슴이 큰—흔히 '어머니 가슴'이라 부르기 좋아하는—
아내와 함께 일어났다. 그들은 아무 말 없이 홀을 나갔다. 잠시 후 슈바이
게슈틸 부인이 조용히 들어온 것을 보면 밖에 나가서 그들이 무슨 말인가
를 했던 모양이다. 앞치마를 두른 채 들어온 슈바이게슈틸 부인은 반백의
머리를 뒤로 깔끔하게 빗어 묶고 있었으며 두 손을 포개어 잡고 문 근처
에 섰다. 그녀는 조용히 아드리안이 하는 말을 들었다.

　　"하지만 친구들이여, 나는 극도로 나쁜 죄인이지만, 살인자, 인간의
적, 악마와 동침한 놈이지만, 그러나 나는 이 모든 것을 개의치 않고 언제
나 창작자로서 열심히 일했으며, 결코 쉽 하지 않았습니다." (그는 다시
생각이 난 듯, '쉽 하지'를 '쉬지'로 고쳤으나 결국 다시 '쉽 하지'로 돌
아갔다) "잠도 안 자고 몹시 애를 써 어려운 것을 내놓았습니다. '어려운
것을 구하는 자는 어려움에 처하게 된다'는 예언자의 말대로. 하늘님이
우리를 통해 위대한 일을 하실 때 우리에게 성유(聖油)를 발라주지 않으
시듯이 다른 자도 아니 그랬습니다. 단지 정신의 수치와 조롱, 그리고 시
간 속에서 작품을 방해하는 요소, 그는 그것을 내게서 치워주었습니다.
나머지는 내가 직접 해야 했습니다. 비록 신기한 영감에 따르기는 했지만
결국 내가 한 일입니다. 나는 사랑스러운 오르간이나 오르가눔(소형 오
르간 - 옮긴이)의 기악곡이 많이 떠올랐습니다. 그 다음에는 하프, 라우테
(만돌린과 유사한 옛 현악기 - 옮긴이), 바이올린, 트롬본, 슈베겔(피리의
일종 - 옮긴이), 크룸호른(끝이 구부러진 옛 목관악기 - 옮긴이), 소형 피
리가 각기 네 성부로 울려, 나는 마치 하늘에 있는 듯한 느낌이었습니다.
거기서 나는 많은 것을 베꼈습니다. 종종 어떤 아이들이 내 방에 와 있었
습니다. 사내아이들과 계집아이들이 악보를 보며 내게 모테타를 부르며,
매우 특별하고 부드러운 미소를 띠고 눈길을 나누었습니다. 정말 예쁜 아

이들이었습니다. 때때로 머리칼이 더운 바람에 날리듯 일어서면 그 예쁜 손으로 가지런히 했습니다. 그들은 보조개가 있었고 루비 같은 홍조가 있었습니다. 그들의 콧구멍에서 때때로 노란 벌레가 몸을 돌돌 말아 가슴으로 내려와 사라졌습니다."

이 말과 함께 또다시 몇몇 청중이 홀을 떠났다. 학자 운루에와 포글러, 홀츠슈어였는데, 나는 그들 중에 한 사람이 나갈 때 두 손목으로 옆머리를 누르는 모습을 보았다. 그러나 이들 학자들에게 토론장소를 제공했던 식스투스 크릿비스는 대단히 상기된 표정으로 자리에 남아 있었으며, 사람들이 가고 난 후에도 아직 스무 명 정도가 남아 있었지만 많은 사람들이 이미 일어서서 달아날 준비를 하고 있었다. 레오 칭크는 짓궂게 기대에 차서 눈썹을 치켜 올리고, 다른 사람의 그림을 평가할 때 그랬듯이 "오메!"를 내뱉었다. 레버퀸 주위에 호호하듯 여자들 몇 명이 모였다. 쿠니군데 로젠슈틸, 메타 나케다이 그리고 자넷 소이엘, 이 세 사람. 엘제 슈바이게슈틸은 떨어져 서 있었다.

그는 말했다.

"이렇게 그 악마는 24년에 걸쳐 자신의 약조를 충실히 지켰습니다. 이제 마지막에 이르렀고, 모든 것이 끝났습니다. 살해와 음란행위 속에 나는 그것을 완성했습니다. 그리고 어쩌면, 사악으로 만들어진 것이 자비를 받아 좋아질 수도 있습니다. 나는 모르겠지만. 어쩌면 하늘님도 내가 어려운 것을 구했고, 내가 몹시 애썼다는 사실을 보고 아실 것입니다. 어쩌면, 어쩌면 내가 그토록 열심히, 그리고 모든 것을 끝까지 완성한 점을 참작하시고 좋게 생각해주실지 모릅니다. 나는 그렇다고 말할 수 없고 그러기를 희망할 용기도 없습니다. 내 죄는 용서받을 수 없을 만큼 큽니다. 나는 죄를 극한으로 몰아갔습니다. 자비와 용서의 가능성을 통한으로 불신하는 것이 영원한 선(善)에게는 가장 매력적인 것이라고 내 머리로 억측하면서. 그런 염치없는 계산이 연민을 완전히 불가능하게 만든다는 사실을 잘 알면서도. 하지만 나는 거기서 출발해 계속 억측하고, 선의 불멸성을 증명할 수 있는, 선을 극단으로 자극하는 최후의 타락이어야 한다는 생각에 도달했습니다. 그렇게 계속 나는 높은 곳에 있는 선과 무모한 경쟁을 했습니다. 어떤 것의 불멸성이 더 큰지, 선인지 아니면 내 사변인지. 이제 여러분은 내가 저주받았다는 사실을 알았습니다. 그리고 내게는 어떤 동정도 불가능합니다. 내가 억측을 통해 미리 모두 파괴했으니까요.

이제 내가 내 영혼을 주고 산 시간이 다 흘렀습니다. 나는 여러분을 내 마지막 순간에 불렀습니다. 친애하는 착한 형제, 자매들이여, 나는 내 정신적 사망을 숨기고 싶지 않습니다. 이에 여러분에게 청원하오니, 나를 좋게 기억해 주십시오. 그리고 내가 잊고 초대하지 않은 다른 사람들에게 내가 형제로서 드리는 인사를 전해주시고, 아울러 나를 나쁘게 생각하지 말아 달라 전해주십시오. 이제 모든 것을 말하고 알렸으니, 작별인사로 내 작품에서 일부분을 조금 연주하겠습니다. 사랑스러운 악마의 악기에서 듣고, 부분적으로는 귀여운 아이들의 노래에서 들은 노래입니다."

그는 일어섰다. 죽음처럼 창백했다.

"저 사람은 미쳤어." 조용한 가운데 크라니히 박사의 천식기 있는 목소리가 똑똑하게 말하는 소리가 들렸다. "분명해. 우리 중에 아무도 정신병을 공부한 사람이 없어 정말 유감이오. 동전학자인 나는 여기 전혀 쓸모가 없소."

그리고는 밖으로 나갔다.

레버퀸은 앞에 말한 여자들과 실트크납, 헬레네, 나에게 둘러싸여 갈색 피아노 앞에 앉아 오른손으로 총보의 지면을 편편하게 폈다. 우리는 눈물이 그의 뺨을 흘러 건반 위에 떨어지는 고습을 바라보았다. 그는 젖은 건반으로 강한 불협화음을 눌렀다. 그러면서 입을 열었다. 노래를 하려는 듯이. 그러나 그의 입술 사이로 터져 나온 것은 탄식뿐이었다. 언제나 내 귀에 걸려 있는 그 탄식! 그는 악기 위로 몸을 굽히고, 마치 악기를 잡으려는 듯 팔을 펼쳤다. 그리고 갑자기 어디에 맞기라도 한 듯이 의자 옆으로 쓰러졌다.

뒤쪽에 떨어져 서있던 슈바이게슈틸 부인은 가까이 있던 우리보다 더 빨리 그에게로 달려갔다. 왜 그랬는지 모르겠는데, 우리는 그에게 달려가기 전에 잠시 머뭇거렸다. 그녀는 기절한 사람의 머리를 들었고, 그의 상체를 엄마 같은 팔로 잡으며 방의 측면을 향해, 여전히 멍하게 서있는 사람들에게 소리쳤다.

"모두들 좀 거들어요! 당신들은 이해심도 없네, 잉. 당신네 도시사람들! 지금은 이해가 필요할 때구마. 이 사람은 영원한 자비에 대해 많이 말했제. 불쌍한 사람! 영원한 자비라는 것이 가능한 일인지 나는 잘 모르겠지만 진정으로 인간적인 이해, 그거면 충분한 겨! 무슨 일이든. 내 말이 맞당께!"

마무리

해냈다. 한 늙은이가 글을 쓰고 있는 당시의 끔찍한 사건들과 그가 쓰는 글의 대상이 된 사건들로 시달려 거의 부서진 몸으로, 만족감과 아쉬움으로 높이 쌓인 종이무더기를 쳐다본다. 그것은 그의 육체적 작업과 과거의 기억뿐만 아니라 현재 일어나는 사건으로 채워진 나날들의 산물이다. 한 가지 과제를 완수했다. 사실 그 일에 나는 적임자가 아니며 적합한 재능을 타고 난 사람도 아니지만, 사랑과 충정과 관찰로 소명을 느껴 하게 되었던 일이다. 이러한 마음으로 헌신을 결정한 일이었다. 나는 이로써 만족할 것이다.

내가 이 기억들에 대한 기록을, 아드리안 레버퀸의 전기를 쓰려고 시작했을 때는 작가뿐만 아니라 전기 주인공의 예술성 때문에도 이 전기가 대중에게 알려질 전망은 털끝만큼도 없었다. 그 생각은 지금에야, 당시 그 지역이 속한 국가의, 그보다 더 많은 지역이 속한 국가의 불행이 그 광란의 축제를 실컷 즐기고 난 후인 지금에야, 그 불행의 주도적 인사들이 주치의들에 의해 독살되고 그 몸에 기름을 끼얹어 아무것도 남지 않도록 불살라버리게 하는 지금에야 비로소 내 보잘 것 없는 작품의 출판을 생각할 수 있게 되었다. 그러나 독일은 예의 그 악한들의 의지에 따라 철두철미 파괴되어 어떤 문화활동을, 이 책의 출판과도 같은 일을 곧 다시 할 수 있게 되리라는 희망조차 감히 품을 수 없고, 실제로 나는 때때로 이 원고를 미국으로 보내 일단 그곳 사람들에게 영어로 번역해 선보일 생각을 한다. 나는 이러는 것이 영면에 든 내 친구의 뜻에 거스르는 일이라고 생각하지 않는다. 물론 내 책이 그 사회 전반에 놀라운 반향을 불러일으키리라는 생각도 들지만 영어로 번역하는 일이, 적어도 특정한, 대단히 뿌리 깊게 독일적인 부분에서는 불가능하다고 판정될지도 모른다는 걱정이 앞선다.

또 이제 몇 마디 말로써 위대한 작곡가의 일생에 결말을 짓고 내 원고에 마침표를 찍은 후, 나는 모종의 허탈감을 느끼리라는 점도 예견하고 있다. 그 작업은, 원래 체력을 소진시키도록 정신을 파헤치는 일이지만, 이제 내게서 떨어져나갈 것이다. 이 일은 지속적인 의무였고 나는 그 의무를 수행하느라 바쁘게 지냈으며, 그 덕분에 한가하게 지냈더라면 더욱더 참기 힘들었을 수년의 세월을 견뎌내기가 수월했다. 앞으로 이 일을 대신할 일을 벌써 찾아보았으나 아직 찾지 못했다. 내가 11년 전 교직을 그만두었던 이유들이 역사의 천둥소리 속에 사라진 것은 사실이다. 독일은 자유로우니까—파괴되고 피폐한 나라를 자유롭다고 해도 된다면—내가 학교로 돌아가는 일에 더는 걸림돌이 없을지도 모른다. 몬시뇨레 힌터푀르트너는 이미 기회 있을 때마다 내게 학교로 돌아가도록 권했다. 내가 다시 김나지움으로 돌아가 한 학생에게라도 내면의 신성함에 대한 경외심과 올림피아의 이성과 사려분별의 윤리적 숭배가 경건하게 하나로 융합되는 그런 문화적인 사고를 익히라고 간절히 요구할 수 있을까? 아, 두

렵게도 이 격동의 10년 동안 자라난 세대들은 내 말을 너무 잘 못 알아듣고 나 또한 그들의 말을 잘 못 알아들으며, 내가 내 나라의 청소년들을 가르치는 선생이 되기에는 그들이 너무 낯설어 보인다. 뿐만이 아니다. 독일 자체가, 그 불행한 나라가 내게는 낯설다. 대단히 낯설어졌다. 나는 무시무시한 종말을 확신하면서 독일의 죄에 소극적인 태도로 고독 속에 몸을 숨기고 있었다. 잘한 일이 아니었을까? 아니, 내가 그렇게 하기나 했던가? 나는 고통스럽도록 위대한 한 인간에게 매달려 그가 죽을 때까지의 삶을 기록하면서 그 삶에 대해 내가 쏟은 걱정을, 사랑에서 우러난 걱정을 멈춘 적이 없었다. 마치 이러한 충절이 내가 당황해서 내 나라의 책임을 회피한 데 대한 대가라는 듯이.

아드리안은 그 당시 피아노 앞에서 마비성 쇼크로 의식을 잃은 후 열두 시간 뒤에 깨어났는데, 나는 그에 대한 경외심에서 그 상황을 상세히 다루지 않으려 한다. 그는 자신의 의식을 되찾은 것이 아니라 새로운 자아로서 깨어났다. 그의 의식은 타서 없어지고 그의 인격을 싸고 있던 육체만이 남았으며, 아드리안 레버퀸이라고 불리던 사람과는 사실 아무 상관도 없었다. '정신박약'이라는 말은 원래 애초의 자아로부터 이렇게 벗어나는 일, '자기소외'와 같은 말이다.

나는 아드리안이 파이퍼링에 더 머물 수 없었다는 정도로만 말하겠다. 뤼디거 실트크납과 내가 그를 신경치료 전문 요양원으로 데려가는 어려운 임무를 떠맡았다. 요양원은 뮌헨의 님펜부르크에 있었다. 경험 많은 전문의 회슬린 박사는 한 눈에 보고 정신병이라는 진단을 내렸고, 회복 가능성이 없다고 덧붙였다. 병세는 현재 전형적인 증상이 사라지고 있는 중이며, 적절한 처지를 통해 희망적이지는 않지만 좀 완화된 상태로 유도할 수 있다고 말했다. 이 설명과 관련해 실트크납과 나는 몇 마디 조언을 더 들은 후, 부헬 농장에 있는 어머니 엘스베트 레버퀸에게는 좀 천천히 알리기로 결정했다. 당신 아들의 파국에 대한 소식을 들으면 아들에게로 달려올 것이 분명했고, 또 병세가 곧 진정될 것으로 기대되는 상황이었으므로, 중세가 아직 완화되기도 전에 어머니를 불러 아들이 요양원에서 끔찍한 치료를 받는 충격적인 모습을 보게 할 필요는 없었다. 그러지 않는 편이 더 인간적으로 여겨졌다.

그녀의 아들! 늙은 어머니가 어느 날—ㄱ을로 접어들고 있었다—파이퍼링에 도착해 그를 데리고 튀링겐의 고향으로 돌아가려 했을 때, 그가 어린 시절을 보낸 곳으로, 이미 오래전부터 그의 외적인 생활반경이 된 파이퍼링과 기이하게도 일치하는 곳으로 그를 다시 데려가려 했을 때 아드리안 레버퀸은 다시 그녀의 아들이 되었고, 그 외에는 아무것도 아니었다. 보호가 필요한 가여운 아이. 남성성이 자랑스럽게 비상한 데 대해 아무 기억도 없는, 또는 아주 어두운, 그의 내면 깊이 숨겨져 묻힌 기억만 보존하고 있는 아이. 한때, 어린 시절에, 어머니의 앞치마에 매달리고, 어머니의 보살핌과 지도와 꾸짖음을 받고 '버릇없다'는 핀잔도 받았던, 혹은 받을 수 있었던 그 아이. 애초에 대담하고 고집스럽게 해방되었던 정신이 이 세상을 잇는 커다란 다리를 만든 후 부서져 어머니 품으로 되돌아가는 일보다 더 소름끼치고 비통한 일은 상상할 수 없었다. 그러나 나는 이 슬픈 귀향이 그것을, 어머니 품을 어떠한 비탄 속에서도 만족스럽게, 흡족하게 경험하리라고 확신할 만한 정확한 인상을 받았다. 어머니에게 영웅이었던 아들의 이카루스 같은 추락은, 어머니보다 더 커버린 남자의 위험한 모험은 사실 매우 죄스럽고 이해할 수 없는 과오였다. 그녀는 늘 그 자신을 소외시키는 말, "여인아, 나는 너와 아무 상관이 없다!"는 완고한 말을 들으며 남몰래 상처를 입었다. 이제 쓰러진 자, 파멸한 자, 그 '불쌍한,

착한 아기'를 어머니는 모든 것을 용서하고, 다만 어머니 품을 떠나지 않았더라면 더 좋았을 것이라는 뜻만 표하며 자신의 무릎에 다시 안아 올린다.

아드리안은 탈진한 영혼이 정신적으로 은퇴한 결과 찾아들었는지도 모를 그 서글픈 평온을 즐기는 가운데 그의 어두운 의식 깊은 곳에는 이 부드러운 굴복에 대한 두려움이, 이에 반발하는 본능적인 분노가 살아 있었던 것 같은데, 이는 어쩔 수 없이 따라야 하는 상황 앞에 마지막으로 남은 자존심이었다. 이러한 추측에는 그럴 만한 근거가 있다. 우리는 엘스베트 레버퀸에게 그의 건강상태를 알렸고, 그 소식을 들은 어머니가 지금 오는 길이라고 그에게 일러주었다. 그러자 그가 자살을 기도했다. 이 사건이 그의 본능적 분노와 어머니에게서 도망치고 싶은 충동을 부분적으로나마 대변한다. 그 일은 이렇게 일어났다.

그 친구가 회슬린의 요양소에 있는 동안 나는 그를 자주 볼 수 없었고 보더라도 단 몇 분밖에는 만날 수 없었는데, 3개월간의 치료를 받은 후 병세가 진정의 단계에—회복이라고 하지 않겠다—이르자, 의사는 조용한 파이퍼링에서 개인적으로 치료해도 된다고 허락했다. 금적적인 이유도 그렇게 하게 만들었다. 환자는 익숙한 환경으로 돌아왔다. 거기서도 처음에는 그를 데려온 간호사의 감시를 참아야 했다. 그러나 그의 상태는 이러한 감시를 철회해도 될 것 같았고, 그에 대한 간호는 우선적으로 다시 농장사람들 손에, 주로 슈바이게슈틸 부인의 손에 넘어갔다. 그녀는 게레온이 부지런한 며느리를 집으로 데리고 들어온 후(클레멘티네는 발츠후트 역장의 부인이 되었다) 집안일에서 물러나 있었으므로, 오랜 세월 세 들어 산 사람에게—그녀에게 그는 오래전부터 지위 높은 아들 같은 존재였다—자신의 인간애를 바칠 만큼 한가했다. 그는 슈바이게슈틸 부인을 그 누구보다 더 믿었다. 내가 보기에 그에게는 원장실에서 또는 집 뒤 정원에서 그녀와 손을 잡고 함께 앉아 있을 때가 가장 만족스러운 상태였다. 내가 그를 다시 파이퍼링으로 처음 찾아갔을 때 그는 그러고 있었다. 내가 그들에게 다가갔을 때 그가 내게 던진 시선은 왠지 뜨겁고 혼란스러웠으며, 얼른 침울한 분노로 변해 나를 고통스럽게 했다. 그는 내게서 의식이 뚜렷하던 시절에 자기를 따라다니던 사람을 알아보았는지도 모르겠는데, 그는 그때의 모습을 상기하려 들지 않았다. 내 인사에 상냥하게 대답하라고 늙은 여인이 그를 조심스럽게 설득할 때 그의 표정은 위협적이기는 했으나 더욱 침울해 졌고, 나는 슬퍼하며 다시 돌아오는 수밖에 도리가 없었다.

그의 어머니에게 사태의 진전을 조심스럽게 설명하는 편지를 써야 할 순간이 왔다. 그 시기를 더 미루는 일은 그녀의 권리를 침해하는 것이었다. 그녀가 온다는 소식을 전하는 전보는 하루도 지나지 않아 도착했다. 이미 말했듯이 아드리안에게 어머니가 곧 도착한다고 전했고, 그가 이 소식을 알아들었는지는 알 수 없었다. 그러나 한 시간 후에, 그가 깊이 잠든 줄 알았는데, 그는 몰래 집을 빠져나갔고, 클라머바이어에서 웃옷을 벗고 급경사를 이루는 물속으로 들어가 물이 목에 차는 지점까지 갔다. 게레온과 하인 한 명이 그를 데리고 왔는데, 그가 막 물 속으로 사라지려는 찰나 하인이 그를 따라 물 속에 몸을 던져 그를 뭍가로 끌고 나왔다. 그를 농장으로 다시 데려오는 동안 그는 또 다시 연못의 찬 물 속으로 뛰어들면서, 자주 멱 감고 수영하던 물에서 익사하기는 너무 어렵다고 덧붙였다. 그러나 그는 클라머바이어에서 그런 적이 없었다. 오직 고향에 있던 연못인 쿠물데에서 어릴 때 그랬을 뿐이다.

거의 확실시되는 내 추측에 의하면 그가 서둘러 도피를 기도한 배후에는 과거의 신학, 구체적으로 말해 초기 개신교 교리와 매우 친숙한 신비주의적인 구원의 개념이 있었는데, 그것은 악마를 부르는 자도 '육신을 희생하면' 그 영혼을 구할 수 있다는 가정이었다. 아마도 아드리안은 무엇보다도 그 이념대로 행동했을 것이며, 그의 행동을 끝까지 내버려두지 않은 일이 잘 한 일인지는 하느님만이 아신다. 따라서 정신착란 속에 벌이는 일을 무조건 다 막을 일은 아닌데, 이때 생명유지의 의무를 어머니만큼 강하게 느끼는 사람은 없다. 어머니는 분명 죽은 아들보다는 보살핌이 필요한 아들을 되찾는 편이 더 좋을테니까.

그녀, 요나탄 레버퀸의 미망인, 갈색 눈에 희고 반듯하게 가르마를 탄 그녀가 정신이 돈 아들을 다시 어린 시절로 데려가기 위해 왔다. 그녀를 다시 만났을 때 아드리안은 자기가 어머니라고 부르며 말을 편하게 하는 여인의 가슴에서 오래 떨고 있었고, 그가 어머니라고 부르며 경어를 쓰는 다른 여인은 좀 떨어져서, 여전히 선율적인, 평생 노래 부르기를 거부한 목소리로 그에게 말을 건넸다. 중부 독일을 향해 북으로 가는 여행에서, 다행히도 뮌헨에서부터는 아드리안이 알던 간호사가 이 두 사람과 동행했는데, 이렇다 할 계기도 없이 아들이 어머니에게 아무도 예상하지 못한 분노를 터뜨리는 사태가 발생했고, 레버퀸 부인은 나머지 구간을, 거의 절반을 다른 칸에서 혼자 앉아 갔으며, 환자는 간호사에게만 맡겨졌다.

그것은 일회적인 사건이었다. 다시는 그 비슷한 일도 일어나지 않았다. 바이센펠스에 도착해서는 어머니가 아들에게 다시 가까이 가자, 아들은 사랑과 기쁨을 표시하며 어머니에게 다가갔고, 집에 온 후로는 그녀의 일거수일투족을 따랐다. 레버퀸 부인은 온전히, 어머니만이 할 수 있는 희생으로 그를, 지극히 말 잘 듣는 아이를 간호하는 데 헌신했다. 부헬 집

378

에서는—거기서도 몇 년 전부터 며느리가 살림을 도맡고 이미 손자 둘이 자라고 있었다—소년시절 그의 형과 함께 썼던 위층의 방을 그가 썼고, 다시금 보리수가—느릅나무가 아니라—그의 방 창문 아래 가지를 뻗었으며, 그가 태어난 달에 번지는 황홀한 꽃향기에 그는 민감한 반응을 보였다. 그는 나무그늘 아래 둘러놓은 벤치에도 즐겨 앉았는데, 농장 사람들은 그가 한때 외양간 하녀가 빽빽거리며 어린 우리들과 함께 돌림노래를 연습했던 그곳에서 조용히, 몽롱하게 시간을 보내도록 내버려두었다. 어머니는 그와 팔짱을 끼고 함께 조용한 시골 야외를 산책하며 그에게 운동을 시켰다. 그는 만나는 사람에게 악수를 청했고, 어머니는 이를 저지하지 않고 내버려두면서 그렇게 인사 받은 사람과 서로 관대하게 고개를 끄덕였다.

　1935년 나는 이미 정년퇴직한 상태에서 그의 50세 생일을 맞아, 슬픈 하객으로 부헬 농장에 도착해 그 위대한 친구를 다시 만났다. 보리수는 꽃을 피웠고 그는 그 아래 앉아 있었다. 고백하거니와 내가 손에 꽃다발을 들고 그의 어머니와 함께 그에게 다가갔을 때 나는 무릎이 떨렸다. 그는 더 작아진 것 같아 보였는데 아마도 뻐딱하게 굽은 자세 때문이었던 것 같고, 작아진 얼굴이, 수난상의 모습이, 시골의 건강한 피부색에도 불구하고, 고통으로 벌린 입과 초점 없는 눈으로 나를 올려다보았다. 전에 파이퍼링에서도 나를 알아보지 못하는 것 같았지만, 이제 그는 내 모습에서, 늙은 어머니가 몇 번 상기시켜준 말에 아랑곳하지 않고, 그 어떤 기억도 끌어내지 않는다는 사실에 의심의 여지가 없었다. 나는 그에게 그날의 의미, 내가 온 이유를 말했지만, 그는 아무것도 이해하지 못했다. 그저 꽃다발만이 잠시 그의 관심을 자극했지만, 그마저도 오래 끌지는 못한 채 내버려졌다.

1939년 폴란드 함락 후 내가 그를 다시 보았을 때는 그가 죽기 일 년 전이었으며, 어머니는 여든의 나이로 아들의 죽음을 겪어야 했다. 당시 그녀는 나를 그의 방으로 안내하며 계단을 올라갔다. 그리고 명랑한 목소리로 "들어와. 얘는 자네를 못 알아봐!"라고 말하며 방으로 들어갔으나, 나는 깊은 머뭇거림에 붙들려 문에 서 있었다. 그 방의 안쪽에 한때 아드리안 레버퀸이었던 사람이 가벼운 양모이불을 덮고 카우치에 누워 있었고, 그의 발이 나를 향하고 있었으므로 나는 그의 얼굴을 볼 수 있었다. 이제 아드리안 레버퀸이라는 이름은 그의 불멸성을 이르는 말이 되었다. 창백한 손, 내가 늘 좋아했던 그 민감하게 생긴 손이 중세의 묘지에 세운 조각상처럼 그의 가슴에 포개어져 있었다. 심하게 센 수염 때문에 여윈 얼굴이 더 길어보였고, 엘 그레코가 그린 귀족의 모습과 대단히 흡사했다. 정신이 빠져나간 곳에 정신이 극대화된 모습을 만들다니! 자연의 장난은 어찌 이리도 심하단 말인가! 눈은 움푹 들어가고 눈썹은 더 풍성해졌으며, 그 아래로 이루 말로 나타낼 수 없이 진지한, 위협을 느낄 정도로 살피는 유령의 눈초리가 나를 향했다. 그 시선은 나를 떨게 했으나 곧, 일 초 후 마치 저절로 와해된 듯 눈동자가 위로 올라가고 절반은 눈꺼풀 속으로 사라져, 거기서 쉬지 않고 이리저리 헤맸다. 어머니는 거듭 좀더 가까이 오라고 했으나 나는 따르지 않았고, 눈물을 흘리며 돌아섰다.

　　1940년 8월 25일에 나는 이곳 프라이징에서, 나 자신의 인생에 사랑과 긴장과 경탄과 자랑으로 그 본질적인 내용을 부여했던 한 인생이 소멸했다는 소식을 접했다. 오버바일러의 작은 묘지에 파인 웅덩이 곁에 가족들 외에 나와 더불어 자넷 소이엘, 뤼디거 실트크납, 쿠니군데 로젠슈틸과 메타 나케다이, 게다가 알아볼 수 없도록 베일을 한 외지인 여인이 섰다. 그녀는 하관(下棺) 후 취토(取土)를 하는 사이 다시 사라졌다.

독일은 피로 서명하고 신중하게 지킨 협약에 힘입어 세계의 민심을 얻으려는 참에 그 뺨이 성급하게 벌겋게 달아올라, 방종한 승리의 정상에서 비틀거렸다. 오늘날 독일은 악령들에 휘감겨, 한 눈으로는 위로 올린 손을, 다른 눈으로는 공포를 응시하며, 절망에서 절망으로 몰락한다. 그 절망의 바닥은 어디인가? 언제 최후의 절망에서 기적이, 믿음을 능가하는 그것이 희망의 불빛을 가져올 것인가? 고독한 한 인간이 두 손을 모으고 기도한다. 신이여, 불쌍한 영혼에게 자비를 베푸소서. 내 친구에게. 내 조국에게.(끝)

22장에 묘사한 작곡기법, 12음계법 또는 음렬작법(音列作法)이라 부르는 그 기법은 사실은 현대의 작곡가이자 음악 이론가인 아르놀트 쇤베르크의 지적재산이며, 내가 임의로 지어낸 음악가, 이 소설의 비극적인 주인공의 특정한 구상과 연관시켰다는 사실을 독자들에게 알릴 필요가 있는 것 같다. 이 책의 음악이론에 관한 부분에서 여러 모로 상세하게 묘사할 수 있었던 것은 쇤베르크의 화성악 이론 덕분이다.

토마스 만

옮긴이 후기

모든 예술 작품에 대한 이해는 작품이 작가의 손을 떠난 순간 전적으로 그 작품을 감상하는 사람의 몫이다. 따라서 학문적인 목적이 아니라면 어떤 작품에 대해 '해설'을 제시하는 일이 반드시 바람직하다고는 할 수 없다. 이러한 '도움'이 오히려 개개인에 따른 자유롭고 독자적인 이해와 감상을 제한할 수도 있기 때문이다. 그런 의미에서 필자는 다양한 분야의 전문지식과 작가의 예술정신, 시대정신이 대단히 복합적으로 얽힌 이 방대한 작품에 서툰 해설을 붙이기가 여간 조심스럽지 않다. 오히려 독자의 이해를 방해할까 두려울 뿐이므로 아무런 선입관이 없는 상태에서 작품을 대하라고 권하고 싶은 것이 솔직한 심정이다. 그러나 우리와는 역사, 문화, 정서가 다른 나라의 이야기를 우리말로 옮겨 소개하면서 그 이질적인 배경에 대해 아무런 보충 설명도 하지 않는 일 또한 옮긴이로서 책임을 회피하는 일로 느껴지는 것도 사실이다. 따라서 독자의 이해를 크게 방해하지 않는 범위 내에서 작품의 배경을 소개하고 작가의 의도를 간략하게 설명하고자 한다.

토마스 만의 역작 《파우스트 박사》는 매독에 걸린 천재 예술가의 전기에 독일의 비극적 운명을 포함시킨 소설로서 독일의 파우스트 전설을 소재로 채택했다. 파우스트 전설은 유명한 괴테의 《파우스트》를 비롯해 레싱, 하이네 등 수많은 작가들이 다룬 독일 문학의 가장 대표적인 소재이며 토마스 만의 《파우스트 박사》에 이르러 현대적 버전으로 완성되었다.

　　파우스트는 15세기 중반 즉, 르네상스와 종교개혁 시대에 독일에 실존했던 인물이다. 그는 신학과 의학을 공부하고 마술에 몰두하면서 예언자 노릇을 하고 기이한 행동과 끝없는 욕망으로 세인의 관심을 끌었는데, 당대의 학자들은 그를 사기꾼이라고 멸시했다. 그가 죽자 그를 둘러싼 이야기들이 민담으로 형성되는 가운데 종교개혁자 루터는 그를 악마로 간주한다. 루터의 교리를 따르는 동시대인들은 이 세상에 악마와 마녀가 있고 마법의 힘은 바로 악마와의 결탁에서 나오는 것이라고 믿는다. 파우스트가 죽은 뒤 7년 후 스위스 바젤의 목사 요하네스 가스트가 그에 대해 진술한 내용도 이러한 믿음에서 나온 것으로 볼 수 있다. 가스트의 진술에 의하면 파우스트의 곁에는 개 한 마리와 말 한 필이 있었는데 이들은 모든 일에 만반의 준비를 하고 있었으며, 개는 가끔 하인 노릇을 하며 먹을 것을 내놓는다고 했다. 또 파우스트는 악마에게 목이 졸려 죽었는데 그의 시체는 얼굴을 땅에 박은 채 누워 있었으며, 다섯 번이나 똑바로 눕혔는데도 그대로였다고 주장했다. 이러한 시대정신이 바탕이 되어 실존 인물인 파우스트가 악마에게 영혼을 판 전설의 인물로 형상화된다.

　　1587년에 나온 민중본 〈요한 파우스트 박사 이야기〉에서는 악마와 계약을 맺은 파우스트가 인식과 향락에 대한 무한한 욕망을 채우기 위해 벌이는 온갖 악행이 구체적으로 묘사된다. 파우스트는 바이마르 근처 로트에서 농부의 아들로 태어났는데 비텐베르크에 사는 아버지의 사촌이 친자식처럼 키웠다. 머리가 매우 명석했던 그는 신학박사가 되었으나, 기독교 교리에 만족하지 않고 의학, 천문학, 수학, 점성술 등을 연구하며 우주의 신비를 모두 캐내려 했다. 그는 어느 날 밤 슈페서발트 숲의 십자로에서 막대기로 원을 몇 개 그려 악마를 불러냈는데, 악마는 24년간 봉사할 테니 기독교 신앙을 거부하고 육신과 영혼을 내놓으라고 제안한다. 파우스트가 그 계약에 피로 서명할 때 핏방울이 떨어져 'O homo fuge(도망가라!)'는 글이 써진다. 악마 메피스토펠레스는 수도사의 복장을 한 말(馬)의 모습으로 나타나 파우스트의 조수가 된다. 때때로 개의 모습으로 파우스트를 따라다니며 하인 노릇을 하기도 하는데, 파우스트는 그 개를 프레스티기아라고 부른다. 파우스트 박사는 마술의 힘을 빌려 지상에서의 온갖 정신적, 육체적 향락을 누린다. 악마는 파우스트의 모든 욕망을 채워주지만 그가 결혼하려 하자 그를 위협해 결혼을 단념하게 만든다. 파우스트는 그리스 신화에 나오는 미녀 헬레나를 마술로 불러내어 함께 살면서 아들 유스투스 파우스트를 얻는다.

어느 날 신앙심이 굳은 한 노인이 나타나 파우스트 박사를 회개시키려고 한다. 노인의 가르침과 경고를 곰곰이 생각한 파우스트는 자신의 행동을 돌아보고 악마에게 한 맹세를 취소하고 싶어 한다. 그 때 악마가 나타나, 지금 회개하고 신의 은총을 기대하기에는 너무 늦었다고 유혹하며 계약을 지키라고 위협해 파우스트는 회개를 단념한다. 약속한 24년이 지나자 파우스트 박사는 학생들을 데리고 비텐베르크 근처 림리히로 가 그곳에서 최후를 맞는다. 파우스트는 자신의 죄를 고백하는 연설을 하고 학생들에게 절대 악마의 속임수에 넘어가지 말고 하느님을 굳게 믿으라고 당부한 후, 그날 밤 귀신같은 소리가 나더라도 걱정 말고 편히 자라고 하고, 자신은 사악하지만 선한 기독교인으로 죽는다고 선언한다. 다음날 학생들은 여관 밖 오물더미에서 박사의 시체를 발견한다. 파우스트 박사가 죽자 헬레나와 아들 유스투스도 사라져 버린다.

토마스 만은 《파우스트 박사》를 1904년에 처음 구상한 후 미국 망명 시기인 1943년부터 1949에 걸쳐 본격적으로 집필했다. 그는 나치즘의 대두라는 예기치 못한 정치적 변화를 겪으면서 독일 문화 전반에 대해 비판적 성찰을 하게 된다. 그 결과 파우스트 전설에 천재 예술가의 일생을 대입시킨 초기 구상에 독일 현대사의 흐름을 접목시키는데, 나치의 지배로 빠져 들어가 인본주의 정신이 붕괴하고 결국 재앙을 맞이하는 독일의 현대사를 소설 주인공인 천재 작곡가의 운명과 그의 음악적 발전과정에 비유하여 평행 구도로 묘사한다. 작품에서 음악은 예술의 위기, 나아가 문화의 총체적 위기 상황을 표현하는 수단이며 주인공이 작곡한 곡들의 묘사나 음악이론 또는 음악사적 관점들은 신학, 역사, 신화, 정치 등과 밀접하게 연관되어 표현된다. 이를 통해 작가는 시대사 전반에 드러난 보편적 문제를 다루는데, 작가의 이러한 의도는 소설 진행의 시간적 흐름이 이중구조로 설정되어 있다는 데에서 두드러진다. 예술가 레버퀸의 생애와 그의 전기를 쓰는 작중 화자의 서술 시간이 서로 얽히는 가운데 주인공과 독일의 동일한 운명이 암시되는데, 레버퀸의 인생 여정은 여러 면에서 나치 지배의 독일이 파멸해가는 과정과 일치한다. 즉, 한계를 뛰어넘으려는 한 예술가의 욕망이 '부상(浮上)'의 개념을 매개로 제3제국의 정치적 확장 야욕과 결부되어 나타나는데, 이러한 내적 연관성은 사이사이 화자의 서술을 통해 명시되기도 한다. 여기에 화자의 관점이 개입된다.

고인이 된 친구의 전기를 써내려가는 세레누스 차이트블롬은 인문학자이며 문헌학자로서 김나지움 선생이었다. 그는 자신을 '상당히 온건한 성격으로서 생각이 건전하고 인본주의적인 기질이 농후하며 조화와 합리성을 선호' 하는 사람으로 묘사한다. 이러한 그의 기질과 성향은 서술의 대상인 천재 예술가의 특성과 뚜렷이 대조된다. 예술의 위기를 인식하고 이성적 담론과 전통예술의 한계를 뛰어넘으려는 전위 예술가의 전기가 전통과 이성을 숭상하는 인문주의자의 시각에서 서술되는 가운데 아드리안 레버퀸의 인생 단계와 시대 상황에 대한 서술이 교묘히 배치된다. 이에 화자는 자신의 철학과 인생관에 따른 주석을 가하고 시대의 흐름에 대한 자신의 입장과 견해를 삽입한다. 그는 아드리안 레버퀸의 삶을 악마와의 결탁으로 해석하고 사실상 믿기 어려운 악마와의 계약을 현실로 받아들인다. 마찬가지로 독일이 저지른 반인륜적 범죄와 그로 인한 역사적 파국에 대해서도 휴머니스트인 그로서는 이성적으로 납득할 만한 합리적인 설명을 찾을 수 없었기에, 이는 악마에게 홀린 것으로 해석할 수밖에 없다. "우직하게 원칙과 정의를 사랑하는 종족", "너무도 학구적이고 너무도 이론대로 살기 좋아하는 종족"이 어이없게도 "악의 학교에 입학"하게 된 원인을 화자는 독일의 역사와 민족성에서 찾는다. 이러한 자기 성찰은 중세 종교개혁 시대까지 거슬러 올라가는데, 외부 현실에 등을 돌리는 독일민족의 오만과 열등감이 독일 문화에 깊이 뿌리박고 있는 비합리주의적인 성향과 맞물려 "세계시민주의와 지방성"이라는 이중적 본질을 낳는다고 해석한다. 오만과 열등감의 혼합이라는 전형적인 특징이 현실 정치에서 구체적으로 드러날 때 국수적 고립 아니면 정반대의 확장 욕구로 나타나는데, 이러한 위험에 대해 유대인 피텔베르크는 유대민족의 선민의식과 견주어 경고한다. "독일 사람들은 그 민족주의 때문에 불행하게 될 것입니다. 그 오만과 특출함으로 인해, 획일화와 동등화에 대한 혐오로, 세상에 도입되기를 거부함으로써, 사교적으로 어울리기를 거부함으로써, 독일 사람들은 그럼으로써 불행에 도달할 것입니다."

토마스 만은 독일의 민족주의가 20세기에 들어와 결국 정치적으로 오용되고 타락하여 마침내 "야만으로 회기" 했다고 보는데, 세계시민주의는 원래 그 자체로서 긍정적으로 평가될 수 있는 성향이지만 강권정치라는 특수한 역사적 상황과 맞물려 그 역으로 전도된 것으로 해설하고 있다. 작중 할레 대학의 기독교 동아리 빈프리트의 토론은 이렇듯 "악령의 힘"에 영향 받기 쉬운 독일민족의 정신적 특성을 드러낸다. 여기서 독일 정신은 젊고 미래지향적인 동시에 성숙하지 못한 정신이라고 정의되며, 독일에서 큰 사건은 언제나 어떤 대단히 미성숙한 단계에서 일어났고, 종교개혁도 미성숙이 이룬 업적이라고 단정한다. 그러면서 "이 세상에는 우리의 미성숙으로 개선하고 개혁할 일"이 아직도 많다고 주장한다. 이 대화에서는 개인의 가치에 앞서 전체주의 국가가 요구되고, 민족성을 기반으로 한 새로운 질서의 필요성이 거론되는데, 이는 왜곡된 민족주의를 바탕으로 한 나치의 지배 체제를 연상시킨다. 또한 "역사적, 심리적 문제에 대한 예리한 감각과 의식을 민족의 명예로 삼고, 새로운 전체 질서에 대한 모색을 독일의 민족성과 동일시한다 하더라도 우린 이미 미심쩍은 진실성과 의심의 여지가 없는 만용의 신화를, (……) 용사가 등장하는 낭만주의 구조의 민족신화를 쓰려는 것인데, 이는 (……) 악마와도 같은 강력한 위협을 받고 있는 견해"라는 지적에 "생기 넘치는 행동에는 항상 질서에 합당한 자질들과 더불어 악마와도 같은 힘이 숨어 있기 마련"이라는 주장으로 맞선다.

독일민족의 이와 같은 보수 혁명적 성향은 신화적 인물의 대용물로 파시즘을 택하게 된다. 이는 시민사회의 인본주의적 문화전통과의 단절을 의미하며, 이러한 초기 파시즘의 정신세계는 뮌헨의 지식인들이 크릿비스의 살롱에서 벌리는 토론에서 더욱 노골적으로 묘사된다. 보수적 문화철학자 브라이자허는 문화사 전체를 "몰락의 역사"로 간주하며 문화적 진보로 간주되는 모든 것을 "야만의 획득"이라고 비난한다. 그의 견해는 살롱 구성원 대부분의 지지와 환영을 받는데, 이러한 시대적 분위기는 나치즘의 대두를 예고하고 있다. 이들은 시민사회는 과거 공동체와는 달리 개인의 고립과 연관성 상실만을 초래했다고 비판한다. 뮌헨의 지식인들 사이에서 강변되는 반계몽적이고 비합리주의적인 정신은 나치즘의 생성과 지배를 가능케 한 정신적 토양이다.

독일 사회가 봉착한 현대의 정신적 위기는 레버퀸의 음악적 발전과정과 연관되어 서술된다. 레버퀸의 음악 이론적 성찰의 중심은 현대의 주체에 대한 자기 회의다. 그는 예술이 처한 위기가 예술의 세속화에서 비롯되었다고 본다. 예술의 기능이 "제의적(祭儀的)인 한계에서 해방되어 고독한 개체로, 문화적 목적 자체로 승화되면서 대상 없이도 경건해야 하고 절대적으로 진지해야 하는 부담을 얻었다"고 주장하며, "오늘날 통용되는 음악의 기능이 앞으로는 좀더 겸허한 기능으로, 숭고한 집단을 위해 헌신하는 더 행복한 기능으로 다시 바뀔 것"이라고 예상하는데, 여기서 숭고한 집단이란 반드시 교회를 뜻하는 것은 아니라고 덧붙인다. 근대 이래로 주관적 자유가 모든 삶의 영역에 파고들어, 가치 영역들은 점점 분화되고 각각 독자성을 획득한다.

레버퀸은 "자유는 재능에 바른 단물 같은 것이지만 결국 생식불능"이라고 단정하고 법, 규칙, 강제, 체제의 지시 하에서 진정한 자유가 완성된다고 주장한다. 그리고 조직성이 없으면 예술이 아니라고 단언한다. 따라서 그의 음악도 주관성을 포기한 채 총체적인 조직화를 추구하는데, 이는 시대사적으로 시민적 자유주의 체제에서 전체주의적 나치 지배 체제로 이행하는 과정과 상응한다. 아드리안이 예술의 불모성을 극복하기 위해 벌이는 근본적인 음악 개혁은 쇤베르크의 12음 기법을 몽타주한 것인데, 무조 형식의 음악을 통해 조 형식 음악을 극복하고, 다성부 음악의 객관성을 통해 화성 음악의 주관성을 극복하려는 시도다. 이와 같은 음악적 혁신의 과정에서 아드리안은 원시적이고 기본적인 질서만을 갖춘 음악 체계를 수용하는데, 이 '원시적이면서도 혁명적인' 새로운 음악은 마침내 음악의 '합리적이고 총체적인 조직화'를 통해 실현된다. 차이트블롬은 아드리안의 오라토리오 〈묵시록〉에서 퇴보를 오히려 진보로 주장하는 경향을 통찰한다. 특히 음악 이전 시절의 기관이 퇴화한 흔적으로서 남아있는 요소 즉, 글리산도를 자주 사용한 점이 이러한 경향을 대변하는데, 이는 시대사에서 나타난 인간 정신의 퇴보를 상징한다.

토마스 만은 주인공의 음악적 발전과정과 시대사의 흐름을 서로 조응시키면서 그 유사성을 묘사하는 데 그치지 않고, 레버퀸의 음악에 퇴행적 특성과 더불어 비판적 잠재력을 부여했다. 불협화음이 지배하는 〈묵시록〉에서 사람들은 '반(反)문화적, 심지어 반인륜적 악마의 소리'를 듣는데, 이 작품은 오히려 불협화음을 통해 사회와 세계의 본질적 구조를 형상화하며 비판하고 있다. 즉, 겉으로 드러나는 이 음악의 야만주의는 현실적 야만의 정체를 고발하는 것이다. 그럼으로써 아드리안의 음악은 통일된 형식의 전통으로부터 완전히 결별하고 그의 작품은 혼란이 지배한다. 이는 모순과 기만으로 가득 찬 사회적 상황을 청중의 의식에 각인시키려는 예술가의 고뇌가 낳은 결과이다. 〈묵시록〉에서 한 단계 더 발전한 심포니 칸타타 〈파우스트 박사의 탄식〉은 아드리안 레버퀸의 마지막 작품이며 독일의 패망과 조응하고 있다. 이 작품의 주제는 인도주의에 대한 믿음의 철회인데, 이는 나치 지배의 독일에서 시민적 인본주의가 파기되는 현실과 상응한다.

　인도주의에 대한 믿음은 베토벤의 교향곡 9번이 표방하는 정신인데, 아드리안 레버퀸은 〈환희의 송가〉의 상대곡으로 〈슬픔의 노래〉를 작곡한다. 예술은 허상이고 유희이기를 그만두고 인식이 되기를 원한다는 작곡자의 예술관이 이 마지막 작품에서 '허구가 아닌, 꾸미지 않은, 위장하지 않은, 가장하지 않은' 고뇌의 표현으로 실현된다. 작곡자는 극도로 부정적인 주제를 통해 사실은 긍정적인 세계로의 전향 가능성을 암시하는데, 〈파우스트 박사의 탄식〉이 극단적 절망만을 표현하는 듯하지만 마지막 부분에서 희미하게나마 희망을 표현한 데서 그 가능성을 발견할 수 있다. 마지막으로 남은 첼로의 높은 솔이 피아니시모로 사라지고 아무것도 남지 않았을 때 화자 차이트블롬은 슬픔의 마지막 음이 그 의미를 바꾸어 어둠 속의 빛으로 남아 있다고 묘사하며, 이를 "희망이 고갈된 곳 저편의 희망", "절망의 폭로가 아니라 믿음을 발판으로 일어나는 기적"이라고 해석한다. 그리고 아드리안 레버퀸의 전기를 마무리하며, 독일이 맞이한 절망에서 희망의 불빛을 가져올 기적은 언제 일어날 것인가라는 물음에 이어 이러한 물음 자체가 곧 희망임을 암시하는 기도를 올린다. "신이여, 불쌍한 영혼에게 자비를 베푸소서. 내 친구에게. 내 조국에게."

　토마스 만은 자신이 뿌리를 두고 있는 독일의 문화적 전통과 나치가 선전하고 이데올로기로 삼은 이념 사이에 나타나는 위조된 유사성을 너무나 잘 인식하고 있었다. 그는 《파우스트 박사》를 통해 반계몽적 시대 조류를 날카롭게 비판하는 동시에 모든 가치와 문화적 전통이 왜곡되고 붕괴되는 역사적 상황에서도 독일의 민족성과 낭만주의적 전통의 순수한 가치를 되찾고자 했다.

파우스트 박사 2

한 친구가 이야기하는 독일의 천재작곡가 아드리안 레버퀸의 생애

지은이 토마스 만
옮긴이 김해생

1판1쇄 펴낸날 2007년 6월 20일
1판2쇄 펴낸날 2009년 4월 10일

펴낸기 이주명
편집 문나영 이순원
출력 문형사
종이 화인페이퍼
인쇄 한영문화사
제본 한영제책사

펴낸곳 필맥
출판등록 제300-2003-63호
주소 서울시 서대문구 충정로2가 184-4 경기빌딩 606호
이메일 philmac@philmac.co.kr
홈페이지 http://www.philmac.co.kr
전화 02-392-4491
팩스 02-392-4492

ISBN 978-89-91071-47-6 (04850)
ISBN 978-89-91071-45-2 (세트)

잘못된 책은 바꾸어 드립니다.
값은 뒤표지에 있습니다.

이 도서의 국립중앙도서관 출판시도서목록(CIP)은
e-CIP 홈페이지(http//www.nl.go.kr/cip.php)에서
이용하실 수 있습니다.(CIP제어번호: CIP2007001719)